HONORÉ DE BALZAC

VOLKSVERTRETER

ERZÄHLUNGEN

DIOGENES

MIT FREUNDLICHER GENEHMIGUNG DER
ROWOHLT VERLAG GMBH, REINBEK BEI HAMBURG
VERÖFFENTLICHT ALS DIOGENES TASCHENBUCH, 1977

100/77/E/I
ISBN 3 257 20467 1

Manfred Elberfeld
28.12.79

Diogenes Taschenbuch 130/xxvii

detebe

Die Menschliche Komödie

INHALT

DER DEPUTIERTE VON ARCIS

☆

JEDE WAHL BEGINNT MIT EINEM DURCHEINANDER

BEVOR MAN MIT DER SCHILDERUNG DER Provinzwahlen beginnt, braucht man nicht erst darauf aufmerksam zu machen, daß die Stadt Arcis-sur-Aube nicht der Schauplatz der Ereignisse ist, die hier in Rede stehen.
Das Arrondissement Arcis geht zur Wahl nach dem fünfzehn Meilen von Arcis entfernten Bar-sur-Aube; in der Kammer gibt es also gar keinen Deputierten von Arcis.
Die zeitgenössischen Sitten zwingen zu schonendem Verhalten und gebieten diese Vorsicht. Vielleicht ist es angebracht, die Schilderung einer Stadt zum Rahmen von Ereignissen zu machen, die sich anderswo abgespielt haben.
Im Verlaufe meiner „Menschlichen Komödie" habe ich dies Mittel schon mehrfach angewandt, obwohl es oft schwer ist, den Rahmen ebenso bedeutend zu machen wie das Bild.

☆

ENDE APRIL 1839, MORGENS UM ZEHN UHR, bot der Salon der Madame Marion, der Witwe des ehemaligen Hauptsteuereinnehmers im Departement Aube, einen seltsamen Anblick. Von allen Möbeln waren nur die Fenstervorhänge, der Kaminaufsatz, der Kronleuchter und der Teetisch übriggeblieben. Der Aubusson-Teppich, der vierzehn Tage vorher heruntergeholt worden war, verstopfte die Treppenstufen, und der Parkettboden war irrsinnig gebohnt worden, ohne dadurch blanker zu werden. Die Dienstboten hatten von den künftigen Wahlen etwas läuten hören, die in ganz Frankreich vorbereitet wurden.

Der alte Diener des Obersten Giguet, des Bruders von Madame Marion, war gerade mit der Jagd nach dem Staub fertig geworden, der während des Winters in den Parkettboden eingedrungen war. Mit einer Geschwindigkeit, die bewies, daß ihre Begeisterung ihrer Anhänglichkeit nicht nachstand, schleppten Hausmädchen und Köchin die Stühle aus allen Zimmern des Hauses und pferchten sie im Garten zusammen.

Die Bäume hatten schon breite Blätter entfaltet, durch die man einen wolkenlosen Himmel sah. Frühlingsluft und Maisonne erlaubten, das Türfenster und die beiden Fenster des langen viereckigen Salons offen zu lassen. Die alte Dame ließ die beiden Mädchen im Hintergrund des Salons die Stühle aufstellen, vier Reihen tief; zwischen jeder Reihe sollte ein Zwischenraum von ungefähr drei Fuß bleiben.

Jede Reihe bestand aus zehn Stühlen verschiedener Sorten.

Eine Stuhlreihe lief längs der Fenster und der Glastür.

Am andern Ende des Salons, gegenüber den vierzig Stühlen, ließ Madame Marion drei Sessel

hinter den Teetisch rücken, der mit einer grünen Decke belegt war. Auf den Teetisch stellte sie eine Klingel.
Der alte Oberst Giguet kam in dem Augenblick auf dem Schlachtfeld an, als es seiner Schwester einfiel, die leeren Räume zu beiden Seiten des Kamines dadurch auszufüllen, daß sie die zwei Polsterbänke ihres Vorzimmers heranholen ließ, obwohl der Plüsch, der schon vierundzwanzig Jahre lang seine Dienste getan hatte, kahl geworden war.
„Hier können wir siebzig Leute unterbringen", sagte sie triumphierend zu ihrem Bruder.
„Hoffentlich haben wir siebzig Freunde", antwortete der Oberst.
„Sollte uns ein einziger von unseren gewohnten Gästen bei dieser Gelegenheit fehlen," antwortete die alte Dame mit drohender Gebärde, „nachdem wir vierundzwanzig Jahre lang, Abend für Abend, die Gesellschaft von Arcis-sur-Aube empfangen haben?"
„Doch," unterbrach der Oberst achselzuckend seine Schwester, „ich will dir zehn aufzählen, die nicht kommen können, nicht kommen dürfen. Zunächst", und er zählte sie an den Fingern ab. „Der Unterpräfekt Antonin Goulard, Numero eins. Der Staatsanwalt Frédéric Marest, Numero zwei. Sein Substitut, Herr Olivier Vinet, Numero drei. Der Untersuchungsrichter, Herr Martener, Numero vier. Der Friedensrichter ..."
Die alte Dame hielt es nicht länger aus. „Ich bin doch nicht so blöd, zu glauben, daß die Regierungsleute einer Zusammenkunft beiwohnen würden, deren Ziel es ist, die Opposition um einen

Abgeordneten zu verstärken. Immerhin, Antonin Goulard, Simons Kindheits- und Schulfreund, möchte ihn gern als Deputierten sehen, denn ..."

„Genug, Schwester, laß das unsere Sorge sein ... Wo ist denn Simon?"

„Er kleidet sich an", antwortete sie. „Er hat gut daran getan, nicht zu frühstücken, denn er ist sehr nervös, und obwohl unser junger Advokat vor Gericht zu sprechen gewohnt ist, fürchtet er diese Sitzung, als ob er sich dort Feinden stellen müßte."

„Wahrhaftig, ich habe oft das Feuer der feindlichen Batterien aushalten müssen; meine Seele, ich sage nicht, mein Leib, hat niemals gezittert; aber," fuhr der alte Soldat fort und setzte sich dabei an den Teetisch, „wenn ich mich vierzig Bürgern gegenüber sähe, die mich mit offenem Munde anstarrten und hochtrabende und korrekte Reden von mir erwarteten ... dann hätte ich mein Hemd naßgemacht, bevor ich das erste Wort gefunden hätte."

„Und trotzdem, lieber Vater, müssen Sie sich dieser Anstrengung für mich unterziehen," sagte Simon Giguet, der gerade hereinkam, „denn wenn es im Departement Aube einen Mann gibt, dessen Wort etwas gilt, so sind Sie es. Im Jahre 1815 ..."

„Achtzehnhundertundfünfzehn", antwortete der gut konservierte alte Herr, „brauchte ich nicht zu sprechen, ich habe lediglich einen kleinen Aufruf redigiert, der binnen vierundzwanzig Stunden zweitausend Menschen zur Erhebung brachte ... Und es ist ein Unterschied, seinen Namen unter ein Blatt zu setzen, das von einem Departement gelesen wird, oder zu einer Versammlung zu sprechen. Als Redner hat selbst Napoleon versagt. Am 18. Brumaire hat er im Rat der Fünfhundert nur Dummheiten gesagt."

„Lieber Vater," fing Simon wieder an, „es handelt sich doch um mein ganzes Leben, um mein Schicksal, um mein Vermögen ... Sehen Sie nur einen einzigen Menschen an und stellen Sie sich vor, daß Sie nur mit ihm sprächen ... Dann wird's schon gehn."

„Großer Gott," sagte Madame Marion, „ich bin doch nur eine alte Frau, aber bei einer solchen Gelegenheit und im Bewußtsein, um was es sich handelt, würde ich beredt sein."

„Vielleicht zu beredt", sagte der Oberst. „Über das Ziel hinausschießen, heißt nicht das Ziel erreichen. Um was handelt es sich denn schließlich?" Und er sah dabei seinen Sohn an. „Seit zwei Tagen hängst du deine Gedanken an diese Kandidatur ... Wenn mein Sohn nicht gewählt wird, um so schlimmer für Arcis, das ist alles."

Diese eines Vaters würdigen Worte waren im Einklang mit dem ganzen Leben des Sprechers.

Der Oberst Giguet, einer der angesehensten Offiziere der großen Armee, empfahl sich durch seinen Charakter, dessen Kern eine ausgesprochene, mit großem Zartgefühl verbundene Ehrenhaftigkeit war. Niemals drängte er sich vor; Belohnungen mußten ihn suchen; daher blieb er elf Jahre lang einfacher Artilleriehauptmann bei der Garde; erst 1813 wurde er Bataillonschef, 1814 Major. Nach der ersten Abdankung Napoleons erlaubte ihm seine fast fanatische Anhänglichkeit an ihn nicht, den Bourbonen zu dienen. 1815 bewies er seine Ergebenheit für Napoleon so sehr, daß er verbannt worden wäre, wenn der Graf von Gondreville ihn nicht aus der Liste der Verurteilten hätte löschen lassen. Schließlich erlangte der Graf noch eine Altersrente und den Oberstenrang für ihn.

Madame Marion, geborene Giguet, hatte einen anderen Bruder, der Gendarmerieoberst in Troyes geworden war, und dem sie seinerzeit dorthin gefolgt war. Dort hatte sie Herrn Marion geheiratet, den Hauptsteuereinnehmer von Aube.

Der verstorbene Herr Marion, der Hauptsteuereinnehmer, hatte einen Bruder, der unter dem Kaiserreich Gerichtspräsident gewesen war. Noch als einfacher Advokat in Arcis, hatte dieser Beamte während der Schreckenszeit den berühmten Volkstribun Malin de l'Aube beim Erwerb der Herrschaft Gondreville unterstützt. Nachdem Malin Senator und Graf geworden war, stand sein ganzer Einfluß der Familie Marion zu Gebote. Der Bruder des Advokaten hatte die Stelle des Hauptsteuereinnehmers im Departement Aube erhalten, zu einer Zeit, als der Staat noch nicht zwischen dreißig Bewerbern wählen konnte, sondern froh war, jemanden für so unsichere Posten zu finden.

Der Hauptsteuereinnehmer Marion beerbte seinen Bruder, den Präsidenten, und Madame Marion beerbte ihren Bruder, den Gendarmerieobersten. 1814 erlitt der Hauptsteuereinnehmer schwere Verluste. Er starb gleichzeitig mit dem Kaiserreich; seine Witwe fand in den Trümmern der verschiedenen zusammengebrachten Vermögen fünfzehntausend Franken Rente. Der Gendarmerieoberst Giguet hatte sein Vermögen seiner Schwester vermacht, nachdem sein Bruder, der Artillerist, 1806 die Tochter eines reichen Hamburger Bankherrn geheiratet hatte. Man kennt die Vorliebe Europas für die herrlichen Soldaten des Kaisers Napoleon. Fast ruiniert kam Madame Marion 1814 nach ihrer Vaterstadt Arcis zurück, wo sie auf dem Marktplatz eines der schönsten Häuser der Stadt kaufte, das nach seiner Lage früher zum Schloß gehört haben mußte. Da sie in Troyes, wo der Hauptsteuereinnehmer eine große Rolle spielte, gewohnt gewesen war, viele Leute bei sich zu sehen, war ihr Salon in Arcis allen Größen der liberalen Partei offen. Eine Frau, die einmal Salonkönigin war, verzichtet nicht gern. Die Gewohnheiten der Eitelkeit sind stärker als alle andern.

In seltsamer Umwandlung wurden fast alle Soldaten Napoleons aus Bonapartisten Liebhaber des konstitutionellen Systems, kein Wunder, daß der Oberst Giguet in der Zeit der Restauration der natürliche Vorsitzende des Wahlkomitees in Arcis wurde, das sich aus dem Notar Grévin, dessen Schwiegersohn Beauvisage und Varlet, dem ersten Arzt von Arcis, Grévins Schwager und einigen anderen liberalen Größen zusammensetzte.

„Wenn unser lieber Junge nicht gewählt wird," sagte Madame Marion, ins Vorzimmer und in den Garten spähend, ob nicht jemand lauschen könnte, „wird er Fräulein Beauvisage nicht bekommen; hat seine Kandidatur dagegen Erfolg, so wird die Heirat mit Cécile zustande kommen."

„Cécile?" Der Alte öffnete die Augen und sah seine Schwester verwirrt an.

„Lieber Bruder, du bist wohl der einzige im

ganzen Departement, der nicht an Fräulein Beauvisages Mitgift und Aussichten denkt."

„Sie ist die reichste Erbin des Departements Aube", sagte Simon Giguet.

„Mein Sohn ist auch nicht zu verachten," meinte der alte Offizier, „er ist dein Erbe, sein mütterliches Erbteil hat er schon, und ich hinterlasse ihm auch mehr als meinen bloßen Namen."

„All das wiegt nicht dreißigtausend Franken Rente auf; es hat schon Bewerber gegeben, die sich mit diesem Vermögen einfanden, von ihrer Position abgesehen."

„Und?" fragte der Oberst.

„Sie sind abgewiesen worden."

„Was wollen die Beauvisages eigentlich?" Der Oberst sah abwechselnd seine Schwester und seinen Sohn an.

Man wird die Ahnungslosigkeit des Obersten Giguet seltsam finden, der doch der Bruder der Madame Marion war, bei der die Gesellschaft von Arcis sich seit vierundzwanzig Jahren täglich versammelte, deren Salon das Echo aller Gerüchte, aller Bosheiten, aller Klatschereien des Departements Aube war, ja, wo sie vielleicht fabriziert wurden. Die Ahnungslosigkeit erscheint natürlich, wenn man weiß, daß der wackere Krieger, der vornehme Überrest der napoleonischen Phalanx, mit den Hühnern aufstand und zu Bett ging wie alle Greise, die ewig leben wollen. Er beteiligte sich niemals an intimen Unterhaltungen. In der Provinz gibt es zwei Arten intimer Unterhaltungen, die eine, die sich offiziell gibt, findet in voller Versammlung statt, bei Kartenspiel und Plauderei; die andere kocht langsam wie eine sorgfältig zubereitete Suppe, wenn nur noch drei oder vier Freunde vor dem Kamin sitzen, deren man sicher ist, und die das Gesprochene zu Hause wiederholen, wenn sie mit drei oder vier anderen Freunden zusammen sind, auf deren Verschwiegenheit sie ebenfalls bauen können.

Seit neun Jahren, seit dem Triumph seiner politischen Ideen, lebte der Oberst fast außerhalb der Gesellschaft. Er erhob sich gleichzeitig mit der Sonne und gab sich dem Gartenbau hin, er liebte die Blumen. Vor allem kultivierte er Rosen. Er hatte schwarze Hände wie ein richtiger Gärtner, er pflegte seine Karrees. Seine Karrees! Dies Wort erinnerte ihn an die vielfarbigen Menschenkarrees, die in Reih und Glied auf den Schlachtfeldern aufgestellt waren. Er blieb immer mit seinem Gärtnerburschen zusammen und ging seit zwei Jahren nur noch dann und wann in Gesellschaft. Im Familienkreis nahm er nur eine Mahlzeit ein, das Diner; denn er stand allzufrüh auf, um mit seinem Sohn und seiner Schwester frühstücken zu können.

Man verdankt den Bemühungen des Obersten die berühmte Giguet-Rose, die alle Liebhaber kennen. Der Alte, zum Hausgötzen erhoben, wurde, wie sich denken läßt, bei großen Gelegenheiten zur Schau gestellt. Gewisse Familien erfreuen sich eines solchen Halbgotts und schmücken sich mit ihm, wie man sich mit einem Titel schmückt.

„Ich glaube zu erraten,“ antwortete Madame Marion ihrem Bruder, „daß Madame Beauvisage seit der Julirevolution danach strebt, in Paris zu leben. Da sie, solange ihr Vater lebt, hier bleiben muß, hat sie ihren Ehrgeiz auf das Haupt ihres

zukünftigen Schwiegersohns übertragen; die schöne Dame träumt vom Glanz des politischen Lebens."
„Würdest du Cécile lieben?" sagte der Oberst zu seinem Sohn.
„Ja, Vater."
„Gefällst du ihr?"
„Ich glaube, Vater. Es ist aber auch von Wichtigkeit, auch der Mutter und dem Großvater zu gefallen. Obwohl der biedere Grévin meine Wahl hintertreiben will, würde der Erfolg Madame Beauvisage bestimmen, mich als Schwiegersohn anzunehmen. Sie hofft nämlich, mich nach Willkür zu lenken und unter meinem Namen Minister zu sein."
„Das ist doch lächerlich", rief Madame Marion. „Und für was hält sie uns eigentlich?"
„Wen hat sie denn zurückgewiesen?" fragte der Oberst seine Schwester.
„Vor drei Monaten haben, so heißt es, Antonin Goulard und der Staatsanwalt Herr Frédéric Marest gleichlautende Antworten erhalten, die alles mögliche sind, nur kein Ja."
„Großer Gott", der Alte hob dabei die Arme, „in welchen Zeiten leben wir. Lucie ist doch die Tochter eines Mützenmachers und die Enkelin eines Pächters. Madame Beauvisage will wohl einen Grafen von Cinq-Cygne zum Schwiegersohn."
„Lieber Bruder, mach dich nicht lustig über die Beauvisages. Cécile ist reich genug, um überall einen Mann wählen zu können, selbst in dem Kreis, zu dem die Cinq-Cygne gehören. Aber da höre ich die Hausklingel, unsere Wähler kommen. Ich gehe. Schade, daß ich nicht zuhören kann."

☆

OBWOHL DAS JAHR 1839 IN POLITISCHER Hinsicht von 1847 weit entfernt ist, kann man sich doch noch heute an die Wahlen erinnern, die die Koalition hervorbrachten, den vorübergehenden Versuch der Deputiertenkammer, die Drohung mit der parlamentarischen Regierung zu verwirklichen; eine Drohung à la Cromwell, die ohne einen Cromwell scheitern und unter einem der List abholden Fürsten zum Triumph des gegenwärtigen System führen mußte, bei dem die Kammern und die Minister den Holzfiguren gleichen, die der Inhaber des Guignolet-Schauspiels zur großen Befriedigung der immer erstaunten Passanten spielen läßt.
Das Arrondissement Arcis-sur-Aube befand sich in einer seltsamen Lage. Es glaubte sich frei in der Wahl des Deputierten. Von 1816 bis 1836 hatte man immer einen der gewichtigsten Redner der Linken gewählt, einen der siebzehn, die von der liberalen Partei alle große Bürger genannt wurden, zuletzt den berühmten François Keller, vom Hause Gebrüder Keller, den Schwiegersohn des Grafen von Gondreville.
Gondreville, eine der herrlichsten Besitzungen von Frankreich, liegt eine Viertelmeile von Arcis entfernt.
Dieser Bankherr, vor kurzem zum Comte und Pair von Frankreich ernannt, rechnete zweifellos damit, seinem damals dreißigjährigen Sohn sein Deputiertenmandat zu vererben, um ihn dadurch eines Tages für die Pairswürde geeignet zu machen. Schon Eskadronschef im Generalstab, Vicomte

und Günstling des Kronprinzen, gehörte Charles Keller zum Hofe des Bürgerkönigtums. Die glänzendste Laufbahn schien dem unermeßlich reichen, mutvollen jungen Mann bevorzustehen, vielbeachtet ob seiner Hingabe an die neue Dynastie, Enkel des Grafen von Gondreville, und Neffe der Marschallin von Carigliano; aber seine Wahl in die Kammer, so notwendig sie für seine Zukunft war, hatte große Schwierigkeiten zu überwinden.

Seitdem die Macht der Bourgeoisie gewachsen war, zeigte Arcis eine gewisse Tendenz, sich unabhängig zu zeigen. Auch die letzten Wahlen von François Keller waren durch einige Republikaner gestört worden, deren rote Mützen und wild herumhüpfenden Bärte die Bevölkerung von Arcis nicht sehr erschreckt hatten. Immerhin konnte der radikale Kandidat dreißig bis vierzig Stimmen auf sich vereinigen. Einige Bürger, die es als Erniedrigung empfanden, daß ihre Vaterstadt zu den versumpften Wahlkreisen der Opposition gezählt wurde, verbanden sich mit den Demokraten, obwohl sie Feinde der Demokratie waren. In Frankreich entstehen bei den Wahlen politisch-chemische Verbindungen, bei denen die Gesetze der Verwandtschaft außer Kraft gesetzt sind.

Den jungen Keller 1839 zu wählen, nachdem sie den Vater zwanzig Jahre lang gewählt hatten, wäre eine wahre Demütigung gewesen, gegen die sich der Stolz mehrerer reichgewordener Bürger aufbäumte, die sich für ebenso mächtig hielten wie Herrn Malin, Grafen von Gondreville, und die Bankiers Gebrüder Keller und die Cinq-Cygne und den König selbst.

Andrerseits erwarteten die zahlreichen Parteigänger des alten Gondreville, des Königs im Departement Aube, einen neuen Beweis seiner so oft erprobten Geschicklichkeit. Um den Einfluß seiner Familie im Arrondissement Arcis nicht zu gefährden, würde der alte Staatsmann zweifellos einen Landeingesessenen als Kandidaten vorschlagen, der dann auf sein Mandat zugunsten Charles Kellers verzichten würde, indem er eine Beamtenstellung annähme; in diesem Fall gebietet nämlich der parlamentarische Brauch, daß der Erwählte des Volkes sich einer Wiederwahl unterziehen muß.
Als Simon Giguet den alten Notar Grévin, den treuen Freund des Grafen, über die Wahlen sondierte, antwortete dieser Greis, er werde, ohne die Absichten des Grafen von Gondreville zu kennen, für Charles Keller stimmen und seinen ganzen Einfluß für dessen Wahl einsetzen.
Seitdem diese Antwort des biederen Grévin in Arcis die Runde machte, entstand eine Gegenströmung gegen ihn. Zwar hatte dieser Aristides der Champagne dreißig Jahre lang als Notar das Vertrauen der Stadt besessen, zwar war er von 1804 bis 1814 und während der Hundert Tage Maire von Arcis gewesen, zwar hatte ihn die Opposition bis zum Triumph von 1830 zum Führer erkoren – von diesem Zeitpunkt an verzichtete er, sein hohes Alter vorschützend, auf die Bürgermeisterwürde –, zwar hatte die Stadt, um ihm ihre Zuneigung zu beweisen, seinen Schwiegersohn, Herrn Beauvisage, zum Maire gemacht, aber dennoch lehnte man sich gegen ihn auf, und einige junge Leute gingen soweit, ihn für einen Schwätzer zu halten. Die Anhänger von Simon

Giguet wandten sich an Philéas Beauvisage, den Bürgermeister, und brachten ihn um so eher auf ihre Seite, als er, ohne mit seinem Schwiegervater schlecht zu stehen, eine Gleichgültigkeit zur Schau trug, die fast Kühle wurde, die ihm der feine Schwiegervater aber hingehen ließ, weil er darin ein ausgezeichnetes Mittel sah, auf die Stadt Arcis einzuwirken. Am Abend vorher hatte der Herr Maire öffentlich erklärt, daß er lieber dem ersten besten der in Arcis Wählbaren seine Stimme geben würde als Charles Keller, den er übrigens unendlich schätze.

„Arcis wird nicht länger ein Sumpfwahlkreis sein," sagte er, „oder ich wandere nach Paris aus."

Wer den Leidenschaften des Augenblicks schmeichelt, wird überall ein Held, selbst in Arcis-sur-Aube.

Der Herr Bürgermeister, hieß es, setzt seiner Charakterstärke die Krone auf. Nichts macht schnellere Fortschritte als eine legale Revolte. Bei der abendlichen Zusammenkunft organisierten Madame Marion und ihre Freunde für den nächsten Tag eine Versammlung der „unabhängigen" Wähler zugunsten Simon Giguets, des Sohnes des Obersten. Der nächste Tag war angebrochen und hatte zum Empfang der Freunde, auf deren Unabhängigkeit man zählte, im Hause alles drunter und drüber gebracht.

Simon Giguet, der geborene Kandidat einer kleinen Stadt, die eifersüchtig darüber wachte, einen Stadteingesessenen zu wählen, hatte, wie man sieht, diese Bewegung der Geister benützt, um der Vertreter der Bedürfnisse und Interessen der

Lausechampagne zu werden. Allerdings war alles Ansehen und Vermögen der Familie Giguet das Werk des Grafen von Gondreville. Aber gibt es bei den Wahlen Gefühle?

Diese Szene ist zur Belehrung der Sünder geschrieben, die unglücklich genug sind, die Wohltaten der Parlamentswahlen nicht zu kennen, und die infolgedessen nicht wissen, durch welche inneren Kämpfe, mit welchen Opfern à la Brutus eine Kleinstadt einen Deputierten zur Welt bringt. Das ist ein majestätisches Naturspiel, das man nur mit einer Niederkunft vergleichen kann: dieselben Anstrengungen, dieselben Unreinlichkeiten, dieselben leibzerreißenden Schmerzen, derselbe Triumph.

Man könnte fragen, warum ein einziger Sohn mit zulänglichem Vermögen wie Simon Giguet simpler Advokat in der Kleinstadt Arcis war, wo man doch kaum Advokaten braucht.

Deshalb ist hier ein Wort über den Kandidaten am Platze.

Dem Obersten hatte seine 1814 verstorbene Gattin in der Zeit von 1806 bis 1813 drei Kinder geboren. Simon, das älteste, überlebte die jüngeren, die beide starben, das eine 1818, das andere 1825. Solange er noch Geschwister hatte, mußte er wie einer erzogen werden, der auf die Ausübung eines gewinnbringenden Berufes angewiesen ist. Als einziger Sohn erlitt Simon einen Schicksalsschlag. Madame Marion rechnete für ihren Neffen sehr mit der Erbschaft des Großvaters, des Hamburger Bankiers; aber der 1826 verstorbene Deutsche hinterließ seinem Enkel Giguet nur zweitausend Franken Rente. Der Bankier hatte sich für die

Unannehmlichkeit seines Geschäftes durch die Freuden der Vaterschaft entschädigt, die ihm in reichem Maße beschert waren; er begünstigte die Familien von elf anderen Kindern, die ihn umgaben und die ihm die Meinung beibrachten, Simon Giguet sei reich.
Der Oberst legte Wert darauf, daß sein Sohn einen freien Beruf ergriff.
Die Giguets konnten nämlich von der Regierung unter der Restauration keine Förderung erwarten. Selbst wenn Simon nicht der Sohn eines glühenden Bonapartisten gewesen wäre, er gehörte doch einer Familie an, deren sämtliche Mitglieder sich den wohlverdienten Haß der Familie Cinq-Cygne zugezogen hatten. Der Gendarmerieoberst Giguet und die Marions, einschließlich Madame Marion, waren nämlich als Belastungszeugen in dem berüchtigten Prozeß der Herren von Simeuse aufgetreten, die 1805 der widerrechtlichen Enteignung des Grafen von Gondreville angeklagt und unschuldig verurteilt worden waren. Es handelte sich um den Grafen von Gondreville, der, früher Volkstribun, damals Senator war, und seinerzeit das Haus Cinq-Cygne seines Vermögens beraubt hatte.
Grévin war nicht nur einer der wichtigsten Zeugen, sondern auch einer der eifrigsten Betreiber dieser Angelegenheit. Dieser Kriminalprozeß teilte noch immer das Arrondissement Arcis in zwei Parteien, von denen die eine sich für die Unschuld der Angeklagten, mithin für das Haus Cinq-Cygne, die andere für den Grafen von Gondreville und seine Helfer einsetzte.
Wenn unter der Restauration die Gräfin von Cinq-

Cygne den Einfluß, den ihr die Rückkehr der Bourbonen verschaffte, dazu benützte, nach Willkür im Departement Aube zu schalten, verstand es der Graf von Gondreville, dem Königtum der Cinq-Cygne Gegengewichte zu schaffen: mittels des Notars Grévin, des Obersten Giguet, seines Schwiegersohns Keller, der, ohne Rücksicht auf die Cinq-Cygne immer zum Deputierten von Arcis gewählt wurde, übte er starken Einfluß auf die Liberalen des Landes aus, außerdem war er, solange Ludwig XVIII. lebte, Vertrauensmann bei den Ratgebern der Krone. Erst nach dem Tode Ludwigs XVIII. konnte die Gräfin von Cinq-Cygne Michu zum Präsidenten des Gerichtes erster Instanz in Arcis ernennen lassen. Sie hatte Wert darauf gelegt, diese Stellung dem Sohn des Verwalters zu verschaffen, der als Opfer seiner Hingebung für die Familie Simeuse auf dem Schafott in Troyes geendet hatte und dessen Bildnis in ganzer Figur ihren Salon in Paris und in Cinq-Cygne schmückte. Bis 1823 war der Graf von Gondreville stark genug gewesen, die Ernennung Michus zu verhindern.

Auf den Rat des Grafen von Gondreville hatte der Oberst Giguet seinen Sohn Advokat werden lassen. Simon hatte einige Triumphe vor dem Schwurgericht von Aube; aber trotzdem blieb er Gegenstand der Spöttereien des Staatsanwalts Frédéric Marest, seines Gehilfen Olivier Vinet und des Präsidenten Michu; das waren die stärksten Köpfe des Gerichts.

Wie fast alle Menschen zahlte auch Simon Giguet der Großmacht der Lächerlichkeit einen starken Tribut. Er hörte sich gern sprechen, ergriff bei jeder Gelegenheit das Wort, haspelte feierlich weitschweifige und trockene Phrasen ab, die in der oberen Bourgeoisie von Arcis für Beredsamkeit galten. Der arme Junge gehörte zu den langweiligen Leuten, die alles, selbst die einfachsten Sachen, erklären wollen. Er erklärte den Regen, er erklärte die Ursachen der Julirevolution, er erklärte die unerforschlichsten Angelegenheiten; er erklärte Louis Philipp, er erklärte Herrn Odilon Barrot, er erklärte Herrn Thiers, er erklärte die orientalischen Fragen, er erklärte die Champagne, er erklärte 1789, er erklärte den Zolltarif und das Wohl der Menschheit, den Magnetismus und die Einrichtung der Zivilliste.

Der junge Mann war mager und hatte einen galligen Teint. Er übertrieb den Puritanismus der Männer der äußersten Linken, die sich alle schon affektiert genug gaben, nach der Art der Scheinheiligen, die eine Intrige zu verbergen haben. Immer schwarz gekleidet, trug er eine weiße Krawatte, die er unter seinem langen Halse flattern ließ. Seine Gestalt schien aus einer weißen Papiertüte zu kommen, denn er trug immer noch den hohen und gestärkten Hemdkragen, den die Mode glücklicherweise verfemt hat. Seine Hose, seine Anzüge waren immer zu weit. Er hatte das, was man in der Provinz Würde nennt, das heißt, er hielt sich steif und war langweilig. Sein Freund Antonin Goulard warf ihm vor, daß er Herrn Dupin nachäffe. Tatsächlich trug der Advokat etwas zu weite Schuhe und Strümpfe in schwarzer Flockseide.

Beschützt durch das Ansehen, dessen sich sein alter Vater erfreute, und durch den Einfluß, den seine Tante auf eine kleine Stadt ausübte, deren wichtigste Bürger seit vierundzwanzig Jahren in ihrem Salon verkehrten, zweifelte Simon Giguet nicht an seiner Wahl, zumal er schon im Besitz von ungefähr zehntausend Franken Rente war, ungerechnet sein Berufseinkommen und das Vermögen seiner Tante, das ihm eines Tages notwendigerweise zufallen würde.

Trotzdem hallte der erste Klingelzug, der die Ankunft der einflußreichsten Wähler verkündete, im Herzen des Ehrgeizigen wider und flößte ihm große Furcht ein. Simon verhehlte sich weder die Geschicklichkeit, noch die ungeheueren Hilfsmittel des alten Grévin, noch den Nimbus all der heroischen Mittel, die die Regierung entfalten würde, um die Kandidatur eines jungen und tapferen, zurzeit in Afrika befindlichen Offiziers zu unterstützen, zumal dieser Kandidat Seiner Königlichen Hoheit, dem Kronprinzen, befreundet, Sohn einer großen Bürgersfamilie von Frankreich und Neffe einer Marschallin war.

„Ich glaube," sagte er zu seinem Vater, „ich habe Magenkrampf. Ich fühle eine süßliche Hitze unter der Herzgrube, die mir Beklemmungen macht."

„Die ältesten Soldaten", antwortete der Oberst, „hatten ein ähnliches Gefühl, wenn bei Beginn der Schlacht die Kanonen zu brüllen anhuben."

„Wie soll das in der Kammer werden", sagte der Advokat.

„Der Graf von Gondreville hat uns erzählt," antwortete der alte Offizier, „daß mehr als einem Redner so kleine Unpäßlichkeiten zustoßen, die uns alten Rauhbeinen den Anfang des Kampfes anzeigen. So viel Aufregung um ein paar überflüssige Worte. Schließlich willst du Deputierter werden," schloß der Alte achselzuckend, „sei es."

„Vater, der Triumph bedeutet Cécile. Cécile bedeutet ein ungeheueres Vermögen. Heute bedeutet ein großes Vermögen die Macht."

„Oh, wie die Zeiten sich geändert haben. Unter dem Kaiser mußte man tapfer sein."

„Jede Zeit läßt sich in einem Wort zusammenfassen", sagte Simon zu seinem Vater, eine Beobachtung des alten Grafen von Gondreville wiederholend, die diesen Greis gut charakterisiert. „Wenn man unter dem Kaiserreich jemanden erledigen wollte, sagte man: Er ist ein Feigling. Heute sagt man: Er ist ein Gauner."

„Armes Frankreich, wohin hat man dich gebracht?" stöhnte der Oberst. „Ich gehe wieder zu meinen Rosen."

„Bleiben Sie, Vater. Sie sind hier die Hauptperson."

☆

DIE OPPOSITION WIRD SICHTBAR

ALS ERSTER ERSCHIEN HERR PHILÉAS Beauvisage, der Maire, in Begleitung des Nachfolgers seines Schwiegervaters, des meistbeschäftigten Notars der Stadt, Achille Pigoult. Der war der Enkel eines Greises, der während der Revolution, während des Kaiserreiches und in den ersten Tagen der Restauration Friedensrichter von Arcis geblieben war. Achille Pigoult, ungefähr zweiunddreißig Jahre alt, war achtzehn Jahre lang Gehilfe beim alten Grévin gewesen, ohne Aussicht, Notar zu werden. Sein Vater, der Sohn des

Friedensrichters von Arcis, der an einem angeblichen Schlagfluß gestorben war, hatte schlechte Geschäfte gemacht.

Der Graf von Gondreville, dem der alte Pigoult durch die Beziehungen von 1793 verbunden war, hatte die Kautionssumme geliehen und so dem Enkel des Friedensrichters, der die Voruntersuchung im Prozeß Simeuse geleitet hatte, den Erwerb des Notariatsbureaus von Grévin erleichtert. Achille hatte sich am Kirchplatz in einem dem Grafen von Gondreville gehörenden Hause niedergelassen, das ihm der Pair von Frankreich zu so niedrigem Preise vermietet hatte, daß leicht einzusehen war, wieviel dem politischen Schlaukopf daran lag, den ersten Notar von Arcis immer in der Hand zu haben. Der junge Pigoult, ein kleiner, dürrer Mann, dessen Augen durch die grünen Brillengläser zu dringen schienen, die die Bosheit seines Blicks nicht abschwächten, war mit allen Interessen des Landes vertraut, verfügte über eine gewisse berufsmäßige Leichtigkeit des Wortes und galt daher als Spötter. Er hatte eben mehr Geist, als die Ortseingesessenen bei ihren Unterhaltungen aufbrachten.

Der Notar, noch Junggeselle, erwartete vom Wohlwollen seiner beiden Gönner, Grévin und Graf von Gondreville, eine reiche Heirat. Daher ließ sich der Advokat Giguet eine Bewegung der Überraschung entschlüpfen, als er Achille an der Seite des Herrn Philéas Beauvisage erblickte.

Der kleine Notar, dessen durch Blatternnarben entstelltes Gesicht einem Netz mit weißen Maschen glich, bildete einen vollkommenen Gegensatz zur gewichtigen Figur des Herrn Bürgermeisters, dessen Gestalt dem Vollmond ähnelte, aber einem lustigen Vollmond.

Sein lilien- und rosenfarbener Teint wurde noch durch ein freundliches Lächeln gehoben, das weniger vom Zustand seiner Seele herrührte als vom Zustand seiner Lippen, für die man das Wort „puppig" geschaffen hat.

Philéas Beauvisage war von einer so großen Selbstzufriedenheit, daß er immer und unter jeglichen Umständen alle Welt anlächelte. Seine puppigen Lippen hätten auch bei einem Leichenbegängnis gelächelt. Seine blauen und kindlichen Augen verleugneten dies ewige und unerträgliche Lächeln nicht.

Diese innere Genugtuung wirkte um so mehr als Wohlwollen und Freundlichkeit, da Philéas sich eine Sprache zugelegt hatte, die durch einen unmäßigen Gebrauch von Höflichkeitsformeln bemerkenswert war. Er hatte immer die Ehre, er verband mit allen Fragen nach der Gesundheit Abwesender die Beiworte „teuer", „gut", „ausgezeichnet". Er verschwendete seine Komplimente bei allen kleinen Miseren oder kleinen Glücksfällen des menschlichen Lebens. Er verbarg solchermaßen unter einer Sintflut von Gemeinplätzen seine Unfähigkeit, seinen vollkommenen Bildungsmangel und eine Charakterschwäche, die nur durch das etwas veraltete Wort Wetterfahne ausgedrückt werden kann.

Diese Wetterfahne hatte als Achse die schöne Madame Beauvisage, Sévérine Grévin, die berühmte Frau des Arrondissements. Als Sévérine erfuhr, was man hinsichtlich der Wahl die Unbesonnenheit des Herrn Beauvisage nannte, hatte sie ihm eines Morgens gesagt: „Sie haben wohl daran getan, den Unabhängigen zu spielen; aber Sie werden nicht zu der Zusammenkunft bei den Giguets gehen, ohne sich von Achille Pigoult begleiten zu lassen, dem ich schon gesagt habe, daß er mit Ihnen gehen soll."

Achille Pigoult zum Mentor Beauvisages machen, hieß das nicht, der Gesellschaft der Giguets einen Spion von der Partei Gondreville beizugesellen? Daher kann sich jetzt jeder die Grimasse vorstellen, die das Puritanergesicht Simons zusammenzog, da er einen gewohnten Gast des Salons seiner Tante freundlich empfangen mußte, einen einflußreichen Wähler, in dem er einen Feind sah. Ach, dachte er bei sich, ich hatte sehr unrecht, ihm das Geld für die Kaution zu verweigern, als er mich damals darum bat. Der alte Gondreville ist klüger gewesen als ich.

„Guten Tag, Achille", sagte er und nahm eine ungezwungene Miene an. „Sie wollen mir das Leben sauer machen."

„Ich glaube nicht, daß Ihre Zusammenkunft eine Verschwörung gegen die Freiheit unserer Abstimmung ist", antwortete der Notar lächelnd. „Spielen wir nicht ein offenes Spiel?"

„Offenes Spiel", echote Beauvisage.

Und er fing an zu lachen mit diesem ausdruckslosen Lachen, mit dem gewisse Leute alle ihre Sätze aufhören lassen, ein Lachen, das man den Kehrreim der Unterhaltung nennen sollte. Dann nahm der Herr Bürgermeister das ein, was man seine dritte Position nennen könnte: er reckte sich in die Höhe, drückte die Brust ein und legte die Hände hinter den Rücken.

Er war in schwarzem Rock und schwarzer Hose und mit einer prachtvollen weißen Weste geschmückt, die zwei Diamantknöpfe im Werte von mehreren tausend Franken sehen ließ.
„Wir werden uns bekämpfen und wir werden deshalb nicht weniger gute Freunde sein", fing Philéas wieder an. „Das ist das Wesen der konstitutionellen Sitten. So verstehe ich das Bündnis zwischen der Monarchie und der Freiheit. Hi, hi."
Dann nahm der Maire Simons Hand und sagte zu ihm: „Wie geht es Ihnen, lieber Freund? Ihrer lieben Frau Tante und unserem würdigen Herrn Oberst geht es heute morgen wohl ebensogut wie gestern ... man darf es wenigstens annehmen. Ja, ja, ja," fuhr er mit vollkommen glücklicher Miene fort, „vielleicht sind sie durch die Feierlichkeit, die hier stattfinden soll, ein bißchen beunruhigt. Ach ja, junger Mann, wir schlagen also die politische Laufbahn ein. Ach ja, ach ja... Das ist unser erster Schritt. Da gibt's kein Zurückweichen ... Das ist ein großer Beruf... und mir ist es lieber, daß Sie statt meiner sich in die wilden Stürme der Kammer stürzen. Ha, ha. Wie angenehm es auch ist, in seiner Person ein Vierhundertunddreiundfünfzigstel der souveränen Macht Frankreichs verkörpert zu sehen. Ha, ha."
Die Stimme von Philéas Beauvisage hatte einen angenehmen vollen Klang, der mit dem weißgelben Kürbis seines Gesichtes, mit seinem plumpen Rücken und mit seiner breiten und gewölbten Brust sehr gut harmonierte. Diese Stimme, die ihr Umfang zu einem Baß machte, hatte doch den Samt des Baritons und nahm bei dem Lachen, mit dem Philéas den Schluß seiner Sätze begleitete,

etwas Silbernes an. Wenn der Herrgott, um in seinem irdischen Paradies die Arten zu vervollständigen, einen Provinzbourgeois gebraucht hätte, einen schöneren und vollkommeneren Typ als Philéas Beauvisage hätte er nicht erschaffen können.

„Ich bewundere die Hingebung derer, die sich in die Stürme des politischen Lebens stürzen. Ja, ja. Dazu braucht man Nerven, wie ich sie nicht habe. Wer hätte uns 1812 oder 1813 sagen können, wie weit wir es noch bringen würden? ... Ich zweifle an nichts mehr in einer Zeit, da der Asphalt, der Kautschuk, die Eisenbahnen und die Dampfkraft den Erdboden, die Überröcke und die Entfernungen verändern. Ja, ja."

Diese letzten Worte wurden reichlich mit dem Lachen versüßt, durch das Philéas die platten Witzeleien schmackhaft machte, die sich die Bürger leisten; er begleitete sie mit einer Bewegung, die er sich zu eigen gemacht hatte: er schloß die rechte Faust und legte sie in die Fläche der linken Hand und rieb sie dort auf komische Manier. Dies paßte zu seinem Lachen, so oft er, was ziemlich häufig vorkam, etwas Geistreiches gesagt zu haben glaubte. Überflüssig zu erwähnen, daß Philéas in Arcis als liebenswürdiger und scharmanter Mann galt.

„Ich werde versuchen," antwortete Simon Giguet, „würdig zu vertreten..."

„Die Hämmel der Champagne", entgegnete Achille Pigoult rasch, seinen Freund unterbrechend. Der Kandidat schluckte dies Epigramm herunter, ohne zu antworten, denn er mußte sich zwei neuen Wählern zuwenden.

Der eine war der Inhaber des „Maulesel", des

besten Wirtshauses von Arcis, an der Ecke des Marktplatzes gelegen. Dieser würdige Wirt, namens Poupart, hatte die Schwester eines in Diensten der Gräfin von Cinq-Cygne stehenden Dieners geheiratet, die Schwester des berüchtigten Gothard, der im Kriminalprozeß eine große Rolle gespielt hatte. Er war damals freigesprochen worden.

Obwohl Poupart zu den ergebensten Anhängern der Cinq-Cygnes in Arcis gehörte, war er seit zwei Tagen von dem Diener des Obersten Giguet mit solcher Hartnäckigkeit und Geschicklichkeit bearbeitet worden, daß er einem Feinde der Cinq-Cygne einen Streich zu spielen glaubte, wenn er seinen Einfluß für die Wahl von Simon Giguet einsetzte. In diesem Sinn hatte er auch mit einem Apotheker, namens Fromaget, gesprochen, der, da er das Schloß Gondreville nicht zu seiner Kundschaft zählte, sich nichts Besseres wünschte, als gegen die Familie Keller zu intrigieren.

Diese beiden Vertreter des Kleinbürgertums konnten dank ihrer Beziehungen eine bestimmte Anzahl von unschlüssigen Stimmen bestimmen, denn sie berieten viele Leute, denen die politischen Meinungen der Kandidaten gleichgültig waren. Daher bemächtigte sich der Advokat Pouparts und übergab den Apotheker Fromaget seinem Vater, der die Wähler, die schon angelangt waren, begrüßen kam.

Der Unter-Ingenieur des Arrondissements, der Bürgermeistereisekretär, vier Gerichtsdiener, drei Sachwalter, der Gerichtsschreiber des Land- und der des Friedensgerichts, der Steuereinnehmer der direkten und der der indirekten Steuern, zwei

Ärzte, Rivalen von Varlet, Grévins Schwager, ein Müller, namens Laurend Coussard, der Chef der republikanischen Partei von Arcis war, die beiden Amtsgehilfen von Philéas, der Drucker und Verleger von Arcis und noch etwa zwölf Bürger kamen allmählich und promenierten gruppenweise im Garten und warteten, bis die Gesellschaft so zahlreich würde, daß man die Sitzung eröffnen könnte.
Endlich, um zwölf Uhr, ließen sich ungefähr fünfzig sonntäglich gekleidete Personen auf den Sitzen nieder, die Madame Marion für sie hingestellt hatte. Die meisten waren aus Neugier gekommen, um die schönen Salons zu sehen, von denen man im ganzen Arrondissement soviel sprach. Man ließ die Fenster offen und bald herrschte ein so tiefes Schweigen, daß man das seidene Kleid von Madame Marion rauschen hörte, die es sich nicht hatte nehmen lassen, in den Garten hinunterzugehen und an einer Stelle Platz zu nehmen, von der aus sie die Wähler hören konnte.
Die Köchin, das Hausmädchen und der Diener hielten sich im Speisezimmer auf und teilten die Aufregung ihrer Herrschaft.
„Meine Herren," sagte Simon Giguet, „einige von Ihnen wollen meinem Vater die Ehre erweisen, ihm den Vorsitz dieser Gesellschaft anzubieten; aber der Oberst Giguet beauftragt mich, Ihnen seinen Dank zu übermitteln. Er sagt Ihnen seinen tiefempfundenen Dank für Ihren Wunsch, in dem er eine Belohnung für seine dem Vaterland geleisteten Dienste erblickt. Wir sind aber im Hause meines Vaters und er glaubt infolge seiner Haus-

herrnpflichten Ihren Vorschlag ablehnen zu müssen. Zum Vorsitzenden schlägt er Ihnen einen ehrenhaften, geschäftskundigen Mann vor, dem Ihre Stimmen das höchste städtische Amt anvertraut haben, Herrn Philéas Beauvisage."

„Bravo, bravo."

„Wir stimmen, glaube ich, alle darin überein, – bei dieser im wesentlichen freundschaftlichen ... und ganz freien Zusammenkunft, ... die in keiner Weise die große, vorbereitende Wahlversammlung vorwegnehmen soll, bei der Sie die Kandidaten interpellieren und ihre Verdienste abwägen werden – wir stimmen, sage ich, darin überein, die konstitutionellen Formen der Deputiertenkammer nachzuahmen."

„Ja, ja", rief man einstimmig.

„Infolgedessen", fuhr Simon fort, „habe ich die Ehre, den Herrn Bürgermeister zu bitten, dem Wunsche der Versammlung entsprechend den Präsidentensitz einzunehmen."

Philéas erhob sich, ging durch den Salon und fühlte sich rot werden wie eine Kirsche. Dann als er hinter dem Tisch war, sah er nicht hundert Augen, sondern hunderttausend Lichter. Die Sonne schien ihm in diesem Salon die Rolle einer Feuersbrunst zu spielen und er hatte, wie er sich ausdrückte, ein Salzfaß in der Kehle.

„Sie müssen sich bedanken", sagte Simon leise.

„Meine Herren."

Es herrschte eine so tiefe Stille, daß Philéas eine Regung von Bauchgrimmen verspürte.

„Was soll ich sagen, Simon?" wimmerte er leise.

„Und weiter?" rief Achille Pigoult.

„Meine Herren," sagte der Advokat nach diesem

grausamen Zwischenruf des kleinen Notars, „die Ehre, die Sie dem Herrn Bürgermeister erwiesen haben, kann ihn überraschen, aber nicht in Erstaunen versetzen."

„So ist es," sagte Beauvisage, „ich bin von der Aufmerksamkeit, die mir meine Mitbürger erwiesen haben, zu sehr ergriffen, um nicht aufs äußerste geschmeichelt zu sein."

„Bravo", rief der Notar ganz allein.

„Der Teufel soll mich holen," dachte Beauvisage bei sich, „und wenn man mich jemals dazu bekommt, zu reden..."

„Wollen die Herren Fromaget und Marcelin die Funktionen der Stimmenzähler übernehmen?" fragte Simon Giguet.

„Es würde mehr der Regel entsprechen," sagte Achille Pigoult und er erhob sich dabei, „daß die Gesellschaft selbst die beiden Mitglieder des Bureaus wählen würde, immer um die Kammer nachzuahmen."

„Das ist tatsächlich richtig," sagte der riesige Herr Mollot, der Schreiber beim Landgericht, „andernfalls wäre es eine Komödie und wir wären nicht frei: Warum dann nicht überhaupt nach dem Wunsche Herrn Simon Giguets verfahren?"

Simon sprach einige Worte zu Beauvisage, der sich erhob, um ein „Meine Herren" hervorzustoßen, das richtig den erforderlichen Herzenston hatte.

„Verzeihung, Herr Präsident," sagte Achille Pigoult, „aber Sie sollen präsidieren und nicht diskutieren."

„Meine Herren," sagte Beauvisage, dem Simon soufflierte, „wenn wir uns den parlamentarischen

Gebräuchen anpassen wollen, bitte ich den ehrenwerten Herrn Pigoult, das Wort zu ergreifen. Bitte, hier am Tisch."

Pigoult sprang auf den Teetisch zu, stellte sich aufrecht hin, stützte die Hände leicht auf den Tischrand und gab einen Beweis seiner Kühnheit, indem er ungeniert zu sprechen begann, fast wie der berühmte Herr Thiers.

„Meine Herren, nicht ich habe den Vorschlag gemacht, die Kammer nachzuahmen; denn bis heute sind mir die Kammern in Wahrheit unnachahmlich erschienen; nichtsdestoweniger habe ich wohl begriffen, daß eine Gesellschaft von einigen sechzig Notabeln der Champagne sich einen vorläufigen Präsidenten küren muß. Keine Herde ohne Hirt. Hätten wir in geheimer Wahl abgestimmt, ich bin sicher, unser geschätzter Maire wäre einstimmig gewählt worden. Seine Opposition gegen die von seiner Verwandtschaft unterstützte Kandidatur beweist, daß er in höchstem Grade Zivilcourage besitzt, da er sich der stärksten Bande, derer der Familie, zu erwehren weiß. Das Vaterland über die Familie stellen, ist so schwer, daß wir, wenn es uns gelingen soll, uns immer sagen müssen, daß seit über zweieinhalbtausend Jahren Brutus von der Höhe seines Richtstuhles auf uns herabsieht. Herrn Giguet, der das Verdienst gehabt, unsere Gefühle hinsichtlich der Präsidentenwahl zu erraten, mag es natürlich scheinen, uns auch bei der Stimmenzählerwahl zu führen; aber, meine Bemerkung unterstützend, haben Sie gedacht, daß es bei dem einen Mal sein Bewenden haben soll. Damit haben Sie recht gehabt. Es hätte sonst so ausgesehen, als ob unser gemeinsamer

Freund Simon Giguet, der sich als Kandidat zu präsentieren hat, sich als unseren Herrn aufspielen und uns die bescheidene Haltung, die sein verehrter Vater eingenommen hat, vergessen lassen wollte. Was tut jetzt unser geschätzter Präsident, der die Würde des Vorsitzes annahm, zu der ihn der Kandidat vorgeschlagen hat? Er nimmt uns unsere Freiheit. Ich frage Sie: ist es richtig, daß der Präsident unserer Wahl uns auffordert, durch Sitzenbleiben und Aufstehen die beiden Stimmenzähler zu wählen? Könnten wir da in Freiheit wählen? Kann man, wenn man neben seinem Nachbarn sitzt, sitzen bleiben? Da würde doch, glaube ich, jeder aus Höflichkeit aufstehen; und da wir alle für jeden von uns aufstehen würden, so wäre das keine Wahl, bei der jeder notwendigerweise von jedem gewählt würde."

„Er hat recht", sagten die sechzig Zuhörer.

„Es muß also jeder von uns zwei Namen auf einen Zettel schreiben und diejenigen, die neben dem Herrn Präsidenten thronen werden, dürfen sich als zwei Schmuckstücke der Gesellschaft betrachten; gemeinschaftlich mit dem Herrn Präsidenten werden sie die Mehrheit feststellen, wenn wir durch Aufstehen oder Sitzenbleiben entscheidende Beschlüsse fassen.

Wir sind hier, glaube ich, um einem Kandidaten die Kräfte zu versprechen, über die jeder von uns bei der vorbereitenden Wahlversammlung verfügt, zu der alle Wähler des Arrondissements kommen werden. Das ist, will ich meinen, eine ernste Handlung. Handelt es sich nicht um ein Vierhundertundfünfzigstel der Staatsmacht, wie vorhin der Herr Bürgermeister mit dem schlagfertigen Geist, der ihn auszeichnet und den wir immer schätzen, gesagt hat?"

Während dieser Erklärungen schnitt der Oberst Giguet ein Stück Papier zu Zetteln zurecht und Simon ließ Federn und ein Tintenfaß holen.

Die Sitzung wurde aufgehoben.

Diese vorbereitende Geschäftsordnungsdebatte hatte Simon schon tief beunruhigt.

Alsbald begann man die Zettel zu beschreiben und es gelang dem schlauen Pigoult, Herrn Mollot, den Schreiber beim Landgericht, und Herrn Godivet, den Steuereinnehmer, wählen zu lassen. Diese beiden Wahlresultate verdrossen natürlich den Apotheker Fromaget und den Sachwalter Marcelin.

„Sie haben dazu dienen müssen," sagte ihnen Achille Pigoult, „unsere Unabhängigkeit zu beweisen; seien Sie über Ihren Mißerfolg stolzer, als Sie es über Ihren Erfolg sein würden."

Man begann zu lachen.

Simon Giguet gebot Schweigen und erbat das Wort vom Präsidenten, dessen Hemd schon naß war und der all seinen Mut zusammenraffte, um zu stammeln: „Herr Simon Giguet hat das Wort."

☆

EIN ERSTER PARLAMENTARISCHER STURM

„MEINE HERREN," SAGTE DER ADVOKAT, „möge es mir erlaubt sein, Herrn Achille Pigoult zu danken, der, obwohl unsere Zusammenkunft ganz freundschaftlich ist..."

„Es ist die vorbereitende Zusammenkunft der

großen vorbereitenden Wahlversammlung", warf der Sachwalter Marcelin ein.

„Das wollte ich gerade erklären", fuhr Simon fort. „Ich danke Herrn Achille Pigoult vor allem für die Einführung der strengen parlamentarischen Formen. Zum erstenmal wird das Arrondissement Arcis in Freiheit..."

„In Freiheit", unterbrach Pigoult den Redner.

„In Freiheit", rief die Versammlung.

„In Freiheit," fuhr Simon fort, „in der großen Wahlschlacht Deputierte in die Kammer wählen und da in einigen Tagen die Versammlung stattfinden wird, bei der alle Wähler anwesend sein werden, müssen wir uns sehr glücklich schätzen, daß wir uns im kleinen Kreis an die Gebräuche dieser Versammlungen gewöhnen konnten; wir werden daher bei der Entscheidung der politischen Zukunft von Arcis besser gerüstet sein. Es handelt sich nämlich heute darum, eine Stadt an Stelle einer Familie zu setzen, das Land an Stelle eines Mannes."

Simon gab die Geschichte der Wahlen in den letzten zwanzig Jahren. Er sagte, jetzt sei der Augenblick gekommen, das Joch des Hauses Gondreville abzuschütteln. Arcis solle nicht mehr länger ein liberales Lehen und auch kein Lehen der Cinq-Cygnes sein. Im gegenwärtigen Zeitpunkt seien in Frankreich fortschrittliche Meinungen entstanden, die die Familie Keller nicht repräsentiere. Der zum Vicomte erhobene Charles Keller gehöre dem Hofe an, er habe keine Unabhängigkeit, denn die, die ihn als Kandidaten vorschlügen, dächten mehr daran, ihn zum Nachfolger der väterlichen Pairswürde als zum Nachfolger im Deputiertenmandat zu machen usw. Kurz und gut, Simon stellte sich seinen Mitbürgern zur Wahl und verpflichtete sich, seinen Sitz in der Kammer beim glanzvollen Herrn Odilon Barrot einzunehmen und das ruhmvolle Banner des Fortschritts niemals zu verlassen.

Fortschritt, eins dieser Worte, hinter denen man mehr trügerischen Ehrgeiz als Ideen zu gruppieren suchte; denn nach 1830 konnte dies Wort nur die Forderungen einiger ausgehungerter Demokraten bedeuten. Trotzdem machte es in Arcis noch viel Eindruck und gab dem, der es auf seine Fahne schrieb, Rückhalt.

Sich einen Mann des Fortschritts nennen, das hieß, sich in jeder Angelegenheit als Philosophen und in der Politik als Ethiker ankündigen. Als Anhänger des Fortschritts erklärte man sich für die Eisenbahnen, die Besserungsanstalten, das Holzpflaster, die Befreiung der Neger, die Sparkassen, die nähtelosen Stiefel, die Gasbeleuchtung, die asphaltierten Trottoirs, das allgemeine Stimmrecht, die Beschränkung der Zivilliste. Sich einen Mann des Fortschritts nennen, das hieß, sich gegen die Verträge von 1815 erklären, gegen den älteren Zweig des Hauses Bourbon, gegen den Koloß des Nordens, gegen das perfide Albion, gegen alle guten oder schlechten Unternehmungen der Regierung. Wie man sieht, kann das Wort Fortschritt sowohl „Ja“ wie „Nein“ bedeuten... Es war die Auffrischung des Wortes Liberalismus, ein neues Schlagwort für neuen Ehrgeiz.

„Wenn ich den Zweck unseres Zusammenkommens recht verstanden habe,“ meinte Jean Violette, ein Strumpffabrikant, der vor zwei Jahren die

Firma Beauvisage gekauft hatte, „kommt es für uns darauf an, uns mit Aufbietung aller Kräfte dafür einzusetzen, daß Herr Simon Giguet an Stelle des Grafen François Keller in die Deputiertenkammer gewählt wird. Wenn jeder einverstanden ist, mitzumachen, brauchen wir nur ganz einfach Ja oder Nein zu sagen."

„Das geht denn doch zu schnell. So geht es nicht bei politischen Angelegenheiten, sonst wäre es ja keine Politik mehr", rief Pigoult, dessen sechsundachtzigjähriger Großvater in den Saal kam. „Der Herr Vorredner entscheidet bereits, was meiner bescheidenen Einsicht nach erst der Gegenstand der Diskussion sein muß. Ich bitte ums Wort."

„Das Wort hat Herr Achille Pigoult", sagte Beauvisage, der diesen Satz mit seiner ganzen städtischen und verfassungsmäßigen Würde aussprechen konnte.

„Meine Herren," sagte der kleine Notar, „wenn es ein Haus in Arcis gäbe, in dem man sich nicht gegen den Einfluß des Grafen von Gondreville und des Hauses Keller erheben dürfte, müßte es nicht dies hier sein?... Der würdige Oberst Giguet ist hier der einzige, der niemals die Wirkungen der mit dem Senatorenrang verbundenen Macht verspürt hat, denn er hat sicherlich niemals etwas vom Grafen von Gondreville erbeten, der ihn aus der Proskriptionsliste von 1815 löschen und ihm die Pension, die er verzehrt, zuwenden ließ, ohne daß der verehrungswürdige Oberst, unser aller Stolz, sich nur von der Stelle gerührt hätte." Ein für den Alten schmeichelhaftes Gemurmel begleitete diese Bemerkung.

„Aber“, fuhr der Redner fort, „die Familie Marion ist mit Wohltaten des Grafen überhäuft worden. Ohne seine Protektion wäre der verstorbene Oberst Giguet niemals Gendarmeriekommandant von Aube geworden. In der Kaiserzeit wäre der verstorbene Herr Marion niemals ohne Unterstüzung des Grafen Gerichtspräsident geworden... Ich werde mich dem Grafen immer verpflichtet fühlen und Sie werden es daher natürlich finden, daß ich in diesem Kreise sein Anwalt bin... In unserem Arrondissement gibt es kaum jemanden, der keine Wohltaten von der gräflichen Familie empfangen hätte.“

Die Zuhörer wurden unruhig.

„Ein Kandidat setzt sich in den Armensünderstuhl,“ fuhr Achille eifrig fort, „er muß es sich daher gefallen lassen, daß ich ihn über sein Leben verhöre, bevor ich ihn mit Machtvollkommenheiten bekleide. Ich will nicht undankbar gegen meinen Bevollmächtiger sein, denn die Undankbarkeit ist wie das Unglück; die eine zieht das andere an: Wir sind, können Sie sagen, das Sprungbrett der Familie Keller gewesen. Gerade das macht mir Furcht, das Sprungbrett der Familie Giguet zu werden. Wir leben im positiven Jahrhundert, nicht wahr? Gut, prüfen wir, welche Ergebnisse die Wahl Simon Giguets für das Arrondissement Arcis haben würde. Man spricht Ihnen von Unabhängigkeit? Simon, den ich als Kandidaten heftig mitnehme, ist mein Freund, wie er auch der Freund aller meiner Zuhörer ist, und ich wäre entzückt, ihn als Redner der Linken zwischen Garnier-Pagès und Lafitte zu sehen; aber was würde dabei für das Arrondissement

herauskommen?... Das Arrondissement hätte die Unterstützung des Grafen von Gondreville und die der Familie Keller verloren. In den nächsten fünf Jahren brauchen wir aber die Hilfe beider. Man wird die Marschallin Garigliano aufsuchen, um die Rehabilitierung eines tollen Kerls zu erlangen, der schlecht angeschrieben ist. Wir brauchen die Kredithilfe der Familie Keller bei allen Geschäften, die durch ihre Empfehlung zum Abschluß kommen. Den alten Grafen von Gondreville hat man immer hilfsbereit gesehen: wenn man nur aus Arcis ist, hat man Zutritt bei ihm, ohne lange warten zu müssen. Diese drei Familien kennen alle Familien von Arcis... Wo ist die Kasse des Hauses Giguet und wie wird ihr Einfluß in den Ministerien sein? Welchen Kredit genießt sie an der Pariser Börse? Wenn wir unsere schlechte Holzbrücke als Steinbrücke wieder aufbauen wollen, werden wir dann die dazu nötigen Mittel vom Departement oder vom Staat erhalten?... Wenn wir Charles Keller wählen, so setzen wir ein Bündnis- und Freundschaftsverhältnis fort, das uns bis heute nur Vorteil gebracht hat. Wenn wir meinen ausgezeichneten Schulkameraden, meinen guten und geschätzten Freund Simon Giguet wählen, haben wir mit Sicherheit bis zu dem Tag, da er Minister sein wird, Verluste zu erwarten. Ich kenne seine Bescheidenheit zur Genüge und weiß, daß er mich nicht Lügen strafen wird, wenn ich an seiner sofortigen Ernennung zum Minister zweifle... (Gelächter.)
Ich bin zu dieser Zusammenkunft gekommen, um eine Tat, die ich für unser Arrondissement für

verhängnisvoll halte, zu bekämpfen. Charles Keller gehört zum Hof! wird man mir einwenden. Umso besser. Wir werden also die Kosten seiner politischen Lehrzeit nicht zu bezahlen brauchen; er kennt die Staatsgeschäfte und die parlamentarischen Notwendigkeiten, er kann eher ein Staatsmann sein als mein Freund Simon, der nicht behaupten wird, sich in unserem kleinen Arcis zu einem Pitt oder einem Talleyrand erzogen zu haben."

„Danton ist hier geboren", rief der Oberst Giguet. Bravo!

Der Zwischenruf des Obersten rief freudige Zustimmung hervor; sechzig Menschen schlugen in die Hände.

„Mein Vater ist ein geistreicher Kopf", sagte Simon Giguet leise zu Beauvisage.

Dem alten Obersten war alles Blut zu Kopf gestiegen, er sprang plötzlich auf und sagte: „Ich verstehe nicht, daß man im Hinblick auf die Wahl an dem Bande herumzerrt, das uns mit dem Grafen von Gondreville verknüpft. Mein Sohn erhält sein Vermögen von seiner Mutter, er hat niemals etwas vom Grafen von Gondreville erbeten. Wenn es den Grafen gar nicht gäbe, wäre Simon, der er ist: der Sohn eines Artillerieobersten, der seinen Rang seinen Verdiensten verdankt, und ein Advokat, der seine Gesinnung niemals geändert hat. Ich würde dem Grafen von Gondreville laut ins Gesicht sagen: „Wir haben Ihren Schwiegersohn zwanzig Jahre lang gewählt, heute wollen wir beweisen, daß wir ihn freiwillig wählten. Heute wählen wir einen Mann aus Arcis, um zu zeigen, daß der alte Geist von 1789, dem

Sie Ihr Glück verdanken, im Vaterland der Danton, der Malin, der Grévin, der Pigoult, der Marion immer weiterlebt... Mehr habe ich nicht zu sagen."

Der Alte setzte sich wieder.

Dann entstand großer Lärm. Achille öffnete den Mund, um zu erwidern. Beauvisage, der sich nicht für den Vorsitzenden gehalten hätte, wenn er nicht die Glocke geschwungen hätte, vermehrte den Spektakel, indem er Ruhe gebot. Es war zwei Uhr.

„Ich nehme mir die Freiheit, den ehrenwerten Herrn Obersten, dessen Gefühle verständlich sind, darauf hinzuweisen, daß er eigenmächtig das Wort ergriffen hat und daß er somit gegen die parlamentarischen Gebräuche verstoßen hat", sagte Achille Pigoult.

„Ich halte es nicht für nötig, den Obersten zur Ordnung zu rufen", sagte Beauvisage. „Er ist Vater..."

Es wurde wieder ruhig.

„Wir sind nicht hierhergekommen," rief Fromaget, „um zu allem, was die Herren Giguet, Vater und Sohn, tun wollen, Amen zu sagen..."

„Nein, nein", brüllte die Versammlung.

„Das geht schief", sagte Madame Marion zu ihrer Köchin.

„Meine Herren," fing Achille wieder an, „ich beschränke mich darauf, meinen Freund Simon Giguet kategorisch zu fragen, was er für unsere Interessen zu tun gedenkt."

„Ja, ja."

„Seit wann", sagte Simon Giguet, „wollen gute Bürger wie die von Arcis mit der heiligen Mission des Deputierten ein Schachergeschäft machen?" Man kann sich kaum vorstellen, welch einen Eindruck schöne Gefühle bei Versammlungen hervorrufen.

„Bravo", riefen einige unentwegte Giguet-Wähler.

„Wenn Sie mich in die Kammer schicken, so geschieht es doch, um dort die Prinzipien zu vertreten, die Prinzipien von 1789. Ich bin vielleicht nur ein unbedeutendes Mitglied der Opposition, aber ich soll doch mit ihr stimmen, die Regierung aufklären, die Mißbräuche bekämpfen und überall für den Fortschritt eintreten..."

„Was nennen Sie Fortschritt?" sagte Fromaget.

„Für uns wäre es der Fortschritt, wenn aus der Läusechampagne ein Kulturland gemacht würde."

„Der Fortschritt! Ich will ihn Ihnen erklären, wie ich ihn verstehe", rief Giguet, durch die Unterbrechung erbittert.

„Der Fortschritt", sagte der Oberst, „ist die Rheingrenze für Frankreich und die Annullierung der Verträge von 1815."

„Der Fortschritt, das heißt das Getreide immer teuer verkaufen und das Brot immer billig lassen", rief Achille Pigoult höhnisch, der einen Witz zu machen glaubte, wenn er einen der unsinnigen Sätze aussprach, die in Frankreich regieren.

„Der Fortschritt ist das Glück aller, das man durch den Triumph der Menschenrechte erlangt."

„Was hab' ich gesagt?" lächelte der schlaue Notar seinem Nachbarn zu.

„Ruhe. Schweigen. Wir wollen weiter hören", sagten einige Neugierige.

„Meine Herren," sagte der dicke Mollot lächelnd,

„die Debatte kommt in Schwung; hören Sie dem Redner aufmerksam zu, lassen Sie ihn erklären ..."

„In allen Übergangszeiten, meine Herren", fuhr Simon gewichtig fort, „und wir sind in einer solchen Zeit ..."

„Bah, bah", machte ein Freund von Achille Pigoult, der die bei einer Wahl besonders schätzenswerte Fähigkeit des Bauchredners besaß.

Ein tolles allgemeines Gelächter bemächtigte sich dieser Versammlung, die so recht eine Versammlung von Bewohnern der Champagne war. Simon Giguet kreuzte die Arme und wartete ab, bis das stürmische Gelächter verebbt war.

„Wenn man mir eine Lehre geben wollte", fuhr er fort, „und mir sagen wollte, daß ich mit der Heerschar der ruhmvollen Verteidiger der Menschenrechte marschiere, die Ruf auf Ruf, Buch auf Buch in die Welt werfen, daß ich zu denen gehöre, die für das sterbende Polen eintreten, die Zivilliste überwachen und in das Spiel unserer Institutionen Ernst bringen wollen, dann danke ich dem unbekannten Zwischenrufer. Für mich ist der Fortschritt die Verwirklichung all dessen, was uns die Julirevolution versprochen hat, es ist das allgemeine Wahlrecht, es ist ..."

„Also sind Sie Demokrat", sagte Achille Pigoult.

„Nein", erwiderte der Kandidat. „Ist man Demokrat, wenn man die regelrechte, gesetzliche Entwicklung unserer Institutionen wünscht? Für mich ist der Fortschritt die Brüderlichkeit unter den Mitgliedern der großen französischen Familie und wir können uns nicht verhehlen, daß viele Leiden ..."

Um drei Uhr erklärte Simon Giguet noch immer den Fortschritt und einige aus der Gesellschaft ließen ein regelmäßiges Schnarchen ertönen, das einen tiefen Schlaf anzeigte.
Der boshafte Achille Pigoult hatte alle verpflichtet, dem Redner gewissenhaft zuzuhören, der sich in seinen Phrasen und Periphrasen ohne Gesichtspunkt verlor.

☆

DIE VERLEGENHEITEN DER BEHÖRDEN IN ARCIS

IN DIESEM AUGENBLICK BLIEBEN MEHRERE Gruppen von Bürgern, Wählern oder Nichtwählern, vor dem Schloß von Arcis stehen; das Gitter des Schlosses geht auf den Platz, an dessen Rückseite sich die Tür des Hauses Marion befindet.
Auf diesem Platz münden verschiedene Chausseen und Straßen. Es gibt dort eine Markthalle; dem Schloß gegenüber, auf der anderen Seite des weder gepflasterten noch asphaltierten Platzes, wo der Regen kleine Gießbäche bildet, dehnt sich eine wundervolle Promenade aus, die Seufzerallee genannt wird. Zur Ehre oder zum Tadel der Frauen der Stadt? Diese Zweideutigkeit ist zweifellos ein Geistesblitz des Landes.
Zwei schöne, mit alten, dicht belaubten Linden bepflanzte Alleen führen vom Platze zu einem kreisförmigen Wall, der eine andere Promenade bildet, die wie alle Promenaden in der Provinz menschenleer ist.
Als die Diskussion, der Achille Pigoult mit der Kaltblütigkeit und dem Mute eines wahren Par-

lamentsredner einen dramatischen Verlauf gab, ihren Höhepunkt erreicht hatte, wandelten vier Persönlichkeiten nebeneinander unter den Linden auf einem Seitenweg der Seufzerallee. Als sie auf dem Platze angelangt waren, machten sie wie auf Verabredung halt und sahen sich die Bürger von Arcis an, die vor dem Schloß summten wie Bienen, die abends in ihren Bienenkorb zurückkehren.

Die vier Persönlichkeiten waren die ganze Regierungspartei von Arcis: der Unterpräfekt, der Staatsanwalt, sein Gehilfe und Herr Martener, der Untersuchungsrichter. Der Gerichtspräsident ist, wie wir bereits wissen, Anhänger des älteren Zweiges der Bourbonen und ergebener Diener des Hauses von Cinq-Cygne.

„Nein, ich verstehe die Regierung nicht", wiederholte der Unterpräfekt, auf die immer dichter werdenden Gruppen zeigend. „Bei so schwierigen Umständen läßt man mich ohne Instruktionen..."

„Da geht es Ihnen wie vielen Leuten", antwortete Olivier Vinet lächelnd.

„Was haben Sie der Regierung vorzuwerfen?" fragte der Staatsanwalt.

„Das Ministerium ist in großer Verlegenheit," erwiderte der junge Martener, „es weiß, daß dies Arrondissement gewissermaßen eine Domäne der Familie Keller ist, und es wird sich hüten, ihr entgegenzuarbeiten. Gegenüber dem einzigen Mann, der mit Herrn von Talleyrand zu vergleichen ist, muß man schonend verfahren. Den Polizeikommissar müßte man nicht an den Präfekten, sondern an den Grafen von Gondreville schicken."

„Inzwischen“, sagte Frédéric Marest, „regt sich die Opposition, wie Sie sehen, geschieht das unter dem Einfluß des Obersten Giguet. Unser Maire, Herr Beauvisage, führt den Vorsitz bei dieser vorbereitenden Versammlung.“

„Sie sind doch“, meinte Olivier Vinet heimtückisch zum Unterpräfekten, „Simon Giguets Freund und Schulkamerad; er wird sich der Partei des Herrn Thiers anschließen und Sie wagen nicht, seine Wahl zu begünstigen.“

„Vor dem Sturz des gegenwärtigen Ministeriums kann man mich absetzen. Wenn wir wissen, wann wir abgesetzt werden, wissen wir niemals, wann man uns wiederernennt“, sagte Antonin Goulard.

„Der Spezereiwarenhändler Collinet ...! das ist der siebenundsechzigste Wähler, der zum Obersten Giguet hineingeht“, sagte Herr Martener, der, die Wähler zählend, in seinem Beruf als Untersuchungsrichter blieb.

„Wenn Charles Keller der Regierungskandidat ist, hätte man es mir sagen müssen,“ fing Antonin Goulard wieder an, „man hätte Simon Giguet keine Zeit lassen dürfen, sich der Geister zu bemächtigen.“

Die vier Persönlichkeiten gingen langsam weiter und kamen an die Stelle, wo der Boulevard aufhört und zum Marktplatz wird.

„Da ist Herr Groslier“, sagte der Richter, der einen Mann zu Pferde bemerkte.

Dieser Reiter war der Polizeikommissar. Er bemerkte die auf der Straße vereinigten Behörden von Arcis und wandte sich an die vier Amtspersonen.

„Was bringen Sie, Herr Groslier?“ sagte der

Unterpräfekt und ging einige Schritte von den drei anderen entfernt, mit dem Kommissar plaudernd, auf und ab.

„Mein Herr," sagte der Polizeikommissar leise, „der Herr Präfekt hat mich beauftragt, Ihnen eine traurige Neuigkeit mitzuteilen. Der Herr Vicomte Charles Keller ist tot. Die Nachricht ist vorgestern telegraphisch mitgeteilt worden, und die beiden Herren Keller, der Graf von Gondreville, die Marschallin von Carigliano und die übrigen Mitglieder der Familie sind seit gestern hier in Gondreville. Abd-el-Kader hat die Offensive in Afrika wieder aufgenommen und der Krieg geht mit Erbitterung weiter. Der arme junge Mann ist als eines der ersten Opfer der Feindseligkeiten gefallen. Sie werden, wie mir der Herr Präfekt gesagt hat, vertrauliche Instruktionen wegen der Wahl empfangen."

„Durch wen?" fragte der Unterpräfekt.

„Wenn ich es wüßte, wäre es nicht mehr vertraulich", antwortete der Kommissar.

„Der Herr Präfekt weiß selbst nichts. Es werde, hat er mir gesagt, ein Geheimnis zwischen Ihnen und dem Minister sein."

Und er setzte seinen Weg fort und konnte noch sehen, wie der glückliche Unterpräfekt einen Finger auf die Lippen drückte, um ihm Schweigen zu empfehlen.

„Nun? Was für eine Neuigkeit kommt von der Präfektur?" fragte der Staatsanwalt, als Antonin Goulard zur Gruppe der drei Beamten zurückkam.

„Nichts von Bedeutung", antwortete mit geheimnisvoller Miene Antonin, der flink ging, als ob er die Amtspersonen los sein wollte.

Als sie schweigsam auf die Mitte des Platzes kamen – denn die drei Amtspersonen waren durch die erkünstelte Eile des Unterpräfekten empfindlich berührt – bemerkte Herr Martener die alte Frau Beauvisage, die Mutter von Philéas. Sie war von einer zahlreichen Schar von Bürgern umgeben, denen sie etwas zu erzählen schien. Ein Sachwalter namens Sinot, der die Royalisten des Arrondissements Arcis zu seinen Klienten zählte und der nicht zu der Zusammenkunft bei Giguet gegangen war, machte sich von dem Schwarm los, eilte an die Tür des Hauses Marion und läutete dort mit aller Kraft.

„Was gibt's denn da?“ fragte Frédéric Marest und ließ sein Lorgnon fallen.

„Meine Herren,“ antwortete Antonin Goulard, der es nicht für nützlich hielt, ein Geheimnis zu bewahren, das gerade von anderer Seite entschleiert war, „was es hier gibt? Charles Keller ist in Afrika gefallen, und dies Ereignis schafft Simon Giguet die besten Chancen. Sie kennen Arcis; es konnte hier keinen anderen Regierungskandidaten geben als Keller. Jeder andere wird den Lokalpatriotismus gegen sich haben.“

„Sollte ein solcher Dummkopf gewählt werden?“ sagte Olivier Vinet lachend.

Der Staatsanwaltsgehilfe, der ungefähr dreiundzwanzig Jahre alt war, war der älteste Sohn eines der bekanntesten Generalstaatsanwälte, der seit der Julirevolution zur Macht gelangt war. Natürlich war er dank dem väterlichen Einfluß in die Gerichtskarriere gekommen. Der Generalstaatsanwalt, der immer in der Stadt Provins zum Deputierten gewählt wurde, war eine der Hauptstützen des Zentrums in der Kammer. Daher hatte der Sohn, dessen Mutter eine geborene von Chargeboeuf war, eine Sicherheit in seinen Handlungen und seinem Auftreten, die die Machtstellung des Vaters offenbarte. Ohne sich den geringsten Zwang aufzuerlegen, äußerte er sich über Menschen und Dinge; er hoffte nämlich, nicht lange in der Stadt Arcis bleiben zu müssen, sondern als Staatsanwalt nach Versailles zu kommen, dem sicheren Sprungbrett für einen Posten in Paris.

Die unbekümmerte Miene des kleinen Vinet, die richterliche Dünkelhaftigkeit, die ihm die Sicherheit, seinen Weg zu machen, verlieh, ärgerten Frédéric Marest um so mehr, als der beißende Geist seines jungen Untergebenen dessen disziplinloses Benehmen noch verstärkte. Der Staatsanwalt, ein Mann von vierzig Jahren, hatte unter der Restauration sechs Jahre dazu gebraucht, um erster Staatsanwaltsgehilfe zu werden, und die Julirevolution hatte ihn beim Gericht in Arcis vergessen.

Olivier Vinet war dünn und schmächtig, er hatte ein schales Gesicht mit grünen, boshaften Augen. Er gehörte zu den spöttischen und vergnügungssüchtigen jungen Leuten, die das steife, schroffe und pedantische Wesen anzunehmen verstehen, mit dem sich die Bureaukraten nun einmal auf ihrem Amtssitz bewaffnen. Der große, dicke und gewichtige Staatsanwalt hatte gerade vor einigen Tagen ein System gefunden, mittels dessen er mit Vinet, der ihn zur Verzweiflung brachte, gut auskam: er behandelte ihn, wie ein Vater ein verwöhntes Kind behandelt.

„Olivier,“ antwortete er seinem Gehilfen und

klopfte ihm dabei auf die Schulter, „ein Mensch mit Ihrer Auffassungsgabe muß daran denken, daß Advokat Giguet Deputierter werden kann. Sie wären imstande gewesen, Ihre Äußerung gegen ihn ebenso vor allen Leuten von Arcis wie unter Freunden zu machen."

„Giguet hat auch mancherlei gegen sich", sagte dann Herr Martener.

Martener war ein ziemlich schwerfälliger, aber leistungsfähiger junger Mann; er war der Sohn eines Arztes aus Provins, der seinen Posten dem Generalstaatsanwalt Vinet verdankte, der lange Advokat in Provins gewesen war und die Leute aus Provins protegierte, wie der Graf von Gondreville die aus Arcis.

„Was hat Giguet gegen sich?" fragte Antonin.

„Der Lokalpatriotismus ist schrecklich, wenn man den Wählern einen Fremden aufzwingen will," erwiderte der Richter, „aber wenn die guten Leute von Arcis einen der Ihrigen erheben sollen, dann werden Eifersucht und Neid stärker sein als der Lokalpatriotismus."

„Das ist ebenso einfach wie richtig", sagte der Staatsanwalt. „Wenn Sie fünfzig regierungsfreundliche Stimmen aufbringen könnten, würden Sie die Wahlen hier wahrscheinlich beherrschen", fügte er hinzu und sah Antonin Goulard an.

„Es genügt, Simon Giguet einen Kandidaten entgegenzustellen, der so ähnlich ist wie er", sagte Olivier Vinet.

Über das Gesicht des Unterpräfekten huschte ein Lächeln der Befriedigung, das keinem seiner drei Gefährten entging. Man stand übrigens gut miteinander. Da sie alle vier Junggesellen und ziemlich wohlhabend waren, hatten sie, ohne ausdrückliche Verabredung, eine Art Bündnis geschlossen, um der Langeweile des Provinzlebens zu entgehen. Die drei Beamten hatten übrigens bemerkt, daß Giguet Goulard so etwas wie Eifersucht einflößte. Eine Bemerkung über beider Vorleben wird das verständlich machen.

Als Sohn eines ehemaligen Bereiters des Hauses de Simeuse, der sich durch den Ankauf von Nationalgütern bereichert hatte, war Antonin Goulard wie Simon Giguet ein Arciser Kind. Der alte Goulard, sein Vater, verließ die Abtei von Valpreux (das Wort ist eine Verstümmlung aus Val-des-Preux) und zog nach dem Ableben seiner Frau nach Arcis, wo er seinen Sohn Antonin aufs kaiserliche Gymnasium schickte, wie das auch der Oberst Giguet mit seinem Sohn getan hatte. Nachdem sie Schulkameraden gewesen waren, gingen die beiden Landsleute nach Paris und studierten dort Rechtswissenschaft, und ihre Freundschaft setzte sich in den Vergnügungen der Jugend fort. Sie versprachen einander zu helfen, auch wenn sie sich in verschiedenen Laufbahnen befänden. Aber das Schicksal wollte, daß sie Rivalen wurden.

Trotz seinen wirklich vorhandenen Vorzügen, und trotz seinem Kreuz der Ehrenlegion, das ihm der Graf von Gondreville als Ersatz für mangelnde Beförderung verschafft hatte und das in seinem Knopfloch glänzte, war das Angebot seines Herzens und seiner Stellung zurückgewiesen worden, als Antonin sechs Monate vor Beginn dieser Geschichte sich bei Madame Beauvisage in aller Verschwiegenheit eingeführt hatte.

Ein Schritt dieser Art bleibt in der Provinz nicht geheim. Der Staatsanwalt Frédéric Marest, mit dessen Vermögen, Knopfloch und Position es ebenso bestellt war wie bei Antonin Goulard, hatte drei Jahre vorher einen Refus bekommen, der mit dem Unterschied des Alters begründet wurde.

Daher beschränkten sich der Unterpräfekt und der Staatsanwalt der Familie Beauvisage gegenüber auf eine korrekte Höflichkeit, und im intimen Kreis machten sie sich über sie lustig.

Während sie auf und ab wandelten, errieten sie das Geheimnis der Kandidatur Simon Giguets, denn sie hatten, am Abend vorher, die Hoffnungen der Madame Marion verstanden. Sie teilten sich ihre Meinung über das Geheimnis mit und waren beide von dem heißen Wunsch erfüllt, die Heirat des Advokaten mit der reichen Erbin, deren Hand man ihnen verweigert hatte, zu hintertreiben.

„Gebe Gott, daß ich die Wahlen beherrsche," fuhr der Unterpräfekt fort, „und daß der Graf von Gondreville mich zum Präfekten ernennen läßt, denn ich habe ebensowenig wie Sie Lust, hierzubleiben, obwohl ich aus Arcis bin."

„Sie haben die schönste Gelegenheit, sich zum Deputierten wählen zu lassen, Herr Staatsanwalt", sagte Olivier Vinet zu Marest... „Besuchen Sie meinen Vater, der zweifellos in einigen Stunden in Provins ankommen wird, und bitten Sie ihn, Sie als Regierungskandidaten aufzustellen."

„Bleiben Sie hier," erwiderte Antonin, „die Regierung hat bestimmte Absichten bezüglich der Wahl in Arcis."

„Ach was! Es gibt doch zwei Regierungen: die eine, die die Wahlen zu machen glaubt, und die andere, die daraus Nutzen zu ziehen glaubt", sagte Vinet.
„Vermehren wir nicht die Schwierigkeiten, die Antonin ohnedies hat", antwortete Frédéric Marest augenzwinkernd seinem Gehilfen.
Die vier Amtspersonen, die jetzt vor dem Wirtshaus zum Maulesel angelangt waren, sahen Poupart kommen, der gerade von Madame Marion kam. In diesem Augenblick spie der Torweg des Hauses die siebenundsechzig Verschwörer aus.
„Sie sind also in dem Haus gewesen?" sagte Antonin zu Poupart.
„Ich werde nicht mehr dorthin zurückkehren, Herr Unterpräfekt," antwortete der Wirt, „der Sohn des Herrn Keller ist tot, ich habe nichts mehr zu tun."
„Ah, Pigoult?" sagte Olivier Vinet, als er die ganze Opposition der Gesellschaft Marion herauskommen sah.
Dem Notar rann der Schweiß von der Stirn und das bewies, wie sehr er sich angestrengt hatte. Er antwortete: „Sinot hat uns eine Neuigkeit mitgeteilt, die allgemeine Einigkeit zustande gebracht hat. Mit Ausnahme von Poupart, meinem Großvater, Mollot, Sinot und mir haben alle wie im Ballhaus von Versailles geschworen, sich mit allen Mitteln für den Sieg Simon Giguets einzusetzen, den ich mir zum Todfeind gemacht habe. Es ist heiß hergegangen. Ich habe die Giguets immer gegen die Gondrevilles donnern lassen. Der alte Graf wird auf meiner Seite sein. Spätestens morgen wird er genau wissen, was die sogenannten Patrioten von

Arcis über ihn gesagt haben, über seine Gemeinheiten und über seine Korruption, um sich seinem Schutze zu entziehen, oder, wie sie sagen, seinem Joch."

„Sie sind also einig", sagte Olivier Vinet lächelnd.

„Heute", meinte Herr Martener.

„Oh," rief Pigoult, „die allgemeine Stimmung der Wähler will einen Einheimischen zum Deputierten. Wen wollen Sie Simon Giguet entgegenstellen? Ein Mensch, der gerade zwei Stunden dazu gebraucht hat, um das Wort Fortschritt zu erklären ...!"

„Wir können den alten Grévin gegen ihn aufstellen", rief der Unterpräfekt.

„Der hat keinen Ehrgeiz," antwortete Pigoult, „wir müssen aber vor allem den Grafen von Gondreville um Rat fragen. Sehen Sie," fügte er hinzu, „mit welcher Sorgfalt Simon den Dummkopf Beauvisage nach Hause begleitet."

Und er zeigte auf den Advokaten, der den Bürgermeister am Arm gefaßt hielt und ihm ins Ohr sprach.

Beauvisage grüßte nach rechts und links alle Bürger, die ihn mit der Ergebenheit betrachteten, die die Leute in der Provinz dem reichsten Mann ihrer Stadt bezeugen.

„Er betreut ihn als Vater und Maire", erwiderte Vinet.

„Ach, mag er nur scheinheilig die Augen verdrehen," antwortete Pigoult, der die Anspielung Vinets verstanden hatte, „Céciles Hand wird weder vom Vater noch von der Mutter vergeben."

„Von wem denn sonst?"

„Von meinem ehemaligen Brotherrn. Wenn Simon auch Deputierter von Arcis würde, hätte er doch noch nicht das Spiel gewonnen."

Was der Unterpräfekt und Frédéric Marest auch Pigoult sagen mochten, er lehnte es ab, diesen Ausruf zu erklären, der ihnen ereignisschwanger zu sein schien und der eine gewisse Kenntnis der Absichten der Familie Beauvisage offenbarte.

Ganz Arcis war in Bewegung, nicht nur wegen der Trauernachricht, die gerade die Familie Gondreville erreicht hatte, sondern vielmehr noch wegen des großen im Hause Giguet gefaßten Beschlusses, wo in diesem Augenblick die drei Dienstboten und Madame Marion daran arbeiteten, alles wieder instand zu setzen, um abends die gewohnten Gäste empfangen zu können, die die Neugierde insgesamt anlocken würde.

☆

DER FELDZUG VON 1814
VON DER STRUMPFWIRKEREIPERSPEKTIVE AUS

DIE CHAMPAGNE SIEHT AUS WIE EIN ARMES Land und sie ist auch nur ein armes Land. Sie gewährt im allgemeinen einen traurigen Anblick, das Land ist dort ganz flach. Wenn man die Dörfer und selbst die Städte durchwandert, bemerkt man nur elende Bauwerke aus Holz oder Lehm; die reichsten sind aus Ziegeln. Sandstein wird kaum für die öffentlichen Gebäude verwendet. Das Schloß, der Justizpalast von Arcis und die Kirche sind die einzigen aus Stein errichteten Gebäude. Trotzdem ist die Champagne, oder, wenn man will, die Departements Aube, Marne und Haute-Marne, reichlich mit Weinland ausgestattet, das

Weltruf besitzt; dazu kommen viele blühende Industrien.

Abgesehen von den Manufakturen von Reims, konzentriert sich fast die ganze sehr bedeutende Strumpfwirkerei von Frankreich auf die Gegend von Troyes. In einem Umkreis von zehn Meilen ist das Land von Arbeitern bevölkert, deren Tätigkeit nicht verborgen bleibt, wenn man, die Dörfer durchwandernd, in die offenen Türen hineinschaut.

Der Fabrikant handelt mit Großfirmen in Paris oder oft auch mit simplen Kleinhändlern; die großen und die kleinen Firmen haben ein Schild, auf dem zu lesen steht: Strumpfwirkerei. Aber weder in den großen noch in den kleinen Betrieben wird ein Strumpf, eine Mütze, eine Socke angefertigt. Die Strumpfwirkerei kommt zum großen Teil aus der Champagne, denn es gibt in Paris keine Arbeiter, die mit denen der Champagne wetteifern können.

Der Zwischenhändler zwischen dem Erzeuger und Verbraucher ist kein Übelstand, der für die Strumpfwirkerei besonders charakteristisch wäre. Den Zwischenhändler gibt es fast überall im Erwerbsleben und er verteuert die Ware um den ganzen Gewinn, den er selbst einstreicht. Diesen kostspieligen Mißbrauch, der dem Verkauf der Waren schadet, zu beseitigen, wäre ein großartiges Unternehmen, das in seinen Ergebnissen nicht minder wichtig wäre als eine politische Tat. Die Industrie würde wirklich im ganzen genommen gewinnen, wenn sie im Inland billig verkaufte, wie sie ja im Ausland billig verkaufen muß, um den Konkurrenzkampf mit dem Ausland siegreich

bestehen zu können; dieser Kampf ist ebenso mörderisch wie der mit den Waffen.
Aber die Vernichtung eines solchen Mißbrauches würde den modernen Philanthropen nicht soviel Ruhm und Vorteile einbringen wie eine Polemik wegen der Neger-Emanzipation oder der Strafrechtsreform, oder was derlei tauber Nüsse mehr sind. Daher wird der Schleichhandel dieser Schieber fortdauern und noch lange auf Erzeugung und Verbrauch drückend lasten. In einem so geistreichen Land wie Frankreich scheint Vereinfachen Zerstören zu bedeuten. Die Revolution von 1789 läßt in dieser Beziehung Schlimmes befürchten.
Angesichts des Gewerbfleißes, den von der Natur stiefmütterlich behandelte Länder entfalten, kann man ermessen, welche Fortschritte die Landwirtschaft machen würde, wenn das Kapital bereit wäre, Geld in den Boden zu stecken. In der Champagne ist die Erde nicht undankbarer als in Schottland, wo die Kapitalien Wunder gewirkt haben. Der Wohlstand wird sich verdreifachen, wenn erst der Gewerbfleiß etwas Kapital ins Kreideland der Champagne gesät hat. Jetzt ist das Land ohne Luxus, die Behausungen sind ärmlich, aber englischer Komfort wird ins Land kommen, das Geld wird in schnellen Umlauf kommen, der schon die Hälfte des Reichtums bedeutet und der in vielen unaufgeschlossenen Gegenden Frankreichs bereits begonnen hat.
Die Kirche sollte es von der Kanzel, die Presse in ihren Spalten, die Schriftsteller, die Männer des Wirtschaftslebens, kurzum, alle, denen der Zufall die Macht gibt, die Massen zu beeinflussen, sollten es sagen und immer wieder sagen: Sparen ist ein

soziales Verbrechen. Die Sparmethode der Provinz hindert das Leben der Industrie und beeinträchtigt die Gesundheit der Nation.
Infolge dieser Sparmethode ist die Kleinstadt Arcis, die keinen Reise- oder Handelsverkehr hat, ein Städtchen, in dem sich nie und nichts ändert, verhältnismäßig reich; die Strumpfwirkerei hat allmählich Kapitalien angesammelt.
Herr Philéas Beauvisage war der Alexander, oder wenn man will, der Attila dieser Branche. Wie er zum Wolle-König geworden war, wird hiermit mitgeteilt.
Beauvisage war der einzige Sohn eines Pächterehepaares, das auf dem schönen Pachthof Bellache wohnte, der zur Herrschaft Gondreville gehörte. Seine Eltern hatten 1811, um ihn vor der Aushebung zu bewahren, ein Opfer gebracht und einen Mann gekauft, der an seiner Stelle Soldat wurde. Witwe geworden, war es der Mutter Beauvisage dank der Fürsprache des Grafen von Gondreville gelungen, ihren einzigen Sohn der Musterung, die 1813 erfolgte, zu entziehen. Damals war Philéas dreiundzwanzig Jahre alt und er hatte sich seit drei Jahren dem friedlichen Geschäfte der Strumpfwirkerei gewidmet.
Als der Pachtvertrag von Bellache abgelaufen war, hatte die alte Pächterin keine Lust, ihn zu verlängern. Sie glaubte genug erarbeitet zu haben, um in ihren alten Tagen ihren Besitz genießen zu können. Um ihr Alter vor jeder Trübung zu sichern, wollte sie bei Herrn Grévin, dem Notar von Arcis, die Erbschaft ihres Mannes flüssig machen, obwohl ihr Sohn keine Rechnungslegung von ihr verlangte; es stellte sich heraus, daß sie ihm ungefähr

hundertundfünfzigtausend Franken schuldete. Die gute Frau verkaufte ihren Landbesitz nicht, der zum größten Teil vom unglücklichen Michu stammte, dem ehemaligen Verwalter des Hauses de Simeuse; aber sie gab die erwähnte Geldsumme ihrem Sohn und redete ihm zu, die Firma seines Brotherrn zu übernehmen, des Herrn Pigoult, des Sohnes des alten Friedensrichters, dessen Geschäfte so schlecht geworden waren, daß man, wie schon erwähnt, ihn des Selbstmords verdächtigte.

Philéas Beauvisage, ein gescheiter Junge, der Respekt vor seiner Mutter hatte, hatte das Geschäft mit seinem Brotherrn bald ins reine gebracht; und da er von seinen Eltern die Anschwellung geerbt hatte, die die Phrenologen Erwerbssinn nennen, warf sich sein Jugendfeuer auf diesen Handel, der ihm wundervoll erschien und den er durch Spekulation vergrößern wollte.

Der Vorname Philéas, der außergewöhnlich erscheinen mag, ist eine der tausend Wunderlichkeiten, für die die Revolution verantwortlich ist. Das Ehepaar Beauvisage, das zu den Anhängern der Familie Simeuse gehörte und bis in die Knochen gut katholisch war, hatte sein Kind taufen lassen wollen. Der Abbé Goujet, der Pfarrer von Cinq-Cygne, den die Pächtersleute um Rat fragten, riet ihnen, ihren Sohn nach dem heiligen Philéas zu nennen, dessen griechischer Name die Ortsbehörde befriedigen würde; dies Kind wurde nämlich zu einer Zeit geboren, da die Kinder mit den seltsamen Namen des republikanischen Kalenders ins Zivilstandsregister eingetragen wurden.

Im Jahre 1814 war die Strumpfwirkerei, die in

normalen Zeiten ein solides Geschäft ist, allen Schwankungen der Wollepreise unterworfen. Der Wollepreis hing vom Triumph oder der Niederlage des Kaisers Napoleon ab, dessen Gegner, die englischen Generale, in Spanien sagten: Die Stadt ist genommen, laßt die Wolleballen kommen.
Pigoult, der ehemalige Brotherr des jungen Philéas, lieferte seinen Arbeitern auf dem Lande den Rohstoff. In dem Augenblick, da er sein Handelshaus an den jungen Beauvisage verkaufte, besaß er ein großes Quantum Wolle, das er bei voller Hausse gekauft hatte, als man infolge des berühmten kaiserlichen Dekrets Wollware zu sechs Sous das Kilogramm ins Kaiserreich einführte. Die in Frankreich durch die Einführung dieser Wollebestände hervorgerufene Rückwirkung verursachte den Tod Pigoults, des Vaters von Achille, und begründete das Vermögen von Philéas, der nicht den Kopf verlor wie sein Brotherr, sondern sich dadurch einen mittleren Preis verschaffte, daß er mit entsprechender Preisermäßigung das doppelte Quantum der von seinem Vorgänger erworbenen Ware erstand. Dieser so einfache Einfall gab Philéas die Möglichkeit, die Fabrikation zu verdreifachen und sich als Wohltäter der Arbeiter aufzuspielen. Er konnte Paris und ganz Frankreich mit seinen Fabrikaten überschwemmen und mit Gewinn verkaufen, während die Konkurrenten froh sein mußten, zum Einkaufspreis loszuschlagen.
Zu Beginn des Jahres 1814 hatte Philéas seine Lager geleert. Die Aussicht auf einen Invasionskrieg, dessen Schrecken hauptsächlich auf der Champagne lasten würden, machte ihn vorsichtig; er ließ nichts mehr fabrizieren und hielt sich mit

seinen in Gold realisierten Kapitalien für jedes Ereignis bereit.

In dieser Zeit waren die Zollschranken zerschlagen. Napoleon brauchte die dreißigtausend Zollbeamten für seinen Verteidigungskrieg. Der Stacheldraht unserer Grenzen war an tausend Stellen durchlöchert und die Wolle drang in alle Märkte Frankreichs ein. Man kann sich vorstellen, wie fein damals die Wolle wurde, und mit welcher Habgier sich die Engländer eines Landes bemächtigten, wo das Paar Strümpfe sechs Franken kostete, und die Perkalhemden ein Luxusgegenstand waren.

Die Fabrikanten zweiten Ranges, der Kern der Branche, hatten auf Napoleons Genie gerechnet und die aus Spanien gekommene Wolle gekauft. Sie arbeiteten in der Hoffnung, später den Pariser Händlern ihren Preis machen zu können. Philéas beobachtete das alles. Als dann der Krieg die Champagne verheerte, hielt er sich zwischen dem französischen Heer und Paris. Bei jeder verlorenen Schlacht ging er zu den Arbeitern, die ihre Fabrikate in Fässern, den Silos der Strumpfwirkerei, verborgen hatten; dann, Gold in der Hand, kaufte dieser Freibeuter der Wolle, von Dorf zu Dorf wandernd, die mit Waren gefüllten Tonnen, die bis zum nächsten Morgen die Beute eines Feindes werden konnten, dessen Füße ebenso bestrumpft werden mußten wie die Kehle befeuchtet. Philéas entfaltete in diesen unglücklichen Tagen eine Aktivität, die fast der des Kaisers gleichkam. Dieser Strumpfwirkergeneral führte den Handelskrieg von 1814 mit einem unerhörten Mut. Eine Meile hinter dem Ort, vor dem eine Meile entfernt der

Kaiser stand, kaufte er wollene Mützen und Strümpfe vorteilhaft auf, wo der Kaiser bei seinen Niederlagen unsterblichen Ruhm errang. Die beiden genialen Begabungen waren einander gleich, obwohl sie sich in verschiedenen Wirkungskreisen entfalteten und die eine möglichst viele Köpfe bedecken und die andere möglichst viele abschlagen wollte. Da Philéas sich Transportmittel beschaffen mußte, um seine Fässer mit den Wollwaren zu retten, die er in einem Pariser Vorort einlagerte, requirierte er häufig Pferde und Wagen, als ob es sich um das Heil des Kaisers handelte. Aber galt die Majestät des Handels nicht ebensoviel wie die Napoleons? Hatten die englischen Kaufleute, nachdem sie Europa in Sold genommen, nicht den Koloß überwunden, der ihre Kramläden bedrohte?

In dem Augenblick, da der Kaiser in Fontainebleau abdankte, triumphierte Philéas, der sich als Herr seiner Branche sah. Infolge seiner geschickten Manöver erzielte er eine Preisherabsetzung der Wolle und verdoppelte sein Vermögen in dem Augenblick, da die andern Fabrikanten sich glücklich schätzten, ihre Waren mit einem Verlust von fünfzig Prozent loszuwerden. Im Besitz von dreihunderttausend Franken kehrte er nach Arcis zurück. Die Hälfte dieses Betrages, der in Staatsanleihe angelegt wurde, warf ihm fünfzehntausend Franken Rente ab.

Hunderttausend Franken wurden dazu bestimmt, das für sein Geschäft notwendige Kapital zu verdoppeln. Den Rest benützte er dazu, zu bauen, sich Möbel anzuschaffen und sein schönes Haus auf der Place du pont in Arcis zu schmücken.

Als der Strumpfwirker im Triumph zurückkehrte, wurde natürlich Herr Grévin sein Vertrauter. Der Notar hatte noch eine einzige Tochter im Alter von zwanzig Jahren zu verheiraten. Grévins Schwiegervater, der vierzig Jahre lang Arzt in Arcis gewesen war, war noch nicht tot. Grévin, der bereits Witwer war, wußte, wie vermögend die Mutter Beauvisage war. Er glaubte an die Energie, an die Fähigkeit eines jungen Mannes, der seinen Feldzug von 1814 so mutig geführt hatte. Sévérine Grévin bekam als Mitgift das Vermögen ihrer Mutter in Höhe von sechzigtausend Franken. Was konnte der alte Varlet Sévérine hinterlassen? Höchstens eine gleiche Summe. Grévin war damals fünfzig Jahre alt, er fürchtete den Tod; er glaubte, unter der Restauration seine Tochter, für die er ehrgeizig war, nicht mehr nach seinem Geschmack verheiraten zu können. Unter solchen Umständen war es schlau von ihm, sich von Philéas um die Hand seiner Tochter bitten zu lassen.

Sévérine Grévin, eine wohlerzogene, schöne, junge Dame, galt als eine der guten Partien von Arcis. Eine Verbindung mit dem intimsten Freund des Senators, Grafen von Gondreville, Pairs von Frankreich, konnte für den Sohn eines Pächters von Gondreville nur ehrenvoll sein, die Witwe Beauvisage hätte um dieser Verbindung willen ein Opfer gebracht; aber als sie den Erfolg ihres Sohnes erfuhr, nahm sie davon Abstand, ihm eine Aussteuer zu geben. Ebenso vorsichtig benahm sich der Notar.

So wurde die Vereinigung zwischen dem Sohn eines Pächters, der einst dem Hause Simeuse so anhänglich gewesen war, und der Tochter eines seiner grausamsten Feinde vollzogen. Das ist vielleicht die einzige Anwendung des Losungswortes Ludwigs XVIII.: Eintracht und Vergessen.

Als die Bourbonen zum zweitenmal zurückkehrten, starb der alte Arzt, Herr Varlet, im Alter von sechsundsechzig Jahren und hinterließ zweihunderttausend Franken in Gold in seiner Truhe außer seinem übrigen Besitz in gleichem Werte. Seit 1816 besaßen also Philéas und seine Frau, außerhalb ihres Geschäftes, dreißigtausend Franken Rente; denn Grévin wollte das Vermögen seiner Tochter in Immobilien anlegen und Beauvisage widersetzte sich dem nicht. Die Summe, die Sévérine Grévin aus der Erbschaft ihres Großvaters erhielt, brachte kaum fünfzehntausend Franken ein, obwohl der alte Grévin sich nach Gelegenheiten umsah, das Geld möglichst vorteilhaft anzulegen.

Die beiden ersten Jahre genügten, um Madame Beauvisage und Grévin die abgrundtiefe Dummheit von Philéas erkennen zu lassen. Seine geschäftliche Raffgier war dem alten Notar als überlegene Fähigkeit erschienen, seine Jugend hatte er für Kraft gehalten, sein Glück für kaufmännische Genialität. Aber wenn Philéas auch lesen, schreiben und gut rechnen konnte, er hatte niemals etwas gelesen. Er war so unerhört ungebildet, daß man mit ihm nicht die geringste Unterhaltung führen konnte; er antwortete mit einer Sintflut angenehm hergesagter Gemeinplätze. Aber als Sohn eines Pächters fehlte es ihm nicht an gesundem kaufmännischen Instinkt. Vom Partner verlangte er runde, klare, greifbare Vorschläge, er selbst hielt sich zu solchen dem Partner gegenüber nicht verpflichtet. Da Philéas gutmütig und selbst

zärtlich war, weinte er bei dem kleinsten pathetischen Bericht. Diese Gutmütigkeit ließ ihn vor allem seine Gattin achten, deren Überlegenheit ihm tiefste Bewunderung einflößte.
Sévérine, eine gescheite Frau, war, wie Philéas glaubt, allwissend. Sie sah um so klarer, als sie ihren Vater bei jeder Angelegenheit um Rat fragte. Schließlich besaß sie eine große Charakterfestigkeit, die sie zur unumschränkten Gebieterin ihres Hauses machte. Seitdem dies Ziel erreicht war, bedauerte der alte Notar das Los seiner Tochter weniger, denn er sah seine Tochter glücklich im Besitz einer Herrschaft, die die Frauen mit ihrem Charakter immer befriedigt hat; aber sie war und blieb Frau.

☆

DAS HAUS BEAUVISAGE

WÄHREND DER REAKTION VON 1815 WURDE ein Vicomte von Chargeboeuf als Unterpräfekt nach Arcis geschickt. Er gehörte zum armen Zweig dieser Familie und war durch die Protektion der Marquise von Cinq-Cygne, mit deren Haus er verwandt war, ernannt worden. Der junge Mann blieb fünf Jahre lang Unterpräfekt. Wie es heißt, war die schöne Madame Beauvisage an diesem langen Verweilen des Unterpräfekten nicht unbeteiligt. Aber, um es gleich zu sagen, das Gerede wurde durch keinen der Skandale bestätigt, die in der Provinz diese Liebschaften enthüllen, die den Argusaugen der Kleinstadt so schwer zu verbergen sind. Wenn Sévérine den Vicomte von Chargeboeuf liebte und wenn sie von ihm geliebt wurde, so geschah das in allen Ehren, sagten die Freunde von Grévin und die von Marion. Diese zwiefache Clique zwang ihre Meinung dem ganzen Arrondissement auf; aber die Marionisten und die Grévinisten hatten keinen Einfluß auf die Royalisten, und diese hielten den Unterpräfekten für sehr glücklich.

Als die Marquise von Cinq-Cygne erfuhr, was man sich in den Schlössern von ihrem Verwandten erzählte, ließ sie ihn nach Cinq-Cygne kommen; ihr Abscheu vor all denen, die in entfernterer oder näherer Beziehung zu den Hauptpersonen des für ihre Familie so verhängnisvollen Prozesses standen, war so groß, daß sie es dem Vicomte zur Pflicht machte, seinen Aufenthaltsort zu wechseln. Sie ließ ihren Vetter zum Unterpräfekten von Sancerre ernennen und sie versprach ihm eine Präfektur.

Einige feine Beobachter behaupteten, der Vicomte habe seine Leidenschaft nur gespielt, um Präfekt zu werden, da er den Haß der Marquise gegen alles, was Grévin hieß, kannte. Andere bemerkten Übereinstimmungen zwischen dem häufigen Erscheinen des Vicomte von Chargeboeuf in Paris und den Reisen, die Madame Beauvisage unter den nichtigsten Vorwänden dorthin unternahm.

Ein unparteiischer Geschichtsschreiber käme in große Verlegenheit, wenn er eine Meinung über Tatsachen haben wollte, die in den Geheimnissen des Privatlebens begraben sind. Nur ein einziger Umstand scheint der üblen Nachrede gewonnenes Spiel zu geben.

Cécile-Renée Beauvisage wurde 1820 geboren, in dem Augenblick, da Herr von Chargeboeuf seine

Unterpräfektur verließ und unter den Namen des glücklichen Unterpräfekten befand sich der Name René. Diesen Namen erhielt das Kind von seinem Taufpaten, dem Grafen von Gondreville. Wenn die Mutter sich dem widersetzt hätte, daß ihre Tochter diesen Namen empfing, hätte sie gewissermaßen den Verdacht bestärkt.

Da die Welt unter allen Umständen recht behalten will, hielt man den Vorgang für eine Bosheit des alten Pairs von Frankreich. Madame Keller, die Tochter des Grafen, die Cécile hieß, war Taufpatin. Auffallend war, daß das Kind Cécile-Renée Beauvisage weder seinem Vater noch seiner Mutter glich; und mit der Zeit wurde das junge Mädchen das lebende Porträt des Vicomte, dessen aristokratische Manieren es hatte. Diese doppelte Ähnlichkeit in moralischer und physischer Hinsicht wurde von den Leuten von Arcis, wohin der Vicomte nicht mehr zurückkehrte, niemals bemerkt.

Sévérine machte übrigens Philéas auf seine Art glücklich. Er liebte die gute Küche und die Bequemlichkeiten des Lebens; sie hatte für ihn die auserlesensten Weine, die eines Bischofs würdige Tafel, die von der besten Köchin des Departements geführt wurde. Aber sie vermied es, Luxus zur Schau zu tragen, der Zuschnitt des Haushalts entsprach den bürgerlichen Lebensgewohnheiten von Arcis.

Es war sprichwörtlich in Arcis, man müsse bei Madame Beauvisage dinieren und bei Madame Marion den Abend verbringen.

Das Übergewicht, das die Restauration dem Hause von Cinq-Cygne im Arrondissement Arcis verlieh, hatte natürlich das Band zwischen all den Familien fester geknüpft, die etwas mit dem Kriminalprozeß zu tun hatten, der zur Wegnahme der Herrschaft Gondreville geführt hatte. Die Familien Marion, Grévin, Giguet waren damals um so einiger, als der Triumph ihrer Meinung, der sogenannten konstitutionellen, bei den Wahlen vollkommene Harmonie erforderte.

Absichtlich beschäftigte Sévérine ihren Beauvisage mit dem Wollhandel, auf den jeder andere an seiner Stelle verzichtet hätte; sie schickte ihn in Geschäftsreisen nach Paris und aufs Land. Philéas, der bis 1830 Gelegenheit hatte, von seiner Erwerbsader Gebrauch zu machen, gewann jedes Jahr eine Summe, die seinen Ausgaben gleichkam, abgesehen von den Zinsen seiner Kapitalien. Er machte seine Geschäfte gewissermaßen im Schlafrock, um einen sprichwörtlichen Ausdruck zu gebrauchen.

Die Zinsen des Vermögens von Herrn und Frau Beauvisage, die seit fünfzehn Jahren von Grévin sorgfältig kapitalisiert wurden, mußten 1830 also fünfhunderttausend Franken betragen. So hoch war um diese Zeit auch tatsächlich Céciles Mitgift, die der alte Notar so angelegt hatte, daß dreißigtausend Franken Renten erzielt wurden.

Niemand täuschte sich in der Schätzung des Vermögens der Familie Beauvisage, das auf achtzigtausend Franken Rente veranschlagt wurde. Nachdem die Beauvisages 1830 ihre Strumpfwirkerei an Jean Violette, einen ihrer Kommissionäre, verkauft hatten, den Enkel eines der Hauptbelastungszeugen im Prozeß Simeuse, hatten sie ihre Kapitalien, die jetzt auf dreihunderttausend Franken geschätzt wurden, angelegt; aber Herr und Frau Beauvisage hatten außerdem die beiden Erbschaften zu erwarten, die des alten Grévin und die der alten Pächterin Beauvisage, von denen jede auf fünfzehn- bis zwanzigtausend Franken Rente geschätzt wurde. Die großen Vermögen in der Provinz sind das Ergebnis der mit der Sparsamkeit verfielfachten Zeit.

Dreißig Jahre des Alterns sind hier immer ein Kapital.

Wenn Herr und Frau Beauvisage Cécile-Renée fünfzigtausend Franken Rente Mitgift gaben, behielten sie noch die beiden Erbschaften für sich, dreißigtausend Franken Rente und ihr Haus in Arcis.

Wenn die Marquise von Cinq-Cygne einmal gestorben war, würde Cécile sicher den jungen Marquis heiraten können; aber die Gesundheit dieser stattlichen und noch mit sechzig Jahren schönen Frau tötete diese Hoffnung, mit der Grévin und seine Tochter spielten, wie einige Leute behaupteten, die es sich nicht erklären konnten, daß so passende Bewerber wie der Unterpräfekt und der Staatsanwalt abgewiesen worden waren.

Das Haus Beauvisage, eines der schönsten von Arcis, lag an der Place du pont, an der Ecke der Rue du pont, die bis zur Place de l'Eglise hinaufsteigt. Obwohl es weder Hof noch Garten hatte, wie viele Provinzhäuser, machte es einen stattlichen Eindruck trotz den geschmacklosen Ornamenten. Die kleine Tür, aber eine mit zwei Flügeln, geht auf den Platz.

Aus den Fenstern des Erdgeschosses sieht man in der Straßenfront das Wirtshaus zur Post, in der

Front nach dem Platz die ziemlich malerische Landschaft der Aube, auf der die Schiffahrt unterhalb der Brücke beginnt.
Jenseits der Brücke gibt es einen anderen kleinen Platz, an dem Herr Grévin wohnt. Hier beginnt die Chaussee nach Sézanne.
Nach der Straße, wie nach dem Platz zu, ist das Haus Beauvisage sorgfältig weiß angestrichen und es sieht so aus, als ob es aus Stein erbaut wäre. Die Höhe der Jalousien, die äußeren Gesimse der Fenster, alles trägt dazu bei, diesem Hause einen gewissen Anstrich zu geben, den der Anblick aller anderen Häuser noch steigert, die fast alle aus Holz erbaut und mit einem Bewurf bedeckt sind, mit dessen Hilfe man die Solidität von Steinbauten vortäuschen will.
Trotzdem fehlt es diesen Häusern nicht an einer gewissen Naivität, weil jeder Architekt oder Bürger auf Mittel gesonnen hat, das Problem, das die Bauart darstellt, zu lösen. Auf jedem der Plätze auf beiden Seiten der Brücke gibt es so ein Muster der Bauart, die für die Champagne charakteristisch ist.
In der Mitte der am Platz gelegenen Häuserreihe, links vom Hause Beauvisage, war der gebrechliche Laden von Jean Violette zu sehen; das Haus war mit einer Farbe gestrichen, die wie Weinhefe aussah, die Holzteile waren grün gestrichen. Dem Violette, dem Enkel des berühmten Pächters von Grouage, einem Hauptzeugen im Kriminalprozeß, hatte Beauvisage 1830 seinen ganzen Betrieb und seine geschäftlichen Beziehungen überlassen. Wie es hieß, hatte er ihm auch seine Kapitalien geliehen.

Die Brücke von Arcis ist aus Holz. Ungefähr hundert Meter von dieser Brücke, die Aube aufwärts, ist das Ufer durch eine andere Brücke abgeriegelt, auf der sich die hohen Holzbauten einer Mühle mit mehreren Gängen erheben.
Der Raum zwischen der öffentlichen Brücke und dieser Privatbrücke bildet ein großes Becken, an dessen Ufern hohe Häuser liegen. Durch einen bogenförmigen Ausschnitt über den Dächern sieht man die Anhöhe, auf der das Schloß von Arcis gelegen ist, seine Gärten, seinen Park, seine Einfriedigungsmauern, seine Bäume, die am Oberlauf der Aube das Landschaftsbild bestimmen und die dürftigen Wiesen des linken Ufers.
Das Geräusch der Aube, die vom Brückendamm über ein Wehr hinabstürzt, die Musik der Räder, auf die das gepeitschte Wasser fällt und im Becken Kaskaden bildet, beleben die Rue du pont und kontrastieren mit der Ruhe des Ufers, das sich unterhalb hiervon ausdehnt, zwischen dem Garten des Herrn Grévin auf dem linken Ufer und dem Hafen auf dem rechten Ufer, wo die Schiffe vor einer Reihe ziemlich ärmlicher, aber malerischer Häuser ihre Frachten löschen.
Die Aube schlängelt sich ins Weite unter Bäumen, die zerstreut oder gedrängt stehen, groß oder klein sind, dies oder jenes Laub haben, je nach Belieben der Uferbewohner.
Das Aussehen der Häuser ist so verschiedenartig, daß ein Reisender dort eine Probe der Häuser aller Länder finden würde. Im Norden, am Ufer des Beckens, in dessen Wasser sich Enten tummeln, gibt es ein ganz südlich wirkendes Haus, mit einem Dach, wie es in Italien üblich ist; in dem

ans Ufer geklebten Gärtchen gibt es Weinstöcke, eine Weinlaube und zwei oder drei Bäume. Das Haus erinnert in einigen Einzelheiten an Rom, wo am Tiberufer einige Häuser einen ähnlichen Anblick gewähren.

Gegenüber, auf dem anderen Ufer, steht ein Haus mit vorspringendem Dach und mit Galerien wie bei einem Schweizerhaus. Eine weite, mit Pappeln geschmückte Wiese, die von einem kleinen sandigen Weg durchschnitten wird, erstreckt sich zwischen diesem Bau und dem Wasserablaß der Mühle und vervollständigt so die Illusion. Zu guter Letzt sind die Gebäude des Schlosses zu nennen, die, von so zerbrechlichen Häusern umgeben, umso imposanter wirken und den Glanz des französischen Adels repräsentieren.

Obwohl die beiden Brückenplätze von der Straße nach Sézanne, einer gräßlichen schlecht erhaltenen Chaussee, durchschnitten werden, sind sie doch der lebhafteste Punkt der Stadt, denn das Friedensgericht und die Mairie von Arcis befinden sich in der benachbarten Rue Vide-Bourse. Ein Pariser würde allerdings diesen belebtesten Punkt in Arcis ganz ländlich und einsam finden.

Diese Gegend ist so primitiv, daß man auf der Place du pont gegenüber dem Wirtshaus zur Post eine Ziehpumpe sieht, ähnlich der, die man vor einem halben Jahrhundert im glänzenden Hof des Louvre bewundern konnte.

Nichts erklärt besser das Provinzleben als das tiefe Schweigen, in dem diese Kleinstadt begraben ist und das selbst am lebhaftesten Punkt der Stadt herrscht. Man kann sich leicht vorstellen, wie beunruhigend dort die Gegenwart eines Fremden wirkt, der sich nur einen halben Tag lang aufhält, mit welcher Aufmerksamkeit sich die Gesichter aus allen Fenstern beugen, um ihn zu beobachten, und in welchem Spionagezustand die Bürger leben, die einander auskundschaften. Das Leben ist dort so klösterlich, daß mit Ausnahme der Sonn- und Feiertage ein Fremder auf den Boulevards oder in der Seufzerallee niemanden antrifft, auch auf den Straßen nicht.

Jeder kann jetzt verstehen, warum das Erdgeschoß des Hauses Beauvisage mit der Straße und dem Platze in einer Flucht lag. Der Platz diente als Hof. Wenn der ehemalige Strumpfwirker sich aus dem Fenster lehnte, konnte sein Blick den Kirchplatz, die beiden Brückenplätze und die Straße nach Sézanne umfassen, was alles in einer Fluchtlinie lag. Er sah die Boten und die Reisenden im Wirtshaus zur Post ankommen. An Verhandlungstagen betrachtete er das Leben und Treiben am Friedensgericht und an der Mairie. Daher hätte Beauvisage sein Haus nicht gegen das Schloß eingetauscht, trotz seinem herrschaftlichen Aussehen, seinen Quadersteinen und seiner herrlichen Lage.

☆

DIE MITGIFT, EINE DER HELDINNEN DIESER GESCHICHTE

WENN MAN ZU BEAUVISAGE KAM, FAND man eine Säulenreihe vor sich, aus der sich im Hintergrund eine Treppe entfaltete. Zur Rechten kam man in einen geräumigen Salon, dessen beide Fenster auf den Platz gingen, zur Linken gelangte man in einen schönen Speisesaal, dessen Fenster auf die Straße sahen. Das erste Stockwerk diente zur Wohnung.

So vermögend die Familie Beauvisage auch war, ihr Hauspersonal bestand nur aus einer Köchin und einem Hausmädchen, einer Art Unschuld vom Lande, das wusch, plättete, bohnte. Seltener half es Madame und Mademoiselle beim Ankleiden, da beide Damen gewöhnt waren, einander diesen Dienst zu leisten, um die Zeit hinzubringen. Seit dem Verkauf der Strumpfwirkerei waren Pferd und Wagen, die im Hotel zur Post untergebracht waren, von Philéas abgeschafft und verkauft worden.

In dem Augenblick, da Philéas nach Hause kam, hatte seine Frau, die vom Beschluß der bei Giguet versammelten Gesellschaft gehört hatte, ihre Stiefel angezogen und ihren Schal genommen, um zu ihrem Vater zu gehen; sie hatte nämlich erraten, daß Madame Marion ihr am Abend wegen der Verbindung zwischen Cécile und Simon einige Eröffnungen machen würde.

Nachdem Philéas von seiner Frau den Tod von Charles Keller erfahren hatte, fragte er sie mit einem „Was sagst du dazu, liebe Frau?" naiv um ihre Meinung. Er war eben gewohnt, in jeder Angelegenheit die Meinung Sévérinens zu respektieren. Dann ließ er sich in einen Sessel fallen und erwartete eine Antwort.

Im Jahre 1839 war Madame Beauvisage vierundvierzig Jahre alt, aber sie war so wohlerhalten, daß sie Fräulein Mars hätte vertreten können. Bei der Erinnerung an die entzückendste

Célimène, die das Théâtre-Français je gehabt hat, kann man sich eine genaue Vorstellung vom Aussehen der Sévérine Grévin machen. Sie besaß denselben Reichtum der Formen, dieselbe Schönheit des Gesichtes, dieselbe Reinheit der Linie; aber die Frau des Strumpfwirkers war von kleiner Statur und das nahm ihr die vornehme Anmut, mit der die große Schauspielerin sich ins Gedächtnis aller Männer geschrieben hat, die das Kaiserreich und die Restauration erlebt haben. Das Provinzleben und die etwas nachlässige Art sich zu kleiden, in der Sévérine sich gehen ließ, hatten seit zehn Jahren diesem schönen Profil und diesen schönen Zügen etwas Gemeines gegeben und ein Embonpoint hatte diesen Körper entstellt, der während der ersten zwölf Ehejahre so herrlich gewesen war. Aber Sévérine machte diese Unvollkommenheiten durch einen überlegenen, gebieterischen Blick und durch eine gewisse stolze Haltung des Kopfes wieder gut. Ihre noch schwarzen, langen und dichten Haare, in einen hohen Knoten verschlungen, gaben ihr ein jugendliches Aussehen. Ihr Busen und ihre Schultern waren schneeweiß, aber alles war dick und rund, füllig, so daß es die Bewegung ihres etwas zu kurz geratenen Halses hinderte. Ihre Arme waren fleischig, ihre Hände waren klein und hübsch, aber zu fett. Sie war so lebenstrotzend und vollblütig, daß das Fleisch, so fest es auch war, über ihren Schuhen einen kleinen Wulst bildete. Zwei Ringe, jeder im Werte von tausend Talern, schmückten ihre Ohren. Sie trug ein Spitzenhäubchen mit rosenfarbenen Schleifen, ein Schneiderkleid aus Mousselin de laine, mit rosa und grauen Streifen, das sich unten öffnete, um einen mit einer schmalen Spitze bereihten Rock sehen zu lassen, und einen Kaschmirschal mit grüner Stickerei, dessen Fransen bis zur Erde reichten. Ihre Füße fühlten sich in ihren Schnürstiefeln aus bronzefarbenem Leder nicht wohl.

„Sie haben kaum solchen Hunger, daß Sie nicht eine halbe Stunde warten könnten", sagte sie mit einem Blick auf Beauvisage. „Mein Vater ist mit dem Diner fertig, und ich kann nicht in Ruhe essen, bevor ich weiß, was er denkt und ob wir nach Gondreville gehen sollen."

„Geh, geh, meine Liebe; ich werde auf dich warten", sagte der Strumpfwirker.

„Großer Gott, werde ich es dir denn niemals abgewöhnen, mich zu duzen?" sagte sie mit einer bezeichnenden Bewegung der Schultern.

„Vor anderen Leuten ist mir das seit 1817 nicht mehr vorgekommen", stammelte Philéas.

„Vor den Dienstboten und Ihrer Tochter kommt es andauernd vor."

„Wie Sie wollen, Sévérine", antwortete Beauvisage traurig.

„Vor allen Dingen, sagen Sie Cécile kein Wort von dieser Entscheidung der Wähler", fügte Madame Beauvisage hinzu, die sich im Spiegel betrachtete und ihren Schal in Ordnung brachte.

„Willst du, daß ich mit ihr zu deinem Vater gehe?" fragte Philéas.

„Nein, bleiben Sie mit Cécile hier. Muß übrigens Jean Violette heute nicht den Rest des Kaufpreises bezahlen? Er hat Ihnen seine zwanzigtausend Franken zu bringen. Das ist nun das dritte Mal, daß er uns vertröstet; geben Sie ihm keinen Aufschub mehr; wenn er nicht zahlen kann, lassen Sie seinen Schuldschein dem Gerichtsdiener Courtet überbringen; erwirken Sie ein regelrechtes Urteil. Achille Pigoult wird Ihnen sagen, wie wir zu unserem Gelde kommen werden. Dieser Violette ist wirklich der würdige Enkel seines Großvaters. Ich halte ihn für fähig, sich durch einen Bankrott zu bereichern; er hat weder Treu noch Glauben."

„Er ist doch klug", sagte Beauvisage.

„Sie haben ihm für dreißigtausend Franken eine Kundschaft und einen Betrieb überlassen, der fünfzigtausend Wert ist, und er hat Ihnen in acht Jahren nur zehntausend Franken gezahlt."

„Ich habe niemals jemanden gedrängt," erwiderte Beauvisage, „ich will lieber mein Geld verlieren als einen armen Menschen quälen."

„Einen Menschen, der sich über Sie lustig macht."

Beauvisage blieb stumm. Da er auf die letzte grausame Bemerkung nichts zu erwidern fand, betrachtete er die Bohlen, die das Parkett des Salons bildeten.

Vielleicht könnte sich die allmähliche Abnahme der Intelligenz und der Willenskraft von Beauvisage durch das Übermaß an Schlaf erklären lassen. Jeden Abend ging er um acht Uhr zu Bett und jeden Morgen stand er um acht Uhr auf, seit zwanzig Jahren schlief er so seine zwölf Stunden, ohne jemals in der Nacht aufzuwachen, oder, wenn dies ernste Ereignis eintrat, war das für ihn eine Tatsache von außerordentlicher Bedeutung, von der er dann den ganzen Tag sprach.

Bei seiner Toilette verbrachte er ungefähr eine Stunde, denn seine Frau hatte ihn daran gewöhnt, sich ihr beim Frühstück nur rasiert und sauber angezogen zu zeigen. Solange er noch Geschäftsmann war, ging er nach dem Frühstück seinen Geschäften nach und kam erst zum Diner zurück. Seit 1832 hatte er an Stelle der Geschäftsgänge einen Besuch beim Schwiegervater, einen Spaziergang oder Besuche in der Stadt treten lassen. Immer trug er Stiefel, eine Hose aus blauem Tuch, eine weiße Weste und einen blauen Rock: das war die Tracht, die seine Frau bei ihm wünschte. Seine Wäsche fiel durch ihre Weiße und ihre Feinheit auf; Sévérine zwang ihn nämlich, jeden Tag frische Wäsche anzulegen. Diese in der Provinz so seltene Sorgfalt für sein Äußeres trug dazu bei, daß er in Arcis als das angesehen wurde, was man in Paris unter einem eleganten Mann versteht.

Mit seinem würdigen und ernsten Aussehen erschien der ehemalige Wollmützenverkäufer als eine Persönlichkeit; denn seine Frau war klug genug, um niemals ein Wort zu äußern, das das Publikum von Arcis zum Vertrauten ihrer Enttäuschung und der Nichtigkeit ihres Gatten gemacht hätte. Wegen seines Lächelns, seiner höflichen Redensarten und wegen seines Gehabens als Reicher galt Philéas für einen der bedeutendsten Männer der Stadt. Man erzählte sich, Sévérine sei so eifersüchtig, daß sie ihn nicht zu Abendgesellschaften gehen lasse, während Philéas doch in dieser Zeit den Schlaf des Gerechten schlief.

Beauvisage, der nach seinem Geschmack lebte,

von seiner Frau sorgsam gepflegt, von seinen beiden Dienstboten gut bedient und von seiner Tochter liebkost wurde, hielt sich für den glücklichsten Menschen von Arcis, der er auch in der Tat war. Das Gefühl Sévérines für diesen Mann war nicht ohne beschützendes Mitleid, das eine Mutter für ihre Kinder hat. Die harten Worte, die sie ihm sagen mußte, verbarg sie unter einer heiteren Miene. Eine ruhigere Ehe gab es nicht und die Abneigung, die Philéas gegen Gesellschaften hegte, bei denen er einschlief, da er kein Kartenspiel verstand, hatte Sévérine vollständig zur Herrin seiner Abende gemacht.

Céciles Ankunft befreite Philéas von seiner unbehaglichen Stimmung.

„Wie schön du bist."

Madame Beauvisage wandte sich schnell um und warf einen durchdringenden Blick auf ihre Tochter, der sie erröten ließ.

„Ah, Cécile, wer hat dir gesagt, du möchtest eine solche Toilette anlegen?" fragte die Mutter.

„Gehen wir heute abend nicht zu Madame Marion? Ich habe mich angezogen, um zu sehen, wie mir das neue Kleid steht."

„Cécile, Cécile, warum willst du deine Mutter täuschen? ... Das ist nicht gut, ich bin nicht zufrieden mit dir, du willst mir etwas verbergen."

„Was hat sie denn getan?" fragte Beauvisage, der entzückt war, seine Tochter so fein geputzt zu sehen.

„Was sie getan hat? Ich werd's ihr sagen", sagte Madame Beauvisage und drohte ihrer einzigen Tochter mit dem Finger.

Cécile warf sich ihrer Mutter an den Hals, küßte

und liebkoste sie, womit die einzigen Töchter immer recht behalten.

Cécile Beauvisage, ein neunzehnjähriges junges Mädchen, hatte ein grauseidenes Kleid angezogen, mit Schnüren von dunklerem Grau, das vorne wie ein Redingot zugeschnitten war. Das ärmellose Leibchen lief vorne spitz zu und wurde hinten geschnürt.

Dies falsche Korsett umriß vollständig Rücken, Hüften und Büste. Der Rock warf entzückende Falten und bewies in Schnitt und Machart das Können einer Pariser Schneiderin. Ein hübsches, spitzenbedecktes Brusttuch fiel auf das Leibchen. Um den Hals trug die Erbin ein sehr elegant geschlungenes rosa Tüchlein und auf dem Kopf einen mit einer Stoffrose geschmückten Strohhut. Ihre Hände steckten in langen schwarzen Filet-Handschuhen, ihre Füße in Schnürstiefeln aus goldfarbenem Leder. Ihr niedliches Sonntagsgesicht, ihr Aussehen überhaupt, das einer Modepuppe in den Journalen glich, mußte ihren Vater und ihre Mutter entzücken.

Cécile war gut gebaut, mittelgroß und von schönem Ebenmaß. Sie hatte, der Mode von 1839 entsprechend, ihre kastanienbraunen Haare in zwei große Zöpfe gebunden, die das Gesicht einrahmten.

Ihr Gesicht, das von Gesundheit strotzte, war ein ausgezeichnetes Oval und deutete das aristokratische Wesen an, das weder vom Vater noch der Mutter stammte. Ihre klarbraunen Augen besaßen nichts von dem süßen, ruhigen und fast melancholischen Ausdruck, der den jungen Mädchen so natürlich ist.

Lebhaft, angeregt, gesund, verdarb Cécile durch eine gewisse Nüchternheit und Burschikosität der verzogenen Kinder alles, was an Romantik an ihr war. Trotzdem hätte ein dazu geeigneter Mann sie noch einmal erziehen, die Spuren des Provinzlebens auslöschen und aus diesem Rohstoff eine entzückende Frau machen können. Da Sévérine auf ihre Tochter stolz war, hatte sie ihre Erziehung nicht in Zärtlichkeiten erschöpft. Madame Beauvisage hatte den Mut gehabt, ihre Tochter gut zu erziehen; sie hatte sich im Umgang mit ihr an eine gespielte Strenge gewöhnt, die ihr erlaubte, sich gehorchen zu lassen und das wenige Böse, das in der Seele ihres Kindes schlummern mochte, zu unterdrücken. Mutter und Tochter hatten sich niemals verlassen, daher besaß Cécile, was bei jungen Mädchen seltener ist, als man glaubt, vollkommene Gedankenreinheit, ungetrübte Herzensfrische und Naivität.

„Dein Kleid gibt mir zu denken," sagte Madame Beauvisage, „sollte Simon Giguet dir gestern etwas gesagt haben, was du mir verbirgst?"

„Oh," sagte Philéas, „ein Mann, der eben das Mandat seiner Mitbürger erhalten hat..."

„Liebe Mutter," sagte Cécile leise, „er ödet mich an; aber in Arcis gibt es für mich keinen außer ihm."

„Du hast recht; aber warte, was dein Großvater dazu sagt", sagte Madame Beauvisage und küßte ihre Tochter, deren Antwort viel Vernunft verriet und offenbarte, daß der Gedanke an Heirat in ihre Harmlosigkeit Bresche geschlagen hatte.

☆

DAS HAUS VON GRÉVIN, AUF DEM RECHTEN Ufer der Aube, an dem kleinen Platz jenseits der Brücke, ist eines der ältesten Häuser der Stadt. Es ist daher aus Holz gebaut und die Zwischenräume zwischen seinen so gebrechlichen Mauern sind mit Ziegelsteinen ausgefüllt; es ist mit einer Mörtelschicht, die mit der Mauerkelle geglättet ist, bedeckt und grau gestrichen. Trotz dieser koketten Schminke erscheint es nicht weniger als Kartenhaus.

Der Garten, längs der Aube, ist durch eine Terrasse beschützt, die von Blumentöpfen gekrönt wird. Das niedrige Haus, dessen Fenster, dessen dichte Läden wie die Mauer grau gestrichen sind, ist mit Möbeln ausgestattet, die an Einfachheit der schlichten Außenseite nichts nachgeben.

Beim Eingang bemerkt man in einem kleinen, mit Ziegeln beschotterten Hof grüne Gitter, die zur Einfriedigung des Gartens dienen. Das frühere Arbeitszimmer im Erdgeschoß ist in einen Salon verwandelt worden, dessen Fenster auf das Ufer und den Platz gehen. Das Mobiliar besteht aus alten grünen Plüschmöbeln, die ganz verschlissen sind. Das frühere Bureau ist der Speisesaal des Notars, der sich in den Ruhestand zurückgezogen hat.

All das deutet an, daß ein ganz philosophischer alter Mann hier haust, der ein Leben geführt hat, das wie das Wasser aus ländlichen Quellen dahingeglitten ist. Ein solches Dasein beneiden zu guter Letzt die Narren des politischen Lebens, wenn sie enttäuscht sind von Machtstellungen und ermüdet von den unsinnigen Kämpfen mit dem Verlauf der Menschheitsgeschichte.

Während Sévérine über die Brücke geht und nachsieht, ob ihr Vater mit dem Diner fertig ist, erscheint es zweckmäßig, auf die Persönlichkeit, das Leben und die Meinungen des alten Mannes einen Blick zu werfen, den die Freundschaft des Grafen Malin von Gondreville der Ehrerbietung des ganzen Landes anempfahl.

Sehr einfach ist die Geschichte dieses Notars, der lange Zeit hindurch sozusagen der einzige Notar von Arcis war. Im Jahre 1787 gingen zwei junge Leute aus Arcis nach Paris, die an einen Advokaten namens Danton empfohlen waren. Dieser berühmte Patriot stammte aus Arcis. Sein Haus ist dort noch zu sehen und seine Familie lebt dort noch. Das mag den Einfluß erklären, den die Revolution auf diesen Winkel der Champagne ausgeübt hat.

Danton brachte seine Landsleute beim Staatsanwalt am Chatelet unter. Dieser Beamte ist durch seinen Prozeß mit dem Grafen Morton de Chabrillant berühmt geworden; er prozessierte mit ihm wegen der Loge bei der Uraufführung von „Figaros Hochzeit“ und das Parlament machte seine Sache zur seinigen, weil es sich in der Person seines Staatsanwalts für beleidigt hielt.

Von den beiden jungen Leuten hieß der eine Malin und der andere Grévin; beide waren einzige Söhne. Malins Vater war der Eigentümer des Hauses, in dem jetzt Grévin wohnt. Zwischen beiden bestand eine gegenseitige, echte Zuneigung. Malin, ein geriebener, ehrgeiziger Junge von großer Veranlagung, besaß die Gabe des Wortes.

Der ehrenhafte und arbeitsame Grévin hatte es sich zum Beruf gemacht, Malin zu bewundern. Zur Zeit der Revolution kehrten sie in ihr Heimatland zurück, der eine als Advokat nach Troyes, der andere als Notar nach Arcis. Als bescheidener Diener Malins half Grévin, ihn als Deputierten in den Konvent zu entsenden. Malin ließ Grévin zum Bürgermeister von Arcis wählen.

Bis zum 9. Thermidor trat Malin im Konvent nicht hervor; er hielt sich immer zur mächtigsten Partei und bekämpfte die schwächere; aber Taillien überzeugte ihn von der Notwendigkeit, Robespierre zu stürzen. In dieser schrecklichen parlamentarischen Schlacht zeichnete Malin sich aus, er hatte im richtigen Augenblick Mut. Von diesem Zeitpunkt an begann die politische Rolle des Mannes, der ein Held der niedrigeren Sphäre wurde: er verließ die Partei der Thermidorianer und wurde dann Mitglied des Rats der Alten. Als Freund von Talleyrand und Fouché konspirierte er mit ihnen gegen Bonaparte, aber er wurde nach dem Sieg von Marengo wie diese ein glühender Anhänger des Siegers. Er wurde Tribunatsmitglied und trat als einer der ersten in den Staatsrat ein. Er beteiligte sich an der Abfassung des Code Napoléon und wurde unter dem Namen eines Grafen von Gondreville als einer der ersten zur Würde eines Senators erhoben.

Das ist die politische Seite dieses Lebens; es folgt die finanzielle. Grévin wurde im Arrondissement Arcis der tätigste und geschickteste Helfer beim Vermögenserwerb des Grafen von Gondreville. Die Herrschaft Gondreville gehörte den Simeuse, einer angestammten, vornehmen Familie des Landes, die durch das Schafott dezimiert war. Die Erben, zwei junge Leute, dienten im Emigrantenheer unter Condé. Ihr zum Nationalgut erklärter Besitz wurde dank Grévins Bemühung von Malin erworben; Herr Marion diente dabei als Strohmann. Grévin ließ seinen Freund den besten Teil der Kirchengüter erwerben, die im Departement Aube von der Republik zum Kauf ausgeboten wurden. Malin schickte Grévin die zu diesen Erwerbungen erforderlichen Summen und vergaß dabei auch seinen Geschäftsträger nicht.

Unter dem Direktorium, in der Zeit, als Malin überragenden Einfluß hatte, wurden die angekauften Güter auf Malins Namen überschrieben. Grévin wurde Notar und Malin Staatsrat. Grévin wurde Bürgermeister von Arcis, Malin wurde Senator und Graf von Gondreville. Malin heiratete die Tochter eines millionenschweren Lieferanten, Grévin vermählte sich mit der einzigen Tochter des biederen Varlet, des ersten Arztes von Arcis.

Der Graf von Gondreville besaß dreihunderttausend Franken Rente, ein großes Haus in Paris und das wundervolle Schloß von Gondreville; die eine seiner Töchter verheiratete er mit einem Keller, aus der Pariser Bankierfamilie, die andere mit dem Marschall Herzog von Carigliano.

Grévin besaß fünfzehntausend Franken Rente und das Haus, wo er sein friedliches Leben beendete. Er verwaltete die Geschäfte seines Freundes, der ihm das Haus für sechstausend Franken verkauft hatte.

Der Graf von Gondreville war achtzig und Grévin sechsundsiebzig Jahre alt. Der Pair von Frankreich ergeht sich in seinem Park, der ehemalige

Notar in dem Garten, der einst Malins Vater gehört hatte. Alle beide tragen weiches Wollzeug und häufen Taler auf Taler. Niemals hat eine Wolke diese sechzigjährige Freundschaft getrübt. Der Notar war immer dem Konventsmitglied, dem Staatsrat, dem Senator, dem Pair von Frankreich, zu Diensten.

Als Malin nach der Julirevolution durch Arcis kam, sagte er zu Grévin: „Möchtest du das Kreuz?" „Was sollte ich damit?" antwortete Grévin.

Beide hatten sich nie ineinander getäuscht; beide hatten sich wechselseitig gebildet und beraten; der eine war ohne Neid, der andere ohne Dünkel und verletzende Anmaßung. Malin mußte immer mit Grévin gehen, denn Grévins ganzer Stolz war der Graf von Gondreville. Grévin war ebensosehr Graf von Gondreville wie dieser selbst.

Seit der Julirevolution, als Grévin sich gealtert fühlte, hatte er die Verwaltung der Geschäfte des Grafen niedergelegt und der Graf, durch sein Alter und die Teilnahme an politischen Stürmen geschwächt, hatte den Gedanken gefaßt, in Ruhe zu leben. Seit der Zeit sahen sich die beiden alten Herren, die ihrer Freundschaft sicher waren, aber einander nicht mehr bedurften, so gut wie gar nicht mehr. Bei seiner Rückkehr von Paris aufs Land besuchte der Graf Grévin, der seinerseits den Grafen während seines Aufenthaltes in Gondreville ein- oder zweimal aufsuchte.

Zwischen den Kindern bestand keinerlei Band. Madame Keller und die Herzogin von Carigliano hatten nicht die geringste Beziehung zu Mademoiselle Grévin, weder vor noch nach ihrer Ehe mit dem Strumpfwirker Beauvisage. Diese unbeabsichtigte oder tatsächliche Geringschätzung überraschte Sévérine sehr.

Grévin, der während des Kaiserreichs Maire blieb, war gefällig gegen jedermann und er hatte in Ausübung seines Amtes vermittelnd gewirkt und vielen Schwierigkeiten vorgebeugt.

Seine Offenheit, seine Gutmütigkeit und seine Rechtschaffenheit verdienten die Achtung und Zuneigung des ganzen Arrondissements; jeder respektierte in ihm den Mann, der über die Gunst, die Macht und das Vertrauen des Grafen von Gondreville verfügte. Aber nachdem er sich vom Notariat und der Teilnahme an öffentlichen und privaten Angelegenheiten zurückgezogen hatte, seit acht Jahren, war er in Arcis fast vergessen, wo man seinen baldigen Tod erwartete. Grévin – ebenso wie sein Freund Malin – schien mehr zu vegetieren als zu leben, er zeigte sich nirgends, er pflegte seinen Garten, beschnitt seine Bäume, schaute nach seinen Blumen- und Gemüsebeeten und bereitete sich wie alle Greise auf den Tod vor.

Das Leben des Siebzigjährigen war von vollkommener Regelmäßigkeit. Ebenso wie sein Freund, der Oberst Giguet, stand er am frühen Morgen auf und ging um neun Uhr zu Bett, er hatte die Bedürfnislosigkeit des Geizigen, er trank nur wenig, aber auserlesenen Wein. Er trank Kaffee, aber niemals Likör, und die einzige Arbeit, der er sich widmete, war der Gartenbau. Zu jeder Jahreszeit trug er dieselben Kleidungsstücke: große Schmierstiefel, dicke Strümpfe, eine Hose aus grauem weichem Wollzeug, ohne Hosenträger, eine lange Weste aus leichtem himmelblauen Tuch mit Hornknöpfen, und einen Überrock aus ähnlichem grauen Wollzeug wie die Hose; auf dem Kopf trug er eine kleine runde Mütze aus Otternfell, die er auch im Zimmer aufbehielt. Im Sommer hatte er statt dieser Mütze eine Art Käppchen aus schwarzem Samt und statt des wollenen Überrocks einen aus eisengrauem Tuch. Er war fünf Fuß vier Zoll groß und von der Wohlbeleibtheit des gesunden Alters, wodurch sein schon langsamer Gang, wie bei allen Stubenhockern, noch schwerfälliger wurde.

Er pflegte sich frühmorgens äußerst sorgfältig anzuziehen; er rasierte sich selbst, dann machte er seinen Rundgang durch den Garten, sah sich das Wetter an und befragte das Barometer und öffnete selbst die Läden seines Salons. Dann hackte er, entfernte die Raupen und jätete; bis zum Frühstück hatte er immer etwas zu tun. Nach dem Frühstück ruhte er und verdaute bis gegen zwei Uhr und dachte dabei an irgend etwas. Von einem Dienstboten hergeführt, manchmal von ihrer Mutter begleitet, kam fast immer seine Enkelin zwischen zwei und fünf Uhr zu Besuch zu ihm.

Dies geregelte Leben wurde an gewissen Tagen unterbrochen; er mußte die Pachtgelder in Empfang nehmen und die Naturalleistungen, die sofort verkauft wurden. Aber diese kleine Unruhe kam nur an Markttagen vor, einmal im Monat. Was wurde aus dem Geld? Niemand wußte es, nicht einmal Sévérine und Cécile. Grévin bewahrte darüber ein geradezu geistliches Schweigen. Alle Empfindungen des alten Mannes konzentrierten sich schließlich auf seine Tochter und seine Enkelin; er liebte sie mehr als sein Geld.

Der saubere Siebziger mit ganz rundem Gesicht, kahler Stirn, blauen Augen und weißen Haaren hatte etwas Eigenwilliges an sich, wie alle, die den Widerstand der Menschen und Dinge überwunden haben. Sein einziger Fehler, der übrigens ganz verborgen blieb, weil er niemals Gelegenheit hatte, ihn zu zeigen, war seine schreckliche Art, lange nachzutragen, eine Empfindlichkeit, die Malin niemals verletzt hatte. Wenn Grévin unablässig dem Grafen von Gondreville gedient hatte, so hatte er ihn immer dankbar gefunden; niemals hatte dieser seinen Freund gedemütigt oder gekränkt. Die beiden Freunde waren immer noch beim Du ihrer Jugend und beim alten herzlichen Händedruck geblieben. Niemals hatte der Senator Grévin den Abstand in der sozialen Position fühlen lassen; immer kam er den Wünschen seines Kindheitsfreundes zuvor und bot ihm immer alles an, da er ja wußte, wie bescheiden Grévin war. Grévin, ein Verehrer der klassischen Literatur, ein sauberer Stilist und guter Verwalter, besaß gründliche und umfassende Kenntnisse auf dem Gebiet der Gesetzgebung; er hatte für Malin Arbeiten angefertigt, die im Staatsrat den Ruhm des Mitarbeiters am Code Napoléon begründeten.

Sévérine liebte ihren Vater sehr, sie und ihre Tochter ließen es sich nicht nehmen, selbst für seine Wäsche zu sorgen; sie strickten ihm Strümpfe für den Winter, sie hatten für ihn zahllose Aufmerksamkeiten, und Grévin wußte, daß sich in ihre Hingabe kein eigensüchtiger Gedanke mischte; die Aussicht auf die väterliche Millionenerbschaft hätte ihre Tränen nicht getrocknet. Die Alten sind empfänglich für selbstlose Zärtlichkeit. Wenn

Madame Beauvisage und Cécile den Alten verließen, kümmerten sie sich um die Mahlzeit ihres Vaters für den nächsten Tag und sie schickten ihm frische Früchte und Gemüse vom Markt.
Madame Beauvisage hatte immer gewünscht, ihr Vater möge sie im Schloß Gondreville vorstellen und mit den Töchtern des Grafen befreunden; aber der kluge alte Mann hatte ihr oft auseinandergesetzt, wie schwer es sei, mit der Herzogin Carigliano, die in Paris wohnte und nur selten nach Gondreville kam, und mit der glänzend auftretenden Madame Keller dauernde Beziehungen zu unterhalten, solange man in Arcis eine Strumpfwirkerei hatte.
„Dein Leben ist zu Ende," sagte Grévin zu seiner Tochter, „übertrage alle deine Glücksmöglichkeiten auf Cécile, die, wenn das Geschäft aufgegeben ist, reich genug sein wird, dir die große und breite Existenz zu verschaffen, auf die du ein Recht hast. Wähle einen Schwiegersohn, der Ehrgeiz hat und über Mittel verfügt, dann kannst du eines Tages nach Paris gehen und diesen Dummkopf Beauvisage verlassen. Wenn ich lang genug lebe, um mir den Mann meiner Enkelin anzusehen, werde ich ihn mir aus dem Meer der politischen Interessen lotsen, wie ich mir Malin gelotst habe, und ihr werdet eine Position bekommen, wie sie die Kellers haben . . ."
Diese wenigen Worte, die Grévin vor der Revolution von 1830 sagte, ein Jahr, nachdem er sich in dies Haus zurückgezogen, erklären die vegetative Lebensweise des alten Notars. Grévin wollte leben, er wollte seine Tochter, seine Enkelin und seine entfernteren Nachkommen auf die Höhe des

Daseins führen. Der Alte war ehrgeizig für die dritte Generation.
Als der Alte so sprach, dachte er daran, Cécile mit Charles Keller zu verheiraten; daher weinte er jetzt seinen zerstörten Hoffnungen nach, er war ratlos. Da er in der Pariser Gesellschaft keine Beziehungen hatte, sah er im Departement Aube für Cécile keinen anderen Gatten als den jungen Marquis von Cinq-Cygne. Er fragte sich, ob er mit der Macht des Geldes die durch die Julirevolution zwischen den prinzipientreuen Royalisten und ihren Besiegern entstandenen Mißhelligkeiten überwinden könnte. Wenn er seine Enkelin der hochmütigen Marquise von Cinq-Cygne überlieferte, schien ihm ihr Glück so gefährdet, daß er beschloß, sich dem Freunde der Alten, der Zeit, anzuvertrauen. Er hoffte, daß seine Hauptfeindin, die Marquise von Cinq-Cygne, bald sterben würde, und er glaubte, den Sohn überreden zu können, wenn er sich des Großvaters des Marquis, des alten, damals in Cinq-Cygne lebenden d'Hauteserre, bediente. D'Hauteserre nämlich war den Berechnungen der Habsucht zugänglich.
Sollte der Plan scheitern und Cécile Beauvisage darüber zweiundzwanzig Jahre werden, so wollte Grévin den Rat seines Freundes Gondreville nachsuchen, der ihm in Paris unter den Herzögen des Reiches einen Mann für seine Enkelin aussuchen würde, wie seine Neigung und sein Ehrgeiz ihn wünschten.

☆

SÉVÉRINE FAND IHREN VATER AUF DER Holzbank am Ende der Terrasse unter den blühenden Fliedersträuchern. Er trank gerade Kaffee, denn es war halb sechs. An dem tiefbekümmerten Gesicht ihres Vaters erkannte sie gleich, daß er die Nachricht wußte. Und wirklich hatte der alte Pair von Frankreich seinem Freunde einen Kammerdiener geschickt und ihn bitten lassen, ihn zu besuchen.

Bisher hatte der alte Grévin den Ehrgeiz seiner Tochter nicht allzusehr ermutigen wollen; aber jetzt, mitten in diesen widersprechenden Überlegungen, die sich in sein trauriges Nachdenken drängten, entschlüpfte ihm sein Geheimnis.

„Mein liebes Kind," sagte er zu ihr, „für deine Zukunft hatte ich die schönsten und stolzesten Pläne gehegt. Der Tod hat sie zerstört. Cécile wäre Vicomtesse Keller geworden, denn Charles wäre dank meinem Bemühen Deputierter von Arcis geworden und eines Tages seinem Vater in der Pairswürde gefolgt. Weder Gondreville, noch seine Tochter, Madame Keller, hätten die sechzigtausend Franken Rente zurückgewiesen, die Cécile als Mitgift bekommt, besonders im Hinblick auf die anderen Hunderttausend, die ihr eines Tages haben werdet . . . Du hättest mit deiner Tochter in Paris gewohnt und in den oberen Regionen der Mächtigen deine Rolle als Schwiegermutter gespielt."

Madame Beauvisage machte eine Geste des Einverständnisses.

„Aber wir sind jetzt von dem Schicksalsschlag betroffen worden, der diesen prächtigen, jungen Mann ereilt hat, der sich schon die Freundschaft des Kronprinzen erworben hatte... Jetzt drängt sich dieser Simon Giguet auf die politische Bühne, der ein Dummkopf ist, ein Dummkopf der gefährlichsten Sorte, weil er sich für einen Adler hält... Ihr seid mit den Familien Giguet und Marion so sehr befreundet, daß ihr eure Abweisung in eine gute Form kleiden müßt, abweisen müßt ihr unbedingt."

„Wir sind, wie immer, gleicher Meinung, lieber Vater."

„All das nötigt mich, meinen alten Malin aufzusuchen, erstens, um ihn zu trösten, zweitens, um ihn um Rat zu fragen. Cécile und du, ihr würdet mit einer alten Familie aus dem Faubourg Saint-Germain unglücklich werden, auf Schritt und Tritt würde man euch eure Herkunft fühlen lassen. Wir müssen irgendeinen Herzog von Bonapartes Gnaden finden, der ruiniert ist; damit haben wir dann für Cécile einen schönen Titel und wir werden sie mit Gütertrennung heiraten lassen. Du kannst sagen, ich hätte über Céciles Hand verfügt; damit können wir alle abgeschmackten Bewerbungen, wie die von Antonin Goulard, abtun. Jedenfalls wird auch der kleine Vinet seinen Antrag machen, er wäre den anderen Freiern, die die Mitgift wittern, vorzuziehen... Er ist talentiert und gewandt, durch seine Mutter gehört er der Familie von Chargeboeuf an; aber er besitzt zuviel Charakterfestigkeit, um seine Frau nicht zu beherrschen, und er ist jung genug, um geliebt zu werden: Du würdest zwischen diesen beiden Gefühlen zerrieben werden, denn ich kenne dich von Grund aus, mein Kind.“

„Ich werde heute abend bei den Marions in großer Verlegenheit sein“, sagte Sévérine.

„Nun gut,“ antwortete Grévin, „schick Madame Marion zu mir, ich werde selbst mit ihr sprechen.“

„Ich wußte wohl, lieber Vater,“ sagte Madame Beauvisage, „daß Sie an unsere Zukunft denken würden, aber ich hatte mir nicht träumen lassen, daß sie so glänzend sein würde.“ Sie nahm die Hände ihres Vaters und küßte sie.

„Ich hatte so gründlich daran gedacht,“ fuhr Grévin fort, „daß ich 1831 ein großes Haus, das du kennst, gekauft habe, das Hotel Beauséant.“

Madame Beauvisage machte eine Geste der Überraschung, als sie dies so wohlbewahrte Geheimnis erfuhr, aber sie unterbrach ihren Vater nicht.

„Das soll mein Hochzeitsgeschenk sein“, sagte er. „Im Jahre 1832 habe ich es für vierundzwanzigtausend Franken auf die Dauer von sieben Jahren an Engländer vermietet; das ist ein gutes Geschäft, denn es hat mich nur dreihundertfünfundzwanzigtausend Franken gekostet und seitdem ungefähr zweihunderttausend Franken eingebracht. Der Mietvertrag läuft am fünfzehnten Juli dieses Jahres ab.“

Sévérine küßte ihren Vater auf die Stirn und beide Wangen. Diese letzte Enthüllung machte ihre Zukunft so glanzvoll, daß sie ihr wie ein Blendwerk vorkam.

Mein Vater wird, dachte sie bei sich, als sie über die Brücke heimging, auf meinen Wunsch seinen Enkeln nur das Eigentumsrecht an der Erbschaft geben, und mir den Nießbrauch einräumen; ich habe keine Lust, mir von meiner Tochter und meinem Schwiegersohn den Stuhl vor die Tür setzen zu lassen.

Beim Dessert, als die beiden Dienstmädchen sich in der Küche zu Tisch gesetzt hatten und Madame Beauvisage sicher war, nicht belauscht zu werden, hielt sie es für notwendig, Cécile Verhaltungsmaßregeln zu geben.

„Liebes Kind," sagte sie, „betrage dich heute abend wohlerzogen und nimm von heute an eine gesetzte Miene an, plaudere nicht leichthin, geh nicht allein mit Herrn Giguet, nicht mit Herrn Olivier Vinet, nicht mit dem Unterpräfekten, nicht mit Herrn Martener, mit niemandem, nicht einmal mit Achille Pigoult. Du wirst dich mit keinem von den jungen Leuten aus Arcis oder dem Departement verheiraten. Du bist dazu bestimmt, in Paris zu glänzen. Du wirst dich deshalb täglich in feinen Toiletten zeigen, um dich an Eleganz zu gewöhnen. Wir werden versuchen, der jungen Herzogin von Maufrigneuse eine Zofe abspenstig zu machen; wir werden dadurch in Erfahrung bringen, wo die Prinzessin von Cadignan und die Marquise von Cinq-Cygne arbeiten lassen. Oh, ich will nicht, daß man uns irgendwie die Herkunft aus der Provinz ansieht. Du wirst täglich drei Stunden Klavier üben; ich werde dir täglich den Herrn Moise aus Troyes kommen lassen, bis ich weiß, welchen Meister ich aus Paris kommen lasse. Du mußt dich in all deinen Talenten vervollkommnen, denn du wirst nur noch höchstens ein Jahr junges Mädchen bleiben. Du bist also im Bilde; ich werde sehen, wie du dich heute abend aufführst. Du mußt Simon in weiter Distanz halten, darfst dich aber nicht über ihn lustig machen."

„Sei unbesorgt, Mutter, ich werde den Unbekannten anschwärmen."

Dies Wort, das Madame Beauvisage ein Lächeln entlockte, bedarf einer Erklärung.

„Ich habe ihn noch nicht gesehen", sagte Philéas; „aber alle Welt spricht von ihm. Wenn ich erst weiß, wer er ist, werde ich den Gendarmen oder Herrn Groslier zu ihm schicken, um ihm den Paß abzuverlangen."

Es gibt keine Kleinstadt in Frankreich, wo sich zu gegebener Zeit das Drama oder die Komödie des Fremden nicht abspielt. Oft ist der Fremde ein Abenteurer, der die Leute beschwindelt und sich mit dem guten Ruf einer Frau oder mit dem Geld einer Familie verflüchtigt. Öfter ist der Fremde ein wirklicher Fremder, dessen Leben lange Zeit hindurch geheimnisvoll bleibt, so daß die Kleinstadt von seinen Taten voll ist.

Daher war Simon Giguets wahrscheinlicher Aufstieg zur Macht nicht das einzige ernste Ereignis. Seit zwei Tagen war die Aufmerksamkeit der Stadt Arcis auf eine vor drei Tagen angekommene Persönlichkeit gerichtet, die den ersten Unbekannten darstellte, den die gegenwärtige Generation erlebte. Daher bestritt der Unbekannte im Augenblick die Kosten der Unterhaltung in allen Häusern. Er war der vom Himmel gefallene Balken in der Stadt der Frösche.

Die Lage von Arcis-sur-Aube erklärt den Eindruck, den dort die Ankunft eines Fremden hervorbringen muß. Sechs Meilen vor Troyes, auf der großen Pariser Landstraße, beginnt vor einem Belle-Etoile genannten Pachthof ein Departementsweg, der nach der Stadt Arcis führt. Er durchschneidet weite Ebenen, wo die Seine ein enges, grünes, von Pappeln beschattetes Tal bildet, das grell absticht von dem Weiß der Kreidefelsen der Champagne.

Die Landstraße, die Arcis mit Troyes verbindet, ist sechs Meilen lang und bildet die Sehne eines Bogens, dessen äußerste Punkte Arcis und Troyes sind, so daß der kürzeste Weg von Paris nach Arcis der Departementsweg ist, den man bei Belle-Etoile einschlägt. Die Aube ist, wie erwähnt, erst von Arcis an bis zur Mündung schiffbar. Daher kommt es, daß Arcis, sechs Meilen von der Heerstraße entfernt, von Troyes durch einförmige Ebenen getrennt, weltverloren inmitten eines Gebietes liegt, das weder auf dem Land- oder Wasserweg Handels- oder Reiseverkehr hat.

Sézanne dagegen, einige Meilen von Arcis entfernt, auf der anderen Seite der Aube, wird von einer Heerstraße berührt, die um acht Poststationen kürzer ist als die alte Straße nach Deutschland, die über Troyes führt.

Arcis ist also ganz isoliert; es gibt keinen Wagenverkehr; mit Troyes und der Station von Belle-Etoile besteht nur Botenverkehr. Alle Einwohner kennen sich untereinander, sie kennen sogar die Geschäftsreisenden, die im Auftrag der Pariser Firmen kommen; wie in allen ähnlichen Provinznestern setzt also ein Fremder alle Zungen in Bewegung und erregt die Einbildungskraft im höchsten Maß, besonders wenn er länger als zwei Tage bleibt, ohne daß man seinen

Namen und seine Absicht in Erfahrung gebracht hat.

Als ganz Arcis noch schlummerte, drei Tage vor dem Morgen, an dem durch den Willen des Schöpfers so vieler Geschichten die unsere beginnt, konnte jedermann auf der Straße von Belle-Etoile einen Fremden kommen sehen. Er führte einen hübschen, mit einem wertvollen Pferde bespannten leichten, zweiräderigen Wagen mit sich und war von einem Knirps von Diener begleitet, der auf einem Sattelpferd ritt. Der mit den Eilwagen von Troyes in Verbindung stehende Bote hatte drei aus Paris gekommene Koffer, die keine Adresse hatten und dem Unbekannten gehörten, nach Belle-Etoile gebracht. Der Unbekannte selbst hatte im Wirtshaus zum Maulesel Quartier bezogen.

Am Abend glaubte jedermann in Arcis, der Unbekannte wolle die Herrschaft Arcis erwerben, und in vielen Häusern sprach man von ihm als dem zukünftigen Eigentümer des Schlosses. Der Tilbury, der Reisende selbst, seine Pferde, sein Diener, all dies deutete auf einen Mann aus den allerhöchsten Kreisen.

Der Unbekannte, der sicher müde war, zeigte sich nicht; vielleicht verbrachte er einen Teil seiner Zeit damit, sich in den von ihm ausgewählten Zimmern einzurichten. Er hatte verlauten lassen, daß er eine bestimmte Zeit bleiben müsse. Er wollte den Platz für seine Pferde im Stalle sehen und er benahm sich sehr anspruchsvoll; er verlangte, daß seine Pferde getrennt von denen des Wirtes und der noch etwa ankommenden Gäste untergebracht würden.

Im Hinblick auf so seltsame Forderungen hielt der Wirt des Gasthauses zum Maulesel seinen Gast für einen Engländer.

Gleich am Abend des ersten Tages versuchten Neugierige im ‚Maulesel' ihre Wißbegierde zu befriedigen; aber aus dem kleinen Groom war nichts herauszuholen. Er weigerte sich nicht nur durch Ausflüchte über seinen Herrn etwas zu sagen, sondern machte sich auch noch durch Spöttereien, die seinem jugendlichen Alter nicht zu entsprechen und eine große Verderbtheit zu beweisen schienen, über die Spießbürger lustig.

Nachdem der Unbekannte sorgfältig Toilette gemacht und um sechs Uhr gespeist hatte, stieg er, von seinem Reitknecht begleitet, zu Pferd, verschwand auf der Chaussee nach Brienne und kehrte erst sehr spät zurück.

Der Wirt, seine Frau, die Zimmermädchen durchstöberten die Koffer und das Gepäck des Unbekannten, aber sie erfuhren dadurch nichts, was sie über Namen, Rang, Stand oder Absichten dieses geheimnisvollen Gastes hätte aufklären können.

Das war von unberechenbarer Wirkung. Man machte tausend Erklärungsversuche, besonders solche, die das Eingreifen der Staatsanwaltschaft nötig gemacht hätten.

Bei seiner Rückkehr ließ der Unbekannte die Wirtin heraufkommen, die ihm das Fremdenbuch überreichte, in das er gemäß den polizeilichen Vorschriften Namen, Stand, Reiseziel und den Tag der Abreise eintragen sollte.

„Ich werde nichts hineinschreiben", sagte er der Wirtin. „Sollten Sie deswegen Belästigungen ausgesetzt sein, so sagen Sie nur, ich hätte mich geweigert, und lassen Sie mir den Unterpräfekten kommen, ich habe nämlich keinen Paß. Man wird Sie meinetwegen mit Fragen bestürmen," fuhr er fort, „antworten Sie, was Sie wollen, ich wünsche, daß Sie nichts über mich wissen, selbst wenn Sie gegen meinen Willen etwas erfahren sollten. Wenn Sie mich chikanieren, ziehe ich ins Hotel zur Post, an der Place du pont; nehmen Sie zur Kenntnis, daß ich wenigstens vierzehn Tage hier bleibe. Es wäre mir schmerzlich, von Ihnen fortzuziehen, denn ich weiß, daß Sie die Schwester Gothards sind, der zu den Helden im Prozeß Simeuse gehört hat."

„Das genügt, mein Herr", sagte die Schwester Gothards, des ehemaligen Verwalters der Cinq-Cygnes.

Dann behielt der Unbekannte die Wirtin ungefähr zwei Stunden lang bei sich und sie mußte ihm alles erzählen, was sie über Arcis, über alle Vermögensverhältnisse, Beziehungen und Interessen, und über die Beamten wußte.

Am nächsten Tag verschwand er in Begleitung seines Reitknechts und kam erst um Mitternacht zurück.

Jetzt wird man also Céciles Spott, der Madame Beauvisage so unbegründet schien, verstehen.

Beauvisage und Cécile waren von dem Programm des Tages, das Sévérine dekretierte, überrascht und entzückt. Während seine Frau sich umkleidete, um zu Madame Marion zu gehen, hörte der Vater seine Tochter Vermutungen äußern, die bei jungen Menschen in solcher Lage natürlich sind. Dann, nachdem Mutter und Tochter fortgegangen waren, legte er sich schlafen, müde von seinem Tagwerk.

☆

EIN BLICK AUF DEN SALON MARION

WIE ALLE KENNER DER KLEINSTÄDTER IN Frankreich oder der Champagne, was nicht dasselbe ist, erraten werden, hatte sich am Abend dieses Tages eine Menge Leute bei Madame Marion zusammengefunden. Der Triumph des jüngeren Giguet wurde als ein über den Grafen von Gondreville errungener Sieg betrachtet und die Wahlfreiheit von Arcis schien für immer gesichert. Die Kunde vom Tode des armen Charles Keller wurde als Schicksalsfügung angesehen, die jede Rivalität zum Schweigen brachte.

Antonin Goulard, Frédéric Marest, Olivier Vinet, Herr Martener, kurzum alle Autoritäten, die bis dahin den Salon besucht hatten, dessen Meinungen nicht im Gegensatz zu denen der durch die Volksstimme berufenen Regierung von 1830 zu stehen schienen, waren, wie üblich, gekommen; sie waren von einer Neugierde besessen, deren Ziel das Verhalten der Familie Beauvisage war.

Der Salon, der wieder sein altes Aussehen hatte, zeigte nicht mehr die geringste Spur der Sitzung, die über das Schicksal des Advokaten Simon entschieden zu haben schien.

Um acht Uhr wurde an vier Spieltischen, die mit je vier Spielern besetzt waren, gespielt. Der kleine Salon und das Speisezimmer waren voll von Menschen. Abgesehen von den großen Tagen, Bällen oder Geburtstagsfesten, hatte Madame

Marion niemals so viele Leute am Eingang ihres Salons gesehen.

„Das ist die Morgenröte des Glücks", sagte Olivier zu ihr, der sie auf dies Schauspiel aufmerksam machte, das für eine Empfänge liebende Herrin des Hauses erfreulich sein mußte.

„Man kann nicht wissen, wie weit Simon es noch bringen kann", antwortete Madame Marion. „Wir leben in einer Zeit, da die Leute, die strebsam sind und Haltung haben, alles beanspruchen können."

Diese Antwort war weniger für Vinet als für Madame Beauvisage bestimmt, die gerade mit ihrer Tochter hereinkam, um ihre Freundin zu beglückwünschen.

Um jede mittelbare Anfrage zu vermeiden und um sich jeder Auslegung der in die Luft gesprochenen Worte zu entziehen, nahm Céciles Mutter am Whisttisch Platz und strengte allen Geist an, um hundert Spielmarken zu gewinnen.

Hundert Spielmarken bedeuten fünfzig Sous!... Wenn ein Spieler diesen Betrag verloren hat, spricht man davon zwei Tage lang in Arcis.

Cécile plauderte mit Fräulein Mollot, einer ihrer guten Freundinnen, und ihre Freundschaft für sie schien sich heute verdoppelt zu haben. Fräulein Mollot war die Schönheit, wie Cécile die Erbin von Arcis war.

Herr Mollot, der Gerichtsschreiber am Landgericht Arcis, wohnte in einem Hause, das am Marktplatz so gelegen war wie das Haus von Beauvisage an der Place du pont.

Madame Mollot saß unaufhörlich am Fenster ihres im Erdgeschoß gelegenen Salons. Sie war von einer heftigen Neugier befallen, die bei ihr zur chronischen, für ewig eingewurzelten Krankheit geworden war. Madame Mollot gab sich mit Koketterie und Leidenschaft ihrer Spionage hin, wie eine nervöse Frau, die von ihren eingebildeten Leiden spricht. Sobald ein Bauer auf der Straße von Brienne auf den Platz kam, bestarrte sie ihn und suchte herauszubekommen, was er in Arcis zu tun hätte; sie kam nicht eher zur Ruhe, bis sie von ihrem Bauer alles in Erfahrung gebracht hatte. Sie verbrachte ihr Leben damit, indem sie über Menschen, Dinge, Ehen und alles, was in Arcis vorging, ihr Urteil abgab.

Die lange, dürre Frau war die Tochter eines Richters aus Troyes. Herrn Mollot, dem früheren Gehilfen von Grévin, hatte sie eine ziemlich beträchtliche Mitgift in die Ehe eingebracht, mit der er sich die Gerichtsschreiberstelle gekauft hatte. Man muß wissen, daß der Gerichtsschreiber beim Landgericht Richterrang hat. Herr Mollot verdankte seine Stellung dem Grafen von Gondreville, der dem ersten Kanzleigehilfen Grévins mit einem Wort seinen Posten verschafft hatte.

Aller Ehrgeiz des Hauses Mollot, des Vaters, der Mutter und der Tochter, war darauf gerichtet, Ernestine Mollot, die einzige Tochter, mit Antonin Goulard zu verheiraten. Daher hatte die Abweisung, die sich der Unterpräfekt bei den Beauvisages geholt hatte, das Freundschaftsband zwischen den Familien Mollot und Beauvisage noch enger geknüpft.

„Sieh dir nur den Ungeduldigen an“, sagte Ernestine und machte Cécile auf Simon Giguet aufmerksam. „Er möchte so gern mit uns plaudern; aber jeder glaubt sich verpflichtet, ihn zu beglückwünschen und zu unterhalten. Schon mehr als fünfzigmal habe ich ihn sagen hören: „Die Wünsche meiner Mitbürger, glaube ich, richten sich weniger an mich als an meinen Vater; Sie dürfen jedenfalls versichert sein, daß ich mich nicht nur den Interessen der Gesamtheit, sondern ganz besonders den Ihren widmen werde.“ Ich errate den Satz schon an der Bewegung seiner Lippen und jedesmal sieht er dich dabei aus Märtyreraugen an.“

„Ernestine,“ antwortete Cécile, „laß mich den ganzen Abend nicht allein, denn ich mag seine mit gefühlvollen Redensarten und Seufzern gemischten Anträge nicht anhören.“

„Willst du denn nicht die Frau eines Siegelbewahrers werden?“

„Sind wir schon so weit?“ sagte Cécile lachend.

„Ich versichere dir,“ fuhr Ernestine fort, „daß eben, bevor du kamst, der Herr Steuereinnehmer Godivet begeistert behauptet hat, Simon würde innerhalb der nächsten drei Jahre Siegelbewahrer.“

„Rechnet man denn dabei auf die Protektion des Grafen von Gondreville?“ fragte der Unterpräfekt, der sich neben den beiden jungen Damen niedergelassen hatte und erriet, daß sie sich über seinen Freund Simon lustig machten.

„Ach, Herr Antonin,“ sagte die schöne Ernestine Mollot, „Sie haben meiner Mutter doch versprochen, zu entdecken, wer der schöne Unbekannte ist? Wissen Sie Neues über ihn?“

„Die Ereignisse von heute, mein gnädiges Fräulein, sind von größter Bedeutung“, sagte Antonin und er setzte sich zu Cécile wie ein Diplomat, der entzückt ist, der allgemeinen Aufmerksamkeit zu entgehen und sich in eine Plauderei mit jungen Mädchen zu flüchten. „Mein ganzes Sein als Unterpräfekt oder Präfekt steht auf dem Spiel."

„Wie! Werden Sie denn nicht Ihren Freund Simon einstimmig wählen lassen?"

„Simon ist mein Freund, aber die Regierung ist mein Herr, und ich muß alles tun, um Simons Erfolg zu verhindern. Aber da ist ja Madame Mollot! Als Gattin eines Mannes, den sein Amt an die Regierung bindet, werden Sie mir sicher Ihren Beistand leihen."

„Wir können uns nichts Besseres wünschen, als auf Ihrer Seite zu sein", erwiderte die Frau des Gerichtsschreibers. „Mollot hat mir erzählt," fuhr sie leise fort, „was heute morgen hier geschehen ist... Das war ja erbärmlich! Nur einer hat Talent bewiesen: Achille Pigoult. Alle Welt stimmt darin überein, daß er ein Redner ist, der in der Kammer glänzen könnte; obwohl er nichts hat und unsere einzige Tochter dagegen eine Mitgift von sechzigtausend Franken, unseren Nachlaß, von dem ich nicht spreche, und endlich die Erbschaft von Mollots Onkel, dem Müller, und die meiner Tante Lambert in Troyes erhalten wird... trotz allem erkläre ich Ihnen: Wenn Herr Achille Pigoult uns die Ehre erwiese, an sie zu denken und uns um ihre Hand zu bitten, ich würde ihm meine Tochter geben, wenn er ihr gefiele; aber mein kleines, dummes Mädchen will nur den Mann heiraten, den ihre Phantasie sich erträumt hat. Fräulein Beauvisage hat meiner Ernestine solche Ideen in den Kopf gesetzt."

Der Unterpräfekt empfing diese doppelte Geschützsalve als ein Mann, der sich im Besitz von dreißigtausend Franken Rente weiß und der eine Präfektur zu erwarten hat.

„Das gnädige Fräulein hat recht", antwortete er mit einem Blick auf Cécile. „Fräulein Beauvisage ist reich genug, um eine Liebesheirat schließen zu können . . ."

„Sprechen wir nicht von Heirat", sagte Ernestine. „Damit machen Sie meine arme liebe Cécile nur traurig; sie hat mir gerade gestanden, daß sie, um nicht ihres Vermögens wegen, sondern um ihrer selbst willen geheiratet zu werden, ein Abenteuer mit einem Unbekannten wünscht, der nichts von Arcis und nichts von ihren Erbschaften weiß, die sie zur Lady Krösus machen. Sie möchte einen Roman anspinnen, der mit einer Ehe schlösse, in der sie um ihrer selbst willen geliebt würde."

„Das ist sehr hübsch ausgedacht. Ich wußte schon immer, daß das gnädige Fräulein ebensoviel Geist hat wie Geld", rief Olivier Vinet, der sich der Gruppe der jungen Damen anschloß; er haßte die Schmeichler Simon Giguets, der der Löwe des Tages war.

„Herr Goulard," sagte Cécile lächelnd, „so sind wir ja glücklich wieder auf den Unbekannten gekommen . . ."

„Ja," sagte Ernestine, „den hat sie zum Helden des Romans gemacht, den ich Ihnen vorhin angedeutet habe . . ."

„Oh," sagte Madame Mollot, „ein Mann von fünfzig Jahren . . . Pfui!"

„Woher wissen Sie denn, daß er fünfzig Jahre alt ist?" fragte Olivier Vinet lächelnd.

„Heute morgen“, sagte Madame Mollot, „war ich so neugierig, daß ich ihn unter meine Lorgnette genommen habe!“
„Bravo,“ sagte der Arrondissementsingenieur, der der Mutter den Hof machte, um die Tochter zu bekommen.
„Ich habe“, fuhr Madame Mollot fort, „gesehen, wie der Unbekannte sich mit hocheleganten Rasiermessern bearbeitet hat... Sie sind in Gold oder in vergoldetes Silber gefaßt.“
„In Gold, in Gold“, sagte Vinet. „Solange die Gegenstände unbekannt sind, muß man sie sich in der besten Qualität vorstellen. Ich, der ich diesen Herrn niemals gesehen habe, gebe Ihnen die Versicherung, daß er sicher mindestens ein Graf ist...“
Dies für einen Scherz gehaltene Wort erregte nur Heiterkeit. Die kleine lachende Gruppe erweckte den Neid der alten Damen und des Menschengewimmels in schwarzem Anzug um Simon Giguet. Der Advokat selbst war in Verzweiflung, sein Vermögen und seine Zukunft der reichen Cécile nicht zu Füßen legen zu können.
„Lieber Vater,“ dachte der Staatsanwaltsgehilfe, „an was für einem Landgericht hast du mich die Sporen verdienen lassen?“
„Der Unbekannte“, fuhr er fort, „ist ein Mann von erlauchter Geburt und feinen Sitten, er hat Vermögen, Wagen und Pferde, er ist ein Löwe, ein Stutzer, ein Dandy...“
„Er hat“, sagte Ernestine, „den schönsten Tilbury, den man sich vorstellen kann.“
„Was, Antonin, den Tilbury hattest du mir ja unterschlagen, als wir heute von diesem Ver-

schwörer sprachen; aber der Tilbury ist ein mildernder Umstand; er kann kein Republikaner mehr sein."

„Meine Damen," sagte Antonin Goulard, „was täte ich nicht Ihnen zu Gefallen! Wir wollen feststellen, ob es ein Graf ist, damit Sie Ihr Märchen fortspinnen können."

„Und vielleicht wird eine Geschichte daraus", sagte der Arrondissementsingenieur.

„Zum Gebrauch des Unterpräfekten", warf Olivier Vinet ein.

„Wie stellen Sie sich dazu?" fragte Madame Mollot.

„Oh!" erwiderte der Unterpräfekt, „fragen Sie Fräulein Beauvisage, wen sie zum Manne wählen würde, wenn sie einen von den hier anwesenden jungen Leuten wählen müßte; sie würde Ihnen um keinen Preis antworten... Lassen Sie der Amtsmacht ihre Koketterie. Nur Ruhe, meine Damen, in zehn Minuten werden Sie wissen, ob der Unbekannte ein Graf oder ein Geschäftsreisender ist."

☆

DER UNBEKANNTE WIRD TEILWEISE BESCHRIEBEN

ANTONIN GOULARD VERLIESS DIE KLEINE Gruppe der jungen Damen, bei der sich außer Fräulein Berton, der Tochter des Steuereinnehmers, einer jungen unbedeutenden Person, die Cécile und Ernestine auf Schritt und Tritt nachlief, noch Fräulein Herbelot einfand, die Tochter des zweiten Notars von Arcis. Sie war eine alte

Jungfer von dreißig Jahren, säuerlich und geziert wie alle alten Jungfern; auf einem Kleid aus grüner Halbseide trug sie ein Spitzentuch, mit Falbeln, die geknotet waren, wie es zur Zeit der Schreckensherrschaft Mode war.

„Julien," sagte der Unterpräfekt im Vorzimmer zu seinem Diener, „du hast sechs Monate in Gondreville gedient und weißt also, wie eine Grafenkrone aussieht."

„Sie hat Perlen auf den neun Zacken."

„Gut! Geh in den ‚Maulesel' und versuche einen Blick auf den Tilbury des Herrn zu werfen, der dort wohnt; dann komm zurück und sag mir, was darauf gemalt ist. Mache deine Sache gut; laß dir allen Klatsch erzählen ... Wenn du den kleinen Diener siehst, frag ihn, falls du die neun Zacken mit den Perlen entdeckst, um wieviel Uhr der Herr Graf morgen den Unterpräfekten empfangen kann; trink' nicht, schwatz' nicht, komm schnell zurück und zeige dich nach deiner Rückkehr an der Tür des Salons, damit ich weiß, daß du wieder da bist."

„Jawohl, Herr Unterpräfekt."

Wie bereits erwähnt, befindet sich das Wirtshaus zum Maulesel nicht weit vom Hause Marion.

Die Lösung des Problems mußte also sofort erfolgen. Antonin kehrte in den Salon zurück und nahm wieder seinen Platz bei Fräulein Beauvisage ein.

„Wir hatten hier gestern so viel von dem Fremden gesprochen, daß ich die ganze Nacht von ihm geträumt habe", sagte Madame Mollot.

„So, so," sagte Vinet, „Sie träumen noch von Unbekannten, schöne Frau?"

„Sie sind ein Frechling; wenn ich nur wollte, müßten Sie von mir träumen", erwiderte sie. „Heute morgen, als ich aufstand ..."

Es ist zweckmäßig, darauf aufmerksam zu machen, daß Madame Mollot in Arcis als geistreiche Frau galt, das heißt, sie konnte sich so leicht ausdrücken, daß sie von diesem ihrem Vorzug übermäßigen Gebrauch machte.

Ein in diese Gegenden verirrter Pariser, wie der Unbekannte, hätte sie vielleicht furchtbar schwatzhaft gefunden.

„Ich mache, wie gewohnt, Toilette und ich sehe mechanisch vor mich hin ..."

„Durchs Fenster", warf Antonin Goulard ein.

„Ja natürlich, mein Ankleidezimmer geht auf den Platz. Wie Sie wissen, hat Poupart den Unbekannten in einem der Zimmer untergebracht, deren Fenster meinen gegenüberliegen."

„Ein Zimmer, Mama!" sagte Ernestine. „Der Graf verfügt über drei Zimmer. Der kleine, ganz in Schwarz gekleidete Diener bewohnt das erste. Das zweite ist als Salon eingerichtet und der Unbekannte schläft im dritten."

„Er hat also die Hälfte aller Zimmer im ‚Maulesel'", sagte Fräulein Herbelot.

„Aber, meine Damen, was hat das mit seiner Person zu tun?" sagte Madame Mollot spitz; sie war böse, daß die jungen Damen sie unterbrochen hatten. „Es handelt sich doch um seine Person."

„Unterbrechen Sie den Redner nicht", sagte Olivier Vinet.

„Als ich mich gebückt hatte ..."

„Aus dem Sitzen heraus", sagte Antonin Goulard.

„Madame war, wie sie sein sollte," erwiderte Vinet, „sie machte Toilette und betrachtete ihren Maulesel.“

In der Provinz sind solche Scherze beliebt, da man sich seit langem alles gesagt hat und infolgedessen zu den Witzen seine Zuflucht nehmen muß, an denen sich unsere Vorfahren belustigten, bevor die englische Prüderie eingeführt war, eine Ware, gegen die die Zollschranken machtlos sind.

„Unterbrechen Sie den Redner nicht“, sagte Mademoiselle Beauvisage zu Vinet, mit dem sie lächelnde Blicke tauschte.

„Meine Augen richteten sich unfreiwillig auf das Fenster des Zimmers, wo der Unbekannte die Nacht vorher schlafen gegangen war, wahrhaftig, ich weiß nicht, um wieviel Uhr, denn ich bin erst lange nach Mitternacht eingeschlafen ... Ich habe das Unglück, mit einem Mann verbunden zu sein, der so schnarcht, daß sich die Balken biegen ... Wenn ich zuerst einschlafe, ist es gut, ich habe nämlich einen so schweren Schlaf, daß ich nichts höre, aber wenn Mollot es zuerst tut, ist meine Nacht futsch.“

„Manchmal tun Sie es wohl miteinander“, sagte Achille Pigoult, der sich gerade der fröhlichen Gruppe anschloß. „Wie ich sehe, handelt es sich um Ihren Schlaf ...“

„Schweigen Sie, schlechter Kerl“, erwiderte Madame Mollot kokett.

„Verstehst du?“ flüsterte Cécile Ernestine ins Ohr.

„Er war also eine Stunde nach Mitternacht noch nicht zurückgekehrt“, sagte Madame Mollot.

„Er hat Sie betrogen. Wie konnte er zurückkehren,

ohne daß Sie es wußten!" sagte Achille Pigoult.

„Ah! Das ist ein schlauer Mensch, er wird uns alle in einen Sack stecken und uns auf dem Marktplatz verkaufen."

„An wen?" fragte Vinet.

„An ein Geschäft, an einen Gedanken, an ein System!" antwortete der Notar, dem der Staatsanwaltsgehilfe mit schlauer Miene zulächelte.

„Stellen Sie sich meine Überraschung vor," fuhr Madame Mollot fort, „als ich einen wundervollen, herrlichen, schimmernden Stoff bemerkte ... Ich sagte mir: er hat sicher ein Hauskleid aus dem gläsernen Stoff, den wir auf der Industrieausstellung gesehen haben ... Ich nehme also meine Lorgnette und schaue nach ... Großer Gott, was sehe ich? ... Über dem Hauskleid, dort, wo der Kopf sein mußte, sehe ich eine ungeheure Masse, etwas wie ein Knie ... Nein, ich kann Ihnen nicht sagen, wie neugierig ich war ..."

„Ich begreife es", sagte Antonin Goulard.

„Nein, Sie begreifen es nicht," sagte Madame Mollot, „denn dies Knie ..."

„Ah! ich verstehe," sagte Olivier Vinet mit geräuschvollem Lachen, „der Unbekannte machte Toilette, und Sie haben seine beiden Knie gesehen ..."

„Aber nein," rief Madame Mollot aus, „Sie lassen mich Ungereimtheiten sagen. Der Unbekannte stand aufrecht, er hielt einen Schwamm über einer riesigen Waschschüssel – da können Sie lange schlechte Witze machen, Herr Olivier. Ich hätte schon wiedererkannt, was Sie meinen ..."

„Oh! wiedererkannt, gnädige Frau, Sie kompromittieren sich", sagte Antonin Goulard.

„Lassen Sie mich doch zu Ende sprechen", sagte Madame Mollot. „Es war sein Kopf, er wusch sich den Kopf, er hat kein einziges Haar . . ."
„Der Unvorsichtige!" sagte Antonin Goulard. „Er kommt sicher nicht mit Heiratsabsichten. Wenn man hier heiraten will, muß man Haare haben . . . Die sind sehr gefragt."
„Meine Behauptung war also richtig: unser Unbekannter muß fünfzig Jahre alt sein. Erst in diesem Alter hat man Perücken. Als der Unbekannte mit seiner Toilette fertig war, hat er sein Fenster geöffnet, und ich habe ihn mit einer prachtvollen, schwarzen Mähne wiedergesehen, und er hat mich durch sein Lorgnon betrachtet, als ich auf meinen Balkon gegangen bin. Also, liebe Cécile, machen Sie diesen Herrn nicht zum Helden Ihres Romans."
„Warum nicht? Die Männer von fünfzig Jahren sind nicht zu verachten, wenn sie Grafen sind", erwiderte Ernestine.
„Vielleicht hat er Haare," sagte Olivier Vinet boshaft, „und dann wäre er zur Heirat sehr geeignet. Man müßte wissen, ob er Madame Mollot seinen Kopf oder . . ."
„Schweigen Sie!" sagte Madame Mollot.
Antonin Goulard sandte in aller Eile den Diener der Madame Marion mit einem Befehl für Julien zum ‚Maulesel'.
„Lieber Gott, was macht beim Ehemann das Alter?" sagte Mademoiselle Herbelot.
„Vorausgesetzt, daß man einen hat", fügte der Staatsanwaltsgehilfe hinzu, der durch seine kalte Bosheit und seine Spöttereien gefürchtet war.
„Aber," erwiderte das alte Mädchen, das die

Spitze fühlte, „ich hätte lieber einen fünfzigjährigen, guten, geduldigen, zu seiner Frau aufmerksamen Mann als einen jungen von zwanzig und einigen Jahren, der herzlos ist und dessen böse Zunge alle Welt und selbst seine Frau verletzt."

„Das kann man wohl sagen," meinte Olivier Vinet, „aber wenn man einen Fünfzigjährigen einem Jüngling vorzieht, muß man doch erst zwischen beiden wählen können."

„Oh!" sagte Madame Mollot, um dies Rededuell zwischen der alten Jungfer und dem jungen Vinet, das denn doch zu weit ging, zum Stillstand zu bringen, „wenn eine Frau Lebenserfahrung besitzt, so weiß sie, daß zwischen einem Mann von fünfzig oder fünfundzwanzig Jahren kein Unterschied besteht."

„Wenn Fräulein Beauvisage nach Paris geht, um dort eine Rolle zu spielen, so würde ich an ihrer Stelle sicher keinen Mann aus Arcis nehmen. Wenn ich ihr Vermögen hätte, so würde ich meine Hand einem Grafen geben, einem Manne, der mir eine große gesellschaftliche Stellung bieten könnte, nach seinem Geburtsschein würde ich dabei nicht viel fragen."

„Es würde Ihnen genügen, ihn bei der Toilette zu sehen", flüsterte Vinet Madame Mollot zu.

„Aber der König macht Grafen, gnädige Frau", sagte Madame Marion, die seit einer Minute den Kreis der jungen Mädchen überwachte.

„Ach," erwiderte Vinet, „es gibt junge Mädchen, die die gemachten Grafen lieben."

„Herr Antonin," sagte Cécile, die über Olivier Vinets Spott lachte, „unsere zehn Minuten sind vorbei, und wir wissen noch nicht, ob der Unbekannte Graf ist."

„Die Behörden müssen unfehlbar sein", sagte Olivier Vinet mit einem Blick auf Antonin.

„Ich halte mein Versprechen", erwiderte der Unterpräfekt, der an der Tür des Salons den Kopf seines Dieners auftauchen sah.

Und er verließ von neuem seinen Platz bei Cécile.

„Sie sprechen vom Fremden?" sagte Madame Marion. „Weiß man etwas über ihn?"

„Nein, gnädige Frau," erwiderte Achille Pigoult, „aber ohne es zu wissen, ist er, wie der Athlet im Zirkus, der Mittelpunkt, auf den zweitausend Einwohner ihre Blicke werfen. Außerdem, meine Wenigkeit weiß etwas", fügte der kleine Notar hinzu.

„So sagen Sie es uns doch", bat Ernestine lebhaft.

„Sein Diener heißt Paradis."

„Paradis!" scholl es allseitig zurück.

„Kann man Paradis heißen?" fragte die Herbelot, die neben ihrer Schwägerin Platz nahm.

„Das zielt darauf," fuhr der kleine Notar fort, „zu beweisen, daß sein Herr ein Engel ist, denn wenn sein Diener ihm folgt ... Sie verstehen."

Madame Marion nickte Beifall, weil ihr viel daran lag, Achille Pigoult für ihren Neffen zu gewinnen.

☆

DER FREMDE HÄLT ALLES, WAS DER UNBEKANNTE VERSPRICHT

„HERR PRÄFEKT," SAGTE IM SPEISESAAL der Diener Antonins zu seinem Gebieter, „der Tilbury ist mit einem Wappen versehen."

„Mit einem Wappen versehen ..."

„Und, Herr Präfekt, das Wappen ist ganz sonderbar. Oben ist eine Krone mit neun Zacken und Perlen ..."

„Er ist ein Graf."

„Dadrauf läuft ein geflügeltes Ungeheuer und faucht wie ein Postillion, der etwas verloren hat."

„Und hier, was auf dem Wimpel steht", sagte der Diener und nahm ein Papier aus der Tasche. „Fräulein Anicette, die Zofe der Prinzessin von Cadignan, die eben mit einem Brief für den Herrn im Wagen angekommen ist – der Wagen der Cinq-Cygne steht nämlich vor der Tür – die hat mir das Zeug abgeschrieben ..."

„Gib her."

Der Unterpräfekt las:

„Quo me trahit fortuna."

Wenn Antonin in der französischen Heraldik auch nicht bewandert genug war, um die Familie, die diesen Wahlspruch hatte, zu erkennen, so hielt er es doch für ausgemacht, daß die Cinq-Cygne nur einer Persönlichkeit aus dem Hochadel ihren Wagen zur Verfügung stellen, und die Prinzessin von Cadignan nur einer solchen einen Boten schicken könnte.

„So. Du kennst die Zofe der Prinzessin von Cadignan ... Du bist ein glücklicher Mensch", sagte Antonin zu seinem Diener.

Julien, ein Bauernbursche, hatte sechs Monate in Gondreville gedient und war dann in den Dienst des Unterpräfekten getreten, der einen gut abgerichteten Diener haben wollte.

„Herr Unterpräfekt, Anicette ist das Patenkind meines Vaters. Er wollte der Kleinen wohl, die ihren Vater verloren hat, und er hat sie nach Paris geschickt, wo sie Schneiderin werden sollte, weil meine Mutter sie nicht leiden konnte."

„Ist sie hübsch?"

„Das ist sie, Herr Unterpräfekt. Beweis dafür, daß sie in Paris Malheur gehabt hat; da sie begabt ist, schneidern und frisieren kann, ist sie durch Protektion des Herrn Marion, des ersten Kammerdieners beim Herzog von Maufrigneuse, bei der Prinzessin in Stellung gekommen."

„Was hat sie von Cinq-Cygne gesagt? Sind viel Leute da?"

„Ja, Herr Unterpräfekt. Die Prinzessin und Herr d'Arthez sind da ... der Herzog von Maufrigneuse und die Herzogin, der junge Marquis ... Kurzum, das Schloß ist ganz besetzt ... Der hochwürdige Herr Bischof von Troyes wird heute abend erwartet."

„Bischof Troubert ...? Ich möchte wohl wissen, ob er einige Zeit bleibt ..."

„Anicette glaubt es und sie vermutet, der Herr Bischof käme wegen des Grafen, der im ‚Maulesel' logiert. Man erwartet noch viele Leute. Der Kutscher hat erzählt, man spräche viel von den Wahlen ... Der Herr Präsident Michu soll auf einige Tage ..."

„Versuche diese Zofe in die Stadt kommen zu lassen unter dem Vorwand, eine Stellung für sie zu suchen. Hast du Absichten auf sie?"

„Wenn sie selbst was hat, warum nicht; sie ist pfiffig."

„Sage ihr, sie möge dich auf der Unterpräfektur besuchen."

„Ja, ich werde dorthin kommen."

„Sprich ihr nicht von mir; sonst wird sie nicht kommen, schlage ihr eine vorteilhafte Stellung vor."

„Oh, Herr Unterpräfekt... ich habe in Gondreville gedient."

„Du weißt nicht, weshalb diese Botschaft von Cinq-Cygne zu dieser Zeit gekommen ist, es ist nämlich halb zehn."

„Es scheint sich um etwas sehr Eiliges zu handeln, denn der Graf, der von Gondreville zurückkam..."

„Der Fremde ist in Gondreville gewesen?"

„Er hat dort gespeist, Herr Unterpräfekt. Das müssen Sie sich ansehen, das ist zum Lachen. Der kleine Diener ist, mit Verlaub zu sagen, besoffen wie ein Stint. Er hat im Dienerzimmer so viel Champagner getrunken, daß er nicht mehr stehen kann, man wird ihn aus Scherz zum Trinken genötigt haben."

„Und der Graf?"

„Der Graf lag schon zu Bett, aber er ist wieder aufgestanden, nachdem er den Brief gelesen hatte; jetzt kleidet er sich an. Der Tilbury wird angeschirrt. Der Graf will den Abend in Cinq-Cygne verbringen."

„Er ist wohl eine sehr große Persönlichkeit?"

„Aber sicher, Herr Unterpräfekt; Gothard, der Verwalter von Cinq-Cygne, ist heute morgen gekommen, um seinen Schwager Poupart zu besuchen, und er hat ihm in allen den fremden Herrn angehenden Angelegenheiten die größte Verschwiegenheit eingeschärft und hat ihm geraten, ihn wie einen König zu bedienen."

„Sollte Vinet recht gehabt haben?" dachte der

Unterpräfekt. „Sollte es dort so etwas wie eine Verschwörung geben?“

„Der Herzog Georges von Maufrigneuse hat Herrn Gothard zum ‚Maulesel‘ geschickt. Auf Wunsch des Grafen ist Poupart heute morgen zur Versammlung gekommen. Wenn er Herrn Poupart sagen würde, er solle heute abend nach Paris gehen, so würde er es tun ... Gothard hat seinem Schwager gesagt, er solle in den Angelegenheiten des Herrn Grafen alle verwirren und sich über die Neugierigen lustig machen ...“

„Wenn du Anicette bekommen kannst, so melde es mir sofort“, sagte Antonin.

„Aber ich kann sie ja in Cinq-Cygne besuchen, wenn der Herr mich nach Val-Preux schicken will.“

„Das ist ein Gedanke. Für die Fahrt dorthin kannst du den Wagen benützen ... Aber was hast du von dem Groom zu sagen?“

„Das ist ein verwegener Bursche, der kleine Schlingel. Stellen Sie sich vor, Herr Unterpräfekt, betrunken, wie er ist, stürzt er sich auf das prachtvolle englische Pferd seines Herrn, ein Rassepferd, das sieben Meilen in der Stunde macht, und bringt einen Brief nach Troyes, damit er morgen in Paris ist ... Und dabei ist der Knirps erst neuneinhalb Jahre alt. Wie wird der erst mit zwanzig sein?“

Der Unterpräfekt hörte mechanisch diesem Geschwätz zu. Und Julien schwatzte einige Minuten lang. Antonin Goulard dachte unterdessen intensiv an den Unbekannten.

„Warte“, sagte der Unterpräfekt zu seinem Diener.

„Was für ein Durcheinander“, dachte er, als er langsam in den Salon zurückkehrte. „Ein Mann, der mit dem Grafen von Gondreville speist und in Cinq-Cygne übernachtet... Das sind Geheimnisse...“

„Ah, da ist er ja!“ rief der ganze Kreis um Fräulein Beauvisage, als er erschien.

„Ja, es ist ein Graf aus altem Geschlecht, ich kann es verantworten.“

„Also ganz, wie ich es wollte“, rief Cécile.

„Gnädiges Fräulein,“ sagte Antonin lächelnd mit einem boshaften Blick auf Madame Mollot, „er ist groß und gut gebaut und er trägt keine Perücke... Sein Groom war betrunken wie die zweiundzwanzig Kantone, im Dienerzimmer von Gondreville hatte man ihn mit Wein vollgepumpt und als Julien ihm von der Perücke seines Herrn sprach, hat das neunjährige Kind ihm stolz geantwortet: Wenn mein Herr eine Perücke trüge, würde ich ihn verlassen... Er färbt sich die Haare, das ist alles.“

„Ihre Lorgnette vergrößert die Gegenstände sehr“, sagte Achille Pigoult zu Madame Mollot, die zu lachen begann.

„Betrunken, wie er ist, eilt der Groom des schönen Grafen zu Pferde nach Troyes, um einen Brief zu überbringen, und er legt den Weg in fünf Viertelstunden zurück, obwohl es Nacht ist.“

„Ich möchte den Groom sehen“, sagte Vinet.

„Wenn er in Gondreville gespeist hat,“ sagte Cécile, „werden wir wissen, wer der Graf ist; mein Großvater geht nämlich morgen mittag dorthin.“

„Besonders merkwürdig ist,“ sagte Antonin Goulard, „daß man dem Unbekannten aus Cinq-

Cygne Fräulein Anicette, die Zofe der Prinzessin von Cadignan, mit einer Eilnachricht geschickt hat und daß er dort den Abend verbringen wird."

„Das ist ja kein Mensch," sagte Olivier Vinet, „sondern ein Teufel, ein Phönix. Er wird der Freund beider Schlösser sein und pokulieren..."

„Pfui," sagte Madame Mollot, „Sie haben Ausdrücke..."

„Pokulieren ist ein Wort von feinster Latinität, gnädige Frau," erwiderte ernst der Staatsanwaltschaftsgehilfe; „er wird am Morgen mit König Louis Philipp pokulieren und am Abend mit Karl X. in Holy-Rood bankettieren. Es gibt nur einen Grund, der einem Christen erlaubt, in beiden Lagern zu verkehren, bei den Montecchi und den Capuletti... Oh, ich weiß, wer der Unbekannte ist; er ist..."

„Der Direktor der Eisenbahn von Paris nach Lyon oder von Paris nach Dijon, oder von Montereau nach Troyes."

„Wahrhaftig", sagte Antonin. „Sie haben es erraten. Nur die Bankleute, die Industriellen, die Börsianer können sicher sein, überall gut aufgenommen zu werden."

„Ja, die großen Namen, die großen Familien, die alten und die frischgebackenen Pairs stürzen sich jetzt im Eiltempo in den Handel", sagte Achille Pigoult.

„Die Franken ziehen die Franken an", erwiderte Olivier Vinet ganz ernst.

„Olivier, Sie kommen nicht mit dem Ölzweig des Friedens", sagte Madame Mollot lächelnd.

„Aber ist es nicht demoralisierend, die Namen der Verneuil, der Maufrigneuse und der d'Hérouville vereint mit denen der du Tillet und der Nucingen in wilden Börsenspekulationen zu sehen?"

„Unser Unbekannter muß entschieden eine junge Eisenbahn sein", sagte Olivier Vinet.

„Schon wahr, ganz Arcis wird morgen durcheinander geraten", sagte Achille Pigoult. „Ich werde den Herrn besuchen, um sein Notar zu werden. Da gibt es zweitausend Akte zu tätigen."

„Aus unserem Roman wird eine Lokomotive", sagte Ernestine traurig zu Cécile.

„Ein Graf, der gleichzeitig Eisenbahnmagnat ist," erwiderte Achille Pigoult, „ist um so mehr zur Heirat geeignet; ist er noch Junggeselle?"

„Das werde ich morgen durch Großvater erfahren", sagte Cécile mit gespielter Begeisterung.

„Oh, nicht übel!" rief Madame Marion mit forciertem Lachen. „Wie, Cécile, mein Kätzchen, du denkst an den Unbekannten?"

„Aber der Ehemann ist immer der Unbekannte", sagte Olivier Vinet und machte dabei Fräulein Beauvisage ein Zeichen, das sie durchaus verstand.

„Warum sollte ich nicht an ihn denken?" sagte Cécile. „Das ist nicht kompromittierend. Er ist ja, wie die Herren hier sagen, ein großer Börsianer oder ein Grand-Seigneur. Beides paßt mir. Ich liebe Paris. Ich will Wagen, Hotel und meine Loge in der Oper haben usw."

„Das ist so", sagte Olivier Vinet. „Wenn man träumt, soll man auf nichts verzichten. Wenn ich übrigens die Ehre hätte, Ihr Bruder zu sein, würde ich Sie mit dem jungen Marquis Cinq-Cygne verheiraten. Er scheint mir ein fideler Kerl zu sein, der die Taler fröhlich springen läßt und sich den Teufel um die Widerstände seiner

Mutter schert, die die Mitspieler in dem großen Drama haßt, bei dem der Vater unseres Präsidenten so unglücklich geendet hat."
„Es würde Ihnen eher gelingen, Ministerpräsident zu werden", sagte Madame Marion. „Eine Verbindung zwischen der Enkelin Grévins und den Cinq-Cygnes wird niemals zustande kommen."
„Romeo hat aber doch Julia geheiratet," sagte Achille Pigoult, „und das gnädige Fräulein ist schöner als..."
„Oh. Sie zitieren uns aus der Oper", sagte der Notar Herbelot naiv, der gerade von seiner Whistpartie kam.
„Mein Kollege", sagte Achille Pigoult, „ist in der Geschichte des Mittelalters nicht stark..."
„Komm, Malvina", sagte der dicke Notar, ohne seinem jüngeren Kollegen zu antworten.
„Sagen Sie, Herr Antonin," fragte Cécile den Unterpräfekten, „Sie haben von Anicette, der Zofe der Prinzessin von Cadignan, gesprochen... Kennen Sie sie?"
„Nein, aber Julien kennt sie: sie ist das Patenkind seines Vaters; sie stehen sehr gut miteinander."
„Versuchen Sie durch Julien, sie für uns zu bekommen; Mama würde es auf den Lohn nicht ankommen."
„Gnädiges Fräulein, hören heißt gehorchen, sagt man in Asien zu den Despoten", erwiderte der Unterpräfekt. „Sie sollen sehen, wie ich mich ins Zeug legen werde, um Ihnen gefällig zu sein."
Er ging hinaus, um Julien zu befehlen, dem Wagen, der nach Cinq-Cygne zurückkehrte, zu folgen und Anicette um jeden Preis zu gewinnen.

SIMON GIGUET, DER INZWISCHEN ALLEN einflußreichen Leuten von Arcis seine Bücklinge gemacht hatte und seine Wahl als sicher betrachtete, näherte sich in diesem Augenblick dem Kreis, der Cécile und Madame Mollot umgab. Es war schon spät. Es schlug zehn Uhr. Nach einem riesigen Konsum von Kuchen, Mandelmilch, Punsch, Limonade und etlicher Sirupsorten gingen die, die heute abend nur aus politischen Gründen zu Madame Marion gekommen und auf diesem, für sie zu vornehmen, Parkett keine Stammgäste waren, um so eiliger fort, als sie nicht gewohnt waren, so spät zu Bett zu kommen. Die Abendgesellschaft nahm mithin einen intimen Charakter an. Simon Giguet hoffte, mit Cécile einige Worte wechseln zu können, und er betrachtete sie mit Erobererblick. Dieser Blick verstimmte Cécile.

„Mein Lieber," sagte Antonin zu Simon, auf dessen Antlitz er die Aureole des Erfolges schimmern sah, „du kommst in einem Augenblick, da die Leute von Arcis unrecht haben . . ."

„Sehr unrecht", sagte Ernestine, die Cécile mit dem Ellenbogen anstieß. „Cécile und ich sind ganz versessen auf den Unbekannten; wir streiten uns um ihn."

„Er ist gar kein Unbekannter mehr," sagte Cécile, „er ist ein Graf."

„Er ist ein hergelaufener Hanswurst", erwiderte Simon Giguet mit verachtungsvoller Miene.

„Würden Sie, Herr Simon, das einem Manne ins Gesicht sagen," erwiderte Cécile gereizt „dem die Prinzessin von Cadignan gerade ihre Dienerschaft geschickt hat, der heute in Gondreville gespeist hat und der den heutigen Abend bei der Marquise von Cinq-Cygne verbringt?"

Sie sagte das so lebhaft und in einem so herben Ton, daß Simon außer Fassung geriet.

„Ah, gnädiges Fräulein," meinte Olivier Vinet, „wenn wir uns ins Gesicht sagen würden, was wir hinter dem Rücken über uns sagen, dann wäre keine Gesellschaft mehr möglich. Die Vergnügungen der Gesellschaft, besonders in der Provinz, bestehen gerade darin, sich wechselseitig Schlechtes übereinander zu erzählen."

„Herr Simon ist eifersüchtig auf deine Begeisterung für den unbekannten Grafen", sagte Ernestine.

„Wie mir scheint", sagte Cécile, „hat Herr Simon nicht das Recht, auf irgendeine meiner Neigungen eifersüchtig zu sein."

Nach diesem besonders scharf betonten Wort, das Simon zerschmettern sollte, erhob sich Cécile; jeder ließ ihr den Weg frei und sie ging zu ihrer Mutter, die ihre Whistabrechnung beendete.

„Meine Liebe!" rief Madame Marion, die hinter der Erbin hereilte, „Sie scheinen mir doch sehr hart gegen meinen armen Simon zu sein."

„Was hat mein liebes Kätzchen denn angestellt?" fragte Madame Beauvisage.

„Mama, Herr Simon hat meinen Unbekannten mit dem Wort Hanswurst geschmäht."

Simon war seiner Tante gefolgt und kam jetzt an den Spieltisch heran. Die vier Personen, zwischen denen so ernste Dinge schwebten, fanden sich jetzt in der Mitte des Salons vereinigt, Cécilie und ihre Mutter auf der einen Seite des

Tisches, Madame Marion und ihr Neffe auf der anderen.

„Wahrhaftig, gnädige Frau," sagte Simon Giguet, „man muß schon ein Vorurteil gegen jemanden haben, wenn man sich über das ärgert, was ich gerade über den Herrn gesagt habe, von dem ganz Arcis spricht und der im ‚Maulesel' wohnt."

„Finden Sie, daß er Ihnen Konkurrenz macht?" sagte Madame Beauvisage spöttisch.

„Ich wäre Ihnen böse, wenn die geringste Mißhelligkeit zwischen Fräulein Cécile und mir bestünde", sagte der Kandidat und warf dem jungen Mädchen einen bittenden Blick zu.

„Sie haben einen so schneidenden Ton, daß man annehmen darf, daß Sie sehr despotisch sein werden, Sie haben recht; wenn Sie Minister werden wollen, müssen Sie oft scharf sein."

In diesem Augenblick nahm Madame Marion Madame Beauvisage unter den Arm und führte sie auf ein Sofa. Als Cécile sich allein sah, näherte sie sich wieder dem Kreis, wo sie gesessen hatte, um die Antwort nicht hören zu müssen, die Simon ihr geben würde. Der Kandidat blieb mit dummem Gesicht vor dem Tisch stehen und beschäftigte sich mechanisch damit, mit den Marken zu spielen.

„Er hat Spielmarken zum Trost", sagte Olivier Vinet, der die kleine Szene beobachtet hatte.

Obwohl er leise sprach, hatte Cécile ihn verstanden, und sie konnte ein Lachen nicht unterdrücken.

„Meine liebe Freundin," flüsterte Madame Marion Madame Beauvisage zu, „Sie sehen, daß nichts die Wahl meines Neffen hindern kann."

„Das freut mich sehr für Sie und die Deputiertenkammer“, sagte Sévérine.
„Meine Liebe, mein Neffe wird es sehr weit bringen... Er verfügt über die Vermögen, die sein Vater und ich ihm hinterlassen werden: das ergibt ungefähr dreißigtausend Franken Rente. Wenn man Deputierter ist und ein solches Vermögen hat, kann man alles beanspruchen.“
„Gnädige Frau, wir bewundern ihn und unsere Wünsche werden ihm bei seiner politischen Laufbahn folgen; aber...“
„Ich erbitte keine Antwort von Ihnen“, unterbrach Madame Marion lebhaft ihre Freundin. „Ich bitte Sie nur, meinen Vorschlag in Erwägung zu ziehen. Passen unsere Kinder zueinander? Können wir sie verheiraten? Wir werden während der Sessionsperioden in Paris wohnen, und wer weiß, ob der Deputierte von Arcis nicht eine schöne, dauernde Stellung in der Verwaltung erhalten wird? Sehen Sie nur, was für eine Karriere Herr Vinet aus Provins gemacht hat. Als Fräulein von Chargeboeuf ihn heiratete, tadelte man sie; und jetzt ist sie die Gattin eines Siegelbewahrers und Herr Vinet kann Pair von Frankreich werden, wenn er nur will.“
„Gnädige Frau, ich bin nicht in der Lage, meine Tochter nach Gutdünken zu verheiraten. Ihr Vater und ich lassen ihr volle Freiheit bei der Wahl. Wenn sie den Unbekannten heiraten wollte, würden wir unsere Zustimmung geben, unter der Voraussetzung, daß er eine passende Partie ist. Im übrigen ist Cécile ganz von ihrem Großvater abhängig, der ihr zur Eheschließung ein Hotel in Paris schenken wird, das Hotel Beauséant, das er

vor zehn Jahren für uns gekauft hat und das heute achthunderttausend Franken wert ist. Es ist eines der schönsten Hotels im Foubourg St. Germain. Zweihunderttausend Franken sind für die Einrichtung ausgeworfen. Ein Großvater, der sich so benimmt und der meine Schwiegermutter bestimmen wird, im Hinblick auf eine passende Ehe auch einige Opfer für ihre Enkelin zu bringen, hat wohl das Recht..."

„Gewiß", sagte Madame Marion, bestürzt ob dieser Vertraulichkeit, die die Ehe ihres Neffen mit Cécile viel schwieriger machte.

„Cécile hätte nichts von ihrem Großvater Grévin zu erwarten," fuhr Madame Beauvisage fort, „wenn sie sich verheiraten würde, ohne seinen Rat einzuholen. Der Schwiegersohn, den mein Vater gewählt hatte, ist gerade gestorben; seine neuen Absichten kenne ich noch nicht. Wenn Sie Vorschläge zu machen haben, wenden Sie sich an meinen Vater."

„Gut! Ich werde zu ihm gehen", sagte Madame Marion.

Madame Beauvisage machte Cécile ein Zeichen und beide verließen den Salon.

Am nächsten Morgen trafen sich Antonin und Frédéric Marest gewohnheitsgemäß nach dem Diner mit den Herren Martener und Olivier unter den Linden der Seufzerallee. Sie rauchten ihre Zigarren und gingen auf und ab. Eine solche Promenade gehört zu den kleinen Vergnügungen der Provinzgewaltigen, wenn sie gut miteinander stehen. Nachdem die Spaziergänger etliche Male auf- und abgegangen waren, gesellte sich Simon Giguet zu ihnen. Er machte eine geheimnisvolle Miene.

„Du mußt einem alten Kameraden treu bleiben,“ sagte er, „der dir das Bändchen ins Knopfloch und eine Präfektur verschaffen wird.“

„Du fängst mit deiner politischen Karriere schon an,“ sagte Antonin lachend, „du willst mich bestechen, du wilder Puritaner?“

„Willst du mir helfen?“

„Mein Lieber, du weißt, daß unsere Stadt zusammen mit Bar sur Aube abstimmt. Wer kann unter solchen Umständen eine Mehrheit garantieren? Mein Kollege in Bar sur Aube würde sich über mich beschweren, wenn ich mich nicht mit demselben Eifer wie er im Sinne der Regierung betätigen würde. Dein Versprechen ist bedingt, aber meine Absetzung wäre sicher.“

„Aber ich habe doch keine Mitbewerber.“

„Das glaubst du“, sagte Antonin; „aber...“

„Warum nur meine Tante nicht kommt?“ rief Giguet. „Sie weiß doch, daß ich auf glühenden Kohlen sitze. Oh! Diese drei Stunden kommen mir vor wie drei Jahre.“

Und sein Geheimnis entschlüpfte ihm. Er gestand seinem Freunde, daß Madame Marion zum alten Grévin gegangen sei, um ihn als Bräutigam Céciles vorzuschlagen.

Die beiden Freunde waren vor das Gasthaus zum Maulesel gekommen. Während der Advokat auf der Straße nach seiner Tante Ausschau hielt, starrte der Unterpräfekt in die Pfützen, die der Regen auf dem Platz gebildet hatte.

Arcis hat weder Sandstein- noch Kieselsteinpflasterung, denn die Ebenen der Champagne liefern kein hierfür geeignetes Material; es gibt keine großen Kieselsteine, aus denen man eine Beschot-

terung herstellen könnte. Ein oder zwei Straßen und einige Plätze sind mit Bürgersteigen versehen; aber alle anderen sind unvollkommen makadamisiert und man kann sich vorstellen, in welchem Zustand sie sich befinden, wenn es lange geregnet hat. Der Unterpräfekt gab sich ein Ansehen, als ob er Betrachtungen über diesen wichtigen Gegenstand anstelle; aber von den geheimen Leiden, die sich auf dem verärgerten Gesicht seines Begleiters malten, ging ihm nichts verloren.
In diesem Augenblick kam der Unbekannte vom Schloß Cinq-Cygne zurück, wo er wahrscheinlich die Nacht verbracht hatte. Goulard entschloß sich, das Geheimnis aufzuklären, in das sich der Unbekannte hüllte, dessen Körper in einen kleinen Redingot aus schwerem Stoff gehüllt war, den man Paletot nannte und der damals modern war. Ein Mantel, der wie eine Decke über die Füße des Unbekannten geworfen war, ließ von seinem Körper nichts erkennen. Ein großes Halstuch aus rotem Kaschmir ging bis unter die Augen. Der Hut war verwegen auf die Seite gesetzt, hatte aber nichts Lächerliches. Niemals war ein Geheimnis so geheimnisvoll verpackt und eingerichtet worden.
„Halt", rief der Groom, der dem Tilbury vorausritt. „Papa Poupard, öffnen Sie doch", rief er ärgerlich.
Die drei dienstbaren Geister des ‚Maulesel' kamen herangestürzt und der Tilbury verschwand, ohne daß jemand das geringste vom Gesicht des Fremden erkennen konnte. Der Unterpräfekt folgte dem Tilbury und ging ins Gasthaus hinein.
„Madame Poupart," sagte Antonin, „wollen Sie Ihren Herrn... Herrn!..."

„Ich weiß seinen Namen nicht", sagte die Schwester Gothards.
„Daran tun Sie unrecht. Die Polizeivorschriften sind klar und deutlich und Herr Groslier fackelt nicht lange, wie alle die Polizeibeamten, die nichts zu tun haben."
„Zur Zeit der Wahlen haben die Wirte niemals unrecht", sagte der Groom, der vom Pferde abstieg.
„Das Wort will ich Vinet wiederholen", dachte der Unterpräfekt. „Frag deinen Herrn, ob er den Unterpräfekten von Arcis empfangen kann."
Antonin Goulard gesellte sich zu den Spaziergängern, die am Ende der Allee stehengeblieben waren, als sie den Unterpräfekten sich mit dem Groom unterhalten sahen, der in Arcis wegen seines Namens und seiner schlagkräftigen Antworten schon berühmt war.
„Mein Herr bittet den Herrn Unterpräfekten, sich zu ihm hinaufzubemühen; er ist entzückt, ihn zu empfangen", sagte Paradis einige Augenblicke später zum Unterpräfekten.
„Mein Kleiner," sagte Olivier zu ihm, „wieviel gibt dein Herr jährlich einem Burschen von deinem Schlag?"
„Geben, mein Herr? Für wen halten Sie mich? Der Herr Graf läßt sich beschwindeln . . . und ich bin zufrieden."
„Das Kind ist in guter Schule", sagte Frédéric Marest.
„Es ist die hohe Schule, Herr Staatsanwalt", erwiderte Paradis und verließ die ob seiner Dreistigkeit erstaunten Freunde.
„Was für ein Figaro!" rief Vinet.

„Man muß uns niedriger einschätzen“, erwiderte das Kind. „Mein Herr nennt mich den kleinen Robert Macaire. Seitdem wir uns mehr Renten verschafft haben, sind wir Figaro plus Sparkasse.“

„Was verdienst du denn?“

„Es gibt Rennen, bei denen ich hunderttausend Taler gewinne, ohne meinen Herrn zu verkaufen.“

„Ein göttliches Kind“, sagte Vinet. „Es kennt den Turf.“

„Und alle Herrenreiter“, sagte das Kind und streckte Vinet die Zunge heraus.

☆

DER UNBEKANNTE UNTERWIRFT SICH EINEM VERHÖR

VOM WIRT DES ‚MAULESEL‘ GELEITET, fand Antonin Goulard den Unbekannten in dem Zimmer, aus dem er einen Salon gemacht hatte, und Goulard sah, wie ein ganz unverschämter Blick aus einem Lorgnon ihn zur Zielscheibe nahm.

„Mein Herr,“ sagte Antonin Goulard hoheitsvoll, „ich habe durch die Frau des Wirtes erfahren, daß Sie sich weigern, den polizeilichen Vorschriften zu entsprechen, und da Sie, wie ich annehme, eine Persönlichkeit von Rang sind, komme ich selbst...“

„Sie heißen Goulard?“ fragte der Unbekannte.

„Ich bin Unterpräfekt, mein Herr“, antwortete Antonin Goulard.

„Gehörte Ihr Vater nicht zu den Anhängern der Familie Simeuse?“

„Und ich, mein Herr, gehöre zur Regierung, das ist der Unterschied der Zeiten."

„Sie haben einen Diener namens Julien, der die Zofe der Prinzessin von Cadignan verführen will?"

„Mein Herr, ich erlaube niemandem, so mit mir zu sprechen", sagte Goulard. „Sie verkennen meinen Charakter."

„Und Sie wollen meinen kennenlernen!" gab der Unbekannte heftig zurück. „Ich gebe mich also zu erkennen. Lassen Sie also in die Fremdenliste schreiben: Herr Unverschämt, kommt aus Paris, fragt die Leute aus, Alter unbestimmt, und reist zu seinem Vergnügen. Es wäre eine sehr schätzenswerte Neuerung, wenn wir in Frankreich uns die englische Methode zum Muster nähmen; in England läßt man die Leute nach Belieben ankommen und abreisen, ohne ihnen Scherereien zu machen und ihnen alle Augenblicke Papiere abzufordern... Ich bin ohne Paß, was wollen Sie mit mir machen?"

„Der Herr Staatsanwalt ist ganz in der Nähe, dort unter den Linden...", sagte der Unterpräfekt.

„Herr Marest! ... grüßen Sie ihn von mir."

„Aber, wer sind Sie denn?"

„Das hängt von Ihnen ab, wer ich bin, mein verehrter Herr Goulard, denn Sie sollen entscheiden, als was ich in diesem Arrondissement auftrete. Geben Sie mir einen guten Rat wegen meiner Rolle. Bitte, lesen Sie."

Der Unbekannte reichte dem Unterpräfekten folgenden Brief.

(Cabinet) Präfektur von Aube.

Herr Unterpräfekt!

„Sie werden sich mit dem Überbringer dieses

bezüglich der Wahl in Arcis ins Einvernehmen setzen und ihm in allem, was er von Ihnen verlangt, entgegenkommen. Ich ersuche Sie, die Angelegenheit als eine ganz vertrauliche anzusehen und den Überbringer dieses mit aller seinem Rang gebührenden Hochachtung zu behandeln."

Dieser Brief war vom Präfekten selbst geschrieben und unterschrieben.

Antonin Goulard, den das edelmännische Gehaben und die Manieren der unbekannten Persönlichkeit schon in Erstaunen gesetzt hatten, wurde respektvoll.

„Und was soll geschehen?" fragte der Unterpräfekt.

„Sie wollten Anicette verführen. Sie hat uns von den Verführungsversuchen Juliens erzählt, Julien, den Sie Julian Apostata nennen könnten, denn er ist von dem jungen Paradis, meinem Groom, aus dem Felde geschlagen worden, und er hat schließlich gestehen müssen, daß Sie Anicette bei der reichsten Familie von Arcis in Stellung bringen wollen. Da die Familie Beauvisage die reichste Familie von Arcis ist, nehme ich an, daß Fräulein Cécile sich dieses Schatzes versichern will."

„Ja, mein Herr."

„Gut! Anicette wird gleich heute morgen ihren Dienst bei der Familie Beauvisage antreten."

Er pfiff. Paradis erschien so plötzlich auf der Bildfläche, daß der Unbekannte zu ihm sagte: „Du hast gelauscht."

„Gegen meinen Willen, Herr Graf; die Wände sind aus Papier ... Wenn der Graf will, gehe ich in ein Zimmer nach oben."

„Nein, du kannst zuhören, das ist dein Recht. Ich kann ja leiser sprechen, wenn ich nicht will, daß du meine Angelegenheiten kennst... Du gehst nach Cinq-Cygne zurück und gibst der kleinen Anicette von mir aus dies Zwanzigfrankenstück. Es wird dann so aussehen, als hätte Julien sie in Ihrem Auftrag verführt. Dies Goldstück bedeutet, daß sie Julien folgen kann", sagte der Unbekannte und wandte sich wieder Goulard zu. „Anicette wird uns von Nutzen sein, wenn wir mit unserer Kandidatur Erfolg haben wollen."

„Anicette?"

„Jawohl, Herr Unterpräfekt, zweiunddreißig Jahre lang lasse ich mir von Zofen Dienste leisten... Mit dreizehn Jahren hatte ich mein erstes Abenteuer, genau so, wie der Regent, der Urgroßvater unseres Königs... Kennen Sie das Vermögen von diesem Fräulein Beauvisage?"

„Man kann es nicht kennen, mein Herr, denn gestern bei Madame Marion hat Madame Sévérine gesagt, daß Herr Grévin, Céciles Großvater, seiner Enkelin das Hotel Beauséant und zweihunderttausend Franken als Hochzeitsgeschenk geben würde."

Die Augen des Unbekannten drückten keine Überraschung aus; er sah so aus, als ob er dies Vermögen sehr mittelmäßig fände.

„Kennen Sie Arcis gut?" fragte er Goulard.

„Ich bin hier Unterpräfekt und ich bin hierzulande geboren."

„Gut! Wie kann man hier die Neugierde vereiteln?"

„Indem man sie befriedigt. Der Herr Graf kann seinen Taufnamen und seinen Titel in die Fremdenliste eintragen."

„Gut: Graf Maxime ...“

„Und wenn der Herr als Eisenbahninspektor kommen will, ist Arcis zufrieden, und man kann die Stadt mit diesem Märchen vierzehn Tage lang amüsieren.“

„Nein, ich komme lieber als Geologe. Das ist weniger alltäglich. Ich komme, um die Landeskultur der Champagne zu heben. Das wird für Sie, mein lieber Herr Goulard, ein Anlaß sein, mich zusammen mit der Familie Beauvisage morgen zum Diner einzuladen ... ich will sie sehen und studieren.“

„Ich bin glücklich, Sie bei mir empfangen zu dürfen“, sagte der Unterpräfekt; „ich erbitte nur Ihre Nachsicht für die Dürftigkeit meines Hauses.“

„Wenn ich nach dem Wunsche derer, die mich senden, bei der Wahl in Arcis Erfolg habe, werden Sie Präfekt, mein Lieber“, sagte der Unbekannte. „Bitte, lesen Sie“, und er reichte Antonin zwei andere Briefe.

„Das ist vorzüglich, Herr Graf“, sagte Goulard und gab die Briefe zurück.

„Rekapitulieren Sie alle Stimmen, über die die Regierung verfügen kann, und erwecken wir nicht den Anschein, als ob wir im Einverständnis seien ... Ich bin ein Spekulant und mache mich über die Wahlen lustig.“

„Ich werde Ihnen den Polizeikommissar schicken, um Sie zu zwingen, sich in Poupards Fremdenbuch einzutragen.“

„Das ist ganz famos ... Auf Wiedersehen. Was für ein Land!“ sagte der Graf laut. „Man kann keinen Schritt machen, ohne alle Leute, bis zum Unterpräfekten, auf dem Nacken zu haben.“

„Sie werden mit dem Polizeikommissar zu tun bekommen, mein Herr", sagte Antonin.
Zwanzig Minuten später sprach man bei Madame Mollot von einem Zank zwischen dem Unterpräfekten und dem Unbekannten.
„Nun? Aus welchem Holz ist der Balken, der in unseren Sumpf gefallen ist?" fragte Olivier Vinet Goulard, als er ihn vom ‚Maulesel' zurückkehren sah.
„Ein Graf Maxime, der das geologische System der Champagne studieren will, um hier Mineralquellen zu finden", antwortete der Unterpräfekt leichthin.
„Sagen Sie Hilfsquellen", antwortete Olivier.
„Hofft er Kapitalien ins Land zu bringen?" fragte Herr Martener.
„Ich zweifle, daß unsere Royalisten auf diese Minen hereinfallen", sagte Olivier Vinet lächelnd.
„Was vermuten Sie aus dem Aussehen und dem Gehaben der Madame Marion," sagte der Unterpräfekt, der die Unterhaltung abbrach, und auf Simon und seine Tante zeigte, die auf dem Platz miteinander sprachen.
„Wenn seine Werbung Erfolg gehabt hätte, so genügte, glaube ich, ein Wort, um es aus ihm herauszuholen", erwiderte der Staatsanwaltsgehilfe.
„Na, und?" sagten die beiden Beamten gleichzeitig zu Simon, der unter den Linden einherkam.
„Meine Tante glaubt, begründete Hoffnung zu haben. Madame Beauvisage und der alte Grévin, der nach Gondreville gegangen ist, waren von unserer Bewerbung nicht überrascht; man hat über die verschiedenen Vermögen gesprochen,

man will Cécile völlig freie Wahl lassen. Zum Schluß hat Madame Beauvisage erklärt, sie habe ihrerseits keine Einwände gegen eine Verbindung mit uns, durch die sie sich sehr geehrt fühle, sie mache aber trotzdem ihre Antwort von meiner Wahl und vielleicht von meinem ersten Auftreten in der Kammer abhängig. Der alte Grévin hat geäußert, er werde den Rat des Grafen von Gondreville nachsuchen, ohne den er niemals eine wichtige Entscheidung träfe."

„Du wirst also", sagte Goulard rund heraus, „Cécile nicht heiraten, mein alter Junge."

„Und warum?" sagte Giguet ironisch.

„Mein Lieber, Madame Beauvisage verbringt mit ihrer Tochter und ihrem Mann vier Abende in der Woche im Salon deiner Tante; deine Tante ist die tonangebende Frau in Arcis; obwohl sie zwanzig Jahre älter ist als Madame Beauvisage, wird sie doch von ihr beneidet und du darfst glauben, daß die Ablehnung deshalb in gute Formen gekleidet werden muß."

„Weder Ja noch Nein sagen," versetzte Vinet, „heißt im Hinblick auf die intimen Beziehungen zwischen euren beiden Familien: Nein. Wenn Madame Beauvisage die reichste Frau von Arcis ist, so ist Madame Marion die angesehenste; denn abgesehen von der Frau unseres Präsidenten, die niemanden bei sich sieht, ist sie die einzige, die einen Salon zu halten versteht; sie ist die Königin von Arcis. Madame Beauvisage will daher möglichst höflich ablehnen, das ist alles."

„Wie mir scheint, macht sich der alte Grévin über Ihre Tante lustig, mein Lieber", meinte Frédéric Marest.

„Sie haben gestern den Grafen von Gondreville angegriffen, Sie haben ihn verletzt, Sie sind ihm erbittert zu Leibe gegangen, als Achille Pigoult ihn heftig verteidigte... und jetzt wird wegen Ihrer Heirat mit Cécile der Rat des Grafen nachgesucht."

„Man kann unmöglich durchtriebener sein als der alte Vater Grévin", sagte Vinet.

„Madame Beauvisage ist ehrgeizig," antwortete Goulard, „sie weiß sehr genau, daß ihre Tochter zwei Millionen bekommen wird; sie will die Schwiegermutter eines Ministers oder eines Gesandten werden, um in Paris wohnen zu können."

„Und warum sollte ich das nicht werden?" fragte Simon Giguet.

„Ich wünsche es dir", erwiderte der Unterpräfekt und sah den Staatsanwaltsgehilfen an.

Beide begannen zu lachen, als sie ein paar Schritt weit weg waren.

„Er wird nicht einmal Deputierter werden", sagte Antonin zu Olivier, „die Regierung hat bestimmte Absichten. Sie finden zu Hause einen Brief Ihres Vaters, der Ihnen einschärft, sich der Personen Ihres Ressorts zu versichern, die für die Regierung stimmen. Es handelt sich um Ihre Beförderung und Ihr Vater empfiehlt Ihnen absolute Diskretion."

„Und für wen sollen unsere Gerichtsschreiber, unsere Sachwalter, unsere Friedensrichter und unsere Notare stimmen?" fragte der Staatsanwaltsgehilfe.

„Für den Kandidaten, den ich Ihnen nennen werde..."

„Aber woher wissen Sie, daß mein Vater mir

geschrieben hat und was er mir geschrieben hat."

„Durch den Unbekannten..."

„Den Geologen!"

„Lieber Vinet, wir dürfen ihn nicht kennen, behandeln wir ihn als Fremden. Als er durch Provins kam, hat er Ihren Vater gesehen. Gerade eben hat mir die unbekannte Persönlichkeit Grüße des Präfekten übermittelt. Der Präfekt wünscht, daß ich bezüglich der Wahlen in Arcis allen Weisungen Folge leiste, die mir Graf Maxime erteilen wird.

Essen wir zusammen und richten wir unsere Geschütze: für Sie handelt es sich darum, Staatsanwalt in Mantes zu werden, für mich, eine Präfektur zu bekommen. Wir dürfen nicht den Anschein erwecken, als mischten wir uns in die Wahlen, denn wir sind zwischen Hammer und Amboß. Simon ist der Kandidat einer Partei, die die gegenwärtige Regierung stürzen will und der es gelingen kann; aber für Leute von unserer Intelligenz kommt nur eine Partei in Frage..."

„Welche?"

„Denen zu dienen, die Regierungen machen und stürzen... Und der Brief, den man mir gezeigt hat, stammt von einer der Persönlichkeiten, die die Paten des umwandelbaren Gedankens sind."

☆

BEI MADAME ESPARD

UM ELF UHR, GERADE IN DEM AUGENblick, da bei der Marquise d'Espard, die ein Hotel des Faubourg Saint-Honoré bewohnte, der

Tee gereicht wurde, sagte ihr Schwager, der Chevalier d'Espard, mit einem Blick auf den um den Kamin versammelten Kreis: „Maxime war so traurig heute abend, finden Sie nicht auch?"
„Ja," antwortete Rastignac, „seine Traurigkeit ist erklärlich genug, er ist achtundvierzig Jahre alt; in dem Alter macht man sich keine Freunde mehr; seitdem de Marsay im Grabe ruht, hat Maxime den einzigen Menschen verloren, der fähig war, ihn zu verstehen, ihm zu helfen und sich von ihm helfen zu lassen."
„Zweifellos hat er drückende Schulden; könnten Sie ihn nicht instand setzen, sie zu bezahlen?" fragte die Marquise Rastignac.
Damals war Rastignac zum zweitenmal Minister, fast gegen seinen Willen war er Graf geworden; sein Schwiegervater, der Baron von Nucingen, war zum Pair von Frankreich erhoben worden, sein Bruder war Bischof, sein Schwager, der Graf de la Roche-Hugon war Gesandter, und er galt bei den künftigen Regierungsbildungen als unentbehrlich.
„Verehrte Marquise," antwortete Rastignac, „Sie vergessen immer, daß unsere Regierung ihr Silber nur gegen Gold eintauscht; Menschenkenntnis hat sie nicht."
„Ist Maxime der Mann, sich eine Kugel durch den Kopf zu jagen?" fragte der Bankier du Tillet.
„Das möchtest du wohl, dann wären wir quitt", antwortete dem Bankier der Graf Maxime de Trailles, den alle fortgegangen glaubten.
Wie eine Erscheinung richtete der Graf sich aus einem tiefen Sessel auf, der hinter dem des Chevalier d'Espard gestanden hatte. Alle begannen zu lachen.

„Wollen Sie eine Tasse Tee?“ fragte die junge Komtesse de Rastignac, die die Marquise gebeten hatte, statt ihrer die Honneurs zu machen.

„Gern“, erwiderte der Graf und er setzte sich vor den Kamin.

Dieser Mensch, der König der Pariser Schurken, hatte sich bis dahin in der überlegenen Stellung gehalten, die die Dandys einnahmen.

Man braucht seine Jugendgeschichte nicht zu erzählen, die von galanten Abenteuern erfüllt und durch schreckliche Dramen gekennzeichnet ist, bei denen er es immer verstanden hatte, das Äußerste zu vermeiden. Die Frauen waren für diesen Menschen bloß Mittel, er glaubte weder an ihre Schmerzen, noch an ihre Freuden; wie der verstorbene Marsay hielt er sie für boshafte Kinder.

Nachdem er sein eigenes Vermögen aufgezehrt, hatte er das einer berühmten Dirne, der sogenannten schönen Holländerin, der Mutter der bekannten Esther Gobseck, verschlungen. Dann hatte er das Unglück von Madame Restaud, der Schwester der Madame Delphine von Nucingen, der Mutter der jungen Komtesse von Rastignac, verschuldet.

In der Pariser Welt kommen die unglaublichsten Dinge vor. In diesem Augenblick sah sich die Baronin von Nucingen im Salon der Madame d'Espard dem Urheber aller Leiden ihrer Schwester gegenüber, einem Mörder, der nur das Glück einer Frau getötet hatte.

Madame de Nucingen hatte bei der Marquise, ihrer Tochter, gespeist, die seit einem Jahr mit dem Grafen von Rastignac verheiratet war, der seine politische Laufbahn als Unterstaatssekretär in dem berühmten Ministerium des verstorbenen

Marsay begonnen hatte, des einzigen großen Staatsmanns, den die Julirevolution hervorgebracht hat. Der Graf Maxime de Trailles wußte allein, wieviel Unglück er verschuldet hatte; aber er hatte sich immer gegen Tadel gedeckt, indem er den Gesetzen des Ehrenkodex gehorchte. Obwohl er in seinem Leben größere Summen durchgebracht hatte, als die Sträflinge sämtlicher Bagnos in Frankreich während der Zeit gestohlen haben, hatte er mit der Justiz nichts zu tun bekommen. Auf den Ehrenpunkt hatte er immer großen Wert gelegt und seine Spielschulden immer gewissenhaft bezahlt. Er war ein großartiger Spieler und spielte mit Botschaftern und Herren von allererstem Rang. Er speiste bei allen Mitgliedern des diplomatischen Korps. Er duellierte sich; er hatte zwei oder drei Männer getötet, fast ermordet, denn er war von einer beispiellosen Geschicklichkeit und Kaltblütigkeit. Kein junger Mann kam ihm gleich an Haltung und feinen Manieren, an Eleganz des Ausdrucks, an Sicherheit des Auftretens.

Als Page des Kaisers war er seit seinem zwölften Jahr in der Reitbahn zu Hause und galt als einer der geschicktesten Bereiter. Er hatte fünf Pferde in seinem Stall, zeigte sie bei den Rennen und beherrschte immer die Mode. In vollem Glanze zeigte er sich bei den Soupers mit jungen Leuten, er trank mehr als der Ausgepichteste von ihnen, und blieb immer frisch, bereit, sofort wieder anzufangen, als ob das Gelage sein Element wäre. Maxime gehörte zu den verachteten Menschen, die die Verachtung, die sie einflößen, durch die Unverschämtheit ihrer Haltung und die Furcht, die sie verursachen, zu unterdrücken wissen; er täuschte sich niemals über seine Lage. Daher kam seine Kraft. Die Starken sind immer ihre eigenen Kritiker.

Unter der Restauration hatte er seinen Stand als Page des Kaisers weidlich ausgebeutet; seiner zur Schau getragenen bonapartistischen Gesinnung schrieb er die ablehnende Haltung zu, die die verschiedenen Ministerien ihm gegenüber einnahmen, als er seine Dienste den Bourbonen anbot; trotz seinen Beziehungen, seiner Herkunft und seinen gefährlichen Geschicklichkeiten konnte er nämlich nichts erreichen; er wurde dann ein Mitglied der heimlichen Verschwörung, der das Königtum der Bourbonen der älteren Linie erlag.

Als dann die jüngere Linie der älteren gefolgt war und sich des Thrones bemächtigt hatte, beutete Maxime seine Anhänglichkeit an Napoleon wieder aus, um den er sich soviel kümmerte wie um seine erste Liebschaft. Er leistete wichtige Dienste, die man anerkennen mußte, obwohl man dadurch in große Verlegenheit geriet, denn er wollte von den Leuten, die zu rechnen verstehen, allzu oft bezahlt sein. Bei der ersten Ablehnung nahm er eine feindliche Haltung ein und drohte, gewisse peinliche Einzelheiten zu enthüllen. Die Dynastien haben nämlich im Anfang, wie die kleinen Kinder, befleckte Zungen.

Während seines Ministeriums machte de Marsay die Fehler derer, die die Brauchbarkeit des Grafen Maxime verkannt hatten, wieder gut; er gab ihm geheime Aufträge, für die man ein mit dem Hammer der Notwendigkeit geschlagenes Gewissen, eine vor keiner Maßregel zurückschreckende Geschicklichkeit, Unverschämtheit und vor allem kaltes Blut haben muß, die Sicherheit und das Gefühl für den richtigen Augenblick, das die Bravi des Gedankens und der hohen Politik ausmacht. Solche Werkzeuge sind gleichzeitig selten und unentbehrlich.

Aus Berechnung verankerte de Marsay Maxime de Trailles in der höchsten Gesellschaft; er bezeichnete ihn als einen durch Leidenschaften gereiften, durch Erfahrung belehrten Menschen, der Dinge und Menschen kannte, dem Reisen und eine sichere Beobachtungsgabe Kenntnis von allen europäischen Interessen, von den fremden Kabinetten und den Verbindungen aller Familien des Kontinents gegeben hatten. De Marsay überzeugte Maxime von der Notwendigkeit, sich als Ehrenmann zu benehmen; er zeigte ihm die Diskretion weniger als eine Tugend, denn als eine Spekulation; er bewies ihm, daß die Regierung niemals ein solides und sicheres, elegantes und geschliffenes Instrument im Stich lassen würde.

„In der Politik kann man nur einmal drohen", sagte er, ihn tadelnd, daß er sich zu einer Drohung habe hinreißen lassen.

Maxime war der Mann, die Tiefe dieses Wortes zu ergründen.

Nach dem Tode de Marsays war der Graf Maxime von Trailles in sein früheres Leben zurückgefallen. Alljährlich spielte er in den Bädern und für den Winter kam er nach Paris zurück. Er erhielt gewisse beträchtliche Summen aus den Tiefen besonders geiziger Kassen, aber dieser Halbsold, den man einem furchtlosen Manne schuldete, den man von Fall zu Fall verwenden

konnte und der auch mit den Geheimnissen der Gegen-Diplomatie vertraut war, reichte für die Verschwendungen eines so glänzenden Lebens nicht aus, wie es der König der Dandys, der Tyrann von vier oder fünf Pariser Klubs, führte. Daher war der Graf Maxime wegen seiner finanziellen Lage oft in Unruhe. Ohne Eigentum, hatte er seine Position durch Wahl zum Deputierten niemals befestigen können; da er auch keine sichtbaren Ämter hatte, konnte er auch keinem Minister das Messer an die Kehle setzen, um sich zum Pair von Frankreich ernennen zu lassen. Er sah, wie sich das Alter bemerkbar machte, seine Ausschweifungen hatten ihn selbst ebenso zerrüttet wie seine verschiedenen Vermögen. Trotz seinem schönen Äußeren gab er sich in richtiger Selbsterkenntnis keiner Täuschung hin, er mußte ein Ende machen und sich verheiraten.
Als kluger Mann täuschte er sich nicht über sein Ansehen, er wußte wohl, wie es damit bestellt war. In Paris konnte er weder eine Frau aus der Aristokratie noch aus der Bourgeoisie bekommen; man ertrug ihn lediglich wegen seiner Bosheit, gespielter Biederkeit und geleisteter Dienste; jeder wünschte seinen Fall und ein Pech konnte ihn verderben. War er einmal wegen nichteingelöster Wechsel ins Gefängnis von Clichy oder ins Ausland gesandt worden, so fiel er in den Abgrund, wo man so viele politische Gerippe sehen kann.
In diesem Augenblick fürchtete er den Einsturz einiger Teile des schwankenden Gewölbes, das die Schuldenlast über so manchem Pariser Kopf errichtet hatte. Er hatte seine Sorgen auf seiner Stirn sichtbar werden lassen, er hatte sich ge-

weigert, bei Madame d'Espard zu spielen, er hatte im Gespräch mit den Damen Beweise seiner Zerstreutheit gegeben und war schließlich stumm und abgekämpft in den Sessel gesunken, aus dem er wie Banquos Geist wieder auftauchte.
Als der Graf Maxime de Trailles mitten vor dem Kamin Platz genommen, im Doppellicht der beiden Kandelaber, sah er sich als Gegenstand aller direkten und indirekten Blicke. Die wenigen über ihn gesprochenen Worte verpflichteten ihn dazu, eine stolze Haltung anzunehmen, und er zeigte sich geistvoll, ohne Anmaßung, aber mit der Absicht, den Verdacht zu entkräften.
Ein Maler hätte keinen fruchtbareren Moment treffen können, um sich des Porträts dieses außergewöhnlichen Menschen zu bemächtigen. Muß man nicht mit seltenen Fähigkeiten ausgestattet sein, um eine solche Rolle zu spielen, um dreißig Jahre lang die Frauen zu verführen, sich zu entschließen, diese Gaben nur in einer geheimen Sphäre anzuwenden, ein Volk zur Revolte aufzureizen, die Geheimnisse einer hinterlistigen Politik aufzudecken und nur in den Boudoirs oder den Geheimkabinetten zu triumphieren? Liegt nicht etwas Großes darin, sich auf die Höhe der politischen Berechnungen aufzuschwingen und sang- und klanglos ins Nichts frivolen Lebens zurückzufallen? Welch eiserner Mann, der den Wechselfällen des Spiels und der Politik widersteht, den Verschwendungen des eleganten und mondänen Lebens, mit seinen notwendigen Galanterien, der aus seinem Gedächtnis eine Bibliothek der Listen und Lügen macht, der soviel verschiedene Gedanken und Winkelzüge unter

undruchdringlicher Eleganz seiner Manieren verbirgt. Wenn ein günstiger Wind seine immer gespannten Segel geschwellt, wenn der Zufall der Umstände ihn begünstigt hätte, wäre er ein Mazarin, ein Marschall von Richelieu, ein Potemkin oder vielleicht eher noch ein Lauzun ohne Festungshaft geworden.

☆

PORTRÄT MIT NOTIZ

OBWOHL DER GRAF EINE ZIEMLICH HOHE dürre Gestalt hatte, besaß er doch ein Bäuchlein, aber er trug es majestätisch, um einen Ausdruck von Brillat-Savarin zu gebrauchen. Seine Kleidung war so gut gearbeitet, daß seine ganze Person einen jugendlichen Eindruck machte, etwas Leichtes und Freies hatte; das verdankte er zweifellos seinen körperlichen Übungen, der Gewohnheit, mit Waffen umzugehen, zu reiten und zu jagen. Maxime besaß allen Reiz und den Körperadel der Aristokratie, noch gesteigert durch seine überlegene Haltung. Sein langes Bourbonengesicht war von einem Backenbart eingerahmt, von einem sorgfältig gekräuselten und elegant geschnittenen Haarkranz, der kohlschwarz war.

Diese Farbe, die der seines reichlichen Haupthaars glich, erhielt er durch ein sehr kostspieliges, in Persien im Gebrauch befindliches indisches Schönheitsmittel, das Maxime geheim hielt. So täuschte er die geübtesten Blicke über das Weiß, das seine Haare schon seit langem befallen hatte. Die Eigentümlichkeit dieses Farbmittels, dessen sich die

Perser für ihre Bärte bedienen, besteht darin, daß es die Züge nicht hart macht; es kann durch einen mehr oder minder großen Zusatz von Indigo nüanciert werden, so daß es mit der Hautfarbe in Einklang steht. Zweifellos war das die Manipulation, die Madame Mollot gesehen hatte; noch an verschiedenen Abenden wurde andauernd spöttisch gefragt, was Madame Mollot eigentlich gesehen hätte.

Maxime hatte eine sehr schöne Stirn, blaue Augen, eine griechische Nase, einen angenehmen Mund und ein gut geschnittenes Kinn, aber der Kreis um seine Augen war von zahlreichen, feinen Linien umgeben, als ob sie mit einem Rasiermesser eingeschnitten wären, und sie waren nur in geringer Entfernung sichtbar. Seine Schläfen trugen ähnliche Spuren. Sein Gesicht war ziemlich durchfurcht. Seine Augen waren wie die der Spieler, die zahllose Nächte durchwacht haben, wie mit einer Glasur bedeckt; aber, obwohl schwach, war der Blick nur noch schrecklicher, er erregte Entsetzen. Man fühlte hinter seinem Blick eine Weißglut, eine erlöschende Lava von Leidenschaften.

Der früher so frische und rote Mund hatte ebenfalls kalte Farben angenommen; er lag nicht mehr in der Mitte, er war nach rechts ausgebogen. Diese Gewundenheit schien auf Verlogenheit zu deuten. Das Laster hatte seine Lippen verdreht, aber seine Zähne waren noch schön und weiß.

Diese Zeichen des Verwelkens verschwanden, wenn man seine Erscheinung im ganzen betrachtete. Die Formen waren immer noch so verführerisch,

daß kein junger Mann mit Maxime wetteifern konnte, wenn er im Bois de Boulogne ritt, wo er sich jünger und graziöser zeigte als der jüngste und graziöseste von ihnen. Dies Privileg ewiger Jugend besaßen einige Menschen dieser Zeit.
Der Graf war um so gefährlicher, als er geschmeidig und lässig schien und nicht erkennen ließ, welch fürchterlichen Anteil er an allen Angelegenheiten nahm. Diese entsetzliche Gleichgültigkeit, die ihm erlaubte, mit derselben Geschicklichkeit einen Volksaufruhr zu inszenieren, als eine Hofkabale einzuleiten, die die Autorität eines Fürsten wieder befestigen sollte, hatte etwas Reizvolles. Solche Ruhe und Geschlossenheit soll man nicht verachten, besonders nicht in Frankreich, wo wir gewohnt sind, uns durch die unwichtigsten Dinge erregen zu lassen.
Nach der Mode von 1839 gekleidet, war der Graf in schwarzem Rock, in einer dunkelblauen Kaschmirweste, die mit kleinen himmelblauen Blumen bestickt war, in schwarzen Beinkleidern, in grauseidenen Strümpfen in Lackschuhen. Seine Uhr, die er in einer Westentasche trug, war durch eine elegante Kette mit dem Knopfloch verbunden.
„Rastignac," sagte er und nahm die Teetasse, die die hübsche Frau von Rastignac ihm reichte, „wollen Sie mit mir zur österreichischen Gesandtschaft kommen?"
„Mein Lieber, ich bin noch zu frisch verheiratet, um ohne meine Frau heimzukehren!"
„Heißt das, aber später?" fragte die junge Frau mit einem Blick auf ihren Gatten.
„Später geht die Welt unter", antwortete Maxime.

„Aber die gnädige Frau entscheiden zu lassen, heißt doch, mir Unrecht geben.“
Mit einer liebenswürdigen Geste zog der Graf die hübsche Gräfin zu sich, sie hörte einige Worte, sah ihre Mutter an und sagte zu Rastignac: „Wenn Sie mit Herrn de Trailles zur Gesandtschaft gehen wollen, wird meine Mutter mich nach Hause begleiten.“
Einige Augenblicke später gingen die Baronin von Nucingen und die Komtesse von Rastignac zusammen fort. Maxime und Rastignac folgten bald und als sie beide im Wagen des Grafen saßen, sagte der Neuvermählte: „Was wollen Sie von mir, Maxime? Was ist denn so dringlich, daß Sie mir an die Gurgel springen? Was haben Sie meiner Frau gesagt?“
„Daß ich mit Ihnen sprechen müßte“, antwortete Herr de Trailles. „Sie sind glücklich. Sie haben die einzige Erbin von Nucingens Millionen geheiratet und Sie haben gut abgeschnitten ... Zwanzig Jahre Zwangsarbeit ...!“
„Maxime.“
„Aber bei allen Teufeln, es handelt sich doch um mich hier“, fuhr er fort, die Unterbrechung abwehrend. „Ein Schuft wie du Tillet fragt sich, ob ich den Mut habe, mich zu töten. Es ist Zeit, sich zu rangieren. Will man sich meiner entledigen oder nicht? Sie können es wissen, Sie wissen es auch“, sagte Maxime mit einer Geste, die Rastignac Schweigen gebot. „Hören Sie meinen Plan. Sie sollen mir dienlich sein, wie ich Ihnen schon dienlich war und es noch weiter sein werde. Das Leben, das ich führe, ist mir zuwider und ich will eine Zuflucht haben. Sie sollen mir helfen, eine

Ehe zu schließen, die mir eine halbe Million bringt; wenn ich einmal verheiratet bin, ernennen Sie mich zum Gesandten bei irgendeiner lächerlichen amerikanischen Republik. Auf diesem Posten bleibe ich solange, wie erforderlich ist, um mir eine ähnliche Stellung in Deutschland zu geben. Wenn ich mich bewähre, soll man mich befördern; wenn ich versage, soll man mich verabschieden. Ich werde vielleicht ein Kind haben, dem ich ein strenger Vater sein werde; seine Mutter wird reich sein, mein Sohn soll Diplomat werden, vielleicht wird er Gesandter."

„Hier meine Antwort", sagte Rastignac. „Zwischen einer Macht in Windeln und einer, die schon in den Kinderschuhen steckt, gibt es einen Kampf, der heftiger ist, als die öffentliche Meinung annimmt. Die Macht in Windeln ist die Deputiertenkammer, die, da sie keine erbliche Kammer ist..."

„Ach ja," sagte Maxime, „Sie sind Pair von Frankreich."

„Werde ich es jetzt nicht unter jedem Régime sein?" sagte der frischgebackene Pair.

„Aber unterbrechen Sie mich nicht, es handelt sich um Sie bei all dem Dreck. Die Deputiertenkammer wird jeder Regierung verhängnisvoll sein, wie es uns de Marsay gesagt hat, der einzige Mann, der Frankreich hätte retten können, denn Völker sterben nicht, sie sind Sklaven oder frei, das ist alles. Die Macht in den Kinderschuhen ist das Julikönigtum. Das gegenwärtige Ministerium ist besiegt, hat die Kammer aufgelöst und will die Wahlen machen, damit das künftige Ministerium nicht die Wahlen macht; aber es glaubt nicht an einen Sieg. Wenn es bei den Wahlen siegreich wäre, wäre die Dynastie in Gefahr; dagegen wird die dynastische Partei, wenn das Ministerium geschlagen ist, noch lange mit Vorteil kämpfen können. Die Fehler der Kammer kommen einem Willen zugute, der unglücklicherweise in der Politik alles ist. Wenn man alles ist, wie Napoleon es war, kommt ein Augenblick, da man sich ergänzen lassen muß, und wenn man die überlegenen Leute entfernt hat, findet der große Allmächtige keine Ergänzung mehr. Die Ergänzung ist, was man ein Kabinett nennt, und es gibt kein Kabinett in Frankreich, es gibt nur einen lebenslänglichen Willen. In Frankreich können nur die Regierungen Fehler machen, die Opposition kann keine machen, alle Schlachten, die sie liefert, kann sie verlieren, sie muß nur, wie die Verbündeten 1814, einmal siegen. Mit drei sogenannten glorreichen Tagen hat sie 1830 alles zerstört. Sich als Erben der Regierung fühlen, bedeutet nur, nicht zu regieren und abzuwarten. Durch meine persönliche Neigung gehöre ich der Aristokratie an, durch meine öffentliche Gesinnung dem Julikönigtum. Das Haus Orléans hat mir dazu verholfen, das Glück meines Hauses zu machen, und ich bleibe ihm treu für immer."

„Natürlich meinen Sie das „für immer" des Herrn von Talleyrand", spöttelte Maxime.

„In diesem Augenblick kann ich nichts für Sie tun," fuhr Rastignac fort; „in den nächsten sechs Monaten sind wir machtlos. Ja, diese sechs Monate werden ein Todeskampf sein; wir kennen im voraus unser Schicksal, wir sind ein Lückenbüßer-Ministerium. Wenn Sie sich aber in der Wahlschlacht, die jetzt anhebt, auszeichnen, wenn Sie uns eine Stimme, einen der Dynastie ergebenen Deputierten, bringen, wird man Ihnen jeden Wunsch erfüllen. Dann kann ich von Ihrem guten Willen sprechen, ich stecke meine Nase in Geheimdokumente, in vertrauliche Berichte und kann eine schwere Aufgabe für Sie finden. Wenn Sie Erfolg haben, kann ich mich auf Ihr Talent und Ihre Hingebung berufen und die Belohnung einfordern. Einheiraten, mein Lieber, können Sie nur in eine ehrgeizige Industriellenfamilie in der Provinz. In Paris sind Sie zu sehr bekannt. Man muß einen Millionär finden, einen Parvenu, der eine Tochter hat und den Ehrgeiz besitzt, in den Tuilerien zu paradieren."

„Veranlassen Sie Ihren Schwiegervater, mir bis dahin fünfundzwanzigtausend Franken zu leihen; dann ist er daran interessiert, daß der Hof mich nach dem Erfolg in barer Münze bezahlt, und er wird zur Heirat drängen."

„Sie sind schlau, Maxime; Sie mißtrauen mir; aber ich liebe geistreiche Leute, ich werde Ihre Angelegenheit in Ordnung bringen."

Sie waren angelangt. Der Graf de Rastignac bemerkte den Minister des Innern im Salon und plauderte mit ihm in einer Ecke.

Der Graf Maxime de Trailles war scheinbar von der alten Komtesse de Listomère in Anspruch genommen; aber in Wirklichkeit verfolgte er den Verlauf der Unterhaltung der beiden Pairs von Frankreich: er spionierte ihre Gesten aus, interpretierte ihre Blicke und fing schließlich einen wohlwollenden Blick des Ministers auf.

Um ein Uhr morgens gingen Maxime und Rastignac zusammen fort, und bevor jeder in seinen Wagen stieg, sagte Rastignac zu de Trailles auf den Treppenstufen: „Besuchen Sie mich vor Beginn der Wahlen. Bis dahin werde ich ausfindig machen, in welchem Wahlkreis die Aussichten der Opposition am schlechtesten sind und welche Hilfsquellen zwei Köpfe wie unsere dort finden."

„Mit den fünfundzwanzigtausend Franken eilt es", antwortete de Trailles.

„Gut! Bleiben Sie unsichtbar."

Fünf Wochen später kam der Graf de Trailles morgens geheimnisvoll in einem Kabriolett auf der Rue de Varennes angefahren. Vor dem Tor des Ministeriums der öffentlichen Arbeiten schickte er den Wagen zurück, sah sich um, ob ihm niemand gefolgt war, und wartete in einem kleinen Salon des ersten Stocks, bis Rastignac aufstand. Nach wenigen Augenblicken führte ihn der Kammerdiener, der seine Karte überbracht hatte, ins Schlafzimmer, wo der Staatsmann seine Morgentoilette beendete.

„Mein Lieber," sagte der Minister, „ich kann Ihnen ein Geheimnis anvertrauen, das die Zeitungen erst in zwei Tagen veröffentlichen werden und aus dem Sie Nutzen ziehen können. Der arme Charles Keller, der so hübsch Mazurka tanzte, ist in Afrika gefallen, er war unser Kandidat im Arrondissement Arcis. Sein Tod schafft einen leeren Raum. Hier ist die Abschrift zweier Berichte – der eine kommt vom Unterpräfekten, der andere vom Polizeikommissar –, die die Regierung benachrichtigen, daß die Wahl unseres armen Freundes auf Schwierigkeiten stoßen würde. Im Bericht des Polizeikommissars stehen Auskünfte über die Situation in der Stadt, die einem Manne von Ihrer Geschicklichkeit genügen werden: der Ehrgeiz des Rivalen unseres armen seligen Charles Keller geht dahin, eine Erbin zu heiraten. Einem Manne von Ihrer Auffassungsgabe genügt dies eine Wort. Die Cinq-Cygnes, die Prinzessin von Cadignan und Georges de Maufrigneuse sind in der Nähe von Arcis; Sie werden die legitimistischen Stimmen brauchen... Also..."

„Genug", sagte Maxime. „Da ist noch der Polizeikommissar."

„Ja."

„Geben Sie mir ein Wort für ihn mit."

„Mein Lieber," sagte Rastignac und er gab Maxime ein ganzes Aktenbündel, „hier sind zwei Briefe an Gondreville für Sie. Sie sind Page gewesen, er Senator, ihr werdet euch verstehen. Madame François Keller ist devot, hier ist ein Brief der Marschallin Carigliano an sie. Die Marschallin ist zur Dynastie übergegangen, sie empfiehlt Sie warm und wird Ihnen übrigens nach Ihrem Reiseziel folgen. Ich füge Ihnen nur noch ein Wort hinzu: Mißtrauen Sie dem Unterpräfekten, den ich für fähig halte, sich in diesem Simon Giguet eine Stütze beim Ex-Ministerpräsidenten zu verschaffen. Wenn Sie Briefe, Machtbefugnisse, Empfehlungen brauchen, schreiben Sie mir."

„Und die fünfundzwanzigtausend Franken?" fragte Maxime.

„Hier ist eine Anweisung auf den Bankier du Tillet."

„Ich werde Erfolg haben", sagte der Graf. „Sie können in den Tuilerien versprechen, daß der Deputierte von Arcis mit Leib und Seele der dynasti-

schen Partei gehört. Wenn ich Mißerfolg habe, soll man mich zum alten Eisen werfen."
Eine Stunde später befand sich Maxime de Trailles im Tilbury auf der Landstraße nach Troyes.

☆ ☆ ☆

Die hier übersetzten siebzehn Kapitel, die den ersten Teil eines unvollendeten Romans darstellen, wurden zum erstenmal in der „L'union monarchique" vom 7. April bis 3. Mai 1847 veröffentlicht. Der Roman wurde von Charles Rabou fortgesetzt, der die Personen des Romans noch in zwei anderen umfangreichen Büchern, im „Le comte de Sallenauve" und in „La famille Beauvisage" auftreten ließ. Von Balzac selbst rühren lediglich die hier übersetzten siebzehn Kapitel her. (Vgl. Charles de Lovenjoul: Histoire des Oeuvres de H. de Balzac, S. 155, 156 und Anatole Cerfberr und Jules Christophe: Répertoire de la Comédie humaine de H. de Balzac, S. 560.)

☆

DIE BEAMTEN

☆

DER HAUSHALT RABOURDIN

MENSCHEN, WIE HERRN RABOURDIN, BEgegnet man in Paris mehrfach, denn dort leben alle die, die sich den Wissenschaften oder sonst einer geistigen Beschäftigung widmen, in dem gleichen Milieu, und sind so durch mancherlei Gemeinsamkeiten miteinander verbunden. In dem Moment, da diese Erzählung einsetzt, ist Herr Rabourdin Bureauvorsteher in einem der wichtigsten Ministerien. Herr Rabourdin ist vierzig Jahre. Seine Haare sind zwar schon grau, jedoch von so feinem Tone, daß Frauen sie allenfalls, so grau wie sie da sind, noch lieben können, und ihre Farbe lindert die Melancholie seines Gesichtsausdruckes. Seine blauen Augen sind von innerem Feuer durchglüht, seine Hautfarbe ist von einem warmen Weiß, das lebhafte Röten unterbrechen. Stirn und Nase à la Louis Quinze, dazu ein ernster Mund. Er ist hochgewachsen, mager oder vielmehr abgemagert, wie ein Mensch, der soeben von schwerer Krankheit aufgestanden ist. Sein Gang drückt die Nachlässigkeit des Spaziergängers und die Nachdenklichkeit eines innerlich in Anspruch genommenen Menschen aus. Wenn man sich aus dieser Beschreibung ein Bild von dem Charakter

des Herrn Rabourdin machen kann, so wird die Beschreibung seines Anzuges vielleicht dazu beitragen, dieses Bild plastischer zu gestalten.
Rabourdin pflegte einen großen blauen Gehrock zu tragen, eine weiße Krawatte, eine Robespierreweste, schwarze Beinkleider ohne Stege, grauseidene Strümpfe und ausgeschnittene Halbschuhe. Um acht Uhr morgens war er bereits rasiert und hatte seine Tasse Kaffee getrunken. Mit der Pünktlichkeit einer Normaluhr ging er von Hause fort. Seinen Weg zum Ministerium nahm er stets durch dieselben Straßen, und das alles so genau und so abgemessen, daß man ihn für einen auf dem Wege zu seiner Gesandtschaft befindlichen Engländer halten mußte. Aus diesen Hauptzügen errät man: Rabourdin ist Familienvater, von häuslichen Unannehmlichkeiten und Verdruß im Dienst gequält und ermüdet. Aber er ist genügend philosophisch veranlagt, um das Leben so zu nehmen, wie es ist, als ein ehrlicher Mann, der sein Vaterland liebt und ihm dient, ohne sich über die Widerstände zu täuschen, auf die ein jeder stößt, der Gutes will. Er ist vorsichtig, weil er die Menschen kennt, er ist außerordentlich höflich mit Frauen, weil er nichts von ihnen erwartet, kurzum, Herr Rabourdin ist ein lebenserfahrener Mann. Gegen seine Untergebenen ist er leutselig, zu den ihm sozial Gleichgestellten hält er große Distanz, seinen Vorgesetzten tritt er ruhig, würdevoll und selbstbewußt entgegen. Zur Zeit, da diese Erzählung beginnt, im Jahre 1825, war in seinem Gesicht die kühle Resignation eines Mannes zu lesen, der seine Jugendhoffnungen begraben, auf die Erfüllung seines ge-

heimen Strebens verzichtet hat. Man konnte in ihm den entmutigten, jedoch vom Leben noch nicht abgewandten Menschen erkennen, den Menschen, der noch kämpft um die Verwirklichung seiner Jugendpläne, wenn er auch diesen Kampf mehr zur Entfaltung seiner Kräfte, als in der Hoffnung ungewissen Sieges führt. Er trug keinen Orden, ja, er betrachtete es als eine Schwäche, in den ersten Tagen der Restauration den Lilienorden getragen zu haben.

Das Leben dieses Mannes enthielt geheimnisvolle Eigentümlichkeiten. Seinen Vater hatte er niemals gekannt, seine Mutter hinterließ ihm nur ein kleines Vermögen. Sie hatte stets in glänzendem Luxus gelebt, einen eigenen prächtigen Wagen besessen, sie war immer geschmückt, immer festlich. Nur selten hatte er sie gesehen; in wunderbarer Schönheit lebte sie in seiner Erinnerung. Sie hatte ihm die gewöhnliche oberflächliche Erziehung gegeben, diese Erziehung, die so viel Ehrgeiz weckt und so wenig Können entwickelt. Als sechzehnjähriger Junge, wenige Tage vor dem Tode seiner Mutter, hatte er das Napoleon-Lyzeum verlassen. Dann war er als Supernumerarius in das Bureau eines Ministeriums eingetreten. Durch die Protektion eines unbekannten Gönners war er sofort besoldet worden. So kam es, daß Rabourdin mit zweiundzwanzig Jahren zweiter, mit fünfundwanzig Jahren erster Bureauvorsteher war. Nach dieser Ernennung machte sich die Hand, die den jungen Mann bisher im Leben gestützt hatte, nur noch in einem einzigen Fall bemerkbar; sie hatte ihn, den Armen, in das Haus des Herrn Leprince geführt. Dieser Herr Leprince war Witwer, er galt für sehr reich und war Vater einer einzigen Tochter. Xavier Rabourdin verliebte sich bis über die Ohren in Fräulein Célestine Leprince, eine damals sechzehnjährige junge Dame, die Ansprüche hatte, wie eine Mitgift von hunderttausend Franken sie berechtigen. Von einer künstlerisch veranlagten Mutter, deren Gaben sie geerbt hatte, war Célestine sorgsam erzogen worden. So war es natürlich, daß dieses junge Mädchen die Blicke der hochgestelltesten Männer auf sich zog. Sie war groß und schön, ihr Körper zeigte wundervolle Formen; sie malte, sie musizierte gut, sie sprach mehrere Sprachen und hatte einen gewissen Anstrich von wissenschaftlicher Bildung erhalten, der immer einen gefährlichen Vorzug darstellt, weil er eine Frau zu vielen Vorsichten verpflichtet, wenn sie allen Anschein von Schulgelehrsamkeit vermeiden will. Die Mutter, blind in schlecht angebrachter Zärtlichkeit, hatte in der Tochter falsche Hoffnungen über ihre Zukunft erweckt; nach ihrer Meinung konnten nur ein Herzog oder ein Gesandter, ein Marschall von Frankreich oder ein Minister ihrer Célestine den Platz in der Gesellschaft geben, der ihr gebührte. Dieses junge Mädchen beherrschte die Umgangsformen, die Sprache und die Haltung der vornehmen Welt. Ihre Toilette war reicher, eleganter, als es sich für ein junges, heiratsfähiges Mädchen schickte, ein Gatte konnte all diesem Reichtum nur noch rein menschliches Glück hinzufügen. Dazu machten die unaufhörlichen Zärtlichkeiten der Mutter – sie starb zwei Jahre vor der Verheiratung ihrer Tochter – die Aufgabe eines Liebhabers zu einer recht schwierigen; man mußte kaltes Blut haben, um einer solchen Frau Herr zu bleiben, die erschreckten Bourgeois zogen sich zurück. So wurde Xavier, selbst Waise, und ohne anderes Vermögen als seinen Posten als Bureauvorsteher, von Herrn Leprince Célestine zur Ehe vorgeschlagen. Lange Zeit widerstrebte sie; Fräulein Leprince hatte keinen ernstlichen Einwand gegen den ihr zugedachten Gatten: er war jung, war verliebt und schön, aber sie wollte nicht Frau Rabourdin heißen. Der Vater sagte seiner Tochter, Rabourdin sei aus dem Holze, aus dem Minister würden. Ein Mann mit dem Namen Rabourdin würde es unter der Regierung der Bourbonen nie so weit bringen, erwiderte ihm Célestine. Gezwungen, ihre Argumente zu widerlegen, beging der Vater eine schwere Indiskretion: er erklärte der Tochter, daß ihr zukünftiger Gatte Rabourdin von Soundso heißen werde, noch ehe er das Alter erreicht habe, das zum Eintritt in das Kabinett notwendig sei. Xavier werde bald Berichterstatter über die Bittschriften im Staatsrate und Generalsekretär seines Ministers sein. Von diesen beiden Sprossen aus werde der junge Mann im Besitz eines großen Vermögens und eines Namens, die ihm testamentarisch vermacht würden – er, Leprince, kenne das Testament – sich in die oberen Regionen der Verwaltung schwingen. Das waren die Argumente des Herrn Leprince, und so kam die Heirat zustande.

Rabourdin und seine Frau glaubten an diesen geheimnisvollen Schutz. Von Hoffnungen und von dem Leichtsinn erstens Liebens getragen, verbrauchten Herr und Frau Rabourdin fast hunderttausend Franken ihres Kapitals in fünf Jahren.

Dann wollte Célestine, die mit gutem Grunde erschreckt war, daß ihr Gatte nicht avancierte, den Rest ihrer Mitgift, hunderttausend Franken, in Grund und Boden anlegen. Das war eine weniger rentable Geldanlage. Aber, eines Tages, so trösteten sie sich, werde der Nachlaß des Herrn Leprince sie entschädigen für die weisen Beschränkungen. Dann würden sie ihre Früchte in einem schönen Wohlleben pflücken. Als der alte Auktionskommissar sah, daß sein Schwiegersohn seiner Protektionen beraubt war, versuchte er, aus Liebe zu seiner Tochter, diesen geheimen Schaden wieder gutzumachen. Er wagte einen Teil seines Vermögens in einer Spekulation anzulegen, die außerordentlich günstige Chancen bot; aber der arme Mann wurde von einer der Liquidationen des Bankhauses Nucingen betroffen; er starb vor Kummer über diesen Schlag und hinterließ nichts anderes, als etwa zehn schöne Gemälde, die den Salon seiner Tochter nach seinem Tode schmückten, und ein paar alte Möbel, die sie auf den Boden stellte. Nach acht Jahren vergeblicher Erwartung fand sich Frau Rabourdin endlich darein, daß der väterliche Gönner ihres Gatten plötzlich gestorben, das Testament unterschlagen oder verloren sein müsse. Zwei Jahre vor dem Tode von Leprince wurde der Posten des Abteilungschefs frei. Er wurde einem Herrn de la Billardière übertragen. Dieser Herr war mit einem Abgeordneten der Rechten verwandt, der 1823 zum Minister ernannt wurde. Das war, um die Lust am Handwerk zu verlieren! Aber konnte Rabourdin achttausend Franken Jahresgehalt und Gratifikationen einfach fallen lassen, während sein Haushalt auf

Einkünfte dieser Höhe eingestellt war, achttausend Franken, die Dreiviertel eines Einkommens bildeten? Und hatte er nicht, wenn er sich nur noch einige Jahre gedulden würde, Anspruch auf eine Pension? Welch ein jäher Sturz für eine Frau, deren hohe Ansprüche am Anfang ihres Lebens fast legitim zu sein schienen, für eine Frau, die als ungewöhnlich begabt galt.

Frau Rabourdin erfüllte die Hoffnungen, die Fräulein Leprince erweckt hatte. Sie war von dieser scheinbar ungewöhnlichen Art, die den Leuten gefällt, ihre breit angelegte Bildung erlaubte ihr, zu jedem in seiner Sprache zu sprechen. Sie war fähig, ihre Talente in praktische Lebenswerte umzusetzen. Sie hatte freie Ansichten, und ihr Verstand war geschult. Ihre Unterhaltung nahm sowohl durch ihre Mannigfaltigkeit als auch durch die außergewöhnliche Art der Gedanken gefangen. All diese Eigenschaften sind bei einer Fürstin, bei der Frau eines Gesandten sehr wohl angebracht. In einem Haushalt, in dem alles ganz alltäglich vor sich gehen mußte, waren sie von geringem Nutzen. Menschen, die gut reden, wollen eine Hörerschaft haben, sie lieben es, lange zu reden, und ermüden manchmal die anderen. Um ihre geistigen Bedürfnisse zu befriedigen, hatte Frau Rabourdin einen Empfangstag bei sich eingeführt; sie suchte viel gesellschaftlichen Verkehr auf, um in ihm die Freuden zu genießen, an die ihre Eigenliebe sie gewöhnt hatte. Wer das Pariser Leben kennt, wird wissen, was eine Frau dieses Schlages, deren Inneres durch die Beschränktheit ihrer materiellen Mittel zermartert ist, in dieser Stadt zu leiden hat. Wenn man in Paris lebt, dann muß man immer, allen albernen Deklamationen über die Entbehrlichkeit des Geldes zum Trotz, Stunden und Tage über Additionsreihen gebeugt sitzen, den Zahlen seinen Tribut zollen, die gespaltene Klaue des goldenen Kalbes mit Küssen bedecken. Welch ein schwieriges Problem ist es, die Kosten eines Haushalts mit Vater, Mutter, zwei Kindern, einem Zimmermädchen und einer Köchin zu bestreiten. Und das alles von zwölftausend Franken jährlichem Einkommen! Und das alles in einer Wohnung, in der Rue Duphot, in der zweiten Etage zweitausend Franken Jahresmiete! Davon muß man noch, ehe man die großen Haushaltungsausgaben berechnet, die Gelder für die Toiletten und für die Wagen der gnädigen Frau abziehen; denn die Toiletten gehen allem voran. Was kann denn unter solchen Umständen für die Erziehung der Kinder übrig bleiben? (Es sind ein siebenjähriges Mädchen und ein neunjähriger Knabe, deren Unterhalt allein zweitausend Franken kostete.) Wenn man das alles bedenkt, versteht man, daß Frau Rabourdin ihrem Mann kaum dreißig Franken monatlich für seine persönlichen Bedürfnisse geben konnte. So geht es fast allen Pariser Ehemännern. Finden sie sich damit aber nicht ab, so droht ihnen, von aller Welt als Ungeheuer angesehen zu werden.

So fest hatte Célestine geglaubt, sie sei bestimmt, in der großen Welt zu glänzen, sie zu beherrschen, und nun sah sie den Augenblick kommen, in dem sie gezwungen sein würde, ihre Intelligenz und ihre Fähigkeiten in einem unvornehmen, ganz unerwarteten Existenzkampf aufzureiben, sich im Zweikampf mit ihrem Ausgabenbuch zu messen. Wie arg hatte ihre Eigenliebe schon nach dem Tode ihres Vaters gelitten: sie hatte ihrem Diener kündigen müssen. Die meisten Frauen ermüden in diesem tagtäglichen Kampf, sie klagen und schließlich beugen sie sich unter ihr Schicksal; Célestinens Ehrgeiz wuchs mit den Schwierigkeiten: er fiel nicht in sich zusammen. Besiegen konnte sie die Schwierigkeiten nicht, so wollte sie sie ganz einfach aus dem Wege räumen, denn in ihren Augen glich diese konfliktsreiche Verknüpfung von Bedürfnissen und Möglichkeiten dem gordischen Knoten, den niemand aufknüpfen kann, den aber das Genie mit einem Schwerthieb löst. Célestine war weit davon entfernt, sich mit der Armseligkeit eines durchschnittlichen bürgerlichen Schicksals abzufinden. Fiebernd vor Ungeduld erlebte sie alles, was die großen Geschehnisse ihrer Zukunft hinausrückte. Sie beschuldigte das Schicksal des Betruges; sie war tief überzeugt, daß sie eine außergewöhnliche Frau sei. Und vielleicht mit Recht, vielleicht wäre sie in großen Verhältnissen groß gewesen, vielleicht hatte sie nicht den rechten Boden für die Entwicklung der in ihr schlummernden Kräfte gefunden; wir wollen es offen zugeben: wie unter den Männern, so gibt es auch unter den Frauen mannigfaltige Typen, die eine jede Gesellschaft sich nach ihren Bedürfnissen formt. Denn auch in der menschlichen Gesellschaft gibt es wie in der Natur mehr junge Keime als ausgewachsene Pflanzen, mehr Laich als Fische. Viele fähige Köpfe sterben ab wie Körner, die auf nackte Steine fallen. Gewiß, es gibt geborene Hausfrauen, es gibt Frauen, die nur

anmutig sind, und solche, die nur im Luxus aufblühen. Es gibt Nur-Ehefrauen, Nur-Mütter, Nur-Geliebte. Es gibt Frauen von rein geistiger und solche von rein materieller Anlage, so wie es unter den Männern geborene Künstler, geborene Soldaten, geborene Handwerker, Mathematiker und Dichter, Kaufleute, Finanzleute, Landwirte, Verwaltungsmenschen gibt. Und dann bringt die absonderliche Verflechtung der Ereignisse einen Widersinn in alle diese Kräfte. Viel Berufene und wenig Auserwählte. Dieses Wort trifft nicht minder auf das irdische wie auf das himmlische Leben zu. Frau Rabourdin hielt sich für sehr wohl fähig, einen Staatsmann zu beraten, die Seele eines Künstlers erglühen zu machen. Sie glaubte, sich ohne weiteres auf die Interessen eines Erfinders einstellen, ihn in seinen Kämpfen unterstützen zu können. Sie war gewiß, sie könne sich an der Finanzpolitik eines Nucingen, eines Keller beteiligen, sie könne ein großes Vermögen nach außen glänzend repräsentieren. Vielleicht wollte sie durch dieses Selbstvertrauen auch nur ihr Grauen vor dem Wäschebuch sich selbst erklären, ihr Grauen vor der täglichen Kontrolle der Küche, vor dem ewigen Rechnen, ob das Wirtschaftsgeld reichen werde, vor all den anderen Sorgen eines kleinen Haushalts. Sie stand immer über dem Durchschnitt der Frauen, wo die ungewöhnliche Forderung ihren Bedürfnissen entgegenkam.
Und mußte ihr nicht, da sie die Stacheln ihrer sozialen Stellung so lebhaft empfand, so mancher Schmerzensschrei entfahren? Man konnte ihre Lage mit der des heiligen Lorenz auf dem glühenden Rost vergleichen. In jenen Stunden, in

denen verletzter Ehrgeiz ihr Inneres leidenschaftlich aufwühlte, erhob sie schwere Anklagen gegen Xavier Rabourdin. War es nicht Sache ihres Mannes, ihr die gebührende soziale Stellung zu geben? Wenn sie ein Mann wäre, so meinte sie in solchen Stunden, sie würde gewiß die Energie haben, ein großes Vermögen und eine gute Lebensstellung rasch zu erwerben, um eine geliebte Frau glücklich zu machen. Sie warf ihm vor, ein allzu „anständiger" Mensch zu sein – ein Ausdruck, der in dem Munde gewisser Frauen das Diplom der Einfältigkeit ist. Sie entwarf ihm wunderbare Pläne, bei denen sie nur die Berechnung der Widerstände vergaß, die Menschen und Verhältnisse ihrer Verwirklichung entgegensetzten. Wie alle von einem leidenschaftlichen Gefühl getriebenen Frauen war sie, in ihren Gedanken und in ihren Plänen, über alle Maßen treulos und verschlagen. Sie zog alles in Betracht, und sich selbst betrachtete sie unter dem weiten Gesichtskreis ihrer Gedanken. Rabourdin aber kannte die Wirklichkeit, kalt blieb er allen diesen wollüstigen Phantasien gegenüber. Célestine war betrübt über die Kühle ihres Gatten; sie hielt ihn für beschränkt, schüchtern gar und wenig verständnisvoll. Ihr selbst ganz unmerklich bildete sie sich eine falsche Meinung über ihren Lebensgefährten, beständig verdunkelte sie seine geistigen Gaben durch ihre glänzende Art in der Diskussion. In ihr tauchten die Gedanken blitzartig auf; ihre Funken zu haschen, sie nicht zu verlieren, unterbrach sie ihn häufig, wenn er anfing, irgend etwas zu erklären. Seit dem ersten Tag ihrer Ehe fühlte sie sich von Rabourdin geliebt und bewundert. Und diese Gewißheit verleitete

Célestine, im Verkehr mit ihm über ihn hinwegzugehen. Über alle Forderungen ehelichen Zusammenlebens, über alle Regeln vertrauter Höflichkeit setzte sie sich hinweg; für ihre tausend kleinen Mißgriffe forderte sie im Namen der Liebe Verzeihung. Und da sie ihr Verhalten niemals änderte, so blieb sie immer die Vorherrschende. Frau von Staël rief einmal in einem Salon in einem Kreise von vielen Menschen einem, der größer war als sie, zu: Sie haben soeben ein sehr tiefes Wort gesagt! So ähnlich war es, wenn Frau Rabourdin von ihrem Gatten sagte: Manchmal ist er geistreich. Die Abhängigkeit, in der sie ihn unausgesetzt hielt, spiegelte sich an Herrn Rabourdin in fast unmerklichen Gesichtsbewegungen wider. Seine Haltung und seine Manieren drückten den Mangel an Respekt aus, mit dem ihm begegnet wurde. So schadete Célestine dem Ansehen ihres Gatten, ohne es zu wissen. Denn überall in der Welt fragen die Menschen, ehe sie über einen Mann urteilen, nach der Meinung seiner Frau über ihn. Sie fordern so gewissermaßen ein „Präavisse", wie die Genfer es nennen, ein dem eigenen vorhergehendes Urteil.

Als Rabourdin die Fehler bemerkte, die er aus Liebe zu seiner Frau begangen hatte, war es zu spät. Er hatte sich schon an seine Lage gewöhnt, er schwieg und duldete. Wie alle Männer, bei denen Gefühls- und Gedankenleben im Einklang stehen und beider Stärke einander entsprechen, bei denen eine edle Seele einen gut angelegten Verstand ergänzt, wurde seine Seele zum Verteidiger seiner Frau vor dem Gerichtsstuhl seines Verstandes. Ihre natürlichen Anlagen, sagte er sich, haben sie zu einer Rolle im Leben bestimmt, die sie durch meine Schuld verfehlt hat; sie gleicht einem Pferd von edelster Rasse, einem Renner, den man vor einen mit Sand und Steinen beladenen Wagen gespannt hat. Sie leidet unter diesem Zustand. So maß er sich selbst alle Schuld bei. Célestine, die zu ihrer eigenen inneren Kräftigung gezwungen war, ihrem Selbstvertrauen immer wieder in Worten Ausdruck zu geben, hatte durch deren stete Wiederholung ihrem Manne diesen Glauben eingeimpft. In jedem ehelichen Beisammensein sind auch die Gedanken ansteckend. Der 9. Thermidor ist gleich vielen anderen großen Ereignissen auf weiblichen Einfluß zurückzuführen. Der Ehrgeiz Célestines hatte Rabourdin angestachelt; lange hatte er über ein Mittel zu ihrer Befriedigung nachgedacht, doch hatte er alle Hoffnungen vor ihr verborgen gehalten, um sie vor allen Enttäuschungen zu bewahren. Er war entschlossen, sich durch einen festen Hieb im Ministerium durchzusetzen. Er wollte dort eine jener Revolutionen herbeiführen, die einen einzelnen Mann an die Spitze irgendeines gesellschaftlichen Instituts stellen. Aber er war außerstande, einen umstürzlerischen Plan ausschließlich oder auch nur wesentlich auf seinen persönlichen Vorteil einzustellen. So trug er sich mit allgemein-nützlichen Plänen und träumte von einem durch edle Mittel zu erreichenden Triumph. Nur wenige Beamte sind es, die nicht von solchen gleichzeitig ehrgeizigen und edlen Gedanken erfüllt wären, aber bei der Mehrzahl von ihnen ist es wie bei den Künstlern: auch sie bringen mehr Frühgeburten als lebensfähige Kinder zur Welt. Diese Tatsache

bestätigt die Richtigkeit der Worte Buffons: Genie ist Geduld.
Durch seine Stellung war Rabourdin die Möglichkeit gegeben, die französische Verwaltung zu studieren und ihren Mechanismus zu beobachten. Er lenkte seine Gedanken in das Milieu, in das das Schicksal ihn gestellt hatte. Was, nebenbei gesagt, das Geheimnis vieler menschlichen Werke ist. Das Resultat seiner Beobachtungen war die Erkenntnis, ein neues System der Administration sei notwendig. Und er legte die Grundlinien eines solchen Systems fest. Da er die Menschen, mit denen er zu tun haben würde, kannte, hatte er in seinem Plan die Verwaltungsmaschine, wie sie damals funktionierte und noch lange funktionieren wird, in ihren Grundlagen bestehen lassen. Denn alle Welt würde sich vor dem Gedanken, jene Maschine auseinander zu nehmen, sie wieder ganz von neuem aufzubauen, entsetzt haben – sie zu vereinfachen, konnte keiner abschlagen. Das Problem, das Rabourdin lösen mußte, war somit das Problem der besseren Ausnutzung gleicher gegebener Kräfte. Auf seinen einfachsten Ausdruck zurückgeführt, bestand der Plan also darin, mit einem Budget, das nicht höher war als jenes, das heute so viele fruchtlose Diskussionen auslöst, weit beträchtlichere Resultate als mit dem jetzigen zu erzielen. In einer langen Praxis hatte Rabourdin gelernt, daß auf allen Gebieten die Vervollkommnung durch ganz einfache Veränderungen herbeigeführt wird. Kräfte sparen ist vereinfachen. Vereinfachen, das bedeutet, den überflüssigen Teil eines Räderwerks entfernen, also ein Verschieben der übrigbleibenden Maschinenteile. So beruhte

Rabourdins System auf einer neuen Anordnung der vorhandenen Kräfte. Es wurde unter neuer Benennung der administrativen Körperteile durchgeführt. Hier liegt die Wurzel des Hasses, den alle Neuerer sich zuziehen. Die Unterdrückung einzelner Teile eines Ganzen, zu dessen Vervollkommnung nötig und in seiner Bedeutung zuerst fast immer mißverstanden, bedroht die bürgerliche Existenz einer Reihe von Menschen, die sich nur schwer entschließen können, neue Lebensstellungen zu suchen, um neue Lebensmöglichkeiten zu kämpfen. Rabourdin hatte es verstanden, den eigenen Enthusiasmus zu bändigen, der fast alle Erfinder erfaßt. Um alle Erschütterungen zu vermeiden, hatte er ein jederzeitiges Ineinandergreifen aller Räder erstrebt; er hatte es der Zeit und der Erfahrung überlassen wollen, die Vortrefflichkeit aller einzelnen Neuerungen zu erweisen. Diese Selbstbeschränkung bildete Rabourdins wirkliche Größe. Die Fruchtbarkeit des Resultats könnte leicht dazu führen, seine Verwirklichung für unmöglich zu halten; sie würde dazu führen, wenn man in der raschen Analyse dieses Systems die Grundgedanken Rabourdins aus den Augen verlöre. Somit ist es nicht bedeutungslos, auf den Punkt hinzuweisen, auf den nach seinen, wenn auch noch recht unvollständigen Mitteilungen, seine kritische Betrachtung der gesamten Administration einsetzte. Die Darstellung dieser seiner Betrachtungen, die übrigens eng mit dem Kern dieses Romans zusammenhängen, wird vielleicht einige Schattenseiten gesellschaftlicher Zustände unserer Zeit erklären.

Xavier war tief erschüttert von allem Elend des

Beamtenlebens, das er gesehen; er hatte sich gefragt, woher der fortwährende Verlust an allgemeiner Achtung gegenüber dem Beamtenstand käme. Er hatte den Ursachen dieser Erscheinung nachgespürt und hatte sie in jenen kleinen partiellen Revolutionen gefunden, die gleichsam die Nachwehen des Sturmes von 1789 waren. Sie zu untersuchen, die letzten Endes unsere Sitten zu dem gemacht haben, was sie sind, die Erfüllung dieser Aufgabe haben die Historiker der großen sozialen Bewegungen bisher vernachlässigt.

Früher, unter der Monarchie, gab es noch keine bureaukratischen Armeen in Frankreich. Der Beamtenstand war numerisch schwach: alle Beamten waren einem ersten Minister untergeordnet, der in unausgesetzter Berührung mit dem Monarchen stand. So dienten auch sie fast unmittelbar dem König. Die Vorgesetzten dieser eifrigen Untergebenen trugen den einfachen Titel: „Erster Schreiber". In denjenigen Zweigen der Verwaltung, die der König nicht selbst leitete, bedeuteten die Beamten für ihre Vorgesetzten dasselbe, was die Bureauangestellten eines Handelshauses für ihre Herren bedeuten. Sie erlernten eine Berufsarbeit, die ihnen dazu dienen sollte, sich selbst ein Vermögen zu erwerben. So war in der alten Administration jeder einzige Punkt der Kreislinie mit dem Mittelpunkt fest verbunden und empfing von ihm alles Leben. Damals fand man Hingabe und Treue in der Beamtenschaft. Seit 1789 ist der Staat, das Vaterland, wenn man ihn so nennen will, an die Stelle des Fürsten getreten. Und allen unseren schönen Gedanken über das Vaterland zum Trotz sind die Beamten, anstatt von einer zentralen politischen Behörde unmittelbar abzuhängen, zu Bediensteten aller jeweiligen Regierungen geworden. Ihre Vorgesetzten sind allen Schwankungen einer Macht ausgesetzt, die am Abend nicht weiß, ob sie am nächsten Morgen noch existieren wird. Diese Macht nennt sich das Ministerium. Da die laufenden Geschäfte jederzeit erledigt werden müssen, so schwimmt auf der Oberfläche der Beamtenschaft eine gewisse Anzahl von Leuten, die sich unentbehrlich wissen, obwohl ihnen theoretisch jeden Tag gekündigt werden könnte.

Das sind Leute, die ihre Stellungen behalten wollen. So ist die Bureaukratie entstanden, eine gigantische Maschine, die von Zwergen in Bewegung gesetzt wird. Zwar hat Napoleon den Einfluß der Bureaukratie – dieses schweren Vorhangs, der das Gute, das getan werden müßte, von dem, der seine Durchführung veranlassen könnte, trennt – für eine kurze Frist zurückgedrängt, indem er jedes Ding und jeden Menschen seinem individuellen Willen unterordnete, aber unter der konstitutionellen Regierung hat sie sich endgültig gefestigt. Aus ihrem eigensten Wesen heraus wurde sie der geschworene Freund aller Mittelmäßigkeiten, der fanatische Liebhaber aller Beweisstücke und Rechnungen, wurde schließlich ein verdrießlicher Quengler, ein rechter Kleinbürger. Die Beamten sind beglückt, die Minister in einem fortwährenden Kampfe mit vierhundert kleinen Geistern und zehn oder zwölf ehrgeizigen und unzuverlässigen Köpfen sich aufreiben zu sehen. Sie beeilen sich, sich unentbehrlich zu machen, indem sie an Stelle der lebendigen Tat sich selbst als die verkörperte Untat des ewigen Schreibens setzen. Sie schufen eine Macht der Trägheit, die man den Bericht nennt. Sein Wesen wollen wir erklären.

Seit die Könige sich Minister ernannten – das geschah in Frankreich erst unter Ludwig XV. – ließen sie sich über die wichtigsten Fragen von ihnen Vorträge halten und berieten sich nicht mehr wie früher selbst mit den bedeutendsten politischen Persönlichkeiten. Ganz unmerklich wurden auch die Minister durch ihre eigenen Beamten dazu gebracht, sich ihrerseits von ihnen Bericht erstatten zu lassen, so wie jene es vor den Königen taten. Die Minister waren ja auch durch ihre Selbstverteidigung vor den beiden Kammern und vor dem Hofe vollauf in Anspruch genommen. Was blieb ihnen denn anderes übrig, als auf die selbständige Orientierung über die laufenden Angelegenheiten ihrer Ministerien zu verzichten, „Berichte" zu befehlen und sich von den in ihnen enthaltenen Gesichtspunkten leiten zu lassen? Von Subalternen aufgestellten Gesichtspunkten, die keinerlei Überblick über einen Zweig des wirtschaftlichen oder gesellschaftlichen Lebens haben konnten. Es kann ja nicht die geringste Kleinigkeit in der Verwaltung vorkommen, ohne daß der Minister – und da kann die Sache so dringend sein wie sie will – erklärt: ich habe einen Bericht befohlen. So wird der Bericht für die Durchführung der Verwaltung und den Minister selbst, was er in der Deputiertenkammer für die Gesetzgebung ist: ein Gutachten, in dem die Für- und Gegengründe mit mehr oder weniger Parteilichkeit gegeneinander abgewogen werden, so daß der Minister,

ebenso wie die Kammer, nach Anhören des Berichts genau so weit ist wie vorher. Ein Entschluß kann schließlich immer nur in einem einzigen Augenblick gefaßt werden. Und wie man sich auch dreht und wendet, wie man auch ausweicht, welche Umwege man auch macht, einmal kommt der Augenblick doch, in dem es gilt, sich zu entscheiden. Die größten Taten sind in Frankreich in Zeiten vollbracht worden, da es noch keinen Bericht gab, da alle Entscheidungen spontan getroffen wurden. Das oberste Gesetz des Staatsmannes ist, in allen Fällen die ihnen genau entsprechenden Rezepte anzuwenden, gleichwie es die Richter und die Ärzte tun müssen.
Rabourdin hatte sich gesagt: man ist Minister, um Entscheidungen zu treffen, um die Verhältnisse und die Ereignisse zu kennen, sie zu fördern und stetig vorwärts zu treiben. Und er sah, daß der wahre Herr in Frankreich der Bericht war, daß er alles und alle beherrschte, vom einfachsten Leutnant bis zum Oberstkommandierenden der Armee, vom Polizeikommissar bis zum König, von den Präfekten bis zu den Ministern, von der Kammer bis zum Gesetz. Seit 1808 begann man alles zu diskutieren. In lebhafter mündlicher Verhandlung und auf schriftlichem Wege wurde jetzt alles gewogen und gegengewogen, alles nahm literarische Form an. Und allen schönsten Berichten zum Trotz war Frankreich vom Ruin bedroht, weil man alles erörterte, statt zu handeln. Eine Million Berichte wurden in Frankreich jährlich geschrieben. Die Aktenbogen, die Pappdeckel, die beschriebenen Papierwische als Belegstücke – ohne sie wäre Frankreich ja verloren gewesen – die

amtlichen Rundschreiben – ohne sie würde ja Frankreichs gesamte Entwicklung stillstehen – alle diese Blumen der Bureaukratie schossen wie Unkraut in die Höhe. Die Bureaukratie begann das Mißtrauen zwischen ihren einzelnen Organen zu schüren. Sie verleumdete Teile der Administration zugunsten einzelner Beamter. Sie spann ganz feine Fädchen, die ganz Frankreich mit den Zentralbehörden in Paris verknüpften, gerade wie wenn Frankreich in den letzten dreihundert Jahren nicht auch ohne dreißigtausend Beamte hätte auskommen können.

Die Beamten, die sich an den Staat anklammerten wie die Mistel an den Birnbaum, verloren jedes wirkliche Interesse am Staat. Die Minister verminderten die Gehälter und vermehrten die Zahl der zu besetzenden Stellen, weil sie glaubten, daß eine Regierung um so stärker sei, je mehr Menschen in ihrem Dienst ständen. Und da sie durch die Befehle der Fürsten oder durch die Beschlüsse der Kammern in der Verwendung des Budgets gebunden waren, mußte die Einstellung neuer Beamter notwendig eine Reduzierung der Gehälter nach sich ziehen. Die Ereignisse haben den Irrtum des Ministerialismus bewiesen. Um eine Regierung im Herzen eines Volkes zu verankern, muß sie die Interessen aller, nicht die einzelner Menschen, einzelner Klassen, mit sich zu verknüpfen wissen. Der Beamte kam notwendig dahin, die Regierung zu verachten, die ihm sowohl die Achtung der Gesellschaft entzog, als auch sein Gehalt minderte. Bei dieser Lage der Dinge betrug er sich gegen sie wie eine Kurtisane gegen einen alten Liebhaber: er gab ihr Arbeit für ihr

Geld. Diese Situation mußte gleich unerträglich für die Verwaltung wie für den Beamten werden, sowie sie es wagen würden, einander den Puls zu fühlen, sie mußte unerträglich werden, sobald die großen Gehälter die Stimmen der Kleinen nicht mehr erstickten. Von den Anstrengungen, sich ihren Stellen zu erhalten, waren alle Beamten vollständig in Anspruch genommen, und sie glaubten, es sei ihnen alles erlaubt, um dieses Ziel zu erreichen. Aus diesen Verhältnissen erwuchs die Knechtseligkeit der Beamtenschaft, sie führte zu unerträglichen Intrigen innerhalb der Ministerien, in denen die kleinen, dem Kleinbürgertum entstammenden Beamten den Kampf um ihre Posten gegen eine degenerierte Aristokratie führten, die auf den Gemeindeländereien der Bourgeoisie zu weiden kam und auf ihnen Raum für ihre existenzlosen Nachkommen forderte. Ein geistig bedeutender Mensch konnte sich nur unter den größten Schwierigkeiten den Weg durch diese dichtverwachsenen Hecken bahnen; er mußte sie mit blutenden Händen zurückbiegen, er mußte durch ihr Gestrüpp hindurchkriechen, er mußte sich durch den ganzen bureaukratischen Sumpf durcharbeiten, in dem alle vor einem bedeutenden Kopf erschreckt zurückweichen. In der Verwaltung wird ein ehrgeiziger Mensch alt, ehe er die Papstkrone erhält; um Bureauvorsteher zu werden, kann man es nicht wie Sixtus Quintus machen. Nur Faule, Unfähige oder Narren kamen oder blieben in den Bureaus. So setzte sich die Mittelmäßigkeit langsam und sicher in den Verwaltungskörpern Frankreichs fest. Die Bureaukratie war nur aus kleinen Geistern zusammengesetzt und überall hemmte sie die Wohlfahrt des Landes. Der Plan eines Kanals, der den Reichtum einer ganzen Provinz gehoben hätte, blieb sieben oder acht Jahre in ihren Aktendeckeln liegen. Allen Entscheidungen ging sie aus dem Wege, vor allen Taten schreckte sie zurück. Sie verewigte das Zaudern, die Mißbräuche, durch die sie selbst zu einer ewig fortbestehenden Einrichtung wurde. Sie hielt alles am Gängelband, selbst den Minister, sie erstickte alle Menschen, die begabt und kühn genug waren, ihren eigenen Weg zu gehen oder sie über ihre Fehler aufklären zu wollen. Die Liste der vom Staat ausgezahlten Pensionen war kürzlich veröffentlicht worden. Rabourdin ersah aus ihr, daß ein Bureaugehilfe mit einer größeren Pension zur Ruhe gesetzt worden war als ein alter im Krieg erprobter Oberst. Kann man nicht die ganze Geschichte der Bureaukratie aus dieser kleinen Einzelheit lesen? Noch eine andere Wunde haben die modernen Verhältnisse dem Staat geschlagen, und auch sie rechnete Rabourdin zu den Ursachen der geheimen Demoralisation: die Verwaltung in Paris kennt keinerlei wirkliche Unterordnung. Zwischen dem Vorsteher irgendeiner wichtigen Abteilung und dem ersten besten Beamten herrscht völlige Gleichheit. Und kann es denn anders sein auf einem Kampfplatz, auf dem jeder die Arbeit auf einen anderen abschiebt und der eine ebensoviel wie der andere von allen laufenden Angelegenheiten weiß? Die Beamten pflegen sich gegenseitig ohne jede Achtung voreinander zu beurteilen. Die Schulbildung wird den Volksmassen gleichmäßig, ohne jedes bestimmte Ziel, erteilt, und die Folge dieses Zustandes ist, daß der Sohn eines Portiers des Ministeriums sich für durchaus befähigt hält, ein Urteil über jeden zu fällen, für den sein Vater einmal die Haustür geöffnet hat. So wird es möglich, daß in unserer Verwaltung die jüngsten Angestellten die ältesten, erfahrensten Beamten bekämpfen. Ein reicher Supernumerarius bespritzt seinen Chef, indem er in einem Tilbury mit einer hübschen Dame nach Longchamps spazierenfährt und ihr mit der Spitze seiner Peitsche den armen Familienvater zeigt, der bescheiden zu Fuß dahertrottelt: „Das ist mein Chef!" Die Liberalen pflegen diesen Zustand den Fortschritt zu nennen. Rabourdin erkannte in ihm die Anarchie, die am Kern des Staates nagte, aus ihm sah er die wildesten Intrigen hervorgehen, die denen der Eunuchen, Haremsdamen und schwachsinnigen Sultane im Serail gleichen. Er sah, wie diese Intrigen nonnenhafte Verlogenheiten, heimliche Bedrückungen, kollegiale Tyrannisierungen mit sich brachten, wie diplomatische Arbeiten unternommen wurden, nur um einen Gesandten in Schrecken zu setzen, nur unternommen um einer Gratifikation oder einer Rangerhöhung willen, alles Sprünge von vor Pappwagen gespannten Flöhen, alles gegen einen Minister gerichtete Negerbosheiten. Er sah, wie die wirklich nützlichen Beamten, die Schaffenden, Opfer der Parasiten wurden; sah die ihrem Vaterlande treu ergebensten – sie, die aus der Masse der Unfähigen so deutlich hervorragten – schmutzigen Denunziationen erliegen. Alle hohen Posten unsterstanden nur mehr dem parlamentarischen Einfluß, nicht mehr dem Königtum. Die Beamten befanden sich in der Lage von

Rädern, die an einer Maschine festgeschraubt sind; für sie handelte es sich nur noch darum, ob sie mehr oder weniger eingefettet wurden. Dieses verhängnisvolle Bewußtsein unterdrückte die Aussprache so mancher Erkenntnis von den geheimen Wunden des Landes, wie sie in den Seelen und in dem Verstande einzelner Beamten lebte. Es entwaffnete so manchen Mut, es untergrub die strengste Rechtschaffenheit, denn alle Beamten waren von Ungerechtigkeiten ermüdet, von einer Reihe zersetzender Quengeleien zur Selbstaufgabe verleitet. Ein einziger Angestellter der Gebrüder Rothschild führt die ganze englische Korrespondenz des Hauses; ein einziger Beamter könnte die Korrespondenz mit allen Präfekten führen; aber da, wo der eine die Elementarkenntnisse sammelt, die ihm zur Schaffung einer Grundlage für sein eigenes Leben notwendig sind, da verliert der andere unnütz seine Zeit, sein Leben und seine Gesundheit. Hier saß die Wurzel des Übels. Ganz gewiß ist ein Land nicht sofort vom Tod bedroht, wenn ein einzelner, besonders begabter Beamter sich zurückzieht und eine mittelmäßige Kraft an seine Stelle tritt. Aber wenn auf die Dauer alle Kräfte nachlassen, dann verschwindet die Nation schließlich. Jeder kann zu seiner eigenen Belehrung nach Venedig, nach Madrid, nach Amsterdam, nach Stockholm und nach Rom fahren und dort die Plätze aufsuchen, an denen einst große staatliche Gewalten bestanden, die heute durch die Niedrigkeit zerstört sind, eine Niedrigkeit, die sie zersetzt hat, in dem sie ihre höchsten Posten einnahm. Und wenn dann diese Gewalten zu irgendeinem Kampf genötigt wurden, dann ward es offenbar, daß alles kraftlos war. Der Staat erlag einem schwachen Angriff. Einen Dummkopf, der Karriere macht, bewundern, dem Sturz eines begabten Mannes gleichgültig zusehen: das ist das Resultat unserer traurigen Erziehung und unserer Sitten, die die geistreichen Leute zu Spöttern machen, die Genialen in die Verzweiflung treiben. Aber wie schwierig ist das Problem der Rehabilitation der Beamten in dem Augenblick zu lösen, in dem die liberale Partei durch ihre Zeitungen in allen Werkstätten ausschreit, daß die Gehälter der Beamten einen unausgesetzten Diebstahl darstellen, wie schwierig, wenn die einzelnen Teile des Budgets als Blutegel dargestellt werden und wenn sie jedes Jahr fragt, wohin die Milliarden der Steuereinnahme fließen. In den Augen von Herrn Rabourdin war das Verhältnis des Beamten zu dem Budget das gleiche wie das des Spielers zum Spiel; alles, was er aus ihm zieht, gibt er ihm wieder. Jede große Besoldung begreift die ihr entsprechende Leistung ein. Von einem Mann für tausend Franken Jahresgehalt seine Zeit zu fordern, bedeutet das nicht, den Diebstahl und das Elend organisieren? Ein Zuchthäusler kostet dem Staat fast ebensoviel wie ein Beamter und arbeitet weniger. Aber verlangen, daß ein Mann, dem der Staat zwölftausend Franken jährlich zahlt, seine ganzen Kräfte dem Vaterland widme, das hieße einen für beide Teile gleich vorteilhaften Vertrag schließen, einen Vertrag, der die befähigtsten Köpfe zur Arbeit ermutigen würde. Diese Überlegungen hatten Rabourdin zu der Forderung einer gänzlichen Umgestaltung der Beamtenschaft geführt. Wenige Menschen anstellen, die Gehälter verdoppeln oder verdreifachen, und die Pensionsauszahlungen einstellen: die Beamten jung anstellen, wie es Napoleon, Ludwig XIV., Richelieu und Ximenes getan haben, aber sie lange Jahre im Dienst lassen und ihnen die hohen Posten und großen Ehren vorbehalten, das waren die wesentlichen Punkte der Reform, die dem Staat ebenso nützlich sein würden wie der Beamtenschaft. Es ist schwer, sie im Detail Kapitel für Kapitel aufzuzählen, einen Plan darzustellen, der mit dem ganzen Budget zusammenhängt, und der in die kleinsten Einzelheiten der Verwaltung hineinführt, um sie zusammenzufassen. Aber vielleicht wird eine Darstellung der wichtigsten Reformen sowohl denen, die die administrative Verfassung kennen, als auch jenen, denen sie fremd ist, genügen. Obwohl es für einen Romanschriftsteller gefährlich ist, einen Plan wiederzugeben, der sich in einem Roman fast wie Politik in der Küchenecke ausmacht, so ist es dennoch notwendig, ihn zu skizzieren, um den Menschen, den Helden unseres Romans, aus seinem Werk heraus verständlich zu machen. Wenn man diese Darstellung aus der Erzählung streichen würde, so könnte man dem Erzähler nicht mehr aufs Wort glauben, man könnte ihm nicht glauben, wenn er sich damit begnügen würde, den Leser der Begabung und des Wagemuts eines Bureauvorstehers zu versichern.

Rabourdin teilte die politische Verwaltung in drei Ministerien. Er hatte gedacht, daß, wenn sich einst Köpfe finden würden, die fähig wären, die Gesamtheit der inneren und äußeren Politik zu überschauen und zu erfassen, so würde es auch dem heutigen Frankreich niemals an einem Mazarin, einem Suger, einem Sully, einem Choiseul, einem Colbert fehlen, um Ministerien zu leiten, die umfassender wären als die gegenwärtigen. Übrigens verständigen sich drei Minister leichter untereinander als sieben. Und man täuscht sich auch nicht so leicht hinsichtlich ihrer Fähigkeiten wie bei der Wahl von sieben. Schließlich würde das Königtum auf diese Weise vielleicht die unaufhörlichen Umbildungen und Wechsel der Ministerien vermeiden, die ihm weder erlauben, eine einheitliche Linie in der auswärtigen Politik zu verfolgen, noch auch irgend welche inneren Reformen zum Abschluß zu bringen. Selbst in Österreich, wo das Vorhandensein verschiedener Nationen die Aufgabe stellt, deren voneinander abweichende Interessen miteinander zu versöhnen und durch eine einzige Krone zu vertreten, selbst dort trugen in der jetzigen Zeit nur zwei Staatsmänner die Last der gesamten politischen Verantwortlichkeit, ohne von ihr zu Boden gedrückt zu werden. War Frankreich ärmer an politisch fähigen Köpfen als Deutschland? Lag es nicht nahe, das Marineministerium dem Kriegsministerium anzuschließen? Rabourdin betrachtete die Marine als eines der laufenden Konten des Kriegsministeriums, ebenso wie die Artillerie, Kavallerie, die Infanterie und die Heeresverwaltung. War es nicht widersinnig, den Oberkommandierenden der Marine und des Landheeres besondere Verwaltungskörper zuzuteilen, mit denen sie doch das gleiche Ziel erstreben sollten: die Verteidigung des Vaterlandes, den Angriff des Feindes, den Schutz des nationalen Eigentums? Das Ministerium des Inneren müßte das Ministerium für Handel und Industrie, das Finanzministerium und die Verwaltung der Polizei zusammenfassen, wenn anders es nicht seinen Namen Lügen strafen soll. Dem Ministerium für auswärtige Angelegenheiten unterstanden die Gerichtsbarkeit, die Haushaltung des Hofes, und die Teile des Ministeriums des Inneren, die sich mit den Künsten und Wissenschaften befaßten: deren gesamte Förderung sollte unmittelbar von dem Souverän ausgehen, und die Leitung dieses Ministeriums fiel immer mit dem Vorsitz im Ministerrat zusammen. Jedes dieser drei Ministerien brauchte nicht mehr als zweihundert Beamte zu seiner zentralen Leitung, in der Rabourdin sie alle wie einst in der Zeit der Monarchie unterbrachte. Er nahm ein durchschnittliches Gehalt von zwölftausend Franken an und brauchte auf diese Weise nach seinen Berechnungen nur sieben Millionen für dieselben Zwecke, für die jetzt zwanzig Millionen im Budget angesetzt wurden. Dieses Resultat erreichte er dadurch, daß er die Leitung aller Ministerien drei zentralen Stellen zuwies, und somit ganze Verwaltungszweige, die sich nun erübrigten, streichen konnte, und die enormen Kosten ihrer Niederlassung und Aufrechterhaltung in Paris wegfielen. Er bewies, daß zehn Menschen zu der Verwaltung eines Kreises genügten, daß höchstens zwölf in einer Präfektur beschäftigt werden dürften. Auf diese Weise würde ganz Frankreich nur fünfhundert Beamte brauchen (abgesehen von der Gerichtsverwaltung und der Armee), eine Zahl, die kleiner war als bisher die Zahl der Beamten allein in den Ministerien. In dem Plan Rabourdins waren die Gerichtsschreiber auch mit der Verwaltung der staatlichen Hypotheken beauftragt; die Staatsanwaltschaft dagegen hatte die Führung der Grundstückslisten und die Verwaltung der Staatsdomänen unter sich. So war es ihm gelungen, alle gleichartigen Verwaltungen in demselben Zentrum zu sammeln: die Verwaltung der Hypotheken, die Durchführung der Testamente, die Eintragung der Grundstücke blieben immer in denselben Händen. Zu ihrer Führung brauchten der Hof und das Gericht nur je drei Supernumerarii anzustellen.

Die konsequente Anwendung des gleichen Prinzips hatte Rabourdin zu der Reform der Finanzverwaltung geführt. Er hatte die drei Steuerämter in einem einzigen vereinigt, indem er statt des Eigentums den gesamten Konsum zur Grundlage der Besteuerung machte. Nach seiner Meinung war der Konsum der einzige Maßstab, nach dem man in Friedenszeiten die Steuern erheben konnte. Die Besteuerung von Grund und Boden sollte für Kriegszeiten vorbehalten werden. Nur im Kriegsfalle konnte der Staat vom Grundbesitz Opfer fordern, denn dann handelte es sich um seine Verteidigung; in Friedenszeiten jedoch war es eine ganz verfehlte Politik, den Grundbesitz über eine enge Grenze hinaus zu belasten. Tat man es, so fand man ihn in den großen Krisen nicht mehr zahlungswillig. Rabourdin war auch der Ansicht, daß man Staatsanleihen nur im Frieden aufnehmen solle, weil dann der Ertrag dem angegebenen Nennwert annähernd entsprach. So hatte der Staat keine fünfzig Prozent Verlust, wie es in schlechten Zeiten der Fall sein konnte; während des Krieges konnte dann die Grundsteuer erhoben werden.

Die Krise von 1814/15, sagte Rabourdin zu seinen Freunden, habe in Frankreich eine Institution eingeführt und zur Anwendung gebracht, die weder Law noch Napoleon einzuführen vermochten: den Kredit.

Unglücklicherweise war Xavier der Meinung, daß die wirklichen Prinzipien dieser bewundernswerten Einrichtung bisher noch wenig verstanden worden seien. Er wollte die Verbrauchssteuern als direkte Steuern auferlegen, um auf diese Weise das ganze Zubehör der indirekten Steuern fallen lassen zu können. Der ganze komplizierte Apparat der Steuererhebung löst sich dann in eine einzige Steuerliste auf, in der die Besteuerung der einzelnen Gegenstände in besonderen Abschnitten aufgeführt wird. Auf diese Weise legte er die hemmenden Schranken nieder, die den Waren den Weg nach den Städten versperren, und vergrößerte gleichzeitig die Einkünfte des Staates, indem er die bisher unglaublich kostspielige Methode der Steuererhebung vereinfachte. Die Verminderung der Steuerlast ist finanztechnisch nicht identisch mit der Verminderung der Steuererhebung; sie bedeutet die bessere Verteilung der Steuerlast. Sie zu erleichtern, bedeutet den Warenhandel heben, indem man ihm freieres Spiel läßt. Der einzelne zahlt weniger und dennoch hat der Staat größere Einkünfte. Diese Reform, die ungeheuer schwierig erscheinen mag, beruhte in Wirklichkeit auf einem sehr einfachen Mechanismus. Rabourdin hatte die Kopfsteuer und die Besteuerung des beweglichen Eigentums als den zuverlässigsten Maßstab des nationalen Konsums angenommen. Das Vermögen der einzelnen kommt in Frankreich in der Höhe seiner jährlichen Wohnungsmiete, der Zahl der gehaltenen Dienstboten, der Pferde und Luxuswagen zu einem wunderbar deutlichen Ausdruck. Und alle diese Dinge sind für den Staat erfaßbar. Denn die Wohnungen und ihr Gehalt ändern sich wenig und ihr Wert kann nur schwer geheim gehalten werden.

Rabourdin gab zuerst die Mittel an, mit deren Hilfe man eine Liste der auf das bewegliche Eigentum zu erhebenden Steuern anfertigen könne, eine Liste, die der Wirklichkeit besser entsprechen könnte, als es die jetzigen Aufstellungen tun. Dann teilte er die Summen, die die sogenannten indirekten Steuern der Staatskasse einbrachten, in so und so viele Prozent, die auf jeden einzelnen entfielen. In Wirklichkeit bedeutet die Steuer ja eine Vorwegnahme von Geld auf den Wert von Menschen oder Dingen, die unter mehr oder weniger täuschenden Bemäntelungen vorgenommen wird. Aber die Zeit dieser Bemäntelungen, die berechtigt waren, als es sich darum handelte, das Geld mit Gewalt aus dem Volk herauszupressen, ist jetzt vorbei. Jetzt weiß die Klasse, die die Steuern zahlen muß, warum der Staat sie von ihr verlangt und auf welchem Wege er sie ihr wiedergibt. Der Staatshaushalt gleicht nicht einem Geldschrank sondern einer Bewässerungsanlage; je mehr Wasser sie aufnimmt und wieder ausströmt, um so schöner gedeiht das bewässerte Land. Durch eine Verteilung der Steuerlast, wie Herr Rabourdin sie plante, würde jeder einzelne weniger zu zahlen haben; der Staat aber würde mehr ein-

nehmen und die Verbraucher würden sich einer sehr bedeutenden Verbilligung der Waren erfreuen, denen der Staat nicht mehr unaufhörliche Lasten aufzuerlegen brauchte. Der Staat behielt sich ein Anrecht auf die Bebauung der Weinberge vor, um diesen Zweig der Landwirtschaft vor zu großem Überfluß an Produkten zu schützen. Ferner wurde, um den Bedürfnissen der armen Steuerzahler entgegenzukommen, die Gewerbesteuer der Händler entsprechend den Vermögen der jeweiligen Bevölkerung festgesetzt. So sicherte sich der Staatsschatz in drei Formen: durch die Weinsteuern, durch sein Anrecht auf den Weinbau und durch die Regulierung der Gewerbesteuern enorme Einnahmen, ohne daß große Kosten entstanden, oder daß er zur Bedrückung durch Steuern gezwungen war, da, wo nun die Steuerlast auf ihm und seinen Beamten ruhen würde.
Nach dem Plan Rabourdins ruhte die Steuerlast auf den Reichen, statt die Armen zu bedrücken. Ein anderes Beispiel. Wenn ein oder zwei Franken auf jeden Kopf entfallen, dann würde die moderne Salzsteuer aufgehoben, die arme Bevölkerung würde aufatmen, die Landwirtschaft erleichtert sein. Der Staat aber würde genau so viel wie früher einnehmen und niemand sich beklagen, denn jeder Steuerzahler ist Besitzer und kann die Wohltaten einer so verteilten Steuer unmittelbar erkennen, jeder sieht, daß die Landwirtschaft aufblüht und die Lebensbedingungen bessere werden. So wird der Staat von Jahr zu Jahr die Menge der wohlhabenden Steuerzahler wachsen sehen, so haben der Staat und die einzelnen dadurch, daß die Verwaltung der indirekten Steuern wegfiel – ein außer-

ordentlich kostspieliger Apparat, der einen Staat im Staate bildete – einen bedeutenden Vorteil gezogen, ganz abgesehen von der Ersparung der Kosten der Steuererhebung. Der Tabak und das Schießpulver wurden unter staatlicher Kontrolle verpachtet. Dieses System der Verwaltung indirekter Staatseinkünfte durch Private, das schon andere vor Rabourdin nach der Erneuerung des Tabakgesetzes entwickelt hatten, war so überzeugend, daß dieses Gesetz niemals in einer Kammer angenommen worden wäre, der man nicht freie Hand gelassen hätte, wie es damals das Ministerium tat. Es war damals mehr eine Finanzfrage als eine Frage der Verwaltung. Der Staat besaß kein Eigentum mehr, weder Gelder noch Bergwerke, noch Betriebe. Denn der Staat weiß sie nicht zu bewirtschaften und beraubt sich der Steuern von ihnen. So verliert er zweierlei auf einmal. Was die der Regierung gehörigen Werkstätten anbetrifft, so sah er in ihnen denselben Widersinn, nur in die Sphäre der Industrie übertragen. Der Staat erhält von ihr Produkte, die teurer sind und langsamer hergestellt werden als die von der Privatindustrie. Zugleich verzichtet er darauf, seine Rechte auf Beeinflussung der Industrie wahrzunehmen, der er die staatliche Unterstützung unterbindet. Selbst Waren herstellen, statt ihre Herstellung zu fördern, selbst Grund und Boden besitzen, statt möglichst mannigfaltigen Grundbesitz zu schaffen, hieß das ein Land verwalten? Der Staat forderte keine einzige Bürgschaft mehr in Münze. Rabourdin ließ nur hypothekarische Bürgschaften zu. Der Grund hierfür ist folgender: der Staat behielt entweder die Bürgschaft in Form eines realen Wertes zurück, das hieß die Geldzirkulation hemmen, oder er benutzte den Realwert zur Festsetzung eines Zinsfußes, der höher war als die Zinsen, die er für ihn zahlte. Das war gemeiner Diebstahl. Oder der Staat verlor daran, das war eine Dummheit. Im letzteren Fall, wenn er eines Tages über die Masse der Bürgschaften verfügte, bereitete er für gewisse Situationen einen schrecklichen Bankerott vor. In Rabourdins Plan verschwand also die Besteuerung von Grund und Boden zum größten Teile. Nur in geringem Maße erhielt er sie aufrecht, gewissermaßen als Ausgangspunkt für ihren Ausbau in Kriegszeiten. Die Landwirtschaft wurde ganz augenscheinlich frei und die Industrie, die die Rohstoffe zu billigen Preisen vorfand, konnte mit der ausländischen Industrie unter dem trügerischen Schutz der Zölle konkurrieren. Die Reichen verwalteten die Provinzen ehrenamtlich und erhielten unter gewissen Bedingungen die Pairswürde als Entgelt. Die Dienste der Beamten, der wissenschaftlichen Institute, der unteren Offizierschargen wurden reichlich bezahlt. Es gab keinen Beamten, dem nicht die größte Achtung gezollt wurde, wie er sie durch die Breite des durch seine Arbeiten umfaßten Gebietes und durch die stattliche Höhe seiner Honorierung verdiente. Kein einziger Beamter sorgte sich um seine Zukunft und Frankreich würde nicht mehr von der Krebskrankheit der Pensionen aufgefressen. Als Resultat fand Rabourdin, daß bei Durchführung seines Planes Frankreich nur siebenhundert Millionen Ausgaben und zwölfhundert Millionen Einnahmen haben würde. Es war klar, daß ein jährlicher Überschuß von fünfhundert Millionen Franken einiges Mark mehr in die Knochen des Staates goß als die magere Tilgungssumme, deren Unzulänglichkeit erwiesen war. Nach der Meinung Rabourdins wurde der Staat auf diese Weise sogar zum Rentier, während er sich im anderen Falle darauf versteifte, Grundbesitzer und Fabrikant zu sein. Schließlich forderte Rabourdin, um seine Reformen ohne Erschütterung durchführen zu können und um eine Bartholomäusnacht der Beamten zu vermeiden, eine Frist von zwanzig Jahren.

Diese Gedanken hatten im Kopfe Rabourdins seit dem Tage zu reifen begonnen, an dem der ihm gebührende Posten Herrn de la Billardière, einem gänzlich unfähigen Menschen, übertragen wurde. Dieser in der Durchführung scheinbar so schwierige, in Wahrheit aber so einfach zu realisierende Plan, der so viele hohe Offiziersstellen und so viele ebenso entbehrliche Posten überflüssig machte, erforderte Berechnungen, eine ganz exakte Statistik, ganz augenscheinliche Beweise seiner Richtigkeit. Lange Zeit hatte Rabourdin das Janusgesicht des Budgets studiert, die Seite der Ausgaben und die der Einnahmen. So hatte er viele Nächte verbracht, ohne daß seine Frau von seinen Arbeiten etwas ahnte. Es bedeutete noch nichts, diese Gedanken in seinem geistigen Besitz zu haben, es bedeutete noch nichts, sie auf den administrativen Leichnam zu übertragen, es galt, sich an einen Minister zu wenden, der den Plan in seiner ganzen Bedeutung zu würdigen wußte. Der Erfolg Rabourdins hing also von der Ruhe eines Politikers ab, und Ruhe hatte damals kein Politiker. Rabourdin war der Meinung, daß eine Regierung nur dann auf festem Boden stehe, wenn dreihundert Abgeordnete den Mut haben, einen kompakten, absoluten Mehrheitsblock zu bilden. Zu der Zeit, da Rabourdin seine Arbeiten abgeschlossen hatte, war ein Verwaltungskörper auf einer derartigen Grundlage gebildet worden. Damals hatte der Luxus des Friedens, den man den Bourbonen dankte, den kriegerischen Luxus jener Zeit vergessen lassen, in dem Frankreich wie ein weites Getreidefeld glänzte, fruchtbar und prächtig, weil es siegreich war. Mit dem spanischen Feldzug schien dieses Ministerium eine jener friedlichen Epochen einzuleiten, in der Reformen vollzogen werden, und seit drei Monaten hatte ein neues Regime begonnen, das keinerlei Fesseln auferlegte, denn die äußerste Linke der liberalen Partei hatte Karl X. mit gleicher Begeisterung wie die Rechtsparteien begrüßt. Diese Situation war geeignet, selbst die klarsten Köpfe zu verwirren. So schien der Augenblick für Rabourdin günstig. Lag nicht für ein Ministerium eine Bürgschaft der Selbsterhaltung darin, eine Reform, deren Resultate so groß sein mußten, vorzuschlagen und durchzuführen?

Diese Situation war die Ursache, daß Rabourdin sich zu keiner Zeit sorgenvoller, innerlich in Anspruch genommener als je gezeigt hatte, wenn er morgens zum Ministerium ging und am Nachmittag von ihm nach Hause zurückkehrte. Auch Frau Rabourdin zeigte sich in dieser Zeit unzufriedener denn je zuvor. Sie war verzweifelt über ihr verfehltes Leben. Sie war es müde, sich heimlich abzumühen, um sich einige Toilettenfreuden zu verschaffen. Aber als eine Frau, deren Herz an ihrem Gatten hing, betrachtete sie es als ihrer sozialen Stellung unwürdig, die ungenügenden Einkünfte ihres Mannes durch niedrige Handelsgeschäfte – etwa derart, wie gewisse Beamtenfrauen sie machten – zu vergrößern. Diese ihre Ansicht ließ sie jeden Verkehr mit Frau Colleville abbrechen, einer Dame, die damals mit Frau François Keller zusammenlebte und deren Abendgesellschaften die ihren oft an Glanz übertrafen. Célestine fühlte sich erniedrigt, mit einem Manne verheiratet zu sein, der so ganz ohne Tatkraft war. In der scheinbaren geistigen Starrheit des Politikers und in dem steten Inanspruchgenommensein des unermüdlichen Arbeiters meinte sie die gleichgültige Niedergeschlagenheit des Beamten, des von der Langeweile des Bureaus entnervten und von der hassenswertesten aller Miseren, von der Mittelmäßigkeit, die erlaubt, das Leben zu fristen, gebrochenen Menschen zu erkennen. In jener Zeit hatte Célestine in ihrer großen Seele beschlossen, das Glück ihres Mannes aus eigenen Kräften zu machen, ihn um jeden Preis zu erheben und ihm die Federn zu verbergen, die sie spielen lassen würde. Ihre Pläne waren von jener geistigen Unabhängigkeit getragen, durch die sie sich überhaupt auszeichnete. Sie gefiel sich darin, sich über den Durchschnitt der Frauen zu erheben, sich über deren kleine Vorurteile hinwegzusetzen, sich um die kleinen Fesseln, die die Gesellschaft ihnen auferlegte, in keiner Weise zu kümmern. In ihrem Eifer verschwor sie sich, die Dummen mit ihren eigenen Waffen zu schlagen, und sich, wenn es not täte, über sich selbst hinwegzusetzen. Sie betrachtete die Dinge ganz einfach von einem höheren Standpunkt, und die Gelegenheit war günstig. Herr de la Billardière lag nämlich tödlich krank danieder, er mußte in wenigen Tagen sterben. Wenn Rabourdin dann seinen Posten übernahm, mußten seine Talente – denn administrative Talente erkannte Célestine ihm zu – so gut gewürdigt werden, daß ihm der Posten eines Berichterstatters über die Bittgesuche vor der Kammer, der ihm früher schon versprochen war, übertragen wurde. Schon sah Célestine ihn als Bevollmächtigten des Königs die Gesetzesvorschläge in der Kammer vertreten. Dann würde sie ihm helfen. Wenn es nötig wäre, würde sie seine Sekretärin werden, ganze Nächte würde sie mit ihm bei der Arbeit verbringen, und alles das nur, um im Bois de Boulogne in einem entzückenden Wagen spazieren zu fahren, um mit Frau Delphine von Nucingen auf gleichem Fuß zu stehen, um ihren Salon auf die Höhe desjenigen der Frau Colleville zu erheben, um an der großen politischen Geselligkeit teilnehmen zu können. Alles das, um Publikum zu gewinnen, um die Leute sagen zu machen, Frau Rabourdin von Soundso, – (sie kannte noch nicht ihren Besitz) – wie man Frau d'Espard, Frau d'Aiglemont, Frau von Carigliano sagte, mit einem Wort, um diesen verhaßten Namen Rabourdin auszulöschen.

Diese geheimen Pläne zogen einige Veränderungen im Hause Rabourdin nach sich. Frau Rabourdin begann den Weg der Schulden mit festem Schritt zu betreten. Sie nahm wieder einen Diener an und ließ ihn eine bescheidene Uniform aus braunem Tuch mit roten Litzen tragen, sie erneuerte einige Teile ihres Mobiliars, sie ließ die Wohnung neu tapezieren, schmückte sie mit Blumen, die sie häufig erneuerte, sie überlud sie mit jenen tausend nichtigen Nippsachen, die damals Mode wurden. Früher hatte sie Skrupel über ihre Ausgaben, jetzt zögerte sie nicht mehr, ihre Toilette in Einklang mit der erstrebten sozialen Stellung zu bringen, auf deren zukünftige Einkünfte hin sie sich in einigen Geschäften ihre Kriegsrüstung besorgte. Um ihre Mittwochnachmittage in Mode zu bringen, gab sie jeden Freitag ein Diner, dessen Teilnehmer eingeladen wurden, am folgenden Mittwoch eine Tasse Tee bei ihr zu nehmen. Mit viel Geschick suchte sie sich ihre Gäste unter den einflußreichen Deputierten, unter all den Leuten, die mittel- oder unmittelbar ihren Interessen dienen konnten. So schuf sie sich eine sehr vorteilhafte Umgebung. Man amüsierte sich bei ihr sehr gut. Wenigstens sagte man, daß dies der Fall sei. Und in Paris genügt das vollständig, um die Leute heranzuziehen. Indeß war Herr Rabourdin so tief in seine ernste und große Arbeit versunken, daß er das Anwachsen des Luxus in seinem Hause gar nicht bemerkte. So belagerten der Mann und die Frau die gleiche Festung, operierten auf parallelen Linien, ohne einer vom anderen zu wissen.

☆

HERR DES LUPEAULX

IM MINISTERIUM BLÜHTE DAMALS DER Weizen des Generalsekretärs Clément Chardin des Lupeaulx. Dieser Herr war eine jener Persönlichkeiten, die von dem Strom der politischen Ereignisse wohl für einige Jahre emporgetragen werden, bis er sie an einem stürmischen Tage niederschleudert. Dann findet man sie irgendwo am Ufer wieder, zerschmettert wie der Rumpf eines kleinen Bootes, das aber immer noch nach etwas aussieht. Der Reisende, der sie liegen sieht, fragt, ob dieses Wrack nicht einmal kostbare Waren enthalten, ob es nicht in großen Kämpfen Dienste geleistet habe, nicht mitgewirkt bei irgendeiner heldenmütigen Verteidigung, ob es nicht den Samt eines Thrones oder den Leichnam eines Königs getragen. In diesem Augenblick hatte Clément des Lupeaulx (die Lupeaulx verschlangen den Chardin) seinen Höhepunkt erreicht. Sowohl die höchsten wie die niedrigsten Lebewesen, sowohl die Tiere wie die Generalsekretäre haben ihren Zenith und ihren Nadir. Sie haben eine Periode, in der ihr Fell glänzt, in der das Glück seinen ganzen Strahlenglanz über sie ausbreitet. In der Fabel würde er den Affen Bertrand gespielt haben, der sich von dem Kater Raton die Kastanien aus dem Feuer holen läßt.

Die Moralisten entfalten ihren dichterischen Schwung gewöhnlich nur über ganz außergewöhnliche Schandtaten. Für sie existiert ein Verbrechen nur vor dem Schwurgericht oder vor der Sittenpolizei. Die sozialen Feinheiten entgehen ihnen. Die Geschicklichkeit, die über das bürgerliche Gesetzbuch triumphiert, entgeht ihnen. Weder durch die Brille eines Weitsichtigen noch durch die eines Kurzsichtigen können sie sie erkennen. Sie brauchen dicke, große Verbrechen, die man ohne weiteres sehen kann. Sie sind mit den

Fleischfressern stets so sehr beschäftigt, daß sie die Reptile übersehen, – zum Glück für alle komischen und satirischen Dichter überlassen sie ihnen die feinen Nüancen, die einen Chardin des Lupeaulx tönen. Der Generalsekretär glich allen Mittelmäßigkeiten, die den Wesenskern der politischen Welt bilden. Er war ein Egoist und hohler Tropf, biegsam und stolz, ein Freigeist und ein Feinschmecker, er war geldgierig, weil er Schulden hatte, er war verschwiegen wie ein Grab, das nichts verrät, was der für die Vorübergehenden bestimmten Inschrift widerspricht. Er war unerschrocken und furchtlos, wenn er jemanden um eine Gunst bat, er war liebenswürdig und geistreich in der wahren Bedeutung des Wortes. Er war ein Spötter, wo es angebracht war, zu spotten. Er war taktvoll, er wußte einen Menschen sowohl durch ein Streicheln wie durch einen Ellenbogenstoß zu kompromittieren. Er schreckte vor keinem noch so breiten Graben zurück. Den Sprung hinüber tat er mit Anmut: Er war ein frecher Voltairianer, aber er ging zur Messe in die Kirche Saint Thomas, wenn sich dort eine gute Gesellschaft zusammenfand. Er war gelehrt auf Grund der Kenntnisse der andern, er hatte die Rolle des Zuhörers übernommen und einen aufmerksameren Zuhörer als ihn gab es nicht. Um keinen Verdacht zu erwecken, schmeichelte er oft bis zur Widerwärtigkeit, er drang wie ein Parfüm in die Menschen und war zärtlich wie eine Frau. Dieser Mann stand im vierzigsten Lebensjahre. Seine Jugend hatte ihm lange die Hoffnung auf eine günstige Gestaltung seines Geschicks genommen, denn er wußte, daß allein die Abgeordnetenwürde den Grund zu seiner politischen Laufbahn legen könne. Wie wurde er Generalsekretär?, wird man sich fragen. Durch ein sehr einfaches Mittel: des Lupeaulx übernahm die delikatesten Aufträge, die man weder einem Politiker, der sich achtet, noch einem, der sich nicht achtet, sondern nur einem gleichzeitig ernsten und doch nicht ganz glaubwürdigen Menschen übertragen kann, einem Menschen, den man je nach Notwendigkeit anerkennen oder auch verleugnen kann. Er war chronisch kompromittiert; er kam ebensosehr durch Niederlagen wie durch Erfolge vorwärts. Er hatte verstanden, daß in der Epoche der Restauration, einer Epoche der unausgesetzten Transaktionen zwischen den Menschen, zwischen den Dingen, zwischen den bereits vollendeten Tatsachen und denen, die sich am Horizont der Zeit zusammenballten, der Staat eine Art Haushälterin notwendig habe. Wenn sich solch eine alte Frau einmal in einem Hause eingelebt hat, wenn sie erst einmal weiß, wie man in ihm das Bett auf- und zuzudecken liebt, wohin der Kehricht ausgeschüttet wird, wohin man die schmutzige Wäsche wirft und woher man sie herauszieht, wo man das Silbergeschirr zusammenstellt, wie man einen Gläubiger beruhigt, welche Leute empfangen und welche herausgesetzt werden, dann ist sie in diesem Hause unentbehrlich geworden. Ein solches Geschöpf liebt fast jede Herrschaft, und sei es lasterhaft und schmutzig, wie es wolle, krummbeinig und zahnlos, spiele es Lotterie und nehme sich zwei Mark täglich für sich, die Herrschaften lieben es aus Gewohnheit und halten in den wichtigsten Situationen in seiner Gegenwart ihre Beratungen ab: dieses Geschöpf ist immer da, es kennt die Hilfskräfte, und wittert alle Geheimnisse, es bringt je nach Bedürfnis den Topf mit der Schminke und der Umschlagtüte, es läßt sich schelten, die Treppe herunterwerfen und tischt, des alles ungeachtet, am nächsten Morgen beim Erwachen eine ausgezeichnete Kraftbrühe auf. Auch der größte Staatsmann braucht eine solche Wirtschafterin, einen Menschen, vor dem er sich schwach zeigen darf, unentschlossen im Ringen um sein eigenes Wollen, vor dem er sich die notwendigen Fragen stellen, sie beantworten und den Mut zum Kampf sammeln kann. Ist das nicht wie mit dem weichen Holz der Wilden, das Feuer gibt, wenn man es an hartem Holze reibt? Berthier spielte für Napoleon diese Rolle, der Pater Joseph für Richelieu; des Lupeaulx tat es für alle Welt. Er blieb der Freund der gestürzten Minister, indem er sich zu ihrem Unterhändler mit ihren Nachfolgern machte: auf diese Weise sog er die letzte Schmeichelei des Abgehenden ein und schlürfte das erste Kompliment des Kommenden. Übrigens verstand er sich in einer bewundernswerten Weise auf alle jene Kleinigkeiten, an die zu denken ein wirklicher Staatsmann nicht die Muße findet: er begriff, was notwendig war, und gehorchte gut, er hob seine Niedrigkeit, indem er sie als erster verspottete, um ihren ganzen Preis davonzutragen, er wählte unter allen Diensten, die geleistet werden konnten, immer denjenigen, der nicht vergessen werden würde. Als es galt, über den Graben zu setzen, der das Kaiserreich von der Restauration trennte, als ein jeder ein Brett suchte, um darauf über ihn hinwegzuschreiten, in dem Augenblick, in dem die Felsen des Kaiserreiches über eine bloß in Worten vorhandene Ergebenheit zusammenstürzten, da passierte des Lupeaulx die Grenze; er hatte Wucherern große Summen geliehen. Er setzte alles ein, um alles zu gewinnen. Er kaufte in Deutschland die bedeutendsten Schuldbriefe Ludwigs XVIII. auf, und tilgte auf diese Weise – er als erster – fast drei Millionen zu zwanzig Prozent verzinsbare Schulden. Die Gewinne wurden von den Herren Gobseck, Werbrust und Gigonnet, den stillen Teilnehmern des Unternehmens, verzehrt; des Lupeaulx hatte es ihnen versprochen. Er spielte nicht auf eine einzelne Karte, er spielte um die ganze Bank und er wußte sehr wohl, daß Ludwig XVIII. nicht der Mann war, einen so großen Spielverlust eines anderen, den dieser um seinetwillen erlitten hatte, zu vergessen. Des Lupeaulx wurde zum Berichterstatter über die Bittgesuche vor der Kammer ernannt, er wurde Ritter des heiligen Ludwigordens und Offizier der Ehrenlegion. Nachdem er einmal die ersten Sprossen der Leiter erklommen hatte, suchte dieser geschickte Mensch nach Mitteln, um sich auf ihr zu halten. Denn auf einem so hohen Posten, wie es der, auf den er sich gedrängt hatte, war, pflegen die Lenker eines Staates einen bloßen Schwätzer nicht lange zu lassen. In seiner Funktion als Haushälter und Zwischenhändler hatte er bei dessen geheimen Erkrankungen die Gewohnheit angenommen, seinen Rat ohne Entgelt abzugeben. Bei den angeblich bedeutenden Führern der Restauration hatte er einen sehr großen Tiefstand hinsichtlich ihrer Haltung in den Ereignissen, von denen sie beherrscht werden, bemerkt. Diese ihre politische Mittelmäßigkeit machte er sich zunutze, indem er ihnen inmitten einer Krise das Schlagwort in die Hand gab, es ihnen verkaufte, das talentierte Menschen aus der Zukunft herauslauschen. Nun muß man ja nicht glauben, daß er dieses Wort selbst fand. Wenn es sich so verhalten hätte, so wäre des Lupeaulx ja genial gewesen. Er war aber nur geistreich. Dieser Bertrand ging überall hin, er sammelte die Ansichten aller, er sondierte aller Gewissen und haschte nach allen Tönen, die ihm aus anderen entgegenklangen. Er erntete die Erkenntnis der anderen Menschen, wie eine echte, unermüdliche politische Biene. Dieses lebendige politische Konversationslexikon machte es nicht wie das berühmte Wörterbuch von Bayle, er stellte nicht alle verschiedenen Auffassungen einer Sache dar, ohne selbst zu ihr Stellung zu nehmen, aus ihr Schlüsse zu ziehen, er fiel wie eine Fliege stets über das feinste Stück Fleisch her, mitten in der Küche. So galt er als ein unentbehrlicher Staatsmann. Und dieser Glaube hatte so tiefe Wurzeln geschlagen, daß ehrgeizige Neulinge im ministeriellen Dienst es für notwendig hielten, ihn zu kompromittieren und zu verhindern, daß er weiter anvanciere. Für den Mangel an öffentlicher Berühmtheit entschädigten sie ihn durch sein geheimes Ansehen. Nichtsdestoweniger hatte dieser Ideenfischer, da er wußte, daß er sich auf alle stützen konnte, unausgesetzte Handgelder gefordert. Durch den Generalstab war er der Nationalgarde zuerteilt, in der er eine bezahlte Sinekure durch die Stadt Paris erhielt. Er war Bevollmächtigter der Regierung bei einer anonymen Gesellschaft, er war Inspektor des Hofhaushalts. Seine beiden im Staatsbudget eingetragenen Posten waren die des Generalsekretärs und des Berichterstatters über die Bittgesuche vor der Kammer. Im Augenblick hatte er im Sinn, Kommandant der Ehrenlegion, Graf und Deputierter zu werden. Aber als Deputierter mußte man eintausend Franken Bodensteuern zahlen und das elende kleine Gut der des Lupeaulx brachte kaum fünfhundert Franken Rente ein. Wo sollte er nun das Geld hernehmen, um ein neues Schloß zu bauen, um es mit mehreren ansehnlichen Wirtschaftsgebäuden zu umgeben? Wie sollte er es machen, um einem ganzen Bezirk Sand in die Augen zu streuen? Obwohl er täglich in der Stadt dinierte, obwohl er seit neun Jahren eine Dienstwohnung hatte, obwohl sein Wagen ihm vom Ministerium gestellt wurde, besaß des Lupeaulx in dem Augenblick, in dem diese Geschichte beginnt, kaum etwas anderes als dreißigtausend Franken offen ausstehender Schulden. Eine Heirat konnte ihn wieder flott machen, wenn sie sein von Schulden überflutetes Schiff ausschöpfte. Aber eine gute Partie war nur möglich, wenn er im Dienst avancierte, und dazu war wiederum nötig, daß er in die Kammer abgeordnet würde. Auf der Suche nach den Mitteln, mit denen er diesen circulus vitiosus durchbrechen könne, sah er nur zwei Möglichkeiten: dem Staat einen unermeßlichen Dienst zu leisten oder ein sehr gutes Geschäft abzuschließen. Aber ach, die inneren Gegensätze hatten sich aufgelöst, die Bourbonen hatten scheinbar alle politischen Parteien besiegt. Und schließlich war, zum Unglück von

Herrn des Lupeaulx, die Lage der Regierung durch die dummen Diskussionen der Linken, die sich bestrebte, in Frankreich schlechthin jede Regierung unmöglich zu machen, eine so günstige, daß man an ihr keine Geschäfte mehr machen konnte: die letzten Möglichkeiten dazu hatten sich in Spanien geboten, und wie gut waren sie ausgenutzt worden. Obendrein hatte des Lupeaulx sich selbst die Schwierigkeiten verdoppelt, indem er, weil er an die Freundschaft seines Ministers glaubte, so unvorsichtig war, ihm seinen Wunsch nach einem Ministersessel auszudrücken. Der Minister erriet, woher dieser Wunsch kam: des Lupeaulx wollte seine ein wenig gefährdete Stellung befestigen und nicht länger von ihm abhängig sein. Also: der Hase empörte sich gegen den Jäger. Nun, da versetzte man ihm zwischen Liebkosung und Liebkosung einige Peitschenhiebe, peitschte seine Rivalen gegen ihn auf. Aber des Lupeaulx betrug sich wie eine alterfahrene Kurtisane gegen Neulinge ihres Berufs: er stellte ihnen Fallen, sie verfingen sich in ihnen und er nahm eine grimmige Rache an ihnen. Je bedrohter er sich fühlte, desto sehnlicher wünschte er sich einen unerschütterlichen Posten, aber das Spiel mußte vorsichtig gespielt werden. Ein einziger Federstrich konnte ihn seine Hauptmannsepauletten, seine Stellung als Inspektor, seine Sinekure bei der Aktiengesellschaft, seine beiden Hauptposten und alle ihre Vorteile zunichte machen; – im ganzen sechs bezahlte Posten, die er unter dem Feuer des Gesetzes gegen den gleichzeitigen Besitz mehrerer Ämter bewahrte. Oft drohte er seinem Minister, wie eine Maitresse ihrem Geliebten droht. Er sagte, er sei im Begriff, eine reiche Witwe zu heiraten: dann schmeichelte der Minister seinem lieben des Lupeaulx. Nach einer Aussöhnung mit ihm nach einer der vielen kleinen Streitigkeiten erhielt er das förmliche Versprechen, daß er den ersten freiwerdenden Platz in der Akademie der Wissenschaften und schönen Künste erhalten werde. Das ist Brot für ein Pferd, sagte er sich. In seiner erstaunlichen Lage befand sich Clément Chardin des Lupeaulx wie ein auf fruchtbarem Boden eingepflanzter Baum. Sie ermöglichte ihm, seinen Lastern, seinen Phantasien, seinen Tugenden und seinen Fehlern nachzuhängen. Was für Anstrengungen gab es in seinem Leben? Zwischen fünf oder sechs täglichen Einladungen in irgendeine Familie mußte er sich für diejenige entscheiden, in der er das beste Essen finden würde. Morgens erheiterte er den Minister und seine Gattin bei ihrem ersten Frühstück, liebkoste ihre Kinder und spielte mit ihnen. Dann arbeitete er ein oder zwei Stunden, das heißt, er streckte sich in einem bequemen Sessel aus, um seine Zeitungen zu lesen, einen Brief zu diktieren, und wenn der Minister nicht selbst anwesend war, die Besuche zu empfangen. Dann machte er den Unterbeamten einige großzügige Angaben über die notwendige Arbeit, erwischte in irgendeinem Gespräch einige Tropfen des höfischen Weihwassers, oder teilte sie aus. Dann warf er durch das Lorgnon einen Blick auf die Bittgesuche und versah sie mit einem Zeichen, das bedeutete: macht damit, was ihr wollt, mir ist's gleichgültig! Jedermann im Ministerium wußte, daß des Lupeaulx, wenn er sich einmal für irgendeinen Menschen oder eine Angelegenheit inter-

essierte, sie auch persönlich in die Hand nahm. Den höheren Beamten gestattete er einige vertrauliche Plaudereien über intime Angelegenheiten und hörte ihre Klatschereien an. Von Zeit zu Zeit ging er ins Schloß, um dort die politische Parole zu empfangen. Wenn Sitzung war, wartete er die Rückkehr des Ministers von der Kammer ab, für den Fall, daß es notwendig wäre, irgendeinen Kunstgriff auszudenken, oder irgendein Manöver auszuführen. Dann machte dieser Sybarit Toilette, dinierte und besuchte zwischen acht Uhr abends und drei Uhr morgens zwölf bis fünfzehn Salons. In der Oper plauderte er mit den Journalisten. Zwischen ihm und ihnen fand ein ständiger Austausch von kleinen Gefälligkeiten statt. Er pfropfte sie mit seinen falschen Neuigkeiten voll und schluckte die ihren. Er hielt sie ab, diesen oder jenen Minister wegen seiner Stellungnahme in dieser oder jener Angelegenheit anzugreifen, denn ein solcher Angriff, sagte er, würde deren Frauen den schmerzlichsten Kummer bereiten.
Schreiben Sie, daß der Gesetzesvorschlag nichts taugt, beweisen Sie es, wenn Sie es können, aber schreiben Sie nicht, daß Mariette schlecht getanzt habe. Verleumden Sie unsere Zuneigung zu den uns nahestehenden Unterröcken, aber heben Sie nicht den Schleier von unseren Jünglingsstreichen. Teufel noch eins, wir haben alle unsere Jugendeseleien begangen, und wir wissen nicht, was aus uns im Laufe der Zeit noch werden kann. Vielleicht werden Sie, die Sie heute die Leitartikel des „Constitutionel" würzen, selbst noch einmal Minister werden.
Wenn sich dann die Gelegenheit dazu bot, war er

den Journalisten wiederum erkenntlich, z. B. indem er der Aufführung eines Stückes alle Schwierigkeiten aus dem Wege räumte. Wenn es sich machen ließ, vergütete er ihnen irgendwelche Dienste, gab ihnen ein gutes Diner oder versprach auch, den Abschluß eines vorteilhaften Geschäftes zu fördern. Übrigens liebte er die Literatur und beschützte die Künste. Er sammelte Handschriften, wunderbare Bildermappen, Skizzen, Gemälde. Den Künstlern tat er vieles Gute, sowohl indem er ihnen nicht schadete, als auch indem er sie in gewissen Fällen, in denen ihre Eigenliebe eine wenig kostspielige Befriedigung verlangte, unterstützte. Wegen dieser seiner Art war er auch bei dieser Welt hinter den Kulissen, bei den Journalisten und den Künstlern, beliebt. Sie hatten alle dieselben Laster, sie waren alle gleich faul. Und dann ließ es sich zwischen zwei Flaschen Wein oder zwischen zwei Tänzerinnen so gut spotten. Wie sollte man da nicht gut Freund sein? Wenn des Lupeaulx nicht Generalsekretär geworden wäre, wäre er Journalist. Auch in den fünfzehn Jahren, in denen die Ironie in die staatliche Autorität die Bresche geschlagen hatte, durch die die Aufsässigkeit hindurchschlüpfte, empfing des Lupeaulx niemals den geringsten Schlag. Wenn die niederen Beamten sahen, wie dieser Mann mit den Kindern Ihrer Exzellenz im Garten des Ministeriums Ball spielte, dann zerbrachen sie sich den Kopf, um die Wurzeln seines Einflusses und die Art seiner Beschäftigung zu erraten. Wenn die vornehmsten Herren des Ministeriums ihn als Mephistopheles betrachteten und ihm die Schmeicheleien mit Wucherzinsen wiedergaben, die er in der Sphäre der oberen Beamtenschaft verschwendete, so blieb die Nützlichkeit des Generalsekretärs den Kleinen rätselhaft wie eine Hieroglyphe, den Beteiligten war sie klar wie eine Regeldetriaufgabe. Dieser kleine Prinz von Wagram seines ministeriellen Napoleon, dessen Funktion es war, die Ratschläge und die Gedanken aller zu studieren, die ministeriellen Vorträge zu halten, kannte alle Geheimnisse der parlamentarischen Politik. Er befestigte, was sich gelockert hatte, er trug die Regierungsvorschläge vor, berichtigte und begrub sie wieder. Er sprach das Nein und Ja in allen den Fällen aus, in denen es der Minister selbst nicht zu tun wagte. Er mußte den ersten Kugeln die Brust bieten, er mußte die ersten Schläge der Verzweiflung und der Wut empfangen; er teilte Freud und Leid mit dem Minister. Gleich einem geheimnisvollen Siegelringe, durch den so manche Interessen mit dem Schloß verknüpft waren, verschwiegen wie ein Beichtvater, wußte er bald alles und bald nichts. Über den Minister sagte er das, was dieser selbst nicht sagen konnte. Mit Hilfe dieses politischen Hephästion wagte es der Minister, er selbst zu sein, seine Perücke und sein falsches Gebiß abzulegen und sich Pantoffeln anzuziehen; mit ihm wagte er es, seinen Gaunereien freien Lauf zu lassen, seinem Gewissen das Korsett aufzuhaken. Übrigens war durchaus nicht alles so rosig für des Lupeaulx. Er umschmeichelte und beriet seinen Minister, weil er schmeicheln mußte, um zu beraten, weil er ihn beim Schmeicheln beraten mußte und die Schmeichelei unter dem Rat verstecken. So kommt es auch, daß fast alle Politiker, die dieses Handwerk treiben, ein recht gelbes

Gesicht haben. Ihre Gewohnheit, immer mit dem Kopf zu nicken, um zu billigen, was gesagt wird, oder sich doch die Miene zu geben, es zu tun – diese Gewohnheit gibt ihrem Gesicht einen ganz wunderlichen Ausdruck. Ganz unbesehen billigen sie zunächst alles, was in ihrer Gegenwart gesagt wird. Ihre Ausdrucksweise ist überladen mit: „nichtsdestoweniger", „ich meinerseits würde", „ich an Ihrer Stelle" (dies „ich an Ihrer Stelle" pflegen sie oft zu sagen), mit all diesen Wendungen, die den Widerspruch einleiten. Sein Aussehen? – Er war das Überbleibsel eines schönen Mannes. Clément des Lupeaulx war 1,70 Meter groß. Er hatte einen ganz netten, kleinen Bauch. Seine Haut glühte in der Rosenfarbe des Wohllebens. Seine Gesichtszüge waren verlebt. Er trug einen gepuderten Tituskopf und eine elegante Brille. Seine Hand war mollig wie die einer älteren Frau, nur ein wenig zu eckig; es war die Hand eines Satrapen. Der Fuß war fein geformt. Nach fünf Uhr nachmittags trug des Lupeaulx immer durchbrochene Strümpfe, Halbschuhe, schwarze Beinkleider, dazu eine Kaschmirweste, ein unparfümiertes Taschentuch, eine goldene Uhrkette, den königsblauen Rock mit ziselierten Knöpfen und seine Orden. Des Morgens ging er in knarrenden Stiefeln und grauen Hosen. Sein ganzes Aussehen glich mehr dem eines schlauen Rechtsanwaltes als dem eines Ministers. Seine Augen, die von dem Gebrauch der Brille glänzten, machten ihn häßlicher, als er in Wirklichkeit war, wenn er die Gläser einmal versehentlich ablegte. Für geübte Beurteiler, für aufrechte Menschen war des Lupeaulx unausstehlich. Seine anmutigen Manieren waren ein Aufputz der Lüge, seine immer wiederholten, für die Einfältigen immer neuen Freundlichkeiten waren allzu abgedroschen. Jeder rein denkende Mensch erkannte in ihm ein verfaultes Brett, auf das den Fuß zu setzen man sich wohl hüten müsse.

Seit die schöne Frau Rabourdin geruhte, sich mit dem Schicksal ihres Mannes im Ministerium zu befassen, erriet sie die Bedeutung von Clément des Lupeaulx. Sie studierte ihn, um zu erfahren, ob diese Dachlatte noch solid genug sei, daß man auf ihr den Weg vom Bureauvorsteher zum Abteilungschef, von achttausend zu zwölftausend Franken jährlichen Einkommens zurücklegen könne. Die kluge Frau glaubte, sich dieses gerissenen Politikers bedienen zu können. So wurde Herr des Lupeaulx ein wenig mit zum Anlaß der ungewöhnlichen Ausgaben, die in dem Hause Rabourdin gemacht worden waren und weiterhin gemacht wurden.

Die Rue Duphot ist zur Zeit des Kaiserreichs erbaut worden. Sie zeichnet sich durch einige, auch äußerlich elegant gebaute Häuser aus, deren Wohnungen gewöhnlich fast alle sehr geschickt angeordnet waren. Die Wohnung von Frau Rabourdin hatte eine außerordentlich günstige Lage, ein Vorteil, der den vornehmen Charakter des häuslichen Lebens bedeutend zu steigern vermag. Sie hatte eine schöne Diele, die vom Hof her belichtet wurde. An ihr lag ein großer Salon, dessen Fenster auf die Straße hinaus gingen. Zur Rechten dieses Salons befanden sich Schlaf- und Arbeitszimmer von Herrn Rabourdin. Hinter ihnen lag das Eßzimmer, das man durch ein Vorzimmer betreten konnte. Links von dem Salon lag das Schlaf- und Toilettenzimmer der gnädigen Frau, hinter ihnen die kleinen Zimmer ihres Töchterchens. An den Empfangstagen blieben die Verbindungstüren zwischen dem Arbeitszimmer von Herrn Rabourdin und den Zimmern der gnädigen Frau geöffnet. Die Größe der Wohnung erlaubte, eine gewählte Gesellschaft zu empfangen, ohne sich den lächerlichen Anstrich zu geben, den gewisse bürgerliche Abendgesellschaften tragen, bei denen der Luxus auf Kosten der täglichen Gewohnheiten der Wirte improvisiert ist und also als eine Ausnahme erscheint. Der Salon war soeben mit gelber hellbraun verzierter Seide bespannt worden. Das Zimmer der gnädigen Frau war mit echten persischen Stoffen bekleidet. Die Möbel waren im Rokokostil. Das Arbeitszimmer von Herr Rabourdin hatte die Überzüge des alten Salons geerbt und wurde mit den schönen Gemälden aus dem Nachlaß des Herrn Leprince geschmückt. Célestine verwandte in ihrem Eßzimmer die entzückenden türkischen Teppiche, die ihr Vater gelegentlich erstanden hatte. Sie hatte sie in alte, sehr kostbare Ebenholzrahmen fassen lassen. Wunderbare Boulleschränke, die ebenfalls der alte Kommissar gekauft hatte, zierten die Wände dieses Zimmers. In der Mitte glänzten in Kupfer eingelegte Arabesken auf dem Zifferblatt der ersten Standuhr, deren Auftauchen die Kunstwerke des 17. Jahrhunderts zu neuer Geltung brachte. Blumen durchdufteten die geschmackvolle, von kunstreichen Gegenständen erfüllte Wohnung. Jedes kleinste Ding in ihr war ein Meisterwerk, hatte in ihr seinen rechten Platz, seine rechte Umgebung gefunden. Frau Rabourdin selbst kleidete sich mit der eigenartigen Einfachheit einer Künstlerin. Sie verhielt sich wie eine Frau, die an alle diese Freuden gewöhnt ist, sprach nicht von ihnen und begnügte sich damit, durch die Anmut ihres Geistes die Wirkung zu vollenden, die alle diese Dinge auf ihre Gäste ausübten. Dank der Einkäufe ihres Vaters machte Célestine, seit der Rokokostil wieder modern wurde, von sich sprechen.

Wie sehr des Lupeaulx auch an alle wahre und falsche Pracht eines herrschaftlichen Haushalts gewöhnt war, so staunte er doch bei Frau Rabourdin. Man kann sich den Reiz, den diese Frau und ihre Umgebung auf diesen Asmodi von Paris ausübte, am besten durch einen Vergleich klarmachen. Man stelle sich einen Reisenden vor, der, von den tausend üppigen Landschaften Italiens, Brasiliens und Indiens ermüdet, in seine Heimat zurückkehrt und auf seinem Heimweg auf einen entzückenden kleinen See stößt, wie es der Orlasee am Fuß des Monte Rosa ist, und in ihm eine Insel findet, die in dieses schöne Wasser still hingeworfen ist, kokett und einfach, naiv und dennoch zierlich, einsam und dennoch in einer ihr entsprechenden Umgebung: elegant geformte Sträucher, schönlinige Statuen, wilde und dennoch bebaute Ufer, die äußerlich den Charakter der großen Leidenschaft tragen, innerlich durchleuchtet sind von menschlichem Gleichmaß. Die Welt, die der Reisende im großen gesehen hat, findet er hier im kleinen rein und bescheiden wieder. Seine ruhebedürftige Seele ladet ihn ein, hier zu bleiben, denn ein dichterischer, ein klangerfüllter Reiz umgibt ihn mit allen seinen Harmonien und er weckt alles geistige Leben in ihm. Das ist Klosteridyll und Lebenswirklichkeit zugleich, und ist auch Leben, Wirklichkeit. Einige Tage vor seinem ersten Besuch bei Frau Rabourdin hatte die schöne Frau Firmiani, eine der entzückendsten Frauen aus dem Faubourg St. Germain, die Frau Rabourdin liebte und sie bei sich empfing, zu ihm, den sie extra eingeladen hatte, damit er dieses Bonmot höre, gesagt: „Warum machen Sie keinen Besuch bei Madame?" Und dabei hatte sie auf Célestine gewiesen. „Madame gibt entzückende Abendgesellschaften und man ißt dort – besser als bei mir!" Damals hatte sich des Lupeaulx von der schönen Frau Rabourdin das Versprechen seines Besuches abnehmen lassen. Während sie ihn einlud, hatte sie ihn das erstemal angesehen. Und er ging nach der Rue Duphot. Ist damit nicht genug gesagt? „Die Frauen kennen nur eine List," sagt Figaro, „aber sie ist unwiderstehlich." Als des Lupeaulx im Hause dieses einfachen Bureauvorstehers zum ersten Male speiste, nahm er sich vor, hier öfter zu dinieren. Dank dem taktvollen, zurückhaltenden Spiel der reizenden Frau – sie wurde von Frau Colleville die Célimene der Rue Duphot genannt – nahm er seit einem Monat jeden Freitag das Diner in ihrem Hause und kam aus eigener Initiative jeden Mittwoch zum Tee zu ihr. Seit einigen Tagen glaubte Frau Rabourdin nach gelehrten und feinen Untersuchungen an diesem ins Ministerium leitenden Sprungbrett die Stelle gefunden zu haben, auf die man den Fuß einmal setzen könne. Sie zweifelte nicht mehr an ihrem Erfolg. Nur ein Mensch, der selbst in einem solchen Beamtenhaushalt gelebt hat, in dem man drei oder vier lange Jahre hindurch von dem Wohlleben träumt, wie es das Resultat einer erhofften Ernennung sein würde – einer Ernennung, die zu erlangen man Liebkosungen und Schmeicheleien vergeudete –, nur ein solcher kann die Freude nachfühlen, die Frau Rabourdin nun empfand. Wieviel besänftigte Leiden! Wieviel an die ministeriellen Götzen gerichtete Wünsche! Wieviel interessierte Besuche waren diesem Augenblick vorangegangen! Und nun endlich glaubte Frau Rabourdin ihrer Kühnheit die Stunde schlagen zu hören, in der sie statt achttausend zwanzigtausend Franken Jahreseinkommen haben würde.

Und ich werde eine anständige Vergangenheit haben, sagte sie sich. Ich habe ein bißchen zu viel ausgegeben, aber wir leben in einer Zeit, in der die Menschen sich nicht bemühen, versteckte Verdienste zu suchen. Nur wenn man sich ausstellt, wenn man in der Gesellschaft lebt, wenn man seine Verbindungen pflegt und neue anknüpft, nur dann wird heutzutage etwas aus einem Menschen. Zu alledem interessieren sich die Minister und ihre Freunde nur für solche Leute, die sie sehen, und Rabourdin ist ganz weltfremd. Wenn ich nicht diese drei Abgeordneten eingewickelt hätte, so hätten sie vielleicht den Posten von Herrn de La Billardière für sich erstrebt. Jetzt, da ich sie bei mir empfange, schämen sie sich, das zu tun, und sind unsere Stützen statt unsere Gegner. Ich habe ein wenig kokettiert, aber nun bin ich glücklich, daß diese ersten Spielereien, mit denen man die Männer amüsiert, genügt haben.

Es war an dem Tag, an dem ein unerwarteter Kampf um jenen Posten in Wirklichkeit einsetzte.

Nach dem ministeriellen Diner, das einer jener Abendgesellschaften voranging – der Minister betrachtete es als eine politische Angelegenheit –, saß des Lupeaulx am Kamin neben der Frau des Ministers. In dem Augenblick, da er seine Mokkatasse zum Mund führte, erkannte er noch einmal blitzartig, daß Frau Rabourdin zu den sieben oder acht wirklich bedeutenden Frauen der Pariser Gesellschaft gehörte. Er hatte sie schon mehrfach im Spiel eingesetzt, so wie der Korporal Trim seine Mütze einzusetzen pflegte.

„Sagen Sie es nicht zu laut, lieber Freund, Sie könnten sich täuschen", erwiderte ihm die Frau des Ministers mit einem halben Lächeln.

Es ist keiner Frau angenehm, eine andere in ihrer Gegenwart loben zu hören. Alle Frauen behalten sich in einem solchen Falle das letzte Wort vor, um dem Lob ein Tröpfchen Bitterkeit hinzuzufügen.

„Dieser arme La Billardière liegt im Sterben," griff der Minister in die Unterhaltung ein; „seine administrative Nachfolge fällt Herrn Rabourdin zu. Er ist einer unserer gewandtesten Beamten. Unsere Vorgänger haben sich gegen ihn nicht sehr gut benommen, obwohl einer von ihnen seinen Posten als Polizeipräfekt einem gewissen Herrn verdankte, der bezahlt war, um Rabourdin zu protegieren."

„Wenn der Posten von Herrn de La Billardière Herrn Rabourdin zufällt, dann kann man mir unbekümmert Glauben schenken, wenn ich die ungewöhnliche Schönheit und Begabung seiner Frau rühme", erwiderte des Lupeaulx, der die Ironie des Ministers sehr wohl herausfühlte, „aber wenn die Frau Gräfin selbst darüber urteilen wollen ...“

„Ich werde ihn zu meinem ersten Ball einladen, gut? Ihr gerühmter Schützling wird gerade kommen, wenn ich jene Damen bei mir haben werde, die kommen, um sich über uns lustig zu machen, und sie werden aufhorchen, wenn eine Frau Rabourdin gemeldet wird.“

„Aber ist nicht Frau Firmiani bei dem Minister des Äußeren eingeführt?“

„Sie ist eine geborene Cadignan“, sagte der neu ausgebrütete Graf und warf seinem Generalsekretär einen zornsprühenden Blick zu, denn weder er selbst noch seine Frau waren von Geburtsadel.

Viele Gäste glaubten, daß es sich bei der Unterhaltung des Ministers und seiner Frau mit des Lupeaulx um wichtige politische Angelegenheiten handle, und hielten sich im Hintergrund des Salons. Als des Lupeaulx aufstand, sagte die neue Gräfin zu ihrem Gemahl: „Ich glaube, des Lupeaulx ist verliebt.“

„Das wäre das erstemal in seinem Leben“, erwiderte der Minister und zuckte dabei mit den Achseln, als ob er seiner Frau ausdrücken wolle, daß des Lupeaulx sich niemals mit solchen Bagatellen beschäftige.

In diesem Augenblick sah der Minister einen politischen Deputierten der Rechten eintreten. Er verließ seine Frau, um in ihm eine schwankende Stimme durch Schmeicheln zu bestricken. Aber dieser Abgeordnete, der von einem unerwarteten Unglücksfall betroffen war, wollte sich Protektion sichern. Er kam, um den Minister vertraulich zu benachrichtigen, daß er in wenigen Tagen gezwungen sein werde, sein Abschiedsgesuch einzureichen. Auf diese Weise wurde der Minister rechtzeitig gewarnt. So konnte er mit der Aufstellung seiner Batterien der Opposition zuvorkommen.

Der Minister, vielmehr des Lupeaulx, hatte zu dem Diner einen Menschen eingeladen, der aus keinem Ministerium herauszubringen war. Es war einer, dessen eigene Persönlichkeit sich stets im Wege war und der in seinem Bestreben, eine würdige Haltung einzunehmen, auf seinen beiden eng aneinander gedrängten Beinen stehen blieb, gleich dem Sockel einer ägyptischen Statue. Dieser Beamte erwartete am Kamin den Generalsekretär, um ihm zu danken. Herrn des Lupeaulx' unvorhergesehener Aufbruch überraschte ihn in dem Augenblick, in dem er gerade ein Kompliment für ihn zurechtdrechselte. Es war niemand anders als der Kassierer des Ministeriums, der einzige Beamte, der bei einem Wechsel des Personals um seine Stellung niemals zitterte.

In jener Zeit pflegte die Kammer das Budget nicht so kleinlich zu benörgeln, wie es in den beklagenswerten Zeiten der Fall ist, in denen wir leben; sie verkürzte die ministeriellen Gehälter nicht auf so unvornehme Weise, sie war nicht „knauserig" – sie sprach jedem Minister eine Entschädigung zu. Man bezahlt ihn teuer genug, sowohl den Eintritt in ein Ministerium, wie den Austritt, und gerade das Hineinkommen zieht Unkosten nach sich, deren Aufzählung im einzelnen wenig schicklich wäre. Die Entschädigung bestand in kleinen fünfundzwanzigtausend Franken. Wenn die betreffende Kabinettsorder im „Moniteur" erschien, während Große und Kleine im Ministerium sich vor den Öfen und Kaminen zusammenscharten, auf ihren Posten, die im Sturme wankten, erbebten, und wenn diese alle sich fragten: „Was wird der Neue tun? Wird er zwei Beamte entlassen, um an ihre Stelle drei neue zu setzen?“ dann nahm der rührige Kassierer fünfundzwanzig schöne Banknoten, heftete sie mit einer Papierklammer zusammen und auf seinem Gesicht, das den Ausdruck eines vor der Kathedrale wachthabenden Schweizers hatte, erschien ein heiterer Ausdruck. Er schlüpfte die Treppe zu den Wohnräumen des Ministers herauf und wurde von seinen Leuten, die alle Begriffe verwirren, zu der Morgentoilette Ihrer Exzellenz zugelassen, Menschen, die zwischen dem Gelde und dem Hüter des Geldes, dem Gefäß und dem Inhalt, der Idee und der Gestaltung nicht mehr zu unterscheiden vermögen. Der Kassierer traf den Minister und seine Frau Gemahlin in jener rosigen Morgenstimmung an, in der ein Staatsmann einem milden und gütigen Fürsten gleicht. Auf die Frage des Ministers nach seinem Wunsche antwortete er mit dem Aufweisen des Papiergeldes, indem er seiner Bewegung eilig die Worte hinzufügte, daß er Seiner Exzellenz die übliche Entschädigungssumme überbringe. Der erstaunten, aber glücklichen gnädigen Frau, die übrigens niemals verfehlte, sich wenigstens etwas von dem Gelde, oft aber auch das Ganze vorwegzunehmen, erklärte er den Zusammenhang. Eine Versetzung ist eine häusliche Angelegenheit. Der Kassierer sprach seine Glückwünsche aus, ließ einige Phrasen fallen, wie: Wenn Seine Exzellenz geruhen würden, mir meinen Platz zu erhalten, wenn Sie mit einer ganz mechanischen Dienstleistung zufrieden waren; wenn... usw. usw. Wie es einem Mann geziemt, der fünfundzwanzigtausend Franken überbringt und immer die Würde des Beamten bewahrt hat, verließ er das Zimmer nicht, ohne die Bestätigung zu empfangen, daß er seinen Posten behalten werde, diesen Posten, von dem aus er seit fünfundzwanzig Jahren die Ministerien kommen und gehen sah. Dann stellte er sich der gnädigen Frau zur Verfügung, er brachte die monatlichen dreizehntausend Franken immer im passenden Augenblick, er hielt sie je nach Bedarf zurück oder zahlte sie vorher aus, und bewahrte sich so, wie es in einer alten Redewendung heißt: „Sitz und Stimme im Kapitel."

Früher war er Buchhalter beim Fiskus, als dieser noch eine doppelte Buchführung hatte. Als man auf sie verzichtete, wurde Herr Saillard durch seinen jetzigen Posten schadlos gehalten. Er war ein dicker, fetter, gutmütiger alter Herr, sehr stark in der Buchhaltung und sehr schwach in allem anderen. Er war rund wie eine Null, und einfach wie „Guten Tag". Er kam mit abgezählten Schritten daher wie ein Elefant und ebenso ging er wieder nach Hause, nach der Place Royale, wo er in der untersten Etage eines ihm gehörigen Mietshauses wohnte. Sein Weggefährte war Herr Isidor Baudoyer, Bureauvorsteher in der Abteilung des Herrn de La Billardière, und mithin Kollege von Herrn Rabourdin. Herr Baudoyer hatte Elisabeth Saillard geheiratet. Natürlich hatte das junge Ehepaar die obere Etage des Hauses an der Place Royale bezogen. Im Ministerium zweifelte kein Mensch daran, daß der alte Saillard ein Dummkopf sei, aber keiner hatte je erfahren können, wie weit seine Dummheit ging; er war zu plump, zu festgefügt, um sich ausfragen zu lassen, er klang nicht hohl, nahm alles in sich auf, ohne irgend etwas davon je wieder herauszugeben. Bixiou, ein Beamter, von dem bald ausführlicher die Rede sein wird, hatte eine Karikatur des Alten gezeichnet – eine Perücke, darunter zwei Beine – und unter diese Zeichnung hatte er die Worte geschrieben: Vom Schicksal ausersehen, um Geld auszuzahlen und einzunehmen, ohne sich je beim Nachzählen zu irren. – Mit ein bißchen weniger Glück hätte es Saillard nicht weiter als zum Laufburschen bei der Bank von Frankreich gebracht; mit ein wenig mehr Ehrgeiz wären seine Dienste ihm gebührend gelohnt worden.

In diesem Augenblick betrachtete der Minister seinen Kassierer, wie man einen Kleiderhaken oder ein Fensterkreuz anschaut, ohne im mindesten daran zu denken, daß diese Zimmerverzierung die Unterhaltung hören oder gar einen geheimen Gedanken verstehen könne.

„Ich bestehe nun um so mehr auf dem, was wir unter tiefster Diskretion mit dem Präfekten abgemacht haben, als des Lupeaulx gewisse Ansprüche erhebt," sagte der Minister zu dem ihm zugesandten Deputierten – „sein kleines Gut ist in Ihrem Wahlkreis, wir wollen von ihm nichts wissen."

„Sein Vermögen ist ungenügend und er ist zu jung", sagte der Deputierte.

„Gewiß! Es ist Ihnen wohl auch bekannt, was in bezug auf das Alter der Abgeordneten von Casimir Périer bestimmt worden ist. Übrigens besitzt des Lupeaulx ein kleines Gut; aber es ist nur von geringem Wert. Jedoch hat das Gesetz die Vergrößerung des Grundbesitzes zum Zweck der Erwerbung der Abgeordnetenwürde nicht verboten, und des Lupeaulx hat Geld, um neues Land zu erwerben. Dazu haben die Wahlen für die Zentrumsdeputierten einen langen Schritt, und offen können wir uns keinem guten Willen, den man diesem guten Freund bezeugen wird, widersetzen."

„Aber woher wird er das Geld zu den Ankäufen nehmen?"

„Und wie ist Manuel Hausbesitzer in Paris geworden?" fragte der Minister.

Der Kleiderhaken hörte zu, aber er hütete sich wohl, es sich äußerlich anmerken zu lassen. Die lebhafte Unterhaltung erreichte, obwohl sie geflüstert wurde, das Ohr von Saillard durch irgendwelche, noch schlecht erforschten akustischen Zufälle. Können Sie sich vorstellen, welches Gefühl sich dieses alten braven Mannes bemächtigte, als er diese politischen Vertraulichkeiten hörte? Ein glühender Schrecken. Der Alte gehörte zu jenen naiven Menschen, die in Verzweiflung geraten, wenn es den Anschein hat, als ob sie etwas hören, was sie nicht hören sollen, wenn sie eintreten, wo man sie nicht gerufen hat, wenn sie kühn scheinen, wo sie schüchtern, neugierig, wo sie diskret sind. Der Kassierer schlüpfte leise über den Teppich, um sich zurückzuziehen, damit der Minister ihn recht weit von sich entfernt fände, wenn er ihn bemerkte. Saillard war ein fanatischer Anhänger jedes Ministers, unfähig zu der mindesten Indiskretion. Und wenn der Minister ihn in seinem Geheimnis vermutet hätte, so hätte es nur eines leisesten Winkes bedurft, um den Alten zu einem unverbrüchlichen Schweigen zu veranlassen. Der Kassierer machte sich den Andrang der Besucher zunutze und gelangte in einer Droschke heim nach der Place Royale.

☆

DIE HOLZWÜRMER

WÄHREND DER ALTE SAILLARD IN PARIS herumfuhr, saßen sein Schwiegersohn und seine teure Elisabeth mit dem Abbé Gaudron, ihrem Beichtvater, und einigen Nachbarn bei einer Partie Boston. An ihr nahm auch ein gewisser Martin Falleix teil, ein Kupferschmelzer aus der Vorstadt Saint-Antoine, dem Saillard die nötigen Kapitalien zur Gründung eines profitreichen Unternehmens geliehen hatte. Dieser Falleix, ein ehrlicher Auvergnate, der mit dem Dudelsack auf dem Rücken nach Paris gekommen war, war sofort bei den Brézac, den berufsmäßigen Zerstückelern des Großgrundbesitzes, beschäftigt worden. Martin Falleix war durch das Wohlleben ganz ebenso wie jeder andere korrumpiert worden. Mit fünfundzwanzig Jahren hatte er das Glück, von Herrn Saillard zur Ausbeutung einer Entdeckung, die die Schmelzkunst betraf, als verantwortlicher Teilnehmer herangezogen zu werden. (Die Erfindung wurde patentiert und erhielt auf der Ausstellung 1825 die goldene Medaille.) Frau Baudoyer, deren einzige Tochter nach dem Worte des alten Saillard „auf dem Schwanze ihrer zwölf Jahre marschierte“, hatte ein Auge auf Falleix geworfen. Dieser war ein schwarzhaariger

Bursche, untersetzt und stämmig, lebhaft und auf eine schlaue Weise rechtschaffen. Frau Baudoyer erzog ihn. Entsprechend der Weite ihres Gesichtskreises bestand diese Erziehung darin, daß sie dem kleinen Auvergnaten das Bostonspiel beibrachte, ihn lehrte, seine Karten so zu halten, daß man ihm nicht ins Spiel sehen könne, rasiert zu ihnen zu kommen, mit Händen, die mit einer ordentlichen Toilettenseife gewaschen waren; nicht zu fluchen, ihr Französisch zu sprechen, Stiefel statt Halbschuhe zu tragen, Hemden aus Schirting statt aus Sackleinewand und seine Haare hoch zu bürsten statt in die Stirne hinein. Seit acht Tagen hatte Elisabeth Falleix bestimmt, zwei enorme flache Ohrringe abzulegen, die wie Faßreifen aussahen.

„Sie gehen zu weit, Frau Baudoyer", sagte er, wie er sah, wie glücklich sie über sein Opfer war. „Sie erlangen zu großen Einfluß auf mich. Sie haben erreicht, daß ich meine Zähne putze, wodurch sie mir locker werden; bald werden Sie mich noch dazu bekommen, daß ich mir die Nägel bürste und meine Haare brenne, obwohl sich das alles in unserem Beruf gar nicht schickt: bei uns liebt man keine Stutzer."

Elisabeth Baudoyer, geborene Saillard, ist eine jener Gestalten, die sich durch ihre Durchschnittlichkeit dem Pinsel entziehen und die nichtsdestoweniger gezeichnet sein wollen. Denn sie sind die leibhaftige Verkörperung der Pariser Kleinbürgerinnen, die sozial über den reichen Handwerkern und unter den oberen Klassen stehen; deren Eigenschaften fast Laster sind, deren Fehler nichts Liebenswürdiges haben, deren Götter, obwohl alltäglich, jedoch der Originalität nicht entbehren. Elisabeth hatte irgend etwas Dürftiges, wodurch ihr Äußeres häßlich war. Sie war kaum größer als vier Fuß und so schlank, daß ihre Taillenweite knapp eine halbe Elle betrug. Ihre Züge konzentrierten sich nach der Nasenspitze hin; sie gaben ihrem Gesicht eine leichte Ähnlichkeit mit der Schnauze eines Wiesels. Sie war über dreißig Jahre alt, aber sie sah aus wie sechzehn oder siebzehn. Ihre Augen waren fayenceblau, von schweren Lidern beschattet, die dem Bogen der Augenbrauen angepaßt waren, und sie hatten wenig Glanz. Alles an ihr war dürftig: sowohl ihre blonden Haare, die ins Weißliche schimmerten, wie auch ihre flache Stirn, auf der das Tageslicht liegenzubleiben schien; ebenso ihr Teint, der fast bleigrau war. Der untere Teil des Gesichts war mehr dreieckig als oval und begrenzte unregelmäßig die ohnehin genug gequälten Züge. Ihre Stimme barg eine ziemlich umfangreiche Folge von Tönen, vom Harten zum Sanften. Elisabeth war die echte Kleinbürgerin. Abends unterm Federbett erteilte sie ihrem Mann ihre Ratschläge. Ihre bürgerlichen Tugenden enthielten nicht das geringste sittliche Verdienst. Sie war ehrgeizig ohne ein festes Ziel. Hätte sie auf dem Lande gelebt, sie hätte nach einer Vergrößerung ihres Grundbesitzes gestrebt. Da ihr Mann in der Verwaltung arbeitete, wollte sie, daß er avanciere. Das Leben von Vater und Mutter zu beschreiben, genügt zur Charakteristik der ganzen Frau.

Herr Saillard hatte die Tochter eines Möbelhändlers geheiratet, der unter den Pfeilern der großen Markthalle seinen Verkaufsstand aufgeschlagen hatte. Ihr winziges Vermögen hatte Herrn und Frau Saillard lange Zeit hindurch zu unaufhörlichen Entbehrungen gezwungen. Nach dreiunddreißigjähriger Ehe und neunundzwanzigjährigem Bureaudienst bestand das Vermögen der Saillard in sechzigtausend Franken, die sie Falleix anvertraut hatten, in dem Hause an der Place Royale, das sie im Jahre 1804 für vierzigtausend Franken gekauft hatten, und in sechsunddreißigtausend Franken, die sie ihrer Tochter mitgaben. In diesem Kapital war das Erbe der Witwe Bidault, der Mutter von Frau Saillard – eine Summe von etwa fünfzigtausend Franken – enthalten. Das Jahresgehalt von Herrn Saillard hatte immer ungefähr viertausendfünfhundert Franken betragen, denn sein Posten war eine wahre Sackgasse, ein Posten, der lange Zeit hindurch niemanden reizte. Diese neunzigtausend Franken, die Sou für Sou gespart worden waren, entstammten also filzigen und sehr unintelligent angelegten Ersparnissen. Und in der Tat kannten die Saillard keine andere Art, ihr Geld anzulegen, als es jeweils in Summen von fünfzehntausend Franken zu ihrem Notar, Herrn Sorbier, dem Vorgänger von Cardot, zu tragen und es auf fünf Prozent als erste Hypotheken auszuleihen, unter Subrogation der Rechte der Frau, wenn der Verleiher verheiratet war. Frau Saillard erhielt 1804 das Recht zur Ausgabe von staatlichen Stempelpapieren. Dadurch wurde der Eintritt eines Dienstmädchens in ihren Haushalt notwendig. Damals brachte das Haus, das mehr als hunderttausend Franken wert war, achttausend Franken jährlich ein. Falleix gab sieben Prozent von den ihm anvertrauten sechzigtausend Franken und teilte außerdem seine Einkünfte zu gleichen Teilen mit ihnen. So hatten die Saillard eine Jahresrente von mindestens siebzehntausend Franken. Der ganze Ehrgeiz des guten Mannes war darauf gerichtet, bei seiner Pensionierung das Verdienstkreuz zu erhalten.

Die Jugend von Elisabeth war unausgesetzte Arbeit im Kreise einer Familie gewesen, deren Götter ein für allemal feststanden, deren Gedanken so einfältige und enge waren. Über die Anschaffung eines Hutes für Herrn Saillard wurden große Beratungen abgehalten. Man rechnete nach, wieviel Jahre ein Anzug gehalten hatte, und die Regenschirme wurden an einem kupfernen Ring hochgehängt. Seit dem Jahre 1804 war nicht eine einzige Reparatur in dem Hause vorgenommen worden. Die Saillard behielten ihre Parterrewohnung genau in dem Zustand, in dem der frühere Besitzer sie ihnen übergeben hatte: das Gold von den Fensterpfeilern war ganz abgenutzt, die Malereien über den Türen waren unter einer Schicht von Staub, mit der die Zeit sie bedeckt hatte, kaum mehr zu sehen. In diesen großen und schönen Zimmern mit den mit Marmor verzierten Kaminen, mit Decken, die denen von Versailles würdig waren, in diesen Zimmern ließen die Saillard die Möbel, die sie bei der Bidault vorgefunden hatten, stehen. Es waren Sessel aus Nußbaumholz, die mit Stickereien bezogen waren; Kommoden aus Rosenholz, Nipptische mit Kupferbildern und weißem, gespaltenem Marmor, ein wunderbarer Boulschreibtisch, dem die Mode seinen Wert noch nicht wieder zuerkannt hatte, dazu das ganze Tohuwabohu von Gegenständen aus aller Welt, die eine Verkäuferin der Markthallen bei Gelegenheit zusammenkauft: Bilder, die wegen der Schönheit ihrer Rahmen angeschafft wurden, Eßgeschirre von verschiedenen Mustern, d. h. Dessertteller aus wunderbarem japanischen Porzellan, das übrige Porzellane aus allen Kirchspielen. Das Silberzeug unvollständig und nicht zusammenpassend, alte Kristalle, schöne Damastwäsche: das Bett sah wie ein mit Perserteppichen und Decken geschmücktes Grab aus. Und unter allen diesen Reliquien saß Frau Saillard, tagaus, tagein, in einem Lehnsessel aus Mahagoniholz, und hielt ihre Füße auf einen Fußwärmer, der vollständig versengt war, nahe an einem Kamin, in dem viel Asche und kein Feuer war. Auf dem stand eine Uhr, alte Bronzen und in Form von Blumen geschmiedete Leuchter, in denen jedoch keine Kerzen waren. Denn Frau Saillard arbeitete bei einem Handleuchter aus Kupfer, aus dem eine hohe, durch häufiges Herunterträufeln rissig gewordene Kerze ragte. Frau Saillard hatte ein Gesicht, in dem trotz seiner Falten Verbohrtheit und Strenge geschrieben waren, geistige Beschränktheit und eine vierschrötige Rechtschaffenheit, mitleidslose Frömmigkeit und naiver Geiz, und der Frieden eines in sich klaren Gewissens. Auf gewissen vlämischen Bildern sieht man Frauen von Bürgermeistern, die von der Natur in dieser Art geschaffen und von dem Pinsel eines Meisters treffend wiedergegeben sind; aber diese Frauen tragen schöne Kleider aus Samt oder anderen kostbaren Stoffen, während Frau Saillard keine Kleider hatte, sondern ein solch altertümliches Kleidungsstück, wie man es in der Touraine und in der Picardie „Cotte" nennt, oder allgemeiner in ganz Frankreich „Cottillon“. Das sind eine Art an den Seiten und hinten plissierter Röcke, die übereinander getragen werden. Ihr Leib war in ein Mieder gepreßt – auch dies der Mode eines anderen Jahrhunderts gemäß. Sie trug stets eine Haube auf dem Kopf und Schuhe mit hohen Absätzen. Obwohl sie siebenundfünfzig Jahre alt war und ihre ihr Leben lang hartnäckig geleisteten Haushaltsarbeiten ihr wohl das Recht gegeben hätten, sich in ihrem Alter auszuruhen, strickte sie selbst die Strümpfe ihres Mannes, ihre eigenen, die ihres Onkels. Das tat sie, wie die Frauen auf dem Lande stricken, beim Gehen, beim Sprechen, bei Spaziergängen in den Garten und bei Kontrollgängen in die Küche.

Die Sparsamkeit der Saillards, die ihnen zuerst durch die Notwendigkeit auferlegt worden war, war zur Gewohnheit geworden. Wenn der Kassierer vom Bureaudienst heimkam, zog er einen alten Anzug an, und brachte selbst seinen schönen Garten in Ordnung. Er war vom Hof durch ein Gitter getrennt. Saillard hatte ihn für sich und seine Familie reserviert. Lange Jahre hindurch war Elisabeth allmorgendlich mit ihrer Mutter auf den Markt gegangen und all die Zeit hatten sie beide allein den Haushalt besorgt. Ihre Mutter verstand es wunderbar, eine Ente mit weißen Rüben zu kochen, aber nach Ansicht des alten Saillard hatte Elisabeth nicht ihresgleichen, wenn es galt, die Reste einer Hammelkeule mit Zwiebeln zuzubereiten. Das schmeckte so glänzend, daß man seinen eigenen Onkel hätte aufessen können, ohne es zu merken. Sobald Elisabeth nur gelernt hatte, eine Nadel zu führen, hatte ihre Mutter sie die Hauswäsche und die Anzüge ihres Vaters flicken lassen. Sie war ununterbrochen beschäftigt wie ein Dienstmädchen. Sie durfte niemals allein ausgehen; obwohl sie nur zwei Schritt vom Boulevard du Temple wohnten, wo Frasconi, la Gasté, l'Ambigu-Comique und etwas weiter la Porte-Saint-Martin liegen, war Elisabeth doch noch niemals im Schauspiel gewesen. Als sie einmal den Wunsch hatte, zu erfahren, was es dort gäbe, da führte Herr Baudoyer sie – wohl verstanden, mit der Einwilligung des Herrn Gaudron – aus Großmut, um ihr das schönste aller Schauspiele zu zeigen, in die große Oper zu einer Aufführung des „Chinesischen Arbeiter". Elisabeth fand das Theater langweilig und wollte nie mehr eines besuchen. Sonntags, wenn sie den Weg von der Place Royale zur St. Pauluskirche viermal zurückgelegt hatte – ihre Mutter ließ sie die Vorschriften der Kirche genau erfüllen – dann führten ihre Eltern sie in das Türkische Kaffee. Dort setzten sie sich an die Tische, die damals zwischen der Hausmauer und dem Gartenzaun standen. Die Saillards bestrebten sich, als die ersten dort hinzukommen, damit sie einen guten Platz fänden, und fanden ihr Vergnügen darin, die Vorübergehenden zu betrachten. In jener Zeit war das Türkische Kaffee das Rendezvous der eleganten Herren und Damen des Marais, der Vorstadt St. Antoine und der benachbarten Orte. Elisabeth hatte niemals andere Kleider getragen als baumwollene im Sommer und Merino im Winter. Sie machte sie sich selbst, ihre Mutter gab ihr nur zwanzig Franken Taschengeld, um sie in Ordnung zu halten. Aber ihr Vater, der sie sehr liebte, linderte diese Strenge

durch einige Geschenke. Sie hatte niemals Bücher jener Art gelesen, die der Abbé Gaudron, der Vikar von St. Paul und der Berater der Eltern, „weltliche“ nannte. Diese Erziehung hatte ihre Früchte getragen. Gezwungen, ihrer Leidenschaft irgendein Ziel zu geben, wurde Elisabeth gewinngierig. Sie war nicht dumm und nicht ohne Scharfblick, aber die religiöse Ideologie und ihre eigene Unwissenheit hatten diese Eigenschaften in einen ehernen Panzer eingeschnürt; sie erstreckten sich nur auf die gemeinsten Gegenstände des täglichen Lebens. Und da sie selten ausgelöst wurden, fielen sie, wenn das einmal geschah, mit voller Wucht über den jeweiligen Gegenstand her.
Ihr Gefühlsleben, das durch die Frömmigkeit bedrückt wurde, mußte sich innerhalb der Grenzen entfalten, die ihr religiöses Gewissen ihr setzte... dem zu entschlüpfen der Eigennutz unaufhörlich Ausflüchte sucht. Ähnlich jenen Heiligen, in denen die Frömmigkeit den Ehrgeiz erstickt hat, war sie imstande, von ihrem Nächsten die schimpflichsten Handlungen zu fordern, und deren Früchte einzuheimsen; wenn sich die Gelegenheit geboten hätte, so hätte sie gleichwie jene unversöhnlich auf der Erfüllung des ihr Zukommenden bestanden und wäre vor keinem heimlichen Mittel zurückgeschreckt. Wenn einer sie gekränkt hätte, hätte sie ihn mit der zähen Ausdauer einer Katze belauert und sich eine kühle und gründliche Rache an ihm gesichert, dessen Vollzug sie auf Rechnung des lieben Gottes gesetzt hätte. Bis zu Elisabeths Heirat lebten die Saillards ohne jeden anderen Verkehr als den des Abbé Gaudron, des auvergnatischen Priesters, der bei Wiederherstellung

des katholischen Kultus zum Vikar von St. Paul ernannt wurde. Zu diesem Geistlichen, dem Freunde der verstorbenen Frau Bidault, kam der Onkel von Frau Saillard von väterlicher Seite hinzu, ein alter Papierhändler, der sich seit dem Jahre II der Republik vom Geschäft zurückgezogen hatte – ein Mann von jetzt neunundsechzig Jahren. Er besuchte die Familie Saillard nur an Sonntagen, weil man an diesen keine Geschäfte machen konnte.

Dieser kleine Greis hatte eine gelbliche Hautfarbe und eine rote Nase, die fast das ganze Gesicht ausmachte, wie die eines Trinkers – ein Gesicht, aus dem außer der Nase nur zwei Geieraugen hervorstachen. Seine grauen Haare flatterten unter einem Dreispitz. Er trug Kniehosen und baumwollene Strümpfe mit eingewebten Mustern. Diese Strümpfe strickte ihm seine Nichte, die er immer die kleine Saillard nannte. Dazu trug er grobe Halbschuhe mit silbernen Schnallen und einen bunten Überrock. Er sah ähnlich wie jene kleinen Kirchendiener – Glöckner – Türsteher – Totengräber – Chorsänger – in kleinen Dörfern aus, die man für die phantastischen Geschöpfe eines Karikaturisten hält, bis man sie in eigener Person mit eigenen Augen gesehen hat. Damals ging er noch zu Fuß zu Tisch und kehrte ebenso in die Rue Grenétal zurück, wo er eine dritte Etage bewohnte. Er machte Wechselgeschäfte in der Vorstadt St. Martin, wo er unter dem Spitznamen „Gigonnet“ bekannt war – so hieß er wegen der fieberhaften und konvulsivischen Bewegungen seines Beines. Herr Bidault hatte das Diskontogeschäft im Jahre II angefangen, zusammen mit einem Holländer, dem Herrn Werbrust, einem Freunde von Gobseck. Später machte Saillard die Bekanntschaft von Herrn und Frau Transon, Töpfereigroßhändlern, die in der Rue de Lesdignières etabliert waren. Diese Leute interessierten sich für Elisabeth und wollten sie verheiraten. Deshalb führten sie den jungen Isidor Baudoyer bei den Saillards ein. Die Verbindung von Herrn und Frau Baudoyer mit den Saillards ging unter der Protektion von Gigonnet vor sich. Dieser hatte während langer Zeit einen gewissen Herrn Mitral in seinen Geschäften verwandt, einen Gerichtsvollzieher, den Bruder der alten Frau Baudoyer, die sich damals in ein hübsches Landhaus in Ile-Adam zurückziehen wollte. Herr und Frau Baudoyer, Vater und Mutter von Isidor, ehrliche Weißgerber aus der Rue Censier, hatten ihr mittelmäßiges Vermögen langsam in einem schablonenmäßigen Geschäft erworben. Nachdem sie ihren einzigen Sohn verheiratet hatten, sie gaben ihm fünfzigtausend Franken mit, wollten sie auf dem Lande leben und wählten sich Ile Adam, wohin sie Mitral nachzogen. Aber sie kamen oft nach Paris, wo sie sich ein Absteigequartier in dem Hause in der Rue Censier, das sie Isidor als Mitgift gegeben hatten, vorbehielten. Die Baudoyer hatten noch nach Auszahlung des Sohnes eine Jahresrente von tausend Talern.

Herr Mitral hatte eine ganz trübe Gesichtsfarbe und Augen von dem Ton des spanischen Tabaks. Über sein Vermögen bewahrte er strengstes Schweigen, aber es schien, daß er in seiner Ecke ebenso operierte wie Werbrust und Gigonnet in der Vorstadt St. Martin.

Aber indem sich der Kreis dieser Familie erweiterte, veränderten sich weder ihr geistiges Leben noch ihre Sitten. Nach wie vor feierte man die Namenstage des Vaters, der Mutter, des Schwiegersohnes, der Tochter und der Enkelin, die Geburtstage und Hochzeiten, Ostern, Weihnachten und Neujahr sowie das Fest der heiligen Drei Könige. Diese Feste gaben jedesmal die Gelegenheit zu gründlicher Reinigung, großen Scheuereien in der ganzen Wohnung. Das verlieh den Freuden dieser häuslichen Feiern eine nützliche Bedeutung. Dann wurden unter großer Feierlichkeit, außer den unumgänglichen Blumensträußen, praktische Geschenke überreicht: ein Paar seidene Strümpfe oder eine Bärenmütze für Saillard, Ohrringe oder ein silbernes Tablett für Elisabeth oder ihren Gatten, dem man allmählich ein ganzes Service schenkte, seidene Röcke für Frau Saillard, die sie alle aufbewahrte. Zu der Überreichung der Geschenke mußte sich der, dem sie zugedacht waren, in einen Sessel setzen, und die anderen fragten ihn eine Zeitlang: „Rate, was wir dir schenken werden?" Dann gab es ein prächtiges Diner, bei dem man fünf Stunden saß. Zu ihm waren der Abbé Gaudron, Falleix, Rabourdin, Herr Godard, der frühere Unterchef von Herrn Baudoyer, und Herr Bataille, Hauptmann der Kompagnie der Nationalgarde, der der Schwiegersohn und der Schwiegervater angehörten, eingeladen. Herr Cardot, der überall immer eingeladen wurde, machte es wie Herr Rabourdin: von sechs Einladungen nahm er eine an. Beim Dessert wurde gesungen, alle küßten sich gerührt und wünschten sich alles erdenkliche Gute. Dann wurden die Geschenke gezeigt und die Gäste um ihre Meinung über sie gefragt. An dem Tage, an dem Saillard die Bärenmütze bekam, behielt er sie zur allgemeinen Befriedigung beim Dessert auf. Abends kamen die näherstehenden Freunde der Familie und es gab einen Ball. Zum Schluß wurde getanzt – lange Zeit nur beim Klange einer einzigen Violine; aber seit sechs Jahren trug Herr Godard, ein leidenschaftlicher Flötenspieler, zu dem Feste bei, indem er auf der Flöte blies. Die Köchin und das Hausmädchen von Frau Baudoyer, die alte Katharine, das Dienstmädchen von Frau Saillard, der Portier oder seine Frau bildeten Galerie an der Salontür. Jede der Dienstboten bekam einen Taler Trinkgeld. Die bei solchen Gelegenheiten versammelte Gesellschaft betrachtete Baudoyer und Saillard als sehr bedeutende Männer: sie waren Regierungsbeamte, sie waren durch eigenes Verdienst aufgerückt, es hieß, daß sie mit dem Minister arbeiteten, sie hatten ihr Vermögen durch ihre eigene Begabung erworben, sie waren Politiker. Von ihnen beiden aber galt Baudoyer als der Fähigere, sein Posten als Bureauvorsteher setzte die Fähigkeit zu komplizierteren Arbeiten voraus, zu Arbeiten, die schwieriger waren als die der Kassenführung. Dazu hatte Isidor, obwohl er nur der Sohn eines Weißgerbers aus der Rue Censier war, den Mut besessen, zu studieren, die Kühnheit, auf das Geschäft seines Vaters zu verzichten, um in den Staatsdienst zu gelangen, wo er ja nun es zu einem ganz ansehnlichen Posten gebracht hatte. Schließlich betrachtete man ihn, da er wenig sprach, als einen tiefen Denker, und vielleicht, sagten die Transons, wird er eines Tages

Abgeordneter des achten Wahlkreises werden. Wenn Gigonnet solche Redereien hörte, geschah es oft, daß er sich die Lippen biß – sie waren ohnehin schon sehr zerbissen – und einen kurzen Blick auf seine Nichte Elisabeth warf.

Isidor war ein Mann von siebenunddreißig Jahren, groß und grob gebaut. Er schwitzte leicht. Sein Kopf sah wie von Wasser aufgequollen aus, er war plump geformt, mit kastanienbraunem, kurz geschorenem Haar bedeckt. Sein Hals war von einer dicken Fettschicht aufgequollen, die seine Kragenweite verdoppelte. Er hatte Arme wie ein Herkules, Hände, die eines Domitian würdig waren, und einen Bauch, dem nur die Enthaltsamkeit des Mannes seine Majestät bewahrte. Sein Gesicht ähnelte dem des Kaisers Alexander. Der tartarische Typus fand sich an den kleinen Augen wieder, in seiner abgeplatteten Nase, deren Spitze in die Höhe stach, in seinem Mund mit den kalten Lippen und in dem kurzen Kinn. Die Stirn war schmal und niedrig. Obwohl er ein lymphatisches Temperament hatte, war der devote Isidor von einer ungewöhnlichen ehelichen Leidenschaft besessen, die auch die Zeit keineswegs schwächte. Trotz seiner Ähnlichkeit mit dem schönen Kaiser von Rußland und dem schrecklichen Domitian war Isidor ein ganz einfacher Beamter, wenig fähig als Bureauvorsteher, aber durch die Gewöhnung instand gesetzt, die laufende Arbeit zu leisten; seine Hohlheit und Flauheit verbarg er unter einem so dichten Mantel, daß kein Skalpell sie bloßlegen konnte. Seine intensiv betriebenen Studien, während deren er die Ausdauer und Bravheit eines Ochsen entfaltete, sein eckiger Kopf hatten seine Eltern getäuscht, die in ihm einen ungewöhnlichen Mann sahen.

Zaghaft und pedantisch, phrasenhaft und nörglig, wie er war, bildete er den Schrecken seiner Untergebenen, an denen er fortwährend etwas auszusetzen hatte. Er forderte von ihnen alles peinlich bis auf den i-Punkt und erfüllte die Vorschriften so pedantisch genau, daß alle Bureauangestellten vor ihm zitterten. Baudoyer trug einen kornblumenblauen Anzug mit gelben Knöpfen, eine gemsfarbene Weste, graue Beinkleider und eine Krawatte von gleicher Farbe. Er hatte große, schlecht beschuhte Füße. Seine Uhrkette war mit einer Menge alter Uhranhängsel geschmückt, unter denen er 1824 die amerikanischen Goldkörner aufbewahrte, die im Jahre VII der Republik modern waren.

Nur die kirchlichen Fesseln hielten diese Familie zusammen, und die genaue Befolgung ihrer Traditionen; nur der Geiz war die Richtschnur ihres Handelns.

Im Schoße einer solchen Familie blieb Elisabeth nichts anderes übrig, als mit sich selbst zu sprechen, statt ihre Gedanken anderen mitzuteilen. Denn sie fühlte sich ohne einen Menschen ihresgleichen, der sie verstehen könne. Obwohl die Tatsachen ihr fast ein Urteil über ihren Gatten aufdrängten, hielt sie dennoch die bestmögliche Meinung über ihn aufrecht; sie bezeugte ihm eine tiefe Achtung, sie ehrte in ihm den Vater ihrer Tochter und ihren Gatten; „die zeitliche Gewalt", wie der Vikar von St. Paul sagte. Sie hätte es als Todsünde betrachtet, wenn sie eine einzige Bewegung gemacht, einen einzigen Blick geworfen, ein einziges Wort gesagt hätte, das einem Fremden ihre wirkliche Meinung über den einfältigen Baudoyer hätte enthüllen können. Sie trug einen widerspruchslosen Gehorsam allen Einfällen seines Willens gegenüber öffentlich zur Schau. Ihr Ohr war empfänglich für alle Geräusche des Lebens, sie empfing sie, verglich sie für sich allein, und hatte ein so gesundes Urteil über Menschen und Dinge, daß sie in dem Augenblick, in dem diese Geschichte beginnt, das geheime Orakel der beiden Beamten war, die alle beide ganz unmerklich dazu gekommen waren, nichts zu tun, ohne vorher ihren Rat einzuholen. Vater Saillard sagte oft ganz naiv: „Ja, Elisabeth ist schlau." Aber Baudoyer, der bei seiner Dummheit natürlich auch aufgeblasen war – besonders durch die Anerkennung, die er in der Vorstadt St. Antoine fälschlich genoß – leugnete die Klugheit seiner Frau, während er sie doch gleichzeitig zu seinem Nutzen ausbeutete. Elisabeth hatte erraten, daß ihr Onkel Bidault, Gigonnet, reich sei, und daß ihm ungeheure Summen durch die Hände gingen. Ihr Interesse hatte sie über Herrn des Lupeaulx so gut aufgeklärt, daß sie ihn besser als der Minister kannte. Da sie fand, daß sie mit einem Dummkopf verheiratet sei, dachte sie mit Recht, das Leben hätte sich für sie ganz anders gestalten können, aber sie vermutete das Beste, ohne es kennen zu wollen. Alle ihre zärtlichen Gefühle fanden Nahrung in der Liebe zu ihrer Tochter, der sie die Nöte ersparte, die sie in ihrer Kindheit ertragen hatte. Auf diese Weise glaubte sie ihre Gefühlswelt abgefunden zu haben. Nur im Interesse ihrer Tochter hatte sie ihren Vater zu der

Geschäftsverbindung mit Falleix bestimmt. Falleix war von dem alten Bidault bei den Saillard vorgestellt worden, der ihm auf seine Waren Geld lieh. Falleix fand sein „altes Vaterland" zu teuer, er hatte sich bei den Saillards treuherzig darüber beklagt, daß Gigonnet von einem Auvergnaten achtzehn Prozent nähme. Die alte Frau Saillard hatte es gewagt, ihren Onkel zu tadeln, und dieser erwiderte: „Gerade weil er Auvergnat ist, nehme ich nur achtzehn Prozent von ihm."

Falleix war achtundzwanzig Jahre alt. Er hatte eine Entdeckung gemacht, und da er sie Saillard mitgeteilt hatte, hatte es den Anschein, als ob er, wie Herr Saillard einmal sagte, das Herz auf den Händen trüge. Seine Zukunft schien viel versprechend zu sein. Das begriff Elisabeth denn auch, und begann, ihn im Interesse ihrer Tochter zu hätscheln. Sie versuchte, sich ihren Schwiegersohn selbst heranzubilden, wobei sie die sieben Jahre Altersunterschied in Betracht zog. Martin Falleix seinerseits begegnete Frau Baudoyer mit der allergrößten Achtung, da er ihr eine überlegene Klugheit zuerkannte. Auch wenn er einmal Millionen besitzen würde, so wollte er doch immer zu diesen Menschen gehören, in denen er eine Familie gefunden hatte. Die kleine Baudoyer war schon abgerichtet, liebenswürdig gegen ihn zu sein, ihm Getränke anzubieten und ihm seinen Hut abzunehmen.

Als Herr Saillard vom Ministerium heim kam, fand er alle beim Bostonspiel. Elisabeth beriet Falleix, Frau Saillard strickte am Kamin und sah dem Vikar von St. Paul in die Karten. Herr Baudoyer saß unbeweglich wie eine Herme. Er suchte auszurechnen, bei wem die Karten wären, und spielte gegen Mitral, der zu den Weihnachtstagen von Ile-Adam nach Paris gekommen war. Niemand ließ sich beim Spiel stören, als Saillard eintrat. Er ging ein paar Augenblicke im Salon auf und ab, wobei sein grobes Gesicht von ungewohnter Nachdenklichkeit gekraust war.

„So ist er immer, wenn er bei dem Minister diniert, Gott sei Dank passiert es nur zweimal jährlich," sagte Frau Saillard, „sonst würden sie mich zu Tode quälen. Saillard ist nicht für den Staatsdienst gemacht."

„Ich hoffe, Saillard," wandte sie sich laut an ihn, „daß du deine seidene Hose und deinen guten Tuchrock hier nicht anbehalten wirst. Geh dich umziehen, Schatz, nutze sie hier nicht ab, um nichts und wieder nichts."

„Dein Vater hat irgend etwas", sagte Baudoyer zu seiner Frau, als der Kassierer das Zimmer verlassen hatte, um sich unwillig umzuziehen.

„Vielleicht ist Herr de la Billardière gestorben," sagte Elisabeth ruhig, „und er ist unruhig, weil er wünscht, daß du diesen Posten erhältst."

„Wenn ich Ihnen nützlich sein kann," sagte der Vikar von St. Paul mit einer Verbeugung, „dann wenden Sie sich nur an mich. Ich habe die Ehre, der Frau Kronprinzessin bekannt zu sein. Wir leben in einer Zeit, in der man denen, die dem Königshaus ergeben und deren religiöse Grundsätze unerschütterlich sind, Beamtenstellen verschaffen muß."

„So," sagte Falleix, „bedürfen Leute von Verdienst der Protektion, um bei euch vorwärtszukommen. Ich habe gut getan, daß ich Geschäftsmann geworden bin. Durch Erfahrung kann man alles Vorteilhafte ausfindig machen."

„Herr Falleix," sagte Baudoyer, „die Regierung ist die Regierung – greifen Sie diese hier niemals an."

„Wirklich," sagte der Vikar, „Sie sprechen wie der ‚Constitutionel'."

„Genau wie der ‚Constitutionel'", bestätigte Baudoyer, der ihn niemals las.

Der Kassierer glaubte, daß sein Schwiegersohn Herrn Rabourdin an Begabung ebenso überlegen sei wie Gott dem heiligen Crispin – so sagte er oft. – Der gute Mann stellte sich dieses im Rangaufrücken sehr naiv vor. Ihn trieb der Ehrgeiz, im Range zu steigen, der in allen Beamten lebt, – eine heftige, unbedachte, brutale Leidenschaft – er wollte den Erfolg, wie er das Kreuz der Ehrenlegion wollte. Um ihn zu erreichen, wollte er nichts gegen sein Gewissen tun, er wollte ihn einzig durch die Macht seiner Verdienste erreichen. Seiner Meinung nach hatte ein Mann, der die Geduld besaß, fünfundzwanzig Jahre lang in einem Bureau hinter einem Pult zu sitzen, sein Leben für das Vaterland geopfert und das Kreuz wohl verdient. Um seinem Schwiegersohn zu dienen, hatte er nichts anderes auszudenken vermocht, als gegenüber der Frau Minister eine Bemerkung über die Angelegenheit fallen zu lassen, wenn er ihr das Monatsgehalt bringen würde.

„Hallo, Saillard, du siehst aus, als ob dir deine sämtlichen Verwandten auf einmal gestorben wären. Sprich doch zu uns, meine Junge, sage uns irgend etwas", rief seine Frau ihm zu, als er das Zimmer wieder betrat. Saillard drehte ihr den Rücken,

nachdem er seiner Tochter ein Zeichen gemacht hatte, das ihr verbot, vor den Gästen über Politik zu sprechen. Als Herr Mitral und der Vikar weggegangen waren, schob Saillard den Tisch zurück, ließ sich in einen Sessel nieder und setzte sich so zurecht, wie er es zu tun pflegte, wenn er den Bureauklatsch wiedererzählen wollte. Diese Vorbereitungen glichen den drei Glockenschlägen vor dem Beginn einer Theatervorstellung. Er befahl seiner Frau, seinem Schwiegersohn und seiner Tochter das allertiefste Schweigen an; denn nach seiner Meinung hingen ihre Posten, um wie kleinen Klatsch es sich auch handelte, von ihrer Diskretion ab. Dann erzählte er ihnen das ganz unbegreifliche Rätsel von dem Rücktritt eines Abgeordneten, von der ganz berechtigten Lust des Generalsekretärs, an seine Stelle berufen zu werden, von der geheimen Opposition des Ministeriums gegenüber dem Wunsche einer seiner zuverlässigsten Stützen, einer seiner aufrichtigsten Diener. Dann machte er eine Bemerkung über die Affäre mit dem Alter und dem Vermögen des Generalsekretärs. Es war eine Sturzflut von Vermutungen, diese Überlegungen der beiden Beamten, die sich gegenseitig mit Dummheiten bewarfen. Elisabeth aber tat nur drei Fragen: „Wenn Herr des Lupeaulx für uns eintritt, wird Herr Baudoyer dann ganz bestimmt ernannt werden?“
„Ja, aber ganz gewiß!“ rief der Kassierer aus.
„Im Jahre 1814 haben mein Onkel Bidault und sein Freund Herr Gobseck ihn sich verpflichtet“, dachte sie und fragte: „Hat er noch Schulden?“
„Ja“, nickte der Kassierer und unterstützte seine Antwort mit einem kleinen, mitleidigen Pfeifen,

dessen letzten Ton er längere Zeit aushielt. Man hatte selbst schon auf sein Gehalt Beschlag gelegt, aber die Beschlagnahme wurde durch höheren Befehl aufgehoben, da ihm ein Mandat für die Kammer in Aussicht stand.

„Wo liegt denn das Gut von Herrn des Lupeaulx?"

„Das! In dem Besitz deines Großvaters und deines Großonkels Bidault und Falleix, nicht weit von dem Wahlkreis des Deputierten, der gestorben ist."

Als ihr Ungetüm von Gatte schlafen gegangen war, neigte sich Elisabeth über ihn und, obwohl er ihre Fragen als Grillen einschätzen würde, wie sie wußte, sagte sie: „Mein Freund, vielleicht wirst du den Posten von Herrn de la Billardière bekommen."

„Da hast du schon wieder deine Phantasien," sagte Baudoyer, „laß Herrn Gaudron mit der Kronprinzessin sprechen und mische dich nicht in Bureauangelegenheiten."

Um elf Uhr, zu der Stunde, da die Place Royale ganz still war, verließ des Lupeaulx die Oper, um nach der Rue Duphot zu gehen. Dieser Mittwochabend war einer der glänzendsten von Frau Rabourdin. Einige ihrer gewöhnlichen Gäste kamen vom Theater und vergrößerten die Gruppen, die sich in den Salons gebildet hatten. Unter ihnen waren am bemerkenswertesten: der Dichter Cervalis, der Maler Schirmer, Doktor Bianchon, Lucien de Rubempré, Octave de Camps, der Graf de Granville, der Vicomte de Fontaine, der Lustspieldichter du Bruel, der Journalist Andoche Finot; Derville, einer der bedeutendsten Köpfe bei Gericht, der Abgeordnete Graf Du Châtelet, der Bankier du Tillet, junge Elegants wie Paul de

Mannerville und der junge Graf de Portenduère. Célestine bot gerade Tee an, als der Generalsekretär eintrat. Sie sah an diesem Abend sehr schön in ihrem Gesellschaftskleid aus: es war von schwarzem Samt, ganz schmucklos, mit einer Schärpe von schwarzem Tüll. Ihre Haare waren weich und glänzend in einen Zopf geflochten, an beiden Seiten trug sie Locken nach englischer Mode. Was diese Frau vor anderen auszeichnete, das war eine italienische Weichheit der Bewegung, die oft Künstlerinnen eigen ist, diese Fähigkeit, alles ohne weiteres aufzufassen; es war die Anmut, mit der sie den leisesten Wunsch ihrer Freunde bemerkte und erfüllte. Die Natur hatte ihr einen biegsamen Körper gegeben, den sie bei der kleinsten an sie gerichteten Frage leicht wenden konnte. Sie hatte schwarze, orientalisch geschnittene Augen, die so wie die der Chinesinnen eine leichte Neigung hatten, seitwärts zu sehen; sie wußte mit ihrer Stimme umzugehen, sie kosend und weich zu machen, so daß sich gewissermaßen über jedes einzelne Wort ein Schimmer von Zärtlichkeit legte, selbst auf ein nur ganz zufällig hingeworfenes; sie hatte Füße, wie man sie nur auf Gemälden sieht, auf denen die Maler nach eigenem Belieben lügen, indem sie ihrem Modell die Füße anfügen, die einzige Schmeichelei, die die Anatomie nicht kompromittiert. Ihr Teint, ein wenig gelb, wie der der Brünetten immer ist, schimmerte bei der Abendbeleuchtung lebhaft und auch ihr Haar und ihre schwarzen Augen glänzten. Die zierlichen und wohlproportionierten Formen ihres Körpers erinnerten den Künstler an die Venus des Mittelalters, die Jean

Goujon aufgefunden hat – an die berühmte Statue der Diana von Poitiers.
Des Lupeaulx blieb bei der Tür stehen und lehnte die Schulter an die Türverkleidung. Dieser Gedankenspion ließ sich das Vergnügen, auch einem Gefühl nachzuspionieren, nicht entgehen. Diese Frau interessierte ihn viel mehr als irgendeine von denjenigen, mit denen er sonst zu tun hatte. Des Lupeaulx kam allmählich in das Alter, in dem die Männer sehr hohe Ansprüche an Frauen stellen. Die ersten weißen Haare bringen die letzten Leidenschaften mit sich, die heftigsten, weil sie aus einer Kraft hervorgehen, die sich ihrem Ende nähert, und aus einer Schwäche, die beginnt. Vierzig Jahre ist das Alter der Tollheiten, das Alter, in dem der Mann um seiner selbst willen geliebt sein will; denn in dieser Zeit hält seine Liebe nur durch ihn selbst sich aufrecht, so wie in der Jugend der Mann nur glücklich sein kann, wenn er kreuz und quer liebt, allen zum Trotz, so wie Cherubim. Mit vierzig Jahren will man alles, so sehr fürchtet man, nichts zu bekommen, während man mit fünfundzwanzig so viel hat, daß man es versteht, nichts zu fordern. Mit fünfundzwanzig Jahren hat man so viel Kräfte, daß man sie ungestraft zersplittern kann. Mit vierzig Jahren dagegen betrachtet man den Mißbrauch seiner Kräfte als Kraftbeweis. Die Gedanken, die in diesem Augenblick des Lupeaulx überfielen, waren zweifellos melancholische. Die Nerven dieses alten Kavaliers ließen nach; das angenehme Lächeln, das ihm gewöhnlich als Physiognomie diente und das er als Maske anzulegen pflegte, indem er sein Gesicht in Falten legte, verschwand;

der wahre Mensch zeigte sich, und er war schrecklich. Rabourdin bemerkte es und fragte sich: Was ist mit ihm geschehen? Ist er in Ungnade gefallen? Es war nichts Besonderes. Der Generalsekretär erinnerte sich nur, daß er erst kürzlich allzu rasch von der schönen Frau Colleville im Stich gelassen war, deren Absichten genau dieselben wie die Célestines waren. Rabourdin ertappte diesen angeblichen Staatsmann, wie er seine Augen auf seine Frau heftete, und er registrierte diesen Blick in seinem Gedächtnis. Rabourdin war ein zu scharfsichtiger Beobachter, um des Lupeaulx nicht von Grund auf zu kennen. Er empfand eine tiefe Verachtung für ihn. Aber wie es bei allen sehr beschäftigten Menschen ist, traten seine Gefühle nicht an die Oberfläche. Die Hingabe, die eine geliebte Arbeit mit sich bringt, gleicht in ihrer Wirkung der geschicktesten Zerstreuung. So waren die Ansichten Rabourdins versiegelte Briefe für des Lupeaulx. Der Bureauvorsteher sah diesen politischen Parvenü nur widerwillig bei sich, aber er hatte seiner Frau nicht widersprechen wollen. In diesem Augenblick plauderte er vertraulich mit einem Supernumerarius, der in der Intrige, die der Tod von Herrn de la Billardière mit sich bringen würde, eine Rolle spielen sollte; so spähte er nur mit einem sehr zerstreuten Blick nach Célestine und des Lupeaulx.

An dieser Stelle muß man sowohl für die Fremden wie für unsere Nachkommen erklären, was in Paris ein Supernumerarius ist.

Der Supernumerarius ist für die Verwaltung, was der Chorknabe in der Kirche, was eine kleine

Balletteuse beim Theater ist. Ein naives, sorgloses Ding, ein von Illusionen geblendetes Wesen. Was würde ohne Illusionen aus uns werden? Sie geben uns die Kraft, die Bettelsuppe der Kunst zu essen, die Anfänge alles Wissens in uns aufzunehmen, denn sie geben uns den Glauben. Illusion ist grenzenloser Glaube. Und der Supernumerarius glaubt an die Administration. Er glaubt nicht, daß sie kalt, grausam, hart ist. Es gibt nur zwei Arten von Supernumerarii: Die reichen und die armen. Der arme Supernumerarius ist reich an Hoffnung und braucht einen Posten, der reiche Supernumerarius ist arm an Geist und braucht nichts. Eine reiche Familie ist nicht so töricht, einen geistvollen Menschen in der Verwaltung unterzubringen. Der reiche Supernumerarius wird einem höheren Beamten oder einem Generaldirektor unterstellt. Bilboquet, dieser tiefe Philosoph, würde das die große Komödie der Verwaltung nennen: man versüßt ihm die Schrecken der Vorbereitungszeit, die er durchmachen muß, bis er auf irgendeinen festen Posten berufen wird. Der reiche Supernumerarius setzt die Bureauangestellten niemals in Schrecken. Sie wissen, daß er ihre Interessen niemals gefährdet, denn er hat nur die hohen Verwaltungsposten im Auge. Damals fragten sich so manche Familien: was machen wir aus unseren Kindern? Die Armee bot keinerlei Aussichten, ein Vermögen zu erwerben. Die anderen Laufbahnen, der Zivildienst, der Marinedienst, die Hüttenwerke, das Pionierwesen, das Professorat, waren ihnen durch die Sitten verbarrikadiert oder durch die Konkurrenz verboten, während die mechanische Bewegung, die

die Beamten zu Präfekten, Unterpräfekten, Direktoren der Steuerbureaus, Steuereinnehmern usw. macht, keinem beschränkenden Gesetz unterworfen ist, keine besondere Vorbereitungszeit erfordert. Aus diesem Loch tauchen die als Supernumerarius angestellten jungen Leute auf, in kleinen Wagen, mit schönen Anzügen, mit Schnurrbärten und frech wie alle Parvenüs. Die Journalisten griffen den Typ des reichen Supernumerarius stets an, ihn, der immer Vetter, Neffe oder sonst ein Verwandter irgendeines Ministers, irgendeines Deputierten oder eines sehr einflußreichen Pairs war; aber die Beamten, die Komplizen dieses Supernumerarius, bewarben sich um seine Protektion. Der arme Supernumerarius, der wahre, der einzige, ist fast immer der Sohn irgendeiner Beamtenwitwe, die von einer dürftigen Pension lebt und sich abquält, um ihren Sohn bis zu der Zeit zu ernähren, in der er in irgendeinem Ministerium als Bureaubeamter angestellt wird, und die ihn sterbend in der Nähe des Marschallstabes zurückläßt, auf irgendeinem Posten als Schriftführer oder vielleicht als Unterchef. Solch eine Beamtenwitwe wohnte immer in einem Stadtviertel, in dem die Mieten nicht teuer sind. Der Supernumerarius verläßt morgens sehr früh sein Haus. Für ihn ist die Frage des Wetters die einzige Orientfrage! Zu Fuß gehen, sich auf der Straße nicht bespritzen, seine Kleider schonen, die Zeit berechnen, die ein besonders unglückliches Wetter ihn kosten kann, wenn er gezwungen wird, sich unter irgendein schützendes Obdach zu stellen, wieviel wichtige Beschäftigungen sind das alles! Das Trottoir in den Straßen, die großen

Pflastersteine der Boulevards und der Kais waren Wohltaten für ihn. Wenn man aus besonderen Gründen um halb acht oder acht Uhr morgens in Paris im Winter auf der Straße ist, dann sieht man auch bei der größten Kälte und bei dem schrecklichsten Regenwetter einen ängstlichen und blassen jungen Mann auftauchen, ohne Zigarre, und wenn man auf seine Taschen guckt, dann sieht man sich den Umriß eines Franzbrotes abzeichnen, das seine Mutter ihm gegeben hat, damit er ohne Gefahr für seinen Magen die neun Stunden verbringen kann, die zwischen seinem Frühstück und seinem Mittagessen liegen. Die Harmlosigkeit eines Supernumerarius dauert übrigens nur kurze Zeit. Ein junger Mann, den das Pariser Leben hell gemacht hat, hat bald den schrecklichen Zwischenraum ermessen, der ihn von seinem Unterchef trennt, diesen Zwischenraum, den kein Mathematiker, weder Archimedes noch Newton, weder Pascal noch Leibniz, weder Kepler noch Laplace, berechnen kann, dieser Raum, der zwischen O und der Ziffer 1 liegt, zwischen einer problematischen Gratifikation und einem festen Gehalt. Der Supernumerarius bemerkt also ziemlich rasch die Unmöglichkeiten der Laufbahn, hört die Beamten von Vergünstigungen sprechen, deren Wesen ihm von ihnen erklärt wird. Er entdeckt die Intrigen in den Bureaus, er sieht die außergewöhnlichen Mittel, durch die die höheren Beamten ihre Posten erreicht haben: der eine hat eine junge Dame geheiratet, die einen Fehltritt begangen hat, der andere die natürliche Tochter eines Ministers: dieser hat eine schwere Verantwortung auf sich genommen, jener, ein sehr talentvoller Mensch, hat seine

Gesundheit in außergewöhnlich angestrengter Arbeit gefährdet, er hat mit der zähen Ausdauer eines Maulwurfs gearbeitet und zu solchen Wundertaten ist nicht jeder fähig. In den Bureaus wissen alle alles. Ein untüchtiger Mann hat eine intelligente Frau, die ihm seinen Posten verschafft und es dahin gebracht hat, daß er Abgeordneter wurde. Wenn er für den Bureaudienst nicht geeignet ist, dann intrigiert er in der Kammer. Dieser hat zum intimen Freund seiner Frau einen Staatsmann, jener hat Einfluß auf einen bedeutenden Journalisten. Wenn die Erkenntnisse des Supernumerarius so weit gediehen sind, dann ist er angeekelt und bittet um seine Entlassung. Dreiviertel von ihnen verlassen die Verwaltung, ohne Beamte geworden zu sein. Es bleiben nur ganz verbohrte oder einfältige junge Leute, die sich sagen: ich bin schon drei Jahre hier, einmal muß ich doch fest angestellt werden, oder solche, die sich berufen fühlen. Es ist also ganz klar, daß das Supernumeriat für die Verwaltung das gleiche bedeutet wie das Noviziat für die religiösen Orden: eine Probezeit. Die Prüfung ist hart. Der Staat entdeckt in ihr diejenigen, die Hunger, Durst und Entbehrungen aller Art ertragen können, ohne unter ihnen zusammenzubrechen, die rastlos arbeiten können, ohne von der Arbeit angeekelt zu werden, und deren Temperament es erlaubt, diese schreckliche Existenz, dieses Bureauelend zu ertragen. Von diesem Gesichtspunkte aus kann man das Supernumeriat als eine wohltätige Einrichtung betrachten, statt es als eine niederträchtige Spekulation der Regierung anzusehen, die diese anstellt, um unentlohnte Arbeiter zu erhalten.

Der junge Mann, zu dem Rabourdin sprach, war ein armer Supernumerarius namens Sebastian de la Roche, der auf den Stiefelspitzen von der Rue Doré nach dem Marais gekommen war, ohne den geringsten Spritzer erhalten zu haben. Er sagte „Mutti" zu seiner Mutter und wagte es nicht, die Augen zu Frau Rabourdin zu erheben, deren Haus ihm den Eindruck eines prächtigen Palastes machte. Seine gereinigten Glacéhandschuhe versteckte er ein bißchen. Seine arme Mutter hatte ihm fünf Mark in die Tasche gesteckt für den Fall, daß er es nicht vermeiden könne zu spielen, aber sie hatte ihm dabei empfohlen, das Geld nicht anzugreifen; im übrigen solle er stehen bleiben und gut aufpassen, damit er nicht irgendeine Lampe oder sonst irgendeine niedliche Nippsache herunterwerfe, die auf einem kleinen Ständer aufgestellt sei. Seine Kleidung war absolut schwarz gehalten, sein blondes Gesicht und seine schönen grünen Augen, in denen goldene Reflexe spielten, paßten zu dem warmen Blond seiner Haare. Manchmal sah das arme Kind Frau Rabourdin heimlich an und dachte bei sich: was für eine schöne Frau. Als er heimging, mußte er an diese Fee denken, bis zu dem Augenblick, in dem der Schlummer ihm die Augen schloß. Rabourdin betrachtete Sebastian als einen Berufenen und da er das Supernumeriat ernst nahm, interessierte er sich lebhaft für diesen armen jungen Menschen. Übrigens hatte er erraten, welches Elend in dem Haushalt einer armen Witwe herrschte, die von siebenhundert Franken und Pension lebte und deren Sohn erst vor kurzem das Gymnasium verlassen hatte und für den sie notwendigerweise einen großen Teil ihrer Ersparnisse geopfert hatte. So verkehrte er in einem ganz väterlichen Tone mit dem armen Supernumerarius; in den Sitzungen schlug er sich oft mit anderen herum, um für ihn eine Gratifikation zu erlangen, und manchmal ließ er sie sich von seinem eigenen Gehalt abrechnen, wenn die Diskussion zwischen denen, die diese Gratifikationen zu verteilen hatten, und ihm gar zu heftig wurde. Im übrigen überhäufte er Sebastian mit Arbeit, er erzog ihn zu ihr; er ließ ihn die Arbeiten von Herrn du Bruel erledigen, der die Theaterstücke im Auftrag des Ministeriums machte und der in der dramatischen Literatur und in den Theateranzeigen unter dem Namen von Cursy bekannt war. Dafür überließ dieser Sebastian hundert Taler von seinem Gehalt. In der Vorstellung von Frau de la Roche und ihrem Sohn war Rabourdin gleichzeitig ein großer Mann, ein Tyrann und ein Engel. Alle ihre Hoffnungen knüpften sich an ihn. Sebastian dachte unausgesetzt an den Augenblick, an dem er fest angestellt werden sollte. Das ist ein wunderbarer Tag für einen Supernumerarius. Das erste Monatsgehalt hat er lange im voraus eingeteilt und gibt es seiner Mutter nicht ganz ab. Immer lächelt Venus diesen ersten Bezügen aus der Ministeriumskasse. Für Sebastian konnte diese Hoffnung nur durch Herrn Rabourdin, seinen einzigen Beschützer, verwirklicht werden. So war seine Ergebenheit für seinen Chef eine grenzenlose. Der Supernumerarius aß zweimal wöchentlich in der Rue Duphot, aber im Familienkreis und von Rabourdin eingeladen. Die gnädige Frau lud ihn nur zu den Bällen ein, zu denen sie Tänzer brauchte. Das Herz des armen Supernumerarius schlug heftig, wenn er die gewichtige Gestalt des Herrn des Lupeaulx sah, den ein Wagen des Ministeriums oft um ein halb fünf Uhr herbeibrachte, wenn er sah, wie er seinen Regenschirm am Eingang des Ministeriums öffnete und sich auf den Weg nach dem Marais machte. Der Generalsekretär, von dem sein Schicksal abhing, der ihm mit einem einzigen Wort einen Posten mit zwölfhundert Franken Jahresgehalt verschaffen konnte (ja, zwölfhundert Franken waren sein ganzer Ehrgeiz, mit dieser Summe konnten er und seine Mutter glücklich leben!), ach, dieser Generalsekretär kannte ihn nicht einmal. Kaum daß des Lupeaulx wußte, daß ein Sebastian de la Roche existierte. Aber wenn der Sohn von Herrn de la Billardière, der reiche Supernumerarius des Bureaus Baudoyer, auch an der Türe stand, dann vergaß des Lupeaulx niemals, ihn mit einem freundschaftlichen Kopfnicken zu begrüßen. Herr Benjamin de la Billardière war der Sohn des Vetters eines Ministers.

In diesem Augenblick schalt Rabourdin den armen kleinen Sebastian, den einzigen, der vollständig in seine umfangreichen Arbeiten eingeweiht war. Der Supernumerarius fertigte die Abschrift der großen Denkschrift an, die ungefähr fünfhundert Seiten Umfang hatte, in großem Oktav, außer den Tabellen, die allein ein ganzes Blatt in Anspruch nahmen. Die Überschriften schrieb er in Kursivschrift, die Untertitel in Rundschrift. Durch diese mechanische Teilnahme an der großen Arbeit angeregt, schrieb der junge Mann oft eine ganze Seite Manuskript oder eine ganze Tabelle neu ab, statt irgendeinen einzelnen Fehler auszuradieren, er setzte seine Ehre darein, alles in Schönschrift zu schreiben. Sebastian hatte die Unvorsichtigkeit begangen, gerade den gefährlichsten Teil des Konzepts in das Bureau mitzunehmen, weil er dort die Abschrift vollenden wollte. Es war dies eine allgemeine Übersicht über die Beamten, die in den gesamten Ministerien von Paris angestellt waren, mit Angaben über ihr gegenwärtiges und zukünftiges Vermögen und über die Arbeiten, die sie neben dem Staatsdienst zu gewerblichen Zwecken betrieben.

In Paris erfreut sich jeder Beamte, der nicht, wie Rabourdin, patriotischen Ehrgeiz oder irgendwelche speziellen Fähigkeiten hat, der Einkünfte eines im Nebenberuf betriebenen Gewerbes, das er ausübt, um etwas besser leben zu können. Er macht es wie Herr Saillard, er betreibt die Verpachtung von Grundstücken und führt abends die Geschäftsbücher seines Sozius. Viele Beamte sind mit Wäscherinnen verheiratet, mit Tabakhändlerinnen, mit den Leiterinnen von Lotteriebureaus oder Leihbibliotheken. Manche haben, wie der Mann von Frau Colleville, der Gegnerin von Célestine, Stellen in einem Theaterorchester. Andere machen wie du Bruel Lustspiele, komische Opern, Melodramen oder sie dirigieren Schauspiele. Als Beispiel für diese Typen kann man die Herren Sevrin, Pixérécourt, Planard usw. zitieren. Auch Pigault-Lebrun, Pisis, Duvicquet waren Beamte. Der erste Buchhändler des Herrn Scribe war Beamter bei der Staatskasse.

Außer diesen Aufzeichnungen enthielt die von Rabourdin zusammengestellte Tabelle statistische Angaben über die moralischen und körperlichen

Fähigkeiten, die nach seiner Meinung notwendig waren, um diejenigen herauszufinden, die Intelligenz, Arbeitsfähigkeit und Gesundheit hatten – drei unerläßliche Voraussetzungen für Menschen, die die Last des Staatsdienstes ertragen sollten, die alles rasch und gut erledigen mußten. Aber diese schöne Arbeit, die Frucht einer zehnjährigen Erfahrung, einer langen Bekanntschaft mit den Verhältnissen und den Menschen, die er durch die Verbindung mit den wichtigsten Beamten der einzelnen Ministerien erhalten hatte, sie erschien als Spionage für einen jeden, der nicht wußte, zu welchem Zweck dieses Material gesammelt worden war. Wenn ein einziges Blatt dieser Arbeit gelesen wurde, konnte die Beamtenlaufbahn von Herrn Rabourdin dadurch zerstört sein. Sebastian, der seinen Chef grenzenlos bewunderte und die Böswilligkeit der Beamtenschaft noch nicht kannte, besaß alle Ungeschicklichkeit der Naivität, wie er all ihre Anmut hatte. Aber obwohl er dafür, daß er diese Arbeit mit ins Bureau genommen hatte, schon gescholten worden war, hatte er doch den Mut, seinen Fehler in vollem Umfange einzugestehen: er hatte das Konzept und die Abschrift in einen Karton gelegt, in dem niemand sie finden konnte; aber er erriet die Bedeutung seines Fehlers und einige Tränen rollten aus seinen Augen.

„Nun, junger Mann," sagte Rabourdin gütig zu ihm, „begehen Sie in Zukunft nicht mehr derlei Unvorsichtigkeiten, aber verzweifeln Sie auch jetzt nicht. Gehen Sie morgen recht früh ins Bureau, nehmen Sie den Kassenschlüssel mit sich, den ich Ihnen hier gebe, es ist ein Kunstschloß, das Sie öffnen werden, indem Sie das Wort „Himmel" schreiben, und tun Sie dann Konzept und Abschrift dort hinein."

Dieses Vertrauen trocknete die Tränen des netten kleinen Supernumerarius, den sein Chef noch obendrein nötigte, eine Tasse Tee und einige Kuchen zu nehmen.

„Mama sagt, ich solle keinen Tee trinken, wegen meiner kranken Brust", sagte Sebastian.

„Liebes Kind," griff Frau Rabourdin hier wichtig in das Gespräch ein – sie wollte einen öffentlichen Wohltätigkeitsakt vollziehen – „nehmen Sie ein paar Sandwichs und ein bißchen Schlagsahne und setzen Sie sich hier zu mir."

Sie nötigte Sebastian, sich neben sie an den Tisch zu setzen, und das Herz des armen Kleinen schlug ihm bis zur Kehle, als er fühlte, wie das Kleid dieser Göttin seinen Anzug streifte. In diesem Augenblick bemerkte die schöne Frau Rabourdin Herrn des Lupeaulx, lächelte ihm zu und ging zu ihm, statt abzuwarten, daß er zu ihr käme.

„Warum halten Sie sich so fern, als ob Sie schmollen", fragte sie.

„Ich schmolle nicht," erwiderte er, „aber trotzdem ich Ihnen eine gute Nachricht bringe, kann ich nicht umhin zu denken, daß Sie noch strenger als gewöhnlich gegen mich sein werden. Ich sah schon vor mir, wie ich Ihnen in sechs Monaten fast gänzlich entfremdet sein würde. Ja, Sie sind zu geistreich und ich bin zu weltgewandt, wenn Sie es so wollen, als daß wir einander täuschen könnten. Sie werden Ihr Ziel erreichen, ohne daß Sie mehr brauchen werden als Ihr Lächeln und ein paar anmutige Worte."

„Wir uns täuschen! Was meinen Sie damit?" rief sie scheinbar gekränkt aus.

„Nun, Herrn de la Billardière geht es heute abend noch schlechter als gestern; wie der Minister mir sagte, wird Ihr Herr Gemahl zum Abteilungsdirektor ernannt werden."

Er erzählte ihr von dem „Auftritt" bei dem Minister, von der Eifersucht der Komtesse und der Gräfin und was sie über die Einladung gesagt hatten, die er Herrn Rabourdin ersparte.

„Herr des Lupeaulx," antwortete Frau Rabourdin mit Würde, „erlauben Sie mir zu bemerken, daß mein Gemahl der älteste und der fähigste Bureauvorsteher im Ministerium ist, daß die Ernennung dieses alten Herrn de la Billardière eine Vergünstigung war, die ihrerseits alle Beamte entrüstete, daß mein Gemahl ihn bereits seit einem Jahr vertritt und daß wir so weder einen Konkurrenten noch einen Rivalen haben."

„Das ist wahr."

„Nun also," erwiderte sie lächelnd und zeigte dabei die schönsten Zähne der Welt, „wenn Sie das zugeben, kann denn dann meine Freundschaft für Sie auch nur von einem einzigen materiellen Hintergedanken befleckt sein? Und halten Sie mich zu einem solchen fähig?"

Des Lupeaulx machte eine bewundernd abwehrende Bewegung.

„Ja," meinte sie nun, „das Herz der Frauen wird für alle, auch für die geschicktesten und klügsten Männer, ein Geheimnis bleiben. Ich habe Ihren Verkehr bei uns mit dem größten Vergnügen gesehen und auf dem Grunde meines Vergnügens war doch ein Gedanke, der materiellen Interessen entsprang."

„Aha!“

„Sie haben“, flüsterte sie ihm ins Ohr, „eine unbegrenzte Zukunft, Sie werden Abgeordneter, dann Minister werden. (Was für ein Vergnügen ist es für einen ehrgeizigen Mann, solche Worte, von der schönen Stimme einer schönen Frau geflüstert, zu vernehmen!) Ja, ich kenne Sie besser, als Sie sich selbst kennen. Rabourdin ist ein Mann, der Ihnen in Ihrer Laufbahn unendlich nützlich sein wird, denn er wird die Arbeit machen, wenn Sie in der Kammer sein werden. So wie Sie von einem Ministerposten träumen, so träume ich für Rabourdin von dem Posten eines Staatsrats oder eines Ministerialdirektors. Ich habe mir also in den Kopf gesetzt, zwei Männer miteinander zu verbinden, die sich niemals schaden werden, die sich immer nur große gegenseitige Dienste leisten können. Und ist dies nicht die Aufgabe einer Frau? Sie werden alle beide rascher vorwärtskommen, und es ist für Sie beide Zeit, sich auf den Weg zu machen. Ich habe meine Schiffe hinter mir verbrannt,“ fügte sie lächelnd hinzu, „aber Sie sind nicht ebenso offen mir gegenüber, wie ich es vor Ihnen bin.“

„Sie wollen mich nicht anhören“, sagte er mit einem melancholischen Gesicht, melancholisch, trotz der inneren tiefen Befriedigung, die die Worte von Frau Rabourdin ihm gewährten. „Was nützen mir Ihre zukünftigen Beförderungen, wenn Sie mich jetzt hier in Ihrer Gunst absetzen?“

„Ehe ich Sie anhöre,“ unterbrach sie ihn mit ihrer Pariser Lebhaftigkeit, „muß eine Grundlage geschaffen sein, auf der wir uns verständigen können.“

Und sie ließ den alten Geck sitzen, um mit Frau von Chessel zu plaudern, einer Gräfin aus der Provinz, die Miene machte, aufzubrechen.

„Sie ist eine außergewöhnliche Frau," sagte sich des Lupeaulx, „ich erkenne mich selbst nicht mehr, wenn ich bei ihr bin."

Und tatsächlich, dieser alte Lebemann, der vor sechs Jahren eine kleine Ballettratte aushielt, er, der seinen Posten dazu ausnutzte, um sich von den hübschen Frauen der ihm unterstehenden Beamten einen Harem zu bilden, der in der Welt der Journalisten und Schauspieler lebte, war während des ganzen Abends von einer bezaubernden Liebenswürdigkeit gegen Célestine und verließ als letzter den Salon. Endlich, dachte Frau Rabourdin beim Ausziehen, endlich haben wir den Posten. Zwölftausend Franken jährliches Einkommen, die Gratifikationen und die Einkünfte von unserem Landgut, das wird zusammen zwanzigtausend Franken machen. Das bedeutet nicht gerade ein Wohlleben, aber wenigstens das Ende der Misere. Célestine schlief bei dem Gedanken an ihre Schulden ein und bei den Berechnungen, daß sie sie im Lauf von drei Jahren durch eine jährliche Abzahlung von sechstausend Franken erledigen könne. Sie ahnte nicht im entferntesten, daß eine Frau, die noch niemals einen Salon betreten hatte, eine kleine zänkische und ehrgeizige Bürgersfrau, die frömmelte, irgendwo zurückgezogen im Marais wohnte, die keine Protektion und keine Beziehungen hatte, doch davon träumte, mit einem Ansturm den Platz zu erobern, an den sie selbst Rabourdin von vornherein setzte. Frau Rabourdin würde Frau Baudoyer verachtet haben, wenn sie

sie als ihre Gegnerin gekannt hätte, denn sie kannte nicht die Macht der Kleinheit, die Kraft des Wurms, der eine Ulme zernagt, indem er die ganze Rinde unterhöhlt.
Wenn es möglich wäre, sich in der Literatur des Mikroskops eines Leuwenhoek, Malphigi, Raspail zu bedienen, wie es der Berliner Schriftsteller E. Th. A. Hoffmann versucht hat; und wenn man diese Schiffswürmer vergrößern und zeichnen würde, die Holland an den Rand des Verderbens gebracht haben, indem sie seine Teiche zernagten, vielleicht würden dann Gestalten in Erscheinung getreten sein, die denen der Herren Gigonnet, Mitral, Baudoyer, Saillard, Gaudron, Falleix, Transon, Godard & Cie. glichen. Schiffswürmer, die übrigens ihre Macht in dem dreißigsten Jahre dieses Jahrhunderts erwiesen haben.
So kommt auch hier der Augenblick, der geeignet ist, die Schiffswürmer zu zeigen, von denen die Bureaus wimmelten, in denen sich die hauptsächlichsten Teile dieser Studie abgespielt haben.

☆

PORTRÄTS EINIGER BEAMTER

IN PARIS IST FAST GENAU EIN BUREAU WIE das andere. In welchem Ministerium man auch umherirrt, um auch nur die geringste Sühne für ein Unrecht, die leiseste Vergünstigung durch Bitten zu erreichen, immer wird man dunkle Korridore finden, schlecht erleuchtete Nebenausgänge, zerlöcherte Türen, wie in Theaterlogen mit einem ovalen Guckloch, das einem Auge gleicht und durch das man phantastische Gestalten sieht, die eines Callot würdig sind; – Wände, an denen unbegreifliche Vorschriften hängen. Wenn man den Gegenstand seiner Wünsche gefunden hat, dann ist man in einem Zimmer, in dem der Bureaudiener sitzt. Dann gibt es ein zweites Zimmer, in dem die niederen Beamten sind, daran schließt sich an der rechten oder linken Seite der Arbeitsraum des Unterchefs, ein bißchen weiter oder ein bißchen höher der des Vorstehers des ganzen Bureaus. Jene gewichtige Persönlichkeit aber, die im Kaiserreich Divisionschef genannt wurde, wohnt unter oder über diesen zwei oder drei Bureaus, manchmal hinter einem dieser Chefs. Ihre Räume zeichnen sich immer durch ihre Größe aus, einen Vorzug, der in den Waben dieses Bienenstocks, den man Ministerium oder Generaldirektion nennt, sehr wohl gewürdigt wird. Durch diese Konzentration haben die Generaldirektoren ihr ganzes glänzendes Ansehen verloren, weil sie die Räumlichkeiten verloren haben, in denen sie wohnten, ihre Dienstboten, ihre Salons und ihren kleinen Hofstaat. Wer könnte heute in dem Mann, der zu Fuß bei der Staatskasse ankommt und in die zweite Etage hinaufsteigt, den Generaldirektor der Forstverwaltung oder der Bureaus für indirekte Steuern erkennen, dessen Arbeitsräume einst in einem prächtigen Hause waren, in der rue Saint-Aroye oder rue Saint-Augustus, der selbst Staatsrat, oft Minister und Pair von Frankreich war. (Unter anderen haben sich die Herren Pasquier und Molé mit dem Posten von Generaldirektoren begnügt, nachdem sie Minister waren, und haben so das Wort von Antin zu Ludwig XIV. in die Praxis umgesetzt: Majestät, als Jesus Christus am Freitag starb, wußte er, daß er am Sonntag wieder auferstehen sollte.) So wäre das Unglück kein sehr großes gewesen, wenn die Generaldirektoren, als sie ihre luxuriösen Arbeitsräume verloren, an Breite des administrativen Arbeitsfeldes gewonnen hätten; aber heute werden sie nur mit Mühe Berichterstatter über die Bittgesuche mit dem ärmlichen Gehalt von zwanzigtausend Franken. Als Symbol ihrer alten Macht läßt man ihnen gnädigst einen Türsteher in Kniehosen, seidenen Strümpfen und Nationaluniform, wenn nicht inzwischen auch diese Einrichtung geändert worden ist.

Gewöhnlich besteht in der Verwaltung ein Bureau aus einem Diener, mehreren Supernumerarii, die während einer gewissen Anzahl von Jahren die Arbeit unbezahlt machen, einfachen Beamten, Schriftführern, Buchhaltern, einem Unterchef und einem Chef. Eine Abteilung umfaßt gewöhnlich zwei oder drei Bureaus, manchmal jedoch auch mehrere. Die Anreden sind in den verschiedenen Verwaltungen verschieden.

Das Zimmer, in dem sich der Bureaudiener aufhält, ist ebenso wie der Korridor mit Fliesen ausgelegt und mit einer dürftigen Tapete beklebt. An Mobiliar enthält es einen Ofen, einen großen schwarzen Tisch, Federn, Tinte, manchmal eine Wasserleitung und hölzerne Bänke ohne Lehne für das gewöhnliche Publikum, das hier warten muß, während der Bureaudiener in einem bequemen Sessel sitzt und seine Füße auf einer Strohmatte ausstreckt. Der Arbeitsraum der Beamten ist ein großes Zimmer, das mehr oder weniger hell ist und nur selten einen Parkettfußboden hat. Parkett und Kamin sind den Bureaus- und Abteilungschefs ganz besonders vorbehalten, ebenso die Schränke, Schreib- und Mahagonitische, mit rotem oder grünem Leder bezogene Sessel, Sofas, Fenstervorhänge aus Seide und anderen Gegenständen des administrativen Luxus. In dem Arbeitsraum der Beamten ist ein Ofen, dessen Rohr in einen verstopften Kamin mündet, wenn überhaupt ein solcher da ist. Die Tapete ist einfarbig, grün oder braun. Die Tische sind aus schwarzem Holz. Die Eigenart der Beamten kommt in der Art, wie sie sich an ihren Arbeitsplätzen einrichten, zum Ausdruck. Wer ein wenig fröstelig ist, hat unter seinen Füßen eine kleine Fußbank, wer ein gallig-sanguinisches Temperament hat, nur eine einfache Matte. Wer sehr zart besaitet ist und den Luftzug fürchtet, das Öffnen der Türen und andere Ursachen zu einem Temperaturwechsel, der baut sich auf seinem Platz einen kleinen Schirm aus Pappdeckeln auf. In dem Zimmer steht ein Schrank, in dem sie alle ihre Arbeitsanzüge aufbewahren, ihre leinenen Schutzärmel, ihre Lichtschirme, ihre Mützen, Käppchen, und andere Handwerksutensilien. Fast immer stehen auf dem Kamin lauter Wasserkaraffen, Gläser und Frühstücksreste. In gewissen, besonders dunklen Zimmern gibt es Lampen. Die Tür zu dem Arbeitsraum des Unterchefs steht offen, so daß er seine Beamten überwachen kann, ev. sie verhindern, zu viel zu plaudern, oder auch bei bedeutsamen Gelegenheiten kommen, um selbst mit ihnen zu plaudern. Das Mobiliar eines Bureaus wird jedem Beschauer nach seinem Bedürfnis die Eigenschaften seiner Bewohner offenbaren. Die

Vorhänge sind weiß oder aus farbigem Stoff, aus Leinen oder aus Seide. Die Stühle sind aus Kirschbaumholz oder aus Mahagoni mit Strohgeflechten, Leder oder Stoffbezügen. Die Tapeten sind mehr oder weniger neu. Aber zu welcher Verwaltung auch alle diese Gegenstände gehören, sowie sie aus einem Ministerium herauskommen, gibt es nichts Seltsameres als diese Welt von Möbeln, die so viele Herren und so viel verschiedene Herrschaft erlebt, so viel Unglück erlitten haben. So sind auch von allen Umzügen in Paris diejenigen der Verwaltungsbureaus die groteskesten. Niemals hat das Genie eines E. Th. A. Hoffmann, dieses Dichters des Unmöglichen, etwas Phantastischeres ausgedacht. Wenn man diese Wagen vorbeifahren sieht, dann legt man sich ja keine Rechenschaft über das ab, was sie enthalten. Die Kisten klaffen und lassen eine Staubwolke hinter sich. Die Tische strecken ihre vier Beine in die Luft, die zerfressenen Sessel, alle diese märchenhaften Utensilien, mit denen Frankreich verwaltet wird, haben ein erschreckendes Aussehen. Es ist, als ob sie zum Theater oder zu irgendeinem Gaukler gehören. So wie auf Obelisken bemerkt man auf ihnen Spuren von Intelligenz und verwischte Schriftzüge, die die Phantasie aufregen, wie alles, was man sieht, ohne es verstehen zu können. Und das alles ist so alt, so abgebraucht, so verwelkt, daß selbst das schmutzigste Küchengeschirr unendlich viel angenehmer anzusehen ist als die Utensilien der Verwaltung.

Vielleicht wird es genügen, die Abteilung des Herrn de la Billardière zu beschreiben, um den Ausländern und denjenigen, die in der Provinz leben, eine genaue Vorstellung von dem intimen Leben in den Bureaus zu geben. Diese Hauptzüge sind zweifelsohne allen europäischen Verwaltungsbureaus eigen.

Zunächst und vor allem strenge man seine Phantasie an, um sich einen Mann vorzustellen, der in der Rangliste folgendermaßen aufgeführt ist:

Der Abteilungschef!

Herr Baron Flamel de la Billardière (Athanase-Jean-François-Michel), früher Oberrichter in dem Departement de la Corrère, Mitglied der Kammer, Berichterstatter über die Bittgesuche in außerordentlichem Dienst, Präsident des ganzen Kollegiums des Departements de la Dordogne, Offizier der Ehrenlegion, Ritter des Heiligen Ludwigordens und der ausländischen Orden: Christus-Orden, Isabella-Orden, St. Wladimir-Orden; Mitglied der Akademie von Gers und mehrerer anderer wissenschaftlicher Gesellschaften, Vizepräsident der Gesellschaft für schöne Künste, Mitglied der Brüderschaft des Heiligen Joseph und der Gesellschaft zur Fürsorge in den Gefängnissen, einer der Bürgermeister von Paris, etc., etc.

Dieser Mensch, der so große Buchdruckerkünste zu seiner Beschreibung beanspruchte, lag in dieser Stunde in seinem Bett. Sein Kopf war mit einer Baumwollmütze geschmückt, die mit feuerroten Bändern zusammengebunden war. Er wurde von dem berühmten Desplein, dem Chirurgen des Königs, und von dem jungen Doktor Bianchon untersucht. An seiner Seite wachten zwei alte Verwandte. Um ihn herum standen Fläschchen, lagen Wäschestücke und Medizinbüchschen und andere

Begräbnisinstrumente. Der Pfarrer von St. Rochus redete auf ihn ein, er solle an sein Seelenheil denken. Sein Sohn Benjamin fragte alle Morgen die beiden Ärzte: Glauben Sie, daß ich das Glück haben werde, meinen Vater am Leben zu behalten? Heute morgen aber hatte der Erbe sich ein wenig versprochen: es war ihm an Stelle des Wörtchens Glück das Wort Unglück entschlüpft.

Die Arbeitsräume der Abteilung de la Billardière erstreckten sich einundsiebzig Schritt in die Länge in einem prächtigen Hause, im Nordosten eines Hofes, an dem einst die Ställe lagen, die jetzt von der Abteilung Clergeot bewohnt wurden. Eine Treppe trennte die beiden Bureaus voneinander. An den Türen waren Schilder angebracht. Die Zimmer lagen an einem Korridor, der durch Notlichter beleuchtet wurde. Die Zimmer und Vorzimmer der Herren Rabourdin und Baudoyer waren darunter in der zweiten Etage. Hinter dem Zimmer von Rabourdin befanden sich das Vorzimmer, der Salon und die beiden Arbeitsräume von Herrn de la Billardière. In der ersten Etage, die durch eine Diele in zwei Teile geteilt wurde, waren Wohnung und Arbeitsraum des Herrn Eugen de la Brière, einer geheimnisvollen und mächtigen Persönlichkeit, die hier mit einigen Worten beschrieben werden soll. Sie ist einer solchen Abschweifung wohl würdig. Dieser junge Mann war während der ganzen Dauer des Ministeriums Privatsekretär des Ministers. Seine Wohnung stand durch eine Geheimtür in Verbindung mit dem wirklichen Arbeitszimmer seiner Exzellenz, denn hinter diesem war ein anderes, das mit den großen Empfangsräumen Seiner Exzellenz zusammenhing. Das war so eingerichtet, damit der Minister abwechselnd mit seinem Privatsekretär ohne andere Zeugen und mit irgend wichtigen Besuchern ohne seinen Privatsekretär konferieren könne. Ein Privatsekretär bedeutet für einen Minister dasselbe wie des Lupeaulx für das ganze Ministerium. Zwischen dem jungen de la Brière und des Lupeaulx bestand derselbe Unterschied wie zwischen einem Flügeladjutanten und einem Generalstabschef. Solch ein Ministerlehrling verschwindet meistens zusammen mit seinem Beschützer von der politischen Bildfläche und taucht auch mit ihm zusammen wieder auf. Wenn der Minister mit königlicher Gunst oder mit Hoffnungen auf ein Parlamentsmandat fällt, dann nimmt er seinen Privatsekretär mit sich, um ihn mit sich wieder zurückzubringen; wenn anders, setzt er ihn ins Grüne auf irgendeine administrative Weide, z. B. in den Rechnungshof, dieses Absteigequartier, in dem die Privatsekretäre warten, bis die Gewitterwolken sich wieder verteilt haben. Solch ein junger Mann ist kein wirklicher Staatsmann, aber er ist Politiker und manchmal die Politik eines Mannes. Wenn man an die unendliche Menge von Briefen denkt, die er aufmachen und lesen muß, ganz abgesehen von seinen übrigen Beschäftigungen, ist es dann nicht ganz klar, daß man in einem monarchischen Staate solche nützlichen Dienste sehr gut bezahlt? Ein Opfertier dieser Art kostet in Paris etwa zehn- bis zwanzigtausend Franken jährlich. Solch ein junger Mann profitiert von dem den Ministern zukommenden Theaterlogen, Einladungen und Equipagen. Der Kaiser von Rußland würde sehr glücklich sein, wenn er für fünfzigtausend Franken jährlich einen solchen konstitutionellen Pudel hätte, einen so sanften, so hübsch gekräuselten, so zärtlichen, so gelehrsamen, einen so wunderbar dressierten, so wachsamen und ... treuen. Aber solch ein Privatsekretär kommt, hält sich, findet sich und entwickelt sich nur in den Bureaus einer repräsentativen Regierung. In einem monarchischen Staat gibt es nur Kurtisanen und Dienstboten. In einem konstitutionellen Staat wird man von freien Menschen umschmeichelt und gestreichelt. Die Minister in Frankreich sind also glücklicher als die Frauen und die Könige: sie haben einen Menschen, der sie versteht. Vielleicht muß man die Privatsekretäre ebenso beklagen wie Frauen und wie weißes Papier: sie müssen alles leiden. Wie züchtige Frauen dürfen sie nur im Verborgenen ihre Talente entdecken, nur für ihre Minister. Wenn sie ihre Talente öffentlich zeigen, dann sind sie verloren. Ein Privatsekretär ist also ein von der Regierung bestellter Freund. Aber wir wollen auf die Beschreibung der Bureaus zurückkommen.

In der Abteilung de la Billardière lebten drei Bureaudiener friedlich miteinander: einer für die beiden Bureaus, ein gemeinsamer für die beiden Chefs und einer für den Abteilungsvorsteher. Alle drei bekamen Anzüge und Stiefel vom Staat geliefert; sie trugen die bekannte königsblaue Livree mit roten Litzen alltags, und bei festlichen Gelegenheiten breite blaue, weiße und rote Litzen. Der Diener von de la Billardière hatte eine Türstehertracht. Um der Eigenliebe eines Vetters des Ministers zu schmeicheln, hatte der Generalsekretär dies als Ausnahme geduldet, eine Ausnahme, die übrigens dem ganzen Bureau einen vornehmeren Anstrich gab. Diese Diener, die wie die Hauspfeiler zu den Ministerien gehörten, waren in den bureaukratischen Sitten genau bewandert. Sie hatten keine Extrabedürfnisse, sie nährten und kleideten sich auf Kosten des Staates. Sie waren reich durch ihre Mäßigkeit. Sie forschten die Bureaubeamten bis auf den Grund ihrer Seelen aus. Sie hatten kein anderes Mittel, ihre Langeweile zu vertreiben, als sie zu beobachten und ihre besonderen Angewohnheiten zu studieren. Auch wußten sie genau, bis zu welchem Punkt sie die Anleihen bei ihnen treiben durften, sie machten ihnen ihre Besorgungen unter der vollständigsten Diskretion, sie gingen für sie Gegegenstände verpfänden oder Pfänder einlösen in die Pfandämter, sie kauften die Pfandscheine, sie liehen Geld ohne Zinsen. Aber kein einziger Beamter nahm von ihnen auch nur die geringste Summe, ohne sie ihnen mit einer Vergütung wiederzugeben. Die Summen selbst waren geringfügig und sie wurden nur auf kurze Zeit geliehen. Diese Diener ohne Herren bezogen ein jährliches Gehalt von neunhundert Franken. Dazu kamen an Neujahrsgeschenken und anderen Extravergütungen weitere dreihundert Franken, und fast ebensoviel verdienten sie an den Beamten, denn die Mahlzeiten derer, die während der Dienstzeit frühstückten, wurden von ihnen besorgt. In gewissen Ministerien bereitete der Portier diese Mahlzeiten selbst zu. Der Portierposten des Finanzministeriums hatte dem dicken alten Thullier einst fast viertausend Franken eingebracht. Sein Sohn war Beamter in der Abteilung de la Billardières. Manchmal bekamen die Diener Fünffrankenstücke von eiligen Bittstellern in die Hand gedrückt und sie empfingen sie, ohne eine Miene dabei zu verziehen. Die älteren dieser Diener trugen die Livree nur im Ministerium. Wenn sie ausgingen, trugen sie Zivil.

Der Diener für die beiden Bureaus, übrigens der reichste von ihnen, beutete die Mehrzahl der Beamten aus. Er war ein Mann von sechzig Jahren mit weißen, zu einer Tolle gebürsteten Haaren, ein untersetzter und dicker Mensch mit einem fetten Nacken, einem gewöhnlichen, sommersprossigen Gesicht, grauen Augen und einem breiten, flachen Mund. Das war Anton, der älteste Diener im Ministerium. Er hatte seine beiden Neffen, Lorenz und Gabriel, im Ministerium untergebracht, den einen als Diener bei den beiden Chefs, den anderen beim Abteilungsvorsteher. Beide trugen sie, wie ihr Onkel, volle Uniform. Sie waren zwischen dreißig und vierzig Jahre alt, hatten Dienstbotenphysiognomien und tauschten abends bei einem königlichen Theater Anweisungen in Billette ein. Diese Stellungen hatten sie durch den Einfluß von de la Billardière erhalten. Diese beiden Savoyarden waren mit zwei geschickten Wäscherinnen verheiratet. Der Onkel, ein Junggeselle, seine Neffen und deren Frauen lebten alle zusammen und in viel besseren Verhältnissen als die meisten Unterchefs. Gabriel und Lorenz, die ihre Posten noch nicht ganz zehn Jahre bekleideten, waren noch nicht dahin gekommen, die Uniform zu verachten. Sie gingen in Livree aus und waren stolz wie die Autoren eines Dramas nach einem Gelderfolg. Ihr Onkel, dem sie mit Fanatismus dienten, und der ihnen als ein sehr feiner Mann erschien, führte sie langsam in die Geheimnisse des Handwerks ein. Des Morgens kamen alle drei, um die Bureaus zu öffnen. Zwischen sieben und acht Uhr reinigten sie sie, lasen die Zeitungen oder politisierten mit anderen Dienern auf ihre Weise über die Angelegenheiten der Abteilung und tauschten ihre gegenseitigen Erfahrungen und Kenntnisse untereinander aus. Wie die modernen Dienstboten, die die Angelegenheiten ihrer Herrschaften ganz genau kennen, waren sie in dem Ministerium wie Spinnen inmitten ihres Netzes und empfanden die geringste Erschütterung in ihm.

Am Donnerstagmorgen, an dem Tage vor der ministeriellen Abendgesellschaft und der Gesellschaft bei Rabourdins, wurden sie in dem Augenblick, in dem der Onkel sich in Gegenwart seiner beiden Neffen in dem Vorzimmer der Abteilung in der zweiten Etage rasierte, durch die unvorhergesehene Ankunft eines Beamten überrascht. „Herr Dutocq ist da," sagte Anton, „ich erkenne ihn an seinem schleichenden Spitzbubenschritt. Dieser Kerl geht immer, als ob er Schlittschuh läuft. Er taucht plötzlich auf, ohne daß man weiß, woher er gekommen ist. Gestern ist er ganz gegen seine Gewohnheit erst als letzter vom Abteilungsbureau fortgegangen, etwas, was ihm seit seinem Dienst im Ministerium noch keine drei Male passiert ist."

Ein Mann von 38 Jahren, mit einem länglichen gelblichen Gesicht, krausen, grauen, immer ganz kurz geschnittenen Haaren, einer niedrigen Stirn, dichten Augenbrauen, die über der Nase zusammengewachsen waren, einer schiefen Nase, verkniffenen Lippen, hellgrünen Augen, die dem Blick aller anderen immer auswichen, hochgewachsen, mit einer etwas verwachsenen Schulter, ein brauner Anzug, schwarze Weste, eine seidene Krawatte, gelblichen Hosen, schwarzwollene Strümpfe, Halbschuhe mit herunterhängenden Schnürbändern, so muß man sich Herrn Dutocq vorstellen, den ersten Beamten in dem Bureau Rabourdin. Er war ein untauglicher, müßiger Mensch, er haßte seinen Chef. Und nichts war natürlicher. Rabourdin hatte kein Laster, dem er hätte schmeicheln können, keine schlechten Bedürfnisse, zu deren Erfüllung Dutocq sich hätte nützlich erweisen können. Er war viel zu vornehm, um einem Beamten zu schaden, und viel zu scharfsichtig, um sich irgendwie mißbrauchen zu lassen. So existierte Dutocq nur durch die Großmut von Rabourdin und verzweifelte an jeder Beförderung, solange jener als Chef die Abteilung leiten würde. Obwohl Dutocq sich unfähig fühlte, einen höheren Posten auszufüllen, so kannte er den Staatsdienst genug, um zu wissen, daß die Unfähigkeit das Aufrücken nicht hindert. Das Beispiel von de la Billardière war unheilbringend. Bosheit, verbunden mit persönlichem Ehrgeiz, vermochten ebensoviel wie Klugheit. So hatte dieser Beamte, der sehr boshaft und sehr ehrgeizig war, versucht, seine Stellung zu festigen, indem er sich zu Spitzeldiensten in den Bureaus hergab. Seit 1816 nahm er eine sehr starke religiöse Färbung an, denn er fühlte voraus, in welcher Gunst in jenen Jahren die Leute stehen würden, die die törichten Menschen ganz unterschiedslos unter dem Namen Jesuiten zusammenfaßten. Er gehörte der heiligen Brüderschaft an, ohne zu ihren Mysterien zugelassen zu sein. Er pflegte von einem Bureau zum anderen zu gehen, die Gewissen auszuforschen, indem er seine Schwänke erzählte, und ging dann seine Berichte Herrn des Lupeaulx zu überbringen, den er über die kleinsten Ereignisse instruierte. So setzte der Generalsekretär den Minister oft durch seine gründlichste Kenntnis aller intimsten Angelegenheiten in Erstaunen.

Dutocq warb um die Ehre der geheimen Aufträge von Herrn des Lupeaulx, der diesen unsauberen Burschen um sich duldete, weil er dachte, der Zufall könne es machen, daß er ihm einmal nützlich werde, und wenn es auch nur wäre, um ihn oder irgendeine andere bedeutende Persönlichkeit durch eine Heirat aus der Affäre zu ziehen. Die beiden verstanden sich sehr gut. Dutocq rechnete auf dieses günstige Geschick, er sah eine glückliche Aussicht darin und blieb Junggeselle – Dutocq war dem Herrn Poiret sen. gefolgt, der sich in eine bürgerliche Pension zurückgezogen hatte, als er 1814 pensioniert wurde – in einer Zeit, in der große Personalveränderungen stattfanden. Er wohnte in einer fünften Etage Rue Saint-Louis-Saint-Honoré nahe beim Palais Royal, in einem Durchgangshause. Er war ein leidenschaftlicher Sammler von alten Stichen, er wollte jeden Rembrandt, jeden Charlet, Sylvestre Audran, Callot, Albrecht Dürer usw. besitzen. Wie die meisten Sammler und Leute, die ihren Haushalt selbst führen, behauptete er, alles außerordentlich billig zu kaufen. Er lebte in einer Pension und brachte die Abende im Palais Royal zu. Manchmal ging er ins Theater, dank du Bruel, der ihm jede Woche ein Freibillett schenkte. Ein Wort über du Bruel. Obwohl du Bruel durch Sebastian vertreten wurde, dem er jene armselige Entschädigung überließ, von der vorher die Rede war, kam er dennoch in das Bureau, um zu glauben, daß er Unterchef sei, um es zu sagen und um sein Gehalt zu beziehen. Er machte die kleinen Theaterkritiken für das Feuilleton einer Regierungszeitung, in der er auch die Artikel schrieb, die die Minister forderten. Eine bekannte, fest begrenzte und unangreifbare Stellung. Du Bruel verfehlte übrigens niemals, einige jener kleinen diplomatischen Listen zu gebrauchen, die ihm das allgemeine Wohlwollen verschaffen konnten. Zu jeder Premiere bot er Frau Rabourdin eine Loge an, holte sie im Wagen zum Theater ab und brachte sie ebenso wieder heim – eine Aufmerksamkeit, für die sie sich sehr empfänglich erwies. Rabourdin selbst war sehr duldsam und sehr wenig nörglig mit seinen Beamten, er ließ ihn gehen, wann er wollte, kommen, wann es ihm paßte, ja, während der Dienstzeit an seinen Theaterstücken arbeiten. Der Herzog von Chaulieu wußte, daß du Bruel an einem Roman arbeitete, der ihm gewidmet werden sollte. Er kleidete sich mit der Nachlässigkeit eines Theaterschriftstellers; morgens trug er Kniehosen, Halbschuhe mit Gamaschen, eine moderne Weste, einen olivenfarbenen Gehrock und eine schwarze Krawatte. Abends trug er einen eleganten Anzug, er wollte als Gentleman auftreten. Du Bruel wohnte in dem Hause von Florine, einer Schauspielerin, für die er die Rollen schrieb – und daß er dort wohnte, hatte seinen guten

Grund. Florine bewohnte damals das Haus von Tullia, einer Tänzerin, die mehr durch ihre Schönheit als ihre Begabung hervortrat. Diese Nachbarschaft erlaubte dem Unterchef, den Herzog von Rhétoré, den Sohn des Herzogs von Chaulieu, den Günstling Karls X., öfters zu sehen. Der Herzog von Chaulieu hatte du Bruel das Kreuz der Ehrenlegion verschafft, als dieser sein elftes Gelegenheitsstück geschrieben hatte. Du Bruel, oder wenn man so will, Cursy, arbeitete damals an einem fünfaktigen Stück für das Théâtre Français. Sebastian liebte du Bruel sehr; er bekam von ihm ab und zu Freikarten und applaudierte bei den Stellen, die du Bruel ihm als zweifelhaft bezeichnete, mit seinem ganzen jugendlichen Enthusiasmus; Sebastian betrachtete ihn als einen großen Schriftsteller. Es war Sebastian, zu dem du Bruel an dem Tage vor der Premiere eines seiner Stücke, das wie alle diese Lustspiele von drei Autoren verfaßt war, und bei dem man an einigen Stellen pfiff, sagte: „Das Publikum hat diejenigen Szenen erkannt, die von zweien gemacht worden sind."

„Warum arbeiten Sie nicht allein?" fragte Sebastian ganz naiv.

Es hatte seine guten Gründe, daß du Bruel nicht allein arbeitete. Er war nur der dritte Teil eines Autors. Ein dramatischer Schriftsteller – das wissen nur wenige Menschen – setzt sich zusammen: erstens aus einem, der die Gedanken hat, und der die Aufgabe hat, die Stoffe herauszufinden und die Grundlage des Stückes zu entwerfen; dann aus einem, der die eigentliche Arbeit leistet und das Ganze redigiert, schließlich aus einem, der die Couplets in Musik setzt, sie singt, sie anzubringen versteht. Dieser letztere besorgt auch die geschäftliche Seite der Sache, d. h., er überwacht die Reklame und verläßt niemals den Direktor, ohne daß dieser für den nächsten Tag ein Stück angezeigt hätte. Du Bruel las im Bureau die neuen Bücher, zog alle geistreichen Wendungen aus ihnen und legte sich eine Liste von ihnen an, um dann den Dialog seiner Stücke mit ihnen auszuschmücken. Cursy, sein Kriegsname, war von seinen Mitarbeitern wegen seiner außerordentlichen Exaktheit geachtet. Wenn er mit im Bunde war, dann konnte der, der den Stoff für die Stücke herausfinden sollte, beruhigt die Hände falten. Die Beamten der Abteilung liebten den Theaterdichter genug, um zu den Aufführungen seiner Stücke geschlossen zu gehen und zu klatschen. Und er war auch wirklich ein guter Bursche. Er hatte die Hand locker in der Tasche, er ließ sich niemals am Ohr zupfen, um Eis oder Punsch zu bezahlen, und er lieh fünfzig Franken, ohne sie jemals zurückzufordern. Du Bruel besaß ein Landhaus in Aulnay, er lebte in soliden Verhältnissen, legte sein Geld gut an und bezog außer den viertausend Franken von seinem ministeriellen Posten eintausendzweihundert Franken Pension von der Zivilliste und achthundert von den hunderttausend, die durch Votum der Kammer zur Unterstützung der schönen Künste bestimmt waren. Zu diesen verschiedenen Einkünften kamen neuntausend Franken hinzu, die er durch die Viertel, Drittel und Hälften der Gewinne an den Theaterstücken bei drei verschiedenen Theatern bekam. Wenn man das weiß, versteht man leicht, daß er so einen großen, fetten, runden Körper hatte und wie ein wohlhabender Gutsbesitzer aussah. Was sein Seelenleben betrifft, so war er der Herzensgeliebte von Tullia, von der du Bruel glaubte, daß sie ihn dem glänzenden Herzog von Rhétoré, ihrem Titulargeliebten, vorzöge.

Dutocq hatte die Verbindung zwischen Herrn des Lupeaulx und Frau Rabourdin immer nur mit Schrecken gesehen, und sein dumpfer Ärger über sie war stetig gewachsen. Im übrigen hatte er ein viel zu scharf spähendes Auge, um nicht erraten zu haben, daß Rabourdin sich einer großen Arbeit widmete, die außerhalb seiner dienstlichen Aufgaben lag. Und er war verzweifelt, daß er nichts Näheres von dieser Arbeit wußte, während der kleine Sebastian dieses Geheimnis ganz oder doch teilweise kannte. Dutocq hatte versucht, eine Freundschaft mit Herrn Godard, dem Unterchef von Baudoyer, dem Kollegen von du Bruel, anzuknüpfen. Er hatte sein Ziel erreicht. Die hohe Achtung, die Dutocq Baudoyer bezeugte, hatte seinen vertraulichen Umgang mit Godard herbeigeführt – nicht, daß Dutocq aufrichtig gewesen wäre, aber er befriedigte seinen Haß in der Weise kleiner Geister –; er rühmte Baudoyer und sprach von Rabourdin keine Silbe.

Joseph Godard, der Vetter mütterlicherseits von Mitral, hatte, gestützt auf diese wenn auch nur sehr entfernte Verwandtschaft mit Baudoyer, Ansprüche auf die Hand von Fräulein Baudoyer erhoben. Infolgedessen war Herr Baudoyer in seinen Augen ein Genie. Für Elisabeth und Frau Saillard bezeugte er eine hohe Achtung, ohne zu bemerken, daß Frau Baudoyer für ihre Tochter mit Falleix liebäugelte. Er brachte Fräulein Baudoyer kleine Geschenke, künstliche Blumen, Bonbons zu ihrem Namenstag und hübsche Kästen zu ihrem Geburtstag. Er war sechsundzwanzig Jahre alt, ein unbedeutender Arbeiter, züchtig wie eine Jungfer, eintönig und gleichgültig. Er hatte einen Abscheu vor Kaffee, Zigarren und vor dem Reiten, er ging regelmäßig um zehn Uhr abends schlafen und stand um sieben Uhr auf, er hatte einige gesellige Talente, wie, daß er zum Tanz auf der Flöte spielen konnte, was ihn bei den Saillards und den Baudoyers in große Gunst gesetzt hatte. Er war Querpfeifer in der Nationalgarde, um nicht die Nächte im Dienst zubringen zu müssen, er war ein Liebhaber der Naturwissenschaft. Dieser junge Bursche sammelte Mineralien und Muscheln, er verstand es, Vögel auszustopfen, er häufte in seinem Zimmer eine Masse von Seltsamkeiten auf, die er billig gekauft hatte. Er sammelte Schmetterlinge in Glaskästen, an den Wänden seines Zimmers waren chinesische Wandschirme und Häute von getrockneten Fischen. Er wohnte bei seiner Schwester, einer Blumenhändlerin, in der Rue de Richelieu. Dieser musterhafte junge Mann wurde, obwohl alle Familienmütter ihn sehr bewunderten, von den Arbeiterinnen seiner Schwester verachtet und ganz besonders von dem Kontorfräulein, die lange Zeit gehofft hatte, ihn zu betören. Er war ein magerer und schwächlicher Bursche von mittlerer Größe, unter den Augen hatte er tiefe Ringe, sein Bartwuchs war schwach, sein Atem war den Fliegen tödlich, wie Bixiou sagte. An sich selbst war er wenig sorgsam, seine Anzüge waren schlecht zugeschnitten, seine Beinkleider schlugen Falten: in allen Jahreszeiten trug er weiße Strümpfe, einen Hut mit kleinen Rändern und geschnürte Halbstiefel. Im Bureau saß er in einem geflochtenen Lehnstuhl, dessen Sitz in der Mitte durchlöchert war und mit grünem Stoff bespannt, und klagte viel über seine Verdauung. Sein hauptsächliches Laster war, Landpartien vorzuschlagen, Sonntags in der schönen Jahreszeit nach Montmorency, Picknicks im Gras oder Ausflüge auf den Boulevard du Montparnasse, um Milch zu trinken. Seit sechs Monaten begann Dutocq von Zeit zu Zeit zu Fräulein Godard zu gehen in der Hoffnung, daß er in diesem Hause irgend etwas gewinnen werde, irgendeinen weiblichen Schatz entdecken. So hatte Baudoyer in dem Bureau in Dutocq und Godard zwei Lobpreiser. Herr Saillard, der unfähig war, über Dutocq zu urteilen, machte ihm manchmal im Bureau kleine Besuche. Der junge de la Billardière, der als Supernumerarius bei Baudoyer Dienst tat, war mit vom Bunde. Die klügeren lachten über diese Allianz der Unfähigen. Baudoyer, Godard und Dutocq waren von Bixiou die Dreieinigkeit ohne den Geist genannt worden und dem kleinen de la Billardière hatte er den Spitznamen „Osterlamm“ gegeben.

„Sie sind sehr früh aufgestanden“, sagte Anton zu Dutocq und nahm dabei eine lächelnde Miene an.

„Und Sie, Anton,“ erwiderte Dutocq, „sehen, daß die Zeitungen manchmal früher ankommen, als Sie sie uns geben.“

„Ganz zufällig heute,“ sagte Anton, ohne irgendwelche Bestürzung zu zeigen, „sie kommen keine zweimal zur gleichen Zeit.“

Die beiden Neffen tauschten heimlich einen Blick aus, als wollten sie sich voll Bewunderung für ihren Onkel sagen: Der versteht's!

„Obwohl er mir durch das Frühstück täglich zwanzig Pfennig einbringt," murmelte Anton, als er hörte, daß Dutocq die Türe schloß, „wäre ich sehr zufrieden, wenn er nicht mehr in der Abteilung wäre."

„Heute sind Sie nicht mehr der erste. Herr Sebastian", sagte Anton eine Viertelstunde später zu dem Supernumerarius.

Der arme Kleine wurde blaß vor Schrecken. „Wer ist denn vor mir gekommen?" fragte er.

„Herr Dutocq", antwortete Lorenz.

Die jungfräulichen Naturen haben mehr als alle anderen eine unerklärliche hellseherische Gabe, die vielleicht der Reinheit ihres Nervensystems, das gewissermaßen noch unberührt ist, entspricht. So hatte Sebastian erraten, welchen Haß Dutocq gegen den von ihm so verehrten Rabourdin hegte. Kaum hatte Lorenz diesen Namen ausgesprochen, wurde er von einer schrecklichen Vorahnung erfaßt und mit den Worten: das ahnte ich! stürzte er sich pfeilgeschwind in den Korridor.

„Es wird etwas geben im Bureau", sagte Anton kopfschüttelnd, während er sich seine Livree anzog. „Man weiß, daß der Herr Baron seine Rechnung mit Gott abschließt – ja, ja, Frau Gruget, seine Wächterin, hat mir gesagt, daß er den heutigen Tag nicht mehr überleben werde. Die werden hier schön in Bewegung kommen. Na, mögen sie. Geht nachsehen, ob die Öfen gut ziehen. Potz Blitz, unsere Leute werden gleich kommen."

„Es ist wahr," sagte Lorenz, „dieser arme kleine

junge Mensch hat eine sehr richtige Ahnung gehabt, als er hörte, daß dieser Jesuit, der Dutocq, vor ihm gekommen ist.“

„Aber ich habe gut reden, schließlich ist man einem guten Beamten die Wahrheit schuldig, und was ich einen guten Beamten nenne, das ist einer wie dieser Kleine, der jeden Neujahrstag pünktlich seine zehn Franken gibt“, nahm Anton das Gespräch wieder auf. „Ich habe es ihm ja gesagt: je mehr Sie arbeiten, desto mehr wird man von Ihnen fordern, und avancieren werden Sie nicht. Aber er hört nicht auf mich, er bleibt bis fünf Uhr, eine Stunde länger als alle anderen (dabei zuckte Anton die Achseln). Das ist nichts als Dummheit, so kommt man nicht weiter. Der Beweis dafür ist, daß dieses arme Kind, aus dem wirklich ein guter Beamter werden würde, noch nicht einmal fest angestellt ist, nach zwei Jahren! Wirklich, das langweilt einen schließlich.“

„Herr Rabourdin hat Sebastian sehr gerne“, sagte Lorenz.

„Ja, aber Herr Rabourdin ist nicht Minister“, sagte Anton. „Es kann Sommer werden, bis er es wird, wenn er es überhaupt wird. Er ist viel zu – – genug davon! Wenn ich daran denke, daß ich Gehälter zu den Müßiggängern bringe, die zu Hause bleiben, machen, was sie wollen und den Staat nur ausbeuten, während dieser kleine la Roche sich abarbeitet, dann frage ich mich, ob Gott über den Bureaus wacht. Und was geben die unsereinem, diese Schützlinge des Herrn Marschall, des Herrn Herzog? Sie danken einem gnädigst (er machte eine herablassende Kopfbewegung): Danke sehr, mein lieber Anton! Diese

Nichtstuer! Die sollten arbeiten oder sie werden noch Anlaß zu einer Revolution geben. Man mußte nur sehen, ob es solche Jammerlappen unter Robert Lindet gab. Ich, wie ihr mich hier seht – bin in diese Bude hier unter Robert Lindet gekommen, und zu seiner Zeit arbeiteten die Beamten noch. Das Federkratzen mußte man nur hören, bis Mitternacht. Die Öfen gingen aus, ohne daß es einer nur bemerkte. Aber damals gab es auch noch eine Guillotine. Das war noch anders als heutzutage, wo man die Leute noch extra bezahlt, wenn sie spät ins Bureau kommen."

„Sag mal, Onkel Anton," sagte Gabriel, „da du heute einmal Lust zum Plaudern hast, was machst du dir eigentlich für eine Vorstellung von einem Beamten?"

„Ein Beamter," erwiderte Anton ernst, „das ist ein Mann, der in einem Bureau sitzt und schreibt. Was sage ich denn da? Was wären wir ohne Beamte? Aber geht jetzt nach euren Öfen sehen und sprecht nie mehr etwas Schlechtes von Beamten. Gabriel, der Ofen im großen Bureau zieht wie drei Teufel, man muß ihn ein wenig abstellen."

Anton stellte sich auf die Treppe an eine Stelle, von der aus er die Beamten durch die Einfahrt kommen sehen konnte; er kannte alle Angestellten des Ministeriums, er beobachtete ihre Bewegungen und bemerkte die Unterschiede in ihrer Kleidung. Es ist notwendig, vor Beginn des Dramas hier die Silhouette der hauptsächlichen Akteure der Abteilung de la Billardière zu zeichnen, die übrigens immer Nuancen der Gattung Beamter darstellen werden und nicht nur die Beobachtungen von Rabourdin, aber auch den Titel dieser echt Parisischen Studie rechtfertigen werden. Und wirklich, man muß sich darüber nicht täuschen! Unter dem Gesichtspunkt der Mängel und der Originalität gibt es solche und solche Beamte und Beamte – – Vor allem muß man zwischen dem Pariser Beamten und dem Beamten der Provinz unterscheiden. In der Provinz führt der Beamte ein glückliches Leben. Er hat eine geräumige Wohnung, einen Garten und fühlt sich im allgemeinen in seinem Bureau behaglich. Zu Tisch trinkt er einen guten, preiswerten Wein. Er weiß, was eine Nachspeise ist, und braucht kein Pferdefleisch zu essen. Statt Schulden kann er Ersparnisse machen. Ohne genau zu wissen, was er braucht, kann man doch überall erfahren, daß er jedenfalls sein Gehalt nicht verbraucht. Ist er Junggeselle, so grüßen die Familienmütter ihn auf der Straße, ist er verheiratet, so nimmt seine Frau an den Gesellschaften bei dem Obersteuereinnehmer, dem Präfekten, dem Unterpräfekten und dem Intendanten teil. Alle Welt interessiert sich für seine Charaktereigenschaften. Er hat Aussicht auf eine gute Karriere, er gilt als geistreich, es gibt Fälle, in denen er bedauert wird. Die ganze Stadt kennt ihn und interessiert sich für seine Frau und seine Kinder. Er gibt Abendgesellschaften, und wenn er etwas begütert ist, etwa einen wohlhabenden Schwiegervater hat, dann kann er sogar Abgeordneter werden. Seine Frau wird, wie es in allen kleinen Städten üblich ist, mit einer peinlichen Genauigkeit von allen beobachtet, und wenn sein Familienleben unglücklich ist, weiß er es, während ein Beamter in Paris davon nichts erfährt. Mit einem Wort: in der Provinz ist ein Beamter ein bedeutender Mensch, während ein Beamter in Paris kaum zählt.

Der erste, der nach Sebastian kam, war ein Schriftführer des Bureaus Rabourdin, ein ehrenwerter Familienvater namens Herr Phellion. Dank der Protektion seines Chefs hatte er für seine beiden Knaben Stipendien am Gymnasium Henri IV: eine wohlangebrachte Vergünstigung, denn Phellion hatte noch eine Tochter. Diese wurde in einem Pensionat, in dem seine Frau Klavierstunden gab, gratis erzogen. In demselben Pensionat gab er abends Geschichts- und Geographieunterricht. Er war ein Mann von fünfundvierzig Jahren. Er gehörte der Nationalgarde an, er war Feldwebel in seiner Kompanie. Er war sehr mitleidig und gab dem stets in Worten Ausdruck, aber er war außerstande, einem Armen je einen einzigen Heller zu geben. Er wohnte in der Rue du Faubourg St. Jacques, in einem Gartenhaus, in einer Wohnung, die nur vierhundert Franken Jahresmiete kostete. Er war stolz auf seine Stellung, ganz glücklich über sein Schicksal. Er war eifrig bemüht, der Regierung zu dienen, und er glaubte, daß er seinem Vaterland nützlich sei. Er rühmte sich seiner politischen Sorglosigkeit, die darin bestand, daß er niemals etwas anderes als die jeweilige Regierung anerkannte. Herr Rabourdin bereitete Phellion ein Vergnügen, wenn er ihn bat, eine halbe Stunde länger im Bureau zu bleiben, um irgendeine Arbeit zu vollenden. In solchen Fällen sagte Herr Phellion abends zu den Damen La Grave – er speiste nämlich in dem Pensionat, in dem seine Frau die Musikstunden gab –: „Meine Damen, der Dienst machte es erforderlich, daß ich noch im Bureau blieb. Wenn man im Dienst der Regierung steht, dann kann man nicht frei über sich verfügen."

Er hatte Lehrbücher zusammengestellt in Form von Fragen und Antworten, zum Gebrauch in Pensionaten für junge Mädchen. Diese kleinen Lehrbücher wurden bei dem Universitätsbuchhändler unter dem Titel von Geschichts- und Geographiekatechismen verkauft. Er glaubte sich verpflichtet, Frau Rabourdin je ein auf besonders feinem Papier gedrucktes, in rot Maroquin gebundenes Exemplar zu schenken, und brachte es ihr jedesmal in feierlicher Besuchskleidung: seidenen Hosen, seidenen Strümpfen und Halbschuhen mit goldenen Schnallen. Jeden Donnerstag Abend, wenn die Pensionärinnen schlafen gegangen waren, hatte Herr Phellion seinen Empfangsabend: dann gab es Bier und Kuchen, und es wurde ein Hasardspiel mit einem sehr mäßigen Satz gespielt. Dennoch verlor Herr Laudigeois an manchen besonders hitzigen Donnerstagen seine zehn Franken. Der Salon von Herrn Phellion war mit einer grünen amerikanischen Tapete mit einem roten Rande bespannt. An den Wänden hingen Bilder des Königs, der Königin und der Kronprinzessin, die beiden Kupferstiche von Mazeppa nach Horace Vernet und der Stich „Das Begräbnis des Armen" nach Vigneron, ein Bild von hoher Geistigkeit. Phellion sagte, es solle die unteren Klassen der Gesellschaft trösten, indem es ihnen bewies, daß sie Freunde hätten, die treuer seien als die Menschen und deren Gefühle über das Grab hinaus reichten. Hier erkennt man den Mann, der seine drei Kinder alljährlich am Totensonntag auf den westlichen Friedhof führte und ihnen die zwanzig Quadratmeter Erde zeigte, die die Familie für die Ewigkeit gekauft hatte, und in denen sein Vater und die Mutter seiner Frau ruhen. „Wir werden alle hierher kommen“, sagte er zu ihnen, um sie mit dem Gedanken des Todes vertraut zu machen. Eine seiner größten Vergnügungen bestand darin, die Umgebung von Paris auszukundschaften. Er hatte sich von ihr eine Karte gezeichnet. Antony, Arcueil, Bièvre, Fontenay-aux-Roses, Aulnay, das durch den Aufenthalt mehrerer großer Schriftsteller so berühmt ist, kannte er schon genau, und er hoffte, mit der Zeit die ganzen westlichen Vororte von Paris kennenzulernen. Seinen ältesten Sohn bestimmte er für die Verwaltung, und den zweiten für die polytechnische Schule. Zu dem Ältesten sagte er oft: „Wenn du die Ehre haben wirst, Regierungsbeamter zu sein!“ Aber er hatte ihn in Verdacht, eine Neigung für die Naturwissenschaften zu haben, und versuchte sie zu unterdrücken, unter dem inneren Vorbehalt, den Jungen seinen Weg gehen zu lassen, wenn er durchaus auf ihm bestehen würde. Phellion hatte es niemals gewagt, Herrn Rabourdin um die Ehre zu bitten, bei ihm zu speisen, obwohl er diesen Tag als einen der schönsten in seinem Leben betrachtet hätte. Er sagte, daß er als der glücklichste aller Väter in der Welt sterben würde, wenn er einen Sohn hinterließe, der dem Vorbilde Rabourdins folgte. Bei den Damen La Grave wiederholte er so gut und so unaufhörlich das Lob dieses würdigen und achtungswerten Chefs, daß sie ebenso leidenschaftlich wünschten, den großen Rabourdin zu sehen, wie ein junger Mann nur Verlangen nach dem Anblick von Herrn von Chateaubriand empfinden kann. Sie würden ganz glücklich sein, sagten sie, wenn sie seine Tochter erziehen dürften. Wenn zufällig der Wagen des Ministers gerade ausfuhr oder zurückkehrte, dann zog Phellion, ob gerade jemand darin war oder nicht, sehr achtungsvoll den Hut und behauptete, daß es im ganzen Lande besser stehen würde, wenn nur ein jeder die Regierung soviel ehrte, daß er ihr in allen ihren Trägern Achtung bezeugte. Wenn Rabourdin ihn zu sich in sein Arbeitszimmer hinunterkommen ließ, um ihm irgendeine Arbeit zu erklären, so strengte Phellion seinen Verstand auf das Äußerste an und achtete auf die geringsten Worte seines Chefs wie ein Kunstliebhaber auf eine Melodie in der Oper. Im Bureau saß er schweigsam, die Füße bewegungslos auf eine Holzfußbank gestützt, und studierte seine Arbeit gewissenhaft. In seiner dienstlichen Korrespondenz drückte er sich mit einer nahezu religiösen Ernsthaftigkeit aus. Überhaupt nahm er alles ernsthaft und berief sich auf die ihm von dem Minister gegebenen Befehle vermittelst der feierlichsten Redewendungen. Aber dieser Mann, der so beschlagen war in allem, was sich schickte, hatte ein Mißgeschick in seiner Laufbahn als Schriftführer, – oh, ein gräßliches Mißgeschick! Trotz der außerordentlichen Sorgfalt, mit der er die Konzepte entwarf, war ihm einmal folgender Satz entschlüpft: „Sie werden gebeten, sich auf den bezeichneten Ort mit den notwendigen Papieren zu begeben.“ Die Beamten der Expedition, höchst zufrieden, auf Kosten dieser unschuldigen Kreatur lachen zu können, waren ohne

Phellions Wissen zu Rabourdin gegangen, um seine Meinung über diese Formulierung seiner amtlichen Ladung zu erfahren. Und selbst Rabourdin hatte, wie er sich den Charakter seines Schriftführers zu diesen Worten vergegenwärtigte, nicht ernst bleiben können; – er lachte und änderte den Satz am Rande in die Worte: „Sie werden gebeten, sich auf den Platz mit allen bezeichneten Schriftstücken zu begeben." Phellion, dem die Beamten die Verbesserung zeigten, studierte sie, wog die verschiedenen Ausdrücke gegeneinander ab und scheute sich nicht, zu gestehen, daß er zwei Stunden nötig gehabt hätte, um diese Ausdrücke zu finden, und rief schließlich aus: Herr Rabourdin ist ein Genie! Später dachte er immer, daß seine Kollegen, indem sie so rasch an seinen Chef appellierten, es bei dieser Gelegenheit an artigem Benehmen ihm gegenüber hätten fehlen lassen. Aber er hatte zuviel Respekt vor der Rangordnung, um nicht ihr Recht zu einem solchen Verhalten anzuerkennen, um so mehr, als er in dem betreffenden Augenblick abwesend war. Freilich, er an ihrer Stelle hätte noch gewartet, denn das Zirkular war nicht eilig. Diese Angelegenheit bereitete ihm einige schlaflose Nächte. Wenn man ihn erzürnen wollte, brauchte man nur auf diesen unglücklichen Satz anzuspielen, etwa, indem man ihm, wenn er hinausging, sagte: „Haben Sie die notwendigen Papiere?" Der würdige Schriftführer drehte sich dann um, warf einen vernichtenden Blick auf seine Kollegen und erwiderte: „Ihre Worte scheinen mir an sehr unpassender Stelle, meine Herren!" Eines Tages gab es bei einer solchen Gelegenheit einen so großen Streit, daß Rabourdin eingreifen und den Beamten verbieten mußte, an jenen Satz zu erinnern. – Herr Phellion sah aus wie ein nachdenklicher Schafsbock, er hatte ein mit Pockennarben bedecktes, aschfarbenes Gesicht, dicke, hängende Lippen, hellblaue Augen. Er war etwas über mittelgroß. Er war an sich so eigen, wie es ein Geschichts- und Geographielehrer sein muß, der vor jungen Damen unterrichtet. Er trug schöne Wäsche, ein plissiertes Jabot, eine ausgeschnittene Weste von schwarzem Tuch, die die von seiner Tochter gestickten Hosenträger sehen ließ, eine Diamantnadel im Hemd, eine schwarze Jacke und blaue Hose. Im Winter trug er einen nußbraunen englischen Kutscherrock mit dreifachem breiten Kragen. Er hatte einen mit Blei beschwerten Stock, den „die tiefe Einsamkeit einiger Straßen in seinem Stadtviertel" notwendig machte. Das Schnupfen hatte er sich abgewöhnt, und diese Reform zitierte er stets als ein schlagendes Beispiel für die Herrschaft, die ein Mann über sich selbst erlangen kann. Treppen ging er stets langsam herauf, denn er fürchtete, Asthma zu bekommen, da er eine schwache Brust hatte. Den Portier Anton grüßte er mit Würde.

Unmittelbar nach Herrn Phellion kam ein Beamter, der einen seltsamen Gegensatz zu jenem tugendreichen Biedermanne bildete. Vimeux war ein junger Mann von fünfundzwanzig Jahren. Er bezog ein Jahresgehalt von fünfzehnhundert Franken. Er hatte ganz hübsche Züge, eine wohlgeschwungene Figur – eine elegante Erscheinung. Seine Haare, sein Bart, seine Augen, seine Brauen waren kohlrabenschwarz, er hatte schöne Zähne, wunderbar gepflegte Hände und trug einen so wohlgestutzten und frisierten Schnurrbart, daß er wie ein Frisiergehilfe aussah. Vimeux war sehr befähigt zu seiner Arbeit und besorgte sie rascher als irgend jemand anders.

„Das ist ein begabter junger Mann", sagte Phellion, wenn er ihn gegen Ende der Bureauzeit so mit gekreuzten Beinen sitzen sah, ohne zu wissen, wozu er den Rest seiner Zeit verwenden solle, da er mit seiner Arbeit fertig war. „Sehen Sie, das ist geschmackvoll", sagte er zu du Bruel.

Vimeux aß zum Frühstück nur ein einfaches Franzbrot und trank ein Glas Wasser dazu. Mittags aß er für einen Franken bei Katcomb und wohnte möbliert für zwölf Franken monatlich. Sein Glück, sein einziges Vergnügen machte seine Toilette aus. Er ruinierte sich für schöne Westen, enge und halbweite Beinkleider, mit Falten oder Stickereien, für feine Stiefel und gut sitzende Anzüge, die die Linien seiner Gestalt hervorhoben. Er gab sein Letztes her für entzückende Kragen, stets frische Handschuhe, elegante Hüte. An der Hand trug er über dem Handschuh einen Siegelring. Er hatte stets einen hübschen Spazierstock bei sich. Er versuchte, sich die Haltung und die ganzen Manieren eines reichen jungen Mannes anzugewöhnen. Dann ging er, einen Zahnstocher nachlässig im Munde, auf der großen Allee im Tuilerienpark spazieren, ganz wie ein Millionär, der eben von Tisch kommt. In der Hoffnung, daß eine Frau, eine Engländerin oder sonst irgendeine Ausländerin, vielleicht auch eine Witwe sich in ihn vernarren könne, studierte er die Kunst, mit dem Spazierstock zu spielen, einen amerikanischen Blick, wie Bixiou sagte, zu werfen. Er lachte, um seine schönen Zähne zu zeigen. Er sparte an Socken, um sich alle Tage frisieren zu lassen. Kraft seiner Grundsätze hätte Vimeux für sechstausend Franken Jahreseinkommen eine Bucklige geheiratet, für achttausend Franken eine fünfundvierzigjährige Frau und für zehntausend Franken eine Engländerin. Phellion, über seine Handschrift entzückt, und von Sympathie für diesen jungen Mann ergriffen, suchte ihn in langen Reden zu überzeugen, daß er Schreibstunden geben müsse, daß dies ein ehrenhafter Beruf sei, der seine Verhältnisse bessern, ja, selbst sie zu angenehmen machen könne. Er versprach, ihm welche in dem Pensionat der Damen la Grave zu verschaffen. Aber Vimeux war von seiner eigenen Idee so stark besessen, daß niemand ihn abhalten konnte, an seinen Stern zu glauben. So fuhr er fort, sich zur Schau zu stellen, obwohl er doch schon drei Jahre lang seinen enormen Schnurrbart vergebens der Welt gezeigt hatte. Bei Anton hatte er dreißig Franken Schulden für seine Frühstücksmahlzeiten. Deshalb senkte er jedesmal den Kopf, wenn er ihn traf, um nicht seinem Blick zu begegnen. Aber mittags ging er doch zu ihm hin und bat ihn, ihm ein Franzbrot zu holen. Rabourdin hatte zuerst versucht, diesem armseligen Gehirn einige vernünftige Gedanken einzuflößen, aber schließlich hatte er darauf verzichtet. Der Vater von Vimeux war Gerichtsschreiber eines Friedensgerichts in dem nördlichen Departement. Adolph Vimeux war in der letzten Zeit nicht mehr zu Tisch gegangen; er hatte nur noch Brötchen gegessen, um sich lieber Sporen und eine

Reitpeitsche kaufen zu können. Man hatte ihn „Turteltaube“ genannt, um seine Heiratsabsichten zu verspotten. Die Spöttereien, die auf diesen verfehlten Amadis zielten, und doch nie trafen, konnte man nur jenem bösen Geist zurechnen, der das Vaudeville schuf, denn Vimeux war ein guter Kamerad und schadete immer nur sich selbst. Der Hauptspaß der Bureauangestellten in bezug auf seine Person bestand darin, zu wetten, ob er ein Korsett trüge oder nicht. Vimeux war zuerst im Bureau Baudoyer angestellt gewesen und hatte dann intrigiert, um zu Rabourdin herüberzukommen. Das war wegen der Strenge von Herrn Baudoyer in bezug auf „die Engländer“ – so nannten die Beamten nämlich ihre Gläubiger. Der Tag der „Engländer“ ist der Tag, an dem die Bureaus für das Publikum offen sind. Sicher, ihre Schuldner zu finden, strömen die Gläubiger herbei und quälen sie mit der Frage, wann sie bezahlt werden, und drohen, Beschlag auf ihr Gehalt zu legen. Der strenge Baudoyer verpflichtete seine Beamten, Stand zu halten. Es sei ihre Sache, sagte er, sich nicht in Schulden zu stürzen. Er betrachtete seine Strenge als dem öffentlichen Wohl notwendig. Im Gegensatz zu ihm beschützte Rabourdin die Beamten gegen die Gläubiger. Er sagte, daß die Bureaus nicht für private Angelegenheiten geöffnet seien, und setzte die Gläubiger vor die Tür. In beiden Bureaus hatte man sich über Vimeux riesig lustig gemacht, als er mit seinen Sporen auf den Korridoren und Treppen umherklirrte. Der Spaßvogel des Ministeriums, Bixiou, ließ in den beiden Abteilungen Clergeot und de la Billardière ein Blatt herumgehen, auf dessen Kopf Vimeux auf einem Pappenpferd dargestellt war. Darunter stand eine Einladung, zu unterzeichnen, um ihm ein Pferd zu bezahlen. Herr Baudoyer war eingezeichnet mit einem Zentner Heu, das er sich vom eignen Mund abgespart habe, und jeder Beamte setzte ein paar ironische Worte über seinen Nachbarn darunter. Vimeux, als gutes Kind, unterschrieb selbst als Miß Fairfax. Die Beamten, die Elegants sind in der Art von Vimeux, haben ihre Stellung, um auszukommen, ihr schönes Äußeres aber, um Karriere zu machen. Auf Maskenbällen, in der Karnevalszeit finden sie ihr Vergnügen; sie gehen dorthin, ihr Glück suchen, das sie auch da jedoch noch oft flieht. Am Ende heiraten viele schließlich, sei es Modistinnen, die sie aus Kriegsmüdigkeit erwählen, sei es alte Frauen, sei es auch junge Personen, denen ihr Äußeres gefallen hat und mit denen sie einen Roman eingefädelt haben durch dumme Briefe, die jedoch ihren Erfolg hatten. Manchmal sind solche Beamte kühn, sie sehen eine Frau im Wagen auf den Champs Elysées vorbeifahren, sie verschaffen sich ihre Adresse, schicken ihnen auf gut Glück leidenschaftliche Liebesbriefe und geraten manchmal in eine Situation, die unglücklicherweise ihre niedrigen Berechnungen noch ermutigt.

Bixiou war ein Zeichner, der sich ebensowohl über Dutocq als über Rabourdin lustig machte. Ganz zweifelsohne war er der geistreichste Mann der Abteilung und überhaupt des Ministeriums, aber er war affenartig geistreich, ohne Tragweite und ohne Konsequenz. Bixiou war für Baudoyer und für Godard von so großem Nutzen, daß sie ihn trotz seiner Übeltäterei beschützten. Er besorgte ihnen nämlich ihre Arbeit ganz nebenher mit. Bixiou erstrebte den Posten von Godard oder von du Bruel. Aber sein Betragen war seiner Beförderung im Wege. Bald machte er sich über die Bureauangestellten lustig – das war gewöhnlich, wenn er soeben ein gutes Geschäft gemacht hatte, wie die Veröffentlichung der Zeichnungen zu dem Prozeß Fualdes, zu denen er die Typen ganz zufällig aufgabelte, oder die Zeichnungen zu den Debatten bei dem Prozeß von Castaing – bald wurde er erfaßt von Zukunftsstreben und widmete sich fleißig seiner Arbeit, um sie plötzlich für irgendein Lustspiel, das er nicht einmal beendete, liegen zu lassen. Im übrigen war er ein Egoist, geizig und verschwenderisch zu gleicher Zeit, d. h., er gab das Geld ganz ausschließlich für sich selbst aus. Er war hochfahrend, angreifend und indiskret, er tat das Böse um des Bösen willen. Mit besonderer Vorliebe griff er die Schwachen an. Er hatte vor nichts Achtung, er glaubte weder an Frankreich, noch an Gott, noch an die Kunst, er glaubte nicht an die Griechen, die Türken und das Asyl für Obdachlose, er glaubte nicht an die Monarchie, insbesondere verhöhnte er alles, was er nicht verstand. Er war es, der als erster auf den Kopf Ludwigs XVIII. auf den Fünfzigpfennigstücken ein schwarzes Käppchen malte. Er äffte den Doktor Gall bei seinen Vorlesungen nach und das auf eine Weise, daß selbst der zugeknöpfteste Diplomat sich des lauten Lachens nicht erwehren konnte. Der Hauptwitz dieses schrecklichen Spaßmachers bestand darin, die Öfen ganz übermäßig heizen zu lassen, damit diejenigen, die aus diesen Schwitzstuben unvorsichtig herausgingen, sich

Erkältungen zuzögen. Dabei hatte er noch die besondere Befriedigung, das Holz der Regierung zu verschwenden. Bei seinen Streichen war bemerkenswert, daß er sie mit so großer Geschicklichkeit variierte, daß immer wieder irgendeiner auf sie hereinfiel. Sein großes Geheimnis dabei war, daß er die Wünsche eines jeden erriet; er kannte die Wege in alle spanischen Schlösser, die Träume, die die wunden Punkte aller Menschen bilden, weil sie durch sie sich selbst zu täuschen suchen, und Bixiou ließ so manchen stundenlang vergeblich zappeln. Aber dieser tiefe Beobachter, der ein so unerhörtes Feingefühl entwickelte, wenn es die Ausführung eines Witzes galt, verstand es nicht, seine Kraft zu gebrauchen, um Menschen seinem Glück, seiner Beförderung dienstbar zu machen. Am meisten liebte er es, den jungen de la Billardière zu quälen, der war sein Sündenbock, dem er gleichzeitig fortwährend nach dem Munde redete, um ihm dann einen um so besseren Streich spielen zu können. Z. B. richtete er an ihn Liebesbriefe, die unterzeichnet waren: Gräfin v. M. oder Marquise von B., und zog sie so an den Tagen des großen Besuches in das Parkett der Oper vor die große Wanduhr, und überließ ihn da, nachdem er ihn aller Welt gezeigt hatte, irgendeiner Grisette. Mit Dutocq, den er als einen ernsthaften Possenreißer betrachtete, war er eins in seinem Haß gegen Rabourdin, wie in seinem Lob für Baudoyer und unterstützte ihn mit Vorliebe. Jean Jacques Bixiou war der Enkel eines Pariser Krämers. Sein Vater war als Oberst gestorben und hatte ihn der Pflege seiner Großmutter überlassen, die mit ihrem ersten Kommis namens Descoings eine zweite Ehe geschlossen hatte. Sie starb im Jahre 1822. Beim Austritt aus dem Gymnasium wußte er noch nicht, welchen Beruf er ergreifen solle. Er versuchte es in der Malerei und hatte trotz der Freundschaft, die ihn mit Joseph Bridau, seinem Jugendfreund, verband, auf sie verzichtet, um sich dem Karikaturenzeichnen zu widmen, den Vignetten und Buchillustrationen. Die Protektion der Herzöge von Maufrigneuse und Rhétoré, die er bei Tänzerinnen kennengelernt hatte, verschaffte ihm im Jahre 1819 seine Stellung. Mit des Lupeaulx, mit dem er gesellschaftlich auf gleichem Fuße stand, hatte er auch dienstlich ein außerordentlich gutes Verhältnis. Er duzte du Bruel und bot so ein lebendiges Beispiel für die Beobachtungen Rabourdins über die fortschreitende Zerstörung der administrativen Rangordnung in Paris, durch die persönliche Geltung, die ein Mann außerhalb des Bureaudienstes erwirbt. Er war klein, aber gut gewachsen, hatte feingezeichnete Gesichtszüge, an denen eine leichte Ähnlichkeit mit Napoleon auffiel, schmale Lippen, ein flaches Kinn, das gerade abfiel, einen kastanienbraunen Backenbart. Er war siebenundzwanzig Jahre alt, blond, mit einer scharfen Stimme und blitzenden Augen. – Dieser Mensch, ganz Sinne und ganz Geist, ruinierte sich durch seine Leidenschaft für Vergnügungen aller Art, die ihn in eine endlose Kette von Zerstreuungen stürzte. Er war ein furchtloser Grisettenjäger, ein leidenschaftlicher Raucher. Er unterhielt die Leute in den Salons, er war ein Liebhaber von Diners und Soupers, er bequemte sich allen Ansichten und glänzte ebensosehr hinter den Kulissen wie auf einem Grisettenball in der Allée des Veuves. Er imponierte ebenso bei Tisch wie auf einer Lustpartie, war ebenso im Schwunge um Mitternacht auf der Straße, wie wenn man ihn morgens beim Aufstehen traf, aber wie alle großen Komiker düster und traurig gestimmt, wenn er allein war. Da er in die Welt der Schauspielerinnen und Schauspieler, der Schriftsteller, der Künstler und gewisser Frauen, deren Reichtum vom Zufall abhängt, eingeführt war, führte er ein angenehmes Leben, besuchte die Theater auf Freibillette und spielte bei Frascati, wobei er oft gewann. Mit einem Wort, dieser Künstler, der wirklich tiefe Gedanken hatte, aber stets nur blitzartig, wiegte sich im Leben wie auf einer Schaukel, ohne den Moment zu fürchten, in dem der Strick reißen würde. Seine große geistige Beweglichkeit, sein Ideenreichtum bewirkten, daß er von allen denen gesucht wurde, die an das Funkeln der Intelligenz gewöhnt sind. Aber keiner seiner Freunde liebte ihn. Er war außerstande, irgendein witziges Wort zurückzuhalten, und gab noch vor dem Ende des ersten Ganges bei Tisch seine beiden Nachbarn dem allgemeinen Gelächter preis. Trotz seiner scheinbaren Heiterkeit sprach aus seinen Reden eine geheime Unzufriedenheit über seine soziale Stellung, er strebte nach irgend etwas Besserem, und der verhängnisvolle Dämon, der in seinem Geist lebte, verhinderte ihn, jenen ernsten Ausdruck anzunehmen, der so vielen Dummen eigen ist. Er wohnte in der Rue des Ponthier in dem zweiten Stockwerk, wo er drei Zimmer hatte, die ganz so unordentlich waren wie jeder Junggesellenhaushalt – ein wahres Biwak. Er sprach oft davon, Frankreich zu verlassen und sein Glück in Amerika zu versuchen. Keine Wahrsagerin hätte das Schicksal eines jungen Mannes voraussehen können, bei dem alle Talente so unvollständig waren, dem jede Ausdauer so gänzlich fehlte, der stets trunken von Vergnügen war und niemals an den nächsten Tag dachte. Was seinen Anzug betraf, so hatte er nur den Ehrgeiz, nicht lächerlich zu wirken, und vielleicht war er der einzige aus dem ganzen Ministerium, an dessen Haltung und Kleidung man nicht unmittelbar den Beamten erkannte. Er trug elegante Halbschuhe, schwarze Beinkleider mit Stegen, eine Phantasieweste und eine hübsche blaue Jacke, seine Halsbinde war immer das Geschenk einer Grisette, einen Hut von Bandoni und Handschuhe von dunklem Kalbsleder. Sein Gang war nicht ohne Anmut, er hielt sich weltmännisch und schlicht zugleich. So konnte es sein, daß, wenn er von des Lupeaulx wegen einer etwas zu starken Frechheit, die er über den Baron de la Billardière gesagt hatte, gerügt und mit Entlassung bedroht wurde, er sich damit begnügte, ihm zu antworten: „Sie werden noch wegen der Kleidung auf mich zurückkommen.“ Des Lupeaulx konnte das Lachen nicht verbeißen.

Den hübschesten Scherz im Bureaudienst hatte sich Bixiou für Godard ausgedacht. Er hatte ihm nämlich einen Schmetterling, den er angeblich aus China heimgebracht hatte, geschenkt. Diesen Schmetterling bewahrte der Unterchef bis heute in seiner Sammlung auf und zeigte ihn jedem, ohne zu bemerken, daß er aus bemaltem Papier war. Um seinem Unterchef einen Streich zu spielen, hatte Bixiou die Ausdauer des Künstlers. Der

Teufel drängt immer ein Opferlamm in die Nähe eines solchen Menschen. So hatte auch das Bureau Baudoyer sein Opferlamm. Es war ein armer Expedient, ein zweiundzwanzigjähriger Mensch mit fünfzehnhundert Franken Jahresgehalt – Auguste Jean François Minard. Minard hatte eine Liebesheirat mit einer Blumenarbeiterin, der Tochter eines Portiers, geschlossen. Sie arbeitete bei sich zu Hause für Fräulein Godard. Minard hatte sie zuerst in der Rue de Richelieu in einem Laden gesehen. Als junges Mädchen hatte Zélie Lorain zahlreiche Hoffnungen, wie sie aus ihrem Stand herauskommen könne. Zuerst war sie Schülerin eines Konservatoriums gewesen, dann der Reihe nach Tänzerin, Sängerin und Schauspielerin. Sie hatte auch davon geträumt, es wie viele Arbeiterinnen zu machen, aber die Angst, es schlecht zu treffen und sich in furchtbares Elend zu stürzen, hatte sie vor dem Laster bewahrt. Sie schwankte zwischen zahllosen Heiraten. Da trat Minard vor sie mit einem unzweideutigen Heiratsantrag. Zélie verdiente fünfhundert Franken jährlich, Minard fünfzehnhundert. Da sie glaubten, mit zweitausend Franken leben zu können, verheirateten sie sich, ohne einen Ehekontrakt zu schließen – alles aus größter Sparsamkeit. Minard und Zélie hatten eine Wohnung an der Barrière de Caxcelles genommen – wie zwei Turteltauben im Taubenschlag, so hausten sie da im dritten Stock für dreihundert Franken Jahresmiete: mit weißen Mullvorhängen am Fenster, einer kleinkarrierten schottischen Tapete, für fünfzehn Pfennig die Rolle, Fliesenfußboden, Möbeln aus Nußbaumholz, einer kleinen, sehr sauberen Küche.

Zélie hatte ein Zimmer, in dem sie ihre Blumen herstellte. Dann hatten sie einen Salon mit Polsterstühlen, einem runden Tisch in der Mitte, einem Spiegel und einer Wanduhr, die eine sich drehende Kristallfontäne darstellte, und vergoldeten, mit Tüll umwickelten Leuchtern. Das Schlafzimmer war in Weiß und Hellblau, mit einem Bett, einer Kommode und einem kleinen Schreibtisch aus Mahagoni. Vor den Betten lagen Vorleger. In dem Zimmer standen sechs Sessel und vier Stühle und in der Ecke die Wiege aus Kirschbaumholz, in der ein Knabe und ein Mädchen schliefen. Zélie nährte ihre Kinder selbst, sie besorgte die Küche, die Blumen und ihren Haushalt. Es lag etwas Rührendes in dieser glücklichen und arbeitsamen Mittelmäßigkeit. Zélie fühlte, daß Minard sie liebte, und erwiderte diese Liebe aufrichtig. Liebe weckt Liebe, das ist schon eine alte Bibelweisheit. Minard stand morgens, während seine Frau noch schlief, auf und machte die Einkäufe für sie. Die fertigen Blumen gab er auf dem Wege nach dem Bureau ab. Auf dem Heimweg kaufte er das zu ihrer Herstellung notwendige Material. Während er zu Haus auf das Mittagessen wartete, schnitt oder stempelte er die Blätter, tönte die Stengel und löste die Farben auf. Er war ein kleiner, magerer, schmächtiger Mensch von nervösem Aussehen, hatte krause rote Haare, hellbraune Augen. Sein Teint war leuchtend blaß, die einzigen Farbflecken in seinem Gesicht waren einige Sommersprossen. Seine ganze Art war schwerfällig und unbeweglich. Er konnte ebenso schön schreiben wie Vimeux. Im Bureau verhielt er sich stets sehr ruhig, tat seine Arbeit und bewahrte die gesammelte Haltung eines Mannes, der leidet und träumt. Seine weißen Wimpern und seine spärlichen Augenbrauen hatten ihm den Spitznamen „weißes Karnickel" zugezogen – der grausame Bixiou hatte ihn ihm gegeben. Minard, dieser Rabourdin einer niederen Sphäre, war verzehrt von dem Wunsch, für seine Zélie glückliche Verhältnisse zu schaffen. So suchte er in dem Ozean der Luxus- und industriellen Bedürfnisse von Paris eine Idee, eine Entdeckung, eine Vervollkommnung, die ihm in kurzer Zeit ein Vermögen verschaffen konnte. Seine scheinbare Dummheit war das Produkt seiner unausgesetzten geistigen Anstrengung: er zog alles in Betracht, von der Doppelschminkpaste der Sultaninnen bis zum Cephalinhaaröl, von den Phosphorstreichhölzern bis zum tragbaren Gasapparat, vom dehnbaren Überschuh bis zur hydrostatischen Lampe, drang bis in die letzten Einzelheiten der materiellen Zivilisation. Die Neckereien von Bixiou ertrug er, wie ein beschäftigter Mensch das Summen eines Insekts erträgt; er wurde bei ihnen nicht einmal ungeduldig. Trotz seiner Klugheit erriet Bixiou nicht, eine wie tiefe Verachtung Minard für ihn empfand. Minard kümmerte sich nie um irgendeinen Streit; er erblickte darin nur Zeitverlust. So hatte er schließlich seinen Verfolger ermüdet. Er kam sehr einfach gekleidet in das Bureau. Seine Zwillichhose trug er bis in den Oktober hinein, dazu Halbschuhe und Gamaschen, eine Weste aus Ziegenleder; im Winter einen Anzug aus leichtem Wollstoff, im Sommer aus grobem Alpaka, einen Strohhut oder einen Seidenhut je nach der Jahreszeit, das war alles, denn sein ganzer Ehrgeiz erstreckte sich auf seine Zélie. Er hätte gehungert, um ihr ein Kleid zu kaufen. Einmal im Monat ging er mit ihr ins Theater, auf ein Billett, das du Bruel oder Bixiou ihm gegeben hatten. Bixiou tat nämlich alles, selbst Gutes. In solchen Fällen verließ Zélies Mutter ihre Portierloge und paßte auf die Kinder auf. Minard hatte die Stelle von Vimeux in dem Bureau Baudoyer eingenommen. Herr und Frau Minard statteten ihre Neujahrsbesuche in eigener Person ab. Wenn man sie sah, fragte man sich, was die Frau eines armen Beamten mit fünfzehnhundert Franken Jahresgehalt anstelle, daß ihr Gatte in einem schwarzen Anzug ginge und sie selbst blumengeschmückte Hüte aus italienischem Stroh trüge, Kleider aus gesticktem Musseline, seidene Unterröcke, elegante Halbschuhe, entzückende Schals, einen chinesischen Sonnenschirm; – wie sie es machen könne, daß sie in einer Droschke fahre und doch tugendhaft blieb, während Frau Colleville, oder diese oder jene Dame kaum wußten, wo sie das Nötigste hernehmen sollten, sie, die doch zweitausendvierhundert Franken Jahreseinkommen hatten.

In dem Bureau waren zwei Beamte so innig miteinander befreundet, daß ihre Freundschaft fast lächerlich wurde. In den Bureaus lacht man nämlich über alles. Der aus dem Bureau Baudoyer, Colleville, war dort erster Beamter; unter der Restauration war er zweiter und eine Zeitlang selbst erster Bureauvorsteher gewesen. Er hatte in Frau Colleville eine Frau, die in ihrer Art ebensoviel bedeutete wie Frau Rabourdin in der ihren. Colleville war der Sohn eines ersten Geigers aus der Oper. Er hatte sich in die Tochter einer berühmten Tänzerin verliebt. Flavie Minoret, eine jener geschickten und reizenden Pariserinnen, die es verstehen, ihre Gatten glücklich zu machen und doch ihre eigene Freiheit dabei zu bewahren, machte das Heim von Colleville zum Treffpunkt unserer besten Künstler und Kammerredner. Bei ihr im Hause vergaß man fast völlig den niederen Posten, den Colleville bekleidete. Das Betragen von Flavie – einer nur ein wenig zu fruchtbaren Frau – bot der bösen Nachrede so viel Angriffsflächen, daß Frau Rabourdin alle ihre Einladungen abgesagt hatte. Der Freund von Colleville, Thuillier, nahm in dem Bureau Rabourdin eine ganz ähnliche Stellung ein wie Colleville in dem von Baudoyer. In seiner administrativen Laufbahn war er durch dieselben Umstände gehemmt wie dieser. Wer Colleville kannte, kannte auch Thuillier, und umgekehrt. Ihre Freundschaft, die im Dienst entstanden war, stammte aus dem Zusammenfallen ihrer ersten Dienstzeit im Ministerium. Die hübsche Frau Colleville hatte, so sagte man in den Bureaus, die Fürsorge von Thuillier angenommen, den seine Frau ohne Kinder ließ. Thuillier – man nannte ihn den schönen Thuillier –, ein Mann, der einst gute Aussichten gehabt hatte, führte ein ebenso müßiges Leben wie das von Colleville geschäftig war. Colleville spielte an den Abenden die erste Klarinette in der Komischen Oper und arbeitete morgens als Buchhalter; er mußte die größten Anstrengungen machen, um für seine Familie zu sorgen, obwohl es ihm doch nicht an Protektion fehlte. Man hielt ihn für einen sehr vornehmen Menschen, und das um so leichter, als er seinen Ehrgeiz unter einer Art äußerer Gleichgültigkeit versteckte. Da er scheinbar zufrieden mit seinem Schicksal war und die Arbeit liebte, fand er alle, selbst seine Chefs, bereit, seinen tapferen Existenzkampf zu fördern. Erst seit einigen Tagen hatte Frau Colleville ihre Haushaltung reformiert und schien nur zur Frömmelei zu neigen. So gingen auch in den Bureaus ungewisse Gerüchte herum, daß sie beabsichtige, in einem geistlichen Orden einen sichereren Stützpunkt zu suchen, als es der berühmte Redner Franz Keller, einer ihrer beharrlichsten Liebhaber, sein konnte, dessen Ansehen jedoch bis jetzt nicht imstande gewesen war, Colleville einen höheren Posten zu verschaffen. Flavie hatte sich, und das war einer ihrer Mißgriffe, an des Lupeaulx gewandt. Colleville hatte eine Leidenschaft dafür, das Horoskop berühmter Männer in dem Anagramm ihrer Namen zu suchen. Er verbrachte ganze Monate damit, Namen zu zerlegen und wieder zusammenzulegen, um einen Sinn in ihnen zu entdecken. „Un Corse la finira" fand er in „Revolution française"; – „vierge de son mari" in „Marie de Vigneros", der Nichte des Kardinals Richelieu. „Henrici mei casta dea" in „Catharina de Medicis"; – „eh! c'est large nez" in „Charles Genest", dem Hofprediger von Ludwig XIV., der so bekannt durch seine dicke Nase war, die den Herzog von Burgund amüsierte. Kurzum, alle bekannten Anagramme hatten Colleville in Staunen gesetzt. Er erhob das Anagramm zur Wissenschaft, er behauptete, daß das Schicksal eines jeden Menschen in den Worten geschrieben stände, die die Zusammensetzung der Buchstaben seiner Namen,

Vornamen und Titel bildeten. Seit der Thronbesteigung Karls X. beschäftigte er sich mit dem Anagramm des Königs. Thuillier, der ab und zu Witze riß, behauptete, daß das Anagramm ein Wortspiel mit Buchstaben sei. Colleville, ein sehr gefühlvoller Mann, der fast unlöslich mit Thuillier verbunden war – dieser seinerseits war das Muster eines Egoisten, stellte für viele Beamte der Abteilung ein schier unerklärliches Rätsel dar, das sie mit den Worten zu lösen suchten; Thuillier ist reich und die Kosten des Haushalts Colleville sind schwer zu bestreiten. In der Tat hieß es, daß Tuillier zu seinem Gehalt, das er vom Staat bezog, einigen aus Zinsgeschäften gewonnenen Profit hinzufüge. Oft kamen Kaufleute zu ihm, um mit ihm zu verhandeln; mit ihnen hatte er immer kurze Gespräche auf dem Hof des Ministeriums; stets auf Rechnung von Fräulein Thuillier, seiner Schwester. Die Freundschaft der beiden Männer, die durch die Zeit befestigt worden war, hatte ihre Grundlage in Gefühlen und ganz natürlichen Tatsachen, von denen an anderer Stelle die Rede sein wird. Es ist nichts desto weniger vielleicht nicht überflüssig, daß, wenn man bemerkt, daß Frau Colleville in den Bureaus sehr bekannt war, man dagegen von der Existenz von Frau Thuillier so gut wie nichts wußte. Colleville war ein tätiger Mann, er hatte mehrere Kinder, er war dick, fett, zufrieden, während Thuillier, der Elegant aus der Zeit des Kaiserreiches, scheinbar ohne Sorgen und stets müßig war. Er war ein schlanker Mensch mit einem blassen und fast melancholischen Gesicht.

„Wir wissen nicht,“ sagte Rabourdin, wenn er

von diesen beiden Beamten sprach, „ob unsere Freundschaften nicht viel eher aus Gegensätzlichkeiten als aus Ähnlichkeiten entstehen.“
Im Gegensatz zu diesen siamesischen Zwillingen waren Chazelle und Paulmier zwei Beamte, die sich in stetem Kriegszustand miteinander befanden. Der eine rauchte, der andere schnupfte, und sie stritten unaufhörlich miteinander, wer von ihnen auf eine vorteilhaftere Weise den Tabak verbrauche. Ein Fehler war ihnen beiden gemeinsam und dieser machte beide den Beamten gleich langweilig. Er bestand darin, daß sie ewig über die Kurse stritten, über die Preise der Schoten, der Makrelen, die Stoffe der Regenschirme, der Kleider, Hüte, Stöcke und Handschuhe ihrer Kollegen. Sie rühmten sich gegenseitig der neuen Entdeckungen, ohne jemals aus ihnen Nutzen zu ziehen. Chazelle sammelte Prospekte von Buchhandlungen, Anzeigen von Lithographien und Zeichnungen, aber er abonnierte keine einzige Zeitschrift. Paulmier, der Kollege von Chazelle im Schwatzen, verbrachte seine Zeit damit, auszumalen, daß, wenn er ein solches oder solches Vermögen hätte, er sich dieses oder jenes gönnen würde. Eines Tages ging Paulmier zu dem berühmten Dauriat, um ihm Komplimente dafür zu machen, daß er den Buchhandel dazu gebracht habe, in Satin gebundene Bücher mit gedruckten Umschlägen herzustellen, um ihn zu ermutigen, auf dem Wege der Verbesserungen fortzufahren. Dabei besaß Paulmier selbst nicht ein einziges Buch. Der Haushalt von Chazelle, der von seiner Frau tyrannisiert wurde und dabei unabhängig erscheinen wollte, lieferte Paulmier den Stoff zu ewigen

Neckereien. Dieser, der Junggeselle war und oft nüchtern ins Bureau kam wie Vimeux, bot Chazelle mit seinen abgerissenen Kleidern und seiner bemäntelten Dürftigkeit einen dankbaren Stoff zu Spöttereien. Chazelle und Paulmier hatten beide kleine Bäuche: der von Chazelle war rund, klein und spitz und hatte nach einem Wort von Bixiou die Frechheit, immer als erster voranzugehen. Der von Paulmier schwankte von rechts nach links. Bixiou ließ sie ihnen beiden einmal vierteljährlich messen. Beide waren zwischen dreißig und vierzig Jahren, beide so närrisch, daß sie außerhalb des Dienstes keine Beschäftigung hatten. Sie präsentierten den Typ des Beamten reinsten Blutes – sie waren von Papieren und von dem Aufenthalt in den Bureaus verblödet. Chazelle schlief oft bei der Arbeit ein, und seine Feder, die er auch im Schlaf noch festhielt, zeichnete kleine Absätze bei jedem seiner Atemzüge. Paulmier brachte dann den Schlaf seines Freundes in Zusammenhang mit dessen ehelichen Bedürfnissen. Als Antwort auf diese Neckerei beschuldigte Chazelle Paulmier, daß er von zwölf Monaten im Jahre in vieren Medizin einnehme, und er sagte ihm, daß er an einer Grisette sterben werde. Dann bewies Paulmier, daß Chazelle auf einem Almanach die Tage ankreide, an denen seine Gattin ihn liebenswürdig fand. Diese beiden Beamten hatten durch ihre Art, sich gegenseitig ihre schmutzige Wäsche zu waschen, indem sie sich gelegentlich der allerkleinsten Einzelheiten ihres Privatlebens verhöhnten, in den Bureaus eben die Verachtung gewonnen, die sie verdienten. „Halten Sie mich für einen Chazelle?“ war ein Wort, das dazu diente, um eine langweilige Diskussion zu beenden.

Der junge Herr Poiret (Poiret jun.), um ihn von seinem älteren Bruder zu unterscheiden, der in dem Haus Vauquer zurückgezogen lebte – Poiret jun. ging manchmal dorthin Mittag essen, in der Absicht, auch seinerseits dort seine Tage zu beschließen – war schon dreißig Jahre im Dienst. Die Natur ist nie so unveränderlich in ihrer Entwicklung, wie dieser arme Mann in den Handlungen war, die er in seinem Leben vollzog: er er legte seine Sachen immer genau an denselben Platz, seine Federn in genau dieselbe Holzrille, er setzte sich um genau dieselbe Stunde auf seinen Platz, erwärmte sich am Ofen um genau dieselbe Minute, und sein einziger Ehrgeiz bestand darin, eine ganz unfehlbar richtige Uhr zu tragen, die er übrigens alltäglich nach der Rathausuhr stellte, denn er wohnte in der Rue du Martrois und sein Weg zum Ministerium führte ihn am Rathaus vorbei. Von sechs bis acht Uhr morgens führte er die Bücher eines großen Modehauses in der Rue Saint-Antoine und von sechs bis acht Uhr abends die des Hauses Camusot, Rue des Bourdonnais. So verdiente er dreitausend Franken jährlich, einschließlich des Gehaltes, das er vom Staat bezog. Da nur noch wenige Monate bis zu dem Zeitpunkt fehlten, an dem er pensionsberechtigt war, trug er eine große Gleichgültigkeit gegen die Intrigen in den Bureaus zur Schau. Ähnlich seinem Bruder, dessen sozialem Ansehen sein Rücktritt vom Amt einen verhängnisvollen Schlag gegeben hatte, würde auch er ohne Zweifel bedeutend im Werte sinken, wenn er nicht mehr von der Rue du Martrois nach dem Ministerium gehen müsse, sich auf seinen Stuhl setzen und seine schriftlichen Arbeiten erledigen. Er hatte den Auftrag, die Tageszeitungen zu sammeln, auf die das Bureau abonniert war, und ebenso den „Moniteur", und er besorgte diese Sammlung mit Fanatismus. Wenn irgendein Beamter eine Nummer verlor, sie fortnahm und nicht wiederbrachte, dann nahm Poiret jun. sich die Erlaubnis, während der Dienstzeit auszugehen, begab sich geradewegs in das Verlagshaus der Zeitung, forderte dort die fehlende Nummer und kehrte voller Begeisterung für die Höflichkeit des Verlagsangestellten zurück. Er hatte es immer mit einem außerordentlich liebenswürdigen Menschen zu tun bekommen und seiner Meinung nach waren die Journalisten ausnahmslos liebenswürdige und wenig bekannte Menschen. Poiret war von mittlerer Größe, er hatte halberloschene Augen, sein Blick war matt und ohne Wärme, seine Haut faltig, bleifarben und mit kleinen bläulichen Punkten besät, eine Stumpfnase und einen zusammengekniffenen Mund, in dem einige verdorbene Zähne verloren umherstanden. Seine langen und mageren Arme endeten in enorm großen Händen, an denen keine einzige weiße Stelle war. Seine grauen Haare waren durch den Druck des Hutes eng an den Kopf angeschmiegt und gaben ihm das Aussehen eines Geistlichen, eine ihm übrigens wenig schmeichelhafte Ähnlichkeit, denn er haßte die Priester und die Geistlichkeit, freilich ohne seine religiösen Ansichten auseinandersetzen zu können. Diese Abneigung jedoch hinderte ihn nicht, jeder Regierung, welchen politischen Charakter sie auch immer trug, fest anzuhängen. Seine alte, grünliche Weste knöpfte er niemals zu, auch nicht an den allerkältesten Tagen; er trug stets Schnürstiefel und eine schwarze Hose. Er kaufte seit dreißig Jahren in denselben Geschäften. Wenn sein Schneider starb, forderte er Urlaub, um zu seinem Begräbnis zu gehen, drückte dem Sohn auf dem Grabe des Vaters die Hand und versicherte ihn seiner Kundschaft. Er war mit allen seinen Lieferanten persönlich befreundet, er erkundigte sich nach ihren Privatangelegenheiten, plauderte mit ihnen, hörte ihre Klagen an und bezahlte alle bar. Wenn er an einen von diesen Herren schrieb, um irgendeine Änderung in seinen Aufträgen zu treffen, dann beobachtete er die höflichsten Formen. Er schrieb die Anrede in Schönschrift, setzte das Datum und fertigte eine Abschrift des Briefes an, die er in einem Karton: „Meine Korrespondenz" aufbewahrte. Es war kein ordentlicheres Leben denkbar als das seine. Poiret besaß seine sämtlichen quittierten Rechnungen, alle Quittungen, auch die allerunbedeutendsten, und seine jährlichen Kontobücher waren jedes für sich eingeschlagen aufgehoben, alle seit seinem Eintritt in das Ministerium. Er aß immer in demselben Restaurant, auf demselben Platz, auf Abonnement, im „Veau qui tette" an der Place du Châtelet. Die Kellner hielten seinen Platz für ihn frei. Da er sich nicht beim „Cocon d'or", bei dem berühmten Seidenhaus, aufhielt, keine fünf Minuten über die Zeit, die zur Verfügung stand, kam er Punkt acht Uhr im Café David an, dem berühmtesten des Stadtviertels, und blieb dort bis elf Uhr. Auch dort verkehrte er wie in dem „Veau qui tette“ seit dreißig Jahren und trank regelmäßig um halb elf Uhr eine Tasse Milchkaffee mit Zucker. Er hörte dort die politischen Diskussionen an, mit auf seinem Stock gekreuzten Armen und in die rechte Hand gestütztem Kinn. Aber er nahm niemals an ihnen teil. Das Bureaufräulein, die einzige Frau, mit der er gerne sprach, war die Vertraute der kleinen Ereignisse seines Lebens, denn sein Tisch war der der Kasse nächstgelegene. Er spielte Domino, das einzige Spiel, das er begriffen hatte. Wenn seine Partner nicht kamen, fand man ihn manchmal eingeschlafen, den Rücken an das Holzgeländer gelehnt, mit einer Zeitung in der Hand, deren Bügel auf der Marmorplatte des Tisches ruhte. Er interessierte sich für alles, was in Paris geschah, und verbrachte seinen Sonntag, den Fortgang der neuen Bauten zu überwachen. Er fragte den Invaliden, der mit der Überwachung des Bauplatzes beauftragt war, danach, und beunruhigte sich über die Verzögerung an den Bauten, die auf Grund von Material- oder Geldmangel eintraten, über die Schwierigkeiten, auf die der Architekt stieß. Man hörte ihn sagen: Ich habe den Louvre aus seinen Trümmern wiedererstehen sehen, ich habe die Place du Châtelet erstehen sehen, den Quai aux fleurs, die Markthallen! Er und sein Bruder waren in Troyes als Söhne eines Gutspächters geboren und nach Paris zur Lehre in die Bureaus geschickt worden. Ihre Mutter hatte ein unglückliches Schicksal gehabt. Die beiden Brüder hatten den Kummer, zu erfahren, daß sie im Hospital von Troyes gestorben sei. Da verschworen sich alle

beide, nicht nur niemals zu heiraten, nein, sie faßten auch einen tiefen Abscheu vor Kindern. Das gereichte allen beiden zum Unglück! Sie fürchteten sie, wie man Verrückte fürchten kann, und betrachteten sie mit scheuen Blicken. Alle beide waren unter dem Ministerium von Robert Lindet mit Arbeit überlastet gewesen. Die Verwaltung war damals ungerecht gegen beide, aber sie betrachteten sich als glücklich, ihren Kopf behalten zu haben, und beklagten sich nicht über diese Undankbarkeit. Sie waren stolz, denn sie hatten „die Höchstleistung" organisiert. Als man Phellion den Streich spielte, seinen berühmten Satz von Rabourdin verbessern zu lassen, nahm Poiret Phellion beim Herausgehen im Korridor beiseite und sagte ihm: „Glauben Sie mir, Herr Phellion, ich habe mich mit meiner ganzen Kraft dem, was geschehen ist, widersetzt."
Seit seiner Ankunft in Paris war er niemals aus der Stadt herausgekommen. Seit jener Zeit hatte er ein Tagebuch geführt, in dem er die wesentlichen Ereignisse des Tages vermerkte. Von du Bruel hatte er erfahren, daß Lord Byron ein Tagebuch geführt habe, und diese Ähnlichkeit erfüllte Poiret mit Freude und veranlaßte ihn, sich die Werke von Lord Byron in der Übersetzung von Chastopalli zu kaufen. Jedoch verstand er absolut nichts von ihnen. Oft überraschte man ihn im Bureau in einer melancholischen Haltung; dann sah er aus, als ob er in tiefes Nachdenken versunken sei, aber in Wirklichkeit dachte er überhaupt nicht. Er kannte nicht einen einzigen der Mieter seines Hauses und trug seinen Wohnungsschlüssel immer bei sich. Am Neujahrstag gab er

seine Visitenkarte bei allen Beamten der Abteilung selbst ab. Bixiou nahm sich vor, an einem der Hundstage das Innere eines alten Hutes, den Poiret jun. (er war zweiundfünfzig Jahre alt) seit neun Jahren trug, mit Schweineschmalz einzufetten. Bixiou, der niemals einen anderen Hut als diesen auf dem Kopf von Poiret gesehen hatte, träumte schon von ihm, beim Essen sah er ihn vor sich; im Interesse seiner Verdauung hatte er beschlossen, das Bureau von diesem unsauberen Hut zu befreien. Poiret jun. ging gegen vier Uhr fort. Während er durch die Straßen von Paris schritt, in denen die Strahlen der Sonne, die sich in den Pflastern und Mauern einfangen, tropische Hitze hervorbringen, fühlte er, daß er, der so selten schwitzte, am Kopf vollständig durchnäßt war. Da er sich sofort für krank hielt oder im Begriff, es zu werden, ging er, statt in das Restaurant zum Mittagessen zu gehen, nach Hause, zog aus seinem Schreibtisch sein Tagebuch hervor und zeichnete die Tatsache folgendermaßen auf:

„Heute, am 3. Juli 1823, hat mich ein ungewöhnlicher Schweiß überfallen, der vielleicht Symptom des Schweißfiebers ist, einer Krankheit, die besonders häufig in der Champagne vorkommt. Ich will Herrn Dr. Haudry konsultieren. Das Übel hat in der Höhe des Quai de l'école eingesetzt."

Plötzlich merkte er, da er den Hut abgelegt hatte, daß der angebliche Schweiß eine Ursache hatte, die ganz unabhängig von seiner Person war. Er trocknete sich das Gesicht ab, untersuchte den Hut, in dem er jedoch nichts entdecken konnte, da er es nicht wagte, das Futter los zu trennen. Er machte also folgende Notiz in sein Tagebuch: „Ich habe den Hut zu Herrn Turnan, einem Hutmacher in der Rue Saint-Martin getragen, in der Annahme, daß der Schweiß eine andere Ursache hat, die also dann nicht Schweiß sein würde, sondern die Wirkung irgendeiner Manipulation, die vor kurzem oder längerem an dem Hut vorgenommen wurde.“

Herr Turnan erkannte auf der Stelle das Vorhandensein eines fetten Körpers, der durch das Auslassen von dem Fett eines Schweines oder einer Sau entstanden wäre.

Am andern Morgen kam Poiret mit einem von Herrn Turnan geliehenen Hut ins Ministerium – bis er einen neuen hätte. Aber er hatte sich nicht schlafen gelegt, ohne seinem Tagebuch folgenden Satz anzufügen: „Es hat sich herausgestellt, daß mein Hut Schmalz, beziehungsweise Schweinefett enthielt.“ Diese unerklärliche Tatsache beschäftigte den Verstand von Poiret während mehr als vierzehn Tagen. Er konnte niemals begreifen, wie diese Erscheinung zustande kommen konnte. Im Bureau unterhielt man ihn von Krötenregen und anderen Abenteuern aus den Hundstagen, von dem Kopf von Napoleon, den man in einer Eschenwurzel gefunden habe, und von tausend anderen Absonderlichkeiten der Naturgeschichte. Vimeux sagte ihm, daß eines Tages sein, Vimeux' Hut schwarz auf sein Gesicht abgefärbt habe, und daß die Hutmacher Schundwaren verkauften. Poiret ging mehrmals zu Herrn Turnan, um sich der Art der Herstellung von Hüten zu versichern.

Ein anderer Beamter bei Rabourdin spielte den tapferen Mann. Er bekannte sich zu den Meinungen der mittleren Linken und empörte sich gegen die Tyrannei von Baudoyer auf Rechnung der unglücklichen Sklaven dieses Bureaus. Dieser junge Mann namens Fleury hielt sich kühnerweise ein Oppositionsblatt, trug einen grauen Hut mit weichem, breitem Rande und rote Litzen an seinen blauen Hosen, eine blaue Weste mit vergoldeten Knöpfen und eine Joppe, die auf der Brust gekreuzt war, wie die eines Quartiermeisters der Gendarmerie. Obwohl er unerschütterlich an seinen Grundsätzen festhielt, blieb er nichtsdestoweniger Beamter, aber er sagte der Regierung eine unheilvolle Zukunft voraus, wenn sie dabei bleiben würde, die Kirche zu unterstützen. Er bekannte offen seine Sympathien zu Napoleon, seit der Tod des großen Mannes die Gesetze gegen die Anhänger des Ursurpators außer Gebrauch gesetzt hatte. Fleury, früherer Offizier in einem Linienregiment unter dem Kaiser, war ein großer Mensch, ein schöner Brünetter, jetzt Aufseher am Olympzirkus. Bixiou hatte sich niemals erlaubt, Fleury einen Streich zu spielen, denn dieser rauhe Soldat, der sehr gut mit der Pistole umzugehen verstand und ein ausgezeichneter Fechter war, schien imstande zu sein, sich bei Gelegenheit zu großen Brutalitäten hinreißen zu lassen. Er war ein leidenschaftlicher Abonnent der „Victoires et Conquêtes". Aber nichtsdestoweniger weigerte er sich, das Abonnementsgeld zu zahlen, obwohl er die Hefte behielt. Er stützte sich darauf, daß die Hefte die Zahl überschritten, die der Prospekt verspräche. Herrn Rabourdin, der seine Entlassung verhindert hatte, betete er an. Einmal waren ihm die Worte entschlüpft, daß, wenn Herrn Rabourdin je durch die Schuld irgendeines Menschen ein Unglück zustieße, so werde er diesen töten. Dutocq schmeichelte Fleury in niedriger Weise, so sehr fürchtete er ihn. Fleury erstickte fast vor Schulden und spielte seinen Gläubigern tausend Streiche. Er kannte das bürgerliche Gesetzbuch sehr gut und unterzeichnete niemals einen Wechsel. Er hatte selbst unter den Namen von angeblichen Gläubigern Beschlag auf sein Gehalt gelegt, so daß er es in Wirklichkeit fast vollständig bezog. Er war mit einer Statistin aus der Porte Saint-Martin sehr innig befreundet, bei ihr standen seine Möbel. Er spielte mit Glück Ecarté und bildete durch seine Talente den Glanzpunkt gesellschaftlicher Zusammenkünfte. Er trank ein Glas Champagner in einem einzigen Zuge, ohne daß seine Lippen feucht wurden, und er kannte alle Lieder von Béranger auswendig. Er war stolz auf seine volle und sonore Stimme. Seine drei Abgötter waren Napoleon, Bolivar und Béranger. Foy, Lafitte und Casimir Delavigne hatten nur seine Achtung. Fleury, das errät man, war ein Südfranzose und mußte notwendig damit enden, daß er verantwortlicher Herausgeber irgendeiner liberalen Tageszeitung wurde.

Desroys, der geheimnisvolle Mann der Abteilung, verkehrte mit niemandem, plauderte wenig und verbarg sein Privatleben so gut, daß niemand seine Wohnung, seine Beschützer und seine Existenzmittel kannte. Auf der Suche nach den Ursachen dieses Schweigens machten die einen einen Carbonaro aus ihm, die anderen einen Orléanisten, die einen einen Spion, die anderen einen tiefen Denker. Desroys war ganz einfach der Sohn eines Konventsmitgliedes, das nicht für die Todesstrafe gestimmt hatte. Kalt und verschwiegen von Natur, war sein Urteil über die Welt fertig, und er verließ sich nur auf sich selbst. Er war ein geheimer Republikaner, ein Bewunderer von Paul Louis Courier, ein Freund von Michel Chrestien, er erwartete von der Zeit und von der öffentlichen Vernunft den Sieg seiner Meinungen in Europa; außerdem träumte er von dem jungen Deutschland und dem jungen Italien. Sein Herz schwoll von dieser dummen allgemeinen Menschenliebe, die man Humanitarismus nennen müßte, – dem ältesten Kinde der verstorbenen Philanthropie, die für die göttliche Mildherzigkeit der Katholiken dasselbe bedeutet wie das System für die Kunst, das Denken an Stelle des Werks. Dieser gewissenhafte Puritaner der Freiheit, dieser Apostel einer unmöglichen Gleichheit bedauerte es, daß er durch die Not gezwungen war, der Regierung zu dienen, und er leitete Schritte ein, um in die Verwaltung irgendeines großen Verkehrsunternehmens einzutreten. Er war lang, trocken, sehnig und ernst wie ein Mann, der sich berufen fühlt, eines Tages seinen Kopf für ein großes Werk dahinzugeben. Er lebte von einer Seite Volney, er studierte Saint-Just und beschäftigte sich mit einer Rechtfertigung Robespierres, den er als den Nachfolger Jesu Christi betrachtete.

Der letzte der Beamten, der einiger Worte wert ist, ist der kleine de la Billardière. Zu seinem Unglück hatte er seine Mutter verloren. Er wurde von dem Minister beschützt und war den Barschheiten Baudoyers ausgesetzt. Er wurde in den Salons der Minister empfangen und von aller Welt wegen seiner Dreistigkeit und seiner Geckenhaftigkeit gehaßt. Die Chefs waren höflich gegen ihn, aber die Beamten hatten ihn durch eine groteske Höflichkeit, die sie speziell für den Verkehr mit ihm erfunden hatten, außerhalb ihrer Kameradschaftlichkeit gestellt. Er war ein Geck von zweiundzwanzig Jahren, lang und schmächtig, mit den Manieren eines Engländers. Er verletzte die Beamten durch seine dandyhafte Haltung, er war frisiert, parfümiert, trug stets Kragen, er kam in gelben Handschuhen, in Hüten mit stets neuem Futter, er trug ein Lorgnon, ging zum Frühstück in das Palais-Royal. Er war dumm, und diese Dummheit war nur übertüncht von Manieren, die nach Nachahmung rochen, und bei alledem hielt sich Benjamin de la Billardière für einen hübschen Jungen und hatte alle Laster der hohen Gesellschaft, ohne ihre Anmut zu haben. Er war sicher, daß er eine Persönlichkeit sei. Er gedachte ein Buch zu schreiben, um als Schriftsteller einen Orden zu bekommen und ihn seinen administrativen Talenten hinzuzufügen. So schmeichelte er Bixiou, in der Absicht, ihn auszubeuten, aber ohne es noch gewagt zu haben, sich ihm in bezug auf seinen Plan zu eröffnen. Dieser edle Mensch erwartete mit Ungeduld den Tod seines Vaters, um das Recht zu haben, den Titel des Barons zu übernehmen, der diesem kürzlich zuerkannt war. Auf seine Karten schrieb er: Chevalier de la Billardière. In seinem Arbeitszimmer hatte er seine Wappen eingerahmt aufgehängt. Ein Azurstück mit drei Sternen und zwei gekreuzten Degen auf einem Hintergrunde von Sand, mit der Devise: Auf ewig treu! Er hatte den Tick, sich von der heraldischen Kunst zu unterhalten. Einmal hatte er den jungen Grafen von Portenduère gefragt, warum sein Wappen so überladen sei, worauf er die hübsche Antwort bekommen hatte: „Ich habe es nicht machen lassen." Er sprach oft von seiner Ergebenheit für das Königtum und von den Liebenswürdigkeiten, die die Kronprinzessin ihm bezeuge. Er stand sehr gut mit des Lupeaulx. Er frühstückte oft mit ihm und glaubte, daß dieser sein Freund sei. Bixiou stellte sich als sein Mentor und hoffte, die Abteilung sowie Frankreich von diesem jungen Gecken zu befreien, indem er ihn ins Laster triebe. Und er sprach ganz offen von seinen Absichten.

Dies waren die hauptsächlichsten Physiognomien der Abteilung de la Billardière, in der sich noch einige andere Beamten befanden, deren Sitten oder Gesichter sich mehr oder weniger diesen Typen annäherten oder von ihnen entfernten. In dem Bureau Baudoyer begegnte man Beamten mit Glatzen, frostigen Gestalten, die in Flanell eingewickelt waren, in fünften Etagen wohnten, dort Blumen pflegten, Stöcke aus Schlehdorn trugen, alte abgerissene Anzüge, und die ihren Regenschirm immer bei sich hatten. Diese Leute, die den mittleren Durchschnitt von glücklichen Portiers und notleidenden Arbeitern bilden, sind zu weit von den administrativen Zentren entfernt, um an irgendeine Beförderung denken zu können. Sie stellen die Bauern des bureaukratischen Schachbretts dar. Sie sind glücklich, wenn sie Wachtdienst haben, weil sie dann nicht ins Bureau zu gehen brauchen. Sie sind zu allem fähig, um eine Gratifikation zu erlangen. Ihre Existenz ist selbst für diejenigen ein Rätsel, die sie gebrauchen, und sie ist eine Anklage gegen den Staat, der, indem er sie in ihren Dienst einstellt, dieses Elend erzeugt. Beim Anblick dieser seltsamen Physiognomien ist es schwer, zu entscheiden, ob diese an der Feder säugenden Tiere bei diesem Handwerk verblöden, oder ob sie nicht dieses Handwerk betreiben, weil sie von Geburt an ein wenig blöde sind. Vielleicht ist gleich viel Schuld auf seiten der Natur wie auf seiten der Regierung. „Die Dorfbewohner," hat ein Unbekannter einmal gesagt, „unterstehen, ohne sich davon Rechenschaft abzulegen, der Einwirkung der atmosphärischen Umstände und der äußeren Verhältnisse." Bis zu einem gewissen Grade mit der Natur, in deren Mitte sie leben, identifiziert, werden sie, ohne es selbst zu wissen, mit den Ideen und den Gefühlen, die sie erweckt, durchdrungen, und sie spiegeln sie wieder in ihren Haltungen und in ihrem Gesichtsausdruck, je nach ihrer eigenen Anlage und ihrem Charakter. So von langer Hand her den Gegenständen, die sie unaufhörlich umgeben, eingeformt und angepaßt, sind sie das interessanteste und das aufrichtigste Buch für einen jeden, der sich nach diesem Gebiet der Physiologie hingezogen fühlt – einem Gebiet, das noch wenig bekannt ist und doch so sehr fruchtbar; es erklärt die Beziehungen zwischen dem geistigen Sein der Menschen und den äußeren Triebkräften ihrer Umgebung. Für den Beamten ist das Bureau die Natur, sein Horizont ist von allen Seiten durch blaue Pappdeckel begrenzt. Für ihn bilden die Luft der Korridore, die männlichen Ausdünstungen, die in den Zimmern ohne Ventilation sind, der Geruch der Papiere und der Federn die Atmosphäre. Sein Landgebiet ist ein Viereck oder ein Stück Boden, das mit seltsamen Trümmern bedeckt ist und von der Gießkanne des Bureaudieners befeuchtet wird; sein Himmel ist eine Zimmerdecke, zu der er emporgähnt, und sein Element ist der Staub. Die an den Dorfbewohnern gemachte Beobachtung paßt ganz genau auf die Beamten, die eins geworden sind mit den Gegenständen, in deren Mitte sie leben. Wenn mehrere hervorragende Ärzte den Einfluß dieser zugleich wilden und zivilisierten Natur auf das geistige Wesen fürchten, das sich in diesen schauderhaften Räumen, die man Bureaus nennt, aufhält – in diesen Räumen, in die die Sonne kaum hineindringt, in denen das Denken von Beschäftigungen gehemmt wird, die ähnlich denen der Pferde sind, die in einer Manege herumtraben, sich furchtbar langweilen und sehr rasch sterben. Rabourdin hatte also vollkommen recht, als er die Zahl seiner Beamten einschränken wollte, als er große Gehälter und außerordentlich große Aufgaben für sie forderte. Man langweilt sich niemals, wenn man große Aufgaben zu erfüllen hat. So aber, wie die Bureaus jetzt eingerichtet sind, werden von den neun Stunden, die die Beamten dem Staate zollen müssen, vier davon, wie wir es sehen werden, mit Unterhaltungen verloren – mit Schwätzereien, Streitereien und ganz besonders mit Intrigen. Man muß viel in den Bureaus verkehrt haben, um zu erkennen, bis zu welchem Grade das beschränkte Leben jedes einzelnen dort dem aller anderen Kollegen gleicht; aber überall, wo Menschen in Gruppen gemeinsam leben, ist diese Ähnlichkeit kennzeichnend. Auch beim Militär und in den

Gerichten findet man das Gymnasium in größerem oder kleinerem Stil wieder. Alle diese Beamten, die eine achtstündige tägliche Arbeitszeit vereinigte, erblickten in den Bureaus eine Art Schule, in der es Schularbeiten zu machen gab, in der die Chefs die Klassenlehrer ersetzten, und in der die Gratifikationen die Preise für gutes Betragen waren, die den Günstlingen verliehen wurden; eine Art Schule, in der sich einer über den anderen lustig machte, in der man sich haßte, und in der nichtsdestoweniger eine Art von Kameradschaft bestand; – eine Kameradschaft, die jedoch schon kühler war als die beim Militär, die wiederum ihrerseits schwächer ist als die gewöhnlich in den Gymnasien herrschende. In dem Maße, in dem der Mensch vorwärts schreitet im Leben, entwickelt sich der Egoismus und lockert die Bande der gegenseitigen Zuneigung. Sind die Bureaus mit all ihren Absonderlichkeiten, ihrer Freundschaft, ihrem Haß, ihrer Lust und ihren Begierden, ihrem Vorwärtsschreiten trotz alledem, mit all ihren frivolen Reden, die soviel Wunden machen, und mit ihrer unaufhörlichen Spionage, nicht eine Welt im kleinen?

☆

DIE MASCHINE IN BEWEGUNG

AUGENBLICKLICH WAR DIE ABTEILUNG DES Herrn Baron de la Billardière Beute einer außerordentlichen Erregung. Das war sehr gerechtfertigt durch das Ereignis, das bevorstand, denn nicht alle Tage sterben die Abteilungsdirektoren, und es gibt keine Leibrentengesellschaft, in der die

Wahrscheinlichkeit des Lebens und des Todes mit mehr Eifer berechnet wird, als es in den Bureaus geschieht. Das Interesse aller einzelnen erstickt dort alles Mitleid, wie es bei den Kindern geschieht. Aber die Beamten heucheln noch obendrein.

Die Beamten des Bureaus Baudoyer kamen gegen acht Uhr zum Dienst, während die des Bureaus Rabourdin sich kaum um neun Uhr zu zeigen anfingen. Nichtsdestoweniger wurde die Arbeit bei Rabourdin bedeutend schneller als bei Baudoyer geleistet. Dutocq hatte ernste Gründe, daß er heute zu so früher Stunde gekommen war. Er war am Abend vorher unerwartet in das Zimmer eingetreten, in dem Sebastian arbeitete, und hatte ihn bei seiner Abschrift für Rabourdin überrascht; er hatte sich versteckt und hatte gesehen, daß Sebastian ohne Papiere fortging. Da er nun sicher war, daß er diese ziemlich umfangreiche Arbeit und ihre Abschrift irgendwo versteckt finden werde, wenn er alle Schubladen eine nach der anderen durchwühlte, so hatte er am Ende wirklich Rabourdins Arbeit gefunden. Eiligst war er in eine Vervielfältigungsanstalt gegangen und hatte dort zwei Abzüge von dieser Arbeit machen lassen, so daß er nun die Handschrift von Rabourdin selbst besaß. Um keinen Verdacht zu erwecken, hatte er Eile, das Konzept schleunigst in sein Fach zurückzulegen. Zu diesem Zweck kam er heute als erster in das Bureau. Sebastian war bis Mitternacht in der Rue Duphot zurückgehalten worden und so kam ihm, trotz seiner Achtsamkeit, der Haß zuvor. Der Haß wohnte Rue Saint-Louis-Saint-Honoré, während die Treue Rue du Roi-

Doré wohnte, im Marais. Diese einfache Verspätung wurde ein schweres Schicksal für Rabourdin. Sebastian öffnete hastig das Fach und fand dort seine unvollendete Abschrift wie auch das Konzept in Ordnung. Er verschloß beides in das Pult seines Chefs. Gegen Ende Dezember ist es oft morgens noch dunkel in den Bureaus. In einigen Räumen muß man sogar noch bis zehn Uhr die Lampen brennen lassen. So konnte Sebastian den Steindruck auf dem Papier nicht bemerken. Aber als Rabourdin um halb zehn sein Konzept untersuchend betrachtete, bemerkte er die an dem Papier durch die Vervielfältigung hervorgebrachte Wirkung um so besser, als er sich mit dem Vervielfältigungsvorgang eingehend beschäftigt hatte, um festzustellen, ob die Pressen imstande seien, gewisse Beamte zu ersetzen.

Der Bureauvorsteher setzte sich in seinen Sessel, nahm seine Feuerzange und begann das Feuer methodisch zu schüren. Er war von seinen Überlegungen ganz in Anspruch genommen. Dann war er gespannt, zu erfahren, in wessen Händen sich sein Geheimnis befände, und ließ Sebastian kommen.

„Ist jemand vor Ihnen in das Bureau gekommen?" fragte er ihn.

„Ja," erwiderte Sebastian, „Herr Dutocq."

„Gut, er ist pünktlich. Schicken Sie mir Anton."

Rabourdin war zu edel, um Sebastian unnütz zu betrüben, indem er ihm ein doch schon vollendetes Unglück vorwarf. So sagte er ihm nichts weiter. Anton kam und Rabourdin fragte ihn, ob am vorigen Tage nicht irgendwelche Beamte nach Bureauschluß zurückgeblieben seien. Der Bureaudiener sagte ihm, daß Dutocq länger als Herr de la Roche gearbeitet habe. Rabourdin entließ den Diener mit einem Kopfnicken und nahm seine Überlegungen wieder auf.

„Zweimal habe ich seine Entlassung verhindert," sagte er sich, „das ist der Dank."

Dieser Morgen mußte für den Bureauchef wie der feierliche Augenblick sein, in dem große Feldherren sich für eine Schlacht entscheiden, nachdem sie alle ihre Chancen abgewogen haben. Da er besser als irgendeiner den Geist der Bureaus kannte, so wußte er, daß man dort ebensowenig wie im Gymnasium, im Zuchthaus oder beim Militär das verzieh, was nach Angeberei, nach Spionage aussah. Ein Mensch, der imstande ist, Angaben über seine Kameraden zu machen, ist geächtet, verloren, verachtet. In diesem Fall verlassen sogar die Minister ihre eigenen Werkzeuge. Dann muß ein Beamter seinen Abschied nehmen und Paris verlassen. Seine Ehre ist für immer befleckt: alle Erklärungen sind vergeblich, niemand fordert sie und niemand will sie hören. In dieser Beziehung ist ein Minister über alle anderen Beamten erhaben, denn seine Aufgabe ist es, die Menschen zu wählen. Dagegen gilt ein einfacher Beamter für einen Spion, welches auch seine Motive bei solchen Nachforschungen sein mögen. Obwohl Rabourdin die ganze Hohlheit dieser Anschauungen sehr gut kannte, so wußte er, daß sie eine sehr große Bedeutung besaßen, und sah sich von ihnen zu Boden geschlagen. Mehr erstaunt als bedrückt fragte er sich, welches und welche Haltung er unter diesen Umständen am besten einnehmen solle. So erfuhr er nichts von der Erregung, die

die Todesnachricht des Herrn von Billardière in den Bureaus hervorrief. Er erhielt diese erst von dem kleinen de la Brière, der den großen Wert des Bureauchefs zu würdigen wußte.

In dem Bureau der Baudoyers (man sagte „die Baudoyers", „die Rabourdins"), erzählte Bixiou gegen zehn Uhr den Herren Minard, Desroys und Godard, die er aus dem Zimmer herausgerufen hatte, und Dutocq, der aus einem doppelten Beweggrund in die Abteilung Baudoyer gelaufen war, von den letzten Augenblicken des Abteilungsdirektors. Colleville und Chazelle fehlten.

Bixiou steht vor dem Ofen, vor dessen Öffnung er abwechselnd seine beiden Schuhsohlen hält, um sie zu trocknen.

„Heute morgen um halb acht Uhr habe ich mich nach dem Befinden unseres würdigen und achtungswerten Direktors, Ritters p. p. erkundigt. Ach, mein Gott! Ja, meine Herren, gestern war der Baron noch zwanzig p. p., aber heute ist er nichts mehr, selbst nicht mehr Beamter. Ich habe mich nach den Einzelheiten seines Befindens in der Nacht erkundigt. Sein Wärter, diese Garde, die sich ergibt, aber nicht stirbt, hat mir gesagt, daß er seit fünf Uhr morgens sich über die königliche Familie beunruhigt habe. Er hat sich die Namen derjenigen von uns vorlesen lassen, die sich nach seinem Befinden erkundigt haben. Schließlich bat er: „füllen Sie meine Tabaksdose, geben Sie mir die Zeitung und meine Brille. Wechseln Sie mein Band von der Ehrenlegion, denn es ist sehr schmutzig'. Sie wissen, er pflegte seine Orden auch im Bett zu tragen. Er war also bei völligem Bewußtsein, er hatte durchaus seine gewohnten Gedanken und Einfälle. Aber ach, was hilft das? Zehn Minuten später war das Wasser gestiegen, gestiegen, es war ins Herz, in die Brust gedrungen. Er fühlte, daß er sterbe, daß die Blutgefäße sprangen. In diesem verhängnisvollen Augenblick hat er bewiesen, wie stark sein Geist war und wie weit sein Verstand. Ach, wir haben ihn nicht gewürdigt, wir Beamten, wir haben uns über ihn lustig gemacht, wir haben ihn als einen Einfaltspinsel betrachtet, als den einfältigsten aller Einfaltspinsel. Nicht wahr, Herr Godard?"

Godard: Ich habe die Talente von Herrn de la Billardière mehr als irgendein anderer geschätzt.

Bixiou: Sie haben sich verstanden.

Godard: Nun, er war kein böser Mensch, er hat keinem etwas zuleide getan.

Bixiou: Um Schlechtes zu tun, muß man etwas tun, aber er tat nichts. Wenn Sie es nicht waren, der ihn für ganz unfähig gehalten hat, dann war es wohl Minard.

Minard (zuckt die Schultern): Ich?

Bixiou: Und Sie, Dutocq? (Dutocq macht eine heftig verneinende Kopfbewegung.) Gut, gut, also niemand. Es steht also bei allen hier fest, daß er ein herkulischer Kopf war. Nun wohl, Sie hatten recht, er hat als ein geistvoller Kopf geendet, als ein begabter, kluger Mensch, kurz, als der große Mann, der er war.

Desroys (ungeduldig): Mein Gott, was hat er denn so Großes getan? Er hat gebeichtet.

Bixiou: Ja, mein Herr, und er hat die heiligen Sakramente empfangen sollen. Aber wissen Sie, wie er sich bereitet hat, um sie zu empfangen? Er hat den Anzug angezogen, den er gewöhnlich als Kammermitglied trug, er hat alle seine Orden angelegt und hat sich pudern lassen, und man hat ihm seinen Zopf (armer Zopf!) in ein neues Band gebunden. Und ich behaupte nun, daß nur ein Mann von großem Charakter sich im Augenblick seines Todes seinen Zopf machen lassen kann; wir sind hier acht, aber keiner von uns würde sich ihn in einem solchen Moment machen lassen. Das ist noch nicht alles: er hat gesagt, Sie wissen doch, daß alle großen Männer im Sterben einen letzten Ausspruch tun müssen, er hat gesagt, ach, wie hat er das doch gesagt? Ich muß mich schmücken, um den König des Himmels zu empfangen, ich, der ich mich so oft auf meine Beine gemacht habe, um zu dem König der Erde zu gehen! So hat Herr von la Billardière geendet. Er hat versucht, das Wort von Pythagoras zu rechtfertigen: „Man lernt die Menschen erst nach ihrem Tode kennen."

Colleville (tritt herein): Endlich, meine Herren, bringe ich Ihnen eine außerordentliche Nachricht...

Alle: Wir kennen sie.

Colleville: Ich zweifle daran, daß Sie sie kennen. Seit Seine Majestät die Throne von Frankreich und Navarra bestiegen hat, bin ich mit der Lösung dieses Problems beschäftigt. Ich habe sie diese Nacht mit so viel Mühe gefunden, daß meine Frau mich fragte, womit ich mich denn so sehr quäle.

Dutocq: Glauben Sie, daß man Zeit hat, sich mit Ihren Anagrammen zu beschäftigen, wenn der verehrungswürdige Herr de la Billardière gerade verschieden ist.

Colleville: Ich erkenne meinen Bixiou! Ich komme soeben von Herrn de la Billardière, er lebte noch, aber man erwartete sein Verscheiden ... (Godard versteht und geht unzufrieden in sein Arbeitszimmer.) Meine Herren, Sie würden niemals die Ereignisse erraten, auf die das Anagramm dieser sakramentalen Wendung schließen läßt. (Er zeigt ein Papier.) Charles Dix, par la grâce de Dieu, roi de France et de Navarre.

Godard (kommt zurück): Sagen Sie es sofort und halten Sie diese Herren nicht auf.

Colleville (wickelt triumphierend den versteckten Teil eines Papierbogens aus.)

A. H. V. il cèdera
De S. C. l. d. partira
En nauf errera.
Décède à Gorix.

Alle Buchstaben sind darin enthalten. (Er wiederholt:) An Heinrich V. wird er abtreten (Seine Krone); von Saint-Cloud wird er fortgehen, zu Naue (in einem kleinen Boot, einer Feluke, Korvette, alles, was Sie wollen, es ist ein altmodisches Wort) herumirren ...

Dutocq: Was für ein Gewebe von Absonderlichkeiten! Wie wollen Sie, daß der König Heinrich V. die Krone abtreten wird, der nach Ihrer Annahme sein Enkel sein würde, wenn der Kronprinz lebt? Sie prophezeien also schon den Tod des Kronprinzen?

Bixiou: Was ist das „Gorix?" Ist das ein Katzenname?

Colleville (beleidigt): Es ist die lapidare Abkürzung eines Stadtnamens, mein verehrter Freund. Ich habe ihn im Malte-Brun nachgeschlagen: Gorix, im Lateinischen Goricia, liegt in Böhmen oder in Ungarn, jedenfalls in Österreich ...

Bixiou: In Tirol, in den baltischen Provinzen oder in Südamerika? Sie hätten auch nach einer Melodie suchen können, um das auf der Klarinette zu spielen.
Godard (zieht die Achseln in die Höhe und geht fort): Was für Dummheiten!
Colleville: Dummheiten! Dummheiten! Wollte wohl, Sie machten sich die Mühe, den Fatalismus, die Religion des Kaisers Napoleon, zu studieren.
Godard (gereizt von Collevilles Ton): Herr Colleville, Historiker können Bonaparte vielleicht Kaiser nennen, aber in den Bureaus darf er in dieser Eigenschaft nicht anerkannt werden.
Bixiou (lächelnd): Wissen Sie, was Anagramme betrifft, so ist mir Ihre Frau lieber. Man kann sie leichter umdrehen. (Leise:) Flavie müßte Sie in ihren verlorenen Momenten zum Bureauchef machen, und wenn es auch nur wäre, um Sie den Dummheiten eines Godard zu entziehen.
Dutocq (Godard unterstützend): Wenn es nicht Dummheiten wären, würden Sie Ihren Platz darüber verlieren, denn Sie prophezeien dem König wenig angenehme Ereignisse. Jeder gute Royalist muß voraussetzen, daß der König an einem zweimaligen Aufenthalt im Auslande genug gehabt habe.
Colleville: Wenn man mich entließe, dann würde François Keller euren Minister kräftig schütteln. (Tiefes Schweigen.) Sie sollten wissen, Meister Dutocq, daß alle bekannten Anagramme erfüllt worden sind. Halt! . . . Nun, Sie werden nicht heiraten, man findet „coqu“ in Ihrem Namen.
Bixiou: D, t, es bleibt also genug für detes table.

Dutocq (scheinbar nicht erzürnt): Ich wollte, es wäre nur in meinem Namen.
Paulmier (ganz leise zu Desroys): Jetzt hak' ein, Colleville!
Dutocq (zu Colleville): Haben Sie das Anagramm von Xavier Rabourdin, dem Bureauchef, gemacht?
Colleville: Gewiß!
Bixiou (schneidet seine Feder): Was haben Sie darin gefunden?
Colleville: Folgendes: D'abord rêva bureaux. E-u... Verstehen Sie wohl?... Et il Ent? Das bedeutet, daß, nachdem er in der Verwaltung begonnen hat, er sie an den Nagel hängen wird, um sein Glück anderswo zu machen. (Er wiederholt.) D'abord rêva bureaux. E-u – fin riche.
Dutocq: Das ist mindestens sonderbar.
Bixiou: Und Isidor Baudoyer?
Colleville (geheimnisvoll): Ich wollte es niemanden außer Thuillier sagen.
Bixiou: Ich wette ein Frühstück, daß ich es weiß.
Colleville: Ich bezahle es, wenn Sie es erraten.
Bixiou: Sie werden mich also bewirten! Aber seien Sie nicht böse darüber, zwei Künstler wie wir werden uns köstlich amüsieren. Isidor Baudoyer gibt einen „Ris d'aboyeur d'oie"!
Colleville (ganz erstaunt): Sie haben es mir gestohlen.
Bixiou (feierlich): Herr von Colleville, tun Sie mir die Ehre und glauben Sie mir, daß ich reich genug an närrischen Einfällen bin, um nicht die meines Nächsten rauben zu – müssen.
Baudoyer (tritt ein mit einer Aktenmappe in der Hand): Meine Herren, ich bitte Sie, sprechen Sie doch noch ein wenig lauter! Sie bringen auf diese

Weise das Bureau in ein sehr gutes Renommee bei den anderen Beamten. Der würdige Herr Clergeot, der mir die Ehre angetan hat, bei mir eine Erkundigung einzuziehen, hört Ihre Redereien. (Er geht zu Herrn Godard herüber.)
Bixiou (leise): Der Wachthund ist sehr sanft heute morgen. Es wird irgend etwas Neues geben.
Dutocq (leise zu Bixiou): Ich muß Ihnen etwas sagen.
Bixiou (faßt die Weste von Dutocq an): Sie haben eine schöne Weste an, die zweifelsohne fast nichts kostet. Vielleicht ist das das Geheimnis?
Dutocq: Wie? Fast nichts? Ich habe noch niemals etwas so teuer bezahlt. Der Stoff kostet sechs Franken die Elle, in dem großen Geschäft in der Rue de la Paix. Ein schöner, glanzloser Stoff, den man sehr gut in tiefer Trauer tragen kann.
Bixiou: In Kupferstichen kennen Sie sich aus, aber Sie wissen nichts von den Gesetzen der Etikette. Nun, man kann nicht alles wissen. In tiefer Trauer darf man keine Seide tragen. Deshalb trage ich auch nur Wolle. Herr Rabourdin, Herr Clergeot, der Minister, alle tragen Wolle, das ganze Faubourg Saint Germain trägt Wolle. Nur Minard nicht. Er hat vielleicht Angst, für einen Hammel gehalten zu werden; „laniger" im Hirtenlatein. Unter diesem Vorwand hat er sich davon befreit, Trauer um Ludwig XVIII., den großen Gesetzgeber, den Herausgeber der Verfassung und geistvollen Mann, zu tragen – einen König, der seinen Platz wohl in der Geschichte erhalten wird, wie er ihn sich überall erhielt. Kennen Sie die schönste Anekdote aus seinem Leben? Nein? Nun, bei seiner zweiten Rückkehr, als er die Herrscher der

Verbündeten empfing, ging er, als man sich zu Tische begab, allen voran.

Paulmier (sieht Dutocq an): Ich verstehe nicht...

Dutocq (sieht Paulmier an): Ich auch nicht!

Bixiou: Sie verstehen nicht? Die Sache ist ganz einfach. Er tat, als ob er nicht bei sich zu Hause wäre. Das war geistreich, das war groß, das war epigrammatisch. Die Herrscher haben nicht viel mehr als Sie verstanden, auch nicht, als sie sich gegenseitig einschätzten, um zu begreifen; es ist wahr, daß es fast alles Auswärtige waren... (Baudoyer steht während dieser Unterhaltung in der Ecke am Kamin, in dem Kabinett seines Unterchefs, und beide sprechen leise.)

Baudoyer: Ja, der würdige Mann verscheidet. Die beiden Minister sind bei ihm, um seine letzten Seufzer zu vernehmen. Mein Schwiegervater ist soeben von dem Ereignis benachrichtigt worden. Wenn Sie mir einen besonderen Dienst erweisen wollen, dann nehmen Sie eine Droschke und benachrichtigen Sie meine Frau, denn Herr Saillard kann sich von seiner Kasse nicht freimachen und ich wage es nicht, das Bureau allein zu lassen. Stellen Sie sich ihr zur Verfügung: ich glaube, sie hat etwas vor und könnte ganz plötzlich irgendwelche Schritte einleiten. (Die beiden Beamten gehen zusammen hinaus.)

Godard: Herr Bixiou, ich verlasse das Bureau für heute, bitte, vertreten Sie mich.

Baudoyer (zu Bixiou, mit wohlwollendem Ausdruck): Bitte benachrichtigen Sie mich, wenn es geschehen ist.

Bixiou: Eben jetzt! La Billardière ist tot.

Dutocq (flüstert Bixiou ins Ohr): Begleiten Sie

mich ein wenig hinaus. (Bixiou und Dutocq gehen in den Korridor hinaus. Draußen sehen sie sich an wie zwei Wahrsager.)

Dutocq (flüstert Bixiou ins Ohr): Hören Sie, jetzt ist der Moment für uns gekommen, uns zu verständigen, um vorwärtszukommen. Was würden Sie sagen, wenn Sie Chef und ich Unterchef würde?

Bixiou (zuckt die Achseln): Ach was, machen Sie keine Faxen!

Dutocq: Wenn Baudoyer ernannt wird, wird Rabourdin nicht bleiben; – er wird sein Abschiedsgesuch einreichen. Unter uns gesagt, Baudoyer ist derartig unfähig, daß, wenn du Bruel und Sie ihm nicht helfen wollen, er in zwei Monaten bereits wieder abgesetzt wird. Wenn ich rechnen kann, haben wir drei leere Posten vor uns.

Bixiou: Drei Posten, die uns vor der Nase weggehen werden, und die Schmerbäuchen, Lakaien, Spionen, Jesuiten gegeben werden; – einem Manne wie Colleville, dessen Frau da geendet hat, wo alle hübschen Frauen enden ... bei der Frömmelei ...

Dutocq: Es liegt ganz an Ihnen, mein Lieber. Sie müssen einmal in Ihrem Leben Ihren Verstand logisch gebrauchen. (Er hält einen Augenblick an, um auf dem Gesicht von Bixiou die Wirkung seines Ausdrucks zu studieren.) Wir wollen mit offenen Karten spielen.

Bixiou (ungerührt): Also, lassen Sie Ihre Karten sehen.

Dutocq: Ich will nur Unterchef werden. Ich kenne mich und weiß, daß ich nicht, wie Sie, die Fähigkeiten zum Chef habe. Du Bruel kann Direktor werden, Sie werden sein Bureauchef sein; wenn er

sich sein Sümmchen zusammengespart hat, wird er Ihnen den Platz lassen, und ich, wenn ich von Ihnen protegiert werde, werde bis zu meiner Pensionierung schon mein Leben fristen.
Bixiou: Sie sind ein Schlaukopf! Aber mit welchen Mitteln wollen Sie ein Unternehmen zu gutem Ende führen, bei dem es sich darum handelt, dem Minister die Hand zu führen und einen begabten Mann meuchlings niederzumachen? Im Vertrauen gesagt: Rabourdin ist der einzig fähige Mann der Abteilung und vielleicht des Ministeriums. Nun soll es sich also darum handeln, an seine Stelle die Dummheit im Quadrat, diese Narrheit in der Potenz, Baudoyer, zu setzen.
Dutocq (wirft sich in die Brust): Mein Lieber, ich könnte sämtliche Beamte gegen Rabourdin aufbringen. Sie wissen doch, wie sehr Fleury ihn liebt? Nun wohl, wenn ich will, Fleury wird ihn verachten.
Bixiou: Von Fleury verachtet werden!
Dutocq: Keiner wird zu Rabourdin stehen: in Scharen werden die Beamten zu dem Minister strömen mit Klagen über ihn, und nicht nur die aus unserer Abteilung, nein, auch die aus der Abteilung Clergeot, die aus der Abteilung Bois-Levant, und die anderen Ministerien ...
Bixiou: So wird's sein! Kavallerie, Infanterie, Artillerie und die Leibwachen, alle voran! Sie sprechen im Fieber, mein Lieber! Und was soll ich bei alledem machen?
Dutocq: Eine bissige Karikatur, eine Zeichnung, die einen Menschen töten kann.
Bixiou: Werden Sie sie bezahlen?
Dutocq: Hundert Franken.

Bixiou (zu sich selbst): Es muß irgend etwas los sein.

Dutocq (fährt fort): Man müßte Rabourdin als Schlächter darstellen, aber recht ähnlich! Man müßte Analogien zwischen einem Bureau und einer Küche suchen, man müßte ihm ein Tranchiermesser in die Hand geben, die hauptsächlichsten Beamten der Ministerien als Federvieh zeichnen, sie in einen mächtigen Käfig einsperren, über den man schriebe: Administrative Hinrichtungen. Rabourdin müßte ihnen einem nach dem anderen den Hals abschneiden. Es müßten Gänse und Enten da sein, mit so ähnlich gebildeten Köpfen wie die unseren. So – unbestimmte Porträts, wissen Sie! Rabourdin müßte ein solch geflügeltes Tier in der Hand halten. Baudoyer könnte man z. B. als Truthahn darstellen.

Bixiou (er hat Dutocq lange angesehen): Haben Sie das selbst gefunden?

Dutocq: Ja, ich.

Bixiou (zu sich selbst): Leidenschaftliche Gefühle können also zu demselben Ziel führen wie Begabung? (Zu Dutocq): Mein Lieber, ich werde das machen... (Dutocq läßt sich eine freudige Bewegung entschlüpfen.) Wenn... (Fermate) ich wissen werde, worauf ich mich stützen kann. Denn wenn Ihnen die Geschichte nicht glückt, verliere ich meine Stellung, und ich muß doch leben. Sie sind noch ein seltsam harmloses Kind, mein lieber Kollege.

Dutocq: Machen Sie auch Lithographien nur, wenn der Erfolg Ihnen erwiesen ist?

Bixiou: Warum leeren Sie Ihren Sack nicht auf einmal aus?

Dutocq: Ich will erst einmal herumschnüffeln, was es im Bureau gibt. Wir werden nachher weiter davon sprechen. (Er geht fort.)
Bixiou (allein im Korridor): Dieser Gründling – denn er gleicht mehr einem Fisch als einem Vogel, dieser Dutocq hatte einen guten Einfall, und ich weiß nicht, woher er ihn genommen hat. Wenn Baudoyer Nachfolger von la Billardière wird – das wäre ulkig, mehr als ulkig, und wir würden dabei profitieren! (Er geht ins Bureau zurück.) Meine Herren, es wird große Veränderungen geben. Papa la Billardière ist endgültig tot. Ohne Schwindel! – mein Ehrenwort. Godard ist unterwegs für unseren ehrenwerten Chef Baudoyer, den vermutlichen Nachfolger des Dahingeschiedenen. (Minard, Desroys, Colleville heben erstaunt ihre Köpfe, alle legen ihre Federn hin, Colleville schneuzt sich.) Jetzt werden wir voran kommen, Colleville wird mindestens Unterchef werden, Minard wird vielleicht erster Sekretär. Und warum auch nicht? Er ist ebenso dumm wie ich. Nicht wahr, Minard, wenn Sie zweitausendfünfhundert jährlich hätten, würde Ihre kleine Frau sehr zufrieden sein, und Sie könnten sich Stiefel kaufen?
Colleville: Aber Sie haben sie noch nicht. Ihre zweitausendfünfhundert.
Bixiou: Herr Dutocq hat sie bei Rabourdin, warum sollte ich sie nicht dieses Jahr bekommen? Herr Baudoyer hat sie gehabt...
Colleville: Durch den Einfluß von Herrn Saillard! Kein erster Sekretär hat sie in der Abteilung Clergeot.
Paulmier: So!? Bekommt Herr Cochin vielleicht nicht seine dreitausend? Er ist Nachfolger von

Herrn Vavasseur, der zehn Jahre unter dem Kaiserreich für viertausend gedient hat. Er ist auf dreitausend bei seinem ersten Wiedereintritt zurückgesetzt worden und ist mit zweitausendfünfhundert gestorben. Aber Herr Cochin hat sein Gehalt durch die Protektion seines Bruders auf dreitausend erhöhen lassen.

Colleville: Herr Cochin zeichnet E. L. L. E. Cochin, er heißt Emil Ludwig Lucian Emanuel. Das gibt im Anagramm Cochenille. Nun wohl, er ist der Kompagnon einer Drogenhandlung in der Rue des Lombards, des Hauses Matifat, das sich an den Spekulationen an dieser Kolonialware bereichert hat.

Bixiou: Armer Mann, er hat sein Jahr in Florines Leben gedient.

Colleville: Cochin nimmt manchmal an unseren Abenden teil, denn er ist ein erster Geiger... (Zu Bixiou, der sich noch nicht an die Arbeit gesetzt hat:) Sie müßten einmal zu uns kommen und ein Konzert hören – vielleicht nächsten Dienstag! Es wird ein Quintett von Reicha gespielt.

Bixiou: Danke, ich lese lieber nur die Partitur.

Colleville: Sagen Sie das, um ein Witzwort zu prägen?... Ein Künstler von Ihrer Kraft muß doch die Musik lieb haben.

Bixiou: Ich werde kommen, aber nur um der gnädigen Frau willen.

Baudoyer (kommt zurück): Herr Chazelle ist noch nicht gekommen, übermitteln Sie ihm bitte meine Empfehlungen, meine Herren.

Bixiou (der, als er den Schritt von Baudoyer hörte, einen Hut auf den Platz von Chazelle gelegt hat): Verzeihen Sie, Herr Baudoyer, Herr Chazelle ist zu Herrn Rabourdin gegangen, um für Sie eine Erkundigung einzuziehen.

Chazelle (tritt mit seinem Hut auf dem Kopf ein und sieht Baudoyer nicht): Der alte de la Billardière hat's hinter sich. Meine Herren, Rabourdin ist Abteilungschef, Berichterstatter über die Bittgesuche vor der Kammer! Er hat seine Beförderung wahrhaftig nicht gestohlen.

Baudoyer (zu Chazelle): Sie haben diese Ernennung wohl in Ihrem zweiten Hut gefunden, mein Herr, nicht wahr? (Er zeigt ihm den Hut, der auf seinem Platz liegt.) Es ist das dritte Mal, daß Sie seit dem Anfang des Monats nach neun Uhr kommen! Wenn Sie so weiter machen, werden Sie eine gute Laufbahn haben, natürlich fragt es sich, in welcher Richtung. (Zu Bixiou, der eine Zeitung liest): Mein lieber Herr Bixiou, seien Sie so freundlich und lassen Sie die Zeitung diesen Herren, die sich bereit machen, zum Frühstück zu gehen! Kommen Sie bitte zu mir, die Arbeit für heute entgegenzunehmen. Ich weiß nicht, was Herr Rabourdin mit Gabriel macht. Er behält ihn, glaube ich, für seinen besonderen Gebrauch – ich habe dreimal nach ihm geklingelt. (Baudoyer und Bixiou kehren in das Arbeitskabinett des Chefs zurück.)

Chazelle: Verflixtes Pech!

Paulmier (erfreut, Chazelle zu quälen): Haben sie Ihnen denn nicht gesagt, daß er heraufgekommen ist? Übrigens, konnten Sie denn beim Hereinkommen nicht den Hut auf Ihrem Platz sehen und den Elefanten...

Colleville (lachend): In der Menagerie!

Paulmier: Er ist doch groß genug, um sichtbar zu sein.

Chazelle (verzweifelt): Wahrhaftig, ich sehe nicht ein, daß man für vier Frank fünfundsiebzig, die wir täglich von der Regierung bekommen, wie ein Sklave sein muß.
Fleury (hereinkommend): Nieder Baudoyer – es lebe Rabourdin! das ist der Ruf der Abteilung.
Chazelle (sich erzürnend): Baudoyer kann mich ja absetzen lassen, wenn er will, aber ich werde mir daraus nichts machen. In Paris gibt es tausend Mittel, fünf Franken täglich zu verdienen. Das bekommt man auch im Justizpalast, wenn man Abschriften für die Anwälte macht...
Paulmier (Chazelle immer aufstachelnd): Das sagen Sie so, aber eine Stellung ist eine Stellung, und der tapfere Colleville, der sich außerhalb des Bureaus das Ansehen eines Galeerensträflings gibt, und der, wenn er seine Stellung verlieren würde, mehr verdienen würde als sein jetziges Gehalt, und wenn er auch nichts anderes täte, als seine musikalischen Künste zeigen, er zieht trotz alledem seine Stellung vor. Zum Teufel, man läßt seine Hoffnungen nicht im Stich.
Chazelle (setzt seine Philippika fort): Ja, er! aber ich bin anders! wir haben ja doch keine Aussichten mehr. Ach ja, einst gab es eine Zeit, da nichts verführerischer war als die administrative Laufbahn. So viele Männer waren im Heer, daß sie in der Verwaltung fehlten. Die Zahnlosen, die an der Hand, am Fuß Verwundeten, die Kranken wie Paulmier, die Kurzsichtigen, alle wurden rapid befördert. Die Familien, deren Kinder in den Lyzeen herumwimmelten, ließen sich damals durch die glänzende Existenz eines jungen Mannes ver-

locken, der Augengläser trug, einen blauen Anzug hatte, in dessen Knopfloch ein rotes Band blitzte und der tausend Franken monatlich bezog und dafür nur einige Stunden in irgendein Ministerium zu gehen brauchte, dort auf etwas aufpaßte, bald spät und bald früh fortging, und wie Lord Byron Mußestunden hatte und Romanzen dichtete, in den Tuilerien spazieren ging, eine hochmütige Miene aufsetzte, sich überall sehen ließ, im Theater, auf Bällen, in der besten Gesellschaft empfangen wurde, sein Einkommen ganz wieder ausgab und so Frankreich alles zurückgab, was Frankreich ihm gab – selbst seine Dienste. In der Tat, damals waren die Beamten wie Thuillier von den Frauen verzärtelt. Es scheint, daß sie geistreich waren; sie strengten sich nicht allzusehr an im Dienst. Die Kaiserinnen, die Königinnen, die Prinzessinnen, die Marschallinnen dieser glücklichen Epochen hatten Launen. Alle diese schönen Damen litten an der Leidenschaft der edlen Seelen: sie liebten es, jemanden zu protegieren. So konnte man fünfundzwanzig Jahre lang einen hohen Posten bekleiden, Hörer im Staatsrat sein oder Berichterstatter über die Bittschriften und dem Kaiser Berichte geben, sich dabei mit seiner erlauchten Familie unterhalten. Vergnügen und Arbeit waren eins. Man machte alles schnell ab. Aber heute, seit die Kammer die spezialisierte Angabe der Ausgaben erfunden hat und die Listen, die „Persönlich" heißen, heute sind wir weniger als Soldaten. Die niedrigsten Posten sind tausenderlei Schwankungen ausgesetzt und statt eines einzigen gibt es tausend Herrscher ...

Bixiou (kommt zurück): Chazelle muß verrückt

sein. Wo sieht er tausend Herrscher?... Vielleicht zufällig in seiner Tasche?
Chazelle: Wir wollen zählen: Vierhundert am Ende des Pont de la Concorde, der so genannt wird, weil er zum Schauspiel des ewigen Zwistes zwischen dem linken und rechten Flügel der Kammer führt; dreihundert weitere am Ende der Rue de Tournou. Der Hof muß dreihundert zählen und ist also verpflichtet, siebenhundertmal soviel Willen zu haben als der Kaiser, um einen seiner Schützlinge zu irgendeinem Posten zu ernennen...
Fleury: Alles das bedeutet, daß in einem Lande, in dem es drei staatliche Gewalten gibt, man tausend gegen eins wetten kann, daß ein Beamter, der nur seine eigene Protektion hat, niemals avancieren wird.
Bixiou (sieht nacheinander Chazelle und Fleury an): Ach, meine Kinder, ihr sprecht noch darüber, daß heutzutage mit dem Staat kein Staat zu machen ist.
Fleury: Durch die Schuld der konstitutionellen Regierung.
Colleville: Meine Herren, sprechen wir nicht von Politik.
Bixiou: Fleury hat recht. Heutzutage bedeutet dem Staate dienen nicht mehr dem Fürsten dienen. Er wußte zu strafen und zu belohnen! Heutzutage ist der Staat alle Welt, nun, und alle Welt kümmert sich um niemanden. Aller Welt dienen, heißt niemandem dienen. Niemand interessiert sich für niemand. Ein Beamter lebt zwischen diesen beiden Negationen! Die Welt kennt kein Mitleid, kennt keine Rücksichten, sie hat kein Herz und keinen Kopf. Alle Welt ist egoistisch, alle Welt

vergißt heute die Dienste von gestern. Sie können sich lange wie Herr Baudoyer für ein administratives Genie halten, für den Chateaubriand der Berichte, den Bossuet der Zirkulare, den Canales der Memoranden, den Genius der Depeschen, es besteht ein verzweiflungsvolles Gesetz gegen das administrative Genie, das Gesetz über die Beförderung mit seinem mittleren Durchschnitt. Dieser verhängnisvolle mittlere Durchschnitt ergibt sich aus den Statistiken des Gesetzes über die Beförderung und den Statistiken der Sterblichkeit. Es ist sicher, daß, wenn man in irgendeiner Administration mit achtzehn Jahren eintritt, man bis zu dreißig Jahren nicht mehr als achtzehnhundert Franken Gehalt bezieht, mit fünfzig Jahren sechstausend, und selbst das Leben von Colleville beweist es uns, – das Genie einer Frau, die Unterstützung mehrerer Pairs von Frankreich und mehrerer einflußreicher Abgeordneter ändern nichts an diesen Tatsachen. Es gibt aber keinen freien Beruf, in dem ein junger Mann, der seine humanistischen Studien beendet hat, der geimpft und vom Militärdienst befreit ist und seine fünf gesunden Sinne hat, wenn er auch gerade keinen überragenden Verstand besitzt, im Laufe von zwölf Jahren Pfennig für Pfennig ein Kapital von fünfundvierzigtausend Franken ansammelt; eine Summe, die der theoretisch lebenslänglichen Rente unseres Gehalts gleichkommt, das jedoch in Wirklichkeit immer vorübergehend ist, denn es ist keine Leibrente. In dem gleichen Zeitraum müßte ein Kaufmann, der zehntausend Mark verdient, sich für insolvent erklärt haben oder Vorsitzender eines Handelsgerichts geworden sein. Ein Maler hat ein

Kilometer Leinwand bepinselt und ist mit dem Ehrenkreuz geschmückt worden; oder er posiert auf verkanntes Genie. Ein Literat ist entweder Professor irgendeines Faches geworden oder Journalist zu zehn Pfennig die Zeile, schreibt Feuilletons oder sitzt im Gefängnis. Ein Müßiggänger, der nichts geschaffen hat – es gibt nämlich auch Müßige, die etwas tun –, hat Schulden gemacht und hat eine Witwe geheiratet, die sie bezahlt. Ein Priester hat Zeit gehabt, Bischof in partibus zu werden. Ein Komödiendichter ist Gutsbesitzer geworden, wenn er wie du Bruel niemals ein Lustspiel zu Ende geschrieben hat. Wir wollen noch niedriger gehen. Ein kleiner Schreiber ist Notar, ein Lumpensammler hat dreitausend Franken Jahreseinkommen, die elendesten Arbeiter hatten Gelegenheit, selbst Fabrikanten zu werden. Und das alles, während in der sich ewig gleichbleibenden Kreisbewegung dieser Zivilisation, die die fortgesetzte Teilung für den Fortschritt hält, ein Chazelle für zweiundzwanzig Sous pro Kopf seiner Familie gearbeitet hat... – Sich mit seinem Schneider und seinem Schuster streitet! – Schulden hat! – Und das ist noch das wenigste! – Er ist durch diese Verhältnisse sogar verblödet!

Nun, meine Herren, was meinen Sie davon? Wollen wir unsere Abschiedsgesuche einreichen?... Fleury, Chazelle, ergreifen Sie andere Berufe und werden Sie dort zwei große Männer!...

Chazelle (durch die Rede von Bixiou beruhigt): Danke sehr. (Allgemeines Gelächter.)

Bixiou: Sie haben unrecht; in Ihrer Lage würde ich dem Generalsekretär zuvorkommen.

Chazelle (unruhig): Was will er mir denn sagen?

Bixiou: Odry wird Ihnen sagen, Chazelle, und das mit mehr Liebenswürdigkeit, als es des Lupeaulx tun würde, daß der einzige Platz, der für Sie frei ist, der Concordiaplatz sei.
Paulmier (die Ofenröhre umfassend): Wahrhaftig, Baudoyer wird Ihnen nicht dankbar sein.
Fleury: Es ist nur Plackerei von Baudoyer! Da sehen Sie Herrn Rabourdin an, das ist ein Mann! Er hat mir Arbeit auf meinen Tisch gelegt, zu der man drei Tage brauchen würde, wenn man sie hier erledigen müßte, aber er wird sie heute um 4 Uhr fertig erhalten. Dafür sitzt er mir auch nicht auf den Hacken, um zu verhindern, daß ich mit meinen Freunden plaudere.
Baudoyer (zeigt sich): Meine Herren, Sie werden mir zugeben, daß, wenn man auch das Recht hat, das Kammersystem oder das Funktionieren der Verwaltung zu tadeln, es an anderer Stelle geschehen muß – nicht in den Bureaus. (Er wendet sich an Fleury.) Was wünschen Sie hier, mein Herr?
Fleury (dreist): Ich will diese Herren benachrichtigen, daß es große Veränderungen im Hause gibt. Du Bruel ist zum Generalsekretariat befohlen, Dutocq geht hin. Alle fragen sich, wer ernannt werden wird.
Baudoyer (fortgehend): Das ist nicht Ihre Sache, mein Herr. Kehren Sie in Ihr Bureau zurück und rufen Sie keine Störungen in dem meinen hervor.
Fleury (in der Tür): Das wäre eine schimpfliche Ungerechtigkeit, wenn Rabourdin in der Patsche sitzen bliebe. Mein Ehrenwort, dann verlasse ich das Ministerium. (Er tritt wieder ein.) Haben Sie Ihr Anagramm gefunden, Papa Colleville?

Colleville: Ja, hier ist es.
Fleury (beugt sich über das Pult von Colleville): Famos! Famos! Eben das wird eintreten, wenn die Regierung weiter fortfährt zu heucheln. (Er macht den Beamten ein Zeichen, daß Baudoyer zuhört.) Wenn die Regierung ganz offen ihre Absichten sagen würde, ohne ihre Hintergedanken zurückzuhalten, dann würden die Liberalen wissen, was sie zu tun hätten. Eine Regierung, die ihre besten Freunde gegen sich aufbringt, Männer wie die von den „Débats", wie Chateaubriand und Royer-Collard! Das ist bedauernswert!
Colleville (nachdem er seine Kollegen konsultiert hat): Fleury, Sie sind ein guter Bursche, aber sprechen Sie hier nicht von Politik! Sie wissen nicht, was Sie uns antun!
Fleury (trocken): Auf Wiedersehen, meine Herren. Ich gehe arbeiten. (Er tritt wieder ein und spricht leise zu Bixiou): Man sagt, daß Frau Colleville mit den Jesuiten in Verbindung steht.
Bixiou: Wodurch?...
Fleury (in Lachen ausbrechend): Sie überrascht man niemals.
Colleville (unruhig): Was sagen Sie?
Fleury: Unser Theater hat gestern tausend Taler durch das neue Stück eingenommen, obwohl es zum vierzigsten Male gegeben wurde. Sie müßten es sich ansehen, die Dekorationen sind wundervoll.
In diesem Augenblick empfing des Lupeaulx du Bruel, in dessen Gefolge Dutocq sich einstellte. Des Lupeaulx hatte von seinem Kammerdiener den Tod von Herrn von de la Billardière erfahren. Nun wollte er den beiden Ministern gefallen,

indem er am selben Abend einen Nekrolog erscheinen ließ.

„Guten Tag, mein lieber du Bruel“, sagte der Halbminister zu dem Unterchef, als er ihn eintreten sah, und ließ ihn stehen. „Sie kennen die Nachricht? La Billardière ist tot. Die beiden Minister waren anwesend, als er mit den heiligen Sakramenten versehen wurde. Der wackere Mann hat Rabourdin sehr nachdrücklich empfohlen. Er hat gesagt, daß er sehr schweren Herzens sterben würde, wenn er nicht wüßte, daß er den zum Nachfolger hätte, der ihn fortwährend vertreten habe. Es scheint, daß der Todeskampf eine Situation ist, in der man alles gesteht. Der Minister hat sich umso mehr dafür eingesetzt, als es seine Absicht gleichwie die des Rates ist, die zahlreichen Dienste von Herrn Rabourdin (er schüttelt den Kopf) zu belohnen. Der Staatsrat verlangt seine Leuchten zu sich zurück. Man sagt, daß der junge Herr de la Billardière die Abteilung seines seligen Herrn Vaters verläßt und in die Siegelkommission übertritt; das bedeutet dasselbe, wie wenn der König ihm ein Geschenk von hunderttausend Franken gemacht hätte. Der Posten ist einträglich wie ein Notarposten und verkäuflich. Diese Nachricht wird Ihre Abteilung erfreuen, denn man mußte fürchten, daß Benjamin in sie eintreten würde. Du Bruel, man muß in zehn oder zwölf Zeilen unter ‚Pariser Neuigkeiten‘ eine Notiz über den guten Mann bringen; Ihre Exzellenzen werden einen Blick darauf werfen. (Er liest die Zeitungen.) Kennen Sie das Leben des alten de la Billardière?“

Du Bruel machte eine verneinende Bewegung.

„Nein?“ nahm des Lupeaulx auf. „Nun, er hat mit dem Aufstand in der Vendée zu tun gehabt, er war einer der Vertrauten des seligen Königs. Wie der Graf de Fontaine hat er niemals mit dem ersten Konsul verhandeln wollen. Er hatte irgendeine Verbindung mit den Chouans. Er ist in der Bretagne geboren, aus einer so jungen Parlamentarierfamilie, daß er erst von Ludwig XVIII. geadelt wurde. Sein Alter ist unwesentlich. Machen Sie es geschickt... Treue, die sich niemals verleugnet hat... Eine aufgeklärte Frömmigkeit... (Der gute Mann hatte den Trick, niemals den Fuß in eine Kirche zu setzen.) Nennen Sie ihn einen treuen Diener. Flechten Sie geschickt ein, daß er das Kirchenlied von Simeon bei der Thronbesteigung Karls X. zu singen verstand. Der Graf von Artois hat sehr viel von de la Billardière gehalten, denn er hatte unglücklicherweise auch mit der Angelegenheit von Quiberon zu tun und hat dabei alle Schuld auf sich genommen. Sie verstehen doch?... La Billardière hat den König in einer Broschüre gerechtfertigt. Er hat sie als Erwiderung auf eine unverschämt entstellte Geschichte der Revolution, die von einem Journalisten stammte, veröffentlicht. Sie können sich also auf seine Ergebenheit dem Königshause gegenüber stützen. Wägen Sie Ihre Worte wohl, damit die anderen Zeitungen sich nicht über uns lustig machen und bringen Sie mir den Artikel. Sie waren gestern bei Rabourdin?“

„Ja, Exzellenz“, sagte du Bruel. „Ach, verzeihen Sie...“

„Es ist nichts Schlechtes“, erwiderte des Lupeaulx lachend.

„Seine Frau war entzückend schön“, nahm du Bruel auf. „Es gibt nicht zwei ihresgleichen in Paris: es gibt Frauen, die ebenso geistreich sind wie sie, aber sie sind es nicht auf eine so anmutsvolle Weise. Eine Frau kann schöner sein als Célestine, aber nur schwer kann sie so mannigfach in ihrer Schönheit sein. Frau Rabourdin ist Frau Colleville weit überlegen, sagte der Komödiendichter, da er sich des Abenteuers von des Lupeaulx erinnerte. Flavie ist das, was sie ist, durch den Umgang mit Männern, während Frau Rabourdin alles sich selbst verdankt. Sie weiß alles; vor ihr dürfte man kein Geheimnis auf lateinisch sagen. Wenn ich eine Frau hätte, die ihr gliche, so würde ich glauben, alles erreichen zu können.“

„Sie haben mehr Geist, als einem Schriftsteller erlaubt ist“, antwortete des Lupeaulx mit einer Regung von Eitelkeit.

Dann drehte er sich um, um Dutocq zu bemerken, und sagte zu ihm: „Ach, guten Tag, Dutocq! Ich habe Sie rufen lassen, um Sie um Ihren Charlet zu bitten, wenn er komplett ist. Die Gräfin kennt nichts von Charlet.“

Du Bruel zog sich zurück.

„Warum kommen Sie, ohne gerufen zu sein“, fragte des Lupeaulx Dutocq hart, als sie allein blieben. „Ist der Staat in Gefahr, daß Sie mich um zehn Uhr früh aufsuchen, gerade in dem Augenblick, in dem ich zum Frühstück mit seiner Exzellenz fortgehen will?“

„Herr Baron“, sagte Dutocq, „wenn ich die Ehre gehabt hätte, Sie heute morgen zu sehen, so würden Sie ganz gewiß Herrn Rabourdin nicht gelobt haben, weil Sie gesehen hätten, wie er Ihr Lob auslöscht."

Dutocq öffnete seine Jacke, nahm ein an den Ecken geknifftes Heft heraus und legte es auf den Schreibtisch von des Lupeaulx. Er schlug eine gewisse Stelle auf. Dann ging er an die Tür und schob den Riegel vor, da er einen Zornesausbruch fürchtete. Wir wollen das, was der Generalsekretär las, während Dutocq die Türe schloß, hier folgen lassen:

„Herr des Lupeaulx. Eine Regierung erniedrigt sich, indem sie ganz offensichtlich einen solchen Mann in ihrem Dienst verwendet – einen Mann, dessen einzige Fähigkeit die diplomatische Höflichkeit ist. Mit diesem Menschen kann man erfolgreich den politischen Freibeutern anderer Kabinette widerstreben, aber es wäre schade, ihn in der inneren Politik zu gebrauchen... Er steht niedriger als der gewöhnliche Spitzel. Er faßt jeden Plan auf, er würde es verstehen, eine notwendige Gemeinheit zu gutem Ende zu führen und seinen eigenen Rückzug vorsichtig zu decken."

Hier war des Lupeaulx in fünf oder sechs Sätzen kurz charakterisiert. Es war die Quintessenz des biographischen Porträts gegeben, das wir an den Anfang dieser Geschichte gestellt haben. Schon bei den ersten Worten fühlte der Generalsekretär, daß er hier von einem Stärkeren beurteilt wurde, aber er wollte es sich vorbehalten, dieser Arbeit, die in die Höhe und Tiefe ging, zu prüfen, ohne seine Geheimnisse einem Menschen wie Dutocq auszuliefern. Also zeigte des Lupeaulx ein ruhiges und ernstes Gesicht. Der Generalsekretär wunderte sich über nichts mehr so wenig wie die

Anwälte und die Angestellten eines Magistrats, so wenig wie die Diplomaten und alle, die von Beruf her im menschlichen Herzen herumwühlen. An Verrätereien, an die Listen des Hasses, an Fallstricke war er gewöhnt. Er konnte im Rücken eine Verwundung empfangen, ohne daß sein Gesicht davon etwas verriet.

„Wie haben Sie sich dieses Schriftstück verschafft?"

Dutocq erzählte von seinem guten Glück. Im Zuhören verriet das Gesicht von des Lupeaulx nicht das geringste Anzeichen der Billigung. So beendete der Denunziant die Erzählung, die er so triumphierend begonnen hatte, in großer Angst.

„Dutocq, Sie haben den Finger zwischen die Rinde und den Baum gelegt", sagte der Generalsekretär ihm trocken. „Wenn Sie sich nicht mächtige Feinde zuziehen wollen, dann bewahren Sie das tiefste Stillschweigen über diese Angelegenheit; es ist eine Arbeit von der höchsten Wichtigkeit und sie war mir bekannt."

Des Lupeaulx schickte Dutocq mit einem jener Blicke fort, die ausdrucksvoller als alle Worte sind.

„Ach, dieser Schuft von Rabourdin hat auch dabei seine Hände", sagte sich Dutocq, entsetzt, in seinem Chef einen Rivalen zu finden. „Er ist im Generalstab, wo ich Rekrut bin. Das hätte ich nicht geglaubt!"

Zu allen Ursachen seiner Abneigung gegen Rabourdin gesellte sich der Neid des Fachmannes gegen seinen Kollegen, einer der heftigsten Antriebe des Hasses.

Als des Lupeaulx allein blieb, verfiel er in eine

seltsame Überlegung. Wessen Werkzeug war Rabourdin? Sollte man dieses eigentümliche Schriftstück benutzen, um ihn zu vernichten? Oder sollte man sich damit bewaffnen, um mit ihm bei seiner Frau sein Glück zu machen? Alle diese Fragen standen vor des Lupeaulx. Mit Schrecken las er diese Arbeit, in der all die Menschen, die er kannte, mit unerhört tiefer Menschenkenntnis charakterisiert waren. Er bewunderte Rabourdin, obwohl er sich von ihm tödlich verwundet fühlte. Die Frühstücksstunde überraschte des Lupeaulx bei seiner Lektüre.

„Ihre Exzellenz erwarten Sie unten", meldete ihm der Kammerdiener des Ministers.

Der Minister frühstückte mit seiner Frau, seinen Kindern und des Lupeaulx, ohne daß ein Diener anwesend war. Die Morgenmahlzeit ist der einzige Augenblick eines intimen Zusammenlebens, in dem ein Staatsmann sich von den ihn unaufhörlich verschlingenden Arbeiten und Verpflichtungen befreien kann. Aber trotz der hemmenden Barrieren, die sie zum Schutz dieser Stunde vertraulicher Plauderei und Sichgehenlassens, dieser Stunde ihres Familienlebens und ihrer Liebhabereien aufrichten, verstehen es Leute aller Art, sie zu durchbrechen. Oft stören, wie in diesem Augenblick, auch dann noch Geschäfte ihre Freuden.

„Ich glaubte, daß Rabourdin ein Mann sei, der über den gewöhnlichen Beamten stehe! Nun verfällt er, zehn Minuten nach dem Tod von la Billardière, auf den Gedanken, mir durch la Brière ein rührendes Briefchen zuzuschicken. – Sehen Sie", sagte der Minister zu des Lupeaulx, indem

er ihm ein Stück Papier reichte, das er zwischen seinen Fingern rollte.
Rabourdin war zu vornehm, um an die beschämende Deutung zu denken, die seinem Brief nach dem Tod des Herrn de la Billardière gegeben werden konnte. So hatte er ihn nicht aus den Händen von la Brière zurückgezogen, als er von ihm die Todesnachricht erhielt. Des Lupeaulx las folgende Worte:
Exzellenz! Wenn dreiundzwanzig Jahre unangreifbarer Dienste mir das Recht auf eine Gunst geben, dann bitte ich Ihre Exzellenz, mir heute noch eine Audienz zu gewähren. Es handelt sich um eine Angelegenheit, mit der meine Ehre verknüpft ist.
Diesen Worten folgten die üblichen Höflichkeitsformeln.
„Armer Mann", sagte des Lupeaulx in einem mitleidigen Tone, der den Minister in seiner falschen Vorstellung von dem Verhältnis des Lupeaulx' zu Rabourdin beließ. „Wir sind unter uns, lassen Sie ihn kommen. Nach der Kammer haben Ihre Exzellenz eine Beratung und Sie müssen heute der Opposition antworten. Sie haben keine andere Stunde, in der Sie ihn empfangen können."
Des Lupeaulx stand auf, fragte nach dem Diener, gab ihm einen Befehl und setzte sich wieder an den Tisch. „Ich rufe ihn zum Dessert", sagte er.
Wie alle Minister der Restaurationszeit war auch dieser ein Mann, der nie eine Jugend gehabt hatte. Die von Ludwig XVIII. bewilligte Verfassung hatte den Fehler, den Königen die Hände zu binden, indem sie sie zwang, die Geschicke des Landes den vierzigjährigen Kammerabgeordneten und

den siebzigjährigen Pairs zu überlassen, und indem sie ihnen das Recht nahm, einen politisch begabten Mann einzustellen, ohne Rücksicht auf seine gesellschaftliche Abstammung oder auf seine zu große Jugend. Napoleon allein stellte die jungen Leute nach seinem Belieben ein, ohne sich von irgendeiner Erwägung zurückhalten zu lassen. Aber nach dem Sturz dieses großen, willensstarken Menschen hatte alle Energie die Staatsgewalt verlassen. Dabei ist es in Frankreich eine größere Gefahr als in jedem anderen Lande, die Weichlichkeit der kraftvollen Härte folgen zu lassen. Im allgemeinen sind die Minister, die in hohem Alter in den Dienst getreten sind, mittelmäßige gewesen, während die, die jung eintraten, der Ruhm der europäischen Monarchien und Republiken, deren Geschäfte sie leiten, geworden sind. Die Welt hallte noch von dem Kampf zwischen Pitt und Napoleon wider, zweier Männer, die die Politik in demselben Alter wie ein Heinrich von Navarra lenkten, wie ein Richelieu, ein Mazarin, ein Colbert, Louvois, die Staatsmänner aus dem Hause Oranien, Suise, Rovère, Macchiavel, mit einem Worte, in demselben Alter, in dem alle großen bekannten Männer, die entweder aus niedrigen sozialen Verhältnissen stammten oder in der nächsten Nähe der Throne geboren wurden, anfingen, eine führende Rolle in der Politik eines Staates zu spielen. Der Konvent, ein Muster von Energie, wurde zum großen Teile aus jungen Männern zusammengesetzt. Kein Souverän soll vergessen, daß er es verstand, Europa vierzehn Armeen gegenüberzustellen. Seine Politik, die in den Augen derjenigen, die für die absolute Gewalt eintreten, verhängnisvoll war, war nichtsdestoweniger von den wahren Grundsätzen der Monarchie diktiert. Sie glich der eines großen Königs. Nach zehn oder zwölf Jahren parlamentarische Kämpfe, nachdem er seine Politik durchgearbeitet hatte und sich in ihr erschöpft, war dieser Minister von einer Partei, die ihn als den Mann betrachtete, der ihre Geschäfte leiten könne, richtig eingesetzt worden. Zu seinem Glück war er seinem sechzigsten Jahre näher als seinem fünfzigsten; wenn er sich noch einige jugendliche Kraft erhalten hätte, wäre er sofort gescheitert. Aber da er gewohnt war, sich zu biegen, zurückzuziehen, um wieder den Kampf aufnehmen zu können, so verstand er es, sich der Reihe nach von seiner Partei, von der Opposition, vom Hof und von der Geistlichkeit plagen zu lassen, indem er ihnen die träge Kraft eines gleichzeitig weichen und zähen Stoffes entgegensetzte; mit einem Wort, er hatte die glücklichen Eigenschaften seines Unglücks. In allen Regierungsangelegenheiten war er erfahren, wie es ein alter Advokat ist, der alles schon einmal verteidigt hat. Sein Geist besaß nicht mehr diese Lebhaftigkeit, die einsame Geister bewahren, auch nicht diese rasche Entscheidungsfähigkeit der Menschen, die frühzeitig an das Handeln gewöhnt werden und die besonders bei jungen Offizieren hervortritt. Und konnte es denn anders sein? Er hatte immer Winkelzüge gebraucht, statt geradeaus zu urteilen, er hatte die Wirkungen kritisiert, ohne die Ursachen gekannt zu haben. Sein Kopf war voll von den tausend Reformplänen, die eine Partei ihrem Führer zuschiebt, von Programmen, die Privatinteressen einem zukünftigen Redner zutragen, indem sie ihn mit Plänen und unausführbaren Ratschlägen überhäufen. Er hatte sein Amt alles andere als frisch angetreten. Müde von seinen Wechselzügen war er zu ihm gekommen. Und als er dann auf dem so ersehnten Gipfel Stellung nahm, hatte er sich dort an tausend dornige Büsche geklammert, er hatte tausend entgegengesetzte Willen vorgefunden, die er in Einklang miteinander bringen sollte. Wenn die Staatsleute der Restaurationszeit ihren eigenen Ideen hätten folgen können, dann wären ihre Fähigkeiten ohne Zweifel der Kritik weniger ausgesetzt gewesen. Aber sooft ihr Wollen drohte, sie mitzureißen, rettete sie ihr Alter, das ihnen nicht mehr erlaubte, jene Widerstandskraft zu entfalten, die man am Anfang seines Lebens jenen gleichzeitig niedrigen und hohen Intrigen entgegenzusetzen vermag – Intrigen, die manchmal einen Richelieu besiegten und denen in einer niedrigeren Sphäre Rabourdin erliegen sollte. Nach den Reibereien der ersten Kämpfe machten die ministeriellen Reibereien diesen weniger alten als gealterten Leuten zu schaffen. So wurden ihre Augen schon schwach, als sie der Schärfe eines Adlerauges bedurften, ihr Geist ermüdete, als es seine Spannkraft zu verdoppeln galt.

Der Minister, dem Rabourdin sich anvertrauen wollte, hörte tagtäglich Vorträge von Leuten einer unbestreitbaren Autorität in ihrem Fach. In diesen Vorträgen setzten sie ihm die geistreichsten Theorien auseinander, die auf die Leitung der französischen Staatsgeschäfte anwendbar waren oder auch nicht. Diese Leute, denen die Schwierigkeiten der allgemeinen Politik verborgen waren, überfielen den Minister bei der Rückkehr aus einer parlamentarischen Schlacht, einem Kampf mit den geheimen Einfältigkeiten des Hofes, am Tage vor einem Kampf mit der öffentlichen Gesinnung, oder am Tage, nach dem eine diplomatische Frage den Staatsrat in drei Teile zersplittert hatte. In einer solchen Situation hält ein Staatsmann natürlich ein Gähnen für einen jeden ersten Satz bereit, in dem es sich darum handelt, ihn einer besseren Führung der Politik zu belehren. Da gab es kein Diner, bei dem die Männer der hohen Finanz und der Politik nicht ein tiefes Wort über die Meinungen der Börsen und Bankwelt fallen ließen, diese Überraschungen für die Diplomatie, bei dem sie nicht die Pläne diskutierten, die der jeweiligen europäischen Situation entsprachen. Der Minister hatte übrigens in des Lupeaulx wie auch in seinem Privatsekretär einen kleinen Rat, mit dem er diese Nahrung wiederkäuen und die Interessen, die in so vielen geschickten Stimmen zu ihm sprachen, kontrollieren und analysieren konnte. In der Tat, sein Unglück, das das aller sechzigjährigen Minister sein wird, war, alle Schwierigkeiten zu umgehen: die Fragen des Journalismus, den man in diesem Augenblick vorsichtig abschwächen wollte, statt ihn offen niederzuschlagen, die Finanz- wie die industriellen Fragen, die Fragen des Verhältnisses zu der Geistlichkeit wie die des Nationaleigentums. Die Fragen, die durch die Haltung der liberalen Partei entstanden wie die der Kammer. Nachdem er die Geschäfte sieben Jahre lang geführt hatte, glaubte der Minister, alle Fragen so

umgehen zu können. Es ist so natürlich, daß ein Mensch sich durch dieselben Mittel aufrecht halten will, durch die er erhoben wurde, daß keiner es wagte, ein System zu tadeln, das von der Mittelmäßigkeit erfunden worden war, um mittelmäßigen Geistern zu gefallen. Die Restauration hatte es ebenso wie die polnische Revolution verstanden, den Nationen wie den Fürsten zu zeigen, was ein einzelner Mann wert sein kann und was ihnen geschieht, wenn er fehlt. Der letzte und größte Fehler der Staatsmänner der Restaurationszeit war ihre Ehrlichkeit in einem Kampf, in dem ihre Gegner alle Hilfsmittel der politischen Spitzbüberei anwandten, die Lügen und Verleumdungen, indem sie gegen sie mit Hilfe der umstürzlerischen Mittel die unwissenden Massen entfesselten, die nur die Anarchie begreifen können.
Alles das hatte Rabourdin sich gesagt, aber dennoch hatte er sich soeben entschlossen, alles für alles einzusetzen wie ein Mann, der, von dem Spiel ermüdet, sich nur noch die Kraft zu einem einzigen Schlage zutraut. Nun gab ihm der Zufall einen Betrüger in der Person von des Lupeaulx zum Gegner. Wie groß auch seine Klugheit war, so stellte sich der Bureauvorsteher, der mehr von der Verwaltung als von parlamentarischer Optik verstand, doch nicht die ganze Wahrheit vor: er wußte nicht, daß die große Arbeit, die sein Leben ausgefüllt hatte, für den Minister eine Theorie werden würde, und daß es für den Staatsmann unmöglich war, ihnen nicht mit allen übrigen neueren und familiären Plauderern zu identifizieren. In dem Augenblick, in dem der Minister im Salon stand und statt an Rabourdin an Franz

Keller dachte und nur von seiner Frau in Anspruch genommen wurde, die ihm eine Weintraube anbot, wurde der Bureauvorsteher von dem Diener angemeldet.

Des Lupeaulx hatte sehr wohl mit der Stimmung, in der der Minister, der mit seinen Improvisationen beschäftigt war, sich befinden mußte, gerechnet. So ging er, als er den Staatsmann in den Fängen seiner Frau sah, auf Rabourdin zu und schmetterte ihn durch seinen ersten Satz nieder.

„Ihre Exzellenz und ich sind von dem, was Sie beschäftigt, instruiert, und Sie haben nichts zu fürchten," sagte des Lupeaulx, seine Stimme senkend, „auch nicht von Dutocq oder von irgendwem sonst", fügte er laut hinzu.

„Beunruhigen Sie sich nicht, Rabourdin", sagte Ihre Exzellenz gütig, machte dabei jedoch eine Bewegung, als wolle er sich zurückziehen.

Rabourdin trat achtungsvoll vor und der Minister konnte ihm nicht ausweichen.

„Werden Ihre Exzellenz mir erlauben, einige Worte unter vier Augen zu sagen", fragte Rabourdin und warf dem Minister einen heimlichen Blick zu.

Der Minister sah nach der Wanduhr und ging auf das Fenster zu. Der arme Bureauchef folgte ihm.

„Wann könnte ich die Ehre haben, Ihrer Exzellenz meine Angelegenheit zu unterbreiten? Ihnen den neuen Verwaltungsplan zu erklären, auf den sich das Schriftstück bezieht, das man entstellen muß, um ..."

„Ein Administrationsplan", sagte der Minister, ihn augenrunzelnd unterbrechend. „Wenn Sie irgend etwas Derartiges mir zu unterbreiten haben, dann warten Sie bis zu dem Tage, an dem wir zusammen arbeiten. Heute habe ich Sitzung, ich bin der Kammer eine Antwort schuldig über den Zwischenfall, den die Opposition gestern gegen Ende der Sitzung verursacht hat. Ihr Tag ist der nächste Mittwoch. Wir haben gestern nicht gearbeitet, weil ich mich nicht mit den Angelegenheiten des Ministeriums befassen konnte. Die politischen Geschäfte haben den rein administrativen geschadet."

„Ich lege meine Ehre vertrauensvoll in die Hände Ihrer Exzellenz", sagte Rabourdin ernst. „Ich bitte Sie, nicht zu vergessen, daß Sie mir nicht die Zeit zu einer sofortigen Erklärung des Ihnen vorgelegten Schriftstücks gegeben haben..."

„Aber fürchten Sie doch nichts," sagte des Lupeaulx, zwischen den Minister und Rabourdin, den er unterbrach, tretend, „noch ehe acht Tage vergangen sind, werden Sie zweifellos ernannt sein..."

Der Minister lächelte im Gedanken an die Begeisterung des Lupeaulx' für Frau Rabourdin und warf seiner Frau einen Blick zu, die ihn lächelnd empfing. Rabourdin war erstaunt über dieses stumme Spiel und suchte die Erklärung dafür. Er ließ einen Augenblick ab, den Blick auf den Minister zu heften, und dieser benutzte die Gelegenheit, um fortzugehen.

„Wir werden über alles das noch plaudern," sagte des Lupeaulx, mit dem sich der Bureauchef plötzlich zu seinem Erstaunen allein fand, „aber seien Sie Dutocq deshalb nicht böse, ich bürge Ihnen für ihn."

„Ihre Frau Gemahlin ist eine entzückende Frau",

sagte die Gemahlin des Ministers zu dem Bureauchef, um ihm irgend etwas zu sagen.
Die Kinder sahen Rabourdin neugierig an. Rabourdin erwartete irgend etwas Feierliches. Er glich einem großen Fisch in den Maschen eines leichten Netzes. Er schlug sich mit sich selbst herum.
„Die Frau Gräfin sind sehr gütig“, erwiderte er.
„Werden Sie mir an einem meiner Mittwochabende das Vergnügen machen?“ fragte die Gräfin. „Bringen Sie mir Ihre Frau Gemahlin, Sie werden mich zu Dank verpflichten...“
„Frau Rabourdin empfängt selbst Mittwochs“, sagte des Lupeaulx, der die Gleichgültigkeit der offiziellen Mittwoche kannte; „aber wenn Sie so viel Interesse für sie zeigen, ich glaube, Sie haben bald eine intime Abendgesellschaft...“
Die Frau des Ministers erhob sich verletzt.
„Sie sind hier Zeremonienmeister“, sagte sie zu des Lupeaulx.
Das waren deutliche Worte, durch die sie ausdrückte, wie des Lupeaulx sie verletzt habe, indem er über ihre intimen Gesellschaften verfügte. Abende, zu denen sie nur Personen ihrer eigenen Wahl zuließ. Beim Herausgehen grüßte sie Rabourdin. Des Lupeaulx und der Bureauchef blieben allein in dem kleinen Salon, in dem der Minister mit seiner Familie zu frühstücken pflegte. Des Lupeaulx zerknitterte zwischen den Fingern den vertraulichen Brief, den la Brière dem Minister überbracht hatte. Rabourdin erkannte ihn.
„Sie kennen mich schlecht“, sagte des Lupeaulx zu dem Bureauchef und lächelte ihm zu. „Freitag abend werden wir uns von Grund auf ver-

ständigen. Jetzt muß ich die Besuche empfangen, die der Minister mir heute überläßt, denn er bereitet sich für die Kammer vor. Aber ich wiederhole Ihnen, Rabourdin, Sie haben nichts zu fürchten."

Rabourdin ging langsam die Treppen herunter. Er war verwirrt von der seltsamen Wendung, die die Dinge nahmen. Er hatte vermutet, daß Dutocq ihn denunziert habe, und hatte sich nicht getäuscht: des Lupeaulx hatte das Schriftstück in Händen, in dem er so streng beurteilt war, und des Lupeaulx war zu seinem Richter freundlich. Wie sollte er sich das deuten? Aufrechte Menschen verstehen nur schwer verwickelte Intrigen. Und Rabourdin verlor sich in diesem Labyrinth, ohne das Spiel erraten zu können, das der Generalsekretär spielte.

„Entweder, er hat den Abschnitt über sich nicht gelesen, oder er liebt meine Frau!"

Das waren die beiden Gedanken, zu denen der Chef kam, während er über den Hof schritt, denn blitzartig kam ihm der Blick, den er am Abend vorher zwischen Célestine und des Lupeaulx aufgefangen hatte, ins Gedächtnis. Während der Abwesenheit von Rabourdin war sein Bureau natürlich eine Beute der wildesten Aufregung geworden, denn in den Ministerien sind die Beziehungen zwischen den Beamten und ihren Vorgesetzten so wohl geregelte, daß, wenn der Diener des Ministers, von Ihrer Exzellenz geschickt, zu einem Bureauchef kommt, besonders, wenn das in der Stunde geschieht, in der der Minister sonst nicht empfängt, dann werden große Kommentare zu diesem Ereignis gegeben. Das Zusammentreffen dieser außerordentlichen Botschaft mit dem Tode von Herrn de la Billardière gab dieser Tatsache eine ungewohnte Wichtigkeit, eine Tatsache, die Herr Saillard von Herrn Clergeot hörte und nur kam, um sich mit seinem Schwiegersohn darüber auszusprechen. Bixiou, der gerade mit seinem Chef arbeitete, ließ ihn mit seinem Schwiegervater plaudern und begab sich in das Bureau Rabourdin, in dem alle ihre Arbeit unterbrochen hatten.

Bixiou (hereintretend): Es ist gar nicht warm bei Ihnen, meine Herren! Sie wissen nicht, was unten vor sich geht. Der tugendreiche Rabourdin ist abgesetzt. Ja, abgesetzt! Eine schreckliche Szene hat bei dem Minister stattgefunden.

Dutocq (Bixiou ansehend): Ist das wahr?

Bixiou: Wem kann das etwas ausmachen? Ihnen nicht! Sie werden Unterchef werden, du Bruel Chef, und Herr Baudoyer übernimmt die Abteilung.

Fleury: Ich wette hundert Franken, daß Baudoyer niemals Abteilungschef werden wird.

Vimeux: Ich schlage ein. Wetten Sie mit, Herr Poiret?

Poiret: Ich werde zum 1. Januar pensioniert.

Bixiou: Wie, wir werden Ihre Schnürstiefel nicht mehr sehen? Und was wird ohne Sie aus dem Ministerium werden? Wer geht auf meine Wette ein?

Dutocq: Ich kann nicht mittun, ich würde zu sicher wetten. Herr Rabourdin ist ernannt: Herr de la Billardière hat ihn auf seinem Totenbett den beiden Ministern empfohlen. Er hat sich beschuldigt, daß er das Gehalt für eine Stellung bezogen hat, deren Arbeit von Rabourdin geleistet wurde.

Er hat Gewissensbisse bekommen. Und in Ermanglung eines höheren Befehls haben sie ihm, um ihn zu beruhigen, versprochen, Rabourdin zu ernennen.
Bixiou: Meine Herren, setzen Sie gegen mich: Sie sind sieben! Denn auch Sie werden mit dabei sein, Herr Phellion. Ich wette um ein Frühstück von fünfhundert Franken im Rocher de Cancal, daß Rabourdin nicht den Posten von de la Billardière bekommen wird. Es wird jeden von Ihnen weniger als hundert Franken kosten, und ich riskiere fünfhundert. Ich wage es, gegen Sie alle zu spielen. Gut? Machen Sie mit, du Bruel?
Phellion (legt seine Feder nieder): Herr Bixiou, worauf begründen Sie diesen kühnen Vorschlag? Ja, kühn ist das richtige Wort; aber ich tue unrecht, wenn ich den Ausdruck Vorschlag gebrauche, ich wollte Kontrakt sagen. Die Wette ersetzt einen Kontrakt.
Fleury: Nein, denn man kann den Namen Kontrakt nur gesetzlich anerkannten Abmachungen geben, und das Gesetz erkennt der Wette keine rechtliche Gültigkeit zu.
Dutocq: Sie ächten, heißt sie anerkennen.
Bixiou: Das ist stark, mein kleiner Dutocq.
Poiret: Wieso!?
Fleury: Es ist wahr. Ebenso wie man, wenn man sich weigert, Schulden zu bezahlen, sie somit indirekt anerkennt.
Thuillier: Sie würden famose Rechtsberater abgeben! –
Poiret: Ich bin ebenso neugierig wie Herr Phellion, zu erfahren, worauf sich Herr Bixiou stützt…
Bixiou (durch das Bureau rufend): Sind Sie mit dabei, du Bruel?

Du Bruel (erscheint): Sapperlot, meine Herren, ich habe eine schwierige Aufgabe: Reklame für den Tod des Herrn de la Billardière. Bitte einen Moment um Ruhe: nachher können Sie weiter lachen und wetten.
Thuillier: Ob Sie lachen oder nicht lachen – Sie greifen meine Wortspiele an.
Bixiou (geht in das Zimmer von du Bruel): Es ist wahr, du Bruel, einen Menschen zu loben, ist eine schwierige Sache. Ich hätte es viel lieber übernommen, ihn anzugreifen.
Du Bruel: Hilfst du mir, Bixiou?
Bixiou: Ich will schon, obwohl sich derlei Artikel viel besser bei Tisch schreiben lassen.
Du Bruel: Wir werden zusammen essen. (Er liest vor.) „Die Kirche und die Monarchie verlieren tagtäglich einen von denen, die in revolutionären Zeiten für sie kämpften..."
Bixiou: Schlecht. Ich würde statt dessen setzen: „Der Tod richtet seine Verwüstungen ganz besonders unter den ältesten Verteidigern der Monarchie und den treuesten Dienern des Königs an, dessen Herz aus allen Venen blutet. (Du Bruel schreibt ganz rasch mit.) Der Herr Baron Flamet de la Billardière ist heute an einer Brustwassersucht, die durch einen Herzfehler verursacht wurde, gestorben..." – Siehst du, es ist nicht gleichgültig, zu beweisen, daß auch die Leute in den Bureaus Herzen haben. Soll man hier ein paar Worte über die Erschütterungen der Royalisten während der Schreckensherrschaft einfügen? Das würde sich nicht schlecht machen, wie? Aber nein, die kleinen Zeitungen würden sagen, daß die Erschütterungen mehr auf die Eingeweide als auf die

Herzen geschlagen sind. Wir wollen nicht davon sprechen. Was hast du geschrieben?
Du Bruel (liest): „Der Tod eines alten Parlamentariers."
Bixiou: Sehr gut, das ist poetisch, rührend, und trifft ganz genau zu.
Du Bruel (fährt fort): „Ein Mann, der die Ergebung für den Thron ererbt hatte wie auch die Anhänglichkeit an den Glauben unserer Väter, Herr de la Billardière..."
Bixiou: Ich würde „Herr Baron" schreiben.
Du Bruel: Aber er war es nicht im Jahre 1793.
Bixiou: Das ist ganz gleich. Du weißt, daß Fouché unter dem Kaiserreich eine Anekdote über den Konvent, in der Robespierre für ihn sprach, folgendermaßen widergab: „Robespierre sagte zu mir: Herzog von Otranto, Sie werden in das Rathaus gehen!" Es gibt also einen Präzedenzfall.
Du Bruel: Laß mich das notieren. Aber wir wollen nicht Herr Baron setzen, denn ich habe alle Titel, die auf ihn heruntergeregnet sind, für das Ende aufbewahrt.
Bixiou: Das ist der Theatercoup, die Zusammenfassung des Ganzen.
Du Bruel: Höre. Indem er Herrn de la Billardière, einen gewöhnlichen Adligen, zum Baron ernannte...
Bixiou (glossierend): Einen sehr gewöhnlichen.
Du Bruel (fortfahrend): „Zum Kammermitglied usw., belohnte der König mit einem Male alle Dienste, die jener als Richter ihm erwiesen hatte, indem er die Härte seines Amtes mit der Milde, die den Bourbonen eigen ist, zu verbinden suchte, und den Mut des Vendéer erwies, der das Knie

nicht vor dem kaiserlichen Idol beugt. Er hinterläßt einen Sohn, den Erben seiner Ergebenheit und seiner Talente usw."
Bixiou: Ist der Ton nicht zu geschraubt, die Sprache nicht zu bunt? Ich würde einige dieser poetischen Wendungen ausstreichen: das kaiserliche Idol, das Kniebeugen. Zum Teufel, das Lustspiel verdirbt einem die Feder, man kann nicht mehr in Prosa schreiben. Ich würde formulieren: Er gehörte zu der kleinen Zahl derjenigen, welche... Vereinfache, es handelt sich um einen einfachen Mann.
Du Bruel: Das ist noch ein gutes Wort für ein Lustspiel. Du würdest als Theaterdichter dein Glück machen, Bixiou.
Bixiou: Was hast du über Quiberon geschrieben? (Er liest.) Das ist nicht gut. Ich würde es so machen: „Er nahm in einer jüngst veröffentlichten Arbeit alles Unglück der Expedition von Quiberon auf sich und gab der Welt hiermit einen Begriff von seiner Ergebenheit, die vor keinem Opfer zurückschreckte." Das ist fein, das ist geistreich gesagt, und du rettest la Billardière.
Du Bruel: Auf wessen Kosten?
Bixiou (ernst wie ein Prediger, der die Kanzel besteigt): Auf Kosten von Hoche und Tallien. Kennst du die Geschichte nicht? Nein, ich habe für die Mappe des Baudoin unterschrieben, aber ich habe noch keine Zeit gehabt, sie zu öffnen: sie enthält keinen Stoff für ein Lustspiel.
Phellion (an der Tür): Herr Bixiou, wir wollen alle wissen, was Sie veranlassen kann, zu glauben, daß der tugendhafte und würdige Herr Rabourdin, der seit neun Monaten den Divisionschef vertritt und der der älteste Bureauvorsteher des

Ministeriums ist, den der Minister nach seiner Rückkehr von Herrn de la Billardière durch seinen Diener zu sich befohlen hat, nicht zum Divisionschef ernannt werden wird?

Bixiou: Papa Phellion, können Sie Geographie?

Phellion (sich in die Brust werfend): Das schmeichle ich mir, Herr Bixiou.

Bixiou: Und Geschichte?

Phellion (mit bescheidener Miene): Vielleicht.

Bixiou (sieht ihn an): Ihr Diamant ist schlecht befestigt, er wird gleich herunterfallen. Nun, das menschliche Herz kennen Sie nicht, Sie sind darin nicht besser bewandert als in der Umgebung von Paris.

Poiret (leise zu Vimeaux): Die Umgebung von Paris? Ich glaubte, daß es sich um Herrn Rabourdin handelt.

Bixiou: Wettet das Bureau Rabourdin geschlossen gegen mich?

Alle: Ja!

Bixiou: Du Bruel, tust du mit?

Du Bruel: Ich glaube wohl. Es liegt in unserem Interesse, daß unser Chef durchkommt, dann steigen alle in unserem Bureau um eine Sprosse.

Thuillier: Um einen Kopf. (Leise zu Phellion): Der versteht's –!

Bixiou: Also ich wette. Und dies sind meine Gründe. Sie werden sie schwer verstehen, aber trotzdem werde ich sie Ihnen sagen. Es ist wahr, daß Herr Rabourdin ernannt werden müßte (er sieht Dutocq an); denn in ihm würden der lange Dienst, das Talent und die Ehrenhaftigkeit anerkannt, bewertet und belohnt. Die Ernennung liegt selbst in dem wohlverstandenen Interesse der Verwaltung (Phellion, Poiret und Thuillier hören zu, ohne irgend etwas zu begreifen, und gleichen Leuten, die bestrebt sind, im Dunkeln etwas zu erkennen.) Nun wohl, auf Grund allen dieses Zusammentreffens und dieser Verdienste, in Anerkennung, wie sehr das Maß gerecht und weise ist, wette ich, daß er nicht ernannt werden wird. Die Ernennung wird nicht stattfinden, so wenig, wie die Expeditionen nach Boulogne und nach Rußland stattgefunden haben, zu denen ein Genie alle Aussichten auf Erfolg vereinigt hatte. Sie wird nicht stattfinden, weil hier auf Erden alles fehlt, was gerecht und gut ist. Ich setze auf die Karte des Teufels.

Du Bruel: Wer wird dann ernannt werden?

Bixiou: Je genauer ich Baudoyer betrachte, desto mehr scheint er mir alle entgegengesetzten Eigenschaften zu vereinigen. Also wird er Divisionschef.

Dutocq (zum äußersten getrieben): Aber Herr des Lupeaulx, der mich rufen ließ, um meinen Charlet von mir zu erbitten, hat mir gesagt, daß Herr Rabourdin ernannt werden wird, und daß der kleine la Billardière als Referendar in die Siegelkommission übertritt.

Bixiou: Ernannt! Ernannt! Die Ernennung wird frühestens in zehn Tagen unterzeichnet. Sie wird zum Neujahrstag stattfinden. Hallo – sehen Sie sich den Chef an, er geht über den Hof. Und nun sagen Sie mir, ob der aussieht wie ein Mann, der in Gunst steht? Wenn man ihn ansieht, könnte man glauben, daß er bereits abgesetzt ist! (Fleury stürzt an das Fenster.) Adieu, meine Herren, ich gehe, um Herrn Baudoyer Ihre angebliche Ernennung von Herrn Rabourdin mitzuteilen! Das wird den heiligen Mann jedenfalls in Zorn bringen! Dann werde ich ihm von unserer Wette erzählen, um sein Herz wieder zu beruhigen. Auf der Bühne nennen wir das einen dramatischen Umschwung, nicht wahr, du Bruel? Was macht mir das aus! Wenn ich gewinne, wird er mich zum Unterchef nehmen. (Er geht hinaus.)

Poiret: Alle sagen, daß dieser Herr geistreich sei. Ich kann von seinen ganzen Redereien nichts verstehen. (Er besorgt seine Arbeit während seiner Rede.) Ich höre ihm zu, ich höre Worte, aber ich verstehe keinen Sinn: er spricht von der Umgebung von Paris gelegentlich des menschlichen Herzens und (er legt seine Feder hin und geht zum Ofen) er sagt, daß er auf die Karte des Teufels setze gelegentlich der Expeditionen von Rußland und Boulogne. Man müßte erst voraussetzen, daß der Teufel spielt, und wissen, welches Spiel. Ich denke zunächst an das Dominospiel... (Er schneuzt sich.)

Fleury (unterbricht ihn): Es ist elf Uhr. Vater Poiret schneuzt sich!

Du Bruel: Richtig!... Schon so spät! Ich laufe ins Sekretariat.

Poiret: Was sagte ich zuletzt?

Thuillier: Domino, bei Gott; denn es handelte sich um den Teufel, und der Teufel ist ein Herrscher ohne Verfassung. Aber das ist mehr eine Pointe als ein Wortspiel. Übrigens sehe ich keinen Unterschied zwischen dem Spiel mit Worten und... (Sebastian tritt ein, um die Zirkulare zur Unterzeichnung und zum Vergleich mit den Originalen zu sammeln.)

Vimeux: Sind Sie da, schöner junger Mann? Die

Zeit Ihrer Nöte ist beendet, Sie werden angestellt werden, Herr Rabourdin wird ernannt! Sie waren gestern bei der Abendgesellschaft von Frau Rabourdin. Sie sind glücklich, daß Sie dort verkehren können! Man sagt, daß dort entzückende Frauen seien.

Sebastian: Ich weiß nicht.

Fleury: Sind Sie blind?

Sebastian: Ich gucke niemals das an, was ich nicht besitzen werde.

Phellion (entzückt): Das haben Sie gut gesagt, junger Mann.

Vimeux: Was zum Teufel! Auf Frau Rabourdin werden Sie wohl achten, das ist eine entzückende Frau.

Fleury: Ach was, zu mager. Ich habe sie in den Tuilerien gesehen; ich habe lieber Percilliée, die Mätresse von Ballet, das Opfer von Castaing.

Phellion: Aber was hat eine Schauspielerin mit der Frau eines Bureauvorstehers gemeinsam?

Dutocq: Beide spielen Komödie.

Fleury (sieht Dutocq von der Seite an): Das Physische hat nichts mit dem Moralischen zu tun, und wenn Sie davon ausgehen . . .

Dutocq: Ich verstehe nichts. Wissen Sie, wer von allen Beamten Bureauvorsteher werden wird?

Alle: Sagen Sie es.

Fleury: Colleville!

Thuillier: Warum?

Fleury: Weil Frau Colleville zu guter Letzt den kürzesten Weg gewählt hat, . . . den Weg durch die Sakristei.

Thuillier (trocken): Ich bin so nahe mit Colleville befreundet, daß ich Sie bitten muß, Herr Fleury,

auf keinen Fall in losen Worten über seine Frau zu sprechen.
Phellion: Die Frauen, die doch kein Mittel haben, sich zu verteidigen, dürften niemals der Gegenstand unserer Unterhaltung sein...
Vimeux: Um so weniger, als die hübsche Frau Colleville Fleury nicht empfangen wollte und er sie aus Rache verleumdet.
Fleury: Sie hat mich nicht auf gleichem Fuß mit Thuillier empfangen wollen, aber ich bin hingegangen...
Thuillier: Wann? ... Wohin? ... Unter ihre Fenster? ...
Obwohl Fleury in dem Bureau wegen seiner Verwegenheit gefürchtet wurde, nahm er das letzte Wort von Thuillier schweigend hin. Diese Duldsamkeit, die die Beamten überraschte, hatte einen Wechsel von zweihundert Franken mit einer ziemlich zweifelhaften Unterschrift zur Ursache, den Thuillier Fräulein Thuillier, seiner Schwester, vorlegen mußte. Nach diesem Scharmützel herrschte tiefes Schweigen. Alle arbeiteten von ein bis drei Uhr. Du Bruel kam nicht zurück. Gegen halb vier Uhr begannen in allen Bureaus des Ministeriums die Vorbereitungen zum Aufbruch, das Bürsten der Hüte, das Umziehen. Überall zu gleicher Zeit. Diese liebe halbe Stunde, die zur Erfüllung kleiner privater Bedürfnisse benutzt wird, verkürzt die Dienstzeit so angenehm. In dieser Zeit werden die überheizten Zimmer lauer, der den Bureaus eigentümliche Geruch strömt heraus, das Schweigen kehrt wieder. Um vier Uhr sind nur noch die wirklichen Beamten da – die, die ihren Beruf ernst nehmen. Ein Minister könnte den Wert derer, die

in seinem Ministerium arbeiten, erkennen, wenn er um Punkt vier Uhr durch das Ministerium hindurchgehen würde – eine Schnüffelei, die sich übrigens keine dieser ernsten Persönlichkeiten erlaubt.

Zu dieser Stunde begegneten sich in den Höfen einige Chefs, um ihre Gedanken über das Ereignis des Tages auszutauschen.

Zu je zweien oder dreien gingen sie fort und in fast allen Gruppen schloß man zugunsten Rabourdins. Aber die Alterfahrenen wie Herr Clergeot schüttelten den Kopf und sagten sich: Habent sua sidera lites! Saillard und Baudoyer wurden höflich gemieden, denn keiner wußte, was man ihnen gelegentlich des Todes von Herrn de la Billardière sagen sollte. Alle verstanden, daß Baudoyer möglicherweise den Posten wünschte, obwohl er ihn nicht verdiente.

☆

DIE HOLZWÜRMER AN DER ARBEIT

ALS DER SCHWIEGERSOHN UND DER SCHWIEGERVATER sich in einer gewissen Entfernung vom Ministerium befanden, unterbrach Saillard das Schweigen mit den Worten:

„Es steht schlecht für dich, mein armer Baudoyer."

„Ich weiß nicht, woran Elisabeth denkt", erwiderte der Bureauchef. „Sie hat Godard benutzt, um eiligst einen Paß für Falleix zu bekommen. Godard hat mir gesagt, daß sie eine Postchaise gemietet habe, auf einen Ratschlag meines Onkels Mitral, und in dieser Stunde ist Falleix auf dem Weg nach seinem Vaterlande."

„Ohne Zweifel eine geschäftliche Angelegenheit", sagte Saillard.

„Unsere wichtigste geschäftliche Angelegenheit ist in diesem Augenblick, an den Posten von Herrn de la Billardière zu denken."

Bei diesen Worten befanden sie sich in der Höhe des Palais-Royal, in der Rue Saint-Honoré. Dutocq grüßte sie und trat an sie heran. „Herr Baudoyer," wandte er sich an den Bureauvorsteher, „wenn ich Ihnen in irgendwelcher Weise nützlich sein kann in Ihrer augenblicklichen Situation, dann verfügen Sie über mich. Ich bin Ihnen nicht weniger ergeben als Herr Godard."

„Ein solcher Freundschaftsbeweis ist wenigstens tröstlich", sagte Baudoyer. „Man schätzt die ehrlichen Menschen."

„Wenn Sie die Güte haben würden, Ihren Einfluß zu benutzen, um mich, wenn Sie Bixiou als Chef nehmen, als Unterchef anzustellen, Sie werden das Glück zweier Männer machen, die, zugunsten Ihrer Beförderung, zu allem fähig sind."

„Machen Sie sich über uns lustig?" fragte Saillard mit großen dummen Augen.

„Das liegt mir fern", erwiderte Dutocq. „Ich komme von der Druckerei der Zeitung, wohin ich im Auftrage des Herrn Generalsekretärs einen Nachruf für Herrn de la Billardière getragen habe. Der Artikel, den ich las, hat mir die höchste Achtung für Ihre Talente eingeflößt. Wenn es sich darum handelt, Rabourdin den Todesstoß zu versetzen – ich könnte ihm einen festen Hieb geben. Ich bitte Sie, sich daran zu erinnern." – Dutocq verschwand.

„Ich will mich hängen lassen, wenn ich ein einziges Wort davon verstehe", sagte der Kassierer und sah dabei Baudoyer an, dessen kleine Augen ein außerordentliches Erstaunen ausdrückten. „Wir müssen heute abend die Zeitung kaufen."

Als Saillard und sein Schwiegersohn in den im Erdgeschoß gelegenen Salon eintraten, fanden sie dort vor einem großen Feuer Frau Saillard, Elisabeth, Herrn Gaudron und den Pfarrer von St. Paul. Der Geistliche wandte sich an Herrn Baudoyer. Seine Frau machte ihm ein Zeichen, das er jedoch nicht verstand.

„Herr Baudoyer," sagte der Geistliche, „ich wollte nicht zögern, Ihnen meinen Dank auszusprechen für das herrliche Geschenk, durch das Sie meine arme Kirche verschönert haben. Ich wagte es nicht, mich in Schulden zu stürzen, um diese schöne Monstranz zu kaufen. Sie ist einer Kathedrale würdig. Sie, der Sie eines unserer frömmsten und treuesten Pfarrkinder sind, Sie müssen mehr als jeder andere von der Kahlheit unseres Hauptaltars betroffen gewesen sein. Ich werde in wenigen Minuten den Herrn Coadjutor treffen, und auch er wird Ihnen alsbald seine Zufriedenheit ausdrücken."

„Ich habe noch nichts getan", sagte Baudoyer.

„Herr Pfarrer," erwiderte seine Frau, indem sie ihm das Wort abschnitt, „ich kann Ihnen das ganze Geheimnis verraten. Herr Baudoyer beabsichtigt, sein Werk zu vollenden, indem er Ihnen zu dem nächsten Fronleichnamsfest einen Baldachin schenkt. Aber dieser Kauf hängt ein wenig von dem Stand unserer Finanzen ab und unsere Finanzen wiederum hängen von unserer Beförderung ab."

„Gott belohnt diejenigen, die ihn ehren", sagte Herr Gaudron und verabschiedete sich zusammen mit dem Pfarrer.

„Warum wollen Sie uns nicht die Ehre machen, bei uns vorlieb zu nehmen?" fragte Saillard Herrn Gaudron und den Pfarrer.

„Bleiben Sie, mein lieber Herr Vikar", sagte der Pfarrer zu Gaudron. „Ich kann nicht, ich bin zu dem Pfarrer von St. Rochus eingeladen, der morgen die Totenfeier für Herrn de la Billardière abhält."

„Kann der Herr Pfarrer von St. Rochus dabei vielleicht ein Wort zu unseren Gunsten sagen?" fragte Baudoyer, den seine Frau lebhaft am Westenzipfel zog.

„Aber sei doch still, Baudoyer," sagte sie und zog ihn in eine Ecke, wo sie ihm ins Ohr flüsterte: „Du hast dem Kirchspiel eine Monstranz von fünftausend Franken geschenkt. Ich werde dir alles erklären."

Der geizige Baudoyer machte eine saure Grimasse und blieb während des ganzen Essens nachdenklich. „Warum hast du dich für den Paß von Falleix so sehr interessiert? Worein mischst du dich?" fragte er sie schließlich.

„Es scheint mir, daß die Angelegenheiten von Falleix auch ein wenig die unseren sind", erwiderte Elisabeth trocken und warf ihrem Gatten einen Blick zu, um ihn auf Herrn Gaudron zu weisen, vor dem er schweigen müsse.

„Sicher", sagte der Vater Saillard und dachte dabei an seine Kommanditgesellschaft. „Ich hoffe, Sie sind zur rechten Zeit in die Redaktion gekommen", sagte Elisabeth zu Herrn Gaudron, während sie ihm die Suppe reichte.

„Ja, meine liebe, gnädige Frau“, erwiderte der Vikar. „Sobald der Redakteur der Zeitung das Wort des Sekretärs des Schloßkaplans des Groß-Almoseniers gesehen hatte, machte er nicht mehr die mindeste Schwierigkeit. Die kleine Notiz wurde durch seine Fürsorge an den passendsten Platz gesetzt. Ich hätte daran niemals gedacht; aber dieser junge Journalist hat einen aufgeweckten Verstand. Die Verteidiger der Religion können den Mangel an Pietät bekämpfen, so viel sie wollen, es gibt doch viele Talente unter den royalistischen Journalisten. Ich habe allen Grund, anzunehmen, daß der Erfolg Ihre Hoffnungen krönen wird. Aber denken Sie, mein lieber Baudoyer, daran, Herrn Colleville zu protegieren, er ist der Gegenstand der Aufmerksamkeit Seiner Eminenz. Man hat mir empfohlen, Ihnen von ihm zu sprechen...“

„Sowie ich Abteilungschef bin, werde ich ihn zu einem meiner Bureauvorsteher machen, wenn man es so will“, sagte Baudoyer.

Als man von Tisch aufstand, kam das, worum sich das ganze Gespräch gedreht hatte. Das Organ des Ministeriums – der Portier hatte es besorgt – enthielt unter Pariser Neuigkeiten die folgenden beiden Notizen:

„Nach einer langen und schmerzvollen Krankheit ist Herr Baron de la Billardière heute morgen gestorben. Der König verliert in ihm einen ergebenen Diener, die Kirche eines ihrer frömmsten Kinder.

Das Ende von Herrn de la Billardière hat sein schönes Leben würdig gekrönt – ein Leben, das er in schweren Zeiten ganz der Erfüllung gefährlicher Aufgaben gewidmet hatte. Erst kürzlich

hatte er einen der schwierigsten Aufträge übernommen. Herr de la Billardière war Oberrichter in einem Departement und auch an dieser Stelle besiegte sein Charakter die Widerstände, die die Rebellion ihm dort in den Weg legte. Er hatte einen schwierigen leitenden Posten angenommen, an dem seine tiefen Erkenntnisse nicht weniger nützlich waren als die echt französische Milde seiner Umgangsformen, um die ernsten Angelegenheiten, die dort verhandelt werden, zu erledigen. Keine Belohnungen waren mehr verdient als diejenigen, die der König Ludwig XVIII. und Ihre Majestät geruht haben, zur Krönung einer Treue auszusetzen, die selbst unter der Herrschaft des Usurpators nicht gewankt hat. Diese alte Familie wird in einem Sohn weiterleben, dem Erben der Talente und der Ergebenheit des ausgezeichneten Mannes, dessen Verlust so viele Freunde betrübt. Schon hat Ihre Majestät durch ein huldvolles Wort erkennen lassen, daß Sie Herrn Benjamin de la Billardière in die Zahl ihrer Kammermitglieder zu rechnen gedenkt.
Die zahlreichen Freunde, soweit sie keine besondere Benachrichtigung erhalten oder diese nicht rechtzeitig angekommen ist, werden hierdurch benachrichtigt, daß die Bestattung morgen um vier Uhr in der St. Rochuskirche stattfindet. Herr Pfarrer Fontanon wird die Gedächtnisrede halten."
Die zweite Notiz lautete:
„Herr Isidor Baudoyer, der Vertreter einer der ältesten Familien des Pariser Bürgertums, Bureauvorsteher in der Abteilung de la Billardière, hat sich den alten Traditionen dieser großen Familien, die so eifrig auf den Glanz der Kirche bedacht

waren und ihre Gebäude so sehr liebten, treu erwiesen.
Der St. Pauluskirche fehlte eine dem übrigen Glanz dieser Basilika entsprechende Monstranz. Die St. Pauluskirche ist von den Jesuiten gebaut worden. Weder die Kirchenverwaltung noch der Geistliche waren reich genug, um den Altar mit ihr zu schmücken. Herr Baudoyer hat diesem Kirchspiel nun die Monstranz geschenkt, die schon mehrere Personen bei Herrn Gohier, dem Goldschmied des Königs, bewunderten. Dank diesem frommen Manne, der vor der enormen Höhe des Preises nicht zurückgeschreckt ist, besitzt die St. Pauluskirche heute ein Meisterwerk der Goldschmiedekunst. Die Zeichnungen auf der Monstranz stammen von der Hand des Herrn von Sommervieux. Mit Freuden veröffentlichen wir eine Tatsache, die beweist, wie leer die Redereien der Liberalen über die Gesinnung des Pariser Bürgertums sind. Die hohe Bourgeoisie war in allen Zeiten königstreu, sie wird es immer wieder bei jeder Gelegenheit beweisen.“

„Der eigentliche Preis war fünftausend Franken,“ sagte der Pfarrer Gaudron, „aber im Hinblick auf die bare Bezahlung hat der Hofgoldschmied seine Ansprüche gemäßigt.“

„Vertreter einer der ältesten Familien der Pariser Bourgeoisie,“ sagte Saillard, „das steht gedruckt und noch dazu in einem Regierungsorgan.“

„Lieber Herr Gaudron, helfen Sie doch meinem Vater einen Satz formulieren, den er bei der Frau Gräfin fallen lassen könnte, wenn er ihr das Monatsgehalt bringt, ein Satz, der geschickt und unaufdringlich alles sagt! Ich lasse Sie mit ihm allein, ich muß mit meinem Onkel Mitral fortgehen. Wollen Sie mir glauben, daß es mir unmöglich war, meinen Onkel Bidault aufzufinden! Und Sie müßten sehen, in was für einem Hundeloch er wohnt! Herr Mitral, der seine Gewohnheiten kennt, sagte mir, daß er zwischen acht und zwölf mit seinen Geschäften fertig ist, daß er nach dieser Stunde nur noch in einem Café Themis zu finden sei..."

„Sitzt man dort zu Gericht", fragte der Pfarrer Gaudron lachend.

„Wie kann er denn in ein Café gehen, das an der Ecke der Rue Dauphine und des Quai des Augustins liegt? Man sagt doch, daß er allabendlich Domino mit seinem Freunde Gobseck spiele! Ich will nicht ganz allein hingehen, mein Onkel führt mich hin und bringt mich zurück."

In diesem Augenblick erschien Mitrals gelbes Gesicht. Er trug eine Perücke, die aus Quecke gemacht zu sein schien. Er machte seiner Nichte ein Zeichen, zu kommen. Er wollte keine Zeit verlieren, die mit zwei Franken die Stunde bezahlt wurde. Frau Baudoyer ging hinaus, ohne weder ihrem Vater noch auch ihrem Gatten eine Erklärung zu geben.

„Der Himmel hat Ihnen", sagte Herr Gaudron zu Baudoyer, als Elisabeth fort war, „in dieser Frau einen Schatz von Voraussicht und von Tugenden gegeben, ein Muster von Klugheit, eine Christin, in der sich eine göttliche Urteilskraft offenbart. Nur die Religion formt so vollendete Charaktere. Morgen werde ich für den Erfolg der guten Sache eine Messe lesen. Im Interesse der Monarchie und der Religion ist es notwendig, daß Sie ernannt werden. Herr Rabourdin ist ein Liberaler. Er liest das ‚Journal des Débats', eine verderbliche Zeitung, die den Herrn Grafen von Villèle bekämpft, weil er Interessen dient, die von Herrn von Chateaubriand verletzt wurden. Seine Eminenz werden heute abend die Zeitung lesen, und wenn es auch nur wegen seines armen Freundes, des Herrn de la Billardière, geschehen wird. Der Herr Coadjutor wird ihm von Ihnen und von Rabourdin sprechen. Ich kenne den Herrn Pastor! Wenn man an seine teure Kirche denkt, dann wird er Sie in seiner Predigt nicht vergessen. Nun, und er hat in diesem Augenblick die Ehre, zusammen mit dem Herrn Coadjutor bei dem Herrn Pfarrer von St. Rochus zu speisen."

Bei diesen Worten begannen Saillard und Baudoyer zu verstehen, daß Elisabeth seit dem Augenblick, in dem Godard sie benachrichtigt hatte, nicht müßig geblieben war.

„Pfiffig ist sie, diese Elisabeth", rief Saillard aus, und ließ damit dem raschen Maulwurfsgang, den seine Tochter gegraben hatte, mehr Gerechtigkeit widerfahren, als es der Pfarrer tat.

„Sie hat Godard geschickt, um an der Tür von Herrn Rabourdin zu erfahren, welche Zeitung er liest," sagte Gaudron, „und ich habe es dem Sekretär von Seiner Eminenz gesagt; denn wir befinden uns in einer Situation, in der die Kirche und der Thron ihre Freunde und ihre Feinde gut unterscheiden müssen."

„Seit fünf Tagen suche ich eine Phrase, die ich der Frau von Seiner Exzellenz sagen könnte", sagte Saillard.

„Ganz Paris liest diese Worte", rief Baudoyer

aus, dessen Augen auf die Zeitung geheftet waren.
„Ihr Lob kostet mich viertausendachthundert Franken, mein Freundchen", sagte Frau Saillard.
„Sie haben das Haus Gottes verschönt", sagte der Pfarrer Gaudron.
„Wir könnten unser Heil ohne das finden", erwiderte sie. „Aber wenn Baudoyer die Stellung bekommt, so ist das achttausend Franken mehr wert. Das Opfer ist also nicht groß. Aber wenn er sie nicht bekommt? ... Wie, Schatz," sagte sie und sah ihren Gatten an, „das wäre ein schöner Blutverlust! ..."
„Oh," sagte Saillard begeistert, „bei Falleix werden wir das wieder verdienen! Der breitet jetzt seine Geschäfte aus und bedient sich dazu seines Bruders, den er extra zu diesem Zweck zum Wechselhändler gemacht hat. Elisabeth hätte uns sagen sollen, warum Falleix ausgeflogen ist. Aber wir wollen die Phrase suchen. Ich habe das folgende gefunden: „Gnädige Frau, wenn Sie Ihrer Exzellenz zwei Worte sagen würden..."
„Würden!" sagte Gaudron. „Nein, geruhten, um achtungsvoller zu sprechen. Übrigens muß man vor allem wissen, ob die Frau Kronprinzessin Ihnen Ihre Protektion gewähren wird, denn in diesem Fall könnten Sie ihr den Gedanken eingeben, den Wünschen Ihrer Königlichen Hoheit entgegenzukommen."
„Man müßte sie auf den freien Posten hinweisen", sagte Baudoyer.
„Frau Gräfin", sagte Saillard, indem er sich erhob und seine Frau mit einem angenehmen Lächeln anblickte...
„Jesus! Saillard, du bist wunderlich! Aber mein

Sohn, nimm dich nur in acht! Wird diese Dame nicht lachen?"

„Frau Gräfin ... Mach ich es jetzt besser", fragte er und sah seine Frau an.

„Ja, mein Hühnchen."

„Der Posten des verstorbenen würdigen Herrn de la Billardière ist frei; mein Schwiegersohn, Herr Baudoyer ..."

„Ein begabter und sehr frommer Mann", soufflierte Gaudron.

„Baudoyer," rief der Vater Saillard, „schreib diesen Satz auf."

Baudoyer nahm ganz naiv eine Feder und schrieb, ohne zu erröten, sein eigenes Lob nieder, ganz so, wie es Nathan oder Canalis getan hätten, wenn sie eines ihrer Bücher anzeigten.

„Frau Gräfin ... Siehst du, Muttchen," sagte Saillard zu seiner Frau, „ich tue so, als ob du die Frau des Ministers wärst."

„Du glaubst wohl, daß ich dumm bin? Ich merke schon."

„Der Posten des verstorbenen würdigen Herrn de la Billardière ist frei; mein Schwiegersohn, Herr Baudoyer, ein äußerst begabter und sehr frommer Mann ..."

Er sah Herrn Gaudron, der sehr nachdenklich dasaß, an und fügte dann hinzu:

„Würde sehr glücklich sein, wenn er ihn bekäme. Es ist gar nicht schlecht so – kurz, und sagt alles."

„Aber warte doch, Saillard, du siehst wohl, daß Herr Pfarrer hin und her überlegt. Störe ihn doch nicht!"

„... würde sehr glücklich sein, wenn Sie geruhen würden, sich für ihn zu interessieren," sagte Gaudron, „und wenn Sie Ihrer Exzellenz einige Worte sagen würden, so wären Sie besonders der Frau Kronprinzessin angenehm, von der protegiert zu werden er die Ehre hat.“

„Ach, Herr Gaudron, dieser Satz ist die Monstranz wert. Ich bedaure die viertausendachthundert schon weniger... Übrigens, sage doch, Baudoyer, wirst du sie bezahlen, mein Junge!... Hast du geschrieben?“

„Ich werde dich das wiederholen lassen, Schatz,“ sagte Frau Saillard, „du wirst es mir morgens und abends aufsagen. Ja, dieser Satz ist gut gedreht. Ach, Sie sind glücklich, daß Sie so gelehrt sind, Herr Gaudron! Da sieht man, was es heißt, im Seminar zu studieren! Man lernt mit Gott und seinen Heiligen zu sprechen.“

„Er ist ebenso gütig, wie er gelehrt ist“, sagte Baudoyer und schüttelte dem Priester die Hände. „Haben Sie diesen Artikel redigiert?“ fragte er und zeigte ihm dabei die Zeitung.

„Nein,“ erwiderte Gaudron, „das hat der Sekretär Seiner Eminenz getan, ein junger Geistlicher, der mir sehr verpflichtet ist, und der sich für Herrn Colleville interessiert; ich habe früher seine Pension im Seminar bezahlt.“

„Eine jede Wohltat wird belohnt“, sagte Baudoyer.

Während diese vier Personen sich an dem Tisch zurechtsetzten, um Boston zu spielen, erreichten Elisabeth und ihr Onkel Mitral das Café Themis; unterwegs hatten sie sich von der Angelegenheit unterhalten, die das Feingefühl von Elisabeth ihr als den mächtigsten Hebel gezeigt hatte, um dem Minister die Hand zu führen. Ihr Onkel Mitral war ein alter Gerichtsvollzieher, der sich auf

Kniffe, auf verzweifelte Auskunftsmittel und Vorsichten in bezug auf das Gesetz verstand. Er betrachtete die Familienehre als beteiligt an dem Triumph seines Neffen. Sein Geiz veranlaßte ihn, das Vermögen von Gigonnet zu ergründen, und er wußte, daß diese Erbschaft seinem Neffen Baudoyer zufallen würde; er wollte also für ihn eine Stellung, die dem Besitz der Saillards und Gigonnets entsprach, der insgesamt der kleinen Baudoyer anheimfallen würde. Und weshalb kein Auge auf ein Mädchen werfen, dessen Vermögen mehr als hunderttausend Franken jährlich einbringen würde! Er hatte sich die Gedanken seiner Nichte zu eigen gemacht und hatte sie verstanden. So hatte er auch die Abreise von Falleix beschleunigt, indem er ihm erklärte, wie man auf dem Postweg schnell vorankäme. Dann hatte er während des Mittagessens über die Biegung nachgedacht, die man bei dem von Elisabeth ausgedachten Sprunge machen müsse. Als sie beim Café Themis ankamen, sagte er zu seiner Nichte, daß er das Geschäft mit Gigonnet allein abmachen könne. Er ließ sie in der Droschke warten, damit sie nur zur rechten Zeit und am rechten Ort eingreife. Durch die Fenster hindurch bemerkte Elisabeth die beiden Gesichter von Gobseck und von ihrem Onkel Bidault, die sich von dem lebhaft gelben Holzgeländer des alten Cafés abhoben wie zwei Reliefs – kalt und unberührt in der Haltung, die der Ernst ihnen gegeben hatte. Diese beiden geizigen Pariser waren umgeben von alten Gesichtern, in deren Falten und Runzeln die dreißig Prozent der Wechselgeschäfte eingeschrieben zu sein schienen. Diese Physiognomien belebten sich bei dem Anblick von Mitral, und die Augen glänzten in einer raubtierartigen Neugierde.

„He, he, da ist der alte Mitral", rief Chaboisseau. Der kleine Greis besorgte die Wechselgeschäfte des Buchhandels.

„Ja, weiß Gott," erwiderte ein Papierhändler namens Métivier, „das ist ein alter Affe, der sich in Grimassen auskennt."

„Und Sie sind ein alter Rabe, der sich in Leichen auskennt", erwiderte Mitral.

„Richtig", sagte der strenge Gobseck.

„Was wollen Sie hier machen, mein Sohn? Wollen Sie unseren Freund Métivier fassen?" fragte ihn Gigonnet, indem er auf den Papierhändler wies, der das Vollmondsgesicht eines alten Portiers hatte.

„Ihre Nichte Elisabeth ist da, Vater Gigonnet", sagte Mitral ihm ins Ohr.

„Wie? Schlechte Nachrichten?" fragte Bidault. Der Alte runzelte die Brauen und nahm einen zärtlichen Gesichtsausdruck an wie ein Schlächter beim Gottesdienst. Trotz seiner römischen Tugend schien er bewegt zu sein, denn seine rote Nase verlor etwas von ihrer Farbe.

„Nun, und wenn es schlechte Nachrichten wären, würden Sie dann nicht der Tochter von Saillard helfen, die Ihnen seit dreißig Jahren Strümpfe strickt?" rief Mitral aus.

„Wenn man Garantien hätte, sage ich nichts", erwiderte Gigonnet. „Falleix hat da irgendwie die Hände im Spiel. Ihr Falleix etabliert seinen Bruder als Wechselagenten, er macht ebensoviel Geschäfte wie die Brézacs. Und womit? Mit seinem Geist, nicht wahr! Nun, Saillard ist kein Kind."

„Er kennt den Wert des Geldes", sagte Chaboisseau. „Dieses Wort, unter Greisen gesagt, würde einen Künstler haben erzittern lassen." Alle schüttelten die Köpfe.

„Übrigens geht mich das Unglück meiner Nächsten nichts an", nahm Bidault Gigonnet das Gespräch auf. „Ich habe den Grundsatz, mich niemals, weder meinen Freunden noch meinen Verwandten gegenüber gehen zu lassen, denn man kann nur an seinen schwachen Stellen zugrunde gehen. Wenden Sie sich an Gobseck, er ist sanft." Die Wechselhändler nickten dieser Lehre durch eine Bewegung ihrer eisernen Köpfe Beifall. Wer sie gesehen hätte, hätte geglaubt, das Kreischen schlecht geölter Maschinen zu hören.

„Nun, Gigonnet, seien Sie etwas sanft," sagte Chaboisseau, „sie hat Ihnen dreißig Jahre lang Strümpfe gestrickt."

„Ja, das ist etwas wert", sagte Gobseck.

„Sie sind unter sich, man kann also offen sprechen", sagte Mitral, nachdem er die Leute um sich gemustert hatte. „Ein gutes Geschäft hat mich hierher geführt..."

„Warum kommen Sie denn zu uns, wenn es gut ist", unterbrach Gigonnet Mitral bitter.

„Ein junger Bursche, der Kammermitglied wird, ein alter Chouan ... sein Name? ... La Billardière ist tot."

„Wahrhaftig?" fragte Gobseck.

„Und der Neffe schenkt den Kirchen Monstranzen", sagte Gigonnet.

„Er ist nicht so dumm, sie zu schenken, er verkauft sie, Papa", sagte Mitral stolz. „Es handelt sich darum, den Posten von Herrn de la Billardière zu bekommen. Und um das zu erreichen, ist es notwendig, Hand anzulegen..."

„Hand anzulegen, immer fachmännisch", sagte Métivier und klopfte freundschaftlich auf Mitrals Schulter, „das liebe ich!"

„Hand anzulegen an Herrn Chardin des Lupeaulx", fuhr Mitral fort. „Nun, und Elisabeth hat das Mittel dazu gefunden, es ist..."

„Elisabeth!" unterbrach Gigonnet ihn nochmals, „sie ist ein liebes kleines Geschöpf. Sie schlägt nach ihrem Großvater, meinem armen Bruder! Bidault hatte nicht seinesgleichen! Ach, wenn Sie ihn bei dem Verkauf von alten Möbeln gesehen hätten. Wie klug, wie scharfsinnig er war!! – Was will sie?"

„Halt, halt," sagte Mitral, „Sie werden begreifen, Ihr eigen Fleisch und Blut, Papa Gigonnet. Wer weiß, woran das liegt."

„Sie Kind," sagte Gobseck zu Gigonnet, „immer vorlaut."

„Nun, Gobseck und Gigonnet, meine Meister, Sie haben des Lupeaulx nötig. Sie erinnern sich, daß Sie ihn gerupft haben, Sie haben Angst, er könne sein Gefieder wieder fordern", sagte Mitral.

„Kann man ihm von der Sache sagen?" fragte Gobseck Gigonnet.

„Mitral gehört zu uns, er würde seinen alten Kollegen niemals einen Streich spielen", erwiderte Gigonnet. „Nun also, Mitral, wir drei haben soeben", flüsterte er dem alten Gerichtsvollzieher ins Ohr, „Schuldscheine gekauft, deren Rechtsgültigkeit von der Liquidationsvollmacht abhängt."

„Was können Sie opfern?" fragte Mitral.

„Nichts", erwiderte Gobseck.
„Man weiß nicht, daß wir es sind", erklärte Gigonnet; „Samanou deckt uns mit seinem Namen."
„Hören Sie, Gigonnet," sagte Mitral, „es ist kalt und Ihre kleine Nichte wartet draußen – Sie werden mich in drei Worten verstehen. Sie beide müssen ohne Zinsen Falleix, der jetzt dreißig Meilen von Paris mit einem Kurier über die Landstraße saust, zweihundertfünfzigtausend Franken schicken."
„Ist das möglich?" fragte Gobseck.
„Wohin will er?" rief Gigonnet.
„Er begibt sich auf das wundervolle Gut der des Lupeaulx", fuhr Mitral fort. „Er kennt das Land, er will die um den kleinen Besitz des Generalsekretärs herumliegenden Ländereien für die gesagten zweihundertfünfzigtausend Franken aufkaufen – ausgezeichnete Ländereien, die ihren Wert immer reichlich behalten werden. Neun Tage braucht man für die notarielle Registrierung. (Verlieren Sie das nicht aus den Augen!) Auf Grund dieser kleinen Vergrößerung wird das Gut der des Lupeaulx zu tausend Franken Steuern verpflichtet sein. Also wird des Lupeaulx Wähler des großen Kollegiums, wählbar, Graf und alles, was er sonst will. Sie wissen, wer der Abgeordnete ist, der sich eingeschlichen hat?"
Die beiden Wucherer machten ein bejahendes Zeichen.
„Des Lupeaulx würde sich ein Bein abschneiden, um Abgeordneter zu werden", fuhr Mitral fort. „Aber er will die Kontrakte, die wir ihm zeigen werden, auf seinen Namen haben und will sie als Hypotheken haben, wohlverstanden, mit gericht-

licher Einsetzung in die Rechte der Käufer... (Aha! Das haben Sie erreicht?) Zuerst müssen wir von ihm den Posten für Baudoyer erlangen; dann können wir auf des Lupeaulx verzichten! Falleix bleibt im Lande und bereitet die Wahl vor; so nehmen Sie des Lupeaulx während der Zeit der Wahl durch Falleix aufs Korn, einer im Kreise stattfindenden Wahl, in dem die Freunde von Falleix die Mehrheit bilden. Ist das ein echtes Stück von Falleix, Papa Gigonnet?"

„Auch ein echter Mitral", sagte Métivier. „Es ist gut gespielt."

„Abgemacht", sagte Gigonnet. „Nicht wahr, Gobseck? Falleix wird uns die Gegenwerte zeichnen und die Hypothek auf seinen Namen eintragen; im entsprechenden Augenblick werden wir des Lupeaulx aufsuchen."

„Und wir sind bestohlen worden", sagte Gobseck.

„Ach, Papa," sagte Mitral, „ich möchte den Dieb wohl kennen."

„Wir können nur von uns selbst bestohlen worden sein", erwiderte Gigonnet. „Wir haben geglaubt, geschickt zu handeln, indem wir die Schuldscheine aller Gläubiger für sechzig Prozent Abzug aufgekauft haben."

„Sie werden sie auf seinen Ländereien als Hypotheken eintragen lassen und werden ihn noch durch die Zinsen in der Hand behalten", erwiderte Mitral.

„Wohl möglich", sagte Gobseck.

Nachdem er einen vorsichtigen Blick mit Gobseck ausgetauscht hatte, ging Bidault, genannt Gigonnet, an die Tür des Cafés.

„Elisabeth, geh' deines Weges", sagte er zu seiner

Nichte. „Wir halten deinen Mann fest, aber vernachlässige du nicht das Zubehör. Du hast es gut angefangen, du kleiner Schlauberger – führ' deine Sache durch, du hast die Achtung deines Onkels!" ... Und er tätschelte ihr fröhlich die Hand.

„Aber," sagte Mitral, „Métivier und Chaboisseau können uns einen Streich spielen, wenn sie heute abend in die Bude irgendeines oppositionellen Organs gehen, um das Spiel weiter zu geben, und den vom Ministerium ausgehenden Artikel erdolchen. Geh' du alleine, meine Kleine, ich werde diese beiden Raben nicht aus den Augen lassen."

Und er ging in das Café zurück.

„Morgen werden die Ländereien durch ein einziges Wort, das man dem Steuereinnehmer sagt, in die Hand fallen, für die sie bestimmt sind; wir werden sie bei unseren Freunden für hunderttausend Taler seiner Wertpapiere finden", sagte Gigonnet zu Mitral, als der Gerichtsvollzieher zu dem Wechsler plaudern kam.

Am nächsten Tage lasen die zahlreichen Abonnenten einer liberalen Zeitung unter den „Letzten Pariser Nachrichten" eine kleine Notiz, die von Chaboisseau und Métivier, Aktionären der beiden Zeitungen, eingeschoben worden war.

Sie waren Wechselagenten des Zeitungsvertriebs und Papierlieferanten des Blattes, denen kein Redakteur etwas abschlagen konnte.

Die Notiz lautete folgendermaßen:

„Gestern wies ein Regierungsorgan ziemlich deutlich auf Herrn Baudoyer als den Nachfolger des Herrn de la Billardière hin, Herr B. ist einer der achtbarsten Bürger eines volkreichen Stadtviertels, ein

Mann, der wegen seiner Wohltätigkeit nicht weniger bekannt ist als wegen seiner Frömmigkeit, auf die das Regierungsorgan hinweist. Es hätte beser von seinen Fähigkeiten gesprochen! Aber hat diese Zeitung daran gedacht, daß sie, indem sie die bürgerliche Altehrwürdigkeit von Herrn Baudoyer rühmte, die sicherlich ein Adel wie jeder andere ist, die Ursache seiner wahrscheinlichen Ausschließung von der Kandidatur bezeichnete? O Verräterei! Die gute Dame streichelt den, den sie töten will, wie sie es so zu tun pflegt. Herrn Baudoyer ernennen, das würde bedeuten, den Tugenden, den Fähigkeiten des Mittelstandes gerecht zu werden – Tugenden, deren Verteidiger wir immer sein werden, obwohl wir unsere Sache oft verloren sehen. Diese Ernennung würde ein Akt der Gerechtigkeit und der richigen Politik sein. Und das wird sich das Ministerium nicht erlauben. Das Organ der Geistlichkeit hat diesmal mehr Geist als seine Schutzherren, und dafür wird es gescholten werden."

Am nächsten Morgen, einem Freitag, dem Tage des Diners der Frau Rabourdin, die des Lupeaulx um Mitternacht strahlend schön auf der Treppe des Théâtre des Bouffons stehen gelassen und Frau von Camps (Frau Firmiani hatte sich soeben verheiratet) den Arm gereicht hatte, erwachte der alte Lebemann mit Rachegedanken, die während der Nacht beruhigt oder vielmehr aufgefrischt worden waren. Er war erfüllt von dem letzten Blick, den er mit Frau Rabourdin gewechselt hatte.

„Ich werde mich Rabourdins versichern, indem ich ihm zuerst verzeihe und ihn später erwische;

für den Augenblick müßte ich, wenn er nicht seinen Platz erhielte, auf eine Frau verzichten, die eines der kostbarsten Werkzeuge einer großen politischen Laufbahn werden kann. Sie versteht alles, sie schreckt vor keinem Gedanken zurück; und ohne sie würde ich auch nicht vor dem Minister Rabourdins Administrationsplan kennenlernen. Also, mein lieber des Lupeaulx, es handelt sich darum, für deine Célestine alle Schwierigkeiten zu besiegen. Sie haben gut ein Mäulchen ziehen, Frau Gräfin, Sie werden Frau Rabourdin dennoch in Ihre erste intime Abendgesellschaft einladen."

Des Lupeaulx war einer von denen, die es verstehen, ihre Rachsucht in einer Ecke ihres Herzens zu verbergen, wenn es gilt, eine Leidenschaft zu befriedigen. Er war entschlossen, Rabourdin ernennen zu lassen.

„Ich werde Ihnen beweisen, lieber Chef, daß ich einen guten Platz in Ihrem diplomatischen Zuchthaus verdiene", sagte er sich, als er sich in seinem Arbeitszimmer niedersetzte, um die Zeitungen durchzusehen.

Er wußte schon um fünf Uhr zu genau, was das Regierungsorgan bringen werde, um es noch zu lesen, aber er öffnete es, um den Artikel über de la Billardière anzusehen. Dabei dachte er an die Verlegenheit, in die du Bruel ihn gesetzt hatte, als er ihm den von Bixiou so plötzlich formulierten Artikel brachte. Er konnte nicht umhin, zu lächeln, als er die Biographie des seligen Grafen de Fontaine wiederlas, der einige Monate früher gestorben war, und die er für de la Billardière hatte nachdrucken lassen. Plötzlich jedoch blieb sein Blick auf dem Namen Baudoyer haften. Wütend las er den Artikel, der an das Ministerium appellierte. Er klingelte heftig und ließ Dutocq rufen, um ihn auf die Redaktion zu schicken. Wie erstaunt war er, als er die Antwort der Opposition las. Denn durch Zufall kam das liberale Blatt ihm zuerst in die Hand. Die Sache war ernst. Er kannte diese Partei, und der Meister, der seine Karten durcheinanderbrachte, erschien ihm als ein äußerst gewandter Mensch. Über zwei Oppositionsorgane mit dieser Geschicklichkeit disponieren und das im Augenblick, an demselben Abend, und den Kampf damit beginnen, daß er die Absicht des Ministers erriet! Er glaubte die Feder eines ihm bekannten liberalen Redakteurs zu erkennen und nahm sich vor, ihn abends in der Oper auszufragen.

Dutocq erschien. „Lesen Sie", sagte des Lupeaulx zu ihm und hielt ihm die beiden Zeitungen hin. Währenddes sah er die anderen Blätter weiter durch, denn er wollte erfahren, ob Baudoyer noch an sonst irgendeinem Strange gezogen habe. „Gehen Sie, um zu erfahren, wer sich vorgenommen hat, das Ministerium derart zu kompromittieren."

„Auf keinen Fall ist es Herr Baudoyer," erwiderte Dutocq, „denn er hat gestern sein Bureau nicht verlassen. Ich habe nicht nötig, auf die Redaktion zu gehen. Als ich gestern Ihren Artikel dorthin brachte, habe ich den Geistlichen gesehen, der sich, versehen mit einem Brief von der Armenpflege, dort vorgestellt hat, und vor dem selbst Sie sich gebeugt hätten."

„Dutocq, Sie grollen Herrn Rabourdin, und das ist nicht gut von Ihnen. Er hat zweimal Ihre

Absetzung verhindert. Aber wir sind nicht Herren unserer Gefühle: Man kann seinen Wohltäter hassen. Nur sollen Sie wissen, daß, wenn Sie sich die geringste Verräterei gegen Herrn Rabourdin erlauben, ehe ich Sie dazu veranlasse, dann zähle ich zu Ihren Feinden. Was die Zeitung meines Freundes betrifft, so möge die Geistlichkeit ihm unsere Abonnenten entziehen, wenn sie sich an ihr genügen lassen will. Wir sind am Ende des Jahres, die Frage des Abonnements wird bald diskutiert werden, und wir werden uns darüber verständigen. Was den Posten von de la Billardière betrifft, so gibt es ein Mittel, um der ganzen Geschichte ein Ende zu machen. Man kann noch heute die Ernennung vollziehen."

„Meine Herren," wandte sich Dutocq an seine Kollegen, als er in das Bureau zurückkam, „ich weiß nicht, ob Bixiou die Gabe hat, in der Zukunft zu lesen, aber wenn Sie das Regierungsorgan nicht gelesen haben, dann studieren Sie den Artikel Baudoyer. – Da Herr Fleury das Oppositionsblatt hält, können Sie dann die Antwort lesen. Gewiß, Herr Rabourdin hat Fähigkeiten, aber ein Mann, der heutzutage Kirchenmonstranzen für sechstausend Franken verschenkt, zum Teufel noch mal, der kann auch etwas."

Bixiou (kommt herein): Was sagen Sie von dem Leitartikel, den unser kirchliches Organ enthält, und von der Epistel an die Minister, die in dem liberalen Blatt steht? Wie geht es Herrn Rabourdin, du Bruel?

Du Bruel (kommt an): Ich weiß nicht. (Er zieht Bixiou in sein Arbeitszimmer und sagt leise zu ihm): Mein Lieber, Ihre Art, Leuten zu helfen, ähnelt der Art des Henkers, der einem die Füße auf die Schultern tut, um einem den Hals besser zu zerbrechen. Sie haben mir von des Lupeaulx eine ernste Rüge zugezogen, und ich habe sie durch meine Dummheit verdient. Der Artikel über de la Billardière war nett! Diesen Schachzug werde ich nie vergessen. Der erste Satz schien dem König zu sagen: Du mußt sterben. Der über Quiberon bedeutete klar, daß der König ein ..... wäre. Mit einem Wort, alles war ironisch.

Bixiou (lacht los): Sie zürnen? Man kann sich also nicht mehr über jemanden lustig machen?

Du Bruel: Sich lustig machen? Wenn Sie Unterchef werden wollen, werden Sie etwas zu hören bekommen.

Bixiou (mit drohender Miene): Sind wir verfeindet?

Du Bruel: Ja.

Bixiou (trocken): Nun, um so schlimmer für Sie.

Du Bruel (nachdenklich und unruhig): Werden Sie mir das verzeihen?

Bixiou (schmeichlerisch): Einem Freunde? Ich glaube wohl. (Man hört die Stimme von Fleury.) Da ist Fleury, der Baudoyer verflucht. He, ist das gut gespielt? Baudoyer wird den Posten bekommen. (Vertraulich.) Nach allem, was geschehen ist, ist das um so besser. Du Bruel, ziehen Sie die Konsequenzen. Rabourdin wäre ein Schwächling, wenn er unter Baudoyer bliebe. Er wird seinen Abschied einreichen, und wir werden zwei leere Posten haben. Sie werden Chef sein und mich als Unterchef mit sich nehmen. Wir werden zusammen Lustspiele dichten, und ich werde Ihnen die Arbeit im Bureau besorgen.

Du Bruel (lächelnd): Ach, daran habe ich nicht gedacht. Armer Rabourdin! Es würde mir doch schwer fallen.
Bixiou: Aha, so lieben Sie ihn? (Den Ton verändernd): Nun, ich beklage mich nicht mehr. Jedenfalls ist er reich, seine Frau gibt Abendgesellschaften, und er ladet mich, der überall verkehrt, nicht zu sich ein. Leb wohl, mein guter du Bruel, wir wollen ohne Groll auseinandergehen. (Er geht durch das Bureau.) Adieu. Meine Herren, sagte ich Ihnen nicht gestern, daß ein Mann, der nur Tugenden und Talent habe, immer arm sei, selbst wenn er eine hübsche Frau habe?
Fleury: Sie sind reich.
Bixiou: Nicht übel, lieber Cincinnatus. Aber Sie werden mir im Rocher de Cancale ein Diner geben.
Poiret: Ich kann Herrn Bixiou niemals verstehen.
Phellion (mit elegischer Miene): Herr Rabourdin liest so selten die Zeitungen, daß es vielleicht nützlich sein wird, uns ihrer für einen Augenblick zu berauben und sie ihm zu bringen. (Fleury hält ihm seine Zeitung hin, Vimeux die des Bureaus, er nimmt die Zeitungen und geht hinaus.)
In diesem Augenblick fragt sich des Lupeaulx, der zum Frühstück mit dem Minister die Treppe herunterging, ob es sich nicht empfehle, ehe er die Blume seiner weltmännischen Gewandtheit für den Gatten anwende, das Herz der Frau zu ergründen, um zu erfahren, ob sie ihn für seine Ergebenheit wirklich belohnen werde. Er fühlte gerade nach seinem bißchen Herzen, als er auf der Treppe seinem Anwalt begegnete, der ihn lächelnd bat: „Auf zwei Worte, Exzellenz." Er

tat das mit jener Vertraulichkeit der Leute, die sich unentbehrlich wissen.

„Was gibt es, mein lieber Desroches?“ fragte der Politiker. „Was droht mir? Diese Herren werden böse und verstehen nicht, es wie ich zu machen: zu warten!“

„Ich komme, um Ihnen zu melden, daß alle Ihre Schuldscheine in den Händen der Herren Gobseck und Gigonnet sind, unter dem Namen eines Herrn Samanou.“

„Das sind Leute, die enorme Summen durch mich verdient haben!“

„Hören Sie,“ flüsterte der Anwalt ihm ins Ohr, „Gigonnet heißt Bidault, er ist der Onkel von Saillard, Ihrem Kassierer, und Saillard ist der Schwiegervater eines gewissen Baudoyer, der sich einbildet, Rechte auf einen freien Posten im Ministerium zu haben. Habe ich nicht recht, daß ich Sie benachrichtige?“

„Danke“, sagte des Lupeaulx und grüßte den Anwalt mit Distinktion.

„Mit einem Federzug können Sie alles erledigen“, sagte Desroches beim Fortgehen.

„Das ist ein Teil der ungeheuren Opfer, die die Geschichte erfordern wird“, sagte des Lupeaulx. Es ist unmöglich, zu einer Frau davon zu sprechen, dachte er. Ist Célestine die Quittierung meiner sämtlichen Schulden wert? Ich will sie heute morgen aufsuchen. So sollte die schöne Frau Rabourdin in einigen Stunden der Prüfstein werden, an dem sich die Geschichte ihres Gatten entschieden, ohne daß irgend jemand sie auf die Wichtigkeit ihrer Antworten aufmerksam machen konnte, ohne daß irgendein Zeichen ihr bedeutete, ihre Haltung und ihre Stimme entsprechend einzustellen. Und zu ihrem Unglück war sie ihres Erfolges sicher; sie wußte nicht, daß Rabourdins Stellung von allen Seiten durch die heimliche Arbeit der Holzwürmer unterhöhlt war.

„Nun, Exzellenz," sagte des Lupeaulx, als er in den kleinen Salon eintrat, in dem gefrühstückt wurde, „haben Sie die Artikel über Baudoyer gelesen?"

„Um Gottes willen, mein Lieber," erwiderte der Minister, „lassen wir die Frage der Ernennungen für diesen Augenblick. Man hat mich gestern mit dieser Monstranz getötet; um Rabourdin zu retten, müßte man aus seiner Beförderung eine Kabinettsfrage machen, wenn ich nicht gezwungen werden will. Es ist, um einem alles zu verekeln. Um Rabourdin zu behalten, müssen wir einen gewissen Colleville befördern..."

„Wollen Sie mir die Weiterführung dieses Lustspiels überlassen und sich nicht damit beschäftigen? Ich werde Sie allmorgendlich durch den Bericht der Schachpartien belustigen, die ich gegen die Geistlichkeit spielen werde", sagte des Lupeaulx.

„Gut," erwiderte der Minister, „machen Sie mit dem Personalchef die Arbeit. Wissen Sie, daß nichts besser geeignet ist, den König zu erschrecken, als die Argumente, die das oppositionelle Blatt aufwirft? Führen Sie doch ein Ministerium mit Leuten wie Baudoyer!"

„Ein ergebener Tropf", sagte des Lupeaulx, „und unfähig wie..."

„Wie de la Billardière", ergänzte der Minister.

„De la Billardière hatte wenigstens die Manieren eines Kammermitgliedes", sagte des Lupeaulx. „Gnädige Frau," wandte er sich an die Gräfin, „jetzt ist es absolut notwendig geworden, daß Sie Frau Rabourdin zu Ihrer ersten intimen Abendgesellschaft einladen. Ich mache Sie darauf aufmerksam, daß Frau de Camps ihre Freundin ist. Sie waren gestern zusammen in der italienischen Oper und ich habe sie bei Frau Firmiani gesehen. Übrigens werden Sie selbst sehen, ob Frau Rabourdin zu denen gehört, die einen Salon kompromittieren können."

„Lade Frau Rabourdin ein, meine Liebe", sagte der Minister, „und laß uns von etwas anderem sprechen."

„Célestine ist also in meinen Klauen", sagte sich des Lupeaulx, als er zu sich heimging, um seine Morgentoilette zu machen.

☆

HÄUSLICHE SZENE

DIE PARISER HAUSHALTUNGEN WERDEN von dem Bedürfnis geleitet, sich mit dem Luxus, der sie von allen Seiten umgibt, in Harmonie zu setzen. So gibt es wenige Hausfrauen, die so klug sind, ihr Auftreten ihrem wirklichen Budget anzugleichen. Aber dieses Laster ist gewissermaßen französischer Patriotismus und hat zum Ziel, Frankreich seine Überlegenheit in Toilettenangelegenheiten zu sichern. Frankreich herrscht über ganz Europa durch die Mode. Jeder Franzose fühlt die Notwendigkeit, ein Handelsszepter zu bewahren, das für Frankreich die Mode ebenso bedeutsam macht, wie es für England die Marine ist. Diese nationale Leidenschaft ist die Ursache großer geheimer Arbeiten, die den ganzen Morgen der Pariser Frauen in Anspruch nehmen, wenn sie mit zwölftausend Franken Jahreseinkommen wie Frau Rabourdin einen Haushalt und ein Leben führen wollen, wie es viele Reiche nicht mit dreißigtausend können. So half Frau Rabourdin an den Freitagen, den Tagen ihrer Diners, der Zimmerfrau bei der Reinigung der Wohnung. Die Köchin ging früh auf den Markt und der Diener reinigte das Silber, legte die Servietten, bürstete die Kristalle. Der Unbedachte, der etwa durch eine Unvorsichtigkeit der Portierfrau gegen elf oder zwölf Uhr zu Frau Rabourdin heraufgelangte, hätte sie inmitten einer sehr wenig malerischen Unordnung gefunden, im Hauskleid, alten Morgenschuhen, schlecht frisiert, wie sie dabei war, ihre Lampen selbst in Ordnung zu bringen, ihre Blumentische zurechtzumachen oder sich in Eile ein kleines, unansehnliches Frühstück zu bereiten. Der Besucher, dem die Mysterien des Pariser Lebens unbekannt waren, hätte so erfahren, daß er den Fuß nicht hinter die Kulissen des Theaters setzen darf. Die Frau, die in ihren Morgengeheimnissen überrascht worden wäre, hätte von seiner Dummheit und seiner Indiskretion auf eine Weise gesprochen, die ihn unmöglich gemacht hätte. Bald wäre er als ein Mann, der zu den größten Missetaten fähig ist, überall signalisiert gewesen. Die Pariserin ist der Neugierde gegenüber, die ihr nützt, sehr nachsichtig. Aber sie ist unversöhnlich gegen alles, was ihrem Ruf als elegante Frau schaden kann. Nach ihrem Empfinden ist ein solcher Hausfriedensbruch nicht etwa ein Angriff auf die Schamhaftigkeit, wie die Sittenpolizei es nennt, sondern er ist ein Einbruchsdiebstahl, ein Diebstahl des wertvollsten Gutes, des Ansehens. Eine Frau läßt sich gerne überraschen, wenn sie nur leicht bekleidet ist, mit geöffneten Haaren, wenn alle ihre Haare ihre eigenen sind, gewinnt sie dabei. Aber sie will nicht gesehen werden, wenn sie selbst ihre Wohnung macht, sie verliert dabei „die Illusion der Andern“. Frau Rabourdin war mitten in ihren Vorbereitungen für den Freitag, mitten unter den Vorräten, die ihre Köchin in dem Ozean der Markthallen geangelt hatte, als Herr des Lupeaulx sich heimlich zu ihr begab. Sicher, der Generalsekretär war der allerletzte, den die schöne Frau Rabourdin erwartete. Als sie einen Schritt auf der Treppe hörte, rief sie: „Schon der Friseur!“ Ein Ausruf, der ebensowenig angenehm für des Lupeaulx war wie für sie der Anblick von des Lupeaulx. Sie flüchtete sich in ihr Schlafzimmer. Dort herrschte ein furchtbarer Wirrwarr von Möbeln, die nicht gesehen werden sollten, von den in bezug auf ihre Eleganz verschiedenartigsten Sachen, wie das bei einer richtigen gründlichen Hausreinigung zu sein pflegt. Der erstaunte des Lupeaulx folgte der schönen Verwirrten, so pikant fand er sie in ihrer losen Morgenkleidung. Ich weiß nicht, was ihren Anblick so lockend machte: die Haut, die man durch einen Ausschnitt des Hemdes sah, schien vieltausendmal anziehender, als wenn sie sich von dem Ausschnitt eines eleganten Abendkleides graziös abhob, bis hinauf zu dem schönsten Schwanenhalse, auf den jemals ein Liebhaber vor dem Ball seinen Kuß gedrückt hat. Der Blick auf den herrlichen Busen einer schön geschmückten Frau ist ein so köstlicher Genuß wie das Dessert irgendeines feinen Diners. Aber der Blick, der sich zwischen den vom Schlaf geknitterten Stoff einschleicht, erfaßt die verlockenden Heimlichkeiten und erquickt sich an ihnen, wie man eine gestohlene Frucht verschlingt, die zwischen zwei Blättern am Spalier rot hervorlugt.

„Warten Sie, warten Sie", rief die hübsche Pariserin, und riegelte ab, um sich mit all ihrer Unordnung zu verstecken. Sie klingelte nach Therese, ihrem Hausmädchen, ihrer Köchin, ihrem Diener, forderte einen Schal und wünschte sich den Pfiff des Maschinisten in der Oper. Und der Pfiff gelang ihr. Eine Handbewegung und alles war wie verzaubert. Über dem Zimmer lag eine sehr reizvolle Morgenstimmung, wie sie zu ihrer Toilette paßte. Sie hatte sie zu ihrem größten Ruhm so elegant wie rasch zusammengestellt; ganz offenbar war sie ein Meister dieser Kunst.

„Sie sind es!" rief sie aus. „Zu dieser Stunde! Was gibt es denn?"

„Sehr ernste Dinge", erwiderte des Lupeaulx. „Es handelt sich heute darum, uns gut zu verstehen."

Célestine sah den Mann durch ihre Gläser an und verstand.

„Mein hauptsächlichstes Laster", erwiderte sie, „ist, außerordentlich phantastisch zu sein. Aber ich verwechsle meine Neigungen nicht mit der Politik; sprechen wir zuerst von der Politik, von Geschäften und später werden wir weiter sehen. Übrigens ist es nicht Phantasie, es ist eine Folge meines künstlerischen Geschmacks, der mir verbietet, Farben zu trüben, verschiedene Dinge zu binden. Er befiehlt nur, die Dissonanzen zu vermeiden. Auch wir Frauen haben unsere Politik."

Schon der Ton ihrer Stimme, die Liebenswürdigkeit ihrer Manieren hatte ihre Wirkung hervorgebracht. Die Brutalität des Generalsekretärs war in sentimentale Höflichkeit verwandelt. Sie hatte ihn an seine Verpflichtungen als Liebhaber erinnert. Eine hübsche, gewandte Frau gleicht einer Atmosphäre, in der die Spannung der Nerven sich löst und alle Gefühle milder werden.

„Sie wissen nicht, was vorgeht", erwiderte des Lupeaulx schroff. Er verbiß sich darauf, grob zu sein. „Lesen Sie."

Und er hielt der graziösen Frau Rabourdin die beiden Zeitungen hin, in denen er die beiden Artikel mit roter Tinte angestrichen hatte. Beim Lesen löste sich der Schal, scheinbar ohne daß Célestine es bemerkte, oder auch als Wirkung eines wohlversteckten Willens. Des Lupeaulx war in dem Alter, in dem die Kraft der Phantasien ihrer Schnelligkeit entspricht. So konnte er ebensowenig sein kaltes Blut bewahren wie Célestine das ihre.

„Das ist schrecklich", sagte sie. „Wer ist das, dieser Baudoyer?"

„Ein Dummkopf", sagte des Lupeaulx, „aber Sie sehen, er trägt Reliquien und wird, geführt durch die geschickte Hand, die die Zügel hält, sein Ziel erreichen."

Frau Rabourdin erinnerte sich ihrer Schulden und erbleichte, wie wenn sie zwei aufeinanderfolgende Blitze gesehen hätte. Ihre Ohren klangen von verdoppelten Schlägen durch den Druck des Blutes, das in ihren Adern schlug. Sie blieb ganz verstört. Sie sah auf einen Kleiderhaken, ohne ihn zu sehen.

„Aber Sie bleiben uns treu“, sagte sie zu des Lupeaulx und streichelte ihn mit einem Blick auf eine Weise, die ihn ihr gewinnen mußte.
„Je nachdem“, sagte er und erwiderte diesen Blick durch einen forschenden Gegenblick, der diese arme Frau erröten ließ.
„Wenn Sie ein Handgeld fordern, werden Sie den ganzen Preis verlieren“, sagte sie lachend. „Ich habe Sie für größer gehalten, als Sie sind. Und Sie halten mich für ganz klein, wie eine Schülerin.“
„Sie haben mich nicht verstanden“, nahm er vorsichtig wieder auf. „Ich wollte sagen, daß ich nicht einem Mann dienen kann, der gegen mich spielt wie der Unbesonnene gegen Mascarille.“
„Was bedeutet das?“
„Hier ist ein Dokument, das Ihnen beweisen wird, daß ich dennoch edel bin.“
Und er hielt Frau Rabourdin das Schriftstück vor, das Dutocq gestohlen hatte, – an der Stelle aufgeschlagen, an der ihr Gatte ihn so klug gekennzeichnet hatte.
„Lesen Sie!“
Célestine las, erkannte die Schrift und erbleichte unter diesem schrecklichen Schlage.
„Alle Verwaltungszweige sind einbegriffen“, erwiderte des Lupeaulx.
„Aber glücklicherweise besitzen nur Sie diese Arbeit, die ich mir nicht erklären kann.“
„Derjenige, der sie gestohlen hat, wird nicht so töricht gewesen sein, keine Abschrift von ihr genommen zu haben. Er wird ein zu geschickter Lügner und zu gewandt in seinem Fach sein, um es zuzugeben und um sie auszuliefern.“

„Wer ist es?“

„Es ist Rabourdins erster Unterbeamter.“

„Dutocq! Man wird immer nur für seine Wohltaten bestraft!... Aber er ist nur ein Hund, der einen Knochen will.“

„Wissen Sie, was man mir armem Teufel von Generalsekretär anbieten will?“

„Was?“

„Ich habe einige lumpige dreißigtausend Franken Schulden. Sie werden eine sehr schlechte Meinung von mir gewinnen, wenn Sie erfahren, daß es nicht mehr sind. Aber schließlich, wer bin ich denn? Nun, der Onkel von Baudoyer hat soeben meine Schuldscheine aufgekauft und bereitet sich zweifelsohne vor, sie mir vorzulegen.“

„Das alles ist teuflisch!“

„Keineswegs, es ist monarchistisch und religiös, denn die Geistlichkeit hat ihre Hände im Spiel.“

„Was werden Sie machen?“

„Was werden Sie mir befehlen, zu tun?“ fragte er mit vollendeter Anmut und streckte ihr die Hand entgegen.

Célestine bemerkte nicht mehr, daß er häßlich war, nicht, daß er alt, daß er gepudert, daß er Generalsekretär, daß er irgend etwas in der Welt war. Aber sie gab ihm nicht ihre Hand: abends in ihrem Salon hätte sie ihn ruhig hundertmal ihre Hand ergreifen lassen, aber morgens und allein bedeutete diese Bewegung ein gar zu positives Versprechen und konnte weit führen.

„Und da sagt man von den Staatsmännern, daß sie kein Herz haben!“ rief sie aus, in der Absicht, die Härte ihrer Abweichung durch die Milde ihrer Worte auszugleichen. „Ich fürchtete, es sei wahr“,

fügte sie mit der unschuldigsten Miene der Welt hinzu.
„Die bloße Verleumdung!" erwiderte des Lupeaulx. „Einer der kühlsten Diplomaten, der seit seiner Geburt niemals die Selbstbeherrschung verloren hat, hat vor kurzem die Tochter einer Schauspielerin geheiratet und sie an dem Hofe, der am ausschließlichsten nur Adel empfängt, einführen lassen."
„Und Sie werden zu uns halten?"
„Ich habe mit den Ernennungen zu tun, aber nicht mit Betrügereien!"
Sie hielt ihm ihre Hand zum Kuß hin und gab ihm einen kleinen Backenstreich.
„Sie sind mein", sagte sie.
Des Lupeaulx bewunderte dieses Wort (abends in der Oper erzählte der Geck es auf folgende Weise: eine Frau, die einem Manne nicht sagen wolle, daß sie sein sei, ein Geständnis, das eine anständige Frau niemals macht, sagte ihm: Sie sind mein. Wie finden Sie diese Umkehrung?).
„Seien Sie meine Verbündete", nahm er ihre Worte auf. Ihr Gatte hat zu dem Minister von einem Administrationsplan gesprochen, auf den sich das Schriftstück, in dem ich so gut behandelt bin, bezieht. Suchen Sie es kennenzulernen, und erzählen Sie mir heute abend von seinem Inhalt!"
„Das wird gemacht", sagte sie, ohne in dem, was des Lupeaulx am frühen Morgen zu ihr geführt hatte, eine große Bedeutung zu sehen.
„Gnädige Frau, der Friseur ist da", meldete das Zimmermädchen.
Er hat lange auf sich warten lassen! Ich weiß nicht, wie ich mich aus der Affäre gezogen hätte,

wenn er noch später gekommen wäre, dachte Célestine.

„Sie wissen nicht, wie weit meine Ergebenheit geht", sagte des Lupeaulx, als er aufstand. „Sie werden zu der intimen Abendgesellschaft der Frau Minister eingeladen werden."

„Oh, Sie sind ein Engel", sagte sie. „Jetzt sehe ich auch, wie sehr Sie mich lieben: Sie lieben mich mit Verstand."

„Heute abend, liebes Kind, werde ich in die Oper gehen, um zu erfahren, welches die Journalisten sind, die für Baudoyer konspirieren. Und wir werden unsere Degen kreuzen."

„Ja, aber Sie werden bei mir speisen, nicht wahr? Ich habe Ihre Lieblingsgerichte suchen und finden lassen."

„Alles das sieht der Liebe so sehr ähnlich, daß es angenehm wäre, einige Zeit so getäuscht zu werden", sagte sich des Lupeaulx, als er die Treppe hinunterging. „Aber wenn sie sich über mich lustig macht, werde ich es erfahren. Ehe ich unterschreibe, bereite ich ihr die geschickteste aller Fallen vor, damit ich in ihrem Herzen lesen kann. Wir kennen euch, meine kleinen Katzen! Denn immerhin sind die Frauen genau so, wie auch wir sind. Achtundzwanzig Jahre und tugendhaft! Hier – Rue Duphot! Ein seltenes Glück, das wohl die Mühe lohnte, gehegt zu werden."

Mit diesen Gedanken tänzelte der Schmetterling die Treppen hinunter.

„Mein Gott, dieser Mann muß sehr ulkig in einem Schlafrock aussehen", sagte sich Célestine ... „Ohne Brillen und so gepudert! Er hat einen Enterhaken im Rücken und schleppt mich schließlich, wohin ich gehen wollte: zu dem Minister. Er hat seine Rolle in meiner Komödie gespielt."

Als Rabourdin um fünf Uhr nach Hause kam, um sich umzuziehen, kam seine Frau zu ihm, während er seine Toilette machte, und brachte ihm jenes verhängnisvolle Schriftstück wieder, das dem armen Mann wie der Pantoffel in der Erzählung aus Tausendundeiner Nacht immer wieder begegnen sollte.

„Wer hat dir das gegeben?" fragte Rabourdin erstaunt.

„Herr des Lupeaulx."

„War er hier?" fragte Rabourdin und warf seiner Frau einen Blick zu, der eine Schuldige gewiß hätte erbleichen lassen. Aber er traf auf eine Marmorstirn und ein lächelndes Auge.

„Und er wird zum Diner wiederkehren", erwiderte sie. „Warum siehst du so aufgeregt aus?"

„Meine Liebe", sagte Rabourdin, „des Lupeaulx ist tödlich von mir beleidigt, solche Leute verzeihen nicht. Und er tut freundlich mit mir. Glaubst du, daß ich nicht wisse weshalb?"

„Dieser Mann scheint mir", erwiderte sie, „einen sehr feinen Geschmack zu haben. Ich kann ihn nicht tadeln. Schließlich weiß ich nichts Schmeichelhafteres für eine Frau, als einen abgestumpften Gaumen wieder zu beleben. Später ..."

„Höre auf zu scherzen, Célestine, erspare das einem ernstlich getroffenen Manne. Ich kann den Minister nicht sprechen und meine Ehre ist im Spiel."

„Mein Gott, nein, es ist halb so schlimm! Dutocq wird einen Posten versprochen bekommen und du wirst zum Abteilungschef ernannt werden."

„Ich durchschaue dich, liebes Kind“, sagte Rabourdin; „aber das Spiel, das du spielst, ist ebenso entehrend wie die Wirklichkeit. Lüge ist Lüge, und eine anständige Frau...“

„Laß mich doch die Waffen gebrauchen, die man gegen uns gebraucht.“

„Célestine, je mehr dieser Mann erkennen wird, daß er blind in eine Falle geraten ist, desto mehr wird er sich gegen mich erzürnen.“

„Und wenn ich ihn stürze?“

Rabourdin sah seine Frau erstaunt an.

„Ich denke nur an deine Beförderung, und es war Zeit dazu, mein armer Freund“, fuhr Célestine fort. „Du aber hältst den Jagdhund für das Wild“, sagte sie nach einer Pause. „In einigen Tagen wird des Lupeaulx seine Mission sehr gut erfüllt haben. Während du suchst, mit dem Minister zu sprechen, und bevor es dir noch gelingt, ihn zu sehen, werde ich ihn gesprochen haben. Du hast Blut und Wasser geschwitzt, um einen Plan zu erzeugen, den du vor mir verborgen hast, und in drei Monaten wird deine Frau mehr Arbeit geleistet haben als du in sechs Jahren. Erzähle mir von deinem schönen System!“

Rabourdin nahm seiner Frau das Versprechen ab, zu niemandem ein einziges Wort von seinen Arbeiten zu sprechen. -- Er erklärte ihr, daß des Lupeaulx einen einzigen Gedanken anzuvertrauen ebenso wäre, wie wenn man die Katze an den Milchtopf setze. – Dann, während er sich rasierte, erzählte er die Bedeutung seiner Arbeiten.

„Und von alledem hast du nichts gesagt?“ sagte Célestine und schnitt ihrem Manne nach dem fünften Satz das Wort ab. „Aber du würdest dir viel unnütze Mühe erspart haben. Daß man einen Augenblick durch einen Gedanken geblendet sein kann, das verstehe ich, aber sechs oder sieben Jahre lang – das verstehe ich nicht. Was du willst, die Reduzierung des Budgets, das ist die allergewöhnlichste spießbürgerliche Absicht. Man müßte umgekehrt das Budget auf zwei Milliarden erhöhen, dann wäre Frankreich zweimal größer. Alles durch Anleihen in Bewegung zu setzen, wie Herr von Nucingen es fordert, das wäre ein neues System! Die ärmste Staatskasse ist diejenige, die mit Goldstücken gefüllt ist, ohne sie zu verwenden; die Aufgabe eines Finanzministers ist, das Geld aus den Fenstern zu werfen, es kehrt durch die Keller zu ihm zurück. Und du willst die Schätze anhäufen. Man muß die Beamtenstellen vervielfachen, statt sie zu vermindern. Statt die Rentenbezieher auszuzahlen, müßte man die Rentiers vervielfältigen. Wenn die Bourbonen in Frieden regieren wollen, müssen sie Rentiers in den kleinsten Marktflecken schaffen! Sie dürfen keinesfalls Ausländer Zinsen von Frankreich beziehen lassen, denn die werden eines Tages das Kapital von uns fordern, während so, wenn alle Renten in Frankreich sind, weder Frankreich noch der Kredit zugrunde gehen werden. Das hat England gerettet. Dein Plan ist ein kleinbürgerlicher! Ein ehrgeiziger Mann durfte sich nicht vor seinem Minister zeigen, außer wenn er wie Law, aber ohne dessen schlechte Chancen, damit anfängt, die Bedeutung des Kredits zu erklären und zu beweisen, daß wir nicht das Kapital amortisieren dürfen, sondern wie es die Engländer tun, die Zinsen ..."

„Höre, Célestine", sagte Rabourdin, „bringe alle

Gedanken durcheinander, widersprich ihnen, amüsiere dich mit ihnen als Spielzeug, ich bin an alles gewöhnt. Nur kritisiere keine Arbeit, ehe du sie kennst."

„Brauche ich einen Plan zu kennen", fragte sie, „dessen Sinn es ist, Frankreich mit sechs, statt mit zwanzigtausend Beamten zu verwalten? Mein Lieber, wenn das auch der Plan eines genialen Mannes wäre, ein König von Frankreich würde sich selbst entthronen, wenn er ihn durchführen würde. Einen feudalen Adel kann man unterwerfen, indem man einige Köpfe abschlägt, aber kein tausendpfötiges Ungeheuer. Nein, die Kleinen kann man nicht zertreten, sie sind zu flach unter unserm Fuß. Und du willst mit unseren jetzigen Ministern, Leuten, die, unter uns gesagt, armselige Herren sind – so die Menschen umsetzen. Man setzt Zinsen um, aber man setzt nicht Menschen um: die schreien zu sehr, während das Geld still ist."

„Aber Célestine, wenn du immer sprichst, und du geistreiche Witze machst, die daneben treffen, werden wir uns niemals verständigen."

„Ach, ich verstehe schon, wozu dein Plan führt. Mein Gott, indem du die administrativen Fähigkeiten klassifiziert hast", fuhr sie fort, ohne auf ihren Gatten zu achten. „Hast du doch selbst das Messer geschliffen, mit dem dir der Kopf abgeschnitten werden soll. Heilige Jungfrau, warum hast du mich nicht gefragt? Ich hätte dich wenigstens verhindert, eine einzige Zeile davon niederzuschreiben, oder wenn du denn um jeden Preis dieses Memorandum schriftlich machen wolltest, so hätte ich es selbst für dich abgeschrieben; es wäre niemals hier herausgekommen... Warum hast du mir nur nichts davon gesagt! So sind die Männer! Sie sind imstande, bei einer Frau zu schlafen und sieben Jahre ein Geheimnis vor ihr zu bewahren! Sich sieben Jahre lang vor einer armen Frau zu verstecken, an ihrer Treue zu zweifeln!"

„Aber seit elf Jahren," sagte Rabourdin, „habe ich nie mit dir diskutieren können, ohne daß du mir das Wort abschneidest und mir deine Gedanken unterstellst. Du weißt nichts von meiner Arbeit."

„Nichts? Ich weiß alles."

„Aber dann sage es mir doch", rief Rabourdin aus. Zum erstenmal seit seiner Ehe verlor er die Geduld.

„Höre, es ist halb sieben Uhr, rasiere dich und ziehe dich an", wich sie aus, wie alle Frauen es tun, wenn man sie so in die Enge treibt, daß sie schweigen müssen. „Ich will mich zu Ende ankleiden und wir werden unsere Diskussion vertagen. Ich will an meinem Empfangstage nicht verärgert sein." – „Mein Gott, der arme Mann", sagte sie beim Herausgehen, „sieben Jahre zu arbeiten, um seinen eigenen Tod zu gebären! Und obendrein an seiner Frau zu zweifeln!"

Sie ging.

„Wenn du mich zur rechten Zeit angehört hättest, würdest du nicht zugunsten deiner Untergebenen eingegriffen haben. Und Dutocq ist es ganz gewiß, der diese unglückliche Arbeit vervielfältigt hat. Nun ade, du geistreicher Mann."

Aber als sie sah, daß ihr Gatte eine schmerzliche Bewegung machte, begriff sie, daß sie zu weit gegangen war, lief zu ihm, umfaßte ihn, obwohl er ganz eingeseift war, und küßte ihn herzlich. „Lieber Xavier, sei nicht böse", sagte sie. „Heute abend werden wir deinen Plan studieren; dann sprichst du soviel, wie du willst, und ich werde so aufmerksam und solange zuhören, wie du willst. Ist das nicht lieb? Ich will ja nichts anderes sein als die Frau des Propheten."

Sie begann zu lachen. Auch Rabourdin konnte das Lächeln nicht unterdrücken, denn Célestine hatte weißen Schaum an den Lippen, und sie hatte in ihrer Stimme die Schätze der aufrichtigsten und reinsten Zuneigung entfaltet.

„Geh dich ankleiden, mein Kind, und vor allem, sage kein einziges Wort zu des Lupeaulx, schwöre es mir! Das ist die einzige Buße, die ich dir auferlege."

„Auferlege?" ... fragte sie, „nun dann schwöre ich nichts!"

„Célestine, ich habe etwas Ernstes nur in scherzhafter Form gesagt."

„Heute abend," antwortete sie, „wird dein Generalsekretär wissen, gegen wen wir zu kämpfen haben, und ich, wen ich angreifen muß."

„Wen?" fragte Rabourdin.

„Den Minister", erwiderte sie und wuchs um zwei Köpfe.

Trotz der liebenswürdigen Anmut seiner teuren Célestine konnte Rabourdin nicht verhindern, daß einige schmerzliche Gedanken seine Stirn bewölkten, während er sich ankleidete.

„Wann wird sie mich zu werten wissen", fragte er sich. „Sie hat nicht einmal verstanden, daß sie die eigentliche Veranlassung aller dieser Arbeit

ist. Was für ein Dummkopf bin ich bei aller meiner Klugheit! Wenn ich mich nicht verheiratet hätte, wäre ich schon auf einem hohen Posten und reich. Ich hätte fünftausend Franken jährlich von meinem Gehalt gespart. Wenn ich sie gut angelegt hätte, hätte ich heute außer meinem Gehalt zehntausend Franken Jahreseinkommen, ich wäre Junggeselle und hätte Aussicht, durch eine Heirat ... Ja," unterbrach er sich, „aber ich habe Célestine und meine beiden Kinder."
Er beschränkte sich auf sein Glück. Auch in dem glücklichsten Haushalt kommen Augenblicke des Bedauerns vor. Er ging in den Salon und sah sich seine Wohnung an.
„Es gibt in ganz Paris keine zwei Frauen, die das Leben so verstehen wie sie. Mit zwölftausend Franken Jahreseinkommen alles das machen", sagte er und sah die gefüllten Blumentische und dachte an die Befriedigung seiner Eitelkeit, die seine Gäste ihm gewähren würden. „Sie ist gemacht, um die Frau eines Ministers zu sein. Wenn ich an die Frau unseres Ministers denke, die zu nichts nutze ist! Sie sieht wie eine gute, dicke Bürgersfrau aus, und wenn sie im Schloß, in den Salons ist..."
Er biß sich auf die Lippen. Sehr beschäftigte Männer haben so falsche Vorstellungen von den Kosten eines Haushalts, daß man sie ohne weiteres glauben machen kann, daß man mit hunderttausend Franken nichts, und mit zwölftausend Franken alles hat.
Obwohl er sehr ungeduldig erwartet wurde, und trotz der ihm vorbereiteten Schmeicheleien – er galt als ein hervorragender Feinschmecker – kam

des Lupeaulx nicht zum Diner. Er zeigte sich erst sehr spät am Abend, um Mitternacht, zu der Stunde, in der in allen Salons die Plauderei einen intimen, vertraulichen Charakter annimmt. Andoche Finot war geblieben.

„Ich weiß alles", sagte des Lupeaulx, als er bequem auf dem kleinen Sofa in der Kaminecke saß, seine Tasse Tee in der Hand hatte und Frau Rabourdin vor ihm stand mit einem Teller voll Sandwichs und den Schnitten eines Kuchens, der mit Recht Bleikuchen genannt wurde. – „Finot, mein lieber und geistreicher Freund, Sie könnten unserer anmutigen Königin einen Dienst leisten, wenn Sie einige Hunde auf diejenigen loslassen, von denen wir plaudern werden. – Sie haben," sagte er mit gedämpfter Stimme zu Herrn Rabourdin, denn er wollte nur von den drei Personen gehört werden, an die er sich wandte – „Sie haben Wucherer und Geistliche gegen sich, das Geld und die Kirche. Der Artikel der liberalen Zeitung war von einem alten Wechselhändler gefordert worden, dem man verpflichtet war, aber der kleine Kerl, der ihn geschrieben hat, denkt sich wenig dabei. Die Chefredaktion der Zeitung wechselt in drei Tagen und wir werden auf die Angelegenheit zurückkommen. Die royalistische Opposition, denn dank Herrn von Chateaubriand haben wir eine solche, d. h., es gibt Royalisten, die zu den Liberalen übergehen – aber treiben wir keine hohe Politik –, diese Mörder Karls X. haben mir ihre Unterstützung versprochen, indem sie als Entschädigung für Ihre Ernennung die Annahme eines ihrer Abänderungsvorschläge forderten. Alle meine Batterien sind aufgestellt. Wenn man uns

Baudoyer auferlegen will, dann werden wir der Geistlichkeit sagen: ‚Dieses oder jenes Journal und diese oder jene Herren werden das Gesetz, dessen Annahme sie wünschen, angreifen und die ganze Presse wird dagegen sein (denn die ministeriellen Organe, die ich an der Hand habe, können stumm und still sein, das macht ihnen keine Mühe. Sie sind es zur Genüge, nicht wahr, Finot?). Ernennen Sie Rabourdin und Sie werden die Stimmung für sich haben.‘ Arme, leichtgläubige Leute aus der Provinz, die sich in ihren Sesseln am Kamin vergraben, glücklich in Illusionen von der Unabhängigkeit der Organe der freien Meinung!“

„Hihi“, lachte Andoche Finot.

„Also seien Sie ruhig“, sagte des Lupeaulx. „Ich habe heute abend alles arrangiert. Die Geistlichkeit wird sich fügen.“

„Ich hätte lieber alle Hoffnung verloren und Sie bei mir zu Tisch gehabt“, sagte Célestine ihm ins Ohr und sah ihn mit einem gekränkten Ausdruck an, der als Symptom einer großen Liebe gelten konnte.

„Dies wird mir Ihre Huld wiedergeben“, erwiderte er und überreichte ihr eine Einladung für die Abendgesellschaft vom Dienstag.

Célestine öffnete den Brief und errötete vor Vergnügen. Keine Freude kann sich der triumphierenden Eitelkeit vergleichen.

„Sie wissen, was die Dienstagabendgesellschaft bedeutet?“ sagte des Lupeaulx mit einem geheimnisvollen Ausdruck. „Sie bedeutet für unser Ministerium dasselbe wie die Zusammenkünfte in dem kleinen Schloß für den Hof. Sie werden sich am Kern der Macht befinden. Es wird die Gräfin

Féraud da sein, die trotz des Todes von Ludwig XVIII. noch immer in Gunst steht, Delphine von Nucingen, Frau von Listomère, die Marquise d'Espard, Ihre liebe Frau von Camps, die ich gebeten habe, zu kommen, damit sie, im Fall die anderen Damen Sie boykottieren, in ihr eine Stütze haben. Ich will Sie inmitten dieser Gesellschaft sehen."

Célestine warf den Kopf zurück wie ein Rassepferd vor dem Rennen. Und sie las die Einladung noch einmal, so wie Baudoyer und Saillard die Artikel in den Zeitungen noch einmal gelesen hatten, ohne von ihnen genug bekommen zu können.

„Zuerst dort, und eines Tages in den Tuilerien", sagte sie zu des Lupeaulx.

Des Lupeaulx war erschreckt von dem Wort und von der Haltung – so viel Ehrgeiz und so viel Sicherheit drückten sie aus.

„Sollte ich nur ein Sprungbrett für sie sein?" fragte er sich.

Er stand auf, ging in das Schlafzimmer von Frau Rabourdin und sie folgte ihm dorthin, denn sie hatte aus einer Bewegung des Generalsekretärs erkannt, daß er mit ihr heimlich sprechen wollte.

„Und der Plan?" fragte er.

„Bah! Dummheiten eines ehrlichen Mannes! Er will fünfzehntausend Beamte beseitigen und nur fünf- oder sechstausend behalten; Sie haben keine Vorstellung von einer ähnlichen Ungeheuerlichkeit! Ich werde Sie die Arbeit lesen lassen, wenn die Kopie fertig ist. Er hat guten Glauben. Seine analytische Liste der Beamten ist aus den tugendreichsten Gedanken heraus entstanden. Armer, teurer Mann!"

Des Lupeaulx wurde durch das aufrichtige Lachen, das diese spöttischen und verächtlichen Worte begleitete, um so beruhigter, als er sich in Lügen auskannte und als Célestine im Augenblick aufrichtig war.

„Aber der Grund von alledem? ...“ fragte er.

„Nun, er will die Grundsteuer erübrigen, sie durch Verbrauchssteuern ersetzen.“

„Aber Franz Keller und Nucingen haben schon vor einem Jahr einen ungefähr gleichen Plan vorgeschlagen und der Minister denkt daran, die Grundsteuer herabzusetzen.“

„Also! Ich habe es ihm doch gesagt, daß es nichts Neues ist“, rief Célestine lachend.

„Nichts Neues, nein, aber er ist sich mit dem größten Finanzmann unserer Zeit begegnet, einem Mann, der, unter uns gesagt, der Napoleon unserer Finanz ist. Er muß mindestens irgendwelche Kenntnisse von den Möglichkeiten der Ausführung haben.“

„Alles ist durchschnittlich“, sagte sie und machte ein verächtliches Mäulchen. „Denken Sie nur daran, daß er Frankreich mit fünf- oder sechstausend Beamten regieren oder verwalten will, während im Gegenteil notwendig wäre, daß es in Frankreich keinen einzigen Menschen gebe, der nicht an der Aufrechterhaltung der Monarchie interessiert wäre.“

Des Lupeaulx schien befriedigt, in dem Mann, dem er ungewöhnliche Gaben zugestand, in der Meinung Célestines einen mittelmäßigen Menschen zu finden.

„Sind Sie ganz sicher, daß er ernannt wird? Wollen Sie den Rat einer Frau hören?“ fragte sie ihn.

„Sie verstehen sich besser als wir auf elegante Verrätereien", sagte des Lupeaulx und schüttelte den Kopf.

„Nun. nennen Sie Baudoyer bei Hof und auch vor der Geistlichkeit als den, der die meisten Aussichten hat, um beiden jeden Verdacht zu nehmen und sie einzuschläfern, aber schreiben Sie im letzten Moment: Rabourdin."

„Es gibt Frauen, die ja sagen, solange sie einen Mann brauchen, und nein, wenn er seine Rolle gespielt hat", erwiderte des Lupeaulx.

„Ich kenne solche", antwortete sie ihm lachend. „Aber Sie sind sehr dumm, denn in der Politik findet man sich immer wieder; desgleichen ist gut mit Narren, aber Sie sind ein geistreicher Mann. Meiner Meinung nach ist der größte Fehler, den man im Leben begehen kann, sich mit einem bedeutenden Mann zu überwerfen."

„Nein," sagte des Lupeaulx, „denn er verzeiht. Das ist gefährlich nur mit kleinen, rachsüchtigen Geistern, die nichts anderes zu tun haben, als sich zu rächen. Und ich bringe mein Leben damit zu."

Als alle Gäste fort waren, blieb Rabourdin bei seiner Frau und konnte ihr, nachdem er sie gebeten hatte, ihm ein einziges Mal ihre Aufmerksamkeit zu schenken, seinen Plan erklären. Er machte ihr verständlich, daß er das Budget keinesfalls einschränken, im Gegenteil es vermehren wolle, und zeigte ihr, zu welchen Zwecken die öffentlichen Gelder verwandt würden. Er erklärte ihr, wie der Staat die Bewegung des Geldes verzehnfache, indem er die seinen für ein Drittel oder ein Viertel für die Unkosten hergebe, die durch Private oder Gemeinde getragen würden;

schließlich bewies er ihr, daß sein Plan weniger ein theoretisches Werk sei als eines, das die Mittel zur Ausführung an die Hand gebe. Célestine war begeistert, umarmte ihren Gatten und setzte sich am Kamin auf seine Knie.

„Endlich habe ich in dir doch den Mann gefunden, den ich träumte. Meine Unkenntnis deines Wertes hat dich vor den Klauen des Lupeaulx' geschützt. Ich habe dich wunderbar und in gutem Glauben verleugnet."

Rabourdin weinte vor Glück. Endlich erlebte er seinen Triumph. Nachdem er alles unternommen hatte, um seiner Frau zu gefallen, war er groß in den Augen seines einzigen Publikums.

„Und der, der dich so gut, so sanft, so gleichmäßig, so liebevoll kennt, dem wirst du noch zehnfach größer. Aber", fügte sie hinzu, „jeder geniale Mann ist mehr oder weniger kindlich, und du bist ein Kind, ein geliebtes Kind."

Sie zog ihre Einladung aus dem Versteck, an dem alle Frauen das verbergen, was sie verbergen wollen, und zeigte sie ihm.

„Das wollte ich", sagte sie. „Des Lupeaulx hat mir ermöglicht, den Minister zu sehen, und diese Exzellenz wird einige Zeit mein Diener sein, und wenn sie auch von Bronze ist."

☆

FRAU RABOURDIN WIRD VORGESTELLT

SEIT DEM MORGEN BESCHÄFTIGTE SICH CÉlestine mit ihrer Vorstellung in der intimen Gesellschaft des Ministers. Das war ihr großer Tag! Keine Kurtisane hat jemals so viel Sorgfalt auf sich verwandt, wie diese anständige Frau es tat. Niemals wurde eine Schneiderin mehr gequält als die ihre und niemals begriff eine Schneiderin besser die Wichtigkeit ihrer Kunst. Mit einem Wort: Frau Rabourdin vergaß nichts. Sie ging selbst zu einem Wagenvermieter, um einen Wagen auszusuchen, der weder alt noch spießbürgerlich noch zu anspruchsvoll war. Ihr Diener wurde, wie Diener aus einem guten Hause, angehalten, wie ein Kavalier auszusehen. Schließlich fuhr sie an dem berühmten Dienstagabend gegen zehn Uhr in einer entzückenden Trauertoilette aus. Sie war mit einem Weintraubenschmuck aus Jett von der schönsten Arbeit frisiert, ein Schmuck, der dreitausend Franken Wert hatte. Er war leicht wie wirkliches Weinlaub, und der Künstler hatte die anmutigen Ranken nicht vergessen, die bestimmt sind, sich in den Locken zu verwirren, wie sie sich an jedem Blatte hochranken. Die Armbänder, der Halsschmuck und die Ohrringe waren aus sogenanntem Berliner Metall; aber in Wirklichkeit kamen diese zarten Arabesken von Wien und schienen von jenen Feen gemacht zu sein, die in den Märchen von irgendeiner Hexe beauftragt worden sind, Ameisenaugen zu sammeln, oder Leinwand zu weben, die man in einer Nußschale aufbewahren könnte. Ihre Figur, die durch das Schwarz schon besonders schlank erschien, wurde hervorgehoben durch ein Kleid von durchdachtem Schnitt, ohne Schulternaht; es schien, daß die Frau bei jeder Bewegung wie ein Schmetterling aus ihrer Umhüllung herausgleite, und nichtsdestoweniger hielt das Kleid dank einer Erfindung der Schneiderin. Es war aus ganz feinem Wollmusselin, einem Stoff, den der Fabrikant noch nicht nach Paris geschickt hatte, einem göttlichen Stoff, der später einen ungeheuren Erfolg hatte. Dieser Erfolg ging weiter, als die Moden in Frankreich gehen. Die wirkliche Sparsamkeit des Wollmusselins, der keines Plättens bedarf, hat später den Leinwandstoffen geschadet, und das so sehr, daß es zu einer vollständigen Veränderung der Fabrik in Rouen führte. Célestine trug feinmaschige Strümpfe und einen Halbschuh aus türkischem Satin, denn die Trauer schloß Seidensatin aus. Der Schuh war wundervoll geformt. So sah Célestine sehr schön aus. Ihr Teint war durch ein Mandelkleiebad erfrischt und hatte einen sanften Glanz. Ihre Augen, in Wogen von Hoffnung gebadet, funkelten von Geist und bezeugten ihre ungewöhnliche Art, von der des Lupeaulx, ganz glücklich und stolz, sprach. Beim Eintreten in den Salon benahm sie sich sehr geschickt und Frauen werden wissen, was das bedeutet. Anmutig grüßte sie die Gemahlin des Ministers, indem sie in ihrem Gruße die Achtung, die sie jener schuldete, mit dem, was sie ihrem eigenen Wert schuldig war, verband. Sie verletzte niemanden, obwohl sie sich in ihrer ganzen Majestät zu erkennen gab, denn jede schöne Frau ist eine Königin. Auch hatte sie dem Minister gegenüber die hübsche Keckheit, die sich Frauen allen Männern, selbst Großherzögen gegenüber, erlauben können. Während sie sich niedersetzte, prüfte sie das Terrain und fand, daß sie in einer jener auserwählten, nur von wenigen besuchten Abendgesellschaften war, in denen die Frauen sich gegenseitig messen und werten können, in denen das kleinste

Wort in aller Ohren widerhallt, wo jeder Blick eine Bedeutung gewinnt, wo die Unterhaltung ein Duell mit Zeugen ist, wo alles Mittelmäßige flach wird, aber jedes Verdienst schweigend gewürdigt wird als etwas, das dem geistigen Niveau jedes einzelnen entspricht. Rabourdin war in einen benachbarten Salon gegangen, wo gespielt wurde. Dort blieb er stehen und sah dem Spiele zu, wodurch er bewies, daß es ihm nicht an Geist fehlte.
„Meine Liebe," sagte die Marquise d'Espard zu der Gräfin Féraud, der letzten Mätresse von Ludwig XVIII., „Paris ist einzig, es bringt, ohne daß man es erwartet und ohne daß man weiß, woher, Frauen wie diese hervor, die alles zu können und alles zu wollen scheinen..."
„Sie kann und will auch alles", sagte des Lupeaulx und warf sich dabei in die Brust.
In diesem Augenblick umschmeichelte die listige Frau Rabourdin die Frau des Ministers. Sie war am Tage vorher von des Lupeaulx, der die schwachen Stellen der Gräfin kannte, orientiert worden, und umkoste sie nun, ohne das Ansehen zu haben, an sie zu rühren. Außerdem schwieg sie an der rechten Stelle, denn des Lupeaulx, so verliebt er war, hatte die Fehler dieser Frau gemerkt und hatte ihr am Tage vorher gesagt: „Sprechen Sie vor allem nicht zuviel!" Durch diese Warnung hatte er ihr einen ungewöhnlichen Beweis seiner Zuneigung gegeben. Die Unterhaltung wurde allgemein. Von Zeit zu Zeit tat Frau Rabourdin die Zunge hinein wie eine wohlgezogene Katze die Pfoten auf die Spitzen ihrer Herrin tut, indem sie ihre Krallen sammetweich macht. Des Ministers Phantasie war nicht leicht erregbar; die Restau-

ration hatte keinen Staatsmann, der in vollendeterer Weise als er galant gewesen wäre, und die Opposition des „Miroir", der „Pandore", des „Figaro" konnte ihm kein Herzklopfen vorwerfen. Seine Mätresse war die Etoile, und bizarrerweise war sie ihm im Unglück treu. Sie hatte zweifellos noch Vorteile dabei! Frau Rabourdin wußte das, aber sie wußte auch, daß Geister in den alten Schlössern spuken, sie hatte sich also in den Kopf gesetzt, den Minister eifersüchtig auf das Glück zu machen, dessen sich des Lupeaulx noch unter Vorbehalt näherer Prüfung zu erfreuen schien. In diesem Augenblick hatte des Lupeaulx den Mund voll von Célestines Namen. Um seiner angeblichen Mätresse zu nützen, mühte er sich ab, der Marquise d'Espard, Frau von Nucingen und der Gräfin in einer Unterhaltung zu vieren begreiflich zu machen, daß sie Frau Rabourdin in ihren Bund aufnehmen müßten. Frau de Camps unterstützte ihn. Im Laufe einer Stunde war der Minister schon sehr animiert, die Art von Frau Rabourdin gefiel ihm. Sie hatte seine Frau bezaubert, die, voll Entzücken über diese Sirene, sie soeben aufgefordert hatte, zu kommen, wann sie wolle.

„Denn Ihr Gatte, meine Liebe," hatte die Gemahlin des Ministers zu Célestine gesagt, „wird bald Direktor sein: es ist die Absicht des Ministers, die beiden Abteilungen zu vereinigen und unter eine Direktion zu stellen, dann werden Sie zu uns gehören."

„Seine Exzellenz, der Minister" führte Frau Rabourdin hinweg, um ihr ein Zimmer seiner Wohnung zu zeigen, das durch die angeblich dort geübte Verschwendung, die die Opposition ihm vorgeworfen hatte, berühmt geworden war. Er wollte ihr die Narrheit des Journalismus beweisen. Er bot ihr den Arm.

„Wirklich, gnädige Frau, Sie müssen uns, der Gräfin und mir, die Freude machen, oft zu kommen ..."

Und er sagte ihr seine üblichen Ministerliebenswürdigkeiten.

„Aber Exzellenz," sagte sie und warf ihm einen jener Blicke zu, die die Frauen in Reserve haben, „mir scheint, das hängt von Ihnen ab."

„Wieso?"

„Sie können mir das Recht dazu geben."

„Erklären Sie das."

„Nein, ich habe mir, als ich hierherkam, vorgenommen, nicht so geschmacklos zu sein, die Bittstellerin zu spielen."

„Sprechen Sie. Bittschriften dieser Art sind nicht an falscher Stelle eingereicht", sagte der Minister lächelnd.

Nur derlei Narrheiten bereiten solchen ernsten Männern Vergnügen.

„Nun, es ist lächerlich für die Frau eines Bureauchefs, hier oft zu erscheinen. Aber die Frau eines Ministerialdirektors würde hier nicht an falscher Stelle sein."

„Lassen wir das", sagte der Minister. „Ihr Gatte ist unentbehrlich, er ist ernannt."

„Sagen Sie die volle Wahrheit?"

„Wollen Sie seine Ernennung in meinem Arbeitszimmer sehen? Sie ist niedergeschrieben."

„Nun", sagte sie und blieb in einer Ecke allein mit dem Minister, dessen lebhafte Bereitwilligkeit ver-

dächtig war. „Lassen Sie mich Ihnen sagen, daß ich Sie dafür belohnen kann..."
Und sie begann ihm den Plan ihres Gatten zu enthüllen, als des Lupeaulx, der auf den Fußspitzen gekommen war, ein zorniges Räuspern vernehmen ließ, das anzeigte, er wolle sich nicht den Anschein geben, verstanden zu haben, was er gehört hatte. Der Minister warf einen sehr mißmutigen Blick auf den alten Geck. Ungeduldig auf seine Eroberung, hatte des Lupeaulx die Bearbeitung der Personalien über alles Maß beeilt, er hatte sie dem Minister zugestellt und wollte die Ernennung am nächsten Tage der Frau bringen, die für seine Mätresse galt. In diesem Augenblick zeigte sich der Kammerdiener des Ministers mit einem geheimnisvollen Gesichtsausdruck und meldete des Lupeaulx, sein Diener habe ihn gebeten, ihm umgehend diesen Brief zu übergeben und ihm dessen große Wichtigkeit zu melden.
Der Generalsekretär trat an eine Lampe und las die folgenden Worte:

„Gegen meine Gewohnheit warte ich in einem Vorzimmer, Sie haben keinen Augenblick zu verlieren, um sich zu verständigen mit Ihrem Diener.

Gobseck."

Der Generalsekretär zitterte, als er diese Unterschrift erkannte. Wenn jemals ein hieroglyphisches Bild irgendein Tier vorstellte, dann ist es sicher dieser Name, dessen Anfangs- und Endbuchstabe den gefräßigen Rachen eines Haifisches darstellt, den unersättlichen, immer offenen, der alles einfängt und alles verschlingt, Schwache wie Starke. Allein der Geist der Wechselgeschäfte konnte eine

Wendung inspirieren, die zu gleicher Zeit den Charakter des frechen Befehls trug und doch so grausam unangreifbar war, deutlich und schweigsam – eine Wendung, die alles sagte und nichts verriet. „Gobseck könnte Ihnen unbekannt sein, aber beim Anblick dieser Zeile, die Ihnen befiehlt, zu kommen, ohne daß sie ein Befehl wäre, würden Sie den unversöhnlichen Wechselhändler aus der Rue des Grecs erkannt haben." So verließ auch des Lupeaulx wie ein Hund, den der Jäger gerufen hat, sofort seine Fährte und ging zu ihm, in Gedanken an seine kompromittierte Stellung versunken. „Stellen Sie sich einen Generalstabschef vor, dem sein Adjutant sagt: Der Feind hat soeben dreißigtausend Mann Verstärkung bekommen, die uns an der Flanke angreifen. Ein einziges Wort wird die Ankunft der Herren Gigonnet und Gobseck auf dem Schlachtfeld erklären." Sie waren alle beide bei Herrn des Lupeaulx gewesen. Um acht Uhr abends hatte Martin Falleix, der vermöge eines Trinkgelds von drei Franken und eines vorausgeschickten Postillions auf den Flügeln des Windes herbeigeeilt war, die Erwerbungsurkunden mit dem Datum des Vortages gebracht. Mitral hatte sie sofort in das Café Themis getragen. Die Kontrakte waren in die Hände der beiden Wucherer übergegangen, die sich beeilt hatten, sich zu Fuß in das Ministerium zu begeben. Es schlug elf Uhr. Des Lupeaulx zitterte, als er die beiden düsteren Gesichter sah, deren Ausdruck denn doch etwas Heiteres erhielt durch einen Blick, der ebenso gerade ging wie die Kugel einer Pistole und scharf wie eine Stichflamme war.

„Nun, was gibt es, meine Herren?"

Die Wucherer blieben kalt und unbeweglich. Gigonnet zeigte erst auf seine Akten und dann auf den Kammerdiener.
„Gehen wir in mein Arbeitszimmer", sagte des Lupeaulx und schickte seinen Kammerdiener mit einer Bewegung fort.
„Sie verstehen die französische Sprache wunderbar", sagte Gigonnet.
„Kommen Sie, um einen Mann zu quälen, durch den jeder von Ihnen zwanzigtausend Franken verdient hat?" fragte er und ließ sich eine hochmütige Bewegung entfahren.
„Und durch den wir, wie ich hoffe, noch einmal so viel verdienen werden", sagte Gigonnet.
„Eine geschäftliche Angelegenheit?"... fragte des Lupeaulx. „Wenn Sie mich nötig haben sollten, ich habe ein gutes Gedächtnis."
„Wir haben Ihre Schuldscheine", erwiderte Gigonnet.
„Meine Schulden werden bezahlt werden", sagte des Lupeaulx verächtlich, um sich nicht ausforschen zu lassen.
„Wirklich?" fragte Gobseck.
„Kommen wir zur Sache, mein Sohn", sagte Gigonnet, „machen Sie keine Komödie mit uns, das ist überflüssig. Nehmen Sie diese Akten und lesen Sie sie."
Die beiden Wucherer machten in Gedanken ein Inventar des Arbeitszimmers von des Lupeaulx, während dieser erstaunt und erschrocken diese Kontrakte las, die ihm vom Himmel gefallen zu sein schienen.
„Sind wir nicht intelligente Geschäftsleute?" fragte Gigonnet.

„Aber welchem Umstand verdanke ich ein solch geschicktes Zusammenwirken?“ fragte des Lupeaulx unruhig.

„Wir wissen seit acht Tagen das, was Sie ohne uns erst morgen erfahren würden; der Präsident des Handelsgerichts, ein Abgeordneter, sieht sich gezwungen, seinen Abschied einzureichen.“

Die Augen von des Lupeaulx erweiterten sich und wurden groß wie Margueriten.

„Ihr Minister spielt Ihnen diesen Streich“, sagte Gobseck kurz angebunden.

„Sie verfügen über mich“, sagte der Generalsekretär und verbeugte sich mit von Spott durchtränkter tiefer Achtung.

„Richtig“, sagte Gobseck.

„Sie wollen mich erwürgen?“

„Möglicherweise.“

„Nun, dann ans Werk, Henker!“ sagte lächelnd der Generalsekretär.

„Sie sehen“, griff Gigonnet ein, „Ihre Schuldscheine sind mit dem Gelde, das für die Erwerbung geliehen ist, eingetragen.“

„Hier sind die Urkunden“, sagte Gobseck und zog aus seiner grünlichen Tasche Anwaltsakten.

„Sie haben drei Jahre, um alles wieder zu erstatten“, sagte Gigonnet.

„Was wollen Sie von mir?“ fragte des Lupeaulx, von so viel Dienstfertigkeit und einer so phantastischen Regelung erschreckt.

„Den Posten von la Billardière für Baudoyer“, erwiderte Gigonnet lebhaft.

„Das ist recht wenig, obwohl es für mich das Unmögliche ist“, erwiderte des Lupeaulx, „ich habe mir die Hände gebunden.“

„Sie werden die Stricke mit den Zähnen zernagen“, erwiderte Gigonnet.
„Sie sind spitz“, fügte Gobseck hinzu.
„Ist das alles?“ fragte des Lupeaulx.
„Wir behalten die Urkunden bis zur Gültigkeit jener Schuldscheine“, sagte Gigonnet und legte eine Aufstellung vor die Augen des Generalsekretärs. „Wenn sie nicht in sechs Tagen von der Kommission anerkannt werden, würde Ihr Name auf diesem Schriftstück durch den meinen ersetzt werden.“
„Sie sind geschickt!“ rief der Generalsekretär aus.
„Ja“, sagte Gobseck.
„Ist das alles?“ fragte des Lupeaulx.
„Wahrhaftig“, erwiderte Gobseck.
„Abgemacht?“ fragte Gigonnet.
Des Lupeaulx nickte mit dem Kopf.
„Gut, dann unterschreiben Sie diese Vollmacht“, sagte Gigonnet. „In zwei Tagen wird die Ernennung von Baudoyer stattfinden, in sechs Tagen werden die Schuldscheine anerkannt sein und...“
„Und was?“ fragte des Lupeaulx.
„Wir garantieren Ihnen...“
„Was?“ fragte des Lupeaulx immer erstaunter.
„Ihre Wahl“, erwiderte Gigonnet und hob sich auf seinen Absätzen.
„Wir haben die Majorität mit zweiundfünfzig Stimmen von Pächtern und Industriellen, die Ihrem Geldleiher gehorchen werden.“
Des Lupeaulx drückte Gigonnet die Hand. „Nur unter Leuten wie uns sind die Mißverständnisse unmöglich,“ sagte er, „das nenne ich Geschäfte. Ich werde Ihnen auch die Einsatzkarte wiedergeben.“

„Gut", sagte Gobseck.
„Was wird es sein?" fragte Gigonnet.
„Das Kreuz für Ihren einfältigen Neffen."
„Gut", sagte Gigonnet. „Sie kennen ihn richtig."
Dann grüßten die Wucherer des Lupeaulx, der sie bis an die Treppe begleitete.
„Das müssen die Abgesandten irgendeiner auswärtigen Regierung sein", sagten die Kammerdiener.
Auf der Straße sahen sich die beiden Wucherer bei dem Schein einer Laterne lachend an.
„Er wird uns neuntausend Franken Zinsen jährlich zu zahlen haben, und das Gut bringt ihm kaum fünftausend Franken ein", rief Gigonnet aus.
„Er ist für lange Zeit in unseren Händen", sagte Gobseck.
„Er wird bauen, er wird Dummheiten machen", erwiderte Gigonnet. „Falleix wird das Gut kaufen."
„Seine Angelegenheit ist, Abgeordneter zu werden, über alles andere macht sich der Wolf lustig", sagte Gobseck.
„Hehe!"
„Hehe!"
Diese beiden trockenen Ausrufe dienten den beiden Wucherern als Lachen. Dann begaben sie sich zu Fuß in das Café Themis.
Des Lupeaulx kehrte in den Salon zurück und fand, daß Frau Rabourdin sehr schön das Rad zu schlagen verstehe. Sie war entzückend, und der Minister, der gewöhnlich traurig war, hatte ein faltenloses und liebenswürdiges Gesicht.
„Sie bringt Wunder fertig", sagte sich des Lupeaulx. „Was für eine kostbare Frau! Man muß ihr bis auf den Grund des Herzens dringen."

„Jedenfalls ist sie sehr geschickt, Ihre kleine Dame", sagte die Marquise zum Generalsekretär, „es fehlt ihr nur Ihr Name."
„Ja, ihr einziges Unrecht ist, die Tochter eines Auktionskommissars zu sein. Sie wird an dem Fehler ihrer Geburt zugrunde gehen", erwiderte des Lupeaulx mit einer kühlen Miene, die im Gegensatz zu der Wärme stand, mit der er noch einen Moment vorher von Frau Rabourdin gesprochen hatte.
Die Marquise fixierte des Lupeaulx.
„Sie haben ihnen einen Blick zugeworfen, der mir nicht entgangen ist", sagte sie und wies auf den Minister und Frau Rabourdin. „Er ist durch den Schleier Ihrer Augengläser durchgedrungen. Sie sind amüsant, Sie beide, wie Sie sich um diesen Knochen streiten."
Als die Marquise an der Tür vorbeiging, lief der Minister auf sie zu und führte sie in das Zimmer.
„Nun", fragte des Lupeaulx Frau Rabourdin, „was denken Sie von dem Minister?"
„Er ist entzückend, wirklich entzückend", erwiderte sie und hob ihre Stimme, damit die Gemahlin Ihrer Exzellenz sie höre. „Man muß diese armen Minister kennen, um sie zu würdigen. Die kleinen Zeitungen und die Verleumdungen der Opposition entstellen die Politiker so sehr, daß man sich schließlich von ihnen beeinflussen läßt. Aber diese Voreingenommenheiten kehren sich zu ihrem Vorteil, wenn man sie sieht."
„Er ist ein feiner Kopf", sagte des Lupeaulx.
„Ja, ich versichere Ihnen, daß man ihn lieben kann", sagte sie gutmütig.
„Liebes Kind," sagte des Lupeaulx und nahm die

Miene eines braven und liebenswürdigen Mannes an, „Sie haben etwas Unmögliches fertig gebracht."

„Was?" fragte sie.

„Sie haben einen Toten wieder erweckt. Ich hatte nicht geglaubt, daß er ein Herz habe; fragen Sie seine Frau. Er hatte gerade so viel davon, um eine Phantasie aufzuschrecken; aber profitieren Sie davon, kommen Sie hierher, seien Sie nicht erstaunt."

Er führte Frau Rabourdin in das Boudoir und setzte sich mit ihr auf den Diwan.

„Sie sind eine ganz listige Frau und ich liebe Sie deshalb um so mehr. Unter uns gesagt, Sie sind eine ungewöhnliche Frau. Des Lupeaulx hat Sie hierher geführt, also spricht alles für ihn, nicht wahr? Übrigens, wenn man sich entschließt, aus Interesse zu lieben, dann ist es vorteilhafter, einen sechzigjährigen Minister als einen vierzigjährigen Generalsekretär zu wählen: es bringt mehr Nutzen und weniger Unannehmlichkeiten. Ich trage eine Brille, habe eine gepuderte Perücke, ich bin von Vergnügungen aufgebraucht, das würde eine schöne Liebe geben. Wenn man denn schon dem Nützlichen etwas hinzufügen muß, ich würde niemals das Angenehme sein, nicht wahr? Man muß närrisch sein, um seine Stellung nicht zu kennen. Sie können mir die Wahrheit gestehen und mir den Grund Ihres Herzens zeigen. Wir sind zwei Verbündete und nicht zwei Liebende. Wenn ich irgendeine Laune habe, so sind Sie zu überlegen, um derartige Kleinigkeiten zu beachten, und Sie werden sie nur vergeben; wenn es nicht so wäre, dann hätten Sie die Vorstellungen einer kleinen Schülerin oder einer Kleinbürgerin aus der Rue Saint-Denis! Bah, wir sind über das alles erhaben, Sie und ich. Sehen Sie, da ist die Marquise d'Espard, sie geht fort. Glauben Sie nicht, daß sie auch so denkt. Vor zwei Jahren haben sie und ich (der Geck!) uns verständigt, nun, und sie braucht mir nur ein einziges Wort zu schreiben und es braucht nicht lang zu sein: Mein lieber des Lupeaulx, Sie würden mich verpflichten, wenn Sie dieses oder jenes für mich täten. Und es wird pünktlich ausgeführt werden; im Augenblick denken wir daran, ihren Gatten absetzen zu lassen. Ihr Frauen braucht den Männern nur Vergnügen zu bereiten, und ihr erlangt alles, was ihr wollt. Nun, machen Sie den Minister in sich verliebt, liebes Kind, ich werde Ihnen dabei helfen. Es ist in meinem Interesse gelegen. Ja, ich wünschte, er hätte eine Frau, die auf ihn Einfluß hat, er würde mir nicht entwischen; er entwischt mir manchmal und das versteht sich; ich halte ihn nur durch seinen Verstand fest, aber wenn ich mich mit einer hübschen Frau verständige, halte ich ihn an seiner Narrheit, und das ist ein stärkeres Band. Wir wollen also gute Freunde bleiben und uns in das Vertrauen teilen, daß Sie genießen werden."

Frau Rabourdin hörte dieses seltsame Geständnis von Spitzbüberei mit dem tiefsten Erstaunen. Die Naivität des Geschäftspolitikers schloß jeden Gedanken an Überraschung aus.

„Glauben Sie, daß er mich beachtet hat?" fragte sie, in die Falle gelockt.

„Ich kenne ihn, ich bin dessen sicher."

„Ist es wahr, daß die Ernennung von Rabourdin unterzeichnet ist?"

„Ich habe ihm die Arbeit heute morgen übergeben. Aber Direktor zu sein, ist noch nichts, er muß Berichterstatter über die Bittgesuche im Staatsrat werden."

„Ja", sagte sie.

„Nun, dann gehen Sie und kokettieren Sie mit Ihrer Exzellenz."

„Wirklich," sagte sie, „ich habe Sie erst heute abend kennenlernen können. Sie haben nichts Alltägliches."

„Nun also", griff des Lupeaulx auf. „Wir sind zwei alte Freunde, wir unterdrücken die zärtlichen Töne, die langweilige Liebe, um die Angelegenheiten wie unter der Regentschaft zu behandeln, einer Zeit, in der man sehr geistreich war."

„Sie sind wirklich stark und Sie haben meine Bewunderung", sagte sie lächelnd und streckte ihm die Hand hin. „Sie werden wissen, daß man für seinen Freund mehr tut als für seinen..."

Sie beendete den Satz nicht und ging fort.

„Liebe Kleine", sagte des Lupeaulx zu sich selbst, als er sah, wie sie an den Minister herantrat. „Des Lupeaulx hat keine Gewissensbisse mehr, sich gegen dich zu wenden! Wenn du mir morgen abend eine Tasse Tee anbietest, wirst du mir anbieten, was ich nicht mehr will... Alles ist gesagt! Ach, wenn wir vierzig Jahre alt sind, täuschen uns die Frauenzimmer. In diesem Alter kann man nicht mehr geliebt werden."

Er trat in den Salon, nachdem er sich in dem Spiegel gemustert hatte, und erkannte, daß er als Politiker ein sehr ansehnlicher Mann, aber ein vollständiger Invalide im Reich der Venus war. In diesem Augenblick rekapitulierte Frau Rabourdin bei sich das Vorgegangene. Sie dachte daran, fortzugehen, und bemühte sich, in dem Geist eines jeden einzelnen einen letzten anmutigen Eindruck zu hinterlassen. Und es gelang ihr. Gegen die Gewohnheit des Salons riefen alle, als sie fort war, aus: „Diese entzückende Frau!" Und der Minister begleitete sie bis an die letzte Tür der Empfangsräume.

„Ich bin sicher, daß Sie morgen an mich denken werden", sagte er in der Diele und spielte damit auf die Ernennung an. – „Es gibt so wenig hohe Beamte, deren Frauen angenehm sind, daß ich ganz zufrieden mit unserer Eroberung bin!" sagte der Minister, als er wieder in den Salon kam.

„Finden Sie sie nicht ein wenig zu offensiv?" fragte des Lupeaulx mit einer pikierten Miene.

Die Frauen wechselten bedeutungsvolle Blicke untereinander. Die Rivalität des Ministers und seines Generalsekretärs amüsierte sie. Außerdem gab es Gelegenheit zu einer jener hübschen Mystifikationen, auf die sich die Pariserinnen so bewunderungswürdig verstehen.

Die Frauen stachelten den Minister und des Lupeaulx auf, indem sie sich mit Frau Rabourdin beschäftigten. Die eine fand sie zu gekünstelt und zu sehr die Geistreiche spielend, die andere verglich die Anmut der Bourgeoisie mit den Manieren der großen Gesellschaft, um Célestine zu kritisieren. Des Lupeaulx verteidigte seine angebliche Mätresse, wie man seine Feinde in den Salons verteidigt.

„Gewähren Sie ihr doch Gerechtigkeit, meine Damen. Ist es nicht außerordentlich, daß die Tochter eines Auktionskommissars so wie diese ist? Bedenken Sie doch, woher sie stammt und wohin sie gekommen ist: sie wird in die Tuilerien kommen, sie erhebt Anspruch darauf, sie hat es mir gesagt."

„Und wenn sie zehnmal die Tochter eines Auktionskommissars ist", sagte Frau d'Espard lächelnd, „was kann das der Beförderung ihres Gatten schaden?"

„In der jetzigen Zeit, nicht wahr?" fügte die Frau des Ministers hinzu und biß sich auf die Lippen.

„Meine Damen," sagte der Minister streng zu der Marquise, „mit derartigen Worten, die der Hof unglücklicherweise niemandem erspart, bereitet man Revolutionen vor. Sie glauben gar nicht, wie sehr das wenig abgemessene Betragen der Aristokratie gewissen klarsehenden Menschen im Schlosse mißfällt. Wenn ich ein Fürst wäre statt ein kleiner Edelmann der Provinz, der da zu stehen scheint, wo ich stehe, um Ihre Geschäfte zu besorgen, dann würde die Monarchie nicht so schlecht begründet sein, wie es jetzt der Fall ist. Was wird aus einem Thron, der seinen Glanz nicht denen, die ihn nach außen darstellen, mitzuteilen weiß? Die Zeit ist längst vorbei, da der König einzig mit seinem Willen einen Louvois, einen Colbert, einen Richelieu, einen Jeamin, Villeroy, Sully schuf. Ja, Sully war am Anfang nicht mehr, als ich heut bin.
Ich spreche so zu Ihnen, weil wir unter uns sind, und weil ich wirklich wenig wäre, wenn ich mich über eine solche Kleinigkeit entrüsten könnte. Es ist unsere und nicht der anderen Sache, uns groß zu machen."

„Du bist ernannt, mein Lieber", sagte Célestine und drückte ihrem Gatten die Hand. „Ohne des Lupeaulx hätte ich deinen Plan dem Minister erklärt; so wird es nächsten Dienstag geschehen, und du wirst noch rascher Berichterstatter über die Gesuche im Staatsrat werden."

Im Leben aller Frauen gibt es einen Tag, an dem sie ihren ganzen Glanz ausgestrahlt haben, einen Tag, der ihnen Stoff für ewige Erinnerungen gibt, auf die sie immer gerne zurückkommen. Während Frau Rabourdin ihre Schmucksachen ablegte, ließ sie den Abend im Geist an sich vorüberziehen und zählte ihn zu den Tagen ihres Ruhms und ihres Glücks: alle ihre Schönheiten waren beneidet worden, sie war von der Frau des Ministers gegrüßt worden, die glücklich war, sie ihren Freundinnen entgegenstellen zu können. Mit einem Wort: alles, worauf sie eitel war, hatte zugunsten ihrer ehelichen Liebe geglänzt! Rabourdin war ernannt!

„Gefiel ich dir heute abend?" fragte sie ihren Gatten, als wenn sie nötig gehabt hätte, ihn zu beleben.

In diesem Augenblick sah Mitral, der im Café Themis die beiden Wucherer erwartete, sie eintreten und bemerkte nichts auf diesen beiden unbeweglichen Gesichtern.

„Wie weit sind wir?" fragte er sie, als sie sich an den Tisch gesetzt hatten.

„Nun, wie immer", erwiderte Gigonnet und rieb sich die Hände. „Die Goldstücke haben den Sieg."

„Ja", bestätigte Gobseck.

Mitral nahm eine Droschke, suchte die Saillards und die Baudoyers auf, bei denen der Boston länger gedauert hatte. Aber nur der Pfarrer Gaudron blieb. Falleix wart todmüde schlafen gegangen.

„Sie werden ernannt werden, mein Neffe, und man bewahrt Ihnen eine Überraschung auf."

„Was?“ fragte Saillard.
„Das Kreuz!“ rief Mitral.
„Gott beschützt die, die an seine Altäre denken“, sagte Gaudron.
So sang man in beiden Lagern in gleicher Zufriedenheit das Te Deum.

☆

DIE HOLZWÜRMER DRINGEN VOR

AM NÄCHSTEN TAGE, EINEM MITTWOCH, sollte Herr Rabourdin mit dem Minister arbeiten, denn er hatte seit der Krankheit des verstorbenen Herrn de la Billardière die Leitung der Abteilung provisorisch übernommen. In diesen Tagen nahmen die Beamten ihre Arbeit sehr genau, die Bureaudiener waren sehr beschäftigt, denn an den Tagen der Unterzeichnung liegt in den Bureaus alles in der Luft, und warum? Niemand weiß es. Die drei Diener waren also auf ihrem Posten und schmeichelten sich, irgendeine Gratifikation zu bekommen, denn das Gerücht von der Ernennung Rabourdins hatte sich am Tage vorher dank der Vorsorge von Herrn des Lupeaulx verbreitet. Der Onkel Anton und der Diener Lorenz befanden sich im Galaanzug, als um dreiviertel acht Uhr der Sekretariatsdiener kam und Anton bat, Herrn Dutocq heimlich einen Brief zu übergeben, den der Generalsekretär ihm um sieben Uhr gegeben hatte, damit er ihn zu dem ersten Sekretär trage.
„Ich weiß nicht, wie es geschehen ist, mein Alter, ich habe geschlafen, fest geschlafen; so daß es mir schwer wird, mich zu ermuntern. Er würde mir eine höllische Melodie singen, wenn er wüßte,

daß er nicht an ihn gerichtet ist; statt dessen werde ich ihm behaupten, daß ich ihn selbst Herrn Dutocq übergeben habe."
„Ein großes Geheimnis, Vater Anton. Sagen Sie nichts zu den Beamten, auf Ehrenwort. Er wird mich entlassen, ich werde meinen Posten für ein einziges Wort verlieren, hat er gesagt."
„Was steht denn also in dem Brief?" fragte Anton.
„Nichts, ich habe ihn angesehen. Halten Sie so", und er hielt den Brief gegen das Licht, aber man konnte nur Weißes sehen.
„Heute ist Ihr großer Tag, Lorenz," sagte der Sekretariatsdiener, „Sie sollen einen neuen Direktor bekommen. Ganz entschieden wird man Ersparnisse machen und beide Abteilungen unter eine Direktion vereinigen. Also Vorsicht für die Bureaudiener."
„Ja, neun Beamte sind pensioniert worden", sagte Dutocq, der gerade kam. „Wie haben Sie das erfahren?"
Anton reichte den Brief Dutocq, der die Treppe eilig hinunter und ins Sekretariat lief, sowie er ihn geöffnet hatte.
Seit dem Todestage von Herrn de la Billardière hatten die beiden Bureaus Rabourdin und Baudoyer, nachdem die Beamten sich gründlich ausgeschwatzt hatten, endlich ihr alltägliches Aussehen und die Gewohnheiten des administrativen dolce far niente angenommen. Indessen gab das Ende des Jahres den Beamten eine Art eifriger Beflissenheit, so wie sie den Portiers etwas weihevoll Dienstbeflisseneres gibt. Alle kamen pünktlich, man sah mehr Beamte als sonst nach vier Uhr zurückbleiben, denn die Verteilung der Gratifikationen

hing von den letzten Eindrücken ab, die man in dem Geist der Chefs von sich hinterläßt. Am Tage vorher hatte die Nachricht von der Vereinigung der beiden Abteilungen la Billardière und Clergeot unter einer Direktion mit neuer Benennung die beiden Abteilungen in Aufregung versetzt. Man kannte die Anzahl der Beamten, die pensioniert werden sollten, aber man wußte ihre Namen nicht. Man vermutete wohl, daß Poiret nicht ersetzt werden würde, man würde sich seinen Posten sparen. Der kleine la Billardière war gegangen; zwei neue Supernumerarii kamen an und, o Schrecken, sie waren die Söhne von Deputierten. Die Nachricht, die am Tage vorher in die Bureaus hereingeworfen worden war, im Augenblick, da die Beamten gingen, hatte den Gemütern Schrecken eingeflößt. So gab es während der halben Stunde der Ankunft Plaudereien am Ofen. Bevor noch irgend jemand angekommen war, suchte Dutocq Herrn des Lupeaulx bei seiner Toilette auf, und ohne sein Rasiermesser auch nur aus der Hand zu legen, warf der Generalsekretär ihm den Blick eines Generals zu, der einen Befehl erteilt.

„Sind wir allein?“ fragte er.

„Ja, Herr des Lupeaulx.“

„Nun, greifen Sie Rabourdin an, vorwärts mit festem Schritt. Sie werden wohl eine Abschrift von seiner Arbeit behalten haben.“

„Ja.“

„Sie begreifen mich: Inde irae! Wir brauchen einen allgemeinen Aufstand. Sie werden irgend etwas erfinden können, um die Gerüchte zu beleben ...“

„Ich kann eine Karikatur zeichnen lassen, aber

ich kann nur fünfhundert Franken dafür geben...“
„Wer wird sie zeichnen?“
„Bixiou!“
„Er wird eintausend Franken bekommen und Unterchef unter Colleville werden, der sich mit ihm verständigen soll.“
„Aber er wird es nicht glauben.“
„Wollen Sie mich vielleicht kompromittieren? Gehen Sie und, wenn nichts daraus wird... Sie verstehen!“
„Wenn Herr Baudoyer Direktor ist, könnte er die Summe leihen...“
„Ja, er wird es sein. Verlassen Sie mich, beeilen Sie sich und lassen Sie nicht merken, daß Sie bei mir waren. Gehen Sie die kleine Treppe hinunter.“
Während Dutocq mit vor Freude zuckendem Herzen in die Bureaus zurückging und sich fragte, mit welchen Mitteln er Gerüchte gegen seinen Chef in Umlauf setzen solle, ohne sich zu sehr zu kompromittieren, war Bixiou in das „Bureau der Rabourdins“ eingetreten, um einen kleinen Guten Morgen zu wünschen. Der Spaßvogel glaubte, daß er die Wette verloren hatte, und fand es witzig, zu tun, als ob er sie gewonnen hätte.
Bixiou (ahmt die Stimme von Phellion nach): Meine Herren, ich begrüße Sie und wünsche Ihnen einen allgemeinen Guten Morgen. Ich nehme den nächsten Sonntag für ein Diner im „Rocher de Cancale“ in Aussicht. Aber eine ernste Frage steht vor uns: werden die verabschiedeten Beamten an ihm teilnehmen?
Poiret: Sogar die, die ihren Abschied selbst nehmen.

Bixiou: Das ist mir gleich, ich bezahle es ja nicht. (Allgemeines Erstaunen.) Baudoyer ist ernannt, ich wollte, ich hörte ihn schon „Lorenz" rufen. (Er macht Baudoyer nach.)
Lorenz, verschließen Sie mein Beinkleid und meine Geißel. (Alle platzen fast vor Lachen.)
Ris d'aboyeur d'oie. Colleville hat recht mit seinen Anagrammen, denn Sie kennen das Anagramm von Xavier Rabourdin, chef de bureau. Es ist:

D'abord rêva bureaux.
E, n, fin riche.

Wenn ich Charles X. par la grâce de Dieu, roi de France et de Navarre hieße, würde ich zittern, das Schicksal zu erkennen, von dem mein Anagramm prophezeit, daß es sich so vollziehen werde.
Thuillier: Ach so, Sie wollen spotten.
Bixiou (lacht ihm ins Gesicht): Risaulaid (rir au laid). Das ist hübsch, Papa Thuillier, denn Sie sind nicht schön. Rabourdin reicht seinen Abschied ein, aus Wut, daß Baudoyer Direktor ist.
Vimeux (tritt ein): Was für eine Komödie. Anton, dem ich dreißig oder vierzig Franken wiedergab, hat mir gesagt, daß Herr und Frau Rabourdin gestern bei der intimen Abendgesellschaft des Ministers empfangen wurden und bis dreiviertel zwölf Uhr blieben. Der Minister hat Frau Rabourdin bis an die Treppe begleitet; sie scheint entzückend angezogen gewesen zu sein. Mit einem Wort, er wird sicher Direktor. Riffé, der Sekretär des Generalchefs, hat die Nacht damit verbracht, die Arbeit zu erledigen: es ist kein Geheimnis mehr. Herr Clergeot wird pensioniert. Nach dreißigjährigem Dienst ist das keine Ungnade. Herr Cochin, der reich ist...

Bixiou: Nach Colleville macht er in Farbstoffen, in Cochenille.
Vimeux: Aber er bleibt in der Cochenille, denn er ist der Kompagnon des Hauses Matifat in der Rue des Lombards. Nun, er ist pensioniert. Poiret ist auch pensioniert. Keiner von ihnen wird ersetzt. Das ist das Positive. Das übrige ist nicht bekannt. Die Ernennung von Herrn Rabourdin kommt schon heute morgen heraus. Man fürchtet Intrigen.
Bixiou: Was für Intrigen?
Fleury: Nun, Baudoyer! Die Geistlichen unterstützen ihn, und hier in der liberalen Zeitung steht ein neuer Artikel, er ist nur zwei Zeilen lang, aber er ist auffallend. (Er liest.) Einige Personen sprachen gestern im Parkett der italienischen Oper von dem Wiedereintritt des Herrn von Chateaubriand in das Ministerium und stützten sich auf die Wahl, die man in Herrn Rabourdin, dem Schützling der Freunde des edlen Grafen, getroffen hat, um den Posten auszufüllen, der ursprünglich Herrn Baudoyer zufallen sollte. Die Geistlichkeit wird vor einem Zusammenwirken mit dem großen Schriftsteller nur zurückweichen können. „Kanaillen!"
Dutocq (hat zugehört und tritt nun herein): Wer ist eine Kanaille? Rabourdin? – Sie wissen doch das Neueste?
Fleury (rollt seine Augen wütend): Rabourdin!... Eine Kanaille? Sind Sie verrückt, Dutocq, und wollen Sie eine Kugel, um Ihr Gehirn zu verlöten?
Dutocq: Ich habe nichts gegen Herrn Rabourdin gesagt. Nur hat man mir soeben im Hof unter dem Siegel der Verschwiegenheit anvertraut, daß er viele Beamte denunziert hat, Kritiken gegeben, mit

einem Wort, daß die Ursache der Gunst, in der er stand, eine Arbeit über die Ministerien sei, in der jeder einzelne von uns runtergemacht wird...

Phellion (mit starker Stimme): Herr Rabourdin ist außerstande...

Bixiou: Sieh einer an! Sagen Sie doch, Dutocq. (Sie flüstern sich ein Wort ins Ohr und gehen in den Korridor hinaus.) Was geschieht denn?

Dutocq: Erinnern Sie sich der Karikatur?

Bixiou: Nun, und?

Dutocq: Zeichnen Sie sie, Sie werden Unterchef und werden eine glänzende Vergütung bekommen. Sehen Sie, mein Lieber, in den oberen Sphären gibt es Zwietracht. Der Minister ist Rabourdin verpflichtet, aber wenn er Baudoyer nicht ernennt, erzürnt er sich mit der Geistlichkeit. Wissen Sie es nicht? Der König, der Kronprinz und die Kronprinzessin, die Schloßgeistlichkeit, mit einem Wort, der Hof will Baudoyer. Der Minister will Rabourdin.

Bixiou: Gut.

Dutocq: Um sich annähern zu können, denn der Minister hat die Notwendigkeit, nachzugeben, eingesehen, will er die Schwierigkeit beseitigen. Er braucht einen Anlaß, um sich Rabourdins zu entledigen. Man hat also eine alte Arbeit, die er, um sie zu reinigen, über die Administration geschrieben hat, ausgegraben, und über sie zirkuliert etwas. Wenigstens so versuche ich mir die Sache zu erklären. Machen Sie die Zeichnung, treten Sie in das Spiel der führenden Kreise ein. So werden Sie gleichzeitig dem Minister, dem Hof, aller Welt dienen und ernannt werden. Begreifen Sie?"

Bixiou: Ich verstehe nicht, wie Sie das alles wissen können! Oder erfinden Sie es?
Dutocq: Wollen Sie, daß ich Ihnen Ihren Artikel zeige?
Bixiou: Ja.
Dutocq: Gut, kommen Sie zu mir, denn ich will diese Arbeit in sichere Hände geben.
Bixiou: Gehen Sie allein hin. (Er tritt wieder in das Bureau Rabourdin ein.) Es war dasselbe, was Dutocq auch Ihnen gesagt hat, auf Ehrenwort. Herr Rabourdin soll wenig schmeichlerische Urteile über die Beamten gefällt haben, Kritik zum Zweck von Reformen. Das ist das Geheimnis seiner Beförderung. Wir leben in einer Zeit, in der einen nichts wunder nimmt. (Er drapiert sich wie Talma.)

Nachdem die Edelsten ihr Haupt verloren,
Worüber staunt Ihr noch, armsel'ge Toren.

Eine solche Sache zugunsten eines Mannes zu finden? Mein Baudoyer ist zu dumm, um mit solchen Mitteln sein Glück zu machen. Mein Kompliment, meine Herren, Sie sind unter einem erhabenen Chef. (Er geht hinaus.)
Poiret: Ich werde das Ministerium verlassen, ohne jemals einen einzigen Satz von diesem Herrn da verstanden zu haben. Was will er mit seinen verlorenen Häuptern sagen?
Fleury: Mein Gott, die vier Sergeanten – all die Blutbäder – von la Rochelle.
Phellion: Er geht mit großen Dingen leicht um.
Fleury: Sagen Sie doch, daß er lügt, daß er prahlt, und daß die Wahrheit in seinem Mund schimmelig wird.
Phellion: Ihre Worte verletzen die Gesetze der

Höflichkeit und der Rücksichten, die man sich unter Kollegen schuldig ist.

Vimeux: Mir scheint, wenn er etwas Falsches gesagt hat, so kann man das Verleumdung, Entstellung nennen, und ein Verleumder verdient Peitschenhiebe.

Fleury (belebt sich): Und wenn die Bureaus öffentlich sind, dann geht das direkt an die Sittenpolizei.

Phellion (will einen Streit vermeiden und versucht, die Unterhaltung zu wenden): Immer ruhig, meine Herren. Ich arbeite an einer neuen kleinen Abhandlung über die Moral und ich bin an ihrem Kern...

Fleury (unterbricht ihn): Was sagen Sie über sie, Herr Phellion?

Phellion (liest vor): Frage: Was ist die Seele des Menschen?

Antwort: Die Seele des Menschen ist eine geistige Substanz, die denkt und Vernunft hat.

Thuillier: Eine geistige Substanz, das ist, wie wenn man sagen würde, ein immaterielles Material.

Poiret: Lassen Sie ihn ausreden...

Phellion (fährt fort): Frage: Woher kommt die Seele?

Antwort: Sie kommt von Gott, der sie einfach und unteilbar geschaffen hat und deren Zerstörbarkeit man infolgedessen nicht fassen kann, und er hat gesagt...

Poiret (erstaunt): Gott?

Phellion: Ja, mein Herr, so ist die Tradition.

Fleury (zu Poiret): Nun, unterbrechen Sie ihn selbst!

Phellion (fährt fort): Und er hat gesagt, daß er sie

unsterblich geschaffen habe, das heißt, daß sie niemals sterben werde.
Frage: Wozu dient die Seele?
Antwort: Zu verstehen, zu wollen und sich zu erinnern; das erzeugt das Verständnis, den Willen, das Gedächtnis.
Frage: Wozu dient das Verständnis?
Antwort: Zum Erkennen. Es ist das Auge der Seele.
Fleury: Und die Seele ist das Auge wovon?
Phellion (fährt fort): Frage: Was soll das Verständnis erkennen?
Antwort: Die Wahrheit.
Frage: Warum hat der Mensch einen Willen?
Antwort: Um das Gute zu lieben und das Schlechte zu lassen.
Frage: Was ist das Gute?
Antwort: Das, was glücklich macht.
Vimeux: Und das schreiben Sie für junge Damen?
Phellion: Ja. (Fährt fort.)
Frage: Wieviel Arten von Gutem gibt es?
Fleury: Das ist außerordentlich leichtfertig.
Phellion (entrüstet): Aber, mein Herr! (Beruhigt sich.) Hier ist übrigens die Antwort, ich komme gerade darauf. (Er liest.)
Es gibt zwei Arten von Gütern, das ewige Gut und das zeitliche Gut.
Poiret (macht eine verächtliche Miene): Und das wird viel verkauft werden?
Phellion: Ich wage es zu hoffen. Man braucht eine große Menge Geist, um das System der Fragen und Antworten durchzuführen. Darum bat ich Sie, mich denken zu lassen, denn die Antworten ...

Thuillier (unterbricht ihn): Übrigens können die Antworten besonders verkauft werden.
Phellion: Ich habe schweres Unrecht begangen, Sie zu unterbrechen. (Er senkt den Kopf wieder in seine Aktendeckel.) Aber (dann zu sich selbst) Sie denken nicht mehr an Herrn Rabourdin.

In diesem Augenblick fand zwischen des Lupeaulx und dem Minister eine Unterredung statt, die über das Schicksal Rabourdins entschied. Der Generalsekretär hatte vor dem Frühstück Seine Exzellenz in seinem Arbeitszimmer aufgesucht, nachdem er sich zuvor versichert, daß la Brière ihn nicht hören könne.
„Ihre Exzellenz spielen nicht offen mit mir..."
„Nun sind wir entzweit", dachte der Minister, „weil seine Mätresse gestern mit mir kokettiert hat." – „Ich glaubte, Sie seien weniger kindlich, mein lieber Freund", sagte er laut.
„Freund!" wiederholte der Generalsekretär, „das werde ich bald wissen."
Der Minister sah des Lupeaulx stolz an.
„Wir sind unter uns und können uns offen aussprechen. Der Abgeordnete des Wahlkreises, in dem sich m e i n Gut des Lupeaulx befindet..."
„Es ist also wirklich ein Gut?" fragte der Minister lachend, um sein Erstaunen zu verbergen.
„Um Erwerbungen für zweihunderttausend Franken vergrößert", erwiderte des Lupeaulx nachlässig.
„Sie kannten das Abschiedsgesuch dieses Deputierten seit zehn Tagen und Sie haben mich nicht davon benachrichtigt, Sie hatten es nicht nötig; aber Sie wußten sehr gut, daß ich wünschte, im

Zentrum eine Stimme zu erhalten. Haben Sie daran gedacht, daß ich die Doktrin unterstützen könnte, die Sie verschlingen wird? Sie und die Monarchie, wenn man fortfährt, zu dulden, daß diese Partei verkannte Männer von Talent für sich anwirbt? Wissen Sie, daß es in keiner Nation mehr als fünfzig bis sechzig gefährliche Köpfe gibt, die Geist mit Ehrgeiz vereinen? Regieren können, das heißt, diese Köpfe kennen, um sie abzuschlagen oder sie zu kaufen. Ich weiß nicht, ob ich begabt bin, aber ich bin ehrgeizig, und Sie begehen den Fehler, sich nicht mit einem Manne zu verständigen, der Ihnen nur Gutes will. Die Weihe hat Sie für einen Moment geblendet, aber nachher? ... Nachher wird der Krieg mit Worten und Diskussionen wieder anfangen und wird schlimmer werden. Nun, was Sie betrifft, so finden Sie mich nicht in der gemäßigten Linken, glauben Sie es mir. Trotz dem Manöver Ihres Präfekten, dem ohne Zweifel vertrauliche Instruktionen gegen mich gegeben worden sind, werde ich die Majorität haben. Der Augenblick, uns zu verständigen, ist gekommen. Nach einem kleinen Scharmützel befreundet man sich manchmal um so besser. Ich werde in den Grafenstand erhoben werden und man wird meinen Diensten den Großkordon der Ehrenlegion nicht verweigern. Aber an diesen beiden Dingen liegt mir weit weniger, als an einer Angelegenheit, in die allein Sie verwickelt sind ... Sie haben Rabourdin noch nicht ernannt, ich wurde heute morgen benachrichtigt, Sie würden so manchen zufriedenstellen, wenn Sie Baudoyer ihm vorziehen würden.“

„Baudoyer ernennen!“ rief der Minister aus. „Sie kennen ihn!“

„Ja,“ sagte des Lupeaulx, „aber wenn seine Unfähigkeit erwiesen sein wird, werden Sie ihn absetzen und seine Beschützer bitten, ihn bei sich zu verwenden. Auf diese Weise werden Sie einen wichtigen Posten Ihren Freunden zu geben haben, und das wird irgendeine Transaktion erleichtern, durch die Sie sich von einem Ehrgeizigen befreien können.“

„Ich habe Rabourdin den Posten versprochen.“

„Ja, aber ich fordere auch nicht von Ihnen, noch heute Ihren Entschluß zu ändern. Ich kenne die Gefahr, an ein und demselben Tage ja und nein zu sagen. Legen Sie die Ernennungen zurück, Sie können sie übermorgen unterschreiben. Nun, und übermorgen werden Sie erkennen, daß es unmöglich ist, Rabourdin zu halten. Übrigens werden Sie ein glattes Abschiedsgesuch von ihm bekommen.“

„Ein Abschiedsgesuch von ihm?“

„Ja.“

„Warum?“

„Er ist das Organ irgendeiner unbekannten Macht, für die er in allen Ministerien eine großzügige Spionagearbeit geleistet hat. Die Sache ist durch eine Unachtsamkeit aufgedeckt worden, man spricht von ihr, die Beamten sind wütend. Ich bitte Sie, arbeiten Sie heute nicht mit ihm, lassen Sie mich einen Vorwand erfinden, um Sie davon zu befreien. Gehen Sie zum König, ich bin sicher, daß Sie Personen finden werden, die zufrieden über Ihr Nachgeben betreffend Baudoyer sind, sie werden zum Entgelt dafür etwas erhalten. Später werden Sie sehr stark sein, wenn Sie diesen Dummkopf absetzen, und Sie werden dann derjenige sein, dem man ihn sozusagen aufgezwungen hat."

„Wer hat Sie veranlaßt, Ihre Meinung auf Rechnung Rabourdins derart zu ändern?"

„Würden Sie Herrn von Chateaubriand helfen, einen Artikel gegen das Ministerium zu schreiben? Nun, sehen Sie, wie Rabourdin mich in seiner Arbeit behandelt", sagte er, indem er das Schriftstück dem Minister gab. „Er organisiert eine ganze Regierung, ohne Zweifel zum Nutzen einer Macht, die wir nicht kennen. Ich werde sein Freund bleiben, um ihn zu überwachen: ich glaube, daß ich irgendeinem große Dienste leisten werde, der mir die Pairswürde einbringt, denn sie ist das einzige Ziel meiner Wünsche. Sie sollen es wissen: ich will weder ein Ministerium noch irgend etwas, das Ihnen im Wege sein könnte. Ich strebe nach der Pairswürde, die mir erlauben wird, die Tochter irgendeines großen Bankhauses mit zweihunderttausend Franken Jahreseinkommen zu heiraten. So lassen Sie mich irgendeinen großen Dienst leisten, der Ihnen erlaubt, dem König zu sagen, ich habe den Thron gerettet. Es ist lange her, seit ich es sagte: die liberale Partei wird uns keine ordentliche Schlacht mehr liefern; sie hat auf die Konspirationen, auf das Verschwörertum, auf die Erhebung der Waffen verzichtet. Sie unterhöhlt den Erdboden und trifft Vorbereitungen für ein großes: Verwechselt, verwechselt das Bäumelein-Spiel. Glauben Sie, daß ich mich zum Vergnügen zum Liebhaber der Frau eines Rabourdin gemacht habe? Nein, ich tat es, um Erkundigungen einzuziehen! Also handelt es sich um zweierlei heute: um die Hinauszögerung der Ernennungen und um Ihr aufrichtiges Mitwirken an meiner Wahl. Sie werden sehen, daß gegen das Ende der Sitzungsperiode ich Ihnen meine Schuld vollauf bezahlt haben werde."

Als einzige Antwort nahm der Minister die Personalakten und reichte sie des Lupeaulx hin.

„Ich werde Rabourdin sagen lassen," fuhr des Lupeaulx fort, „daß Sie die Arbeit auf Sonnabend verschieben."

Der Minister willigte mit einem Kopfnicken ein. Der Sekretariatsdiener lief bald darauf durch die Höfe und kam zu Rabourdin, um ihn zu benachrichtigen, daß die Arbeit auf Sonnabend verlegt sei, einen Tag, an dem die Kammer sich nur mit Bittschriften beschäftigte und den der Minister ganz für sich hatte.

In diesem Augenblick ließ Saillard seine Phrase vor der Frau des Ministers fallen, die ihm würdevoll erwiderte, daß sie sich nicht in Staatsangelegenheiten einmenge und daß sie übrigens habe sagen hören, Herr Rabourdin sei ernannt. Erschreckt stieg Saillard in das Bureau Baudoyer hinauf und fand Dutocq, Godard und Bixiou in einem Zustand der Erbitterung, der schwer zu beschreiben ist. Sie lasen gerade die schreckliche Abschrift der Arbeit Rabourdins über die Beamten durch.

Bixiou (zeigt mit dem Finger auf eine Stelle): Da sind Sie, Vater Saillard: – „Saillard. Die Kassenführung ist in allen Ministerien zu unterdrücken, sie müssen ihre laufenden Konten bei der Staatskasse haben. Saillard ist reich und braucht keine Pension."

Wollen Sie Ihren Schwiegersohn kennenlernen? (Er blättert.)
Hier: „Baudoyer. Vollständig unfähig. Wird ohne Pension verabschiedet, er ist reich.“
Und Freund Godard: (Er blättert.) – „Godard. Zu entlassen. Eine Pension, die das Drittel seines Gehalts beträgt.“ Also es steht etwas von uns allen drin. Ich, ich bin „ein Künstler, der bei der Zivilliste, bei der Oper, bei kleinen Festlichkeiten, im Museum zu gebrauchen ist. Viel Fähigkeiten, wenig Haltung, außerstande zu fleißiger Arbeit, ein beweglicher Geist.“ Ach, ich werde dir was für den Künstler geben!
Saillard: Die Kassiererposten unterdrücken?... Der Mensch ist ein Ungeheuer!
Bixiou: Was hat er von unserem geheimnisvollen Desroys gesagt? (Er blättert und liest.) „Desroys. Ein gefährlicher Mensch, denn er ist unerschütterlich in Grundsätzen, die jeder Monarchie feindlich sind. Er ist der Sohn eines Konventsmitgliedes, er bewundert den Konvent, er kann ein verderblicher Journalist werden.“
Baudoyer: So geschickt ist die Polizei nicht!
Godard: Ich werde ins Generalsekretariat eine ganz reguläre Klage bringen; wir müssen geschlossen den Abschied fordern, wenn ein derartiger Mann ernannt wird.
Dutocq: Hören Sie mich an, meine Herren, seien Sie vorsichtig. Wenn Sie gleich jetzt Widerstand leisten, werden wir der Rachsucht und des persönlichen Interesses beschuldigt werden. Nein, lassen Sie das Gerücht ganz vorsichtig umlaufen, wenn die ganze Beamtenschaft sich erheben wird, dann werden Ihre Schritte allgemeine Billigung finden.

Bixiou: Dutocq fußt auf den Grundsätzen der großen Arie, die der erhabene Rossini für Basilio erfunden hat und die beweist, daß dieser große Komponist ein politischer Kopf war. Dies scheint mir gerecht und schicklich. Morgen gebe ich meine Karte bei Herrn Rabourdin ab und ich werde darauf gravieren lassen; Bixiou, dann als Untertitel: „Wenig Haltung, unfähig zu fleißiger Arbeit, ein beweglicher Geist."
Godard: Das ist ein guter Gedanke, meine Herren. Wir wollen unsere Visitenkarten schreiben und Rabourdin wird sie morgen früh alle haben.
Baudoyer: Herr Bixiou, übernehmen Sie diese kleine Aufgabe und lassen Sie die Klischees zerstören, nachdem Sie einen einzigen Abzug erhalten haben.
Dutocq (nimmt Bixiou beiseite): Nun, wollen Sie den Auftrag zu der Zeichnung jetzt erfüllen?
Bixiou: Ich verstehe, mein Lieber, Sie kennen das Geheimnis seit zehn Tagen. (Er sieht ihm gerade in die Augen.) Werde ich Unterchef sein?
Dutocq: Mein Ehrenwort und tausend Franken Extragratifikation, wie ich Ihnen gesagt habe. Sie wissen nicht, welchen Dienst Sie mächtigen Persönlichkeiten leisten.
Bixiou: Sie kennen sie?
Dutocq: Ja.
Bixiou: Nun, ich will mit ihnen sprechen.
Dutocq (trocken): Übernehmen Sie den Auftrag oder übernehmen Sie ihn nicht, Sie werden je nachdem Unterchef sein oder nicht sein.
Bixiou: Nun, kann ich die tausend Franken sehen?
Dutocq: Ich werde sie Ihnen gegen die Zeichnung geben.

Bixiou: Also vorwärts. Sie wird morgen in den Bureaus herumgegeben werden. Wir wollen also „die Rabourdins“ ärgern. (Er spricht zu Saillard, Godard und Baudoyer, die untereinander leise plaudern.) Wir wollen gehen, unsere Nachbarn bearbeiten. (Er geht mit Dutocq hinaus und kommt in das Bureau Rabourdin. Bei seinem Anblick beleben sich Fleury, Thuillier und Vimeux.) Nun, was haben Sie, meine Herren? Was ich Ihnen gesagt habe, ist wahr, und Sie können die Beweise der niedrigsten aller Verleumdungen bei dem tugendreichen, dem ehrlichen, achtungswerten, rechtschaffenen und frommen Baudoyer sehen, der sicher, er wenigstens, unfähig ist, ein solches Handwerk zu betreiben. Ihr Chef hat irgendeine Guillotine für die Beamten erfunden, sicherlich, gehen Sie sie ansehen. Folgen Sie allen, man zahlt nicht, wenn man unzufrieden ist, Sie werden sich Ihres Unglücks gratis erfreuen. Auch die Ernennungen sind zurückgelegt. Die Bureaus sind in Aufregung und Rabourdin ist soeben benachrichtigt worden, daß der Minister heute nicht mit ihm arbeiten wird. Nun gehen Sie doch!

Phellion und Poiret blieben allein. Der erstere liebte Rabourdin zu sehr, um einen Beweis zu suchen, der einem Manne schaden könnte, über den er nicht urteilen wollte; der zweite hatte nur noch fünf Tage Dienst vor sich. In diesem Augenblick kam Sebastian herunter, um die Akten abzuholen, die in den einzelnen Zimmern zur Unterzeichnung liegen mußten. Er war sehr erstaunt, zeigte es jedoch nicht, das Bureau verlassen zu finden.

Phellion: Mein junger Freund (er steht auf, ein

seltener Fall), wissen Sie, was vorgeht, welche Gerüchte über Herrn Rabourdin umhergehen, den Mann, den Sie lieben und (er senkt die Stimme und nähert sich dem Ohr Sebastians) den ich ebensosehr liebe, wie ich ihn achte? Man sagt, er habe die Unvorsichtigkeit begangen, eine Arbeit über die Beamten liegen zu lassen... (Bei diesen Worten hält Phellion an, er ist genötigt, in seinen nervigen Armen den jungen Sebastian zu halten, der bleich wie eine weiße Rose wird und auf einen Stuhl niedersinkt.) Einen Schlüssel in den Rücken, Herr Poiret, haben Sie einen Schlüssel?

Poiret: Ich habe immer den von meiner Wohnung. (Der alte Poiret jun. legt seine Schlüssel in den Rücken von Sebastian, dem Phellion ein Glas Wasser zu trinken gibt. Das arme Kind öffnet die Augen nur wieder, um einen Strom von Tränen zu vergießen. Er legt seinen Kopf auf das Pult von Phellion, lehnt sich darüber, sein Körper hängt, wie wenn der Blitz ihn getroffen hätte, sein Schluchzen ist so durchdringend, so wahr, fließt so über, daß Poiret zum erstenmal in seinem Leben von dem Schmerz eines anderen gerührt wird.)

Phellion (verhärtet seine Stimme): Nun, nun, junger Freund, Mut! In großen Augenblicken hat man ihn nötig. Sie sind ein Mann. Was gibt es denn? Was trifft Sie so stark in dieser Sache?

Sebastian (aus seinem Schluchzen heraus): Ich habe Herrn Rabourdin zugrunde gerichtet. Ich habe die Arbeit, die ich abschrieb, liegen lassen, ich habe meinen Wohltäter getötet, ich werde daran sterben... Ein so großer Mann! Ein Mann, der Minister geworden wäre.

Poiret (schneuzt sich): Es ist also wahr, daß er die Berichte gemacht hat?
Sebastian (aus seinem Schluchzen heraus): Aber das war, um... Ach, jetzt werde ich noch seine Geheimnisse verraten! Oh, dieser elende Dutocq. Er hat sie gestohlen...
Und die Tränen und das Schluchzen begannen von neuem wieder so stark, daß Rabourdin in seinem Arbeitszimmer das Geräusch hörte, die Stimme erkannte und heraufkam. Der Chef fand Sebastian fast ohnmächtig wie einen Christus in den Armen Phellions und Poirets, die auf eine groteske Weise die beiden Marien nachahmten, und deren Gesichter vor Rührung ganz faltig waren.
Rabourdin: Was gibt es, meine Herren?
Sebastian (steht auf und fällt vor Rabourdin auf die Knie): Ich habe Sie zugrunde gerichtet, Herr Rabourdin. Dieser Unmensch Dutocq hat zweifellos die Arbeit gefunden.
Rabourdin (ruhig): Ich wußte es. (Er hebt Sebastian auf und führt ihn fort.) Sie sind ein Kind, mein Freund. (Er wendet sich an Phellion.) Wo sind die anderen Herren?
Phellion: Sie sind in das Arbeitszimmer von Herrn Baudoyer gegangen, um ein Schriftstück anzusehen, das...
Rabourdin: Das genügt. (Er geht, Sebastian stützend, hinaus, Poiret und Phellion sehen sich als Beute eines lebhaften Erstaunens an und wissen nicht, welche Gedanken sie aussprechen sollen.)
Poiret (zu Phellion): Herr Rabourdin!...
Phellion (zu Poiret): Herr Rabourdin!
Poiret: Wahrhaftig, Herr Rabourdin!...

Phellion: Haben Sie gesehen, wie er trotz allem noch ruhig und würdig war...
Poiret (mit einem schlauen Gesicht, das einer Grimasse ähnlich sieht): Es sollte mich nicht wundern, wenn etwas dahinter steckt.
Phellion: Ein Ehrenmann, rein, fleckenlos...
Poiret: Und dieser Dutocq?
Phellion: Herr Poiret, Sie denken ebenso über Dutocq wie ich. Verstehen Sie mich nicht?
Poiret (nickt zwei- oder dreimal mit dem Kopf und antwortet mit einem schlauen Gesicht): Ja. (Alle Beamten kommen zurück.)
Fleury: Das ist ein harter Schlag. Nachdem ich gelesen habe, glaube ich noch nicht. Herr Rabourdin, der König der Männer... Mein Ehrenwort, wenn es unter diesen Männern Spione gibt, so kann man sich vor der Tugend ekeln. Ich habe Rabourdin den Helden des Plutarch gleichgestellt.
Vimeux: Das ist wahr.
Poiret (denkt daran, daß er nur noch fünf Tage Dienst hat): Aber meine Herren, was sagen Sie von demjenigen, der die Arbeit gestohlen hat, der Herrn Rabourdin nachspionierte? (Dutocq geht fort.)
Fleury: Das ist ein Judas Ischariot! Wer ist es?
Phellion (schlau): Er ist sicher nicht unter uns.
Vimeux (erleuchtet): Es ist Dutocq!
Phellion: Ich habe den Beweis davon nicht gesehen, mein Herr. Während Sie abwesend waren, ist dieser junge Mann, Herr de la Roche, fast gestorben. Hier sehen Sie seine Tränen auf meinem Pult!...
Poiret: Wir haben ihn ohnmächtig in unseren Armen gehalten... Und mein Wohnungsschlüssel! Ach, er hat ihn noch immer im Rücken. (Poiret geht hinaus.)

Vimeux: Der Minister hat heute nicht mit Herrn Rabourdin arbeiten wollen. Und Herr Saillard, zu dem der Personalchef zwei Worte gesagt hat, ist gekommen, um Herrn Baudoyer zu veranlassen, eine Bitte um das Kreuz der Ehrenlegion einzureichen; eines ist der Abteilung für den Jahrestag bewilligt, und es wird Herrn Baudoyer gegeben. Ist das klar? Herr Rabourdin ist für eben die geopfert worden, die ihn benutzten. Das sagt Bixiou. Wir sollten alle entlassen werden außer Phellion und Sebastian.

Du Bruel (kommt): Nun, meine Herren, ist es wahr?

Thuillier: Bis auf das i-Tüpfelchen.

Du Bruel (legt seinen Hut ab): Adieu, meine Herren. (Er geht hinaus.)

Thuillier: Der Komödienschreiber fühlt sich nicht wohl unter diesen Salven. Er geht zu dem Herzog von Rhétoré, zu dem Herzog von Maufrigneuse. Der kann laufen! Colleville, sagt man, wird unser Chef werden.

Phellion: Und es sah doch immer so aus, als liebte er Herrn Rabourdin.

Poiret (kommt wieder herein): Ich habe alle erdenkliche Mühe gehabt, um meinen Hausschlüssel wieder zu bekommen! Der Kleine schmilzt in Tränen und Herr Rabourdin ist vollständig verschwunden. (Dutocq und Bixiou kommen wieder.)

Bixiou: Nun, meine Herren, es gehen seltsame Dinge in Ihrem Bureau vor. Du Bruel!... (Er sieht in das Kabinett.) Weggegangen?

Thuillier: Lauft herum!

Bixiou: Und Rabourdin?

Fleury: Dahingeschwunden! Aufgelöst!! Verdampft! Man denke, solch ein Mann, der König der Männer!...

Poiret (zu Dutocq): Herr Dutocq, in seinem Schmerz beschuldigt der kleine Sebastian Sie, die Arbeit vor zehn Tagen genommen zu haben.

Bixiou (sieht Dutocq an): Sie müssen sich von diesem Vorwurf reinwaschen, mein Lieber. (Alle Beamten fixieren Dutocq.)

Dutocq: Wo ist diese kleine Viper, die die Abschrift gemacht hat?

Bixiou: Woher wissen Sie, daß er sie gemacht hat? Mein Lieber, nur der Diamant kann den Diamanten schleifen. (Dutocq geht hinaus.)

Poiret: Hören Sie, Herr Bixiou. Ich habe nur noch fünfeinhalb Tage im Bureau zu bleiben. Ich möchte einmal, ein einziges Mal das Vergnügen haben, Sie zu verstehen. Tun Sie mir die Ehre, mir zu erklären, was der Diamant in dieser Situation soll!

Bixiou: Das soll heißen, Papa – dieses eine Mal will ich mich zu Ihnen herablassen – daß ebenso wie allein der Diamant den Diamanten schleifen kann, so kann auch nur ein Neugieriger seinesgleichen besiegen.

Fleury: Neugierig steht hier für Spion.

Poiret: Ich verstehe nicht...

Bixiou: Nun, dann vielleicht das nächste Mal.

✩

DIE ENTLASSUNG

HERR RABOURDIN HATTE DEN MINISTER aufgesucht. Der Minister war in der Kammer. Rabourdin begab sich in das Abgeordnetenhaus, wo er dem Minister einige Zeilen schrieb. Der Minister war auf der Tribüne mitten in einer hitzigen Diskussion. Rabourdin wartete, nicht in dem Konferenzsaal sondern im Hof, und entschloß sich, sich trotz der Kälte vor den Wagen seiner Exzellenz zu postieren, um mit ihm zu sprechen, wenn er einsteigen würde. Der Diener hatte ihm gesagt, daß der Minister in eine erregte Debatte verwickelt sei, die die neunzehn Abgeordneten der äußersten Linken heraufbeschworen hätten, und daß die Sitzung stürmisch sei. Rabourdin ging in dem großen Hof des Palais auf und ab, in fieberhafter Erregung, und er wartete fünf tödliche Stunden. Um halb sieben begannen die Abgeordneten herauszuströmen, aber der Jäger des Ministers kam zu dem Kutscher.

„He, Johann," rief er ihm zu, „Exzellenz ist mit dem Kriegsminister fortgefahren; sie gehen zu dem König, und dann dinieren sie zusammen. Wir sollen ihn um zehn Uhr abholen, es wird eine Beratung stattfinden."

Rabourdin ging langsamen Schrittes nach Hause, in einer leicht begreiflichen Niedergeschlagenheit. Es war sieben Uhr. Er hatte kaum Zeit, sich anzuziehen.

„Nun, du bist ernannt," begrüßte ihn seine Frau fröhlich, als er sich im Salon zeigte.

Rabourdin hob den Kopf mit einer schrecklich melancholischen Bewegung und antwortete:

„Ich fürchte, ich werde das Ministerium nicht mehr betreten."

„Wie?" fragte sie ängstlich.

„Meine Arbeit über die Beamten wird in den Bureaus herumgegeben, und es war mir unmöglich, den Minister zu treffen."

Célestine hatte eine plötzliche Vision. In höllischer Klarheit erkannte sie plötzlich den Sinn ihrer letzten Unterhaltung mit des Lupeaulx.

Wenn ich mich wie eine gewöhnliche Frau betragen hätte, dachte sie, dann hätten wir den Posten.

Sie betrachtete Rabourdin mit einer Art von Schmerz. Es entstand ein trauriges Schweigen und beide blieben während des Diners in Gedanken versunken.

„Und heute ist unser Mittwoch!" sagte sie.

„Noch ist nicht alles verloren, meine liebe Célestine", sagte Rabourdin und küßte seiner Frau die Stirn. „Vielleicht kann ich morgen mit dem Minister sprechen und alles klärt sich auf. Sebastian hat gestern die Nacht durchgearbeitet, alle Abschriften sind vollendet und gesammelt, ich werde dem Minister alles auf seinen Schreibtisch legen und ihn bitten, meine Arbeiten zu lesen. La Brière wird mich unterstützen. Man verurteilt niemanden, ohne ihn anzuhören."

„Ich bin gespannt, ob Herr des Lupeaulx heute zu uns kommen wird."

„Er? .. Sicherlich, er wird es nicht unterlassen. Er hat etwas vom Tiger in sich, er liebt es, das Blut der Wunde, die er gerissen hat, zu lecken."

„Mein armer Freund", sagte seine Frau und ergriff seine Hand, „ich verstehe nicht, wie ein Mann, der eine so schöne Reform plante, nicht erkannte, daß kein Mensch etwas davon erfahren dürfe. Solch eine Idee bewahrt ein Mann in seinem Geist, denn er allein kann sie anwenden. Du mußtest in deiner Sphäre tun wie Napoleon in der seinen: er hat sich gebogen, gewunden, er ist im Staube gekrochen. Ja, Bonaparte ist im Staube gekrochen. Um kommandierender General zu werden, hat er die Mätresse von Barras geheiratet. Er mußte warten, sich zum Abgeordneten erwählen lassen, er mußte den politischen Bewegungen folgen, bald auf dem Meeresgrund, bald auf einer Messerschneide, und, wie Herr von Villèle, sich das italienische Wort zum Motto nehmen: col tempo, das bedeutet, alles kommt für den, der zu warten weiß. Dieser Redner hat sieben Jahre lang nach der Macht gestrebt, und er hat im Jahre 1814 mit einem Protest gegen die Verfassung begonnen, in dem Alter, in dem du heute bist. Hier liegt der Fehler. Du hast dich untergeordnet, du, der gemacht ist, zu befehlen."

Die Ankunft des Malers Schinner unterbrach Frau Rabourdins Worte, die den Gatten nachdenklich gemacht hatten.

„Lieber Freund", sagte der Maler und drückte dem Beamten die Hand, „die Ergebenheit eines Künstlers ist sehr unpraktisch, aber unter derartigen Umständen sind wir Künstler treu. Ich habe die Abendzeitung gekauft, Baudoyer ist zum Direktor ernannt und mit dem Kreuz der Ehrenlegion geschmückt . ."

„Ich bin der Älteste und vierundzwanzig Jahre im Dienst", sagte Rabourdin lächelnd.

„Ich kenne den Herrn Staatsminister, den Grafen Sérizy, zur Genüge; wenn Sie sich an ihn wenden wollen, ich kann ihn aufsuchen", sagte Schinner.

Der Salon füllte sich mit Personen, denen die administrativen Vorgänge unbekannt waren. Du Bruel kam nicht. Frau Rabourdin verdoppelte ihre Heiterkeit und ihre Anmut, wie das Pferd, das, in der Schlacht verwundet, noch Kräfte findet, seinen Herrn zu tragen.

„Sie ist sehr mutig", sagten einige Frauen, die bezaubernd liebenswürdig waren, nun sie sie in einer unglücklichen Situation wußten.

„Sie war jedoch recht aufmerksam gegen des Lupeaulx", sagte die Baronin du Châtelet zu der Vikomtesse Fontaine.

„Glauben Sie das ..?" fragte die Vikomtesse.

„Dann hätte Herr Rabourdin wenigstens das Kreuz bekommen", verteidigte Frau von Camps ihre Freundin.

Gegen elf Uhr erschien des Lupeaulx, und man kann ihn nur beschreiben, indem man sagt, daß seine Brillen traurig und seine Augen fröhlich waren. Aber das Glas verschleiert die Blicke so gut, daß man Physiognomist von Beruf sein muß, um ihren teuflischen Ausdruck zu entdecken.

Er drückte Rabourdin die Hand, der sie notgedrungen ergreifen lassen mußte.

„Wir haben miteinander zu plaudern", sagte er und setzte sich bei der schönen Frau Rabourdin nieder, die ihn außerordentlich liebenswürdig empfing. „Nun," meinte er und streifte sie mit einem Seitenblick, „ich finde Sie, wie ich es von Ihnen erwartet, erhaben im Unglück. Wissen Sie, daß es sehr selten ist, daß ein ungewöhnlicher Mensch der Vorstellung so zu entsprechen versteht, die man sich von ihm macht? Das Unglück schlägt Sie also nicht zu Boden? Sie haben recht, wir werden triumphieren", flüsterte er ihr ins Ohr. „Ihr Schicksal ist noch immer in Ihren Händen, solange Sie einen Mann zum Verbündeten haben, der Sie anbetet. Wir werden Rat halten ..."

„Aber ist Baudoyer ernannt?“ fragte sie ihn.
„Ja“, sagte der Generalsekretär.
„Hat er den Orden bekommen?“
„Noch nicht, aber er wird ihn erhalten.“
„Und was bedeutet das?“
„Sie kennen die Politik nicht.“
Während dieser Abend Frau Rabourdin ewig zu währen schien, ging an der Place Royale eine jener Komödien vor sich, wie sie sich in Paris nach jedem Ministeriumswechsel in sieben Salons abspielen. Der Salon von Saillard war voll von Leuten. Herr und Frau Transon kamen um acht Uhr. Frau Transon umarmte Frau Baudoyer, geborene Saillard. Herr Bataille, Offizier in der Nationalgarde, kam mit seiner Gemahlin und dem Pfarrer von St. Paul.
„Herr Baudoyer“, sagte Frau Transon, „ich will die erste sein, die Ihnen ihren Glückwunsch ausspricht. Man hat Ihren Gaben Gerechtigkeit widerfahren lassen. Wahrhaftig, Sie haben Ihre Beförderung wohl verdient.“
„Und man kann sagen, daß sie ohne Intrige erreicht wurde“, rief Vater Saillard. „Wir sind keine Intriganten! Wir gehen nicht zu den intimen Soireen des Ministers.“
Der Onkel Mitral rieb sich lächelnd die Nase, er sah seine Nichte Elisabeth an, die mit Gigonnet plauderte. Falleix wußte nicht, was er von der Blindheit des Vaters Saillard und Baudoyers denken sollte. Die Herren Dutocq, Bixiou, Godard und Colleville, der zum Chef ernannt war, traten ein.
„Was für Menschen sind das!“ sagte Bixiou zu du Bruel. „Es würde eine schöne Karikatur abgeben,

wenn man sie als Rochen, Goldfische und Muscheltiere zeichnete – bei einem Menuett-Tanz."

„Herr Direktor," sagte Colleville, „ich wünsche Ihnen Glück, oder vielmehr wir beglückwünschen uns selbst, daß wir Sie an der Spitze der Direktion haben, und wir kommen, um Sie des Eifers zu versichern, mit dem wir unter Ihrer Leitung arbeiten werden."

Herr und Frau Baudoyer, Vater und Mutter des neuen Direktors, waren zugegen und erfreuten sich des Ruhms ihres Sohnes und ihrer Schwiegertochter. Der Onkel Bidault hatte einen etwas unruhigen Blick, der Bixiou erschreckte.

„Da ist einer," sagte der Künstler zu du Bruel und wies dabei auf Gigonnet, „der den Helden eines Lustspiels abgeben kann. Ein solch wunderlicher Kauz könnte als Reklameschild vor den ‚Zwei Affen' hängen. Und was für einen Überrock er trägt! Ich glaubte, daß nur Poiret fähig wäre, so etwas zehn Jahre lang den Pariser Unwettern auszusetzen."

„Baudoyer ist großartig", sagte du Bruel.

„Blendend", erwiderte Bixiou.

„Meine Herren," wandte sich Baudoyer an sie, „hier ist mein eigener Onkel und mein Großonkel von seiten meiner Frau, Herr Bidault."

Gigonnet und Mitral warfen auf die drei Beamten einen tiefen Blick, aus dem die Farbe des Goldes schimmerte, und der auf die beiden Lacher seinen Eindruck machte.

„Na," sagte Bixiou auf seinem Heimweg unter den Arkaden der Place Royale, „haben Sie sich die beiden Onkels gut angesehen? Zwei Stück ‚Shylock'. Ich wette, sie gehen in die Halle, um ihre Taler für hundert Prozent die Woche anzulegen. Sie leihen gegen Pfänder, sie verkaufen Anzüge, Tressen, Käse, Weiber, Kinder. Sie sind arabisch, jüdisch-genuesisch, griechisch-genfische Lombardhändler und dabei Pariser, von einer Wölfin genährt und von einer Türkin geboren."

„Das glaube ich wohl! Der Onkel Mitral ist Gerichtsvollzieher gewesen."

„Sehen Sie", sagte du Bruel.

„Jetzt würde ich gern sehen, wie es in dem Salon von Herrn Rabourdin ausschaut: Sie sind glücklich, daß Sie dorthin gehen können, du Bruel."

„Ich!" sagte der Lustspieldichter. „Was soll ich denn dort tun? Mein Gesicht paßt sich keinen Kondolenzbesuchen an. Und dann ist es heutzutage sehr unfein, bei abgesetzten Leuten anzustehen."

Um Mitternacht war der Salon von Frau Rabourdin verlassen, es blieben nur zwei oder drei Personen, des Lupeaulx und die Wirte. Als Schinner und Herr und Frau de Camps gegangen waren, erhob sich des Lupeaulx mit einer geheimnisvollen Miene, lehnte sich mit dem Rücken an die Uhr und sah abwechselnd die Frau und den Mann an.

„Meine Freunde," sagte er zu ihnen, „nichts ist verloren, denn der Minister und ich bleiben Ihnen.

Zwischen zwei Mächten hat Dutocq diejenige vorgezogen, die ihm die stärkere erschien. Er hat dem Hof und der Geistlichkeit gedient, er hat mich verraten, das ist in der Ordnung: ein Politiker beklagt sich niemals über einen Verrat. Immerhin wird Baudoyer in einigen Monaten abgesetzt sein und dann wahrscheinlich an der Polizeipräfektur angestellt werden, denn die Geistlichkeit wird ihn nicht verlassen."

Und er hielt eine große Rede über die Geistlichkeit und die Gefahren, die die Regierung laufe, indem sie sich auf die Kirche, die Jesuiten usw. stütze. Aber es ist nicht überflüssig zu bemerken, daß der Hof und die Geistlichkeit, der die liberalen Zeitungen einen enormen Einfluß auf die Administration zuschrieben, sich um Herrn Baudoyer sehr wenig gekümmert hatten. Diese kleinen Intrigen wurden bedeutungslos in der hohen Sphäre, vor den großen Interessen, um die es sich in ihr handelte. Wenn durch die Zudringlichkeit des Geistlichen von St. Paul und des Herrn Gaudron dort einige zustimmende Worte über diese Angelegenheiten ausgepreßt worden sind, so wurde dem durch die erste Bemerkung des Ministers ein Ende gemacht. Allein die Leidenschaften, die sich gegenseitig denunzierten, bildeten die Verfassung des Jesuitenordens. Schließlich gefielen sich die liberalen Verleumdungen darin, die Geistlichkeit als einen politischen, administrativen, zivilen und militärischen Riesen darzustellen. Die Angst wird sich immer Götzen schaffen. In diesem Augenblick glaubte Baudoyer an die Geistlichkeit, während die einzige Macht, die ihn beschützt hatte, im Café Themis residierte.

In gewissen Epochen gibt es Namen, Institutionen, Mächte, denen man die Schuld an allem Unglück zuschiebt, deren Fähigkeiten man ableugnet, und die den Dummen als mitwirkende Ursache dient. Ebenso wie man glaubte, daß Herr Talleyrand jedes Ereignis mit einem Witz begrüße, ebenso glaubte man in dieser Phase der Restauration, daß es die Geistlichkeit sei, die alles schaffe und zerstöre. Ihr Einfluß lag weder in den Händen eines Kardinals Richelieu noch eines Kardinals Mazarin; er lag in denen eines Mannes vom Schlage des Kardinals de Fleury, der fünf Jahre lang schüchtern war und nur einmal wagte, und das im falschen Augenblick. Später tat die Doktrin bei St. Merry unbestraft mehr, als Karl X. vorgab, im Juli 1830 zu tun. Ohne den Paragraphen über die Zensur, der so dummerweise in die neue Verfassung gesetzt worden war, hätte auch der Journalismus sein Saint-Merry gehabt. Der jüngere Zweig hätte den Plan Karls X. gesetzlich ausgeführt.

„Bleiben Sie Bureauchef unter Baudoyer, haben Sie den Mut darum," fuhr des Lupeaulx fort, „seien Sie ein wahrer Politiker; lassen Sie die edlen Gedanken und Bewegungen beiseite, schließen Sie sich in Ihre Arbeit ein; sagen Sie kein Wort zu Ihrem Direktor, geben Sie ihm keinen Ratschlag, tun Sie nichts ohne Befehl von ihm. In drei Monaten wird Baudoyer das Ministerium verlassen, entlassen oder auf einen anderen Zweig der Verwaltung umgepflanzt werden. Er wird vielleicht an den Hof gehen. Es ist mir zweimal in meinem Leben passiert, daß ich mich so unter einer Lawine von Albernheiten gebückt habe, ich habe sie vorbeigehen lassen."

„Ja," sagte Rabourdin, „aber Sie wurden nicht verleumdet, in Ihrer Ehre angegriffen, kompromittiert..."

„Ach, ach," sagte des Lupeaulx und unterbrach den Bureauchef mit einem homerischen Gelächter, „aber das ist doch das tägliche Brot jedes bemerkenswerten Mannes in dem schönen Land Frankreich; und es gibt zwei Art und Weisen, die Dinge aufzufassen: darunter zu stehen, aus dem Lager aufzubrechen und aufs Land zu gehen, seinen Acker zu bauen, oder darüber zu stehen, furchtlos zu marschieren, ohne auch nur den Kopf zu drehen.

„Ich habe nur eine einzige Art und Weise, die Schlinge zu lösen, die Spitzelei und Verrat um meinen Hals gelegt haben," erwiderte Rabourdin, „nämlich, mich unmittelbar dem Minister zu erklären, und, wenn Sie so aufrichtig zu mir stehen, wie Sie es sagen, so können Sie mich ihm morgen gegenüberstellen."

„Sie wollen ihm Ihren Administrationsplan auseinandersetzen?" Rabourdin nickte.

„Nun, vertrauen Sie mir Ihre Pläne, Ihre Arbeiten an, ich schwöre Ihnen, daß er die Nacht mit ihnen verbringen wird."

„Lassen Sie uns doch zu ihm gehen," sagte Rabourdin lebhaft, „denn es ist wohl das wenigste, daß ich nach sechsmonatlicher Arbeit mich zweier oder dreier Stunden erfreue, in denen ein Minister des Königs genötigt sein wird, so viel Ausdauer seinen Beifall zu spenden."

Durch die Zähigkeit von Rabourdin auf einen Weg gezwungen ohne Gesträuch, hinter dem sich die List verstecken könnte, zögerte des Lupeaulx einen Augenblick, sah Frau Rabourdin an und fragte sich:

„Wer wird triumphieren, mein Haß gegen ihn oder meine Vorliebe für sie?"

„Wenn Sie kein Vertrauen zu mir haben," sagte er nach einer Pause zu dem Bureauvorsteher, „dann sehe ich, daß Sie für mich immer der Mann

mit den geheimen Notizen bleiben müssen. Guten Abend, gnädige Frau."
Frau Rabourdin grüßte kühl. Célestine und Xavier zogen sich zurück, jeder nach seiner Seite, ohne etwas zu sagen, so sehr waren sie durch das Unglück bedrückt. Die Frau dachte an die schreckliche Situation, in der sie sich ihrem Gatten gegenüber befand. Der Bureauvorsteher, der sich entschloß, den Fuß nicht wieder in das Ministerium zu setzen und sein Abschiedsgesuch einzureichen, war in unermeßliche Überlegungen verloren: es handelte sich für ihn darum, sein Leben zu ändern und einen Weg einzuschlagen. Während der ganzen Nacht blieb er vor dem Feuer sitzen, ohne Célestine zu bemerken, die mehrmals im Nachtkleid, auf den Fußspitzen, hereinkam.
„Wenn ich ein letztes Mal in das Ministerium gehen muß, um meine Papiere abzuholen und Baudoyer über die laufenden Angelegenheiten zu orientieren, dann will ich dort die Wirkung meines Abschiedsgesuches prüfen", sagte er sich.
Er schrieb sein Gesuch nieder und dachte über die Formulierung des Briefes nach, in den er es kleidete. Er schrieb:

Exzellenz!

Ich habe die Ehre, inliegend mein Abschiedsgesuch an Euer Exzellenz zu richten; aber ich wage zu glauben, daß Euer Exzellenz sich erinnern werden, von mir gehört zu haben, daß ich meine Ehre in Ihre Hände lege und daß sie von einer unmittelbaren Erklärung abhänge. Um diese Möglichkeit habe ich vergebens gebeten, und heute würde sie vielleicht überflüssig sein, nun, da ein Bruchstück meiner Arbeiten über die Verwaltung, das mir durch List entwendet und entstellt wurde, in den Bureaus herumgeht und von dem Haß falsch ausgelegt wird, und mich zwingt, mich vor der schweigenden Mißbilligung der Regierung zurückzuziehen. Exzellenz, Sie haben an dem Morgen, an dem ich mit Ihnen sprechen wollte, denken können, daß es sich um Beförderung handele, während ich nur an den Ruhm Ihres Ministeriums und an das öffentliche Wohl dachte. Mir lag daran, Ihre Vorstellungen darüber zu berichtigen. Es folgten die üblichen Höflichkeitsformeln.

Es wurde halb acht Uhr morgens, bis dieser Mann sich zu dem endgültigen Opfer seiner Geistesarbeit durchrang. Er verbrannte sein ganzes Werk. Vom Nachdenken ermüdet und vom seelischen Leid aufgerieben, schlief er, den Kopf an seinen Sessel gelehnt, ein. Er wurde durch einen seltsamen Eindruck erweckt, er fand seine Hände mit Tränen seiner Frau bedeckt, die vor ihm kniete. Célestine hatte das Abschiedsgesuch gelesen. Sie hatte die Bedeutung des Sturzes ermessen. Sie und Rabourdin sollten auf viertausend Franken Jahreseinkommen beschränkt werden. Sie hatte Schulden angehäuft, sie stiegen auf zweiunddreißigtausend Franken. Das war die erbärmlichste aller Miseren. Und dieser so vornehme und vertrauensvolle Mann wußte nichts von dem Mißbrauch, den sie sich mit dem ihr anvertrauten Vermögen erlaubt hatte. Sie schluchzte zu seinen Füßen, schön wie die büßende Magdalena.

„Das Unglück ist vollendet," sagte Rabourdin in Schrecken, „ich bin im Ministerium entehrt und auch ..."

Das Feuer unbefleckter Reinheit leuchtete in den

Augen von Célestine und sie bäumte sich wie ein erschrecktes Pferd und warf einen funkelnden Blick auf Rabourdin.

„Ich! Ich!" sagte sie zweimal in wunderbarem Tone. „Bin ich denn ein so gemeines Weib? Wärest du ernannt worden, wenn ich gefallen wäre? Aber," sagte sie, „es ist leichter, daran zu glauben, als an die Wahrheit."

„Was gibt es?" fragte Rabourdin.

„Alles ist in zwei Worten gesagt", erwiderte sie. „Wir haben dreißigtausend Franken Schulden."

Rabourdin ergriff seine Frau mit einer tollen Geste und setzte sie freudig auf seine Knie.

„Tröste dich, mein Lieb", sagte er mit einer Stimme, durch die eine bewundernswerte Güte hindurchklang, die die Bitterkeit ihrer Tränen in irgendeine Süße auflöste. „Auch ich habe Fehler begangen. Ich habe sehr vergeblich für mein Vaterland gearbeitet, aber wenigstens habe ich geglaubt, ihm nützlich sein zu können... Jetzt werde ich einen anderen Weg einschlagen. Wenn ich Krämer gewesen wäre, würden wir Millionäre sein. Also gut, laß uns Krämer werden. Du bist erst achtundzwanzig Jahre alt, mein Engel. Nun, in zehn Jahren wird der Fleiß dir den Luxus wiedergegeben haben, den du liebst, und auf den wir einige Zeit verzichten werden. Auch ich, mein liebes Kind, bin kein gewöhnlicher Ehemann. Wir werden unser Landgut verkaufen. Es ist in diesen sieben Jahren an Wert gestiegen. Dieser Mehrwert und unsere Einrichtung werden meine Schulden bezahlen."

In einem einzigen Kusse küßte sie ihren Gatten tausendmal für dieses edle Wort.

„Wir werden“, fuhr er fort, „hunderttausend Franken haben, die wir in irgendeinem Geschäft anlegen können. Ehe ein Monat um ist, werde ich auf eine Spekulation stoßen. Der Zufall, der einen Martin Falleix einem Saillard begegnen ließ, wird uns nicht fehlen. Erwarte mich zum Frühstück. Ich werde vom Ministerium frei von meiner Elendsfesselung heimkommen.“

Célestine umarmte ihren Mann mit einer Kraft, die kein Mann, selbst nicht im Augenblick höchsten Zornes, hat, denn die Frauen sind stärker durch ihr Gefühl als die Männer durch ihre Kraft. Sie weinte, lachte, schluchzte und sprach gleichzeitig. Als Rabourdin um acht Uhr fortging, gab ihm die Portierfrau die ironischen Visitenkarten von Baudoyer, Bixiou, von Godard und anderen. Nichtsdestoweniger begab er sich in das Ministerium und fand dort Sebastian an der Tür, der ihn anflehte, nicht in die Bureaus zu gehen, in denen eine niederträchtige Karikatur über ihn herumgegeben werde.

„Wenn Sie mir die Bitterkeit meines Sturzes mildern können, dann bringen Sie mir diese Zeichnung,“ sagte er, „denn ich will mein Abschiedsgesuch selbst zu Ernest de la Brière bringen, damit es nicht auf dem administrativen Wege entstellt wird. Ich habe meine Gründe, wenn ich die Karikatur von Ihnen fordere.“ Als Rabourdin, nachdem er sich versichert hatte, daß sein Brief in den Händen des Ministers war, in den Hof zurückkam, fand er Sebastian in Tränen, und dieser zeigte ihm die Lithographie.

„Sie ist recht geistvoll“, sagte Rabourdin und zeigte dem Supernumerarius eine Stirn, heiter wie die

des Erlösers, als man ihm die Dornenkrone aufsetzte.
Er trat in die Bureaus mit ruhigem Gesicht und ging zuerst zu Baudoyer, um ihn zu bitten, in das Kabinett der Abteilung zu kommen und Instruktionen über die laufenden Angelegenheiten zu empfangen, die dieser Schablonenmensch von jetzt an leiten sollte.
„Sagen Sie Herrn Baudoyer, daß es keine Verzögerung duldet", fügte er vor Godard und den Beamten hinzu, „mein Abschiedsgesuch ist in den Händen des Ministers und ich will nicht fünf Minuten länger als notwendig in den Bureaus bleiben!"
Als Rabourdin Bixiou bemerkte, ging er geradenwegs auf ihn zu, zeigte ihm die Lithographie und sagte zum großen Erstaunen aller zu ihm:
„Hatte ich nicht recht, zu behaupten, daß Sie ein Künstler seien? Es ist nur schade, daß Sie die Spitze Ihres Bleistiftes gegen einen Mann gerichtet haben, der weder auf diese Art und Weise noch in den Bureaus beurteilt werden kann; aber in Frankreich lacht man über alles, selbst über Gott!"
Dann zog er Baudoyer in den Raum des verstorbenen la Billardière. An der Tür standen Phellion und Sebastian, die einzigen, die in diesem großen Unglück eines einzelnen es wagten, diesem Angeschuldigten demonstrativ treu zu bleiben. Als Rabourdin bemerkte, daß die Augen von Phellion feucht waren, konnte er es nicht unterlassen, ihm die Hand zu drücken.
„Herr Rabourdin," sagte der Biedermann, „wenn wir Ihnen irgendwie nützlich sein können, so verfügen Sie über uns ..."

„Kommen Sie doch herein, meine Freunde", sagte Rabourdin mit edler Anmut zu ihnen. „Sebastian, mein Kind, schreiben Sie Ihr Abschiedsgesuch und schicken Sie es durch Lorenz dem Minister; offenbar sind Sie in die Verleumdung, die mich gestürzt hat, verwickelt, aber ich werde für Ihre Zukunft Sorge tragen: wir werden uns nicht mehr verlassen."

Sebastian zerfloß in Tränen.

Herr Rabourdin schloß sich mit Herrn Baudoyer in das Arbeitszimmer des verstorbenen la Billardière ein, und Phellion half ihm, den neuen Chef der Division über alle administrativen Schwierigkeiten aufzuklären. Bei jeder Akte, die Rabourdin erklärte, bei jedem Aktendeckel, den er öffnete, wurden die kleinen Augen von Baudoyer groß wie Untertassen.

„Adieu, Herr Baudoyer", verabschiedete Herr Rabourdin ihn endlich mit einer gleichzeitig feierlichen und spöttischen Miene.

Unterdessen hatte Sebastian von den Papieren, die dem Bureauvorsteher gehörten, ein Paket gemacht und sie in eine Droschke getragen. Rabourdin ging über den großen Hof des Ministeriums und alle Beamten standen an den Fenstern – er wartete einen Augenblick auf die Befehle des Ministers. Der Minister rührte sich nicht. Phellion und Sebastian begleiteten Rabourdin. Phellion eskortierte den gefallenen Mann tapfer bis in die Rue Duphot und drückte ihm seine achtungsvolle Bewunderung aus. Er kehrte zufrieden mit sich selbst zurück und nahm seinen Platz wieder ein, nachdem er einem verkannten administrativen Genie die letzten Ehren erwiesen hatte.

Bixiou (sieht Phellion zurückkommen): Victrix causa dius placuit, sed victa Catoni.
Phellion: Ja, mein Herr.
Poiret: Was soll das bedeuten?
Fleury: Daß die Geistlichkeit sich freut und daß Herr Rabourdin die Achtung der ehrenhaften Leute hat.
Dutocq (spitz): Das sagten Sie gestern nicht.
Fleury: Wenn Sie noch einmal das Wort an mich richten, werden Sie meine Hand auf dem Gesicht spüren. Es ist sicher, daß Sie die Arbeit von Herrn Rabourdin gemaust haben. (Dutocq geht hinaus.) Gehen Sie doch sich bei Ihrem Herrn des Lupeaulx beklagen, Sie Spitzel!
Bixiou (lacht und macht eine Grimasse wie ein Affe): Ich bin neugierig, zu erfahren, wie es in der Abteilung gehen wird. Herr Rabourdin war ein so bemerkenswerter Mann, daß er bei der Arbeit seine Gesichtspunkte gehabt haben muß. Das Ministerium verliert einen ausgezeichneten Kopf. (Er reibt sich die Hände.)
Lorenz: Herr Fleury wird ins Sekretariat gebeten.
Die Beamten der beiden Bureaus: Abgesägt!
Fleury (beim Hinausgehen): Das ist mir ganz gleichgültig, ich habe eine Stellung als verantwortlicher Herausgeber. Ich werde den ganzen Tag herumstreichen können oder irgendeine amüsante Stellung in dem Bureau der Zeitung haben.
Bixiou: Dutocq hat schon die Entlassung dieses armen Desroys veranlaßt, der beschuldigt wurde, die Köpfe abschneiden zu wollen...
Colleville (tritt fröhlich ein): Meine Herren, ich bin Ihr Chef...
Thuillier (umarmt Colleville): Ach, mein Freund.

Wenn ich es selber geworden wäre, könnte ich mich nicht mehr freuen.
Bixiou: Das hat seine Frau ausgeheckt, aber nicht mit dem Kopf. (Gelächter.)
Poiret: Und was ist die Moral von dem, was heute geschieht?...
Bixiou: Wollen Sie sie wissen? Das Vorzimmer der Verwaltung wird von jetzt an die Kammer sein, der Hof wird das Boudoir sein, der gewöhnliche Weg dahin führt durch den Keller und das Bett ist mehr als jemals der direkte Querweg zum Ziel.
Poiret: Herr Bixiou, ich bitte Sie, erklären Sie mir das.
Bixiou: Ich werde meine Meinung erläutern. Um irgend etwas zu sein, muß man damit anfangen, alles zu sein. Ganz offenbar muß eine administrative Reform getroffen werden, denn mein Ehrenwort: der Staat stiehlt seinen Beamten ebensoviel wie die Beamten dem Staat ihm schuldige Zeit stehlen; aber wir arbeiten wenig, weil wir fast nichts bekommen, da wir viel zu zahlreich sind für die Arbeit, die geleistet werden muß, und der tugendreiche Rabourdin hat das erkannt! Dieser große Bureaugeist, meine Herren, sah das voraus, was geschehen muß, und was die Narren das Spiel unserer bewundernswerten liberalen Institutionen nennen. Die Kammer wird die Verwaltung führen wollen, und die Beamten werden die Gesetze geben wollen. Die Regierung wird verwalten und die Verwaltung wird regieren wollen. So werden die Gesetze Erlasse und die Erlasse Gesetze werden. Gott schuf diese Epoche für die, die gerne lachen. Ich stehe bewundernd vor dem Schau-

spiel, das der größte Spötter in der modernen Zeit, Ludwig XVIII., für uns inszeniert hat. (Allgemeines Erstaunen.) Meine Herren, wenn Frankreich, das bestverwaltete Land in Europa, so ist, dann stellen Sie sich vor, wie es in den anderen Ländern sein muß. Arme Länder, ich frage mich, wie sie ohne die beiden Kammern, ohne die Pressefreiheit, ohne den Bericht und ohne die Denkschrift, ohne Zirkulare, ohne eine Beamtenarmee bestehen können! ... Ach, wie kommen sie zu Armeen, Flotten? Wie existieren sie, ohne bei jedem Atemzug und bei jedem Bissen zu diskutieren? ... Können sie sich Regierungen, Vaterländer nennen? Man hat mir behauptet... (Farcen von Reisenden!...), daß diese Leute vorgeben, eine Politik zu haben, und daß sie sich eines gewissen Einflusses erfreuen, aber ich beklage sie, sie haben nicht den Fortschritt der Erkenntnisse, sie können die Ideen nicht erneuern, sie haben keine unabhängigen Tribune, sie leben in barbarischen Verhältnissen. Nur das französische Volk ist geistreich. Verstehen Sie, Herr Poiret (Poiret bekommt einen Rippenstoß), daß ein Land, das auf Abteilungschefs, auf Generaldirektoren, diesen schönen Generalstab, den Ruhm Frankreichs und des Kaisers Napoleon, der seine guten Gründe hatte, diese Stellen zu schaffen, verzichten könnte, sehen Sie, wie diese Länder die Kühnheit haben zu existieren, und wie man in Wien ungefähr hundert Beamte im Kriegsministerium zählt, während bei uns die Gehälter und die Pensionen den dritten Teil des Budgets bilden, und das ließ man sich vor der Revolution nicht träumen, so fasse ich meine Meinung dahin zusammen, daß ich sage:

die Akademie der Künste, die wenig zu tun hat, müßte einen Preis für denjenigen aussetzen, der das Problem löst: welches ist der besser geordnete Staat, der, der viel mit wenig Beamten, oder der, der wenig mit viel Beamten bewirkt?

Poiret: Ist das Ihr letztes Wort?

Bixiou: Yes, Sir, ja, mein Herr!... Si, signor! Da!... Die übrigen Sprachen erlasse ich Ihnen.

Poiret (erhebt die Hände zum Himmel): Mein Gott, und man sagt, daß Sie geistreich seien!

Bixiou: Sie haben mich also nicht verstanden?

Phellion: Und doch ist der letztere Vorschlag sehr sinnreich...

Bixiou: So wie das Budget, das ebenso kompliziert ist, wie es einfach scheint, und ich setze sie so wie ein Lampion auf diesen Halsbrecher, dieses Loch, diesen Schlund, diesen Vulkan, den man im „Constitutionel" den „politischen Horizont" nennt.

Poiret: Ich würde eine Erklärung, die ich verstehen könnte, vorziehen.

Bixiou: Es lebe Rabourdin!... Das ist meine Meinung. Sind Sie zufrieden?

Colleville (ernst): Herr Rabourdin hat nur ein Unrecht begangen.

Poiret: Welches?

Colleville: Ein Staatsmann statt ein Bureauvorsteher zu sein.

Phellion (stellt sich vor Bixiou): Warum, mein Herr, haben Sie, der Sie Herrn Rabourdin so gut verstehen, diese ge..., diese inf..., diese schreckliche Karikatur gezeichnet?

Bixiou: Und unsere Wette? Vergessen Sie, daß ich auf die Karte des Teufels setzte, und daß Ihr Bureau mir ein Diner im Rocher de Cancale schuldet?

Poiret (sehr geärgert): Es ist also abgemacht, daß ich das Bureau verlassen werde, ohne jemals einen Satz, ein Wort, einen Gedanken von Herrn Bixiou begriffen zu haben?
Bixiou: Das ist Ihre Schuld. Fragen Sie diese Herren... Meine Herren, haben Sie den Sinn meiner Bemerkungen begriffen? Sind sie richtig, erleuchtet?
Alle: Aber gewiß, ja.
Minard: Und der Beweis ist, daß ich soeben mein Abschiedsgesuch geschrieben habe. Adieu, meine Herren, ich werfe mich aufs Geschäft...
Bixiou: Haben Sie mechanische Korsette oder Saugpfropfen erfunden, Feuerspritzen oder Schutzgamaschen, Öfen, die kein Holz verbrauchen, oder Herde, die ein Kotelett mit der Hitze von drei Blatt Papier braten?
Minard (geht fort): Ich bewahre mein Geheimnis.
Bixiou: Nun, junger Poiret jun., Sie sehen, diese Herren verstehen mich alle...
Poiret (beschämt): Herr Bixiou, wollen Sie mir die Ehre antun, ein einziges Mal zu mir herabzusteigen und meine Sprache zu mir zu sprechen?...
Bixiou (blinzelt den Beamten zu): Gerne! (Er greift Poiret an seinen Westenknopf.) Vielleicht werden Sie, ehe Sie von hier fortgehen, zufrieden sein, zu erfahren, wer Sie sind...
Poiret (lebhaft): Ein ehrlicher Mann, Herr Bixiou.
Bixiou (zieht die Schultern in die Höhe): ...zu definieren, zu erklären, zu durchdringen, zu analysieren, was ein Beamter ist... Wissen Sie es?
Poiret: Ich glaube.
Bixiou (dreht den Kopf um): Ich zweifle daran.
Poiret: Ein Beamter ist ein Mann, der von der

Regierung bezahlt wird, um eine Arbeit zu machen.
Bixiou: Ganz offenbar; also ist ein Soldat ein Beamter.
Poiret (verlegen): Nein, das nicht.
Bixiou: Aber er wird doch vom Staat bezahlt, um auf Wache zu ziehen und auf Revuen abgenommen zu werden. Sie werden mir sagen, daß er zu sehr wünscht, seinen Posten zu verlassen, und daß er zu wenig auf Posten ist, daß er zuviel arbeitet und gewöhnlich zu wenig Metall bekommt, abgesehen von dem seines Gewehrs.
Poiret (macht seine Augen groß auf): Also würde ein Beamter, logischer gesagt, ein Mann sein, der zum Leben sein Gehalt nötig hat, und der seine Stellung nicht nach Belieben verlassen kann, weil er nichts anderes als seine Bureauarbeiten machen kann.
Bixiou: Aha, wir nähern uns der Lösung. Also das Bureau ist die Schale des Beamten. Kein Beamter ohne Bureau, kein Bureau ohne Beamte. Was machen wir dann mit dem Zollbeamten? (Poiret sucht loszukommen, entschlüpft Bixiou, der ihm einen Knopf abgerissen hat und ihn bei einem anderen wieder faßt.) Bah, das würde in der bureaukratischen Materie ein neutrales Wesen sein. Der Steuerbeamte ist zur Hälfte Beamter. Er steht zwischen Bureaubeamten und Soldaten auf der Grenze: er ist weder ganz Soldat noch ganz Beamter. Aber Papa, wohin kommen wir? (Er dreht an dem Knopf.) Wo hört der Beamte auf? Eine ernste Frage! Ist ein Präfekt ein Beamter?
Poiret (schüchtern): Er ist ein Funktionär.
Bixiou: Aha! Sie kommen zu der Widersinnigkeit, daß ein Funktionär nicht mehr ein Beamter ist! . . .

Poiret (ermüdet, sieht alle Beamten an): Herr Godard sieht aus, als ob er etwas sagen wolle.

Godard: Der Beamte ist also wohl die Gattung, und der Funktionär eine Abart.

Bixiou (lächelnd): Ich habe Sie einer solchen geistreichen Unterscheidung nicht für fähig gehalten, mein braver Untergebener.

Poiret: Wohin kommen wir?...

Bixiou: La la, Papa. Wir wollen uns nicht in unserer eigenen Schlinge fangen... Hören Sie zu, und wir werden uns schließlich verständigen. Hören Sie, wir wollen einen Grundsatz aufstellen, den ich den Beamten widme. Wo der Beamte aufhört, fängt der Funktionär an, wo der Funktionär aufhört, fängt der Staatsmann an. Es finden sich jedoch wenige Staatsmänner unter dem Präfekten. Demnach wäre der Präfekt also ein Neutrum der höheren Arten. Er würde sich zwischen dem Staatsmann und dem Beamten befinden, so wie der Zollbeamte zwischen Militär und Zivil steht. Also, wir wollen fortfahren, diese hohen Fragen auseinanderzuzupfen. (Poiret wird rot.) Dies kann man in den würdigen Grundsatz von la Rochefoucauld zusammenfassen: über zwanzigtausend Mark Gehalt gibt es keine Beamten mehr. Wir können daraus mathematisch diesen ersten Satz ziehen: der Staatsmann manifestiert sich in der Sphäre der höheren Gehälter. Und nicht weniger wichtig und logisch ist der zweite Folgesatz: die Generaldirektoren können Staatsmänner sein. Vielleicht ist es in diesem Sinn, daß schon mehr als ein Abgeordneter sich sagte: es ist ein schöner Stand, Generaldirektor zu sein. Aber im Interesse der französischen Sprache und der Akademie...

Poiret (ganz fasziniert durch die Starrheit des Blicks von Bixiou): Die französische Sprache! ... Die Akademie! ...
Bixiou (reißt einen zweiten Knopf ab und faßt an den oberen an): Ja, im Interesse unserer schönen Sprache muß man bemerken, daß, wenn der Bureauchef noch wörtlich ein Beamter sein kann, der Abteilungschef ein Bureaukrat sein muß. Diese Herren ... (er wendet sich zu den Beamten und zeigt ihnen den zweiten Knopf, den er von Poirets Rock abgerissen hat) diese Herren werden diese ganz zarte Nuance zu werten wissen. Also, Papa Poiret, der Beamte endet ausschließlich beim Divisionschef. Hier ist also die Frage gut gestellt, es gibt keinerlei Unsicherheit mehr, der Beamte, der undefinierbar erscheinen konnte, ist definiert.
Poiret: Das scheint mir außerhalb jedes Zweifels.
Bixiou: Tun Sie mir nichtsdestoweniger die Liebe, folgende Frage zu lösen: Ein Richter war unabsetzbar und konnte infolgedessen nach Ihrer feinen Unterscheidung kein Beamter sein, er hatte kein Gehalt, das mit seiner Arbeitsleistung harmonierte – muß er nun also in die Klasse der Beamten einbegriffen werden? ...
Poiret (sieht die Gesimse an): Herr Bixiou, ich bin nicht mehr im Bilde.
Bixiou (reißt einen dritten Knopf ab): Ich wollte Ihnen beweisen, Herr Poiret, daß nichts einfach ist, aber besonders, und was ich jetzt sagen will, ist für die Philosophen (wenn Sie mir erlauben wollen, ein Wort von Ludwig XVIII. umzudrehen), will ich sehen lassen, daß neben dem Be-

dürfnis, Grenzen abzustecken, sich die Gefahr, sie zu verwischen, befindet.
Poiret (trocknet sich die Stirn): Entschuldigen Sie, Herr, mir ist übel. (Er will seinen Rock zuknöpfen.) Ach, Sie haben mir meine Knöpfe abgerissen!
Bixiou: Nun, verstehen Sie?...
Poiret (unzufrieden): Ja, Herr... Ja, ich verstehe, daß Sie mir einen sehr schlechten Streich haben spielen wollen, indem Sie mir meine Knöpfe abrissen, ohne daß ich es bemerkte.
Bixiou (ernst): Alter, Sie täuschen sich. Ich habe in Ihrem Gehirn das allerlebendigste Bild der konstitutionellen Regierung einprägen (alle Beamte sehen Bixiou an; Poiret betrachtet ihn verdutzt mit einer gewissen Unruhe) und Ihnen so mein Wort halten wollen. Ich habe die sinnbildliche Methode der Wilden benutzt! (Hören Sie!) Während die Minister in der Kammer fast ebenso abschließende Unterredungen haben, ebenso nützliche wie die unseren, reißt die Verwaltung den Steuerzahlern die Knöpfe ab.
Alle: Bravo, Bixiou!
Poiret (der begreift): Ich bedaure den Verlust meiner Knöpfe nicht mehr.
Bixiou: Und ich mache es wie Minard, ich will nicht mehr für so wenig Lohn fronen, und ich beraube das Ministerium meiner Mitarbeit. (Er geht unter dem Gelächter aller Beamten hinaus.)
In dem Empfangssalon des Ministeriums ging eine andere Szene vor sich – eine Szene, die lehrreicher war als diese, denn sie kann lehren, wie die großen Gedanken in den höheren Sphären zugrunde gehen und wie man sich dort über ein Unglück tröstet.
In diesem Augenblick stellte des Lupeaulx dem

Minister den neuen Direktor, Herrn Baudoyer, vor. Es befanden sich in dem Salon zwei oder drei auf seiten des Ministeriums stehende einflußreiche Abgeordnete und Herr Clergeot, dem Seine Exzellenz die Versicherung eines beträchtlichen Gehalts gab. Nachdem man einige gleichgültige Phrasen ausgetauscht hatte, kam das Tagesereignis an die Reihe.
Ein Deputierter: Rabourdin wird also nicht mehr bei Ihnen sein?
Des Lupeaulx: Er hat sein Abschiedsgesuch eingereicht.
Clergeot: Man sagt, er wollte die Verwaltung reformieren.
Der Minister (sieht die Abgeordneten an): Die Gehälter entsprechen vielleicht nicht den Anforderungen des Dienstes.
De la Brière: Nach der Ansicht von Herrn Rabourdin würden hundert Beamte, die je zwölftausend Franken Jahresgehalt bekommen, besser und zuverlässiger arbeiten als tausend Beamte mit zwölfhundert Franken Jahresgehalt.
Clergeot: Vielleicht hat er recht.
Der Minister: Was wollen Sie, die Maschine ist nun einmal so montiert, man müßte sie zerbrechen und wieder herstellen. Aber wer wird dazu den Mut haben, in Gegenwart der Tribüne unter dem Feuer der dummen Deklamationen der Opposition oder der schrecklichen Artikel der Presse? Daraus folgt, daß es eines Tages irgendeine schädliche Unterbrechung zwischen Regierung und Verwaltung geben wird.
Der Abgeordnete: Was wird geschehen?
Der Minister: Ein Minister wird das Gute wollen, ohne es vollenden zu können. Sie werden unend-

liche Entfernungen zwischen den Angelegenheiten und den Resultaten geschaffen haben. Wenn Sie den Diebstahl eines Talers absolut unmöglich gemacht haben, so haben Sie noch nicht die heimlichen Abmachungen in der Sphäre der Zinsen verhindert. Man wird gewisse Operationen nur nach heimlichen Abmachungen zugeben, die festzustellen schwer sein wird. Schließlich werden die Beamten vom allerkleinsten bis zum Bureauvorsteher ihre eigenen Meinungen haben, sie werden nicht mehr die Hände eines Gehirns, sie werden nicht mehr der Gedanke der Regierung sein; die Opposition strebt danach, ihnen das Recht, gegen die Regierung zu sprechen, zu geben, gegen sie zu wählen, gegen sie zu urteilen.

Baudoyer (ganz leise, aber so, daß er gehört wird): Ihre Exzellenz sind erhaben.

Des Lupeaulx: Gewiß, die Bureaukratie hat ihre Fehler: ich finde sie langsam und anspruchsvoll; sie verzögert ein wenig zu sehr die ministerielle Aktion, sie erstickt manche Pläne, sie hemmt den Fortschritt; aber die französische Verwaltung ist bewundernswert nützlich...

Baudoyer: Sicherlich.

Des Lupeaulx: Und wenn es auch nur wäre, um den Papierhandel und den Stempel zu erhalten. Wenn sie wie alle ausgezeichneten Hausfrauen ein wenig zanksüchtig ist, so kann sie doch zu jeder Zeit über ihre Ausgaben Rechenschaft ablegen. Wo ist der geschickte Geschäftsmann, der nicht mit Freude in den Rachen irgendeiner Versicherung fünf Prozent seines ganzen Umsatzes geben würde, damit ihm nichts wegkommt?

Der Abgeordnete (ein Manufakturenbesitzer): Die

Industriellen beider Erdteile würden mit Freude einen solchen Pakt mit dem bösen Geist, den man Zufall nennt, unterschreiben.

Des Lupeaulx: Nun, obwohl die Statistik die Kinderei der modernen Staatsmänner ist, die glauben, daß die Zahlen die Rechnung seien, so muß man sich doch der Zahlen bedienen, um zu rechnen. Wir wollen also berechnen! Die Zahl ist übrigens der Beweisgrund der Gesellschaften, die auf dem persönlichen Interesse, auf dem Gelde beruhen, und eine solche Gesellschaft ist es, die die Verfassung uns gegeben hat, wenigstens meiner Meinung nach. Und schließlich wird nichts die intelligenten Massen besser überzeugen als ein wenig Zahlen. Alles, sagen unsere Staatsmänner der Linken, geht aus ihnen hervor, ergibt sich aus den Zahlen. Zählen wir also: (Der Minister geht leise mit einem Deputierten in eine Ecke, um zu plaudern.) Man zählt ungefähr vierzigtausend Beamte in Frankreich, abgesehen von den Lohnarbeitern, denn ein Chausseearbeiter, ein Straßenkehrer, eine Zigarrendreherin sind keine Beamten. Der Durchschnitt der Gehälter ist fünfzehnhundert Franken. Multipliziert man vierzigtausend mit fünfzehnhundert, so erhält man sechzig Millionen. Und zunächst könnte ein Schriftsteller in China, in Rußland, wo alle Beamten stehlen, in Österreich, in den amerikanischen Republiken, in der ganzen Welt darauf aufmerksam machen, daß Frankreich für diesen Preis die eifrigste, genaueste, schreibwütigste, papierwütigste, listenreichste, genauest kontrollierende, sorgsamste, mit einem Wort, die beste Haushälterin aller bekannten Verwaltungen bekommt. In Frankreich wird kein Pfennig ausgegeben oder eingenommen, der nicht durch einen Brief befohlen, durch ein Stück Papier belegt, gebucht und wieder gebucht ist in den laufenden Listen und gegen Quittung gezahlt; ferner sind die Einforderung und die Quittung einregistriert, kontrolliert und bestätigt von Leuten mit Brillen. Bei dem mindesten Formfehler wird der Beamte wild, denn er lebt von dieser Art Skrupeln. Mit einem Wort, so manche Länder würden zufrieden sein, aber Napoleon hat sich nicht damit begnügt. Dieser große Organisator hat die höchsten Behörden eines in der Welt einzigen Hofes wieder hergestellt. Diese Behörden verbringen ihre Tage damit, alle Bons, die die Beamten geschrieben haben, zu kontrollieren. Diese gestrengen Richter fördern die Fähigkeiten der Skrupel, den Genius der Recherchen, die Schärfe des Blicks, die Durchsichtigkeit der Abrechnungen so weit, daß sie alle Additionen noch einmal machen, um Fehler zu finden. Diese erhabenen Opfer der Zahlen schicken nach zwei Jahren einem Militärintendanten irgendeine Liste, auf der ein Irrtum um zwei Centimes aufgeführt ist. So hat die französische Verwaltung, die reinste aller derer, die auf dem Erdball Papier aufhäufen, den Diebstahl, wie soeben Ihre Exzellenz gesagt haben, den Diebstahl unmöglich gemacht, in Frankreich ist die Veruntreuung öffentlicher Gelder ein Hirngespinst. Frankreich besitzt ein Einkommen von zwölfhundert Millionen, das gibt es aus, das ist alles. Zwölfhundert Millionen gehen in seine Kassen ein und zwölfhundert Millionen gehen aus seinen Kassen heraus. Es hantiert also mit zwei Milliarden vierhundert Millionen und es zahlt nur sechzig Millionen, zweieinhalb Prozent, um die Gewißheit zu haben, daß ihm nichts wegkommt. Unser politisches Haushaltungsbuch kostet sechzig Millionen, aber die Gendarmerie, die Gerichte, die Zuchthäuser und die Polizei kosten ebensoviel und geben uns nichts wieder.

Und wir erfinden den Beruf der Leute, die nichts anderes tun können, als was sie tun. Das können Sie mir glauben. Die Vergeudung, wenn es eine gibt, kann nur noch moralisch und gesetzlich sein, die Kammern sind ihre Mitschuldigen, die Vergeudung wird Gesetz. Die Verschwendung besteht darin, Arbeiten machen zu lassen, die nicht dringend oder notwendig sind, die Truppen mit Tressen zu versehen oder sie ihnen abzunehmen, Schiffe zu bestellen, ohne sich darum zu kümmern, ob es Holz gibt, und dann das Holz zu teuer zu bezahlen, den Krieg vorzubereiten, ohne ihn zu führen, die Schulden eines Staates zu bezahlen, ohne von ihm die Wiedergabe oder Garantien zu fordern, usw. usw....

Baudoyer: Aber was da wegkommt – diese Verschwendung geht den Beamten nichts an. Diese schlechte Führung der Geschäfte des Landes betrifft den Staatsmann, der das Schiff steuert.

Der Minister(der seine Unterhaltung beendet hat): Es ist etwas Wahres in dem, was des Lupeaulx soeben gesagt hat, aber Sie (zu Baudoyer) sollen wissen, Herr Direktor, daß keiner den Gesichtspunkt eines Staatsmannes hat. Aller Art Ausgaben zu befehlen, selbst überflüssige, das ist noch keine schlechte Geschäftsführung. Es bedeutet doch jedenfalls, den Umlauf des Geldes zu fördern, dessen Unbeweglichkeit in Frankreich besonders verhängnisvoll wird infolge der geizigen und tief unlogischen Gewohnheiten der Provinz, die Haufen von Gold eingräbt...

Der Abgeordnete (der des Lupeaulx zugehört hat): Aber es scheint mir, daß, wenn Ihre Exzellenz in diesem Augenblick recht haben und wenn unser geistreicher Freund (er ergreift des Lupeaulx am Arm) nicht unrecht hat, was muß man dann daraus schließen?

Des Lupeaulx (nachdem er den Minister angesehen hat): Es ist ohne Zweifel etwas zu machen...

La Brière (schüchtern): Herr Rabourdin hat also recht?

Der Minister: Ich werde Rabourdin noch sprechen.

Des Lupeaulx: Dieser arme Mann hat den Fehler begangen, sich zum obersten Richter der Verwaltung und derer, die sie bilden, aufzuwerfen; er will nur drei Ministerien...

Der Minister (unterbricht ihn): Ist er verrückt geworden?

Der Abgeordnete: Wie würde man in den Ministerien die Führer der politischen Parteien vertreten?

Baudoyer (mit einem, wie er glaubt, klugen Gesicht): Vielleicht wollte Herr Rabourdin auch die Verfassung ändern, die für den König als Gesetzgeber notwendig ist?

Der Minister (ist nachdenklich geworden, nimmt den Arm von La Brière und führt ihn hinaus): Ich möchte die Arbeit von Rabourdin sehen, und da Sie sie kennen...

De la Brière (im Arbeitszimmer): Er hat alles verbrannt. Sie haben seine Entehrung geduldet. Er verläßt den Dienst. Glauben Sie nicht, Exzellenz, daß er solch dummen Gedanken gehabt hat, wie des Lupeaulx es glauben machen will. Er wollte nichts an der bewundernswerten Zentralisation der Regierung ändern.

Der Minister (zu sich selbst): Ich habe einen Fehler gemacht. (Er bleibt einen Augenblick in Gedanken.) Bah! an Reformplänen wird es uns niemals mangeln...

De la Brière: An Ideen fehlt es nicht, aber an Männern, sie auszuführen.

Des Lupeaulx (dieser treffliche Anwalt des Unrechts, trat in das Arbeitszimmer): „Exzellenz, ich gehe auf meine Wahlreise."

„Einen Augenblick!" sagte die Exzellenz, ließ de la Brières Arm los und nahm den von des Lupeaulx; er trat mit ihm in die Fensternische. „Mein Lieber, überlassen Sie mir diesen Wahlkreis, dann werden Sie zum Grafen ernannt und ich bezahle Ihre Schulden... Und sollte ich nach den Kammerwahlen am Ruder bleiben, so werde ich Gelegenheit finden, Sie zum Pair von Frankreich ernennen zu lassen, sobald es einen Pairsschub gibt."

„Sie sind ein Mann von Ehre, ich bin dabei."

So ist es gekommen, daß Clément Chardin des Lupeaulx, dessen Vater unter Ludwig XV. geadelt worden war und im ersten Feld des Wappens einen Wolf mit einem Lamm im Rachen, grau auf Silber, im zweiten drei Silberspangen auf Purpur, im dritten silberne Balken, im vierten auf Goldgrund den von vier Greifentatzen gehaltenen geflügelten Heroldstab mit der Devise LUPUS IN HISTORIA führte, dieses gewissermaßen ironische Wappen mit einer Grafenkrone krönen konnte.

Gegen Ende Dezember 1830 hatte Herr Rabourdin in seinem alten Ministerium zu tun. Er fand die Bureaus in dem Wirrwarr des großen Umzugs vor. Diese Revolution lastete am schwersten auf den Bureaudienern, die neue Gesichter gar nicht lieben. Rabourdin war zu früher Stunde gekommen und wurde Zuhörer eines Gesprächs der beiden Neffen des alten Lorenz, der Onkel selbst war schon pensioniert.

„Na, was treibt dein Abteilungschef?"

„Ach, schweig mir von dem, ich kann nichts mit ihm anfangen. Er klingelt nach mir, bloß um zu fragen, ob ich sein Schnupftuch oder seine Tabaksdose gesehen habe. Er empfängt, ohne warten zu lassen, keine Spur von Würde. Ich muß ihm sagen: ‚Aber Herr Vorstand, Ihr Vorgänger, der Herr Graf, hat im Interesse der Regierung mit seinem Taschenmesser an seinem Fauteuil geschnitzelt, um den Eindruck zu erwecken, daß er arbeite.' Na kurzum, er stellt alles auf den Kopf, alles geht drunter und drüber bei uns. Ein recht beschränkter Kopf. Und deiner?"

„Meiner, den hab ich nun schon etwas angelernt. Er weiß jetzt wenigstens, wo sein Papier, seine Umschläge, seine Mappen sind. Mein früherer wetterte, der neue ist sanft ... aber er hat keine Manieren, keinen Orden. Für mich muß ein Chef einen Orden haben; sonst kann man ihn mit unsereinem verwechseln, das ist entwürdigend. Er nimmt Bureaupapier mit nach Hause, er hat mich gefragt, ob ich bei seinen Soireen servieren wollte."

„Ja, wir haben eine schöne Regierung!"

„Alle Welt knausert."

„Wenn man uns nur nicht auch noch unser bißchen Gehalt abknapsen wird! ..."

„Das kann noch kommen. Die Kammern sind so knickerig; man spart schon mit der Heizung."

„Na, lange werden sie es so nicht treiben."

„Teufel, man hat uns gehört, wir sind ertappt."

„Ach, der selige Herr Rabourdin ... Herr Rabourdin, habe Sie gleich am Schritt erkannt ... wenn Sie hier jemand brauchen, kein Mensch wird wissen, wie man sich Ihnen gegenüber zu benehmen hat; wir sind die beiden einzigen, die noch aus Ihrer Zeit da sind ... Die Herren Colleville und Baudoyer haben übrigens das Leder ihrer Fauteuils nicht abgenutzt. Ein halbes Jahr, nachdem Sie uns verließen, Herr Rabourdin, sind die beiden zu Pariser Steuereinnehmern ernannt worden."

☆

Pierrette
Erzählungen. detebe 130/XV

Junggesellenwirtschaft
Roman. detebe 130/XVI

Nebenbuhler
Erzählungen. detebe 130/XVII

Verlorene Illusionen
Roman. detebe 130/XVIII

Geschichte der Dreizehn
Erzählungen. detebe 130/XIX

Cäsar Birotteaus Größe und Niedergang
Roman. detebe 130/XX

Das Bankhaus Nucingen
Erzählungen. detebe 130/XXI

Glanz und Elend der Kurtisanen
Roman in zwei Bänden. detebe 130/XXII–XXIII

Die Geheimnisse derFürstin von Cadignan
Erzählungen. detebe 130/XXIV

Tante Lisbeth
Roman. detebe 130/XXV

Vetter Pons
Roman. detebe 130/XXVI

Volksvertreter
Erzählungen. detebe 130/XXVII

Die Kleinbürger
Roman. detebe 130/XXVIII

Eine dunkle Geschichte
Erzählungen. detebe 130/XXIX

Die Königstreuen
Roman. detebe 130/XXX

Die Bauern
Roman. detebe 130/XXXI

Der Landarzt
Roman. detebe 130/XXXII

Der Landpfarrer
Roman. detebe 130/XXXIII

Die Lilie im Tal
Roman. detebe 130/XXXIV

Die tödlichen Wünsche
Roman. detebe 130/XXXV

Buch der Mystik
Erzählungen. detebe 130/XXXVI

Das ungekannte Meisterwerk
Erzählungen. detebe 130/XXXVII

Der Alchimist
Roman. detebe 130/XXXVIII

Der verstoßene Sohn
Erzählungen. detebe 130/XXXIX

Katharina von Medici
Roman. detebe 130/XL

Diogenes Taschenbücher

Alphabetisches Verzeichnis

West, *Eine glatte Million* 40/III
Whistler, *Die vornehme Kunst sich Feinde zu machen** 34
Widmer, *Das Normale und die Sehnsucht** 39/I
Widmer, *Die lange Nacht der Detektive** 39/II
Widmer, *Die Forschungsreise* 39/III
Widmer, *Schweizer Geschichten* 39/IV
Widmer, *Nepal* 39/V
o Wilde, *Der Sozialismus und die Seele des Menschen* 3
o Wollschläger, *Die bewaffneten Wallfahrten** 48
o Wollschläger, *Karl May* 112
o Wollschläger, *Die Gegenwart einer Illusion** 113

detebe-Kassetten
o Balzac, *Die Menschliche Komödie in 40 Bänden* K 10
o Busch, *Studienausgabe in 7 Bänden* K 13
o Chandler, *Sämtliche Romane und mehr in 9 Bänden* K 4
o Čechov, *Das erzählende Werk in 10 Bänden* K 2
Chaval, *Gesammelte Cartoons in 3 Bänden* K 9
o Faulkner, *Gesammelte Erzählungen in 5 Bänden* K 16
o Hammett, *Sämtliche Romane in 5 Bänden* K 3
o Hottinger, *Morde in 3 Bänden* K 1
Hottinger, *Geschichten für den Connaisseur in 6 Bänden* K 14
o D. H. Lawrence, *Sämtliche Erzählungen und Kurzromane in 8 Bänden* K 6
o McCullers, *Werke in 8 Bänden* K 11
o Maugham, *Gesammelte Erzählungen in 10 Bänden* K 5
o Maugham, *Der Menschen Hörigkeit in 2 Bänden* K 15
o Molière, *Komödien und Materialien in 8 Bänden* K 7
o O'Connor, *Gesammelte Erzählungen in 6 Bänden* K 8
o Schopenhauer, *Zürcher Ausgabe in 10 Bänden* K 12

Titel mit * sind Erstausgaben oder deutsche Erstausgaben.
Titel mit o sind auch als Studienausgaben empfohlen.

Diogenes Kinder Taschenbücher

Alphabetisches Verzeichnis

Brunhoff, *Die Geschichte von Babar* 5
Busch, *Max und Moritz* 2
Carroll, *Die kleine Alice** 3
Gorey/Levin, *Er war da und saß im Garten* 8
Hoffmann, *Der Struwwelpeter* 1
Leaf, *Ferdinand der Stier* 4
Murschetz, *Der Maulwurf Grabowski* 10
Sendak, *Hühnersuppe mit Reis* 6
Ungerer, *Die drei Räuber* 7
Zimnik/Axmann, *Die Geschichte vom Käuzchen* 9